毁灭与新生

郑九蝉　著

文汇出版社

图书在版编目（CIP）数据

毁灭与新生 / 郑九蝉著 . –– 上海：文汇出版社，2025.3.
ISBN 978-7-5496-4424-7

Ⅰ. I247.5

中国国家版本馆 CIP 数据核字第 2025Q9Z515 号

毁灭与新生

著　　者 / 郑九蝉
责任编辑 / 乐渭琦　周卫民
装帧设计 / 吴嘉祺

出版发行 / **文匯**出版社
　　　　　上海市威海路 755 号
　　　　　（邮政编码 200041）
经　　销 / 全国新华书店
照　　排 / 上海歆乐文化传播有限公司
印刷装订 / 常熟市大宏印刷有限公司
版　　次 / 2025 年 3 月第 1 版
印　　次 / 2025 年 3 月第 1 次印刷
开　　本 / 787×1092　1/16
字　　数 / 490 千
印　　张 / 27.75

书　　号 / ISBN 978-7-5496-4424-7
定　　价 / 78.00 元

目　录

上　部

下　部

上　部

第一章　圣柜与密语

　　距今 800 年前，路桥王氏第一代高祖王居正之父王世广，因抵制朝中权奸，反被权奸所杀。王世广，字文劫，江西人。他容貌端庄，少时入庠校，曾谒一乡绅。时这位乡绅以便服见，王世广立而不拜。乡绅问："因何不拜？"王世广答："我晚生也，观法于先生，请以礼服见。"乡绅闻之肃然起敬，敛容，后着礼服出。王世广遂下拜。南宋嘉定二年（1209），王世广中进士，授御史。时朝廷重言官，以花言巧语求进者众。独有王世广有一说一、有二说二，字字掷地有声，绝不出浮言妄语，朝野上下皆称之为"石人"。乡试时，王世广曾为监考官。内阁大臣之子被黜，王世广之子王居正中举。朝中有居心叵测者，遂在阴暗处构陷时主考官与王世广有私情。理宗赵昀误以为真，下令逮王世广之子王居正下狱。王居正被打得皮开肉绽，却不作伪词。后朝御史因无实证，不得不释放王居正。事后，理宗知真实内幕，特设宴御请王世广，以示歉意。次年，王世广出任镇江使。他到任后，治水利，正风俗，一时令镇江物阜民丰。过了两年，理宗调王世广至苏州。时苏州民风浮夸，好兴作；王世广下令严禁奢侈，兴简朴。时都御史李崇行至处，王世广迎襄阳门而不跽。李崇不悦，有同僚暗示李崇说："此人非俗吏。"李崇遂对王世广肃然起敬。南宋端平初，王世广迁江西按察使。有犯死罪者，许王世广以千金，请救一命。王世广答："我受你千金则必冤他人之命，我岂可以此而欺天地人心？"终令斩首于市。王世广为布政史时，苏州大饥。王世广上奏减民粮十五万石。南宋端平三年（1236），王世广官至刑部右侍郎，因弹劾贾似道谎报战绩，得罪了朝中权奸惨遭横祸。贾似道欲斩草除根，灭王氏子孙三族。

　　王世广有好友戴莒，为宫廷医官。

　　戴莒，台州郡黄岩路桥下戴村人，年轻时曾是台州贡生，人长得伟岸、魁梧。初时，他只想考中举人，以光宗耀祖。二十一岁那年，他偶至路桥十里长街落市，时从下戴去往路桥横有东官河。东官河上无桥，只有用船组成的浮桥。人们来往时，船合，人可从桥上过；人不走船时，管浮桥者只需撑开相合的船只即可让行船通过。戴营从路桥落市归来时，刚要过浮桥，忽见浮桥边的芦苇丛里有个歪倒的人。他俯身细看，此人虽是俗家打扮，头上却炙有戒疤，知是庙中和尚，细观其容貌，恰如婴孩，知其非常人；再近察，发现此僧病得很重，身上发高烧，口吐白沫。戴营天生为人心善，抱起此僧过浮桥，遂将他带至下戴家中，请当地医生为之调养，令其妻做好吃的以助恢复元气。此婴僧在戴营家中一待月余。三十多天过后，婴僧始康复。就在他正式康复的那天夜里，忽有横山头土匪约三十人，抢下戴村一女子做压寨夫人。戴营手持三节鞭欲前往救人。婴僧忽从床上欠身道："你且别去。就你目前这两下子，非他们对手。莫不如携我同往。"戴营说："你乃寺中和尚，何以与匪相较？"婴僧答："我让你带我去，你就带我去好了。"戴营听罢，遂带婴僧前往。戴营刚与婴僧至其叔家门口，恰遇山匪抢得戴姓女子往河岸走。时东官河边，早泊定一船，山匪企图乘船逃跑。戴营尚未见婴僧有何行动，便听得耳旁一阵风响，只见婴僧已纵身跳至船上，以两脚支船，左右摆摇。守在船上的三个土匪受不住婴僧的如此晃动，一一坠入东官河中。婴僧厉声对船上匪首道："放下女子，即可走人！"匪首问："你是何人，敢管老爷之事？"婴僧一使轻功，纵身跳到岸上说："别问我是谁，我只想问你，是你的头硬还是此柳树硬？"匪首反问："此话怎讲？"婴僧答："就此讲。"随即飞起一腿，只听得一阵大响，这棵长于河边的大柳树刹那间拦腰截断。众匪吓得弃下所抢的戴姓女子，抱头鼠窜。

戴营这才知遇着高人，喜极而请婴僧至家中，然后戴营纳头拜伏于堂，询婴僧根底。婴僧自我介绍，他本是少林寺武僧加医僧，某日下山，因遇一官宦子弟强抢民女，出于义愤，前往解救。对方十人围打他一人，他一时性起，失手打死了那个官宦之子。他怕连累少林寺，潜逃于外。途中一因患病，二因饥饿，几近气绝，幸逢戴营搭救，才由此活命。后他告知戴营，其真名叫释恕宽。戴营伏地欲拜婴僧为师。释恕宽问："你想跟我学什么？"戴营下拜说："我戴营遇你此等高僧，乃我戴氏一门福分，只望垂教。"释恕宽见戴营脸上虽有凶色，但脚上有善根，于是说："为谢你们救命之恩，我可教你。不知你可否做到下列三条？"戴营跪问："哪三条？"释恕宽答："一是不可取人急难，二是不可贫富有别，三是不可以此为恶。"戴营跪地焚香对天起誓："我戴营若做不到此三条，甘愿遭受天谴。"三天后，戴营焚香沐浴，大行拜师礼。七天后，释恕宽坐堂垂教，主教戴营从医之道。三年一过，释恕宽返回少林，戴氏一门拿出白银一百两为盘缠。释恕宽分文不取，嘱戴营道："你已学得绝世之功，可医人无数，亦可取财无数，万望以谦、恭、敬、恕、和为你一生行医之格言，至于你所学还须进一步，则非我所能授。我师父名金章者，黄岩人，现在山东一带行医，你若想成为医道第一，还得师从他续习三年，方可成悬壶济世之高手。"释恕宽言毕，即扬长而去。

释恕宽走后次日，戴营即打点行装，只身去往山东寻找一代名医金章。戴营背着行囊，边走边行医，遍访山东的名山大川、古刹老庙。这年的十一月，戴营终至山东泰安，四处打听金章的行踪，却一直未得金章行医的确切地点。眼见天色已暗，西北风呼呼作响，戴营不得不在一处临山脚的小客栈住下。就在此夜，戴营做了一梦，梦见释恕宽告知他："泰安往东，有一小桥，桥下溪水哗哗流动，桥边有一茅屋草舍，门口悬有一牌，上书'金氏医舍'即是。"戴营醒后大喜，根据释恕宽梦中所指，径直往泰安东向寻去。

至泰山脚下往东南向后，果有一小桥，桥下流淌着哗哗的山溪水，桥边有一户人家，茅屋草舍，门口悬有一牌，上书"金氏医舍"四字。戴营见那四字方正厚重，知茅屋的主人应是名医金章无疑。他正想入门，忽见四位后生抬着一伤者而来。伤者一路呻吟，一后生刚一敲门，一位白发童颜、仙风道骨的老者身着软服，脚着芒鞋，出门相迎。待伤者抬入内室，老者俯身问："何处伤耶？"伤者答道："此处。"老者凑近细看，见伤者骨已外露，似疼痛异常。老者说："莫叫莫叫，少顷即好。"言毕，从袋内取出一瓶，开盖，倒水，涂之。其水异香扑鼻，戴营一闻，即知是非常药。老者随即动手疗救，戴营只听得"咔嚓"一响，碎骨转眼复原，伤者居然已无疼痛之感。戴营见之大惊："天哪，此人不就是天下第一高手吗？"伤者抬走后，戴营即跪地求教。金章不理，闭门自入。戴营在门外长跪不起。这一跪，不是一天，而是整整三天。

这三天间，金章不开门接纳，戴营只得继续跪着。第三天天明时，天上纷纷扬扬地下起了鹅毛大雪，戴营几乎被冻死。恰在这时，柴门洞开，金章迎候出来，扶戴营入内室。戴营见屋内仅金章一人，堂上悬有阴阳八卦图，北墙还张挂着人体经络图，一盆红红的炭火在堂中央燃烧着。戴营于是行大拜礼，礼毕，拱手而立。金章问："小子，是何人叫你前来此地？"戴营以释恕宽应对。金章接着道："他早已来过我处，说你心有善根，可为终生之徒。我金章从医一生，平生不曾婚配，无子嗣，一直找寻可传我术于世之俗家子弟。我大徒弟虽说你宅心仁厚，其相良善，可我只怕你无志立世行医，故此一试。"

自此，戴营遂在山东泰安随金章学医。金章八十岁后，戴营扶师返黄岩，并在黄岩城关开一药店，取名"自福堂"，直至金章去世。

戴莒正式替代金章在黄岩行医那年，海门有一大户，其子得重病，久医不见其愈，急请戴莒前去就诊。戴莒正在行灸救一位急病者，一时离不得人，便对来者说："待我救活此子即去。"下灸后良久，此子复苏，戴莒写一良方令其家属速往海门药局购药调治。彼时天色已晚，病家延请戴莒吃饭喝酒。而戴莒救活一人，心中自是高兴，不知不觉在病家多喝了一两口，遂酩酊大醉。待酒醒，戴莒忽忆起之前曾答应过海门一病家，此时病家必定在家中苦候。岂可因醉酒而误事！戴莒随即命学生扶至海门病家，果见病家人均在门厅前站立迎候。他们见戴莒来，大喜，迎戴莒入室给病人诊脉。诊毕，戴莒口述药方，学生记录。归途中，戴莒在船上倒头即睡，时长达三个时辰，直至日上三竿方醒。戴莒问靠于船侧假寐的学生："我因何在船上睡耶？"学生以戴莒昨夜醉酒出诊一事告之。戴莒一听，大恐道："我醉中何以看病，你怎不拦之？"学生一时语塞。戴莒跺脚大叫："吾杀人矣，吾杀人矣！"急命船速至海门病家。

戴莒重归，见大户人家男女均出堂相迎。主人拜谢道："先生乃神医也，一方即让我儿安睡。"戴莒不信，入屋细看，病人果然鼾声阵阵。戴莒速调昨夜醉中所述药方，不禁令他倒吸一口冷气：天哪，所下之药，居然无一药有误！

就在那年，经一贵人鼎力举荐，戴莒入临安为宫廷医官。

赵光胤之子赵昀被封台州王。一次，他任命当地乡绅谢深甫之孙女谢道清为王府才人，专掌笔墨、文书。谢道清自幼熟读四书五经、诸子百家，琴棋书画也样样精通。赵昀携谢道清进王府后，所做的第一件事即唤朝廷天官，为新才人算命，看她命相到底如何。天官拿过谢道清生辰八字，细一掐算，当即拍案叫绝道："王爷，此女非平常女子，有母仪天下之命。"王爷说："她若是皇后，当母仪天下，何故其面有黑黡？"天官是位见多识广之人，贴赵昀耳边悄声道："王爷，您有所不知，天将宝物赐予您，必先璞其质，浑其玉；若是过早将光彩外溢，岂能至王府？天命如是，且莫犹疑。以小臣之见，只须令太医来，吃上几服药，即能开容。"赵昀听后大喜，急唤医官。老太医戴莒细诊后，提笔开了十八方，令府中使女按每张药方的不同配制，细细熬煎，让谢道清早晚服两次。十八服药吃后，果然见奇效，谢道清面部的黑黡尽褪，脸色润若桃花，灿若彩霞。真容开颜之日，赵昀至谢道清处。今日之谢道清非昨日谢道清，如初春蓓蕾，清新中略含娇羞，粉嫩中展露丽质。赵昀怦然心动，当夜有幸。一幸有身，谢道清不久诞下一子，遂被封为通义郡夫人。宁宗赵扩去世后，赵昀继位为理宗。宝庆三年（1227）九月，谢道清又被封为贵妃。十二月，皇后病薨。因皇后与其他嫔妃无出，谢道清一步到位成了皇后。

谢道清天性平和，主持宫中事务力求一碗水端平。皇帝来了，她袅然相迎；皇帝不来，她微波不兴。嫔妃们说她好，她一如故我；说她不好，她恬然无应。她不问政事，不饮酸醋，不拉帮派，不弄权术，淡然无为，宫掖上下无有不宾服者。开庆初年，元兵渡江，理宗赵昀议迁都平江。谢道清闻之，即身穿朝服跪之以宫门外力谏。理宗问："何为如是？"谢道清答："国都乃一国之根基。根基一摇，天下岂能安乎？"理宗听后，深觉在理，遂罢迁都之议。

一日戴营偶然得知贾似道欲借圣旨灭王氏一门，即暗派学生扮成宫中太监出宫门，急送王世广第五子王居正一只大青桃。王居正接到大青桃后，百思不得其解，不知戴医官送此桃是何意。在此节骨眼上，王居正堂妹王婉瑛走入家门，见桌上放有青桃，情不自禁地用家乡土语喊了一声："这是何处青桃也！"就这一声喊，令王居正猛醒："青"者"请"也，"桃"者"逃"也，谐其音则是"请逃"。

王居正急召王氏男女老小，迅速卷起家中细软，急抄小路至码头停泊处上船。王氏子孙刚一上船，贾似道已亲率禁军校尉一班人马，杀气腾腾地直奔离涌金门不远的王氏府院。王居正为图王氏一族一百三十多口人的活命，不得不下令立刻开船。承载王氏族人的三艘大船顺着江流驶至钱塘江口后，为逃至何地一事，船上的王氏子孙意见出现了分歧：三分之一意学秦朝徐福，驾船出海直奔高丽；三分之二欲回江西老家，再伺机起兵杀掉贾似道以清君侧。王居正一票否决上述两种意见。他说："此三船是江船非海船。大海森森，航程万里，风急浪险，海路漫漫，三条江船何以越过大洋至高丽？当下南宋危机四伏，回乡起兵必为铁木真所用，这叫助虐为纣。国运至此，非人力所能为。贾似道再凶再恶，他总不能张狂一世。留得青山在，不怕没柴烧，我们先去福建南岭舅舅家，隐居一两年再说。"

王氏子孙不得不合力掉转船头，由浙江沿海往福建方向进发。三艘江船行至浙东台州郡脚桶洋时，恰遇一场台风过境。先是天黑如墨筒，后是狂风掠海，波涛汹涌，浪高如山移，一望无际的大海顿时变成人间炼狱。原本只能在运河上航行的三艘木船，何以经得起如此滔天巨浪？风帆被折，船舵粉碎，最后是船身失控，船头与礁石碰撞。正当三船王氏子孙被大海颠得浑身发软、两眼翻白、口吐白沫时，自然之主早已做出毁灭性的决定并付诸行动。只听得震耳欲聋的三声巨响，三艘江船犹如被拦腰猛击一拳，船身瞬间解体，船上的人活似下饺子一般，在尖叫声中全部坠入大海。

王居正被海浪一波接一波地送至大鹿岛海滩。台风倏尔离境，天门重开，大海狂暴的情绪缓缓平息。奄奄一息的王居正被一缕直射下来的阳光拍醒，他努力地将自己险些被肢解成碎片的身躯从那片白色的沙滩上撑起，然后抬起头来往四周，发现承载王氏子孙逃难的江船失事地点离这里并不远。那密实、精致、平整的海滩上，铺满了业已被海浪击得粉碎的木船碎片。不曾被海水淹死的王氏子孙与他一样，全都直挺着身子，搁浅在这片不知其名的白沙滩上。王居正略微稳神后，撑起疲惫不堪的身躯，一步步地前移过去清点人数。令他心中称奇的是，一百三十多口人中间，尚活有男性二十五人，女性十二人；年龄最大的男子三十五岁，最小的女子十三岁。王居正问："你们还活着？"众人答："活着，活着。"王居正说："活着就好，活着就好啊！"

是时的王居正脑袋里没有别的想法，他只想好好地踏勘一下上苍赐予王氏子孙延续生命的这块土地到底是什么模样。他借着耀眼的阳光，终于确定了现在的方位。这是一处三面环海、一处连接陆地的奶嘴式海岛。有山，有塬，有溪，有塘，那树木和草丛，一片鲜活。他沿着平展的沙滩向东行一里半，面前横有一座孤峰，如巨大的杂色屏风；后面的山一座连着一座，全是光岩赤石，高约百丈，其样子怎么看怎么如天然的长城。这里与其说是一处海岛，不如说是一座天然的伊甸园。看来上天对王氏子孙不薄，赐予他们一块得以生存的好土地！

王居正就在沙滩上集结王氏子孙，对大家说："我们没有别的路可走，只能在此处安家了。"

所有幸存者都默然无语。他们能说什么呢？什么都不能说，这就是他们必须面对的严酷的现实！于是路桥的王氏子孙终于有了属于自己的一块土地。他们商定，将此地定名为"海王村"。

吏部尚书田金辅与贾似道、王世广均为密友。王世广因弹劾贾似道遭迫害后，贾似道凭着姐姐为理宗爱妃，越加骄纵，凡有不同政见者，必排挞于外。田金辅学富五车，才高过人，深知月满则亏、物极必反的道理，几经考虑后，决定告老还乡。他向理宗皇帝赵昀上书道："臣天生只知宣纸上有仙风道骨，不知为官、为政之世间俗务。此生不游遍国中山水可惜，让老妻独居家中多年可惜，做不得游僧、吃不得四方饭可惜，当朝为官身不由己可惜；况且当下我尸位素餐，于心不安，只求能打道回府，令我斡旋于山林野草之间，垂钓于江河湖海之滨。"田金辅上书三日后，理宗皇帝准请。

田金辅收拾好行囊，准备起程的前夜，戴营率随从六人，抬一只暗红色木柜至田府。田金辅细观，不知戴营所抬为何物。戴营答："圣柜。"田金辅惊道："圣柜乃皇家之物，我一乡间草民，如何承受得起？"戴营答："此乃谢皇后所赐，臣不过是奉命行事。"田金辅行了三拜九叩礼之后，起身小声问戴营："医官大人，圣柜内装有何物？"戴营答："臣奉命行事，不知详情。"田金辅又问："皇后可另有懿旨？"戴营答："皇后让我转告你，她所思之事，均在柜上封识处载明。"

时天色已晚，林风长啸。田金辅命家人秉烛细看，只见柜口封识处题有谢皇后亲书小诗一首：

> 二十年后中秋起，
> 魔烟席卷小命凄。
> 举家迁往黄岩日，
> 麻狸岭上与王齐。
> 绳断索裂知居处，
> 此柜开时才知奇。

田金辅读罢心惊："医官大人，皇后写此封识何意？"戴营摇头答："小臣不知。"田金辅再问："二十年后，我老家会出何事？"戴营答："鱼非鱼，花非花，小臣非皇后，岂可知乎。""有道是人生于斯者，必安于斯。我老家在江西九江，谢皇后老家在台州，我田氏一族何以举家迁往台州黄岩？""皇后令我告知先生，若干年后，不光你们田氏一族要去台州，朝中吕、杨、屈、谢、方、金、管等诸臣后人也须迁往台州。""谢皇后省亲那年，我只是乘船去过一次台州，台州可真有麻狸岭？""我虽是台州人，却也不知台州是否真有此岭。谢皇后还说了，你至江西老家后，不管遇何种急难，不可强开此柜。数到，时到，此柜即自开。"田金辅再问："与'王齐'是何意？"戴营答："天机之心，不可测度。先生且听天由命吧！"谢皇后旨意如是，田金辅还能说什么？况且田金辅为人天性顺从，岂有不接之理？田金辅收下圣柜后，戴医官即回宫缴旨。

三天后，田金辅携此圣柜坐江船，打道回府。

田金辅归家后与所有解职闲居的高级官员一样，行的是"两耳不闻窗外事，一心专读圣贤书"。若是细论田金辅在九江所做之事，只有五件。

一是拾字纸：凡有字纸落地，他必小心捡起，或挖坑将它埋掉，或积聚成堆点火烧毁。乡亲们对他的这种做法很不理解："大伯公，你这是做什么呀？"田金辅答："人生在世若无文字，即堕畜道，岂有不惜字纸之理？"

二是喝大酒：这是田金辅人生中的唯一嗜好。他每天必饮，若是不准他饮，即浑身无力，如同生病。每日他出家门一次，沿途凡见酒旗，即策杖以进。其家方圆三十里的十三处酒家，田金辅每天轮饮；不饮则已，一饮必酩酊大醉，曾十七次醉卧桥头。妻谢明琳不准他烂饮，田金辅对妻说："酒是心中仙，岂有不饮之理？"

三是捕虱：这是田金辅唯一的业余爱好。若是天气晴朗，有闲工夫，好脱衣捉虱。越是冬日来临，他越是捉得来劲。常搬一条小凳，坐至向阳一隅，一边晒着太阳，一边解怀从容捉虱。每当捉得一虱，必送入嘴中，咬得啪啪直响。

四是作画：田金辅回乡后，天天作画，无一天间歇，一天不作，全身即现疼痛，头脑发昏。得一好画，便将画悬家中院内，捻着胡须细细品赏，或是请一两知己前来观赏，装裱深藏；若是认定不是好画，遂当众点火焚烧。

五是著书立说：自田金辅打道回府后，夜夜写作不断。尤其是当他的爱妻谢明琳得病离世后，田金辅似乎预感到什么，写得更勤，时常秉烛至天明。他著书习惯与当时文人大有不同：别人是用裁定好的宣纸，一张一张地写；他是拿起作画时剩下的小纸片，一片一片地写。每成一篇，先放上一两天后再读。若不中意，即烧毁；一旦认可，便将文章片片相粘成轴。卷成一卷后，顺手纳入家中的空酒坛子里，放满一坛，令独子田幸均用泥将酒坛子封好。某年三月，田金辅忽将儿子田幸均喊入书房，令儿子将放在他面前的箱子打开。田幸均打开箱子，箱内有他作的十幅画与一百两黄金。田幸均不明白老父亲想做什么，问道："父亲大人，您想叫儿子做何事？"田金辅说了五句话：一是你伯伯王世广为人只知进而不知退，只知得而不知失，为贾似道所杀乃是必然。你结拜兄弟王居正携家人出逃，一直不知所终，是否能与他们重聚，只能听其天命。二是南宋小王朝气数已尽，取代者必是元人，我田氏子孙将大难临头，当走时即走。三是你父将命禄永终，死后即与你母亲合葬，不必张扬。四是柜内有十幅画，是我平生精心之作，尤其那《皇后出巡图》是我一生至爱；举家南迁时，将我所作之画随身带走，若干年后，我田氏将有一后人与我齐名。五是置于酒缸中的书稿，乃是我一生读书与经历的感悟，你拿此金至扬州书局，令他们校刻成书，以便传至后人。言毕，田金辅打开抽屉，另拿出三张白纸说："你将此三张白纸嵌入我所写之书的第九卷中间。"田幸均一脸疑惑地问："父亲大人，这是为何，写的是什么呀？"田金辅答："内中有秘语，暂且莫问，时至即知。"

父亲其他的嘱咐田幸均尚且理解，唯有对"举家南迁"不解。田氏一脉自祖上以田为姓起，在此地足有三百年历史。故土难离，岂可说走就走？田幸均问父亲："究竟是何原因须举家南迁？"田金辅笑而不答。

若干年后，元人兵临临安（今杭州）城下。

大将军金颉成（黄岩人）与副将管济兵率军与元兵血战，终因宋军不敌元兵铁骑，双双战死于沙场。临终前，金颉成对儿子金休白说："为人子者，在家当尽孝，为国当尽忠。万望我儿精忠报国，不可堕我金氏家风。"

王氏子孙告别过去那种锦衣玉食的贵族生涯。时台州的王氏子孙与所有台州的寻常百姓一样，日出而作、日落而息，与人无求、与世无争。饿了，下海捕鱼，上山打猎；困了，坐于海滩上，迎着阳光与海风小歇。随着生活的安定，王氏子孙渐渐浮躁与不安起来。面对人类与生俱来的本能渴求，作为长兄王居正是深知的，但摆在他面前的除无奈外别无选择。那时的海王村是一座孤岛，一旦人类固守一处而不得与外通航，面对着大海与山林（连只猴子都没有），哪有什么可供王氏子孙们婚配的异姓女人与男子？这三十七位王氏子孙相互间是个什么关系呢？60%是兄妹，40%是上下辈。面对着人类繁衍的规则，岂可随心穿越？可人的本能又不可压抑啊，一旦出现压抑，灵魂与肉体势必打架。

尽管王居正熟读过四书五经，尽管王居正深知男女间有着上百种禁忌，推己及人，他如何不知性起时的那种煎熬与痛苦？王居正决定带着王氏子孙突出重围，率八位强力男子开了个战前动员会。太阳冒出海面，王居正直截了当地对八位强力的男子们说："你们不是渴望女人吗？你们不是想要繁衍王氏后代子孙吗？可以，但我必须告诉你们，同族子孙不可婚配；若同族婚配，生出的后代不是白痴便是野人、畜生。你们想解决这个根本问题，无他路可走，只有开山辟道，越过横山恶岭，至外界去寻找他族男女。"王家男子们当然深知此理，"御前"会议结束，八位男子立刻付诸行动。他们或攀藤，或砍树，或芟草，或撬石，杀死无数爬虫，步步向东开劈。他们历尽艰难险阻，经过七天七夜奋战，终于开出一条生路。

田金辅去世了，田氏一门一千三百多位族人为这位官位最高的老祖宗送行。田金辅入土后的第三天，儿子田幸均打开父亲一直封存着的那些大酒坛子，取出父亲日夜精心编写的书稿。田幸均一卷接一卷地打开看，这一看，令田幸均对父亲肃然起敬。父亲写的这部书稿名叫《人生警言》，共计十二卷，分《读史论人》《天地同心》《平准经》《行范》等十二道书目，上至天文地理，下至民间传说、历史评点，无不包括。唯一让田幸均心中疑惑的是父亲最后交给他并让他嵌入书中第九卷的那三张白纸，他不知看了多少遍，内中什么也没写。他搞不懂父亲为什么一定要将它嵌入第九卷中，并明确是留给田氏第三十代子孙呢？难道此白纸暗藏玄机？田幸均再次拿起这三张白纸，对着太阳照了又照，还是一片洁白如雪，不见一丝有文字的痕迹。田幸均心想，此事太令人奇怪了，我老父亲到底是什么意思？但这是父亲临死前的最后嘱托，他做儿子的不能不执行。

田幸均揣着父亲留下的黄金与书稿坐船至扬州书局。田幸均对扬州书局只提出一个要求，就是要以最高的质量刻印这套书。对方同意成交后，田幸均拿出此三页白纸交与书局，特别交代：这三页白纸必须嵌入第九卷正中间。书店老板拿起这三页纸，同样是对着太阳光照了又照，没看到上面写有什么内容。书局老板问田幸均："这三张白纸，你父亲什么也没写啊，为什么一定要嵌入第九卷书中？"田幸均答："我也不知道，但父命不可违，只能照此办理。"一年后，十二卷书终于刻成。田幸均拿到第一套新印之书，打开第九卷看。果然，父亲交给他的那三页白纸中规中矩地嵌在第九卷书正中间。

南宋小王朝终于被元所灭。

谢皇太后怕生灵涂炭，决定与元兵签订城下之盟，正式宣布投降。

谢皇太后被元兵掳至大都。

全国各地为护国卫族而战事纷起，死伤者不计其数。尤其是江南大地，尸横遍野，血流成河，金休白与管济民所率的八千军士全部战死。金休白与管济民最后爬上一处悬崖，面朝大海，仰天一声哀号："上天啊，我大汉民族究竟犯有何罪，让你如此惩罚？"喊毕，纵身跃入大海。

金、管子孙遂遵父命迁往台州。

孛儿只斤·铁木真即位，改国号为元。

谢皇后赐予田氏圣柜上的那首小诗所书之言全部应验，国难、家难渐次降临中华大地。首当其冲的是大面积旱灾，长江以南三百一十四天不见半点雨星，大批农田出现龟裂，山上的树木近乎枯死。人以食为天，一旦农田颗粒无收，必然导致民不聊生；一旦出现民不聊生，必然导致饿殍遍野；一旦饿殍遍野，势必形成疫情。一种无法让医官说清楚的疫情，突然间降临江浙两省。那病疫表现出来的症状十分奇怪，先是高烧，后是浑身出血，一旦全身现大出血，则无药可救，轻则三四天，重则一两天，灵魂便随白无常而去。

田幸均决定带着村里幸存着的田氏子孙冲出九江封锁线往东迁移。时年仅二十一岁的田幸均，被这种从不曾见过的疫情吓得全身颤抖，他希望自己能把所有活着的田氏族人带出死亡地带。但呈现在他面前的真实情况是：他无法突出重围。那时的社会，当权者管理能力低下，国家遭瘟疫，官府所行之法便是"活焖"，准进不准出，是生是死，全听天由命。九江通往外地的八处关隘与十三条水道，均被元兵把守，并且严令："不准放一人出境，若有放人外出者，斩无赦。"

田幸均携田家族亲冲至大青山关隘，恰遇八湾庄何、赵两姓两百三十四人手拿武器斩关夺隘（后来，两氏族人仅有三十三人冲出重围逃至台州临海，并在临海建有何家村与赵家村）。这些元朝官兵根本没把汉人当作人，一声令下，弩弓手列阵发箭。田幸均亲眼见何、赵两氏人丁死伤大半，有十八人被他们用弯刀砍死，十九人被乱箭射成大刺猬……

　　田幸均见斩关夺隘不是生路，只得率一百余人退回老村。就在这天夜晚，一件怪事在田家村发生。全村八十多位精壮男女几乎在同一时间内，看到身穿朝服的田金辅一脸庄重地出现在他们面前。他们正在发愣，一个死去的人何以能复活？却清楚地听到田金辅对子孙们说："你们此时不往东走，更待何时？"田氏子孙一片茫然，不知如何应对。田金辅立身于村口大钟下，振臂对天大喊："田氏子孙哪，你们听着，走吧，你们快走吧！你们携着我的那些书画，抬着谢皇太后所赐的那口圣柜，沿着南山那条小路往东走。你们一直往东走，迎着太阳走，一直走至黄岩县麻狸岭与王氏子孙会合后，再迎着太阳往东走。什么时候，什么地方，你们所抬的这只圣柜落地，此地是你们安身立命之处。"田氏子孙们听后毛骨悚然，当田金辅变成一缕烟气在他们面前消散后，田幸均忽想起父亲临死前与他说过一言，立刻手持松明起身，顺着小木梯爬至自家藏书楼。田幸均举起松明四下张望，果见自家小阁楼正中间放有一只长方形圣柜，因十年的存放，柜面落满了厚厚的灰尘。田幸均轻轻拂去壅积的灰尘，那柜面上果现出一首小诗。田幸均只是一读，便恍然大悟，发出长叹："天哪，谢皇太后所赐之柜果是神柜！天机早知啊，且内含救我田氏子孙之大计。"田幸均兴奋得全身肌肉都在颤抖，当即跑到村口，拉绳敲钟。田幸均立于他父亲所立之地，对闻声而来的全村族人们大喊："起来，起来，我们田氏子孙有救了！"

　　田幸均的喊声与钟声令田家村出现大震动，八十多位壮男壮女一拥而出至村口。田幸均并不多说什么，只是将他们带至自家阁楼，让他们抬下圣柜摆于中堂："你们好好看看吧！"田氏子孙纷纷挤上前看。这一看令田氏子孙们欢呼雀跃："哪来的这么个柜子？""谢皇太后所赐。""里面装有什么？""不知。""天哪，谢皇太后早知我们田氏有难？""台州离此地多远？""不知道。""那怎么走？""我父亲不是叫我们往东吗？我们就往东走。""往东地方大着呢，到哪儿是头？""老祖宗说，绳断处即是新家，我们一直走至绳断处。""好啦，好啦，我们别在这里瞎吵，就听天由命吧……"

　　是啊，梦境成真，不是老天救田氏子孙又是什么？田幸均深觉自己一夜间长大了，对所有田氏子孙们说："愿生者，随我走；不愿生者，可留此地！"求生乃是人之本能，岂有不走之理？八十多位田氏子孙即振臂响应。他们先是齐心协力掩埋死于路边的族人们尸体，随后开始一家一家地查看，凡屋内有活者，无论是老是幼、是孤是寡，一律挽出。一个时辰过去，田氏子孙们终于在田家村操演场上聚齐。田幸均率三十位强壮男子手举火把，挨家挨户地点火。火头一起，经营了三百多年的田氏大村庄顷刻毁于一片火海之中。两个时辰一过，田幸均令田氏子孙掖书画、抬圣柜，沿着鲜为人知的南山小路往东行进。

大雪终于铺天盖地地落下来。四周山林原野，一片银装素裹。天刚蒙蒙亮，王居正顶着鹅毛大雪，亲自捣毁王氏子孙精心打造的草棚，然后率着他们义无反顾地朝着太阳落山的方向开步。从现存的《黄岩田·王两氏族谱》记载看，王氏子孙的这一次突围，是他们生存史上最为艰难的一次。他们不得不像山林里的猿猴一样逢山过山，逢水过水。饿了，猎杀野兽，采摘树顶上高挂着的坚果充饥；渴了，捧上一把山雪，掬上一捧山泉止渴。天一明，他们勒紧裤带上路；天一黑，他们就近点起篝火，相拥而睡。他们谁也说不清跨过多少条河，越过多少座山岗，只知太阳升起落下有三十一次，王居正率着王氏最后的三十五位子孙，翻过一座高耸入云的绝壁，至一处山岭。

这一道山岭极为怪异，顶呈平圆，状似祭坛，岭与岭相连的关隘自成一座大门。立于山顶往下望，起伏的群山全成腾跃细浪。因此山太绝太高，自古生养于温柔富贵乡的王氏子孙累得两腿发软，一达山顶，无不是唉声叹气地萎倒在地。王居正屹立不动，放目环顾四周，总觉得这个地方似曾相识。正在疑惑，见正前方高壁处，刻有笔力遒劲的三个颜体大字：麻狸岭。下雕一行小字：宝庆三年御笔。王居正这才恍然大悟，他们已攀登至上天所示、与田氏子孙的会合之地。王居正激动得高声一叫，王氏子孙全掉头问："是这里吗？""是这里，起来，你们全起来，好好看一看……"王居正答。王氏子孙们纷纷而起，又问："那田家人呢，我们怎么没看见？"

王氏子孙们一边喘息，一边顺着山垭极目远眺。冬日阳光正艳，山景疏密有致，疏者青岩峻透，密者白雪皑顶。王居正见有一缕柴烟淡淡地从密林中逸出，略一倾听，即听到多年间不曾听到过的狗吠及人的细言密语。王婉瑛兴奋地喊："哥，你听，有人！"是啊，有狗，有人。在这世上还有什么比人间烟火更让人心醉？

王氏子孙们终于遇到一支逃难队伍，这支队伍就是田氏子孙。《南官田·王两氏族谱》明确载，田氏这支逃难队伍极为勇敢，与其说他们是人，莫不如说是一支披坚执锐、坚定不移的蚁群。八位男子舞刀开道，四位男子抬着圣柜前行，四十位男子挑着粮食、细软，护着女人、孩子随后跟进，八条黑狗一路充当护卫。他们一路曲折，一路坎坷，日行夜宿，蹚过十四条河，越过七十五座山，穿过四十五处哨卡，夭折了八个孩子，累死三个女人、七个男子与三条狗，终于在第一场大雪于东海之滨纷纷落地时到达台州麻狸岭。

正当田幸均下令埋锅造饭时，王居正一身褴褛地出现在他面前。田幸均见到迎面而来的王居正，吓了一大跳，误以为在此深山冷岙中遇见野人。他正想拔刀，王居正扬臂高喊："请问，前面兄弟可姓田否？"田幸均大惊，答："我与你素昧平生，何知我姓？"王居正说："在下姓王，乃前朝重臣王世广之子王居正。"田幸均答："不才姓田，亦前朝两部尚书田金辅之子田幸均。"美梦终于成真了，王居正扑过来，田幸均迎上去，两人紧抱在一起。王居正哭着拍打着田幸均的后背说："我是循着那个冥冥之大音，奔赴此地来的啊！"田幸均笑着拍打王居正的后背说："我是凭祖上一梦，才来此地的啊！""是啊，是啊，一切都是命里注定，一切都是缘分！我们会合了，我们终于会合了……"王居正松开田幸均振臂一呼，身上几乎全裸着的王氏男女从岩砦背后奔出来。真是千里逢知己，想笑笑不出，想哭哭不了。两支会合了的队伍，那个高兴劲儿无法形容，麻狸岭上顿时一片欢腾。

田氏族人寻出许多衣服给王氏子孙换上，又拿出食物给他们吃，王氏子孙打从他们遇海难起就不曾吃过这样好的食物。一切安顿妥当后，田、王两氏这才坐下来相互叙旧。这一叙旧，令田、王两氏顿然开悟，冥冥之中确有神灵左右着人间祸福。是伟大且万能的上苍，对他们加以眷顾，让他们死里逃生；是伟大且万能的上苍，借着谢皇太后之手，让田、王两氏子孙不至于走向灭绝！

夜已深沉，阵阵浓烟在麻狸岭上冉冉升起，熊熊火光映着一张张古铜色的脸，从而令他们如铸铜一般，变得熠熠生辉。田幸均问："谢皇太后家在什么地方？"王居正答："在台州临海。""这里是不是台州？""不知。""你们从何方过来？"王居正起身仰脸观天上星斗，说："我们出海难的地方，可能是在东南方向。"田幸均问："此处共有四条岔道，不知何道去往台州？"王居正答："以理宗帝的御笔所题看，当在东南。"田幸均说："好，我们去往东南。"

队伍向东南方向缓缓移动，三天过去，逃难队伍终于至台州黄岩县境内。当这支破烂不堪的队伍步入黄岩县路桥十里长街三水泾口时，在河畔开阔处，遇见一位白须老者，他策杖迎风而立，似在候人。田、王两氏队伍走近，田幸均即拱手上前问道："请问老先生，此处是否是台州郡？"老者答："是。"田幸均再拜问："谢皇太后老家在此否？"老者须眉皆动地说："是在此地，你们找她家有何事？"田幸均说："我们奉谢皇太后之命，前来投靠谢家。"老者听罢长叹道："上苍啊，这一切全是真的。怪不得这几天我老梦见谢皇太后对我说有两家恩人要上台州来，令我好好接待。"老者这才告诉他们，他正是谢皇太后之族亲，名谢百超，打从得此梦后，日日在此等候，已有三日。众人说："看来我们是命中注定要在此地安家。"谢百超答："是的啊，有缘千里来相会，不是命中注定，又是什么呢？"三方人士闻之皆手舞足蹈。就在他们一片莺歌燕舞的时刻，怪事再次发生，好端端绑在圣柜上的八条大麻绳，突然"咔嚓"一声崩断，圣柜从高处坠下。圣柜一着地，柜口所贴封条开裂，柜盖开启，在场之人无不惊讶。圣柜里不仅装有谢皇太后赐予田、王两氏的金银财宝，还装有三卷大书，即代表中国文化起源的《易经》《论语》和《道德经》。

田幸均上前，拿起放在前面的第一本书《易经》。轻翻至第一页，见书扉页内有谢皇太后亲笔题的一行小字："畜道与人道只差一念，官道与匪道只别一字。为赎吾儿畜道之孽，特命田、王子孙在台州安家。"尤令田、王两氏子孙不可测度的是，圣柜内顶盖上贴有一份皇太后懿旨，懿旨上写有一语："遇心则活，有和则成。得慧必死，求钱必败。"在此语下还写有一组让人惊诧莫名的数字：壹玖玖玖壹叁。"这是什么意思？""谁能知道？"王居正上前想把柜盖上粘贴着的懿旨取下，手指一触，发现这个懿旨非贴纸，是木刻。王居正问："既然是谢皇太后颁发的懿旨，为何刻在柜盖上？"田幸均答："天下玄机，草民岂可开解？无思则无虑，无虑则全生。既然上天让我们田、王两氏子孙到此，别无选择，我们就顺着天意而为吧！"

王居正与田幸均同时立于南官河边。南官河是唯一一条横穿于黄岩全地的大河，此河原本有两个名字，一叫女人河，一叫月亮河。钱镠任吴越王时，开发水利，以扩展农田，修过一条人工河。南宋时，路桥商贾云集，黄岩县报请台州府，台州府报请省府，省府报请朝廷，获恩准后正式设镇，定名永安镇。因那条河是官家开的河，又向南流，故称南官河。再者路桥民间手工业的雄起，路桥河道蛛网般密布，且四通八达，因而船运在那个年代里成为台州最先进的运输工具。交通是构成商品交换必要的基础，一条丝绸之路催生强汉与盛唐，一个航海成就了五百年西方资本文明。天择人竞，路桥因南官河是东方小运河，商品交换随着历史的缓慢步履，开始从仙居幡滩转向路桥。天下事从来有变和不变，变是常态。一朝天子一朝臣，至谢道清任皇后那年，南宋皇帝赵昀偶至此地一游，见此地有路又有桥，叫"路桥"多好。于是原新安镇正式更名为"路桥"。

南官河是路桥的母亲河。南官河从黄岩城南起步，至温岭出海口止，全河长一百九十八里，共分上中下三段，从西往东数，第一段永宁溪，黄岩人称之为少女溪，此溪之景色之情态与少女同。论美，它美得令人心跳、令人犯痴、令人不敢亵渎。这种美既不是妖冶之美，也不是刻意求工、矫揉造作之美，而是少女身上特有的单纯、朴素、典雅、自然之美。春天一到，大山深处生灵开始雀跃，小雨朦朦胧胧，高山幽起薄雾，千里群山漂流如海岛。岚气渗入树叶，树叶凝出水珠，水珠滴入岩皮，岩皮潺出水流，水流汇成小沟，小沟合成大溪。溪流一旦汇成，那溪不再是溪，摇身变成烂漫少女。她们或是舒手捋动溪边草叶与树根，或是嘬起红唇亲吻岩壁与小树，或是抢走女人手中洗涤的衣服，或是轻微爬搔着男人的后腿肚，令人开怀大笑。每当此时，溪性与女性同为一辙，狂野中带有执着，灵动中携有调皮。快活时，它让你怦然心动；痛苦时，它让你不忍卒读。春秋两季尚且可圈可点，一旦梅雨季节来临，那溪流便与村里的少女们一样，耍小性子。头两天，她们只不过因生气而泪流满面；五天一过，她们便会关门撒野。前一会儿清澄见底，后一会儿浊洪飞泻，水头到处，摧枯拉朽，凡障碍她们者皆涌身跨越。秋日一至，永宁溪凸显典雅与文静，既无春日之莫测，亦无夏日之任性，完全蜕变成一位待阁闺秀，羞答中含有清澈，温柔中孕有善良，活似一条白鳗在巨石中滑溜穿行。这条少女溪与西部山民的性命紧密相联，它那性格、脾气、姿容，几乎融入西部山民的血液。少女溪离开山民，就不叫少女溪；山民离开少女溪，也不叫山民。少女溪是黄岩山区的生命溪，除灌溉黄岩山区所有农田，极为重要的是以她青春之血滋养着代代生命。沿永宁溪上溯，自唐开元起，便建有金、钱、郑、白、何、伍等六十多个村庄，村落无不是沿着溪而建。因图生活之便，人们总在村口修建一座挡水大坝，于是永宁溪便顺着那成千上万条毛细血管注入千家万户。住在西部山区的三万多山民，就怕永宁溪断水。每当大旱来临，山民们的第一要务便是啸众求雨。此时，山里所有男子统一行动，剃上光头、打上绑腿、穿上六耳麻鞋、斜袒衣襟、杀猪宰鸡、敲锣打鼓地集众至龙王庙，对着管雨的龙王爷行九叩十三拜。少女溪是西部山区的动脉溪，西部山区人想要到十里长街赶集，须在小鸡叫头遍时爬起。带上麦鼓头，挑上担子，顺着溪流沿着山路，过宁溪，过乌岩，过黄岩城关，翻山越岭走上整整一天，才能到路桥十里长街。到了后，他们先是卖货，后是购物，再上路廊讨茶、吃麦鼓头。再之后，顺着河过西江，过山头洲，过北洋，过长潭，才可回到家中。

　　别看黄岩与仙居、临海、天台、温岭、玉环、三门相距不过几百里，十里不同俗，百里不同言。玉环人与温岭人说话不一样；黄岩人与临海人说话不一样，临海人与仙居、天台、三门人说话也不一样。如"妻子"称谓，路桥人称"老安"，仙居人叫"肉客"；"零食"二字，东部人称"点心"，西部人叫"赶力"。台州东部与西部间的文化差异，导致他们在行为价值上出现差异，尤其是在"男女"两字上，更为不同。平原集镇人讲的是"上床夫妻，落床君子"，男人与女人间除了结发夫妻外，男子另寻新欢便是大逆不道。西部山区人讲的是女人是男人脚上穿的一双鞋，谁适合就让谁穿；如果山里出来的男人守身如玉，山民们便会说他"呒本事"。凡出门放排当"神行太保"，必在下洋头挂有露水夫妻（省得他们因解决不了"欲"的问题，从而大打出手）。放排男子，越过三条险溪、六处恶滩，入驻平原地带集镇时，夜幕下潜在肉体深处的魔鬼开始如鼠出洞，不断探头。于是排工们拾掇了些随身所带的山货至相好家，入门后往往直奔主题，脱衣解带，玩上一夜，吃上一夜，疯上一夜。天亮了，排工们皆一身慵懒地回到排上，相互间开始打趣。"昨夜你吃了几回奶呀？""只是昨夜弩箭没带够！""你那个相好身子软不软？""只是时间太短，怎么一眨眼天就放亮了……"老排头一看，这些山头小伙一夜过后全成蔫鸟，成何体统？便一声大喝："快把你们的灵魂捡回来，我要开排了！"排工们即刻付诸行动，脚下的这条巨龙开始启动，缓缓地向平原集镇商品集散地进发。

南官河的第二段是城关至路桥蓬街止。这一段河是南官河的中心河，长约百里，也是产业运输往来最繁忙的河。不论是从上海、广州、温州、宁波等地过来的大小船只，若是想入路桥，皆须在此段河上结集。黄岩从唐朝立县郡起，沿河一共建有十多个重镇，横山头、桐屿、路桥、新桥、蓬街等，这一带河段所现之景色与西部之景色大有异趣。黄岩人称，上游是少女溪，中游是少妇河。此河既然称为少妇河，自然有着女人结婚后的特性。河面开始逐渐变阔，河水逐渐发浑，客轮、货船、戳鳖船、乌篷船、花船，只要能在水面上行驶的，无不是在她肚皮上穿行。尤其至夜间，沿河集镇那万家灯火在不断地闪烁。此时，船老大们一边摇橹，一边放开喉咙唱：

　　　　一呀一更里响呀响叮当，
　　　　我情郎走进奴奴绣房。
　　　　我的娘，她问我，
　　　　啥个东西响？
　　　　我说道，姆妈娘，
　　　　风吹树叶叮当响。
　　　　二呀二更里响呀响叮当，
　　　　我情郎坐在了奴奴绣床。
　　　　我的娘，她问我，
　　　　啥个东西响？

　　我说道，姆妈娘，

　　猫猫老鼠打相打。

　　三呀三更里响呀响叮当，

　　我情郎睡在了奴奴身旁。

　　我的娘，她问我，

　　啥个东西响？

　　我说道，姆妈娘，

　　对门姆娘牵风箱。

　　四呀四更里响呀响叮当，

　　我情郎怀抱了奴奴不放。

　　我的娘，她问我，

　　啥个东西响？

　　我说道，姆妈娘，

　　隔壁老头磨豆浆。

　　五呀五更里响呀响叮当，

　　我情郎走出了奴奴绣房。

　　我的娘，她问我，

　　啥个东西响？

　　我说道，姆妈娘，

　　莺莺小姐送张生。

　　台州民歌的曲调与北方中原的曲调完全不一样。北方有粗犷，这里有细腻；北方有阳刚，这里有阴柔；北方有高亢，这里有婉转。尽管在曲调上不尽相同，但那种特有的阴郁凄迷的旋律，会顺着那宽阔的水面飘出很远。尤其是黄梅时节，南官河面微雨濛濛，孤寂哀怨的青楼歌女便触景生情，会弹奏一两首从唐朝流传至今的古曲，或是《秦王破阵》《雨霖霖》《百鸟朝凤》，或是《龙凤戏春》《恋鹧鸪》。这些流传下来的古曲老歌，曲调既缠绵又凄幽，不断地向人们诉说着杨贵妃与唐明皇凄婉的爱情故事，让人一听便潸然泪下。

　　说它是少妇河，第二种含义是沿河一带集镇相当繁荣。由于黄岩县三面环山，一面临海，交通阻滞，少有战事。逃难至此的人们，只图有个安稳日子过便是大福，息养几年后，大都长发其祥。有河，必然有舟楫；有舟楫，必然有商业街区与贸易集市；有贸易集市，必然有人口集结；有人口集结，必然生百行百业。河面上千帆竞发，船只川流不息，一派生机勃勃的景象。随着沿河集镇的不断繁荣，集镇开有饭店三百多家，青楼一百三十二处。台州各地集镇上，只要你手中有钱，没有你买不到的东西。三日一小市，五日一大市，每逢集市，台州各大集镇主街道与支街道及小胡同，到处都是人。从上往下看，一街人头黑压压；从平直往前看，一街动的全是脚杆。相传临海谢氏之女正式册封为谢皇后时，南宋理宗皇帝赵昀携谢皇后南巡至路桥十里长街时，即是顺着中桥十里长街而行。理宗皇帝曾惊叹道："好一个路桥十里长街啊，若是把做生意人口袋里的银两全掏出来扔进河里，几乎可以填平河道！""弃钱平河"倒是夸张，但赶集人数之多却是事实。白天，人们喷溅唾沫星子讨价还价；夜间，人们一掷千金自求其福，凡酒店、饭店，全坐满饕餮之人。什么"五魁首""三星兆""六六顺""八个巧"，喊得震天动地不说，常有人因醉酒，不得不溜到桌子底下，与狗躺在一起呼呼睡大觉。坐落在路桥十里长街正中间的十二处青楼，更是不必提，从黑夜到天明无不是莺歌燕舞：有性无情者，宽衣解带后，立地付钱，便可走人；有性有情者，纠缠如毒蛇，执着如魔鬼，来时一片温柔蜜语，去时一片泪水婆娑……南官河上游最美的景致是日景，南官河中游最美的景致是夜景，两岸灯火一旦相映入水，真让人搞不清它是真还是幻。

少妇河还有第三种含义：它确如一位拥有众多子女的母亲，只要自然条件允许，赐给黄岩子孙的东西实在太多。那时，路桥十里长街所有的房屋皆临河修筑，屋屋都建有水中楼阁。想用水，拿过戽桶便可提水；想吃鱼，打一把米便可垂钓；想吃螺蛳，端个盆子出去便有螺蛳；想吃虾，弯根针便能钓虾。假如家中来了客人，一时无下酒菜，大人们往往会对孩子下令："去，家里来客人了，无菜下酒，你们去河里摸些螺蛳来！"于是，孩子们兴高采烈地端着个盆子出去了。半个时辰一过，孩子一脸喜色地端着大半盆青螺蛳回来。大人们先是去尾、洗干净，后热锅下油，加上红辣椒、酒、姜等作料，再入锅爆炒，只一小会儿，便可上桌。男人们喝着小酒，吃着螺蛳，酡着脸，跷起二郎腿，凭栏唱起"十八相送"。

南官河第三段，从卷桥至出海口二十余里。这段河，黄岩人称之为"外婆河"。之所以称她为"外婆河"，当然是有其原因的。这一段的南官河，其形其态活似一位历尽沧桑的老阿婆。河到此处，情绪越来越平稳，心胸越来越宽阔，行动越来越徐缓。是的啊，南官河自西部山区发源起，到加入宁溪山区永宁溪，一路穿行，过峡谷，过城区，不知受尽多少艰难险阻。为了生存，沿河百姓不断把它身上的血液悄悄引走；为了发展，沿河百姓一而再、再而三地让她负重前行。而它从不叫屈，只是恪尽职守。于是她与上了年岁的女人们一样，希望快一点走完人生路程，让自己的灵魂、肉体与浩瀚的大海融合在一起。

这二十余里的大河道，水面宽有一里，入海口呈喇叭形，水极浑。海水与河水在此处交融，你中有我、我中有你。两岸的景色呢，也如一位褪尽铅华的老女人现出本色，别样地凄凉。出海口不远的两岸，全是盐碱地，一年四季长不出庄稼。别看她老了、累了、乏了，生命的历程也似乎走到尽头了，但这段河却凸显出女人高龄后那种罕见的豁达。于是，黄岩人即在她的出海处建有三四个大码头与数十个盐场。这三四个大码头自建成起，自然而然地成为黄岩海陆互通的中心。海船带来的是大批海产品，如带鱼、黄鱼、马鲛、墨鱼、对虾、梭子蟹、岩头蟹、龟姑、虾狗弹、弹涂、带鱼、鲳鱼、青鱼……这些海产品一上岸，小贩们便肩挑车送，运至各地去滋养人的生命。河船带来的是小商品，他们均在此地验货装船，再扯起风帆奔向远方。此段河不但是海外商品的集散地，还是各种鱼类孕育新生命的天然温床。春天一到，大批鳗鱼在此处交配、产卵；二十五天后，出生的鳗鱼苗再溯河而上，完成上天赋予它们的神圣使命。十二月时，成千上万的田蟹从洞中爬出，顺着这条河道勇往直前，径直奔向波澜壮阔的大海。

田、王两氏子孙于开阔的南官河岸开始建村。他们在谢百超的帮助下，搞定了紧靠着路桥三水泾口的土地、湖泊与山林。他们对外正式宣布：路桥十里长街新建的村庄定名为"田王村"。

田、王两姓子孙人生第二次结集，是田幸均与王居正一同举行婚礼。田幸均迎娶的是王居正堂妹王婉瑛，王居正迎娶的是田幸均堂妹田春妹。现在他们兵也强了，马也壮了，钱也有了，家也安了，该成些事业了。于是他们顺原路返至海王村，决心将位于金清黄琅岛的海王村建成田、王两氏的渔场与盐场。一个月过后，此两场全部建成。田幸均下令在临海一处的半山坡上，用石板、石头造出三十三间非常漂亮的石屋，并让田、王两氏男丁轮流至渔场与盐场劳作，凡轮及男丁时间为一年。

田、王两氏的家庙在路桥十里长街修建而起，两氏子孙们极其隆重地举行祭告天地的仪式。三十八名男子头顶谢皇太后的圣柜放至祭台，族长田幸均当众宣布六条村规。一是自今日起，村在圣柜在，村无圣柜无；凡我田、王两氏子孙不得对圣柜有丝毫亵渎，犯者将逐出家门。二是田、王两姓同族同堂不同谱可自由通婚。三是划良田百亩为义田，造三间家庙与八间学堂，谢皇太后所赐之书为后代子孙必读之书。四是田金辅所作之画关乎国家大业、民族大计，只可传世不可转卖。五是王家人登陆之地金清黄琅岛"海王村"村名不变，所有土地归田、王两氏公有；凡在海王村所辟之渔场、盐场，所得之财一律归为公有。六是为了感谢谢皇太后的救赎及黄岩人的慷慨接纳，纪念田、王两家的大会师，且方便黄岩人日后的出行，出资收购麻狸岭，归为公有；并在麻狸岭上建廊坊一座，以供黄岩人、客商及学子的出行、歇脚、住宿。

三年过去，十三间麻狸岭廊坊正式建成。这是一座非常有气势的高山建筑，活似一只巨蜥雄瞰于台州群山。顺山脚而上，修有一万八千级石阶，石阶尽头便是麻狸岭路廊大台门；入台门，有药店，药店内救治之药一应俱有；过药店，即是一处长方形的小天井，天井内种有梅、桃、李、杏四种吉果；过天井，一排八开间后房，内设二十四张床铺可供学生、商旅住宿。往右拐，依崖立壁造有三间饭店，内摆四张八仙桌，供人就餐；左拐临山建有三间大屋，一间供管事者住宿，另两间为储物仓库。顺廊坊以降十五尺，九曲回还，有一道梯阶式平台，平台上砌有一口方水塘，以竹为管连接顶上一脉山泉。离水塘东五尺，一处长方形开阔地，顺地势高低辟有十三畦菜地。顺廊坊过一小道至山后，有八亩果园，种有枇杷、黄梨、杨梅、桃。果园后，有两处饲养场，一处专养鸡鸭，一处专养肥猪。廊坊建成后，田幸均命堂兄田幸元携妻小入住此地看守管理，并令族中管事者每年定期往麻狸岭廊坊送稻米、食盐、布匹、腌海货，让守廊坊者生活有保障。

田幸均他们登陆黄岩、路桥的准确时间，用现代纪年来算是1288年。为纪念他们到达黄岩、路桥的这个日子，田幸均亲手在正村口临三水泾口的那处空地上栽下一棵小樟树。树栽上后，田幸均感慨地对田、王子孙说："人活不过山，也活不过树，就让这棵树权且做我们两氏子孙在此落地生根的见证吧！"樟树植土后，田幸均又令族人在路桥三水泾口三角洲处造一座圆拱形石头桥，此石桥通向路桥十里长街，田幸均几经考虑，决定将此桥定名为"福星桥"。又过一月，田幸均再次下令在路桥三角洲内开出一块长方形的小操场，以供田、王两氏子孙在此处习武。

五年过去，十年过去，二十年过去，三十年过去……天下无不死之人，生老病死乃自然规律，首批登陆于黄岩县的田、王子孙，终于在无情的岁月流逝中陆续走向死亡。

第一个去世的是谢百超。谢百超死的那天，无限眷恋地看了一眼谢王府，缓缓说道："本府曾连出一皇后、一宰相，只不知今后是否还能姓谢？"言毕，即与世长辞。

第二个去世的是王居正。王居正走的那天，说什么也要上回龙山顶再好好看一眼这处让他历尽人间沧桑的新家乡，他佝着腰沿着山路慢慢地攀至五丰坛祭天台。至祭天台后，王居正拄着拐棍努力将自己的身体撑起，站定后，眯着眼看展现在他眼前的路桥全景图。是时正值三月初春，展现在他面前的路桥风景极为美丽，如一轴田金辅的水墨画。看着那海、那平原、那一丛丛篁竹、那一口口湖泊、那一亩亩农田、那一家家屋顶上冒出来的缕缕炊烟，王居正自言自语地说："真是一番人间好景致哪！可惜啊，可惜，人生最长也活不过百年。"王居正站在那里看了好久好久，直到太阳快下山时，才拄着拐棍慢慢往山下走。走到村口小樟树下，王居正觉得浑身乏力、手脚发热，再也挪不动半步。他自语道："老了，老了，我真的老了。想当初，我什么样的山都不怕，现在就这么一点山路，走得我气喘不止了。真是稻熟一日，人老一年，我该走啦，我真的该走啦！"王居正顺势在村口的那棵小樟树边坐下。这一坐，王居正再也没有站起。

第三个去世的是田幸均。田幸均的离世与前两位完全不同，他似乎对自己的生死早有预感，田、王两村村民们也不知因何同样有预感。从王居正死后，田幸均就一直卧床不起，他一躺倒，田、王两姓子孙皆魂不守舍。在田幸均离世当夜，一无通知，二无发布告，两氏子孙们不约而同地来到田家。他们至田家后，只是在田幸均床前目不转睛地盯着他。子时前，田幸均尚且躺在床上昏睡；子时一到，田幸均突然睁开眼，双目如炬，环视众人良久后，即向众人伸出三只手指头左右摇了三下。什么意思？说不清。田幸均的独生子田纪年上前问道："阿爸，你有什么话明说吧！"田幸均让田纪年入书房捧出文房四宝来。田幸均问："你王伯父死前写在地上的话你记下了？"田纪年答："记下了。"田幸均说："好，现在，你把我的话也记下。"田纪年想请父亲说下去，发现老父亲已咽气，没人知道田幸均到底想说些什么。

三位老祖宗走了，一个时代终于宣告结束了。也就从他们相继离开人世起，他们的后代子孙似田地里的瓜蔓，开始在路桥南官河两岸的土地上分岔、攀缘、爬行了。

第二章　将军树与双白蛇

距今一百多年前，南官田、王两氏子孙业已行至第二十八代。

田、王氏子孙再也不是刚来时的模样，生活、习俗变得与土生土长的路桥人一般，完全没有了过去官宦人家所应有的孤傲与矜持；甚至一直承载着文化基因的语言，也与老路桥人无差异，不仅是程陈不分、吴洪不分、王黄不分、姜蒋不分，而且也把筷子说成"箸"，把早晨说成"颗星"，把中午说成"日昼"，把"蹲"说成"胡"，把"我们"说成"吾侪"。他们表现出来的生存方式与老路桥人同出一"范"。全村五百八十口人中，六分之一人开山种田，六分之一人做铁匠、木匠、石匠，六分之一人驾船出海捕鱼，六分之一人铤而走险走私食盐，六分之一人顺着南官河水道撒网垂钓当渔夫，六分之一人种甘蔗架锅熬糖。但这种平庸且寻常的生活，在大清王朝走向衰落、西夷用枪炮打开国门后，出现了颠覆性的变化。

第一个看出王家要出能人的是路桥第一号预测大师卜可仁。关于卜可仁，路桥十里长街人一直众说纷纭。有人说他是明朝刘伯温之后，有人说他是三国诸葛亮的传人，有人说他父亲卜良能是大清帝国钦天监（因误泄朝中秘事，怕慈禧拿他出气，因此连夜携妻小出逃）。是不是真的如此？卜家父子闭口不谈，十里长街也无一人知底。唯一众所周知的，那是在同治八年（1869）六月十四日下午，夕阳如血，这对父子一脸狼狈相，拿着把雨伞、背着个大包囊地出现在路桥三水泾口。由于他们初来乍到，在语言交流上有着很大的障碍，卜良能又年老多病，无他法，只好暂时寄居在艾家大院。他们父子在艾家大院一住多年，艾、卜两家的关系极好。艾家出事后，清政府没收艾氏一门的全部家产，卜家父子只得在东狱庙附近购下一间临街小屋，以避风雨。为图糊口，卜可仁不得不承祖业，以预测吉凶为生。那时，路桥十里长街极为繁华，人丁多，商贾多，拆字看相的算命先生也多。他们或在路边、或在河岸、或在牌坊下，或临街摆桌、或租房悬牌，无不是以危言耸听来招揽生意。独有这卜可仁彰显出与众不同，父子两人一不声张，二不咋呼，在他家门前贴有一长条红纸，上书九个瘦金体大字："姜太公钓鱼愿者上钩。"下注三行小字："每天只算一次，每次算价一两，若想卜算须先预约。"

现在的路桥人，有着极大的包容性，来路桥十里长街谋生者，东西南北中什么样的人都有，什么样的语言均可交流。那时可不是，由于近七百年的地域性封闭，路桥人排外思想非常严重。凡后来者，均称之为"蹭饭"，无不是冷眼旁观、嗤之以鼻。独有这个卜可仁，摆出来的姿态既出格还矫情，面对路桥十里长街人，他现出一脸不屑。那广告挂出后只三天，十里长街人人两眼冒火光。虽然他们并不曾粗野地冲上门去将招揽广告扯去，但言行中却露出更多的不满与抗议："此竖子何德何能，敢在路桥叫板？你们都别上他家去，我看他如何不饿饭！"更有甚者当面指责："一个外地佬，有什么了不起，敢在此地摆谱！"尽管如此，卜可仁对付他们的只有两法：一是笑而不答；二是初衷不改。是锥子总得从麻袋里钻出头，半年一过，机会来临。路桥十字街坊"荣宝阁"丢失一枚古金币，据说此金币价值连城。荣宝阁老板名郏增益，是路桥十里长街一等大户，他一时六神无主即行报官。那时，黄岩县正堂名陶开德，进士出身，系一介书生。他听报后，大为惊愕，忙派探员前往查看。一侦查，疑是内贼所为，下令扣留全店员工，来了个人人过函谷关。然而不论他如何勘问，均不见古币。

正当一筹莫展时，账房钱存理忽然想起这对一直在东岳庙的卜家父子。他从小与艾氏子孙有所接触，从他们口中得知，卜家父子非常人，乃天下第一神工，只因触犯朝廷，恐遭追杀，这才改名换姓至路桥隐姓避祸。有道是真人不露相、露相非真人，一分银钱一分货，没有两下真功夫何敢当众叫板？于是钱存理向老板郏增益提议："是否请卜可仁前来一算？"郏增益心头一忖："是啊，既然卜可仁饿死不掉价，总有大才能；无大才能者若砸了招牌，还有何脸面？"当即携上三两银子至卜家店堂。是时，卜良能正坐于圆凳上闭目养神，其子卜可仁在替他熬药，小小的房间内弥漫着重重的草药味。郏增益上前俯身将发生的事情一说，卜可仁一脸平常："真测？""真测。""我要价可高啊！""你放心好了，银子我已带来。"郏增益取出三两白银放于桌上。卜可仁一笑，领郏增益到后屋一间小房，房内不大，只有十尺长、六尺宽。墙上悬有一幅八卦图，案上放有一香盘、一卦筒，三枚闪闪发亮的康熙大钱平铺于桌。卜可仁先让郏增益焚香拜祭，然后手握三钱，盘腿入定；片时，睁开眼，祭卦，三枚康熙大钱叮当落地，卜可仁画卦，细观卦像。卜可仁对郏增益说："先生，此枚金币无窃，现在先生座椅地板底下。"郏增益大惊:"此话当真?""从此业者从不打诳语。""如无若何?""拿在下是问。""敢不敢与我一起去店里验证?""可以,但须丑话说在前头,酬金双倍。""这可是我郏氏传世之宝,岂有不允之理?"

郏增益忙雇一顶小轿,抬着卜可仁一路奔至荣宝阁。到店后,卜可仁面色沉静,至郏增益坐椅前立定,伸手指向椅子下一处地板缝对郏增益说:"先生,你让人撬开地板吧,宝贝就在此地板缝底下。"全场一片悚然,有人信,有人不信。郏增益令伙计们操家伙撬开地板。地板一撬开,员工们无不一脸灿烂,果然,这枚金币正好斜插在地板下。原来,是郏增益转身回内室取木匣时,长袖拂桌,恰好将此枚金币拂落,顺着地板缝插入地下。

就此一事,一传十、十传百,传得这个"外地佬"名扬十里长街;就此一举,便把当时数不清的算命先生压倒。按着一般人性,势必趁机涨价,多卜几卦。然而,令路桥十里长街人为之侧目的是卜可仁父子极守本分,一往如故,每天只求进项能充饥、疗病即可。事后三天,钱存理曾在街头与卜可仁相遇,钱存理问道:"现在,求你者多如牛毛,何不多算一卦?"卜可仁答:"命中十分,难满一斗;多一分则凶,少一分则吉。"更令人不解的是卜氏父子一直奉行六不卜:人命关天不卜;男女婚配不卜;军国大机不卜;他人隐私不卜;财富多寡不卜;官运财运不卜。他只卜算丢失东西,卜算吉凶日子与察看地理风水。十里长街曾有人讥笑说:"天下哪有这等傻子啊,放着金元宝不往家里赶,是怕钱多咬手?"卜可仁闻之只是一笑,不作解答。直至谢家第二十八代子孙谢东潮问起此事,他才对谢东潮说:"东潮哥啊,做人不可全得,得留条路让别人走!"

正月初八,春节刚过,卜可仁因其妻即将分娩需红糖,特来王家糖坊购糖。自他在黄岩路桥十里长街安营扎寨起,从不曾来过田王村。那天一大早,卜可仁来到田王村,一入村,即被田王村所呈大象惊奇:那山,五彩氤氲,如巨龙腾跃;那河,九曲连环,如长蛇潜移。他心中暗想,自己到路桥十里长街有数年矣,如此藏龙卧虎之地为何不知?瞬间心动,居然丢下为妻购糖一事,顺着南官河岸的青石板路往东走,一直走到与田王村相隔八里地的将军山。卜可仁至山前细看,山脚下有一座庵,叫菩提庵;庵后有一洞,叫天祥洞,相传南宋时文天祥逃难时曾在此洞藏匿。他抬头往高处看,那山的形态活似一位头戴盔甲带兵征战的大将军。天哪,我只知路桥好风水是在徐山升谷寺,咋不知还有这等好气象?卜可仁掉过头顺着南官河往东走,沿回龙山重回田、王村村口,一眼看见村口的那棵形如华盖的大樟树。过大樟树,又见正对角位于三水泾口中心的三角洲,三角洲上长满了参天大柏树。再回首看大樟树,树冠顶透有两股搅在一起的浓紫气,卜可仁顺着大樟树转了三圈。又往左看，见有田、王氏大祠堂，卜可仁入祠堂，第一眼即见祠堂正中供有一圣柜。直觉告知卜可仁，田、王两家的命运似乎与供奉着的这只圣柜有着极大的关联。卜可仁忙向一位路过的村民打听："田王村族长是谁？"村民答："田长河。""家在何处？""喏，在临河那处小院。"

卜可仁转身到田长河家。刚一进门，见田长河正临窗对他老祖宗留下的那部《人生警言》发怔。田长河一直没搞明白，为何他们家的老祖宗在第九卷书中间夹有三页白纸，是古人装订上出了差错，还是祖上在此三页白纸中密写有什么东西？卜可仁一进门，田长河即放下书本起迎。卜可仁问："你们家祠堂所供的是不是谢皇太后赐的圣柜？"田长河答："是啊。"卜可仁又问："是不是高卧于祭台上的那个柜子？"田长河回答："是啊，我有几个问题一直想不明白，你是否能帮我做一下解释？"

于是，田长河与卜可仁再进祠堂。卜可仁细看，越看越觉得此柜非同寻常，它长七尺二，高三尺，宽三尺，三方一圆。卜可仁说："就是家常柜子，也不能做成这种怪样子啊，不合常理。"田长河答："我也说不清。""自建村后一直放在这里吗？""是的。"卜可仁想打开柜子看一看，连开了三次也打不开，于是惊讶地问："为何打不开？"田长河答："不知。传了二十八代，从不曾有人打开过。我只听上代人说，此柜自有灵性，开闭有时，时候不到它不开。""那你们田、王两姓因何择此处建村？""先人举家往这里迁时，谢皇太后曾留有话，绳断柜落之地便是田、王两氏子孙的安身立命之地。东迁那年，我们家祖上把此柜从老家抬至这里，抬柜的绳断了，田、王两姓也就在此地安家了。"卜可仁听罢，脸色愈加沉重。田长河忍不住问："卜先生，你是高人，请指点这只圣柜是否有什么说法？""有，实话与你说吧，我道行不够高深，一时半会也说不清。但我想告诉你'君子之泽，五世而斩'，富贵贫穷自有循环。你们田、王两家至路桥二十九代时，是该出能人的时候了。"田长河惊讶地问："会出什么能人？"卜可仁答："山头深，出国英。""何意？""天意不可明说，天地之间善恶更替自有劫数。为人子者，只可顺势而取，不可强志而为。"卜可仁说完，轻一甩手，出祠堂大门前往王家糖坊购糖。站在祠堂门口的田长河却被卜可仁的话搞得一头雾水：山头深，出国英？我们田、王两氏能出什么国英？若朝中无人提携，山脚下大树远不及山顶上的茅草能远眺。罢，罢，罢，就别听卜可仁的信口开河罢……

太阳走了，月亮来了。

太阳来了，月亮走了。

三月清明节到了，田王村人打算上坟祭祖。平原山川的生命随着这个节气的到来，开始变得勃勃生机。这天夜里下大雨，雨后田王村人意外地发现，将军山山顶破天荒地长出一片茂密的小树林子，站在远处往山顶上看，翩然成一位头戴深蓝色头盔的大将军。

村民们纷纷前往将军山细看，一村之人无不愕然。打从田、王两氏第一代高祖田幸均、王居正迁移至路桥起，有整二十八代人，此癞头山曾几何时有过这番绿意？如今，兀自长出如此郁郁葱葱的小树来，是祸？是福？是恶？是善？田、王两氏子孙全跑到田家来询问："田长河啊，此事吉乎？凶乎？"田长河回答："本人眼浊心笨，说不清。"王家二十八代长子王希品是个好动分子，完全出于本能中的好奇，领着三位堂兄弟，带上绳索，凭着一身勇气，首次攀上将军山山顶。抵达山顶后，四人脸色瞬时惊愕，圆弧形山顶上长出来的居然是他们从不曾见过的一种小树。王希品用力从峭岩中拨出一棵幼树看，越看越感到心惊肉跳。打从他跟着管宗泽学石匠起，攀了二十多年的山，爬了二十多年的树，看了二十多年的石头，居然认不得此树。那树身红得如血，树叶正面呈翠绿色，反面呈白色，全叶长有细绒毛。"这叫什么树？""不晓得。""哪儿来的？""不知。""为何此树别地方不长，就长在将军山上？""我与你一样，何以得知……"是啊，我们全是普通人，见识有限，何以知天地之玄机？更令人称奇的是这种树生命力极强，见风就长、见雨就发。五月高一尺；六月高三尺；七月高四尺；八月整座将军山浓得化不开；九月怪事出现，所有树叶现红，红得像人身上流出来的血；十月一到，居然一顶放白，风舌横卷，整座将军山化成一位头戴银盔的大将军。

不知何故，王氏一门命运多舛。在台州一带，打从南宋临海谢氏出有皇后谢道清，台州的社会发展史即步入第一个大辉煌。就谢皇后在位的五十多年间，台州府所辖八县，光榜上有名的大进士四十八人。至明朝，因方孝孺事件发端，朱棣灭方氏十族，台州文士一夜间死有五百三十四人，自此读书种子尽绝，出现一百三十年的文化大萧条。然而台州八县反倒涌出三多：经商多、从武多、学艺多。经商，为赚钱；从武，为防身；学艺，为不饿饭。"卖天卖地，不可卖艺"，早已在灾难中成为台州人的生存法则与信念。从永乐十八年（1420）起，路桥十里长街周边方圆三百里则崛起一百零三个专业村。打钉的叫"打钉王村"；做桶的叫"河西桶村"；当木匠的叫"木匠倪村"；织网的叫"新网村"；从染的叫"苏家染"……就连侥幸活下来的艾氏一门，也逃至观音乡从事纺织业。王希品为养家糊口，即去海王村学捕鱼、晒盐。不久，田长河与金安芳举行婚礼；再不久，王希品与何氏结婚了。家穷子多，家富女多。王希品家穷，婚后七年间，接连生下三个儿子，田长河连生两个女儿。由于田、王两家相去不远，五个孩子一在他们面前出现，王希品高兴，田长河快活。

那年的十月初九，宁溪金家村大学问家金安士到田王村，屁股不曾坐稳，王希品便跑来问："舅哥，你是读书人，识多见广，将军山顶长的是什么树？"金安士笑着回答："将军树。"王希品又问："何兆？"金安士答："古书云，有山出此树者，必出大将军。"王希品一脸惊异："舅哥，照你的话说，我们田王村要出大将军？""上天之意，只有上天知。我与你皆是草命草心，何以知耶？"

田王村第二次出现怪异，就出在田幸均栽在村口的那棵大樟树上。随着岁月流逝，昔日小樟树今日成为树中王。论历史，此树从落地生根起，活有六百余年；论经历，此树从小至大，历尽大灾大难。从它第一次生根起，曾遭受过三十一次雷劈、四十一次火烧、四十五次肢解、十七次腰斩。路桥十里长街大樟树有一百三十三棵，哪棵也没有田王村村口的大樟树受难多，哪棵也没有田王村村口的大樟树生命力顽强。远了看，这棵大樟树树顶圆如皇冠；近了看，这棵大樟树的树瘿如女子乳房。那树干之巨，两个后生牵手而不可搂；那树冠之大，三十六平方尺。由于它存活的年代实在太久远，全身长满蕨类，乍一看，这哪里是树？分明是一位历尽沧桑的老人。人老成精，树老成神啊！别看它年复一年地坐在村口，不因你对它的伤害而愤怒，不因你对它的无礼而疯狂。轻它，如是；重它，如是；爱它，如是；欺它，如是。正因此，孩子们爱在这里做游戏，后生们爱在这里谈情说爱，老人们爱在这里道古论今。一因田王村天然而成的地理位置，处于南官河、回龙河、潞河的交界处；二因田、王两姓子孙在此定居后，交界口成为百姓们的大船埠。凡南官河东、西往来的船只，总要在田王村与三角洲岛周边停泊，有意无意间让田王村成为商品贸易中心。船一靠埠，出售商品亦跟着上岸：牛、猪、水鲜、农产品或手工制作。人们便沿着环河青石板路摆卖，求物者纷至沓来。看不中的，闪一眼便走；看中的，在大樟树下席地而坐，讨价还钱。谈得了，人们把货物运至樟树脚下来交换；谈不了，一脸和气地道声"得罪"，便在樟树脚下分手。田、王村里有几个会做生意的精明女人（如田长河的妻子金安芳），围着大樟树搭起一溜长棚，卖饭、卖菜、卖开水……无论是为生意，还是路过，人们总爱在老树根上一坐，喝水、抽烟、闲聊。

某天，那好端端的大樟树脐眼处，兀然裂出个圆咕隆咚的大黑洞，树身出洞乃是常事，田王村人并没在意。但过了一个月时间，田王村接二连三地出现异动，鸡、鸭、鹅、猫、狗、兔陆续失踪。田王村村民起先并不为怪，误以为让山上窜下来的山猫野兽叼走了。后来村民们想搞个水落石出，弄清到底是什么野兽前来夺抢，便顺着踪迹寻找。一找，发现不对头，无血迹，无残羽，不像是回龙山上下来的山猫野兽所为。那究竟是什么动物吃了这些家禽呢？正疑虑着呢，金安士领着儿子金明白到田王村给姐姐金安芳送山货。山货送到后，父子俩想返回，田长河不肯。"你们从金家村翻山越岭来到这里，一夜不宿，抬腿便走，金家人知道了会怎么看？说我田长河小气，还是我与你有矛盾？"金安士一听，觉得有理，决定留宿一夜。那时，金明白年仅三岁，人长得帅气不说，两眼明亮有神，大人们在屋里说话，他独自一人走到了大樟树下。偶尔俯身，见树身有一洞，洞中有一朵红云，出于孩子的好奇心，伸头探望。金明白见洞内有四盏绿灯，感觉极为好玩，伸手去拿绿灯。哪知此四盏绿灯却是两条巨蛇的四只眼，令人惊诧的是，这两条巨蛇吃村子里所有能吞得下的东西，却极通人性，面对着如此纯情赤子，双蛇极为友善。金明白伸手摸它，它俯首任其抚摸。这是一对夫妻蛇，小者为公，大者为母，阳光下银鳞闪烁，堪称雄壮。金明白似与双蛇有天缘，不怕不说，反倒骑上公蛇大呼小叫，活似一位出征的大将军。金明白骑着白公蛇蜿蜒三十尺，正赶上王希品从海王村赶来，打算去田长河家会会金安士，见小外甥坐着大白蛇身上，吓得差一点尿了裤子。王希品一惊一乍、大喊大叫，引得围着大樟树居住的数十户村民前来，看到两条巨蛇盘踞在大樟树脚下，无不是吓得脸色惨白。他们慌乱地奔回家中抄起铁锹、锄头一哄而上，想动手砸死这两条蛇。

就在这节骨眼上，田长河与金安士闻声赶到。那金安士可不是常人，他一见此情景，上前挺身力阻村民不可行暴。村民不解："为何？"金安士答："此双蛇源出海王村蛇蟠山，随船往来，才落户至田王村。蛇乃小龙也，岂可伤害？此双蛇为夫妻蛇，乃是从畜道脱胎至人道，凡夫俗子岂可亵渎？白蛇者皆是蛇王蛇后，蛇乃仁义之裸虫，知恩必报、有仇必还。定是王家子孙有恩于它们，前来还报。"村民们说："照此理，得让它在此安家？"金安士答："当然，老天爷将它们夫妻安排在田王村，自有道理，岂可以恶相待？就从这天起，田王村人对此夫妻蛇不是恐惧，而是顶礼膜拜。消息传开后，路桥十里长街人将这对夫妻蛇作为神灵，闻声而来者，无不是围着大樟树祭祀，或点香上烛求护，或摆供品求佑。白天，夫妻蛇藏匿于洞，千呼万唤不见影；子夜，即双双蜒出洞外寻找猎物。众口铄金，于是越传越多，越传越神。一说此蛇原本是海王村蛇蟠山中的蛇帝与蛇后，因田王村人抢占它们的领地后，令它们无处藏身，才至田王村接受供奉；二说此蛇业已修炼封仙，乃是一方神圣，你向它求什么，它即能给什么；三说此两蛇乃上天下凡之神蛇，因田、王两氏子孙有恩于它，迟早要投胎于田、王子孙，并在日后结为夫妻。

路桥富商谢东潮（此人乃是谢百超之后人），膝下有女无子，不知是何人给其妻子出了个主意："你去田王村求一下蛇夫妻吧，这两条白蛇不是凡蛇，是神蛇，若是你诚心诚意求它，兴许它们会赐你谢家一个儿子。"是啊，谢家打从出了一个皇后，不知因何原因，十世单传。我如果不给谢家生出个儿子来，偌大一个谢王府日后交付给谁？谢家女人心一动，挑了个黄道吉日，携有三十六只蛋（十里长街人传说白蛇最爱吃蛋），来到田王村的那棵大樟树下。她先是上香跪拜，后向这对夫妻蛇说出自己的心愿。说来此事极奇，在她求完后的当夜，即做一怪梦，梦见一浑身穿白衣的女子（其貌很像珍藏于家中谢皇后的画像）飘至她面前说："放心吧，你要的孩子，我会赐予你，但是男是女得听从天定。我只能告诉你，你那孩子将与田家孩子在巳年巳月巳日巳时辰生。谢氏家族已享尽富贵荣华，若是多求，日后降临的必是大灾大难。"谢东潮妻蓦然惊醒，也不知此事是真是假，不敢声张，悄然以待。

然而就在这天，情况急转直下，午后初时天尚晴空万里，未时天象突变。先是乌云密布若翻江倒海，后是重云下坠似与地合，接着九龙之象腾空跃起。一个可怕之象令村民失魂落魄，好一棵六百多年树龄的大樟树啊，它再一次遭受劫难：树身被天雷一分为二，枝叶被雷击得七零八落；大白蛇夫妻双双被雷击毙，肥软的身躯滑出洞外。田长河一看，天意如是，还有何说？他喊起十六位男子拿来各种工具，上前将这盘踞了十一年的白蛇夫妻从树洞里拉出，四人一组，前呼后拥地抬至回龙山脚。到回龙山后，经田长河细为踏勘，选中一块背山风水好地，挖坑筑坟，将夫妻蛇掩埋。

掩埋是掩埋了，但田、王氏子孙的心遂现惶恐。这对夫妻蛇是何等善良之蛇啊，上天为何将它们劈死？是上天瞎了眼善恶不分呢，还是其中有不可知之隐情？正当村民们不断谈论此话题时，金安士即在金家村正式发表言论。金安士说："人是蛇，蛇是人。这对夫妻蛇命中注定要投胎转世为人身。若干年后，此两人兴许要拯救田、王两氏子孙于火坑。"金安士这个话一说出口，非同小可，田、王两氏子孙们无不是心惊肉跳："这是怎么回事呢？难道田、王两氏子孙要有大灾大难？难道它们真的要投胎于田、王两氏，前来拯救我们？"

健忘的人们被生活中无穷的烦琐事而淹没，夫妻蛇事件很快烟消云散。田王村村口的那棵大樟树，尽管让天雷一分为二，可它的生命之根依然鲜活，再一次在春天来临时怒绽新芽。

就在这年，王氏第二十九代最后一名子孙出世。这个儿子自出生起，王希品即觉得这孩子生得与前三子完全不一样，他阔额宽颐，其状如天外来客，第一声哭叫即令田王村人闻之惊奇。正在熟睡的田长河也被这个新生儿的哭声惊醒，刚起身，妻金安芳一身倦怠地从王家回来。"生了？""生了。""多大？""十一斤八两。""这是他哭的？""是。"田长河心想，难道将军山之兆应在此小子身上？

王希品来到田家，让田长河给他的新生子起名。田长河略为一想，定名为王国器。因王希品已有三子，长子名王国瑞，次子名王国立，三子名王国成。"国"是王氏家族第二十九代人辈分字，四兄弟最后一字合在一起是"瑞立成器"。

巳年巳月巳日巳时终于来临：一切正如金安士所料，十里长街有一对带有神秘色彩的男女同时出生。

前一刻出生的是田长河的独生子，他步出母门后，显得极为安详。田长河从接生婆手中接过一看，此子头大身小，双目如晶，左右两手具有横纹，一看即知非人间凡种。他心中大喜，抱着这个新生儿入产房看妻子，头上包着布帕的金安芳挣扎着从床上坐起。别看她只是田王村一农妇，然而她却是金家村金氏家族的大家闺秀，从小随其父兄读书不少。金安芳将一把散落于额前的乱发，问："一个男孩，四根大柱同站在一线，是吉是凶？"田长河答："吉。""有何依据？""有，非常之时，必有非常之人。""问题是，这一边大白蛇让雷劈死，那一边他出生，生辰八字四柱全占蛇，莫非他真的是我弟说的那条公蛇所变？""管他是什么变的呢，我家老祖宗写的那本《人生警言》里有一言说得极明：'凡我田家人子孙，一不求福，二不强为。凡天赐之人与事，须面对、接受、放下。'出龙就养龙，出蛇就养蛇吧。"由于田长河前两个生的是女儿，据惯例女孩不从辈，田长河给长女起名田如梅，次女起名田如蕙。老三是儿子，当然要从辈了，田长河即为此初生子定名为田兴业。

后一刻出生的即是谢东潮一生中的最后一女。此女出母门后，几乎与田兴业一样，一直闭目安睡。当接生婆把她抱给谢东潮看时，她突然开目，光闪如电，嘴角微抿，对着父亲淡淡一笑。谢东潮顿时心中发甜，伸手轻拨襁褓细察，见此女之英容之笑貌与谢皇后几乎同出一范。尤为称奇的是此女之脸右，居然如家谱所载的六百多年前谢皇后初入宫时一样，生有一块紫黑痣。谢东潮无法说清二十九代前谢皇后的相貌为何会重新复印在他四女儿身上。是他们谢家命中注定再出个皇后呢，还是另有征兆？襁褓中的女儿一直闭目安睡，谢东潮提着心将初生女儿交还奶妈，抬腿即往卜可仁家走去。

是时，卜可仁老父卜良能业已去世，儿子卜无意年刚五岁。谢东潮入卜家门时，卜可仁正让儿子坐于腿上学书法，他见谢东潮一脸疑惑，忙放下儿子起身迎候。"是不是你家生下个女公子了？""是啊，她是巳年巳月巳日巳时出生。""祝贺，祝贺。""老弟啊，问题在这里呀，她怎么长得与祖上谢皇后一个模样啊。""她脸上也有一块大地图？""有，有啊。""这太叫人奇怪了。""所以我来找你。""你想让我给她算命？""是啊，是啊，我想知道她是不是命中注定要当皇后。"卜可仁拿过一张纸，写好出生时辰，派好四柱，提笔正要开算，儿子卜无意即发声说："爸，你不用算了，我给她算好了。"卜可仁说："你年仅五岁，能算出个什么来。"卜无意答："你能算，我也能算。"卜可仁放下笔说："好，你给我说说看。"卜无意答："此支生辰八字有个名字叫作五蛇登堂，占有者必大贵。只因四柱组合与谢皇后不同，得不到天时地利，当不得真皇后。"卜可仁问："那她能当得什么？"卜无意答："从天象推，只能当个野王后。"

命相中的四柱组合是中国传统文化中的一个大发明，因其推演之法实在太复杂，非才子不可分析；即使是江湖高手，须得细排长推，才可有准。一个年仅五岁的小毛孩，何以如此出口成章？卜可仁笑而不信，拿过一纸，提笔即将此女生辰八字中的天干地支一一开列，然后综合分析。一综合分析，诚然如是。尽管此女不能母仪天下，但命格确是非常，一门中有两位将星闪耀，然辉煌之下尚有四难尾随其后：一是其夫暴亡；二是双子均死于枪下；三是五十后才得真夫君；四是送终者即是螟蛉之子。卜可仁细细分析后，脸色略微下沉。谢东潮心内发慌，问："好兄弟，实情何如啊？"卜可仁不敢实告（算命人自有算命人之规矩，天机不可泄露），漫应一句说："好。""怎么个好法呀？""虽当不得真皇后，却当得野王后。""此话怎讲？""不好说，不好说呀。天心不可猜，帝意不可揣；时代多颠覆，生命多无常。只因命格如此，妄听之，妄言之！"卜可仁不再多言。谢东潮深知卜可仁为人，当不再深问，心里却想，不管她是真王后还是野王后，只要是个"王"就好。正因此女其容其貌与南宋皇后谢道清同范，故在"明心者道清"五字中拆出两字给此初生女，仿谢家皇后之名，定名为"谢明心"。

田兴业满月那天，王希品从海王村赶回田王村吃酒。酒过三巡，王希品一脸得意，借着涌上心头的酒力对田长河说："阿弟，我有四子，你有两女，我与你干脆亲上加亲吧。到那时，我们两家有手力了，在河岛内造一座三台九明堂，起名田王府，那该多好啊！"田长河心下一动，并不言语。金安芳插话说："儿大不由父，船大不由橹，只怕世事由天不由人啊！"王希品点点头说："是的，是的，人的背后不长眼，我与你只得走一步看一步。"

山青了，又黄了。

水浊了，又清了。

田长河的长女田如梅，长得三分似母、七分似父，她不仅是长得体魄健壮，且生性刚烈如男，村里人管她叫"花木兰"。平日里，田中有活就下田做活，田里无活好临窗独坐，或读书或写字或看谢皇后赐的那三本书。开口说话，不像十里长街一般女子，一口吴侬软语，而是硬绷如铁、亮如洪钟。田王村村民见她一身男子风范，好打趣："这丫头，该是个男儿身才对，只是跑得太快，将下面那东西跑丢了。"

老二田如蕙，七分似母、三分似父，长得小巧玲珑，天生不爱读书爱女红。她是田家庄第一号能工巧匠，不仅能织得一手好布，还打得一手好席。她所织之布，十里长街人管称"蓝花布"，花样繁多不说，质地坚挺，即使放于木盆里泡上三天、搓上三天、捶上三天，亦不倒锋；她所打的草席，十里长街人管它叫"兰花席"，成品后拿来在阳光下试照，席面绢光锃亮不说，席内还藏有无数极为优美的小兰花。尤其令路桥人叹为观止的是她所打之席，出梅时一不生虫子二不长毛。当时，这两个工艺品即成路桥一大品牌，出售的价格比他人高出三四倍。平日间，只要田如蕙家中的绢机一响，田王村村民们即生无限感慨："这小女子啊，莫不是天上织女下凡？"

只不过后来的发展事与愿违：王希品与田长河想合建田王府的打算，因经济实力不达标，最终变成一张空头支票；兄弟两人所生的子女，由于生活环境不同，处世坐标不同，文化背景不同，人品性格不同，兴趣爱好不同，全往不同方向伸延。

王希品由于长年累月在海上，与他打交道的不是海盗便是走私贩子，四个儿子同在此等环境中熏陶，越来越彰显他们特有的匪性与狼性。田长河由于好与士人者游，只要有闲不是棋琴便是书画，一家人益显温文尔雅。两家人活似几何学里的两条平行直线，再也不能找到一个共同的交叉点。

太阳落了，又升起了。

潮水涨了，又退下了。

王国器长大了，田兴业长大了。十里长街人沉思：上天究竟想要干什么呢？田、王两家第二十九代最后两个子孙，怎么成了同一枚银币的正反两面？

王国器天生就不是一块读书的料，若是让他弄枪舞棒，心情比鸭子见水还快活，一旦逼他读书，如同令他走入地狱。九岁时，迫于田长河的压力，王国器捏着鼻子前去上学，读不到五天，即将自己所读的书往旮旯里一扔，身子一扭便往外走。田长河拦住说："国器啊，我们田、王两家祖上全是做大官的，你若是不读书，今后怎么能有大出息？"王国器答："阿叔啊，这年头，谁的拳头硬就得管谁叫老大。我读那些'之乎者也'有什么用？"

田兴业命中注定似乎为文而生，从他出娘肚皮那天起，最大的愿望即是读书。

三岁起，见字起舞；八岁时，田长河想给儿子田兴业开蒙，便坐下教他读《千字文》《百家姓》《人生警言》。父子俩相对坐有三月，田兴业大皱眉头现出一脸不屑。田长河问："儿子啊，你怎么不读了啊？"田兴业答："爸啊，我说的话你可别不高兴啊，你给我读的这三本书好是好，只是内容太浅。""老祖宗写的《人生警言》何以言浅？""爸啊，祖上之书，子孙不可妄议。""你说说何妨？"田兴业说："论画，老祖宗之画价值连城；论学问，老祖宗之言不过拾人之牙慧，全书唯有五言尚有新意。"田长河大疑，问道："何处五言？"田兴业立起背五言，一字不差。田长河大惊，儿子所背之五言，正是他读到四十三岁时，才知此五言尚有新意，这小子居然开卷便明，他不是个天才又是什么呢？九岁送私塾；十岁学《论语》；十一岁学《大学》《中庸》，半年一过，倒背如流。十三岁时，田兴业请私塾先生给他讲《易经》，先生答："孩子啊，我文根太浅，中国《易经》有《连山》《归藏》，乃中华民族文化与思想的源头，博大精深，老夫讲不得也。"田兴业问："先生，何人会讲《易经》？""只有你娘舅金安士能讲《易经》！""好，那我上娘舅家去请他讲《易经》。"

　　私塾先生初以为田兴业只是说着玩玩，哪知次日一大早，田兴业背起一个小包囊，顺南官河岸即往他娘舅家走，一走一整天，直至上灯时才至娘舅家。他到时，金安士正在给儿子金明白准备出国留学的行装，见田兴业独来，一脸惊讶。问道："你独自来我处干吗呀？"田兴业答："我来跟你学《易经》。"金安士惊问："你才多大呀，就想学《易经》？""有志不在年高，空活徒有百岁。罗成十八为国相，我业已十三，有何不可？"金安士心下大异，心想莫非此小子真是白蛇化身？既然如是，我当娘舅的，为何不教？"好，我教。"于是，留下田兴业。金明白一走，他便给田兴业坐堂开讲，一讲便讲有三个月。讲毕，金安士问他："你悟到什么？"田兴业答："娘舅，此书怕非是文王囚时所作吧？""何人所作？""上天所作。"金安士诧异地问："何出此言？""天下事尽在其中。凡夫俗子者何以能为？"金安士一听，惊得差点一头跻地。

　　王国器一天到晚不是跟着别人学武术，便是学鸡飞狗跳、爬墙挖壁。十四岁时，居然勒死郏家看门大狗，提它走至将军山菩提庵，请一帮玩伴煮狗肉。佛门净地，岂能让这几个不知天高地厚的小毛贼在此胡作非为？做佛事回来的两老尼，见一地杯盘狼藉，被熏得呕出一地清水。冤有头债有主，不找你们父母找谁？两老尼跑至田王村找田长河，她们站在田长河面前，什么话也不说，只要田长河随她们上庵堂里看一看。田长河不知就里，只得前往察看。一察看，心下大明，问："何人所为？"尼姑答："只有你们王家出的绿壳土匪才敢如是，他人何敢？"田长河气得浑身打哆嗦，赔了两老尼一笔钱后，派两个后生将王国器从回龙山脚押回来。田长河想动家法，怕背后他人说闲话，只得令他跪于堂前反省。田长河说："就你这种胡作非为的样子，不是土匪又是什么呀？"王国器答："阿叔，当个土匪，人见人怕，有何不可？与其让我忍气吞声，莫不如让他人狂詈怒骂。"

田兴业一天到晚沉醉于文墨之间。十三岁半时，金安士应邀出任路桥十里长街文昌书院山长，田兴业跟着娘舅吵着要进文昌书院读书。金安芳考虑到经济承受力，说："此书院乃是贵族子弟书院，非草根阶层所能承受。"田兴业吭声说："不吃苦中苦，何为人上人？"金安芳听后，说不上是喜还是忧，叹说："天哪，这小子哪像十三岁的孩子！"

王国器力大如牛，十五岁那年，为显本事，当着村里村外三百多人的面，头顶石稻臼过河。至河岸后，他摘下头上顶着的石稻臼还心不跳、气不喘，岸上那三百多位看客脸上铸成一块铁饼。路桥十里长街人说："他哪里是田王村的王国器呀，他是李元霸第二、项羽再生！"

田兴业天生少气薄力，平日里手不能提、肩不能挑，就是走路，也是小心翼翼，生怕把道上的小蚂蚁踩死。十四岁那年，田家做七月半，兄弟两人同坐一桌吃饭，不知因何出现争执。王国器说："乱世出英雄，就你，手无缚鸡之力，不让他们摘下你脑袋当尿壶算我输。"田兴业答："你呀别吹，今后若是没我衬着你，就你这种样子，死都不知道怎么死的。"那时，金安士在一旁听到小哥俩这样对话，一脸惊异，侧身问田兴业："此话怎讲？"田兴业答："将不在勇而在其智，兵不在多而在其精；武功可得天下而不可治天下，匹夫之勇可做功狗不可做功人。"金安士听罢，捻着胡须不语，心中暗叹，兄弟两人高下分矣！

那时，正值清末民初，天下大乱。由于台州地理上的天然屏障，自然成为土匪、海盗结山据海的首选之地。海上有海盗，山上有土匪。王国器十六岁时，随其父出海，十七岁为水手，十八岁为船长；十九岁，因陆上土匪老抢粮，王希品为保障海王村人吃喝，让王国器做运输大队长，专门押运往来粮食。就在这年的重阳节，王国器率八名王氏族弟驶船回田王村运粮。他到家时，正赶上路桥十里长街举行一年一度的大庙会，庙会结集点，即现在路桥的东岳庙。那时，东岳庙正前方临南官河处有一处大广场，可容纳万人。庙会一开，台州八县的人全往这里涌，场面十分壮观，或踩高跷，或闹湖船，或戴起假面扮水仙、扮白蛇娘娘、扮青蛇、扮法海，或载歌载舞滚龙灯、舞狮子，大街小巷人声鼎沸。盘踞在黄岩一带的土匪大头目名万五魁就在这天下山踩点，主要的攻击目标是郑增益家所开的荣宝阁商号。至文昌桥（现在的磨石桥五丰坛一带），万五魁偶在街头遇见一位长得天姿国色的妙龄女郎。此女郎身如摇柳，目如点漆，垂辫如蛇，肤白如乳。打从万五魁落草后，过身之女难以计数，独不曾品尝过如此古典式女子，与她只是擦肩一过，两目瞬时拔直。他随之跟进，至谢家五凤楼。万五魁立马打听，知此女子即是谢家三小姐，心想，如此天下之妩媚，若不为我做个野王后，生下一堆龙子龙孙，岂不是让我白当一回山大王？主意一定，万五魁即刻掉头回山。别看万五魁是个无恶不作的绿林土匪，爱就是爱、恨就是恨，不藏也不匿，真刀真枪与你明干。回山后，万五魁拿笔伏案给谢家下有一帖：

谢东潮岳父大人台鉴：

　　请您老人家务必在 × 月 × 日，把你家三小姐梳洗打扮好。我万五魁明人不做暗事，看中你们家老三，我要娶她做压寨夫人。若是不允或是损伤她半根头毛，我将把你谢家五凤楼夷为平地。

黄岩部万五魁

万五魁写后，细看一遍，字虽不好却真诚，即朝信封啐上一口唾沫，封好帖子，令贴身一小喽啰送至谢王府。太阳一落，谢家用人在门缝处看到了帖子，谢东潮拿过帖子一看，手脚发麻。他们谢家打从南宋时出一宰辅一皇后，承蒙圣恩，一直在台州当大"浮头鱼"，虽再无显赫者，但也是十里长街的富贵人家。谢东潮一共生有四女，前三女，个个有沉鱼落雁之容，独有巳年巳月巳日巳时生的老四谢明心，脸上长有一块黑斑。前三女，人见人爱，十五岁一过，相亲之人便踏破谢家大门。此信一至，一家人悚然，不知所措三小姐更是哭得像根泪烛，哽咽着对家人说："一个出皇后人家的女儿，怎可做'绿壳'的压寨夫人！"谢东潮想打，怕打不过；不打，舍不得三女自投匪窟。正在两难之际，四女儿谢明心上前一步对父亲说："爸啊，你莫怕，有人可解得此难。"谢东潮问："谁？"谢明心答："田王村王国器。""他？""是啊，平日里，你们谁也不拿他当回事。危难之时，唯有他能解得此难。"谢东潮听后，蓦然想起若干年前，卜可仁曾亲口对他说过："将军深，出国英，安台州者必此人。"是啊，天人合一，凡有能人出世，天地必有异象。如今我谢家大难临头，何不去求他一助？谢东潮遂安慰女儿："你且莫哭，船到桥门自会直。既然老四有此意，我想，也可。"

谢东潮持礼品来到田王村王家，入王家大院，恰遇王氏子弟从海王村归来，走至中门就见到王国立。谢东潮问："国立，你阿弟在家吗？"王国立答："喏，在葡萄架下躺着。"谢东潮抬头看，卜可仁之言有理啊，这个王国器确是人中野龙。

王国立上前喊醒王国器："起来，起来，谢先生找你呢。"王国器睁开眼一看是长者谢东潮，翻身跃起："谢老先生，你找我有事？"谢东潮即将三女无意惹祸一事与王国器说。王国器道："此小子居然敢当面下帖？""是。""好哇，敢当面下战书，可见他来去明白。你只管睡你的安稳觉，兵来将挡，水来土掩，一切有我！"谢东潮大谢后告退回家。

万五魁迎娶队伍果然到达。是时王五魁身着长袍马褂，胸佩红花，头插状元翅，率一百三十位喽啰，敲锣打鼓，欲前往谢家大院迎亲。队伍欢天喜地来至路桥十里长街卖芝桥，他一抬头，看到王国器叉着两条腿抄着一双手立于桥头。善者不来，来者不善。打前锋的万五魁一看王国器所摆之阵势，勒缰壮胆喝问："小子，你是瞎了眼呢，还是吃了豹子胆，敢挡爷的道？"王国器答："是啊，我就想挡你的道。""我与你井水不犯河水，干吗给我添乱？""你知道你想娶的这个女人是谁吗？""我才不管是谁哪，只要我万五魁看中的，就得要。"王国器说："这得看她丈夫同意不同意。"万五魁大惊："你是她丈夫？"王国器笑答："是。"万五魁说："就你这猴样，还能娶上谢家的女儿做妻子？别做梦吃绿豆芽！"万五魁手一挥手说："小的们，你们听着，这野小子准是骨头痒了找打，给我上！"一声令下，百位喽啰蜂拥而上，哪知此王国器并非凡间物，他力可排山，伸手只一搂，那样子极像牛吃草，把对方所戳过来的枪械一卷，都折断了。万五魁一看，骇得魂不附体，这家伙可是一位不得了的人雄。这山还有那山高，强中自有强中手，我人走时运马走膘，兔走时运枪子打不着，今儿可是倒了血霉，遇着个饿莩之人了。好汉不吃眼前亏，我万五魁此时不服软，还待何时？万五魁忙翻身下马，屈腿单跪着对王国器说："大哥有眼无珠，请小弟高抬贵手。"就这一下，既简洁且明快，万五魁的压寨夫人没讨成，反倒与王国器结拜为义兄弟，且与王国器定下一项条款：兔子不吃窝边草，要下手，向官府下手，莫令平头百姓妻离子散，家破人亡。王国器成为路桥武林名列第一的首领。

田兴业年纪轻轻也成为台州文人们崇拜的偶像。田兴业之所以如是，与十里长街的一号人物李文达有直接关系。这李文达可不是常人哪，溯其源，是南宋小王朝兵部尚书李际洲之第二十八代子孙。打从谢氏皇后正式在历史长河里谢幕，王世广、管济民、金颉成纷纷罹难。天地往复，自有其律，其子其孙因得不到祖上余荫，全由参天大树变成风偃之草。独有他顶天立地，三起三落，曾在大清帝国同治朝出任过户部侍郎，在位八年，因年事渐高，内廷斗争惨烈，怕命不保，乃学张良做赤松子游，告老还乡，定居于路桥十里长街。他见路桥十里长街虽是商贾重镇、店面栉比、富可敌国，但无一书院，学子读书须步行三十里至黄岩九峰清献书院。于是他拿出一笔巨款，在路桥十里长街正中心点磨石桥处购下一块土地，造出一座文昌书院。

那文昌书院呈国字形，正前门临主街，后门临南官河；前八间为课堂，后八间为生舍；左三间是藏书楼，右三间是书画棋琴辅导室，后三间临水挂为厨房、餐厅。正中三间为中堂，名曰"奎星楼"；正对"奎星楼"，开有一长方形地，内四角种有梅、兰、竹、菊岁寒四友。为增书院之庄严与神圣，李文达着意在正大门处造有两道影壁，安有两座雕像：一曰"文奎星"（他双目暴突，右手举笔，左手持卷，现钦点状元之模样）；二曰"孔子课书图"（他一脸祥慈，正力行其有教无类）。入口处，立有一面刚从西洋进口的大镜，镜上有李文达的亲笔题词"行必端，容必庄，言必慎，师必敬，学必新"。为使文昌书院可持续发展，李文达煞费苦心，前后两次出面组织路桥十里长街大户集资得白银两千五百两（他家没有这么多钱），购置土地三百亩；并亲自到金家村聘请金安士为书院山长（校长），以其田所出之谷，给山长作为聘请先生的"修脯"（工资）与维修书院之费用。打从这座文昌书院落成那天起，就成为路桥十里长街之文化中心。正式开院那年，当上大清国最后一任监察御史的杨晨，曾提笔写过一首诗：

> 杰阁峥嵘傍斗杓，
> 使君当日此停轺。
> 双峰山映三汊水，
> 十里街分五道桥。
> 经学静轩传世上，
> 儒宗之海树风标。
> 我来花外扶邻立，
> 喜听书声满绮察。

田兴业十八岁那年，路桥十里长街不知出于何因，九大行业的百年老店打算集体装修门面。那年三月初春，郏氏族长郏增益忽发奇想地说："我们是不是每家来一副楹联，请书画名家写出，黑底金字刻入门柱，为我们所开的老店增加点文化气息？"别看文化这东西看似可有可无、飘忽不定，为政为财者常把它当成女人脸上的胭脂、口红，然而，就这可有可无的文化内涵能让人登高望远，忽见天外三重天。初一看，此举不过是附庸风雅，内里却有着路桥十里长街商家集体打造文化品牌的心愿，不能不引人重视。那时，黄岩县有个民间组织叫"黄岩商会"，旨在与外国人和官府打交道，图个可集体商议之便。黄岩商会设于谢王府，会长是谢东潮。郏增益与谢东潮一说，谢东潮爽然答说："好，好，早该如是。若不然，外地佬老说我们路桥十里长街商人个个是只认得钱的空壳蟹。放心，此事包在我身上。"然而真实施，有个关节点令谢东潮大伤脑筋："请谁来作字？外人，不行。那些大官、大学问家，学问好是好，润笔要得太高，就这百十两银子，何以糊得住他们一张大嘴？要写，就得找本地人写。"是啊，路桥十里长街不是有官、有才子吗？我何必墙里开花墙外红、外来的和尚好念经。谢东潮问："路桥十里长街谁最有学问？"郏增益回答："李文达有学问，杨晨有学问。"是啊，若不是如此，一个汉人何以当上大清国侍郎与监察院御史？

于是，谢东潮与郏增益两人率本地商家们购些礼品，前呼后拥地到李文达家。他们到时，李文达正好在后花园弄花伺草。谢东潮进院后，向李文达一一介绍人员，后说明来意。李文达听完，一脸灿烂，舞着两手说："此举好极，此举好极。起码一点，别让外来做生意者小瞧我们。""是啊，我们虽然是做生意，也得做出点品位。"李文达满口答应，谢东潮一行人放下手中的礼品抱拳告辞。李文达接任务后，捻着胡须想有七八天，几乎所有上联均想出，至续下联时发觉岁月不饶人，自己业已年老智衰、江郎才尽，无法续出好对联。勉强交差，无所不可，但为文者，自有为文人之讲究。凡联者，须是刀刀见血，字字见工；下极人事，上泣鬼神。一旦有一字失工，落下话柄，令后人耻笑，岂不是悔青肠子？不交，也不行。一朝元老，老脸塌倒，岂不是威严扫地？正在两头为难之时，李文达的独生女李雅香来到后花园，见老父面对着挂于绳上的一个个上联冥思苦想，完全是出于一种姑娘家的好奇心，款步至悬联绳前观看：

大亨粮店：谷乃国之宝……

三星乐器店：白雪阳春传雅曲……

中桥刻字店：六书传四海……

下洋殿废品场：吾岂肯得新忘旧……

俞家镜店：但愿得来共心照……

石浜砺灰场：炼尽阴阳出火坑……

枭糠桥馄饨店：宇内江山如是包括……

大同药房：神州到处有亲人，不论生地熟地……

中桥大戏台：为名忙，为利忙，忙里偷闲看场戏……

李雅香一脸惊诧地问："爸，您愁什么？"李文达抬头见是女儿，哦了一声，忙将他犯愁一事与女儿细说。别看李雅香是闺阁千金足不出户，却极有主见，她说道："爸，有道是众人拾柴火焰高。文昌书院里有那么多的读书郎，您为何不启动他们的聪明才智？"李文达答："可是可，只是有些难处。""有什么难处呢？""怕是这些学子不尽心啊。""重赏之下必有勇夫。""我拿什么赏，钱？俗。"李雅香笑说："爸，您想高雅，这还能办不到吗？"李文达疑惑地问："你有何高招？"

哪知李雅香一开口，令李文达吓一跳，她居然提出一个新思路叫作"李府临阵招亲"。李雅香说："此举一出，我看那些学子上不上。"真是"阁楼虽小有乾坤"啊！别看李雅香是闺阁之人，跟随着父亲走南闯北，汤显祖的《牡丹亭》、曹雪芹的《红楼梦》早已深入骨髓；"落难公子中状元，私订终身后花园"早已成为她心目中的一种渴望。李文达瞬时惊出一身油汗："尔何出此等下策？""爸，此非下策，古今有之。""婚姻是人之终身大事，岂可临阵招亲？万一中者，是个面目丑陋的穷学生咋办？""爸，此言谬矣。您想，文昌书院是何等书院？路桥贵族书院。凡能入此书院读书者，其本就不穷。对得上此联者，定非纨绔子弟。不论他穷与不穷，定是云中龙凤。若是为父趁此机缘将我许配与他，有何不可？"

李雅香此一点拨，令李文达顿时醒悟：是啊，我李文达真老糊涂了，咋就没想到女儿已长大成人了？男婚女嫁乃是天之人伦，十三娘，十四爹，她今年过十七，到出阁为他人妇的时候了。这两年老夫不就因她婚姻问题而大伤脑筋吗？选个有钱商人，我怕一屋子铜臭，会让女儿之身长出"白醭"；选个带兵打仗的，我怕生性粗鲁，不知怜香惜玉；选个官宦人家，我怕官者无好子，好得陇望蜀，三年一过，便成烂狗屎；选个平常雅士，怕的是资质平庸、运命背乖，日后成不得顶梁柱。眼下女儿之言虽让他背中生刺，但细品一下，不无道理。文昌书院学子有几人是穷人？若是真有人将他所出之联对出，此学子必是奇才。就当下台州府来论，李文达为官最大，但老是少、少是老，时光倒让他变成一个名副其实的老天真。

李文达忙将路桥十里长街两位官阶最高的同僚孙孟起与刚从京城归来省亲的杨晨请到家中吃饭。饭毕，李文达开口将此主意一说，出乎意料，两位兄弟居然举双手赞成。孙孟起说："大清帝国，枝枯叶黄，怕是没几天活头了，天下将要出现大颠覆。凡大颠覆来临时，正邪之人必为之双出，若是真能唤出个奇才来，兴许大乱之时即成非常之人。"杨晨说："别看现在台州地处一隅，风平浪静，一旦国乱至此，此地必藏龙卧虎。什么叫安？家中有子才叫安；什么叫好，男女成对便叫好。男大当婚，女大当嫁，时至而不出，必成心腹大患。至爬墙挖壁时，那麻烦就更大了。"李文达想想也对，择与不择之主动权还不全在我手里？三人最后确认的是，可将门槛抬得高一点，给李雅香留些余地，也可借此机会检阅一下台州学子的真正学问，于国、于家、于民都是一件打着灯笼也找不着的大好事。

李文达做决定后，即让杨晨他们去操办。一因杨晨是李文达的门生；二因杨晨官至九门提督，又是大清国额驸。杨晨这一出马社会效应倍增，自然也惊动了路桥文昌书院、临海文渊书院、黄岩九峰书院、温岭文炳书院。三天后，台州府四大书院山长皆在各大书院正壁处贴出大告示。

出榜仅三天，全台州府一千三百名学子无一人遗漏，他们全都将自己精心锤炼得之的下联续出，报名前去应对。一千三百名学子均集结于路桥书院，待一显身手。这一千三百名学子中，五分之三是中等人家子弟；五分之一是中下等人家子弟；五分之一是富贵人家子弟。穷也好，富也罢，哪个不想当李家乘龙快婿。

时辰到，金安士携另三位山长与十三位才俊前来评比。糊着的信封一旦开拆，所有的答卷当众一一亮相。十七位评委坐于奎星楼，反复比对。经过十七双眼睛的严格筛选与评议，最后，他们锁定的对联正式张榜公布如下：

大亨粮店：谷乃国之宝，民以食为天。

三星乐器店：白雪阳春传雅曲，高山流水觅知音。

中桥刻字店：六书传四海，一刻值千金。

下洋殿废品店：吾岂肯得新忘旧，君何妨以有易无。

俞家镜店：但愿得来共心照，自然看去眼同明。

石浜硴灰场：炼尽阴阳出火坑，留得青白在人间。

枭糠桥馄饨店：宇内江山如是包括，人间骨肉同此团圆。

大同药店：神州到处有亲人，不论生地熟地；

春风来时尽着花，不管霍香木香。

更有趣的是外添的中桥大戏台的那副对子。原本上联"为名忙为利忙忙里偷闲望场戏"，全对启用的是台州土语。下联呢，居然也用台州土语做出应对："谋衣苦谋食苦苦中作乐解心宽。"旧时，学堂所授的只有一种，那便是吟诗、作对。静对静，动对动，明月对长空。字字必须有根，虚不得半步。凡参加评委者，一致认为上述九对是绝对、佳对、好对。连李文达本人读此九对联，也捻着胡须大叹说："后生可畏，后生可畏！"

既然所有对联业已确认，于是开封。这一开封，金安士傻了，李文达傻了，三位山长与十三位才俊全傻了。所中对者，居然全是田兴业一人所撰！"真的？""真的，文达公，一点也不假啊。""这不可能啊，一个人若是能对上一两条便是高手了，何以包圆？""文达公啊，上天昭昭，这可是做不得假啊！"恰在此时，金安士笑着对李文达说："这真是天命所属，非人力所能为。也许田王村那个学子田兴业与你们家的李雅香命中注定有此一番姻缘吧！"李文达听罢，既激动又犹豫。激动的是天外有天，人中有人，也许李雅香确是命中注定要嫁此人，若不是如此，一个千金小姐何以出如此怪招让自己自投罗网？犹豫的是，此事太出乎人意外，他不知撰联学子的品相如何。

李文达令金安士唤出他的亲外甥与之见面，金安士抬头一叫，田兴业信步来到李文达面前，作一大圆揖来答礼。李文达瞪大两眼细为观察，既欢喜且又不欢喜。说欢喜，观其头角，彰显五岳，必是聪慧；观其两目，精光逼人，必成大器；观其眉，蕴含磅礴，决非凡品；观其鼻，孤峰高峻，必位极人臣；尤令他为之欣喜的，则是他那相中之子孙宫一片光明，晚子定能显贵。说不欢喜，个子太矮，地阁显薄，人丁不旺；印堂处有将军纹显十字，中年必有十年牢狱之灾；尤其是他那法令线双岔其开，晚年一到，必有佛门之运。人之一生，哪有事事如意的？做人也罢，做事也罢，我们只求得一个半称心，便可称之为大成。一个小后生年纪轻轻有此品相，我老夫若是人心不足蛇吞象，那可就不知好歹了。李文达俯身盘问田兴业身世，田兴业一一作答。这一作答，让李文达快活异常，他万万没有想到，溯其高祖则是与他高祖同朝为官的吏部尚书田金辅。李文达想，既然天意如是，不趁热打铁，更待何时！

事情一结束，当日请路桥文昌书院山长金安士为媒人，将李雅香的生辰八字用红纸包了，送往田家。金安士至他姐家一说，田长河欢喜万分，当时即将自己装束一新，与妻舅一道去李府登门拜谢。一番欢言后，双方约定，明年正是大比之年，让田兴业上京参考，一旦考中进士，即返家完婚。定下婚事后，李文达出二百两银子送于田长河，作为田兴业上京的盘缠。李文达对金安士与田长河说："当朝大清驸马九门提督杨晨是我门生，我请他为此子写上一信，令他在京城为田兴业从中周旋。"

第三章　起兵造反

　　距今一百多年前的中国，正是百年大变局的前夜。田兴业母亲金安芳去世。金安芳之死，让人不可思议。那时已是金秋十月，她光着脚到自己家的荸荠田挖荸荠，还没挖出八个荸荠来呢，只觉得脚板处让什么东西给咬了一口，火辣辣地痛。金安芳俯身细看，发现咬她的是一条身段并不长而头上长有一对小角的小青蛇。她一时头脑发蒙，搞不清这是一条什么蛇。竹叶青？不可能。竹叶青是山里的蛇，怎么会跑到荸荠田里来？不是竹叶青，头上还长有一对小角，究竟是条什么蛇呢？不管是什么蛇，既然咬了，就得处理。初时，她打算先去山溪边把脚上的泥土洗尽，拿刀放出黑血，割下头发勒死大腿根，以防毒血上冲，再敷七叶一枝花用以解蛇毒。然而，金安芳怎么也没有想到，这条小青蛇不是平平常常的竹叶青，且是一条头上已长出犄角的小蛇王。它在田里与一条雄蛇周游时，误以为挖荸荠的金安芳要伤害它，决定先下手为强，张嘴咬了金安芳一口。金安芳防不胜防，只把它当一般蛇毒来救治，哪知蛇王的毒不是一般的毒，毒性极强且凶险。金安芳摇曳着走有三四步，即一头栽倒于河边。

　　正在山上壅橘的田长河与田如梅，见金安芳突然倒地，不知发生何事，忙跷着两脚冲下山来。待到父女两人立于金安芳面前时，金安芳早已脸黑如炭、奄奄一息。田长河想背起金安芳往蛇医处跑，但遭金安芳拒绝。金安芳浑身打着哆嗦说："来不及了啊，夫君……来不及了啊，我的好夫君，我只有一言想对你说……""你说，你说。""你可得记牢了，今后千万不可让田氏子孙迎娶我金氏女子。"田长河听罢，毛发皆竖，这是什么话哪，自己的儿子还没结婚呢，怎么讲起子孙来了？他误以为金安芳是蛇毒攻心，神经上现出某种错乱，还是想与田如梅一起将金安芳背至山下救治。然而，令他们心下大恸的是，金安芳说完这话后，再也没有睁开眼。父女两人瞪着双眼，看着金安芳的身躯变成了一根黑乎乎的木炭棒。

田氏一族一片哀号，金安芳入葬于田家村田氏公墓。

田王村再次出现一件意想不到的怪事，是那具一直供奉于田、王两氏家庙中的圣柜，突然不翼而飞。飞往哪里？不知。此柜可不是一般的木柜啊，它可是谢皇后亲赐予田、王两氏的皇家圣柜！正因有这只圣柜镇村，田、王两氏子孙们方能在路桥这块土地上顺利繁衍至二十九代；正因有此圣柜镇村，田、王两氏子孙们才拥有土地，拥有阳光，拥有河塘，拥有大山，渐成路桥十里长街一大旺族。

当看祠堂的庙祝带着三位村民，一身风火地跑进田家告诉田长河时，正在给妻子做头七的田长河忙问："我祖上留下来的十幅画呢？""在，只是圣柜不见了。""为何？""不知。"正说着呢，金安士从文昌书院回来。一因他要拜祭姐姐，二因李文达给杨晨写有一信让他带给田兴业，上京赶考时好用。金安士一走进田家大门，见姐夫黑青着脸，便问："姐夫，出了何事？"田长河便将大祠堂里放的大圣柜不翼而飞一事说了一遍。

金安士听后深感蹊跷，问："里头装有东西？"田长河答："什么也没有，名是圣柜，实不成柜；似棺非棺，似箱非箱。因是谢皇后所赐，又曾救过田、王两家人性命，故搁在家庙里供奉。从田、王两氏到路桥的第一代祖宗起，差不多搁有七百年了。早不失，晚不失，为什么偏在这个时候失？""你是不是认为此事有不祥之兆？""是啊，金安芳死前没头没脑地说了些话，如今好好的圣柜又不知去向。兴业过几天就要上京，咋不叫人心里七上八下。""姐夫啊，莫作此等想，天下之物皆有其数。失者有时，存者有时；生者有时，死者有时；成者有时，败者有时。如果田家命中注定要出大事就出吧，是福求不来，是祸躲不过。""别的我倒不怕，我怕的是兴业与李家一事动静闹得这么大，万一他考不上功名，我这张老脸往哪儿搁呀？""姐夫，你说这话就不对了。我金某人读遍四书五经，只得十六个字：'生死有命，顺其自然，大道无术，永不占有。'兴业是我一手调教出来的，你不知，我知。就算他中不得举，也决非庸常之辈。""何以见得？""想当初，卜可仁说过何种话？将军深，出国英。大樟树下白蟒被击，何人巳年巳月巳日巳时出生？""我家是兴业，谢家是明心。""你将他三人名字拆开重组，何意？""田王谢，兴国明，业器心，这有什么呀？""有什么？说道可大了。你想，田王谢，田王者农也，谢者，辞也，乃有别农为王之义；兴国明者，则是国兴家之大事明也；业器心者，不是暗藏他仨有着兴国之心？你若将田兴业与谢明心两名一合，又是何义？""谢田兴，明业心。""这不就得了？你想啊，无论天下有何异变，能叱咤风云以安田王村者必此两人。说不定日后真有夫妻缘分者是田兴业与谢明心。只是眼下事已至此，不可明言罢了。"田长河说："既然如此，你阿姐说田氏子孙日后不可迎娶金氏女子是何意？"金安士答："天命叵测，顺天应命者何须如此多虑？"

韩春琦突至田家大院。这韩春琦可不是一般人物，其父其祖均是全国有名的面粉商。别说他有家财百万，就他手下三个面粉厂的工人，足有三百六十人。他与路桥十里长街田氏一族一无亲二无故，为何来至田家？为画。别看这韩春琦一身上海人半洋半土的扮相，却是江南第一画痴。说不清他是从何处见过田金辅的画作《皇帝出巡图》，只是一观，两目立被此画锁定。韩春琦与任何一位收藏家一样，不至黄河不死心。三年前，他四处翻查田氏一族历史，得知画者田金辅是江西九江人，这便从十六铺上船顺苏州河转至长江，再顺长江溯至九江，然后掘地搜寻。一搜寻，又得知田氏子孙早在元初大灾之年举族迁至台州府，老村唯剩百座祖坟，每至清明，田氏一族总会差人回老家祭祖。于是，韩春琦立马掉头坐船顺江回上海。韩春琦回上海后歇有两天，得知台州府海门张连胜与杨晨两人所创办的振东海运公司有客船可达台州府，于是买票从十六铺下船至浙江海门，再坐河轮至路桥十里长街。

到路桥十里长街后，韩春琦入住邮亭驿站，次日天略放明，便四下打听田氏子孙所在村落。打听到田氏子孙在路桥田王村时，韩春琦遂信步至田王村一头拱入田家大院，正遇着田兴业收拾准备上京的行囊。田兴业见来个陌生人，上前拱手相问："先生，您找谁？"韩春琦答："阿拉找田兴业。""本人就是，不知先生有何见教？"韩春琦即将他此次来路桥的目的与田兴业一一说明。"什么？先生找了我们田家一整年？""是啊。""就为我家祖上的那些画？""是的。"田兴业既感动又觉无奈，只得对韩春琦说："先生，您这种精神很让我感动，但我们田家有家规，此画只许家传，不可出卖。我是田氏嫡传子孙，怎可违祖训卖画给您呢？"韩春琦叹息着说："也罢，买卖不成仁义在。我还有一事相求，不知可允否？""您说。""可否容我一观？"这有何难呢？祖上并不曾说不让别人看哪。"好，请先生稍等。"田兴业连忙放下手中的活，迎韩春琦至中堂落座。

田兴业端来一条凳子，上凳踮脚将父亲从庙里拿回来藏于佛龛处的十幅画全部取出，轻掸灰尘，放置书案上。韩春琦真是个识画真主啊！净手、焚香、跪拜，将所有程序做完后，才让田兴业将十幅画一一展开。每展一轴，韩春琦皆是连声惊呼："好画，好画。不得了，不得了。"当田兴业将最后两轴展开时，一幅《万里河山图》和一幅《皇后出巡图》令韩春琦两眼如船锚下碇，仿佛那心那神全在画中遨游。田兴业瞅他那痴迷的样子，连喊三声"先生"，这才将韩春琦沉醉的灵魂从画中拉出来。韩春琦不甘心地问："田先生，一幅也不卖？"田兴业答："不卖。"韩春琦说:"那好吧,己所不欲,勿施于人。只是有一言相告,若是你们田家想出让十幅画中的任何一幅,可否先由着我?"田兴业确被他这种罕见的精诚所感动,回答:"你是我祖上的知音,天下难寻。若是田家日后真出让此画,岂有不先由你之理?"韩春琦大喜说:"好,好,我们兄弟一言为定。"

王国器终于惹出大祸。某日午,王希品与王家三兄弟正在船上休息,台州府盐税官郝骨董(一个长得牛头马高的家伙),带着三十多个官兵风风火火地冲进海王村,直扑王氏海上走私船,冲进船舱,一眼看到放在船舱里的一百多包私盐。无论过去还是现在,盐是政府直接控制的商品。从唐朝起,台州府即设有盐官、盐兵,凡走私盐者,重则杀头,轻则流放,根本不容私人贩卖。郝骨董见一家出海的渔船里,居然藏有一百多包盐,大为震怒,提刀冲入舱内,对着王氏众人大吼:"起来,统统起来!"王希品问:"干什么?"郝骨董骂道:"老不死,我用不着你开口说话。你们中间谁是老大(路桥土语,指船夫)?"王希品起身回答:"我是老大。"郝骨董问:"这是什么?""盐。""你不知走私盐已犯国法?""自己晒的盐自己吃,我们犯哪门子法?"郝骨董冷笑道:"你这是哄谁哪?自己吃,为何放在船里?""老爷,你想一想啊,我们家在路桥哪,盐不放在船上往家里运,我怎么拿回去?"郝骨董歇斯底里地狂叫:"胡说,一个小村子,何能吃这多盐?"王希品答:"老爷,你有所不知啊,我们田王村人口有八百多,这点盐还多吗?"郝骨董吼道:"对你们这些贼骨头,无甚好讲。你们骗了我多少次,这次铁证如山,你还想抵赖?"郝骨董仗着人多势众,根本没把王家子孙们看在眼里,发布两道命令:一是将王希品抓走;二是将王家八艘大海船全部没收。

那时的海王村人,有何人不知郝骨董是个货真价实的棺材里伸手——死要钱的人,有谁不知他杀起人来从不眨眼,又有谁不知若以走私罪定性,王氏一门就得家破人亡!王家兄弟是什么人?他们可是山中狼、林中兽,两股人马即在船上拉开战幕。王氏兄弟一因没防备(所有武器均在岸上石屋中),二因赤手空拳面对大清帝国海上巡逻队,他们终是吃了大亏。肉搏中王希品身子一转,正好将胸脯正面亮相于郝骨董。郝骨董手中那把刀直挺王希品心窝,一竿烈血从沟槽中突喷而出。郝骨董用力将刀一抽,王希品刹那间身板失重,一头扑倒于甲板,血流如注。

王氏后生名王国志者,一看不好,纵身跳海。郝骨董手起刀落(那样子很像后生们冬日里赌劈糖蔗),一道弧光,王国志身躯当即一分为二。一老一壮死了两人,余下的王氏子孙全红了眼,与其是死,莫不如与你们拼个你死我活。不知是何人喊叫一声:"他娘的,我们与他们拼了。"此言一出,一船王氏子弟奋而雄起,抢篙的抢篙，飞板的飞板，两拨子人当下绞成一锅糊糟羹。可王氏子孙们毕竟是赤手空拳哪，哪里是大清帝国海上巡逻队的对手，只消一刻，海王村六十七人中死有三十四人，血水相激，半个海面洇红一片。王国瑞、王国立、王国成兄弟三人生得机灵，见势不对抢得一条快船，带着剩下的三十三人扯起风帆顺流而逃。

主力一出逃，郝骨董更加张狂，先令收船，后令点火烧村，火一点，整个海王村变成一盆炽烈的炭火。连王氏子孙们一直望之生畏、顶之大礼的蛇蟠山，也被这场可怕的大火烧成一盆烤蛇羹。

王国瑞、王国立、王国成率着三十三位王氏兄弟，顺着海沿绕个大弯后，凭风入金清港海口，再拐船头驶入南官河，顺南官河逆流前往路桥十里长街。当他们至南新屿时，在东官河与西官河交界处的四水泾口与王国器的送粮船相遇。王国器一见兄弟们浑身是血、满是伤痕，大惊，问道："出了何事？"王氏兄弟们围着王国器痛哭流涕、七嘴八舌地一说，王国器那张脸立刻变成大金刚，怒目圆睁："爹死了？""爹死了。""三十四人全死了？""是的。""房子与船全让他们烧了？""烧了，全烧了。"别看王国器是时只有二十岁，可他比王家所有的子孙都有血性，敢刀头舔血。刚强的身子只是那么轻轻地一展，那对熠熠发亮的狼眼便逼射出箭镞般的两道凶光。王国器大喝一声："回去，回去，你们全跟我回去。""回去？干什么……""我要回去看看，我要是连看也不敢看，还当什么武林领袖？"

王国瑞一听，即调舵扯帆，两船立刻合成一处，一路乘风破浪，三个时辰后，两船飞至金清黄琅海王村。

王国器上岸后，站在海王村的村口，往半山腰只是一看便心如刀绞、怒火万丈。王国器牙齿一咬，令王氏三十三位兄弟拿武器上船。王国瑞吓一跳，问道："阿弟，你想干什么呀？"王国器答："血债要用血来还。""阿弟，他手下有兵。""不用你说，我知道。"王国瑞又说："阿弟，我们打不过他们的。"王国器答："你怕死，就别来。"王国器此言一撂，谁还敢说个"不"字？王家人有怕死的吗？没有。既然是没有，那好，王氏三十三位子弟全跟着王国器走。

两艘快船驶至温岭石塘港口，大清朝台州府盐务管理衙门即设在温岭石塘镇。船一靠港，王国器即装成若无其事的样子赤着脚奔向盐务管理衙门。进入盐务管理衙门，王国器抬头便看到院子里吊着九个抗税获罪的汉人与两具歪倒在地的女尸，其中一具女尸看上去年仅十七八岁，裸着上身不说，下身还插有一把利刀。面对这种让人悲凄的惨状，王国器那颗单纯的心再次撕扯，他低着头直冲内衙。冲进内衙后，他抱臂劈腿地往堂中一站，看到四人围着一张八仙桌在喝酒、吃菜。

　　王国器杀气腾腾地出现，郝骨董纳闷：这小子是谁？怎么不通报一声就敢往这里闯？王国器发声问道："哪位是郝骨董先生？"郝骨董答："本官就是。"王国器上前一步，一脸平静地盯着他："你知不知我叫什么名字？"郝骨董脸肉打着结，恶声回答："就你这个汉家杂种，我没必要知道你的小狗名。"王国器"嘀"了一声，拉长调门挑衅道："请问一下郝大人哪，你老人家知不知路桥田王村有一人的'狗'名叫王国器？"此"狗名"一报，郝骨董两手刹那间有如电击似的发颤，筋骨不由自主地开始贲张，颤抖着问："你想干什么？"王国器作个大揖："小子只想打听一下郝大人，堂下所绑之人，犯有何罪？""抗税。""墙角死的两个女人也抗税？"郝骨董老羞成怒地吼道："这是我的地盘，我想杀谁就可杀谁。""这么说，我们汉人在你大清满人的眼里不过是山猫野兽？""是又怎样？"郝骨董此言刚一出，王国器镇定自如地走到他面前，伸手夺下他手中那把刀（郝骨董由着他夺），手一抢，刀光一闪，站在郝骨董身边的两名官员应声倒地。王国器收刀，抹血，往郝骨董脸上一弹，正好弹中郝骨董的鼻头尖，问道："郝大人哪，这是不是天报？"郝骨董两腿打战不敢答话。王国器揿刀直逼郝骨董心口，一脸阴沉地说："郝大人哪，你今后如果重新投生为人，请你记住，这一刀为我爸，这一刀为我哥。"言毕，王国器出手如风地甩出两刀，第一刀透的是郝骨董左胸，第二刀透的是郝骨董右心。两刀落地，郝骨董如劈裂的木头，轰然塌倒在地上。王国器狂喊："下面三十刀是为我田王村乡亲们！"抢起手中大刀好一阵狂剁，瞬时间即将郝骨董剁成一堆肉泥。接着，王国器矫健如虎，一头拱进郝骨董家的后院，大开杀戒，郝骨董一家七口即全部毙命。院外十三个大清国官兵闻声跑过来营救，王国器闪入门后，进一个剁一个，一眨眼间杀毕十三个士兵，大门口血流成河。杀毕，王国器纵身跳至门口，叉开两腿，振臂高呼："王氏子孙，现在不反，更待何时？"此一喊令原本野性十足的王氏子孙刹那间全变成一群饥饿的狼群。

　　王氏子孙们旋风般卷进石塘海港卫所。王国器率着众兄弟一路挨排地砍杀过去，弧光落处，将卫所里六十四个清兵全部杀死。血水渗入海水后，与碧蓝的海水揉成一块大花糕。半个时辰过去，王氏子孙们一声呐喊，抢夺了二十八艘战船，顺着强劲的海风朝金清港驶去。

　　田兴业与五位学子起程前往杭州考举，一行六人偶尔路过卜可仁家。时卜可仁因年事已高不再坐堂，坐堂者是他儿子卜无意。"兴业兄，我们去卜家测一下字如何？""混沌之世，前身后世搞得太清楚，活有何劲？""你不测可以啊，我们想测一测。""你们想测就测吧，我不测。""兴业老弟，那你能否陪我们一起？""这有什么不可以的呢。"一行六人便进了卜无意家。卜无意正在堂内闭目养神，见来有主顾，开目，欠身作揖道："诸位小先生，算命？测字？""测字。""测什么？""测一测我们一行人上省城能不能考上举人？"卜无意拿出笔与纸，请他们随喜出字。五人提笔出字，卜无意一一为之解说，其意并无隐晦。大意是眼下大清国运已尽，火克金，大清国属金，将被烈火所化，天下将有大变，你们此次上省府考举怕是白落一场空。最后，只剩下站在一边把玩的田兴业，卜无意问："兴业，你不测？"田兴业答："不测。"五位考生说："要测，要测。要成一块成，要败一块败。你不测算什么回事？"田兴业答："测便测，没关系。"

别看平日里田兴业生性随和，毕竟是年少气盛。田兴业很想考一考这位出自诸葛门子弟的真才实学，干脆来个反其道而行之，拿笔随手在白纸上写下了个大大的"死"字，他要好好看看这位小时玩伴对所写之字做何解释。就这个"死"字在白纸上一出现，卜无意的脸先是结冰，后现雨过天晴、一片灿烂，居然伸出一手向田兴业讨赏钱。田兴业问："一个'死'字，何能得赏钱？"卜无意答："兴业啊，你有所不知啊，此字虽是不祥之字，祸中福所倚，福中祸所伏，暗中自伏吉祥。""你说，我听。""'死'字拆开来，上一笔是个'一'字，'一者'是国中一人，你必为'国中一人'所看中；'一'字之下是个'歹'字，拆开来看则是'夕'与'巳'，你高升之日，只是在一夜间'巳'时；两字重组，又是鸳鸯的一半，定有大婚之喜。""卜阿哥，你说这话可就有点玄了。照你这么说，我这次赶考必中第一名举人？虽然我田家高祖曾做过朝廷大官，那可是六百多年前的事情。朝中无人莫做官，还有何人能想起我这小草民？""从总体看，你择个'死'字当出于生死之场，而非考举之路令你平步青云。'死'字内含凶器，亦有匪意盗心，似乎为匪才可出道。"田兴业仰脸大笑："卜阿哥啊，你该掌嘴了。我手不可缚鸡，脚不敢伤蚁，何能为匪为盗？"卜无意嘻笑答："天意不可全知，既然是拆字，只可以字为论，听与不听，悉从弟便。"

此席话一出，令其他五位考生听得目瞪口呆。若是换作别人，或许内心世界业已崩溃，但毕竟是田兴业啊，别看他人长得瘦弱，心理素质极为稳定。他熟读其祖上所写的那本《人生警言》，年长后又在金安士处精研《周易》，早知为人之真谛。芸芸众生，上天早有谱，若是命中该绝，求天求地不管用；若是命中该有，他人想劫也难以劫走。五位同窗问田兴业："你去还是不去？"田兴业回答："为何不去？岳父既然把钱送上门来，我还不能借此机去省城玩一玩？"

五名考生因卜无意测字所言，躺在床上全都睡不着觉；独有田兴业一人，该吃就吃，该睡就睡，一觉睡到天放亮，这才起身背起行囊，偕五位仁兄往麻狸岭方向走去。

　　王国器造反事发，让大清帝国台州府最后一任知事黄益理彻夜不能安眠。王国器这一次可不是小闹，一天里动手杀死近百个官兵不说，还劫走了二十八艘兵船，领着这么多人逃逸于大海。尽管台州府八位官员心中如明镜，大清帝国终到了百病丛生、行将就木的日子。可无论如何，他们毕竟是大清国的臣子啊，忠不忠看行动，岂可坐视而不顾？明知是垂死挣扎，也得尽臣子之力。

　　官员们不得不坐下来商量，做一番精心的策划。他们清楚地知道，田王村王氏一门十个人里面有九个不是走私贼就是海盗，田、王两氏虽不同谱、不同姓，却是同心、同祠堂、打断骨头连着筋的亲人啊。他们清楚地知道，台州非首善之地，这里民风剽悍，百姓正统情结极为严重，从大清国成立那年起，他们就不曾正眼看过满人，并称满人为夷人。他们清楚地知道，这个王国器打从十五岁起，就跟着他的父亲、兄弟们在大海里闯荡，早已练就一身好本事，入海乃是海中一霸，上山乃是山中一王，就凭台州府眼下这么一点人马与他斗，那不是拿起鸡蛋往石头上碰吗？八位大清国最后一任官员经过十几次的密谋，终于挖空心思想出一个万全之策：一、立刻派出专员去省城向巡抚增蕴都督求援；二、派重兵三日内速至路桥包围田王村，抓住田、王两家五百余人为人质，逼王国器放下武器前来就范；三、立刻派人去宁波找江南水师包尔泰求援，请江南水师出兵，行海上围剿，断了王国器义军后路，不准他们与福建、广东等叛民合成一处。

　　田兴业出发，台州府都统钱存鑫也出发。田兴业快到麻狸岭，钱存鑫同样快到麻狸岭。因麻狸岭廊坊早已在六百多年前便是田王村产业，从第一代子孙田幸福担纲起，田氏子孙整整在此廊坊驻守有二十九代。这六七百年间，麻狸岭凭着山势一夫当关、万夫莫开，从而成为兵家的必争之地，也是台州府官、民唯一的陆路通道、外出驿站。尽管田王村人建下这座廊坊给台州府百姓出行带来极大便利，但真正走出这道山岭也并非易事，从黄岩至麻狸岭廊坊，约有一百五十三里的羊肠小道，尤其那麻狸岭海拔高一千八百米，从山脚至山顶，完整的石台阶便有一万八千级。十里长山岗，走得人黄胖。一个台州人想徒步离开台州府去往外面的大千世界，没点强健体魄，甭想走出山门。别看钱存鑫头面长得干净，动作、行为却不敢苟同，平日里好吃花酒，且早在三四年前就染上抽大烟的恶习，那身板纵欲过度早已变成一棵糠心萝卜。因情绪过度紧张，钱存鑫牵马磨牙，顺着那条盘山小路一步一步强挺着往麻狸岭廊坊攀登。眼看着快要攀至麻狸岭廊坊（只要他到麻狸岭廊坊，事情便算成功一半），搞不清是天意还是命中注定，钱存鑫俯身喝下三口凉山水后，猛一立起，突然间天昏地暗一头栽倒在地上。

　　钱存鑫倒地后，不一会儿，田兴业与他的五位同窗边走边说笑着来到此处。

人心都是肉长的，是人就有人的同一性，他们当然也是累得不轻。走至岔道口，见石径边上长有一棵大树，树冠亭亭如华盖，一行人便在树下歇息。就这一休息，田兴业看到有匹马浑身透湿，站在洞边不断刨蹄，顺着马身再往内中略一探，形绰中似一黑长人影倒卧于草丛中。田兴业起身走上前去俯身看，失声喊道："天哪，这不是台州府都统钱存鑫吗！"五位同窗闻声忙围了过来，诚然如是。"怎么办？""还能怎么办，救人！"田兴业一声令下，五人分头行动，牵马的牵马，抬人的抬人，众人七手八脚地将钱存鑫抬至廊坊。

守廊坊者不是别人，正是田兴业堂兄弟田兴喜。别看这田兴喜长有一脸憨厚相，却是个治病救人的高手。他们刚把钱存鑫在走廊处放平，田兴喜遂上前施救。五位考生因口内出火，渴得难受，走出门外去下院找水喝。田兴喜拿出一只牛角，解开钱存鑫的衣裳行穴位大刮痧。就此一解衣，黄岩县知事黄益理写给他姐夫时任浙江总督包尔泰的密信瞬间抖搂出来。田兴业问："这是什么？"田兴喜答："告急信。""告什么急？""不知。""你把它拿来与我看。"田兴喜将此信递于田兴业，他只是一看便毛骨悚然。若不是田兴业看到此信，王国器不做大清帝国的刀下冤鬼，也得逃出海外为江洋大盗。

田兴业读完信，探头略作张望，见五位同窗在外面看山看景、有说有笑，偷将此信放还原处。然后轻咬田兴喜耳朵说："哥，此事万不可让他人知道。"田兴喜一边救治一边答："你放心，田、王两家毕竟是同宗兄弟啊！如今国器兄弟惹出这么个大麻烦，你我同宗、同族之人总不能见死不救吧？"田兴业说："我必须即刻回家。"田兴喜问："你不是要去参加考举吗？"田兴业答："那天我在卜家测字，卜无意就对我说过，什么举人、进士，我根本考不上。他说，我即使想出山当大官，也得让天下第一人看上。""既然如此，那你跑出山来做什么？"田兴业说："一是想对我岳父有个交代，二是想看看杭州到底是个什么样子。虽然游不得西湖，见一下世面总是好的。这下好了，我想一睹杭州、南京风采的意愿，全泡汤了。"

田兴喜救治好钱存鑫。由于钱存鑫大病初愈，又渴大烟，四肢无力，不得不在麻狸岭廊坊将歇。吃好，睡好，一夜过后，元气回升。天一亮，钱存鑫不敢怠慢，用过早餐后，与田兴喜算好饭钱、房钱，一边感谢五位考生和田兴喜的救命之恩，便骑马往山下走。钱存鑫刚一走，田兴业随之卧倒于床上开始装病，他对五位同窗说："对不起，我身体不顶事了，走不到省城。命中有无不可强求，杭州、南京两地我就不去了，你们五位先走吧。"五位同窗信以为真，即与田兴业分手。

当五位同窗兄弟走后，田兴业一个虎跳从床上跃起，对田兴喜说："阿哥，我要走了，你可得多长几个心眼啊，说不定你把守的这个麻狸岭，今后要成为兵家必争之地呢！"田兴喜答："你放心吧，我这个人呢，没别的毛病，专好咬燥柴。"

田兴业转身便往山下走，走得脚生风火，不知累、不知饿、不敢停步，一直走到第二天拂晓，才至田王村，直敲王国器家大门。恰在此时，王国器担心自己杀人连累家人，与老大王国瑞偷回田王村善后，王家大门砰砰一阵猛敲，他俩吓得脸色如土："谁？""不知，让我先去看看。"王国器擎刀上前顺门缝往外看，发现晨曦下站在门外的是田兴业，立刻打开门让他往屋里进。"你？阿叔不是说你上杭州参加乡试吗？""还乡试呢，田王村大祸临头了！"田兴业遂把他如何发现官府向上告急的文书和盘托出，王国器脸色刹那间大变。别看这个王国器力可拔山，但天老爷却让他生了个思维简单的脑子，知此情况后一时进退失据，一边跳脚、一边搓手说："这如何是好？这如何是好？"

田兴业却胸有成竹地道出王国器想都不敢想的行动方案："你想不想叫田王村人活？""当然想。""你知道眼下是什么人之天下？""大清国的天下。""错，强盗、地痞、流氓的天下！老百姓是何等之百姓？""良民、顺民。""如今豺狼当道，打蛇要用棒，打狼要用枪。在此等乱世，你做食草动物，只有死；你做食肉动物，才有生。"王国器急得一头是汗："好兄弟，你就别与我打闷葫芦了。你说我怎么对付？"田兴业一反过去那种温良恭俭地说："事到如今，你还等什么？等着人家上门拿刀砍你的头、灭你的族？"王国器说："懂了，可我一旦造反，大清国灭我田、王两家九族怎么办？"田兴业问："你不造反，大清国就不灭你九族了？""你让我造反可以，但我有个要求。""说。""你必须做我军师。""为何？""没有你，我不敢。""箭在弦上，不能不发。你以为我不做你军师？就你这个脑袋简单得像盆浆子，还不让他人把你活剁吃了？""你与我三击掌为记。""击就击！"第一掌，王国器说："你不做我军师我不起兵。"第二掌，田兴业说："你不听我话，我不干。"第三掌，两人同时说："生在一起生，死在一起死；有福同享，有难同当。"兄弟两人同时决定，双双对天、对地、对祖宗明誓。

太阳刚跳出海面，绚丽的阳光把将军山、回龙山点染得一片金色。老大王国瑞跟着王国器、田兴业一起来到田、王两氏祖庙。他们三人跪于祖宗牌位下，焚香告祖，对天起誓："生为一起生，死为一起死。"明誓仪式一结束，兄弟三人冲出祠堂大门。这一冲，可不是一般的冲啊，路桥田、王两姓六百多年沉寂的局面，终于在第二十九代人时被彻底打破。

田、王两氏正式亮出大旗反清，将这支义军定名为"台州国民自卫军"。

王国器任自卫军总指挥；田兴业任指挥部参谋总长；王国瑞、王国立、王国成分别任一、二、三团团长。

田兴业对自卫军发表激情宣言：台州一地风水是九龙入海，命中注定要出几位大人物；天子重英豪，文章教尔曹，既然是上天赐予我们的一个机会，我们何不就势而为，给台州百姓创造一个安居乐业之地？

台州民众确与中原一带的不一样。台州无土著，这么多的外地人之所以跋山涉水来到台州，哪一家、哪一族不是对大清帝国有着深仇大恨？哪一家、哪一族不是因失土地、文字狱，以及与"拳匪"勾通、反慈禧叛卖国土、百日维新失败、和孙中山的光复会有来往、痛杀八国洋人等而犯有死罪。尤其是桐屿黄氏一门，因他家有一子与谭嗣同相友善，谭嗣同被杀后起兵反清，黄氏一门即有一百八十二人被清政府屠杀！何人不知"成者王侯败者寇"？何人不知"将相宁有种乎"？何人不知"弱肉强食"是人类的生存法则？何人不知人道与兽道只差一字？何人不知只有颠覆现存的社会才能令他们重新得以扬眉吐气？这一切的一切，他们全知道。只因天时地利不合，一身的悲愤与仇恨全都变成散落于沙漠里的树种。如今，机遇终于来临，他们岂有不反之理？田兴业这个行动口号一旦对外呼出，马上变成黄钟大吕，令逃难至台州的灾民、难民们群情激奋。真是千里走惊雷啊，先是十人、百人，后是千人、万人，那些"恶民""顽民"鼓噪着源源不断地朝田王村涌来。外面篝火通明，田兴业独自一人在房间里踱步。几经筹措不果后，田兴业终于痛下决心，出手祖上留下来的那几幅名画。不这样做实在是不行了，人太多了，实在太多了。眼下是什么时候啊？是生死予夺的紧要关头，此举之成与败不仅决定着成千上万人的生命，还决定着台州百姓们的生存环境。他们组织起来的这支队伍，现在最需要什么？武器与给养。作为这支队伍的参谋总长，要管理全部人员的吃、喝、武装，两手捏空拳何以让他们活命？箭在弦上不得不发。

田兴业从神龛里取下祖上传下的十幅画作，背着两手围着这十幅画转有三圈，最后决定先出售十轴画中的三轴。他喊了一声"王国成"，候在门外的王国成立刻进入书房。田兴业庄重地捧出三轴画交与王国成，郑重地说："我现在给你一个任务，你马上调艘快船，亲自携画速至上海，按此地址找到上海面粉商韩春琦，将此三幅画全交与他。你对他说，我田兴业的条件只有一个，请他务必想尽一切可想之法，给我们搞到一批枪支弹药。若是钱不够，你让他先垫付着，日后我用画来还。"王国成点头示知，当着田兴业的面将画打包背于身上，连夜至海门找到张连胜，调一艘快船速往上海。

很快，王国成从上海回来，不仅带回一千多条德造毛瑟枪，还带回来三门火炮及韩春琦给田兴业写的一封亲笔信。韩春琦在信中写道："无恻隐之心，非人也；无羞恶之心，非人也；无辞让之心，非人也；无是非之心，非人也。五百年必有王者兴，其间必有名世者。兄弟此举，实为中华民族之幸事。光复中华、强我民族，非胸有大志者而不可为，为兄者当鼎力相助。吾父、兄均在上海租界与洋人打交道，日后你们若是还需武器弹药，尽管派人来。"

台州国民自卫军与大清帝国正规部队在临海桃渚第一次正式交手。年老体衰、一身重病的老狮子，如何能与新兴力量赌斗？自然法则当然决定双方最后的结果。站在队伍前面的王国器只是一挥手，台州自卫军即成一台可怕的大石碾，铺天盖地碾压过去。只消半个时辰，包尔泰军即被台州自卫军碾成一张薄饼。包尔泰在兵败、毫无办法之下，只带三名贴身护卫逃归宁波。

台州自卫军与大清正规军在宁海县第二次交手。包尔泰这次调来了一千八百名骑军，打算用清兵的铁骑冲乱台州自卫军阵脚，然后再行分割与围剿。田兴业站在高处一看，即命王国器带着三百一十六名士兵，在一块平坦地上挖下三百一十五个陷阱。大清帝国一千八百名骑兵不明就里，挥鞭掠阵，三分钟不到，只见烟尘四起，一千八百名骑兵全部坠入陷阱。王国器率军阻杀，打得大清军队只剩三分之一人逃回到大本营。

台州自卫军与大清正规军在嵊州县莲花镇第三次交手。这一次交手，清军主帅是宁波守将多尔麦。他携有三千名全副武装的火枪手及三十三门红夷大炮。临战前，多尔麦对天起誓，要一举围歼台州叛军。田兴业命王国端带着一中队人马诱敌深入，让大清帝国的红夷炮队与火枪队同时陷入白水洋的那片沼泽地。开战那天恰逢老天相助，天下暴雨，平地水深三尺，城内可行船，清军无法起兵。田兴业急中生智下令分兵包围、四下切割，打得三千名火枪手死伤大半，剩下的人不得不拥着多尔麦逃至绍兴。

台州义军全面控制台州、宁海两地，兵员迅速扩展至两千八百余人，战船扩至一百艘。

王国器威信有如红日中天，台州政治格局与军事格局首次出现大颠覆。田兴业见大局初定，以防后患，决定利用台州渔民多、海王村有天然港口的最大便利，习西洋建军之法，组建一支海上自卫团。田兴业对王国器说："四阿哥啊，不怕一万，只怕万一。我们想要真正保全自己，只有占尽海上优势，才无后顾之忧！"王国器视田兴业为大军师，对他所言无不是言听计从，一口答应。"好，小弟，你是我的军师。我与你有话在先，你叫我做什么，我就做什么。"两天一过，台州自卫军海上自卫团成立，王国成出任台州海上自卫团团长。

1912 年 1 月 1 日，正式成立中华民国临时政府，孙中山宣誓就任临时大总统，终于结束了中国大地绵延近两千五百年的封建世袭的君主制度，让中华民族的历史转向一个全新时代。

田兴业做出积极响应，坚决拥护孙中山的领导。此响应一出，台州自卫军正式更名为台州国民革命军，经民众一致推举，王国器任台州国民政府都督。他们分头至宁波、温州、金华、丽水、永嘉、磐安等地招兵买马，当年即将兵员扩张至一万三千人。

袁世凯终于下令，剿灭台州路桥王国器部队。时任浙江都督的是朱瑞。看到王国器起兵反袁，朱瑞当然要为他的主子出力，即命浙军第一师师长黄金发率兵讨伐王国器。

王国器问田兴业："当如何处之？"田兴业答："打，台州一地岂可容他人作践？"王国器即率王国瑞团至仙居驱逐黄金发师部。

王国瑞团部借设于刘家大院。就在王国器率军与黄金发部对决时，王国瑞与仙居刘氏三女刘桂英相遇。是时的刘桂英，年方二八，长得容貌俊秀，一条长辫在她脑后不断摇曳。刘桂英与王国瑞相见时，曾现青春少女特有一媚笑。就这一媚笑唤起了王国瑞内心世界的躁动，女性的美貌令王国瑞那颗青春的心现出异动。他想出手，只因众目睽睽，只可一忍再忍。三天后，部队与黄金发交火，因仙居山势险峻，黄金发部取之不得，败退，撤出仙居苍山岭转至永嘉。战事一安，田兴业决定在仙居成立临时政府，让仙居百姓自己来管理，便请王国瑞至仙居原县衙门开会议事。

王国瑞从县衙议事归来，进刘家大院，见大院内空无一人。四周安谧，唯有几只蜜蜂，围着院子里的那畦玫瑰花翩翩起舞，翅膀振得嗡嗡发响。他四下一环顾，看见三姑娘刘桂英独自一人立于凳上摘桃子。王国瑞心中一动，悄然立于她身后细为观赏。恰在此时，刘桂英欠身一勾，不经意间闪出她胸部半只小酥乳，王国瑞顿被一道闪电击得双目发眩，全身发麻。王国瑞的情感第一次出现大海潮，他突步上前，伸出两臂，一把搂定刘桂英的软腰。刘桂英吓一跳，张嘴想喊，见搂她者是台州国民革命军大团长王国瑞，瞬时转怒为喜，一脸娇喘。刘桂英说："王团长，是你呀，你这是干吗？我奶奶还在家里哪……"王国瑞咧嘴一笑，拦腰一揽，将她揽入自己房内。门儿一旦关闭，这天下便是王国瑞的天下，还管他什么天塌地陷呢！

台州国民革命军决定回师临海。离城那天夜里，仙居城内一片莺歌燕舞，城内百姓全都跑出家门去看戏、看热闹。刘桂英却独自一人躲入厢房哭泣，她这个举动让刘氏家人一脸惊诧。铁打的营盘流水的兵，部队开拔乃兵家常事，与你一小女子何干？别看刘老夫人年事已高，长有一双番薯脚，但毕竟是一路摇摆过来的人。孙女经历过的事情，她全经历过；孙女的现代史，即是她过去史的再版。老夫人瞬时从孙女的眉眼及脸部的表情中觉出存有蹊跷，于是扭着她的两只番薯脚到刘桂英房内。"闺女，你好端端哭什么？"刘桂英泪水婆娑，只是低头不语。老夫人展目往床上一看，只见孙女的绣床上放有一条军用皮带，恍然大悟。"你与王国瑞磨上豆浆了？"刘桂英羞愧地点点头。"这皮带是他的？"刘桂英又点点头。"磨有几回了？"刘桂英不说话。"他在我们家三四天，就没有卸过磨？"刘桂英还是不语。"好厉害的小伙子啊，他声明娶你了吗？""没有。""他老家有没有妻子？""不知道。""你什么都不知道，怎可让他上身磨豆浆？"刘桂英哭丧着脸回答："奶奶，我喜欢他。""我的好孙女啊，问题是喜欢归喜欢，女人身子是新磨，容不得他这样拉磨。""我控制不住自己啊！""是啊，是啊，谁都有控制不住的时候。你想不想嫁他？"刘桂英使劲点点头。老夫人说："你想嫁他就好，你这块山豆腐哪，我老太太可不能让他白磨。万一磨出个崽来，你让他管谁叫爸？"

　　老夫人拧着那双番薯脚走出门去，将小孙女与王国瑞磨豆浆一事全与刘老爷子说了。那刘老爷子，可不是常人，别看他年已六十，却极有仙居人特有的硬气，不惹他尚好，一旦惹他，怕是你刀子架在他的脖梗上，他也不服软。他听完老太太的简单陈述后，一声不响地走出家门。半个时辰后，老爷子带着他亲孙女与七八个小后生，怀揣尖刀、头顶香盘地出现在仙居县新国民政府门前。时王国器与田兴业正坐在老县衙里与当地的头面人物商量一事，他们一进门，二话不说，对着衙门正中的大匾跪成一排。

　　这个举动不是个正常举动，台州自古有说法，叫"请愿"。请愿成了，什么都好说；请愿不成，有冤者，即可动刀让血溅于三尺门外。他们这一请愿，可把王国器、田兴业吓得心头放有一块带毛刺的铸铁。田兴业忙抢前一步扶起刘老爷子："老爷子啊，有话说话，可不能这样啊。"刘老爷子不容呛，当着他孙女的面慷慨激昂地把王国瑞的所作所为说个响透。"真的？""若有一言不实，老夫愿天打五雷轰！"王国器深知仙居人之民风，在台州郡所属的六县中，唯仙居一直有"有一说一、有二说二"的语境。平日里，仙居人不好起誓，一旦起誓，此事必真。王国器一听，火上心头："我哥怎么变得一见着长头发的就走不动道了呢？天下美女无穷尽，你一路打过去，一路要女人，这还得了？那还叫什么国民革命军，不是与土匪无二？"是时的王国器只有一个想法，把王国瑞绑来当众打他一百军棍，看他今后还敢不敢偷鸡摸狗。刚想发令，田兴业摇手不准。王国器问："为何？"田兴业答："一因你一声令下打他一百军棍容易，把他废了，他们两人不全完了？二因从起兵后，一直不曾正式发布训令，纪律不明，主帅随意施刑，士兵不把你我等同于万五魁？三因这种豆腐可不是随便磨的，万一种子起芽，你让刘桂英往后怎么做人？""那怎么办？""国事国办，民事民办。""问题是在这里啊，过去家父有话，王家两男要娶田家两女，可现在……"田兴业摆手笑说："此一时彼一时。况且你大哥、二哥与我大姐、二姐一事，只是纸上谈兵，一直不曾真正交言，当不得真。以我之见还是来个临阵招亲。"王国器一听，猛然大悟，当下让传命兵去喊王国瑞。

不一会儿，王国瑞着跟手下的一个卫兵来到仙居原老县衙门，他步入中堂，一眼便看到脸色苍白如纸的刘桂英。他知东窗事发，只得一言不发，束手立于一边。王国器问："你认识她吗？"王国瑞一脸狼狈地点点头。"做了山豆腐？"王国瑞再点一点头。"你打算怎么办哪？"王国瑞答："听凭兄弟处理。""我处理能行吗？人家老祖宗在这儿哪。"王国器拿过一把刀子，递给刘家老爷子，说："老爷子，由于我对兄弟管教不严，才惹出这档子事。我们哥俩商量好了，冤有头债有主，我们听凭您老人家处置。"刘老爷子一不接刀，二不理睬："杀，打，就行了？我们刘家的规矩是女人从一而终，破了身再嫁，我对不住他人；让她活守寡，我对不住孙女；万一她内中有核，我更对不起孩子。""那你说咋办？""一句话，嫁鸡随鸡，嫁狗随狗，嫁个扁担抱着走。"王国器问王国瑞："军中无戏言，你同意还是不同意？"王国瑞点头以示同意，王国器一声大喝："阿哥，你还不向老祖宗叩头？"王国瑞一听，如逢大赦，两膝落地即向刘老爷子叩头。

朱瑞看黄金发部从陆路不可轻取，即令时驻温州浙军第二师一名叫阎瑞良的师长从海上进攻台州。时任浙江省都督朱瑞有着一颗深沉的心。尤其是袁世凯封他兴武将军后，一因袁世凯是国中新主，二因袁世凯是他人生知己，三因袁世凯兵强马壮、心狠手辣，搞不好他只会成为宋教仁第二。这一边他应付着袁世凯，那一边他也渴望着将台州这块土地归至麾下。朱瑞是浙江慈溪人，他比什么人都清楚台州是一块什么样的土地，这可是打着灯笼找不着的风水宝地。谁要是得了台州，谁就有雄厚的经济资源；谁要是拥有台州，谁就拥有一块风雨不透的独立王国。

为了能把台州这块土地归于麾下，朱瑞与他手下军师、将领绞尽脑汁。他们先是派出八名特工，扮成商人模样，从温州坐货船至金清，再从金清坐船至黄岩县路桥镇的十里长街，对台州八县的军事、经济、民众情况全方位侦察。等到他们把台州八县的地理位置及兵力部署摸清后，再化装成生意客坐船回温州。在发动这次战争前夕，朱瑞还曾请三名日本武官，对他提出的方案进行细细推演，最后得出一个结论：不能从陆路进。若是从陆路进军，那是鸡蛋碰石头，台州府王国器部，只要在麻狸岭关隘口布下一个营，你朱瑞的浙军便是死蟹一只。唯一可行之法即是从海上进，并以海王村为登陆点，出其不意，攻其不备，一举拿下台州。他们提出来的方案，看似周密，实则轻狂。他们只知二十一岁的司令王国器头脑简单极好对付，但他们并不知二十一岁的参谋长田兴业却是个人中鬼精；他们只知道王国器手下有两个团，全是一群乌合之众，武器不好，一打便溃，却不知他们早在石塘港口建有一支实力很强的海军。作战方案一定，朱瑞部即刻付诸行动。那天夜交子时，浩瀚的大东海刚一涨潮，海浪铺天盖地翻滚之际，阎瑞良率三十八艘海船与两个整编团士兵，从温州出发顺海流抢入海王村。强行登陆后，一是封锁消息，不准有一位海王村人出走；二是溯河而上，向温岭县城进发。太阳刚一露头，阎瑞良手下的三个团开至太平城下。

太阳刚起有三竿，阎瑞良部全面开始发动总攻，那天打得让多年不曾有过战争的温岭县人深为瞠目结舌。那枪声、炮声有如正月初八商人开市时放出来的开门炮，打得温岭城内外一片乌烟瘴气，整个温黄平原均在脚下颤抖。尽管如是，阎瑞良部还是受到太平县民团的顽强抵抗，至太阳顶头时，太平县城终于被攻破，阎瑞良率部冲入温岭城。这一冲入，可怕的大杀戮与掠夺全面开始，三个时辰内，温岭城有一百五十一名男子死于非命，一百八十八名女子遭阎瑞良部强奸，一百八十三间店铺被阎瑞良部焚毁。下午五时，温岭县民团快马飞报至临海大本营。王国器与田兴业正在吃饭，接到急报后，他俩扔掉饭碗，命王国立率一团人马连夜出发前往温岭县救援。

王国器、田兴业、王国立率一团至温岭横峰镇，正与溯河而上的阎瑞良部狭路相逢。两军一交手，王国立一团吃了大亏，台州国民革命军说到底不过是一地方自治组织。一因起兵过急；二因兵员全是无业游民与农民，对付那些淘空身子的大清帝国腐兵，尚绰绰有余，而面对人数多出两倍、武器精良、且又经过严格训练的阎瑞良部，显出力不从心。王国器一看寡不敌众，想下令撤退。田兴业一脸怒容地对王国器吼："你往哪儿撤？"王国器答："放弃温岭，占领清江口。""你懂不懂打仗？温岭县一丢，海王村一让，他们有了登陆点，这不等于打开大门放狼入室，你还想保台州？""你是参谋长，那你说此仗该咋打？我总不能让我的兄弟们去白白送死吧？"田兴业到底是田兴业啊，在这个节骨眼上，他那头脑出奇冷静，他背着手顺南官河岸的青石板走了两三个来回，两只鹰眼紧盯着成群的游鱼不放。片时一过，田兴业脸上即现一丝冷笑："这只猴子好是好，可惜爬得太高，将自己的红屁股给露出来了。""你有高招？""岂止是有！我要让这个胆大妄为的小子吃不了兜着走。""你说说，我听。"田兴业即将自己思考定夺的绝招和盘托出，王国器听了恍然大悟："你这个家伙呀，真有两下子，难怪别人老说你是蛇精化身。"

王国器遂在横峰桥脚下的船埠上着手重新部署兵员（后来，此石横峰桥人就管它叫"将军石"）。正面，由王国器带领，放弃与阎瑞良部的主力交锋，且打且退，诱敌至回龙山石棋镇余家村一带（这个地方，后来就成为永嘉县有名的风景区）。侧翼，由田兴业与王国瑞带领，在横峰山一带设伏，集中兵力，截段割打。殿后，由王国成指挥，率海军从石塘起身，趁潮水上涨时移师至海王村，让"水鬼"们潜入海里凿沉阎瑞良部所有停泊在港的船只，然后关门打狗，彻底砍断他的后方补给线。真是将不在勇而在其有智啊，如此重新部署，战局即刻扭转。

那天凌晨交丑时，两军终于正式对决。王国成团偷入海王村（地点即在王氏家族海难处），八十名"水鬼"潜入海中，一举凿沉三十艘阎瑞良部战船，随之发起强攻，将一百八十余名阎瑞良部水兵驱至海王村石屋，打得他们举起双手投降；田兴业与王国瑞连夜分段切割，王国器带兵从北溪回师杀了个回马枪。这一仗打得实在漂亮，天一亮，阎瑞良在红崖脚下被王国器击毙。阎瑞良一死，鸟无头不飞，八百多名阎瑞良部士兵全部放下武器举手投降。大战一告竣，王国器即下令肃匪。

王国立与余氏女成婚。王国立的婚姻，是因王国立的两位好友陈老五与柳行进牵线而起。那天，陈老五与柳行进率三士兵不经意中经过余家大院。温岭县余家是横峰一大佬，主人名余滋泉，别看此老头其貌不扬，却是浙江天字第一号食品大王，家中家财万贯。因朱瑞军行突袭，一时心慌，即携一家老小潜入坞根，只留一位六十有七的老管家看门。陈老五与柳行进及士兵翻墙跳进余家账房后，陈老五见桌上放有三十一根未及盘点入库的"小黄鱼"（台州人管一寸长的金条为"小黄鱼"）。陈老五毕竟是行贩出身，长这么大曾几何时见过这么多的"小黄鱼"，当即令他的心田中长出一片芜杂野草。他见院内无人，遂对弟兄们咬耳说："我们趁机捞他一票怎么样？"柳行进说："使不得，团长知道了可要杀头的。"陈老五说："你不说我不说，他一不长千里眼，二不长顺风耳，何以得知？"其中一兵说："对，对，我们来他一票。要不，我们前来当兵做什么？"另一兵也跟着进言："老六说得对，过了这个村，可就没那店！"第一个出手者是陈老五，一把抓过六根金条往自己怀里一揣，转过身子即往外走。陈老五是他们五个人的头啊，头一拿，他们这些当小兵的还有什么说的呢。于是，你拿，我拿，全跟着拿，陈老五满以为他们这一次捞金做得天衣无缝。然而，令他们做梦也不曾想到隔墙有眼，一直躲于暗处的老管家早将他们的一举一动捕捉入眼，只因自己年老体衰躲在一隅，不敢声张。朱瑞部收拾干净，温岭县局势趋于安定，王国器、田兴业决定班师台州。田兴业命王国立驻石棋镇抚慰百姓，告示一贴，天下熙宁，余滋泉闻声遂率一家老小回到温岭县。

　　温岭石棋镇举行庆功大宴，宴会的地点即设于余家大院。王国立身为台州国民革命军一团团长，自然即成众星拱月之人。庆功宴一开始，乡绅们鼓掌要"王将军讲讲话"。王国立喜不自胜，上台后，学着田兴业的腔调对全镇乡绅们说："带兵之道无高深学问，只凭天地良心；爱民者军之基，为公者军之旨，不怕死者军之魂，严守军纪者军之道。"说完后，他为加强讲话的文化内涵，当众背出田兴业常说的一句话："苟利国家生死以，岂因祸福避趋之。"王国立发言一结束，当即赢得一片掌声。石棋镇众乡绅们为之侧目，他们做梦也没想到，一个从武之人会说出如此高水平的话来，非儒将、非有学养者，何能为之？老话说得好啊，过头酒好吃，过头话难讲。王国立话刚一落地，余滋泉即拔步上前找大团长的黑茬子。余滋泉不阴不阳地抱拳说："少将军哪，言虽成理，怕未必行之吧？"王国立听得话中有刺，即上前施礼，再学田兴业腔调说："令不行者军必殆，纪不明者军必散。若是本团长手下有不范之事，请余先生如实指正，本团长决不手软！"余滋泉说："少将军，我可就要对不起您了。"余滋泉即将五名士兵冲入他家，如何拿走三十一条"黄鱼"一事，说了个清清楚楚、明明白白。那时的王国立，可不是后来的王国立。尽管那时的王国立好打肿脸充胖子，一举一动学田兴业的样子，但为人毕竟是有着初心的清淳与朴厚。"老人家，果真有此事？""一介草民，不敢打诳语。"王国立即问余家所处的位置，余滋泉遂将他家所在的具体方位一说。王国立想，正好是陈老五柳行进负责的一段，遂令随身副官前去调查。一调查，真相大白。

　　副官黑着脸将陈老五等人从另一处宴会厅带至主厅。王国立当众人问："你们是否确有此事？"陈老五答："有。""金条在哪儿？""在这儿，一根不少。"五人当众舒开他们的两只手。诚然如是，那舒展开来的四方手上正压有五六根金条。此举一出，王国立气得发疯："你们这些小王八蛋，不是瞪着两眼往我眼里上眼药吗？"遂牙齿一咬，下令："将他们五位全给我推出去毙了。"王国立此举一出，全场乡绅噤若寒蝉，他们怎么也没想到王国立所率之部，纪律如此严明。为几根金条杀掉五人性命，可惜；想救，又不知怎么救。正在这节骨眼上，余滋泉年方二九的三女儿余雪珍从内房中步出，冲着王国立轻唤一声，说："少将军，刀下留人。"王国立见内中有靓女飘然而出，一时手脚无措、不知进退。余雪珍缓步上前对她父亲说："父亲大人，三十一根金条，能换回五条人命吗？"余滋泉答："不能。"余雪珍说："既不能，余家何为区区三十一根金条杀人？"余滋泉深感此事做得有一点过了，一脸尴尬，不知如何收场。余雪珍转身问王国立："少将军，为三十来根金条连杀五人，其军法是否太苛？"王国立哑然无语，前来参加宴会的石棋镇大小乡绅不下百人，全都高声亮嗓地说："余小姐言之成理啊！少将军可以做出处罚，但不可因几根金条杀人，命与金不可同日而语。"此言一落，整个局面开始如海面上的浪花一样活泛中带着激烈的跳动。八位年高德昭的老人也上前向王国立作揖求情："少将军，为民不惜死，乃是台州人的骄子。为区区三十一根金条杀人，其法太苛，不足道啊！"王国立原本就不想杀他的两位孩提时的玩伴与好友，只因余滋泉给他上了眼药不得不如此，如今有人求情，正好就坡下驴，即当众下令："从今天起，无论是谁，敢拿百姓一针一线者，毙无赦！"

宴会散了，王国立回军营了，余雪珍登上她家的绣楼了。但这两个年轻男女却在这一夜同时翻来覆去地睡不着觉了。两个人都在关注着对方，王国立爱余雪珍之风度与美姿，余雪珍爱王国立之英俊与文雅。仅此一次的见面与对话，便让他俩擦出火花。三天后，两方媒人不约而同地出现在双方大堂上。余滋泉得知路桥王氏乃是路桥十里长街一等大户，其高祖王世广曾是一朝宰辅，既然家有家根，人有人底，何乐而不为？于是一口答应。女方人家一口答应了，王家岂有不允之理？十日后，黄道吉日来临，一艘内河航船满载着嫁妆，顺着南官河，直达路桥十里长街，送余雪珍至田王村与王国立完婚。

第四章　崛起的台州王

　　田王村人开始集体犯嘀咕，按过去方针办，田、王两家基本原则是相互通婚。王国器与田兴业没出生时，王希品曾与田长河有协议：老大配老大，老二配老二。结果，王希品一死，田长河年老多病，算盘暗中另打。此两人与他女成婚，那田家一直等在家里的两个闺女怎么办？田长河倒是无所谓，得知消息后，只说一句："生死有命，富贵在天，天老爷叫你如何，你不得不如何。我不与他人争，也不屑与人争，生命的火燃烧完了，我们也该走了，何争之有？"田家的三个元老却坐不住了，这天夜里，他们却相约着来至田长河家。田家两女见是族中三老前来，忙欠身陪三老入父之房。田长河强支病体从床上撑起，问道："这么晚了，你们三老跑至我家做什么呀？"三老回答："长河哪，王家人失信了，我们奈何？"田长河说："儿大不由父，船大不由橹。现在，人家又是团长、又是司令（我也说不准这是什么官），人家既然无此心，我们何必再苦等呢？"田长河停顿片刻，即抬起眼望了一望站在他面前的两个女儿说："强扭的瓜不甜，你们呢，也别傻女人等呆汉了。我啊，老了不行了，指不定哪天就走了。你们自己的事情自己拿主意。"田长河太累了，他实在是太累了，他再也不能为两个女儿做什么了，只盼着给自己留点宁静的时光。田长河重新躺下，三个元老退走。

　　田家两个女儿始从冬眠中苏醒，她们步出父亲房门后，田如梅问田如蕙："过去之约解散，我可要嫁人了。你呢？"田如蕙低头弄襟。田如梅问："你的意中人是老二还是老三？"田如蕙答："老三。"田如梅说："如今，他们王氏一门在台州独拔头筹，在他们面前闪亮的好女子如过江之鲫，若是他也变心，你咋办？"田如蕙答："知人知面难知心，画虎画皮难画骨，只有等他变了再说。"田如梅叹道："我们田家人心痴啊，早知今日，何必当初？"

　　田如梅始嫁人。田如梅嫁的是奉化溪口蒋氏堂兄蒋福海，蒋福海是与王氏兄弟一直联手做食盐走私生意的大盐商。五年前，蒋福海第一次到田家与王希品、管中明谈生意，偶尔见过田如梅，两人在院内只碰过一面，蒋福海即被这位带有男子性格（能文亦能武）的田家大小姐迷得灵魂出窍，一度曾利用一切可利用的机会向田如梅暗送秋波。田如梅明知他对自己有意，只因"父之信，子不可更"，王家没启口说变，她不敢先背弃王国瑞。如今尘埃落定，她此时不动还待何时？那天一早，蒋福海生意场上的一位朋友，要去奉化溪口，顺便一拐至田家看田如梅，入家后一见田如梅，即劈头问："我要去奉化见蒋君，姑娘有何言要我携带？"田如梅答："请稍等，我有信。"田如梅转身入房，伏案提笔给蒋福海写了一信。信中写道："蒋福海，你听着，若是想娶我，请赶快。七天后不见人来，我即嫁他人。"写毕，将信封定，加印，交给来人。

七日一到，蒋福海带着十三杠聘礼，快马加鞭来至田王村。进田家门后，蒋福海即在田长河床前下跪。田长河撑身一看，院内一片红，心中明白了，他让田如梅把蒋福海搀起。田长河说："我早知她心中想的是你，既然你来了，大事头圆了，你带她走吧。"当夜无话，次日早，蒋福海要带田如梅走，夫妻双双跪在田长河面前与田长河拜别。蒋福海说："爸啊，我与如梅要走了，你有什么话要嘱咐啊？"田长河说："我只叮嘱你们一句，你俩往后能做生意就好好做生意，不能做生意就回台州种田，千万别在官场上游戏人生。"田如梅问："为什么呀，爸？"田长河答："官场险恶无常，一脚黄金殿，一脚监牢门，我怕你们今后不得好报。"蒋福海说："您老请放心吧，我蒋家祖辈经商，岂有为官、从政之理？"田长河叹说："天命难违啊，我只怕你们一牛入井九牛难拔，人至灾时抽身难。"蒋福海与田如梅站在田长河面前默不作声，船老大过来催人："时辰已到，你们走是不走啊？"两人同应一声："走。"

田如梅夫妇与妹妹田如蕙告别，田如蕙送他们俩上船。船一开，田如蕙便一动不动地站在船埠上，任凭着顺河刮来的风拂乱她一头黑发。她站着，一直就这么一动不动地站着，看着那艘迎亲船扯起风帆逆流往西走，一直看它走得很远很远。

田长河终于走至他人生尽头，田如梅夫妇闻信赶来。临终前，田长河让田如蕙去把李文达与田兴业喊来。李文达与田兴业到后，田长河当着李文达面交给田兴业一黄信封。"爸，里头有什么哪？""儿子，你自己打开看吧。"田兴业打开，只见信封内装有两张尺方的小宣纸，上面写有两段令人莫明其妙的话。第一张纸上写的是：最大阴数乘最大阳数倍以十，便是田、王两家脱胎换骨时。第二张纸写的是：云散慧灭锦成灰。田兴业怎么看也看不明白，怎么想也想不清楚，这两段话到底是何意？田兴业问："爸，这是什么意思啊？"田长河答："我也说不清，我只知道第一张纸上写的那段话，是田家老祖宗田幸均公说的。第二张纸上写的那段话，是王家老祖宗王居正公临死前坐在大樟树底下写的。上代人有话，须一代接着一代往下传，我也不清楚祖上是何意，只可遵命传给你。"田兴业还想问点什么，但田长河已闭目息定。田兴业无法，只可将这黄信封夹入父亲枕边的那本《人生警言》中。

田长河葬礼结束，头七做完，田如梅夫妇回奉化。田兴业因军务吃紧不得不回大本营去。向来人声喧哗的田家大院，如今人走楼空，临河四间木房只剩田如蕙一人。

田如蕙与路桥任何一位农村姑娘一样，大门不出，二门不进，一直深藏于家中做刺绣。实质上，田如蕙一直默默地等着另一人，此人便是她同庚发小——王家老三王国成。王国器起事后，王国成跟着他弟一起。起事前一天，王国成上气不接下气地跑至田家，偷把田如蕙喊到门外说："说定了，你不嫁老二。"田如蕙答："好。"王国成说："你在家里等着我。"田如蕙冷脸说："现在你当上什么大团长了，你还能想着我？"王国成指天画地向她起誓："我王国成要与别的女人胡搅蛮缠，死于刀下！"田如蕙吓得忙捂王国成嘴说："成子，你可别胡言乱语，如此讨口讖，会吓我一世。"

王国成这一走，如泥牛入海无消息。田如梅结婚时，他带兵在外，没回来；田长河去世时，王家所有兄弟前来送行，他没回来；田长河入土事告毕，一身重孝的田如蕙实在有点沉不住气，问弟："国成怎么不见来？"田兴业答："他是海军团团长，带兵船守剑门港，袁世凯之军马时来骚扰，他怎么回得来？"田如蕙说："照你这么说，非得我去？"田兴业说："姐，你别担心。你们俩的心意，别人不知我知，你放心好了，海事一安，他一准回来。"田兴业不再说，田如蕙也不再问，她信她阿弟的话，只是等。

两个月过去，六月盛夏来临，王国成总算是腾出一个机会从金清回来。王国成与他同胞兄弟最大的不同是，他是个性情中人，心里只装有一个田如蕙。他两位兄长娶了别的女人后，田王村十人中有九人不快，说王氏兄弟不遵父命，独有他至死不改。那天，王国成坐着一艘两头尖尖的乌篷快船直达福星桥，船身一靠，纵身上岸。至村口后，他先站在大樟树下，横扫四周，空无一人，头一拱即直奔田家大院。踏进田家大院，见偌大个院子里空无一人，不知为何，正想喊，偶尔间一瞥，见田如蕙独自一人坐在偏房做刺绣。恰在此时，田如蕙轻吟起台州府的一首叫《摘金杏》的情歌：

大姐墙里摘金杏，

有个后生墙外张。

张呀勿用张，

请进墙内吃金杏。

大姐啊，年多少，几时生？

后生啊，年十八，正月十五有月亮。

哎——若要有意夫妻配，

这件大事先问娘。

媒人聘礼讲定当，

十二个月送节不能省。

正月送花粉；

二月上门送瓜秧；

三月清明菁团送；

四月黄梅送一筐；

五月米粽并烧酒；

六月西瓜味清凉；

七月秋凉送秋米；

八月红菱月饼情意长；

九月九送茭首；

十月糯米金团甜又香；

十一月送荸荠；

十二月猪腿连蹄膀。

送完十二月，

大红花轿接新娘。

当日，田氏家的大院子彻底关闭，王国成带着田如蕙坐着快船去剑门港。三日后，王国成与田如蕙的婚礼在战船上隆重举行。

王国器的妻子终于浮出水面，这女人就是谢东潮的四女谢明心。从年龄论，她只比王国器小几个月；从学识论，她是路桥十里长街有名的女才子。谢家共有姐妹四人，她是最小的一个。谢东潮长女婿是路桥十里长街昌盛丝绸店大老板，光店面就开有一十三间。二女婿是临海顺昌木材行的大贾商，一年到头黄金、白银南官河水样地流进流出。尽管三女婿社会地位最低，却也曾中过举，只不过他这个举人是大清王朝走至崩溃边缘的最后一届举人，考上也等于白考；加之朝纲让袁世凯一个浑小子搅得一团糟，泥菩萨过河，人人自身难保，还讲什么取士放官？因此中是中了，想参加殿试都没有门子，只得打道回府。金安士年老还乡后，他便应了李文达之请，做了路桥文昌书院的山长，虽然手中无权，却也成为文化教育界的骄子。初时，谢东潮看中田兴业，怎么看怎么觉得台州全地只有田兴业这小子才可与他女儿谢明心匹配。你想啊，天下哪有一对男女同年同月同日同时生的？这不是天配姻缘又是什么呢！出生后一满月，家里人就提醒他，要他向田家提亲，他们的意见是既然两人早晚合一，早定早安，省得夜长梦多。可谢东潮前思后想总觉不妥，孩子这么小，就提这事，好像与谢家的门第不符，再由于商务繁忙，一拖再拖，这一拖，若干年过去，他做梦也没想到却让李文达这老相公捷足先登。田、李两家婚事一挑明，谢家人你不死心也得死心了。随着谢东潮年事益高，谢明心婚事自然提上日事议程。大清国倒塌了，科举制度作废了，谢家时过境迁，再也没有过去的那种噱头了，于是他有生以来第一次放低门限，只求谢明心能嫁个中上人家便可以了。然而，令谢东潮为之惊愕的是，四女儿似乎命中注定在等着一个人，无论怎么她就是嫁不成。

　　第一个前来提亲的是临海阜新钱庄赵大人。那赵氏一门打从移居台州临海后，凭着他们家从内地带来的资本，一直从事钱庄生意，银铺开得很大，两广、两江都开有分行。他的长子赵孟郡十五岁便去日本讲武堂读书，赵大人什么都不怕，就怕儿子讨下一个日本女人为妻，日后生下的孩子是个杂种，令他脸上无光，一直考虑着在台州当地给儿子找个妻子。媒人上他家介绍，说路桥十里长街谢东潮有一女，极奇，巳年巳月巳日巳时生，命格大贵不说，且聪慧有才智，是个天字一号当家大新妇。赵大人一听心下大动，三日后，坐一条内河快船，至谢王府。进门后，双方先是会话，后是见人，这一见面，让赵大人心下大为不爽，谢明心那身段倒无可挑剔，只是那脸上生有一幅黑中带紫的中国大地图。赵大人倒吸一口冷气，真是十里山荒，隔壁乱讲，媒妁之言不可全信，我赵氏一门在临海也算得上是颗顶头杨梅，讨个儿媳妇是想撑起我赵家门面，这么一个"抹抹乌、望外婆"的女子进门，还不让他人笑掉牙？于是，赵大人在谢王府中堂与谢东潮有一搭没一搭地搭讪几句，便起身告辞。

　　第二个前来提亲的是下陶里柳家书生柳行进之弟柳行才。这位后生琴棋书画均好，在路桥十里长街是位颇有名气的情痴。初时，他只不过在裱画师石旷家中见过谢明心装裱的一幅字画，便心身俱醉，说死说活也要迎娶谢明心，并不止一次地对外扬言："若是谢明心不嫁他，他就死在谢家大门口。"有道是金为石开，谢家多少也被柳行才的那种精诚所动，尽管谢东潮对他的言语略感不爽，既然是媒人上门求亲，抱着一试心态，同意双方先交换一下生辰八字。三日后，恰是黄道吉日，柳、谢两家同时交换生辰八字。那时，台州府有个不成文的规定：男女双方生辰八字交换后，须放在灶司佛前以定凶吉。就在谢家把柳行才的生辰八字放在灶司佛前的那天夜里，柳行才便出了大祸。也许是因为他高兴，也许是因为他命中无此女，庚帖一接至，他兴致勃勃地跑到泉井一个读书的朋友家里去喝酒。可能是多喝了点酒，走着走着，那酒一个劲地往他头上涌，涌得他两眼昏花，竟把平稳流淌着的南官河水当成一张大床铺，想卧倒在床好好地歇他一歇。最后的结果是，谢明心的丈夫没做成，反倒让河神一把收了当他的小驸马。他那尸体一直顺着水退到金清港，三天后才在白沙滩上现身。

　　第三个前来求婚的，是路桥辽阳浮排村郎本清的长兄郎本杰。这郎本杰，满洲人，台州郡少有满人，独有浮排村郎氏一门如是。台州人无法说清是何种原因，东北满人中腾出来的这样一支人没有回东北三省老家，却恣意妄为地留在台州。他们郎氏一门得益于祖上曾当过大清国都统，家里也颇有一点钱财与土地，几代人让郎氏一门在浮排村成为当地旺族。由于郎本杰从十三岁起便跟着他父亲在外征战，一个年已三十之人，一直不曾娶亲。辛亥革命后，他所任的第十二标令革命军被打得落花流水，不得已卷了好多金银财宝还乡。还乡后的第一件事当然是想娶亲，就在他四处托人提亲时，不知是从何人嘴里得知，路桥十里长街谢家有一位脸上长有地图的丑女，书画均好，才德不亚台州孙氏之女孙之琳，出生时辰十分特别，是巳年巳月巳日巳时，叫四星联珠。他心中一动，执意迎娶，即召当地三位名媒。郎本杰拿出一百两白银放在桌上，对三位媒人说："我才不管人长得好看不好看，一个男人娶女人是来做老婆的，不是当花瓶摆在那里看的。你们若是能给我把这门亲事说妥，我重重有赏。"这三位路桥名媒当天即出马，凭着她们的三寸不烂之舌，向谢家发动轮番攻击。尽管谢东潮得知此事后，一肚子不高兴，但谢氏家门毕竟不比从前，只可勉强应承。同样是在双方庚帖下后第三天，郎本杰便与柳行才一样，兴高采烈地去一位朋友家去喝酒。喝着喝着，这位郎本杰突然一个倒栽葱溜到桌子底下，待到狐朋狗友们把他扶起来时，这位名重一时的赳赳武夫已醺然走人。

　　事可过一过二，不可过三，连死两位提亲者，而且死的都是下帖后的第三天，好事的路桥十里长街人顿时议论纷纷。一说，谢明心是蛇年蛇月蛇日蛇时生的女人，其本性就是一条蛇，除了蛇年蛇月蛇日蛇时生的男人命中注定可配她外，其他所配男子均会被她活活克死；一说，谢明心命中为王者之母，要么做真王夫人，要么做野王夫人，求婚者若不是有真王、野王之命，根本别想娶她到家。人嘴本是两层皮啊，什么样的话不好说呢？于是，那话便越说越多、越搅越稠。谢东潮一听，急得不行，心想：天哪，难道她只能与田兴业相配，这怎么可能呢？人家定的可是李家的李雅香啊！谢明心呢，似乎胸有成竹，对社会上的种种恶言充耳不闻，每天把自己关在房里舞文弄墨，连院子外都不走出一步。

　　谢明心沉得住气，她那三个姐姐却沉不住气了。有那么一天，谢氏三姐妹决定最后做一次说客，一起来到谢明心房间。老大说："老四啊，外面把你说了个三花四落，你怎么办哪？"谢明心莞尔一笑："我看中之人，上天不给，我有何法？"老大问："你看中谁了？"谢明心答："我看中的是与我同年同月同日同时生的那个。"老大说："人家有主了，怎么能给你？"谢明心回答："所以啊，生死有命，富贵在天；天不予之，求之何益？顺其自然吧！"大姐想来想去没得辙了，便起身去找算命先生算命。她不知找了多少算命先生，印星、官星、财星、食神，五行八运，一一推演，无不言巳年巳月巳日巳时所生之女一身是蛇，不得好果，必有大凶。长女把外来信息与谢东潮一说，谢东潮更为急火攻心："他们全这么说？""是啊，爸，他们全这么说。此种命格，若是个男子大吉大利，若是个女子大煞大凶。"谢东潮一咂嘴，难道是卜家之人在诓他、骗他？

　　谢东潮决定亲自到卜家问个水落石出，时卜无意子承父业正式在路桥十里长街开门迎客。谢东潮进卜家门，卜无意正在习字。谢东潮问："卜先生，我女儿刚出生时，你才五岁，便开口说我女儿有大富大贵之相。可现在，十里长街一街的算命先生均说我女儿蛇年蛇月蛇日蛇时生大凶，这是为何？"卜无意噗的一声一个掩嘴葫芦。"你笑什么？""我笑你俗。""我怎么俗？""万物皆有时，天下皆有主，只是时辰未到，你慌什么？""眼下大清朝退出历史舞台，新天子一直不出，到处都是草头王，我女儿做什么一品夫人，你不是诓我又是什么？""什么叫天心难测？这就是天心难测。如果天心人人可知，何人重其天而立其敬？现在呢，我什么话也不想与你说，只告诉你一点，本年五月初五前后，准有一男子前来你家求亲。此人呢，且是她的临时丈夫，真正的好丈夫须得她过七七四十九岁后，方可成其全。""临时丈夫？""对呀，临时丈夫。""为谁？""不知，命格如此，我只能照本宣科。你呢，好好地把家产统起来交给你女儿做嫁妆吧，说不上哪天，你们谢家还得救人一命胜造七级浮屠呢！"

　　谢东潮回至家中，尽管他的肉身安坐不动，内心却是一直很不安，他实在是将信将疑。远的不敢说，就这五月初五，何以会有奇迹出现？真王也罢，野王也罢，毕竟是王，那人到底是谁？既然卜无意让我等，好，我就等。五月五日若无奇迹出现，我再找你小先生算账。

镇日长闲，阳光多媚，时光从来锐气逼人，清明节前，一件不可思议之事首先发生。那天上午九时，谢东潮带着一家老少前去谢家坟地祭祖。一家人手提食盒，有说有笑地走进谢家黑树林，一路采花的谢明心突然发现林子深处放有一口不曾入土的小棺材。谢明心与父亲一说，谢东潮极为吃惊。初时，谢东潮误以为谁家小孩死了，无处可埋，便把孩子的小棺材连土也不封便抛于谢家坟地："走，走，我们上前看一下。"于是，一家三十多口人朝着发红的林子深处走去。到地方后，细为一看，谢东潮的双目再次穿越六百多年的历史时空，展现在他面前的根本不是什么棺材，而是一口用阴沉木做成的小柜。柜样做工考究，柜面刻有龙凤。尤为令谢东潮拍案惊奇的有三样：一是龙无角凤无目；二是柜角三面呈正角，独有一方呈圆角；三是柜身不合朝廷规制，高三、宽三，长却七尺有二（古寸古尺）。你说它是皇家用物吧，不成体例；你说它非皇家用物吧，民用岂敢龙凤同柜？谢明心见家父发怔，说："爸，要不打开好好看一看吧？"谢东潮答："好，打开看看。"一打开，柜内清白如故，樟脑之香略微缠绕。俯身细窥，盖内刻有旨意一幅，上有诗文一首：

> 遇心则活，
> 有和则成。
> 见慧必死，
> 求钱必败。

下面便是一串让人莫明其妙的数字：壹玖玖玖玖壹叁。

这什么意思呢？谢氏一门全部发愣。别看谢氏一门是十里长街大户，三女三婿学问皆好，独面对这柜内文字，心中一片云遮雾罩。谢明心说："爹，这可是我们谢家之物啊。"谢东潮问："何以见得？""我见过谢皇太后写的字，此乃亲笔。""既是皇家之物，何以流落此处？""有史料记载：'想当年，谢皇太后垂帘听政，王世广、金颉成是为监国大臣。同年制下，命管济民、田金辅、李际洲三人为朝廷重臣。'此王家乃是国家股肱、皇室心腹，岂无实物往来？此柜也许是谢皇太后赐予王家的皇家用品。"谢东潮一听，想起若干年前，在田王村祖庙吃酒时，曾看过田、王两家供奉过的那只柜子，其形其状与此一致，疑惑地问："难道这就是田、王两家祖传的圣柜？"谢明心答："想必是。"谢东潮说："那我们把它抬出林子还给田王村吧！"谢明心摇摇头不同意："时运之兴衰，天命之所为，非人力之可及。物者，生有时，失有时，各有其数。今天，它好端端地从田王村祖庙跑至谢家坟地，定是物还原主，还给田王村人做什么？""此是田、王两氏祖传圣柜，我们怎可拿它呢？"谢明心答："若是如此，可先抬至我们家里，田、王两家要拿，就让他们自己来拿，我们凭什么给送上门？"谢东潮三个女婿都觉小姨言之成理："我们谢家留下此物也算不得什么坏事。要拿，他们自己来拿；若不要，谢家祖上恩赐之物我们收了，他们也无话可说。"谢东潮一听，觉得成理。上完祖坟后，全家人动手，抬了这口圣柜往自己家里走。

圣柜在谢家树林现身的消息，一下传遍了路桥十里长街。谢东潮把圣柜放在中堂，等着田、王两家前来领取。然而，让人为之费解的是，圣柜放有两个整月，就是无人前来领取，这可让谢东潮心中有些生怪。

一年一度的五月端午节终于来临，王国器一起床便与田兴业商量。王国器问："端午节我们是否放三天假？"田兴业一听也赞同："好，你们全走。我呢，家中横直无人，回去也没多大意思，就让我守大本营吧。"

田兴业以参谋总长身份下达指令：每连除值班人员外，其余官兵放假三天。此令一出，台州国民革命军将士一片欢欣。

三十三位王氏子弟兵（他们全是大本营直属敢死队队员）跟着王国器、王国瑞、王国立从临海回田王村。从临海去路桥十里长街有陆路也有水路。走陆路，翻山越岭没个两天到不了十里长街；走水路，只要顺风顺水，当天中午便能到。为能尽快回家与妻子团聚，王国立调来一艘快船，顺着海道直奔路桥十里长街。船一到海门口，王国立便向王国器报告一个大消息："我们家几年前丢失的那只圣柜现身了。"王国器听后十分惊诧："在哪儿？"王国立说："在谢家坟地。"王国器一头雾水："怎么跑到谢家的坟地了？""我哪知道？""这可是我们田、王两家的圣物啊，你们为什么不要回来？""家里人是想去要的，后来听谢家四小姐说：'生有时，失有时，万物皆有数。此圣柜现身于谢家坟地，这是物还原主。'家里人就不敢去要了。"王国器一听这话不是味："这可是我们田、王家庙的供物啊，是谢皇后亲赐予田、王两家的圣品，她又不是田王村当家媳妇，凭什么不给？""族里人说了，现在田王村是你和田兴业当家，要与不要听凭你俩处置。"王国器一听，心中立刻决定，他要去十里长街的谢王府，会一会这个脸上长有地图的谢家四小姐。

船顺风又顺水，很快到达路桥十里长街。原本此船走北线，可以直接到田王村船埠，因到四水泾后，王国器要去谢王府一趟，便下令改走南线。船在谢家船埠一停泊，王国器遂与三名贴身警卫上岸来到谢王府。一走进谢王府大门，王国器的两只小狼眼立刻被谢王府呈现出来的气派锁定："这是谢王府？""是，少将军。这是台州谢王府。""是不是那年万五魁说什么也要娶老三做压寨夫人的谢家？""是，是，少将军。十里长街就他一家姓谢！"面对如此阔气的谢王府，王国器只觉得灵魂深处有一种无法说清的东西与谢家存在千丝万缕的联系，他快步走上谢王府大台阶，伸手敲门。门敲有三下，一位上年岁的大管家出门迎接，一见门口站着英姿焕发、一身戎装的王国器，骇得脸上肌肉乱跳。

现在的王国器不是过去在海上走私的王国器，也不是坦着个肚腹在葡萄架下睡觉的王国器了。他这一身蓝色红领完全是西方新潮军人最高将领的打扮，令老管家一时两眼发直，问道："小将军，有何贵干？"王国器上前施礼，回答："我是王国器，想与你家主人见一面。烦请通报。"老管家踉跄地走出两步，亮声高报："台州国民革命军少将军王国器来访！"

正在内屋品茗的谢东潮一听名报，忙放下紫砂壶，整理衣冠，手慌脚乱地将王国器迎入内院。那时的谢王府，是因谢氏高祖谢深甫的孙女当上皇后，由南宋朝廷出官资兴建起来的一座王府，也是十里长街闻名遐迩的十大人文景观之一，从它落地生根那年起，至今足有六七百年的历史。全院共分三进，每进都有长方形大道地（即"天井"，十里长街建筑用语），前后共有四排房子，二十四间厢房左右连接。每进正房正面都立有五根雕有凤凰的大木柱；每间厢房都站有对称的六根中柱，并修有游廊；所有柱子清一色以大青石作礎，每块石礎面都雕有一只凤凰；每处阁板全镂有百花图与百鸟图；所有面向天空的屋顶，覆盖有本地非皇族之家不可乱用的琉璃圆瓦；四排主屋顶的灰雕，尽是千姿百态的飞凤。内部结构，更是别具一格，几乎每一房间的内窗、外窗都饰有精巧无比的花格。尤其让王国器叹为观止的则是那三处长方形的天井，每一处天井里的装点格局都别具匠心。第一井种的是岁寒四友：梅、兰、竹、菊；第二井种的是富贵四品：牡丹、马樱、葡萄、万年豆藤；第三井种的是贞洁四草：兰花、玉花、惠草、夜来香。院子里处处散发着女性特有的素雅与高贵，王国器长这么大从不曾进过如此富丽堂皇的人家，当即他就被这种皇家独有的尊贵击倒，内心不由得长叹一声：做人若有此等排场，死亦足矣。

谢东潮引王国器来到谢家客厅落座，王国器一抬头，便看到正堂中悬着谢明心献给其父的水墨画《祝寿图》，精工细描、栩栩如生。可叹哪，可叹！曾为高官的王世广做梦也没想到，他的后代子孙延续了二十九代后，居然只是粗通文墨，连王府这样的文化氛围也是第一次见到。女佣茶水端上，两人开谈。谢东潮问王国器：“不知少将军有何要事来我处？”王国器并不拐弯，即将王国立告诉他的事情说了。当此事得以证实，王国器便单刀直入：“四小姐为何不想还我圣柜啊？”谢东潮说：“这得让老四自己来回答。”

于是，谢东潮让老管家把谢明心从绣楼里请下来。谢明心下来了，王国器目不转睛地盯着一身素装的谢明心。谢明心说了一声：“少将军，小女子得罪你了。”就这一声“少将军”与“小女子得罪你了”顿时让王国器一脸阳光，但他还是故作正经地问道：“此圣柜乃是田、王两氏圣物，不知谢小姐为何不还？”谢明心答：“少将军，既是你们田、王两家圣物，当入你们家庙堂才是，为何流落我谢家坟地？”“我说不清。”“你说不清，我可说得清，此乃天意。”“何为天意？”谢明心答：“想当初，你祖上曾帮我谢家辅佐孤儿寡母坐镇朝廷，我祖上谢你王家才有此圣柜。如今，天地往复，轮至物归原主，有何不清？”恰在此时，王国器看到放在堂上的那口圣柜内现出一股紫色光芒，逼得他无法开眼，遂起身向谢明心作揖告辞。

王国器步出谢王府后，直奔卜无意家。卜无意正与他妻子一起在做食饼，屋内一阵浓香弥漫，见王国器大踏步入门，笑道：“少将军啊，你是不是想娶谢明心做妻子啊？”王国器一愣，说：“是啊，你怎么知道？”卜无意说：“你一进门所现之卦象如是啊！”“何以如是？”“你想啊，你顺着大道过来，正好我家有一瓢清心之水入锅，合起一意，不是王国器娶明心者也？”王国器说：“你真能装神弄鬼，不过一件事情很怪，我想问问。”“说，你说。”“第一，我到她家与她见面时，耳朵里总有个声音对我说：‘你娶她吧，你娶她吧，你只有娶下她，你们王家日后才能得大助。’第二，我们家传圣柜突然内里冒出一股紫烟。”“好啊。”“好什么？”“紫烟者，乃紫气东来；耳外有音，乃是天心。天意如是，你还犹豫什么呢？”“我是想娶她来着，可有一事让我为难。”“说嘛。”“我听别人说，谢家第四女天生是克夫之命，相三死三，我会不会成第四？”“少将军哪，此言过矣。你不知台州有老话‘不是一家人，进不得一家门’？想当初，谢道清未做皇后前亦是如此，后才有成皇后之大贵，这便是非常态之命才有非常态之配。”王国器问：“如此说来，她之所以嫁不出去，是上天让她在等着我？”卜无意答：“早在一年前，谢东潮就让我为她算过命。我说过，此女子虽成不得真王妃，也能成个野王妃。”“照你这么说，我王国器这次起兵，即使成不得真王，也能成个野王？”“你以为我父所说的‘将军山深出国英’乃是假言诳语？你以为这只圣柜落在谢家坟地不是天意？”“依着你这种说法，我王国器真的是山精所变？”“是否山精所变，小民不敢胡猜。但我可以告诉你一点，非常时期必出非常之人。”

王国器停顿了片刻，又问："那你给我算算，我到底能成多大事业？"卜无意答："一看天命，二看时运。眼下乱世当头，变数很大，不可妄评。""既然她命中注定要成王之妃，为何她脸上会长出一个黑地图呢？"卜无意笑言："少将军，这你就有所不知了，天将赐宝物于将军，必先璞其玉而浑其质。若是光彩外露，扰者必多，岂能轻归君手耶？""是我命中注定要娶她？""天予之不取，必咎。以兄弟之见，若是少将军娶她，只须你请出一人前去调治，即可开容。""谁？""戴学经，他祖上名叫戴营，曾为宫廷医官，就是他调治好谢道清脸上的地图，让谢道清后来有国母之贵。既然谢明心脸上之地图与谢道清同，何不让戴学经为之一治？"

经此开导，王国器似乎领悟了，他让警卫拿出一两黄金谢过卜无意，转身便来到李文达家，央李文达为他提亲。李文达似乎早知他女婿田兴业与王国器会有今天，便一口应承。

王国器从李家出来回田王村，正是十里长街人大吃食饼、大喝雄黄酒时。一个时辰过后，李文达吃得食饼、喝得雄黄酒，打着饱嗝、拄着拐杖来到谢东潮家。谢东潮一见李文达来，忙将他迎进大院。李文达借着一脸的酡红，向谢东潮转达了王国器想娶谢明心的心意。谢东潮听后，怕王国器立地称王，日后天下大定，会当上乱臣贼子，招来灭族之灾。李文达扬头大笑说："多虑了，兄弟多虑了。有道是人走时运马走膘，以老夫之见，你、我两家小女此命应在他们身上。现在天下大乱，英雄辈出，这两小子一文一武，小小年纪即拉起这么多人，不是个天命所归的拔地英雄又是什么呢？台州艾氏杀台州正堂黄益理后，只身逃至广州，眨眼成孙中山手下将军；临海赵氏原为青红帮首领，因不惜重金资助孙中山，其子赵孟郡从日本归国后即跻身于同盟会。此时，你不出牌求和，怕是机会一失，人家做成条龙，此荣此耀再不归你矣。"

别看谢东潮是个生意人，他的社会信息来源极广，国家大事无所不知（况且田兴业编的那张《台州潮》报纸几乎天天有新报道）。他如何不知眼下中国群龙无首、烽火四起，旧朝当死、新朝当立；他如何不知国难看忠臣，大浪看真金，手中有兵者必成一方之诸侯；他如何不知王国器与田兴业这两小子器宇非凡，日后定非庸常之辈。谢东潮思虑片刻后，说："好，此事我听你的，但我必须问一下我女儿。"

谢东潮即让管家上楼把谢明心请下，说是有大事商量。谢明心下楼来，见过李文达，谢东潮便把李文达为王国器提媒一事告知她。谢明心说道："父亲大人，好好放在田、王两家庙里的圣柜，突然跑到我们谢家坟地，是好是坏总有个说法吧。既然天命如是，小女抗之无益，莫不如听天由命吧！"谢东潮与李文达一听，明白谢明心心中自有主见，那我们两个老家伙还说什么呢！你想啊，乱世时节什么最重要？不是文化，而是枪杆子！如今，李、谢两家有了两个手里握有枪杆子的后生之辈，两个老当家岂可不予以支持。

李文达与谢东潮当日一同做出两个决定：一是请戴学经给四小姐治病，什么时候四小姐面目开容，什么时候便给田兴业与王国器共同举办婚礼；二是李、谢两家共同出资给他俩盖处好房，不管他俩日后是真王还是野王，结婚没好房总是不行。

十里长街戴氏是台州历史长河里的榜上封神人物，他家第一代高祖正是六百多年前南宋小朝廷的医官戴营。从戴营正式出任南宋小朝廷宫廷医官那年起，戴氏二十九代子孙一直家传为医。近三十代人的戴氏血脉中，十里长街人无法算清他们家出过多少宫廷太医与民间名医。就戴学经的爷爷戴和生，便在北京紫禁城内侍奉过慈禧太后，只因慈禧太后与光绪皇帝相继谢世后，戴和生怕祸及自己，摔下红顶子，披着一堆宫廷秘方，坐着海轮径直来至路桥十里长街找李文达。李文达一看来的是他，心中好不高兴，即在二十五间处腾出他们家的三间店面，让戴和生开上十里长街第一家药房，并亲自给此药房起名为"阜大"。戴和生在"阜大"坐堂一年多，由于眼力、体力均为不济，怕误人子弟，只可待在家里晒太阳，由他的长子戴为民坐堂行医。戴为民坐堂有一年零八个月，一身青春新潮的次子戴学经便从德国海德堡医科大学毕业回到路桥。

戴学经回到路桥十里长街只过有十三天，就在离他父亲所开的"阜大药房"不远处，靠着南官河购下一小三合院，开起一家西式医院，并定名为"民泽医局"。真是长江后浪推前浪，世上新人赶旧人啊！这戴学经说到底是海德堡大学毕业的高材生，无论是医术、眼光都超出他爷爷与父亲。

钱存理从广州回来。打从郊增益一死，钱存理便跟着台州几位同乡上广东，正好遇着孙中山先生起义反清，便跟着黄兴与艾雄武他们搞武装暴动，满以为能得胜坐朝为官，哪知胜利没等到，全跟着孙中山去日本暂避。钱存理不愿意去日本，只好在广东一带地面上瞎胡混，不是吃花酒就是逛窑子，三年一过，别的同志致力于革命干得轰轰烈烈，他却什么也不成，反倒把身子活活淘空。他病了，右腹痛得厉害，在广东那一带不知吃有多少副草头药，均不见好，逼得他没有法子，只可坐着大海船从广东回至家中调养。

就在钱存理回到家中那年的十二月，一直在外读新学的儿子钱河清从南京回来，见父亲这个模样，即雇一顶小轿子，将他送至"民泽医局"，指名请戴学经看。戴学经戴上听诊器伸手轻扣其肝区，细听很长时间后，摘下听诊器偷对钱河清说："以我看哪，你父亲没救了。你呢，最好与你母亲商量一下，这段日子他想吃什么就给他买点什么吃吧。"钱河清听后一脸起疑，但由于他在外读新学、接触了一些新文化，当然知道德国海德堡大学是一所什么样的大学，也知悉戴学经是一位什么样的高手，不敢当面放肆，只是悄声问道："我父亲还能活多久？"戴学经年少气盛，不懂圆滑，实事求是地回答："往多说，十三天；往少说，七八天。"

尽管戴学经此话说得一满二绝，钱河清还是不敢相信，心想，父亲一脸光鲜，怎么能说死便死？是不是这个家伙想让我们家多花些钱，装神弄鬼地吓唬人？回家后，钱河清即将戴学经下的判决书与他叔父钱存鑫说，钱存鑫一听勃然大怒。别看钱存鑫现在啥也不是，想当年，他却是前清的大都统，就台州一带，他可是有名的粗人、恶人，何以能信西医这一套？他误认为戴学经这小子为医无德、居心不良，往死里咒他哥哥。当日下午，即率三名膀大腰圆的狰狞大汉杀气腾腾地冲进"民泽医局"，当着戴学经的面，将医局外悬挂的招牌摘下，砸个粉碎，随后指着戴学经的鼻子说："就你这种医生，还想在十里长街立足？做梦！"戴学经只是将两手抱在胸前，不气亦不恼，一脸柔和地对钱存鑫说："钱先生，你做事何以如此鲁莽，为什么不过十三天后再来砸我招牌？"钱存鑫一怔，顿觉尴尬得难以下台，只可佯装着恼羞成怒的样子，甩手走人。果不然，第八天，钱存理肝区大痛，号哭至天明；第九天，钱存理脸色一片蜡黄；第十二天，钱存理无法说话；第十三天深夜，钱存理两腿一蹬，一命呜呼。

临海大姓何必生之女何衡芜得了怪病，手脚发软、吃什么吐什么不说，还腹部高隆全身发痛，看了无数医生，均是无策。尽管何必生门下有妻妾八人，嫡子、庶子九个，但嫡女唯何衡芜一人，何必生视何衡芜为掌上明珠。正当何必生束手无策时，大管家给他出了个主意："以我之见，这么熬煎下去不是个事，你还是亲自去一趟十里长街，请那位洋医生来看一看吧。别看这位洋医生性情很怪，但医术很高，十里长街不知有多少条小命，老中医们救不了，却让他给救下了。"何必生想想后，回答："好，我去找他。"

次日一大早，何必生遂坐一艘快船，顺海道驶入南官河，溯河而上至路桥十里长街的"民泽医局"，找到戴学经，把何衡芜的病症与他一说。戴学经决定先去看一看，当天与何必生同船赶至临海。戴学经进何家后，只与何衡芜见一面，便僵硬着脸问何必生："你想不想治好你家女儿的病？""想，当然想。""只有一法可救你女儿。""什么法子？""让你家大小姐带个贴身丫环上我'民泽医局'住院。"何必生问："非得到你医局里去救治吗？"戴学经答："此非一般病，若不是到我医局内住院，怕你女儿必死无疑。"戴学经说得如此决绝，何必生还有什么话好说，只可照办。

第二天上午，何衡芜如约而至，戴学经即当着她丫环的面质问："你知道你得的什么病？""不知。""你根本没病，你是有……"何衡芜那脸瞬时变成熟柿，慌忙起身给戴学经下跪。戴学经一把扶起她，说："何小姐，你千万别这样，我只是想问你几个问题。""戴大夫，我那小命全在你身上了，你问什么我都如实讲。""你是怎么糊弄过去的那些医生的？""我知道父亲要请谁，就叫小丫环先过去给医生送钱。""那你为什么不给我送钱？""我不知道父亲会去十里长街请您。""你已经这样了，为何还要瞒着你父亲？""您有所不知，我父亲为人死要面子，况且他早已将我许配给白水洋蓝大人的儿子，离成亲日期还有六个月，对方一旦知道我有身孕肯定退婚，我的脸面丢尽不说，还不得把他活活气死？""男人是谁？""我家表哥。""你表哥是谁？""赵孟郡。""赵孟郡？他不是有个日本妻子吗？""当时，我只是出于好奇，没想到……"戴学经说："好了，此事到此为止。这孩子生下来后，先由我抚养，日后你日子顺达了，回来抱走；若是不顺达，我就给你养着。你是孩子母亲，孩子出生的日子，千万得记住。"这可是一救两命的医疗方案啊！戴学经这话一出口，何衡芜早已感动得热泪盈眶，一屁股坐在病床上饮泣起来。一个月后，一个男孩顺利出生，戴学经妻子一声不响地将刚落地的孩子抱走。戴学经给何衡芜吃了缩奶药后，再令她在"民泽医局"待了十五天，直到身体完全康复，这才通知何必生："你女儿现在病好了，可以用船把她接回去了。"

不久，何衡芜结婚，生下她第二个儿子。再不久，杭州光复，她丈夫蓝大人被朱瑞所杀，何必生家始现败兆，此时何衡芜生下的大儿子在戴家待有两年。人一往下道走，一切也就不在乎了，何衡芜这才来到戴家，把她与赵孟郡生的儿子领回，并让两个儿子袭何氏家的姓，长子起名何得志，次子起名何长春。带孩子走时，何衡芜没钱给戴学经，作为还报，她与儿子一起给戴学经跪下连磕三个响头。戴学经呢，因与孩子相处两年之久，有了感情，只是强忍不舍、面无表情地对何衡芜说："你趁着我现在没改变主意，立刻带他走；一旦我改变主意，你想带也带不走了。"何衡芜没得法子，只可起身带着儿子往外走。然而，令戴学经不忍再看的是，这个何得志哭喊着叫"爸爸……爸爸……"船开走了，那心碎的喊叫声还在南官河的水面上回荡着。

谢东潮亲自相请戴学经："我们家是十里长街的大户、老户，如今我四女儿谢明心要嫁给王国器。这王国器要人样有人样、要相貌有相貌，总不能让我的四女儿与他不相配吧？"戴学经问："谁叫你来找我的呀？"谢东潮便把李文达、卜无意之言说了一遍。戴学经笑着说："这病，可不是我这个西医能解决的。"谢东潮说："不是你祖上治好谢皇后脸上地图的吗？我女儿脸上地图与谢皇后可是一样的呀！"戴学经答："我知道我家祖上曾有一本医书世刊，只是不知放到哪里去了。这样吧，今天我翻翻看，如在，明天我上你家。"

那天，戴学经在家整整翻了一下午的医书，终于在一只老樟木箱中发现了祖上写的这本书。次日一早，戴学经便带着这本老线装书至谢王府与谢明心见面。他先是把谢明心细察一遍，坐下、号脉，然后打开老医书细看祖上记载下来的医案，再行相较。半个时辰后，提笔开出十八服药，给予谢东潮说："去抓药吧，按每服药的不同配制与药引，如此煎制方可。"

谢明心为她的美容开始服药，每服一次，她的眉头就皱一次。

第五章　真王乎，野王乎

　　1913 年 9 月，孙中山"二次革命"失败。是时，不少人开始听命于袁世凯。就浙江一带来说，独有台州府这支民间自发的武装队伍还不曾归顺于袁世凯。尤其当袁世凯得知台州王国器的这支国民革命军，居然将朱瑞三个团的人马打败时，大为恼怒："居然还有这样的一支队伍，能打败我的北洋军？"初时，袁世凯做出的决定是让孙传芳领重兵从海陆两个方向进攻，企图将王国器与田兴业军打个落花流水。然而，就在这关键时刻，有三人救了王国器与田兴业的命。这三人，一是王文庆，二是朱瑞，三是屈映光。屈映光，字文六，台州临海人，杭州光复时任浙江、江苏、上海兵站司令，民国南京临时政府成立后，曾任浙江都督府民政长。时屈映光与朱瑞两人均在袁世凯身边，也许他们两人出于乡亲之情，怕老家台州百姓再次流血牺牲，也许他们两人虽在袁世凯手下为官，内心却追随着孙中山。朱瑞向屈映光一使眼色，屈映光即会意，遂上前劝阻袁世凯别对台州国民革命军如是。屈映光说："他们与孙中山手下的李烈钧、黄兴、陈其美不一样，他们全是农民出身，只因清政府太过残酷，生活实在过不下去了，这才走上反清之路。袁世凯问朱瑞："你是浙江都督，你的意见呢？"朱瑞说："招安。"那时的袁世凯，为了使自己在全国树立起一个开明仁主的形象，对持不同政见的反对力量，一直采取胡萝卜加大棒的做法。只要能收取民心、归其所用，所采取的手段无所不用其极。一听王国器手下不仅有万余人，且人人骁勇善战，袁世凯心中怦然一动，笤着他的八字胡须问朱瑞与屈映光："那我现在封他一个将军，令他在台州主政，他们会投向我吗？""会，保证会。""那好，我即封他为安东将军，台州都督、浙军第五师师长。你们谁替我去？"朱瑞与屈映光同回答："我们一起去。"

　　《台州志》明确载："二次革命"失败后，黄兴在临逃往日本时，曾交台州临海王文庆一封密信。王文庆，字子张，临海人，辛亥革命时曾任浙江革命军司令，参加过光复浙江、上海、南京的行动。王文庆秘密提前潜归临海面见田兴业与王国器。王文庆与王国器两人虽同出台州王氏一门，按辈分论，却是两代人：一个是长有犄角的老牛，一个是天不怕、地不怕的牛犊子。因王文庆是长辈，两人对他的到来极为敬重。王文庆与这两位初生牛犊见面后，即将黄兴亲笔所写的信交与他们。黄兴在信中说有五点意见：一是从他们接信那天起，他将与田兴业单线联系，王文庆是他们之间的联络员；二是要求他们两人无论如何要将这支队伍的有生力量保住，说他与孙中山先生很快会从日本回来，别看袁世凯当下十分得意，但最后的结局必定是兔子的尾巴长不了；三是为图后起，适当时他们可向袁世凯做出某种妥协；四是今后一切行动听从王文庆指挥，不要轻举妄动；五是若遇难事，当与王文庆多商量。临告别时，王文庆紧握着田兴业的手，说道："黄兴司令要我告诉你，坚持下去，无论遇到什么样的挫折，都得坚持下去。我们既是同条船上的人，必须万众一心，同舟共济，不怕万难，争取最后的胜利。"田兴业郑重地点点头，看着王文庆坐着那条乌篷船渐行渐远。

屈映光与朱瑞来到台州临海，试图为自己争取更多的归顺者。因有黄兴的指令、王文庆在背后做参谋，王国器与田兴业佯装答应归顺，于是台州国民革命军更名为袁系浙军第五师。

袁世凯亲授的命令：授予王国器为安东将军，台州军政最高长官，浙军第五师师长，总管地方军政事务；田兴业为台州军政次长，浙军第五师参谋长，协理地方军政事务；浙江第五师下立三个团，团长均由王氏三个兄弟担任。从这天起，王国器终于不再是一名草寇，咸鱼翻身成为名副其实的台州最高长官。袁世凯见招安王国器成功大为高兴，竟题下一匾派出专使送至路桥，那匾上书有五个大字：台州将军王。

路桥人一片哗然，田王村人一片疯狂。既然是"台州王"，当然要有台州王的气概，王国器岂可在老家这样的破房子里与谢明心成婚？起屋，起屋，必须起新屋！

路桥十里长街新一幢王府终于顺利完工。正式验收那天，恰好是花好月圆时节，成千上万的十里长街人涌向位于三水泾口的三角洲来看新王府，平头百姓们无不被这一座巧夺天工的建筑所吸引。那石屋，从栋到梁，从梁到椽、到瓦，全是用乳白色石灰石筑成。那门、那窗全雕着花，有喜鹊闹梅、金秋艳菊、丹凤朝阳、猴子摘桃、八仙过海，怎么看都感觉这楼不是楼，而是用汉白玉刻出来的石雕。那木屋，浑然天成，遍体金黄，柱下木磉，全用千年老树桩，不仅光滑可鉴，顺着肌理还雕有各色云吞。全楼上下关节处用三角铆木接榫，屋内地板以竹代钉成一体，屋顶处清一色铺有琉璃。尤其令人叹为观止的则是那屋檐与格子窗，雕有各式各样的人物画，赵子龙单骑救主、关公单刀赴会、七仙女下凡、沉香劈山救母、刘备三顾茅庐……路桥十里长街人无不是赞不绝口，他们说："这样的房子，唯有鲁班才能造得出来。"房子造好了，李文达遂派人请谢明心来新王府。

谢明心在戴学经的精心调理下，脸上紫中带黑斑开始褪尽，泛出青春期少女特有的那种温润与靓丽。谢明心正忙着准备新婚礼服，听李文达叫她单独前往新王府一趟，不知老人家有何事，即放下手中的针线活，款款而至。谢明心刚到新王府，即在大门口与李文达相遇。李文达见谢明心如此靓丽，不由得从内心深处发出叹息：女人啊女人，命中注定要嫁给谁，可是没有一点办法的啊，若非天意，就戴学经这几服药，怎能让她如此光鲜可人！谢明心上前向李文达施大礼，问道："伯伯，单独唤侄女来此，不知有何事？"李文达说："无它，我只想请你来好好看一下新王府。"李文达即领着谢明心从新王府的前院走起，一间房子接一间房子地走，一间房子接一间房子地看。最后，李文达将谢明心带至后楼石屋一间密室面前，从口袋里掏出一把特制铜钥匙交给谢明心。"伯伯，这是什么呀？""密室钥匙。""为何要造上这间密室？""这是我与你父亲的意思，日后你当家时可在此处放些密物。我与你父亲呢，嘱咐你一句话，此密室除你外，任何人不可得知。""为何？"李文达沉吟片时，回答："囡儿啊，直觉告知我与你父，此府真主子非你也。"谢明心听罢默然，勉强从李文达手中接过这把钥匙。

田兴业与王国器坐着船从临海归来，李文达与谢东潮带他俩去三水泾口的三角洲看刚建造好的新王府。他们同样是从前楼看到后楼，从前院看到后院，最后脚步全停在后楼的拜祖堂前，王国器高兴得手舞足蹈。而田兴业一脸沉默，问李文达："老泰山啊，这房子是你们俩出钱给我们造的？"李文达回答："是啊。""老泰山啊，为何如是？""我与你谢叔想了又想，实在没什么可以送你们的，唯有造下此屋，才可了我们心愿。""此屋好是好，只是花钱太狠。"李文达说："钱这东西，生不带来、死不带去。"谢东潮说："我们老了，没多少时间让我们支配自己挣来的财富了。我与你老泰山早就商量过，即使我们死了，也好给后人留个念想。"田兴业说："老泰山啊，此府真的是按谢王府格局所造？"李文达答："没有，物忌大过，事忌太满。我与你谢叔商量过了，只造两进，没造三进。"田兴业听后，起身朝他老岳父拜了三拜，说道："岳父大人在上，我田兴业其他不怕，怕只怕田、王两氏子孙命薄，受不得此等大福。"李文达虽欣赏女婿谨小慎微，但也觉得他头脑太过冷静，所想之事与他年龄不符，心中略感不安，一时默然。

正在此时，具体建造此宅的大石匠管宗泽与大木匠倪季平双双前来，承请三门题匾及大门、中堂、拜祖堂的三副楹联。倪季平上前拱手说："你田兴业是台州第一才子，敬请为此王府三门题匾及书三副楹联。"田兴业推辞说："就我此等白身，何可题联匾？"管宗泽说："你现在是名副其实的浙军第五师参谋长，又是台州军政次长，何有白身一说？"田兴业答："本人年少才疏，不可作此种万年功德。"倪季平笑着说："想当初，你凭着对联娶下李氏大小姐，十里长街谁人不知？"田兴业答："自己的头还须别人剃，题了怕他人笑话。"王国器见田兴业一身酸腐样，心中发烦，说道："论打仗，你比不了我；论文墨，我一百个绑起来也不及你一个。不就三个门匾与三副对子，有什么了不起？"李文达怂恿说："兴业，题吧。说实话，就当下这个时候，你不写也没人能写呀。"田兴业说："我怕写不好啊。"李文达说："人是屋，屋是人。人兴，屋必兴；人败，屋必败。既然王府已落在你俩名下，你想怎么写就怎么写，有何不可？"田兴业说："既然岳父大人如此执意，我田兴业只可从命。"

田兴业就着新房大厅磨墨展纸，挥毫写出三个门匾。东门是"半得"；西门是"守中"；北门是"和安"。三门题得，沉思片时，即写出门上三楹联。

大门楹联：

> 尧舜生，汤武未，桓文净丑，古今来多少角色；
> 日月灯，江海油，风雷笛鼓，天地间一大戏场。

中堂楹联：

> 宇内江山如是包括，
> 人间骨肉同此团圆。

拜祖堂楹联：

> 读不尽架上书，须时时努力；
> 办不尽百姓事，须刻刻行善。

三门门匾上题的"半得""守中""和安"及拜祖堂的那一副楹联，李文达都赞成，独有正大门与正中堂的楹联，李文达略感不爽。李文达说："兴业啊，中门、二门楹联当以抒志为题，何出此两对？"田兴业答："有何不妥？"李文达说："当然是不好喽。门口对，乃戏台对；中堂对，乃馄饨对。"田兴业答："你方唱罢我上场，只听这边锣鼓响，不知何处是家乡，难道不是人人皆在做戏？家中唯有百菜可容，百味可调，方能和谐，这不是馄饨店又是什么？失之不悲，得之不喜，岂不是人中高手？若是家家以中和为味，以宽容为饨皮，人生不就少了那一份你死我活的大争斗？做人若是能虚己以游世，何人能害我？岳父大人啊，你知做人什么最难？与自己的欲望斗争最难。你知为婿现在怕什么？我就怕田、王两家之人，一不懂做戏之理，二不懂馄饨之道，时间一长，对着富贵荣华，将出现自我猎杀。"李文达说："言是成理，只是家门对不可作此类语。"田兴业答："岳父大人啊，持而盈之，不如其已；揣而锐之，不可长保。金玉满堂，莫之能守；富贵而骄，自遗其咎；功遂身退，天下之道。您老人家一直教导让我们以德服人，有何不可呢？"田兴业此言一出，李文达哑口无言。进者为儒，守者为道，退者为佛，天下能得此三者何以不安？李文达觉得这个女婿的确器宇非凡，见识远在他人之上，虽是年少，但思考问题之深远非他人可比。于是略点了一下头，同意以此为新王府大门、中门的大楹联。

王氏三兄弟全部入住新王府。

王国瑞长子出生，田兴业根据王氏祖上排定辈分，定名他为王曾鑫。

王国立长子出生，田兴业根据王氏祖上排定辈分，定名他为王曾钊。

王国成长子出生，田兴业根据王氏祖上排定辈分，定名他为王曾钫。

王国器与田兴业同时举行结婚大典。时辰一到，田王村上下无不是张灯结彩，金碧辉煌。八百多位田、王两氏子孙，人人服装靓丽，个个脸上光鲜。结婚大典正式启动，田王村现出前所未有的热闹。鼓乐喧天，所有前来参加婚宴的人围着桌子又喝、又唱、又跳，折腾得连他们自己都分不明到底是人是鬼、是魔还是妖。尤其令路桥十里长街人难忘的是在那天夜十时左右，婚礼达到高潮之际，王氏三兄弟居然拢起一百多位路桥乡绅，借着一股酒劲，公开拥立王国器为"台州王"。第一个出大丑的是王国瑞，他跳上戏台，红着两眼、喷着唾沫星子说："我们现在手中有枪，还怕什么？今天，我们就在这里正式宣布成立'台州国'，让我弟弟来当皇帝，我们哥仨为东王、南王、北王。"第二个出大丑的是王国立，他跟着跳上台直着脖子、涨红着脸嘶声大喊："我……我，同意，国号，我都想好了，就叫开……开元！"第三个出大丑的是八个田王村人，居然跑到蒋家戏班，讨下一顶上台演戏的大龙袍，疯子样地跑至主座，一把扯过王国器，不由分说帮着他穿戴好，簇拥上台，要王国器接受臣民们的跪拜。也有人见他们如此胡闹，大为不满，跑到内室告知田兴业。田兴业听后，深觉不是个滋味，前来制止，大喝道："你们这些不知好歹的家伙，闹什么闹。人家袁世凯说的'台州将军王'是姓氏上的王，不是'王公'的'王'，你们别搞糊涂了。"尽管如此，然而失去了理智的人们根本就把田兴业的话当耳旁风，仍要一意孤行、假戏真做。这一下，可把田兴业惹火了，他脸一沉，喊来十个卫兵，下令说："你们听着，立刻将这些不知好歹的家伙全部拉下台，泼水，让他们醒醒酒！"

闹剧被制止，但这种既是潜意识又极为真实的人间丑剧，令田兴业感到痛苦、无奈，感到恶心、气愤。婚礼一结束，田兴业即要携着妻子李雅香离开田王府。"上哪儿？""回老屋。""今天可是田、王两家大喜的日子，你是台州军政次长兼参谋长，别这样扫人家的兴好不好？"田兴业说："你看看这些家伙，不知骨头有几斤几两，拿袁世凯的屁话当真。"李雅香说："白纸黑字在那里写着，你不让他们当真也不行啊。""人家说的不是这个意思。""可袁世凯也是新皇帝啊，皇帝金口玉言，人摸高头水摸低，你呀，为人就随和些吧。水至清则无鱼，人至察则无徒，别眼里容不得一粒沙子。""这叫什么？醉生梦死、得意忘形！只有海盗土匪才会这样。"李雅香说："你哪，不能用你自己的学识、眼光去苛求人家。人家是什么？说到底，他们全是斗大字不识一箩筐的农民，路桥有几人能读得懂你编的那份报纸？"田兴业说："他们若是再如此折腾，我只怕他们要成为李自成第二。"

田、王两氏从第一代高祖王居正、田幸均带着同族子弟逃难到台州，一共延有二十九代。在这二十九代人脉延续中，田、王两氏子孙从没有出现过像今天这样的辉煌。二十九代子孙不仅成为名副其实的台州将军王，乔迁新居，还连生三子，这可让他们快活得灵魂出窍、忘乎所以。为将田、王两氏的威风与势力推向极致，三位王氏兄弟开始疯狂，他们公开接受别人送来的贺礼，并大手大脚地甩钱、花钱；他们在三角洲上搭起一座极具规模的大戏台子，请来嵊州的蒋家戏班唱三天戏；他们出上大价线，从横街、蓬街、金清三处请了最好的舞狮队，从村前跳到村后，再沿着十里长街从镇南跳到镇北；他们出重金请黄岩、鼓屿、横山头的红、黄、黑三支舞龙队在新王府门口大舞特舞，令路桥十里长街人全都跑到新王府观看舞龙灯；他们下令凡田王村人每家须杀猪、杀鸡、杀鸭，最后一共杀有八十头猪、三百只鸡、三百只鸭，请了一百位厨师，搭起一百多个灶台，做了八百桌流水席，让全军士兵与十里长街的乡亲们吃饱吃好，吃出欢乐与豪情。这可是田王村有史以来出现的大浮夸、大张狂啊，这可是田、王两姓族人至台州黄岩南的第一次人性上的失真与自我膨胀。

田兴业的头脑终于清醒，如果不立刻采取措施，这支好不容易拉起来的军队，用不着敌人来打，自己就会把自己打倒。田兴业清楚地认识到自己最大的优点是什么，最大的弱点是什么。他虽一身智慧、满腹才华，说到底不过是一介书生。他可以当刘伯温，但当不得朱元璋；他可以当张良，但当不得刘邦。就眼下拉起来的这支队伍，也只有王国器这个半鬼半魔、半土匪半君子的人才能压得住。他也明白自己与王国器是阴与阳的关系，如一枚铜钱的正反两面：王国器离开他，会毁掉自己；他离开王国器，强者即会将他活活吃掉。别看他身上有着过人的智慧与才华，但他所拥有的智慧、才华在强暴面前只不过是手无缚鸡之力的孺子啊！面对着强盗，你只可用强盗的手段来对付他们，才能让自己得以生存。田兴业终于做出一个决定，为了能够左右王国器的言行，让这位山大王朝着正确的方向走，发挥他最大的政治效应与经济效应，必须聘请戴学经、谢明心与卜无意三人为高参。戴学经出过国、留过洋，见多识广，在黄岩县一带人缘极广，在民众中有着极高的威望；谢明心既是路桥十里长街名列第二的才女，又是王国器的爱妻，一个知识女性天生直觉精准，枕头风一吹，多少能给这匹野马套上笼头；卜无意既是算命先生又深得王国器的敬重，大事小事都好问他，更为重要的是卜无意的思想内核与田兴业极为合拍。

田兴业将这三位请到自己所住的那个老房子开了一个小会。在四人会议上，田兴业首次将自己内心所担忧的事情说出。他们三人一听，立刻意识到王氏四兄弟身上存在的大问题。为了保境安民，为了让他们走上正路，为了让这一支有生力量日后能为国家与民族所用，三人均点头以示同意。戴学经说："说实话，浙军第五师是一匹没有调教好的野马。调教好了，是一匹千里驹；调教不好，说不定哪天就与我手里的药棉一样，自身一旦饱足，即会沉下水底。"

1914 年 7 月 8 日，王国器的长子出生，夫妇俩给长子起名为王曾铣。

1914 年 7 月 8 日，田兴业决定再次出售祖上传世之作为台州这支队伍补充武器弹药。尽管田兴业对此举心痛得要死，但迫于国内的这种政局，他不得不如此。你想啊，作为一个黄兴的知己者，他怎可把这支队伍白白地拱手让与他根本看不上的袁世凯这种乱臣贼子呢？田兴业背着两手在家里走有四五个来回，觉得别无他法，只得拿出他心爱的画，让王国成驶快船去上海找韩春琦。

半个月过去，王国成驶船回来。这次归来，情况与上一次相比大不一样，不仅运回来三千两百支枪、五万发子弹、八门德国火炮与八百发炮弹，还带回来一封王文庆从日本捎回来的信。田兴业打开信，是黄兴在一处名叫"浩然庐"的学校里写给田兴业的亲笔信。黄兴在信中说：中华民族的灾难实在是太深重了，我们只有走科学、民主的道路，中国才有重立于世界之林的希望。"周虽旧邦，其命惟新"，我们国家的有志之士只有努力推翻封建专制，建立一个民主、民权、民生的社会，国家才有希望。作为一个革命者，你只有懂得民情、民心、民意，才可得中国之天下，那些逆时代潮流者，终将被时代的潮流所淘汰。最后，黄兴直接向田兴业提出一要求，希望他好好保存浙军第五师实力，等待机会。信虽不长、写得极为仓促，但对革命必胜的信心与对王、田两人的希望跃然纸上。

田兴业读完信后，心中极为感动，即将此信放于佛龛与祖上的字画放在一起。问王国成："王文庆有什么话没有？""没有。""韩春琦还说什么来着？"王国成答："临走前他对我说'因战乱，文物收藏价格难起，所拍卖之款项，根本不足以购买这么多枪炮'。"田兴业看了一眼堆在船埠上的那么多武器，惊问："那这么多家伙是从哪里来的呀？""全是王文庆先生从南洋华侨募得的款项为我们购置的。""华侨？"王国成答："是啊，一个名叫陈嘉庚的先生与我交接这批货时要我转告你，他们希望浙军第五师能成为一支真正为国、为民的军队，千万别被袁世凯这个乱臣贼子封予你的粗纸帽所收买，成为他的一条狗，让中华民族的历史唾弃你。"田兴业听了两眼瞬间熠熠发亮。

王国器终于听从四位高参的意见，开始重新整顿南官社会的秩序与纲纪。

王国器对全体官兵们说："一个家庭要有一个家庭的样子，一个地方要有一个地方的样子。老是东放一枪、西放一炮，胡吃海喝，对谁都不是件好事。"

王国器第一次以总指挥长的名义，向台州国民革命军全体官兵下达五条禁令：强奸妇女者，斩；抢夺百姓财物者，斩；不听军令者，斩；打人骂人者，当众鞭打三十；偷人财物者，当众鞭打一百。并且把从上海运回来的三千支枪及八门火炮武装队伍，严令浙军第五师三个团全面整顿，凡不合条件者，一律清退。

王国器第二次下令：在保护好蛇蟠山的基础上重建海王村，扩大港口建设范围，让海王村成为台州的海军基地与物资基地。且筹来一批重金，通过奉化蒋福海从日本讲武堂请来两位专职教官，对浙军第五师实施军事训练，让这一支充满着军阀土匪味的民间军事组织步入正轨。

王国器第三次下令：台州八县各乡镇统一成立自治组织，定名"长老会"，只要是民众拥护的德高望重者，无论其出身贵贱均可出任，让他们处理当地的日常政务与各种民事纠纷。

王国器第四次下令：改革在台州多年的大清国税收方案，定"十者取一"。此举一出台，台州民众拥护万分："得民心者得天下。你王国器如此为人，我们台州百姓就拥护你做一个真正的'台州王'。"

王国器第五次下令：动员全台州八万民众疏通南官河，大搞水利建设。为能让这个计划得以真正落实，他自任南官河水利浚通工程总指挥长，从当年十一月干至第二年初春三月。河道浚通完毕，王国器遂率军民沿南官河两岸种上红桃、绿柳、夹竹桃与马樱花。

王国器再次从黄岩县富人手中筹集资金，重修象山、楚门、海门、石塘、健跳五大海港埠，让此五地成为能真正出海的港湾，一次可泊船三百艘兵船、商船。

王国器第六次下令：开放台州所有口岸，允许奉公守法的犹太人与印度商人前来做茶叶、丝绸生意。为了化解外国商人与本地商人间的矛盾，利用一切可以利用的资源发展台州经济，特请余滋泉老先生出任海门港务局主席，专门负责开发与管理事务工作。

王国器第七次下令：令台州全地统一禁烟，为了彻底解决这种隐患，王国器派出一支特别行动队，直接捣毁沿河开设的一百三十三家大烟馆，枪决九个贩大烟的黑社会头目。

王国器第八次下令：全台州各地必须筹建十三所新学，凡至学龄子弟愿意读书者，无论是何等出身、父母是否江洋大盗等，均可入学。违者，必重罚。

王国器一因谨慎谦虚、清正自守、言听计从，二因有田兴业、谢明心、戴学经、卜无意四位高人辅佐，多灾多难的台州如同一棵小草苗壮成长，现出一片蒸蒸日上、欣欣向荣的景象。

台州府第一个平安年来临。从腊月二十三起，路桥十里长街的女人们便开始纷纷撸起衣袖准备过大年。她们又是杀鸡，又是宰鸭，又是掐圆，又是包糯米粽子……就在过年气氛浓得化不开时，自发的感恩行动也随着这个节日步步逼近，开始粉墨登场。

第一个付之于行动的是临海何、赵两氏。由于有了王国器的武装力量作为支撑，何、赵两氏极为顺利地登上了临海县政治的前台，分别当上临海自治会的正、副执政官。为了加深与王国器、田兴业之间的联动关系，何、赵两氏共同做出决定，将新建的田王府正式命名为"台州王府"。为了表示他们的这一片诚意，何、赵两氏请刚从北京逃回不久的前清驸马——九门提督监察御史杨晨，亲笔题写了这四个大字，并请一位雕刻高手用黄杨木雕成一块题金的大匾额。腊月二十五，何、赵两氏借着贺年的机会，组织一队人马，坐着船敲锣打鼓、兴师动众地送到路桥田王村，将此黄杨木雕大匾高悬于田王大院的大门正中。

第二个付之于行动的是黄岩十三座新学校的校长们。他们为了感谢王国器此举令全黄岩这么多的子弟能上学读书，动员有钱学生的家长们上交一块银圆，请管宗泽老先生精心打造出一对石狮子及一块上马石。腊月二十六日，校长们请了五十位民工前呼后拥地把石狮子及上马石运到田王村的新王府，将此两样东西牢牢地安放在新王府正门口的两侧，以增加新王府的威仪。

第三个付之于行动的是台州八县的百家大客商。这些大老板为了感谢王国器彻底捣毁大烟馆、重修各县船埠、浚通南官河河道，使得沿河集镇一年内变成商品的集散地，令他们的生意越做越红火。总商会三位正、副会长商量后，决定遵旧制，在新王府的大门口竖起文武两面旗杆，让"将军旗"与"状元旗"在回龙山脚下迎风飘扬。

第四个付之于行动的是田王村周边的村民。若不是王国器定下"十里收一"这个税收政策，他们怎能有这样一个平安富足年？周边十七村的族长凑在一起商量再三，实在想不出一个能够表达他们真实情感的好方法，最后共同决定：十七村民齐出力，组建红、黄、青三支舞龙队，正月初一前往新王府舞龙。

田兴业与李雅香从奉化溪口田如梅家探亲回来，他俩走到新王府的大门口时，一眼即见大匾、石狮子、上马石、将军旗、状元旗风情万种地排列在大门口，田兴业大为恼火。这些东西，在腊月初八他就正式下令拒绝的，怎么在他离家的这么几天里，它们便登堂入室了呢？正好田如蕙从新王府内走出，田兴业拦住他姐即问："谁同意他们搞的？"田如蕙答："这个新王府当家的是你与王国器，你不在家总有人同意，他们才敢立。"田兴业立觉王国器的骨子里透出一种让他一直为之恐惧的东西，他掉头至王国器家。正好王国器在家里教他长子王曾铣玩军刀，见田兴业脸色严峻，便放下军刀迎了过来。田兴业铸黑着脸开始质问："这旗杆是你让他们竖的？""是。""这匾额，也是你同意让他们挂的？""是。""这么说，门口这对上马石与石狮子也是你同意他们放的？""是。""我可是下过命令拒绝的，你不知道吗？""知道，打人不打脸，说话不揭短。人家一片真心，我们硬不给人家面子，总有点说不过去吧。""哥，你知不知道，这种行头过去只有谁家有权配？""只有谢家、孙家、杨家、李家。""明知田、王两家不相配，那你还受？"

王国器第一次对田兴业的这种质问与管束感到不耐烦，沉下脸说："阿弟，我看你别抱着老皇历不放好不好？现在都什么时候了，还要把那一套封建等级制度看得那么死？"田兴业心里有些发凉："好兄弟，问题并不在于等级不等级，而是我们所做之事配不配？"王国器脸色登时拉下，亮着嗓子说："阿弟，你要与我论这个，我可就有点不高兴了。我出任台州军政长官这两年，为南官百姓做下多少好事，凭什么说我不配？别的我不说，若不是有我，就台州、临海两地三十六股土匪，不给搅了个昏天暗地？"田兴业回答："为政者有三宝，土地、人民、政事，宝珠玉者，殃必及身；为人者，不以贫贱而有慕于外，不以富贵而有动于中，你怎么连这点道理都不明白？"王国器说："他们给的是物，又不是钱，怎么一到你嘴里，就小题大做？"田兴业的心顿时出现战栗，人啊人，真是抗不住诱惑啊！就这接踵而至的赞颂，就这阿谀奉承之言语，让你王氏子孙高兴得忘乎所以、自我膨胀。变了，变了，在人们的歌功颂德中，你王氏子孙开始卧入霉烂的温床了。田兴业明白了，王国器再也不是过去的王国器了，这支队伍终究要成为众叛亲离、祸国殃民的小军阀。那天，田兴业面对着这座全新的"台州王府"，发出长叹，人啊人，什么时候能修炼成金刚不坏之身！

王国瑞出现大变化，他不再是那个勤劳能干的海上高手，变得非常好吃、贪杯。只要有人请他喝酒吃饭，不管是谁，一准赴宴，并且无不是喝得酩酊大醉。腊月二十三日半夜，田兴业从大本营开会回来，提着盏灯笼从福星桥上过，刚一上桥，便发现桥面躺着个人。提起灯笼一看，正是王国瑞，醉得尿了裤子不说，那张脸也变成一枚煮熟的大对虾。田兴业实在看不过眼，让手下两人扶起王国端归家。

王国立出现大变化，他变得越来越贪婪。腊月二十四日，土匪万五魁勾结仙居怀沙部明目张胆地袭击百丈村。百丈村村民寻求王国立出兵保护，王国立居然开价要村民们拿出三百块大洋。村民们说："你们是浙军第五师，你们的军饷我们年年交，王长官与田长官也下过文告不再收钱，你怎么就让我们加钱呢？"王国立说："这不是别的事，这是在与阎王打交道。你们安稳了，可我弟兄们的命说不上哪天就丢了。你们是人，他们也是人哪；你们上有老下有少，他们也是。我这个当头的，总不能让他们白白送死吧！"村民没办法，只得挨家挨户筹钱，田兴业得知消息后极为生气。二十五日早，田兴业骑着马找到王国立，下令让他把敛来的三百块大洋全部退还村民。然令田兴业没想到的是，王国立居然一脸不屑地对田兴业说："好啦，我的大参谋长，大家活得都不容易，你就别这样吹毛求疵好不好？天下不是靠你田兴业一人打下来的！"此言一出，让田兴业倒吸一口冷气。

王国成出现大变化，他变得面目全非，让人不敢相信。田兴业让他屯兵在海王村后，他一不操练，二不约束，天天让士兵们跑马占荒、上戏班子看戏。这还是小事一桩，更令人匪夷所思的是，他带了嵊州戏班中一个年方十六的女戏子上船胡来。这个消息不知怎么就让田如蕙知道了，田如蕙气得呜呜直哭。一个弱女子，丈夫要风流，她有何办法，只好找田兴业诉说，好赖她这个弟弟是台州这支军队的参谋长啊！田兴业一听，心想着，别的人我说不动，你王国成是我亲姐夫，我说的话你总得听一两句吧。当日，田兴业即坐一条快船来到海王村海军基地，找到王国成后，田兴业一见面即说："姐夫，你好歹是浙军第五师大团长，全体官兵都看着你呢，这为人处世总不能太掉价吧？"令田兴业没想到的是，王国成根本听不进田兴业的话，大言不惭地回敬田兴业说："大参谋长啊，你就别管得太宽好不好。天下哪有猫儿不贪腥，哪有老牛不爱吃嫩草？说到底，我只不过是玩一下女人，又没像别的大户人家讨姨太太，有什么了不起？"王国成此言一出，将田兴业气得脸色发青，拍着桌子骂他姐夫："王国成哪王国成，我算把你们王氏子孙看透了，就你们现这种样子，除了当土匪外，还能干什么！"

王国器同样出现大变化。正月初一，十七村民自主组织起来的三支舞龙队来新王府拜年。帖子一到，王国器对着镜子装扮一新，然后哥四个便坐着四把交椅在大门口等候。那天，三只大锣鼓在前面开路，三支舞龙队红、黄、青紧随其后，从十里长街正南头起，往田王村走。三条龙同时在十里长街上出现，锣鼓声敲得震天动地，把整个路桥十里长街闹得热闹非凡。三条大龙一直游到巳时，才来到新王府门口（是时，王氏哥四人足在门口等了三个时辰）。三条龙在大门口立定，三位胡服打扮的老龙头大哥齐步上前，单腿下跪向王国器行大礼，扬声高颂"禀台州王千岁千岁千千岁，小民特舞龙以谢恩惠"。

原本这只不过是一种客套，无可厚非，但王国器现出来的情绪却是欢喜异常，做出了两个让人无法想到的动作。一是王国器果真摆出王爷的样子，前走一步，叉腿抱拳对舞龙队示谢说："多谢了，多谢了，本王多谢了。"站在门后的谢明心一听，浑身毛骨悚然。二是命令他三个哥哥立刻进屋，将家里维持生计的那一小箱银圆全部拿出来，放在老龙头大哥面前。王国器分明是要用这一箱银圆来谢赏啊，老大哥且有不高兴之理，三双老眼瞬时发亮，嗓音也比往昔洪亮有三倍。三位老龙头大哥双腿下跪，大叩三头后振臂高喊："愿我王寿似南山，福比东海！"喊毕，甩身摇动手中令旗，三条长龙顿时翩翩起舞，或是穿云、或是腾空、或是潜底、或是回游、或是散花……半个时辰过去，三龙突停，龙尾轻摇，似乎祥云初现。

舞龙收场后。王国器摆出真台州王的样子，步入舞龙队中，一人发一块银圆。银圆送毕，三位老龙头一挥旗，锣鼓再喧，三龙来了个"龙潜海底""水击长河"，这才欢天喜地退出新王府。

他们一走，王国器与他三个哥哥满心欢喜地各自回屋，怀孕不久的谢明心黑着个脸、挺着个肚子跟进内室。门一关，谢明心问："三位老龙头向你单腿下跪时，你为什么不上前把他们扶起？"王国器答："我看别的大户人家都这样啊。"谢明心问："他们三个齐称你为台州王，你为什么不制止？"王国器说："我没听清他们在说什么呀！"谢明心生气了："好哇你，居然耍起无赖来。既然你没听清，为什么抱拳答谢时自称本王？"此话一出，霎时让王国器面色发紫，一身狼狈，无地自容："你别对我这样刻薄好不好，我只不过是一时高兴，顺口学着做戏的样子说上一两句罢了，干吗如此较真？"谢明心说："如果你不是我丈夫，我绝不较真。满招损，谦受益，天下自毁者，哪个不是由得意忘形始？"

谢明心与王国器的矛盾就出在这公拜与私拜上。先说公拜，由于新王府刚建不久，王国器在台州享有很高的威信，路桥十里长街人从腊月二十三起组建队伍，便一心惦记着去新王府。腊月二十八，他们派人来下帖，谢明心不好拒绝，毕竟都是父老乡亲，同喝一口南官河水，怎可坏了人家一片心意。一接，不要紧，接下一百二十三份，按每家两块大洋算，就得两百六十多块。那时，入住"台州王府"的共有五家，由于没分家，田、王两氏子孙共同商定，所有公饷统一上缴谢明心总管，以支家用。滚龙灯那天，王国器一时兴起，把家中银圆全部拿出，让她顿时傻眼。当她打开银柜再次做清点时，吃惊地发现柜内只剩下三十块大洋，这怎么行呢？巧妇难为无米之炊呀。她只可挺着个大肚子来到后院石屋，找田兴业夫妇商量。田兴业问："他送了多少？"谢明心说："三百多块大洋。"田兴业说："怎么一下子就送了这么多？"谢明心说："还不是那一声台州王让他晕了头？"田兴业说："是啊，他们全是穷人，之所以奔着我们来，就是想着借这个机会拿一点利市。大过年的，不送点他们，怎么说得过去？这样吧，我先出去一下。"他转身到岳父家去，一个时辰后，田兴业怀揣三百块大洋交给谢明心。

满面春光的王国器回到家里，见谢明心正在房间里分封包钱，便问道："哪里来的这么多银圆？"谢明心说："田兴业从他岳父家拿来的。"王国器问："做什么？"谢明心回答："明天来拜年的人不少。"王国器问："你打算给他们多少啊？"谢明心答："一家两块银圆。"王国器一脸不爽："都是些赤贫，给一块就够了，干吗给两块？"谢明心几乎不敢相信自己的耳朵："方才你叫他们什么，赤贫？"王国器说："怎么啦，我说错了吗？他们不是赤贫是什么？"谢明心一听，气得浑身发抖，讥讽王国器说："我的'台州王'啊，你可别撂下棍子打花子，起兵前你是什么人，不过是个海盗土匪，你以为你真的是台州王？就你眼下这种嘴脸，说不上哪年哪月，就与唱'莲花落'的一样，讨饭呢！"王国器一看谢明心拉着个脸，那话也不对味，不敢多说什么了。

初四至初八私拜正式启动。前来给王国器拜年的乡绅们数不胜数，先有帖子的是一百三十四家，没有帖子的还不知有多少。小的三杠四杠，大的十杠八杠，有不少大商铺老板明面上是空着手来，到了新王府之后，坐下一出手，便是上千块的一张大银票。别看谢明心年纪轻轻，到底是大户人家出身，从小读的书多，见识也多。她见此情景，心想，这哪里是什么拜年，分明是一种阿谀奉承的行贿行为，世人皆为利而来，你王国器身上如果没有半点油水可沾，他们凭什么往你身上下注？这一张张银票，在谢明心眼里可是钓她丈夫这条金鳌的大钓饵。她忘不了与王国器结婚那年，从田兴业手中接过田金辅写的那本《人生警言》，正中间有段话让她至今记忆犹新：英雄难过三关，一曰财，二曰色，三曰权。钱不可贪，否则后患无穷；色不可淫，淫乱必自毁其魂；权不可使尽，使尽则祸必至。是啊，我怎么能让我的丈夫毁在这些唯利是图的人手里呢？谢明心的头脑极为清醒，初五一大早，便把王氏三位住在新王府的亲妯娌叫到拜祖堂，把所有送来的礼单展开来给她们看。谢明心说："姐妹们，你们说怎么办？"三妯娌答："现在你是这个院子的当家人，你说了算。"谢明心说："收他人钱财，就得为他人消灾。我不想我们家里的四个男人让一个'钱'字给熏得乌漆墨黑。"田如蕙说："我们家这四个男人过去个个苦得要死，没人送钱，现在怎么全送来了？""麒麟不落无宝地，表面上看他们是给我们送钱，背地里要的是我们男人的命呢。"三个妯娌全点头，同意听从谢明心的安排。

正月初六，谢明心便下出一道禁令，将新王府的四扇大门全部关闭，所有前来拜年的客人一律不接待。四扇大门是让这位"新王妃"给关死了，但后门却让王国器这位"野王"给打开了。你想啊，这些前来送礼的都是些什么人，全是路桥十里长街的富商！他们之所以前来送礼，还不是投其所好，求得王国器对他们的特别照顾，这些无孔不入的家伙直接送礼到王国器的大本营里去，令谢明心不曾想到的是王国器居然照单全收。这一下可把谢明心气坏了，挺着个大肚子直接来到大本营，她与王国器一见面，便质问他："你全收了？""收了。""拿人手软，吃人嘴短。我们做人当以清白传家，你为何如此收别人大礼？""你怎么也和田兴业这个书呆子一个腔调？不就那么点东西吗，有什么了不得，用得着如此大惊小怪。我现在是台州最高军政执行长官，与他们天天打交道，就为这么一点礼，驳了他们的面子，往后让我与他们如何相见？"

正月初八。田兴业与李雅香去李家过上八，王国瑞去仙居，王国立去太平，王国成与田如蕙去金清，整个新王府只剩下王国器夫妇与儿子王曾铣。就在这天，新王府突然来了一个长得非常英俊的男人，谢明心问他："你是谁？""我是袁大总统派来的使者，有要紧的事找少将军商量。"谢明心虽然是女流之辈，却知"军事"两字要紧，即将这位男子迎入大客厅。王国器与这位男子足足密谈了一个多小时，谢明心看到，这位男子临走前从口袋里掏出一张红黑相间的纸片交给他，王国器看了一眼就收下，起身将这位男子送走。

尽管谢明心没进会客厅一步，不知王国器与这位男子密谈的是什么内容，但她十分关注两人之间的一举一动。谢明心从他们交流中得知，这位英俊男子是屈映光，他来的目的只有一个，就是袁世凯想当皇帝，让王国器结集台州百姓集体签名上劝进表。谢明心问王国器："他给你的是什么？"王国器回答："银票。""多少？""一万块银圆。""拿来让我看看。"王国器没得法子，只得硬着头皮把屈映光送来的那一张银票掏出来。谢明心拿过一看，确实是郑家钱庄换取的一万块银圆的大额银票，大惊："你可别忘了黄兴司令与孙中山先生对你的厚望。"王国器说："此一时彼一时嘛，屈先生说了，这一万块银圆是签万人劝进表费用。"谢明心气愤地说："你呀你，真是昏了头了。我告诉你，如果你真的签劝进表，全中国人不骂死你才怪呢。"

谢明心一怒之下就去找田兴业，时田兴业正坐在家中看书，谢明心将此事与田兴业说。田兴业随即放下手中的书本去找王国器。王国器供认不讳："是屈映光送来的，每人签个名送一块银圆，一万人即一万块银圆。"田兴业说："你真签？""鬼才签呢，我们军队不是缺钱让你连画都卖了吗？这回他一个国家大总统将钱送给我，我正好给手下的这个师搞装备。""那袁世凯要的万人劝进表怎么办？""给他办，省得他认为我有异心。""问题是那万人表得一万人，动静可就大了，你不怕全国有识之士将你骂个狗血喷头？"王国器突然脸一仰哈哈大笑起来："我的好阿弟啊，你怎么聪明一世糊涂一时了？真的搞不了，我还弄不了假的。"田兴业一听心知肚明，没说同意也没说反对，只说："人生万念，只怕一念之差定输赢。"田兴业出来后，谢明心上前问："他要上劝进表，你同意不同意？"田兴业答："你丈夫还好，不是一赳赳武夫，聪明。袁有钱，他有人，只要他不将此钱归己，就让他与袁世凯玩去吧。反正人生就是个大戏台，什么角色都得扮一扮。"

田兴业的女儿出生了。女儿出生的那天夜里，田兴业独自一人在书房里一边踱步，一边歪着头想了又想，最后为他的女儿起名田文君。田兴业走进产房，便把女儿的名字告诉李雅香。李雅香觉得此名有些普通，不解地问："为什么偏要起个'文君'呢？"田兴业答："文者，辈分也，关键是那个'君'字，如果国人素质人人如孔子所倡之君子，我们国家怕是早就成为世界第一强国。"李雅香有些忧心地说："只是与那卓文君同名不好。""有什么不好？""她那个丈夫司马相如，骗、拍全来，纯粹是个大流氓。我每次读《汉书》，看到这段记载心里就恶心。"田兴业说："男子好坏，有女子一半。一个好女子可造就一个好男子，一个坏女子可毁掉一个好男子。"

王国器果然有一个台州万人签名的劝进表。尽管此表从内容上看，真是劝袁世凯重坐龙椅当皇帝，实则此表假得一塌糊涂。那表文是王国器花了一两银子让路桥一名落榜秀才写成；那一万个人的签名呢，没有一个是真的，全是他与秀才两人坐在那里瞎编而成；至于那手印，更是好玩了，光王国器自己就摁有十个手指印，最后连脚趾都用上了。

袁世凯正式称帝，立国号为洪宪。

袁世凯将自己的头像印于银圆，并在登基之日全国发行。中国老百姓知道有个叫袁世凯的人当了皇帝，他所发行的银圆有个俗名叫"袁大头"。

全国各地的革命党人发起反袁活动，蔡锷起兵，李烈钧起兵。

袁世凯只当了短短八十三天皇帝，便一命呜呼。

天下再一次大乱，北平的大总统走马观灯似的换来换去。袁世凯手下的各省都督，凭着手中有人、有枪，纷纷裂地为王。

那年，朱瑞因袁世凯一死，再也混不下去了，田兴业想给他送点钱，可他去了天津，不久后病死。田兴业便往朱瑞家中送去两百块大洋，作为安家费。新上来的浙江省都督是屈映光，大树底下好乘凉，屈映光与自己是老乡，田兴业不出兵与他作对。

江浙发生战争，屈映光任山东省省长。夏超投靠孙传芳，任浙江省省长。田兴业继续保持沉默。

孙中山开办黄埔军校，蒋介石任校长兼粤军总司令部参谋长。田兴业一看时机成熟，决定去奉化找他姐姐田如梅，想与蒋介石取得联系。就在这个节骨眼上，来了一位黑胖男子，带了两个人，抬着一只沉重的大箱子来到新王府门前。谢明心一开门，这位黑胖男子即令将这只沉重的大箱子放在新王府正客厅中间，声明要找王大将军。谢明心问："你是何人？"对方答："我是福建陈司令手下的参谋长，找王大将军有要事相商。"谢明心不敢怠慢，迎他落座后，即唤王国器。王国器一见来者，忙将他迎入内室，两人谈了约一个时辰，这位黑胖男子撂下那只大箱子，随之告辞。王国器送他们至大门口，谢明心听得那人拱手告别王国器时说："王将军，此事就如此定下。"王国器点点头说："好。"黑胖人走了，王国器回房。谢明心问："他来做什么？""要事。""什么要事？""军事上的事情，你女人家别过问。""这箱子里装的是什么？""黄金。""多少？""两千。""你与福建的那个陈炯明素无交往，他们凭什么给你这么多黄金？"王国器有些发烦地说："这是军队之间的事情，你别老是瞎掺和好不好？"

谢明心正想回应，门外又传来敲门声。谢明心再次开门，这一次来的是一位白瘦男子。门一开，这位白瘦男子向谢明心拱手，说他是孙传芳派来的使者，想找王少将军，有政治上的要事商量。谢明心一听孙传芳的名字，忙将他迎进屋。

谢明心从田兴业嘴里知道，孙传芳，字馨远，山东泰安人。1921 年，任第十八师师长，同年八月任长江上游警备司令。1923 年，被北平政府授上将。1925 年 10 月起兵，驱逐江苏、安徽都督，自任为浙、闽、苏、皖、赣五省联军司令，是个权力熏天的大人物。他与王国器素无往来，为何派人来此？谢明心自然不敢怠慢，同样迎他入客厅，唤王国器出来。此来者与王国器在会客厅里密谈有一个时辰，谢明心看到这位白瘦男子从口袋里拿出一张红黑相间的纸票，交给出王国器，王国器同样看了一眼收下，一言不发，起身将这位白瘦男子送走。

谢明心是女流之辈，平日间不大出门，她不知道前一位黑胖男子是路桥浮排村郎白玉的儿子，名叫郎本清，后一位是原黄岩县正堂黄益理的弟弟黄益朝。王国器送客回来，谢明心便闪入客厅，问他："来者为谁？"王国器不敢正眼看谢明心，只是答一声："使节。"谢明心说："我知道是使节，我要你说出他们是哪里的使节，叫什么名字。"王国器迟疑片刻，勉强说出两人名字。"他们主子是谁？""前者是陈炯明，后者是孙传芳。""一个是福建的总司令，一个是五省联军总司令，你不曾与之相交，忽然派人来，这是怎么回事？"王国器不语。"富在深山有远亲，穷在路边无人问。若是无求，何如此？是不是你们之间有什么见不得人的交易？"王国器被逼不过，只得将两位使者的目的说与谢明心听。谢明心一听，头皮发麻，即找田兴业商量。

田兴业与王国器终于第一次在思想上、抉择上出现分歧。田兴业不知这两位大军阀的使者来拜访王国器，谢明心将此事告知后，觉得大事不妙。这两个无信无义的家伙，我们怎可与他们共同处世？田兴业为人最大的一个特点就是清澈，眼里容不得一星沙子，他立刻放下手中的书，到大本营找王国器。田兴业到大本营时，王国器正在与陈老五、柳行进这几个军官坐在一起说事，他们一看田兴业脸色不好，知是有事，忙起身退出去。田兴业这才冷着脸问王国器："是否真有此事？"王国器倒不遮掩，坦承确有其事。田兴业问："黄金呢？""在我家中放着。""银票呢？""在我手里。""你打算怎么处理？""朋友间交往，非公事，你说我该如何处理？""什么，非公事？你说得轻巧，若是朋友交往，他为何不送赤贫，不送草民，却要送你？"王国器一时语塞。田兴业说："阿哥啊，你就听我一言吧，这钱绝没那么好拿。要么你把这钱一分不少地全部归公，要么你一分不少地退还人家。"王国器回答："阿弟，你别与我老婆一样，认死理好不好？他们亲口对我说了，这是个人来往，与别人不搭界。""怎么会是与你个人来往呢？陈炯明是什么人，孙传芳是什么人，都不是善茬。如果你不是台州最高军政长官，如果你手下没有一个师的精兵强将，他们能给你送银子？"王国器一时沉默，田兴业仰脸长叹道："王国器啊王国器，你如果真想做个台州王，就得清正廉洁，与民共克时艰。若是你想拿自己小命开玩笑，那你就尽管借机中饱私囊。百姓历来不患贫而患不均，你若是把此钱归为己有，不众叛亲离，你拿鞋底打我耳光！"王国器仍是不语，田兴业两眼冷峻地往王国器脸上猛地一扫，说道："阿哥，你听着，多少帝王将相、英雄豪杰，皆败在'色、财'二字上。我当阿弟的，不想看着你堕落，不想让你、我成为南官历史的罪人，不想让台州后代子孙把我们钉在耻辱柱上。既然你成不了国之大器，我亦无可奈何，自今日起，我与你分道扬镳吧！"

田兴业正式向大本营提出辞呈，携妻子李雅香与女儿田文君离开了新王府。谢明心得知消息后气得浑身直打战，她再次挺着肚子来到王国瑞团部。王国瑞正与三个军士坐在那里打麻将，一见弟妹来，将刚垒好的牌墙一推，起身迎接。谢明心将所有事情和盘托出，王国瑞几乎不敢相信这是真的："他这样做是为什么呀？"谢明心说："问你兄弟去！"王国瑞问："弟妹，你说该怎么办？"谢明心答："你想死还是想活？"王国瑞说："当然想活，我怎么不想活呢？"谢明心说："想活，你们哥几个就得把他请回来。论武力，十个田兴业不顶你一个；论谋略，你们十个不顶他一个。"

王国瑞虽然对田兴业事无巨细都要严管非常讨厌，可心里清楚他毕竟是个足智多谋的人才。是田兴业卖了祖上那么多画购来武器，才有了如今的精兵强将，哪一次打胜仗不得益于他的运筹帷幄？说到底，他们王氏兄弟四人文不及张良、武不及韩信，之所以能成为台州一"王"，靠的是田兴业智多识广。在王国瑞眼里，田兴业可是台州国民革命军的诸葛亮、刘伯温，一旦他弃他们而去，台州这一个师的人马该如何往下走那就难说了……

见王国瑞还在犹豫，谢明心问："你们请还是不请？"王国瑞连声回答："请，请，必须请！"起身即跑了出去。半个时辰后，王国瑞与王国立同时出现在田兴业老家那间临水的木屋门口，他们一进门，即看见田兴业坐在木屋里教田文君读书识字。田兴业冷着脸，眼都不往他俩身上瞟一瞟。王国瑞开口问道："阿弟，你与国器是怎么啦？"田兴业回答："你问国器去。"王国瑞说："你可是我们的主心骨哪。"田兴业答："主心骨是你家老四不是我。"王国立说："我们田、王两氏从来不分家，有事好商量嘛，为何撂挑子不干？"田兴业说："不是我撂挑子，只是我太累了，想好好歇一歇。"王国瑞、王国立看田兴业情绪不对头，再细问，田兴业只是一言不发，他们只得双双跑到大本营找王国器。找到王国器后，王国瑞问："你们两个到底出什么事了？阿弟居然不想当参谋长？"王国器同样是一脸沉默。

王国瑞、王国立有些发火，王国立说："你们两个大头一掰开，我们好不容易拉起来的队伍还不得散伙？"

浙军第五师出现思想大混乱。不知从何方传出个无厘头的大谣言：王国器以一万两黄金的价码将浙军第五师连同台州八县，一起卖给闽军司令陈炯明与五省联军司令孙传芳，五天后陈炯明与孙传芳部从海、陆两路开进台州前来接收，正因为此，田兴业与王国器闹掰了。

消息如此一传，浙军第五师人马一片哗然。尽管一千个人有一千条心，但有一条却是永远相同：台州是台州人的土地，既然我们台州一直是自己人管理，你们这些外地佬凭什么跑到这里来对我们指手画脚！"他娘的，你王国器表面上看是个人样，背后也是个见钱眼开的狗东西，居然一万两黄金就把我们卖了？"这么一煽呼，整个浙江第五师大本营里一片嘈乱，形势变得极为严峻。有三百多名台州士兵要求回家；有八百多名台州士兵站在大本营门口要求王国器出来澄清此事。终于在这天上午十时，二十三位中层军官（他们全是打仗的好手，几年后其中有八人当上国民党的高级将领）跑到王国器面前质问："这到底是怎么回事？"王国器答："这是谣言，没一句是真的。"他们不相信，继续问："既然不是真的，田参谋长为什么要辞职？"王国器回答："干与不干是他个人的自由，牛不喝水不能强按头。"军官们群情激愤地说："既然田参谋长不干，我们也不干了。"王国器一听，不由得恼羞成怒："为什么？你们想干吗？""实话实说，就你那个性格与谋略，让我们跟着你打仗，心里不托底！"二十三位军官撂下这话，气呼呼地转身即走。只剩下王国器一人，气得全身发抖。底下的将士们情绪如此激愤，对田兴业是如此信赖，完全出乎王国器的意料。

郎本清与黄益朝同时出现在王国器面前。他们两人堂而皇之地走进王国器的大本营，屁股刚一落座，即直奔主题，说出来的话与民间流传的一样。他们要分别收编浙江第五师全部人马，分地域接管台州府，并且挑明了说，以南官河为界，北面归孙传芳部，南面归陈炯明部。这两人如此理直气壮地正式亮相，让王国器傻了眼，问："你们凭什么收编我？""凭钱啦。""凭钱？你们给了我收编的钱吗？""这当然啊，那两千两黄金与一万块银圆的票子，不就是我们大帅给你的吗？你王国器既然收了我们的钱财，自然要听我们的调配。""这么说来，你们今天来的目的是想商量收编的具体时间了？""是啊，我们今天来就是这个目的。""就这么点钱，想让我王国器交权、交枪、交人马、交地盘？""不，不，大帅要我们转告于你，绝不会亏待你的。""还能给我什么好处？"黄益朝答："所有中层军官每人官升一级，奖黄金百两；你的三个兄弟各奖黄金千两，官升两级；

你本人奖黄金五千并出任本军副司令。若是今后能赢得胜利，你即出任陆军总长，你的三个兄弟可据军功酌情行赏。"王国器说："若是我不同意呢？"郎本清说："那可就对不起喽，我们两位大帅早已协商明确，两军联手一南一北夹击你，将你王国器一个师人马全歼。"

话全撂在这里了，你不听也得听，不办也得办。台州这方人杰地灵、物产丰富的大肥肉，自然成为他们垂涎的对象。尽管王国器没有读过多少书，但他并不窝囊，否则他也当不了台州军政长官与浙第五师长。王国器心中当然明白，在这种诸侯争霸的年代里，有权有势的霸主们总是想尽千方百计地打算吃掉他这个野王。如果在这个时候杀掉来使，与孙、陈两家翻脸，无论是军力、装备还是经济实力，都绝非他们对手。论版图，孙传芳与陈炯明控制的地盘比他大好几倍，台州一隅充其量只有这么小小的八个县；论官兵数量，王国器手下满打满算一个整编师，只有三个团，而孙传芳则是五省联军司令，陈炯明号称有三十三个团；论武器，这两家财大气粗，使用的武器全是德国造，而王国器一个师官兵手中的武器有一半是汉阳造、一半是毛瑟枪；论军官素质，王氏四兄弟充其量不过是一介草莽英雄，陈炯明部高级军官中有九人毕业于日本讲武堂，孙传芳部有八人毕业于大英帝国皇家军事学院、二十一人毕业于日本讲武堂。

王国器思度良久，开口问道："看来，台州一夜间有那么多谣言是你们散布的？"两位来使并不隐瞒："是的。""这么说，想吃掉我的计划你们早就策划好了？""是，如果少将军您真要敬酒不吃吃罚酒，我们也没有别的法子了。""那你们为什么先前不跟我挑明？"没想到这两个家伙说出来的话令王国器吃了一惊。郎本清说："我们两位大帅不怕你，忌惮的是你身后三人。"王国器问："谁？"黄益朝答："一是蒋介石，一是田兴业，一是戴学经。在我大帅眼里，你王国器不过是当年越国之勾践。田兴业是当年之范蠡，戴学经是当年之文仲。"郎本清接着说："至于蒋介石呢，一因他是日本陆军讲武堂毕业生，二因他一直在孙中山手下指挥军队，缺的是人、枪。而田兴业与蒋介石是亲戚，一旦他们联手，我们的麻烦可就大了。现在蒋介石想攻打我们，我们只有将台州拿下，才有退路。"黄益朝说："你们这支军队与台州这块地盘，无论对谁来说，都是分量不轻的砝码。当我们得知，你那个参谋长田兴业与蒋介石是亲戚，所以我们两家大帅坐下一起协商，定下此策，再与你下最后通牒。"王国器现出犹豫的样子，说："你们现在就要我答复？"黄益朝说："给你五天时间，五天过后，你还没回话，我们就出兵对你行南、北夹击。"他们两人将此话说完，互相使个眼色，扭身便往外走。走到门口时，郎本清说："少将军，明着对你说吧，我们双方兵力全都部署好了。只给你五天，五天后，我们就来接管地盘。"黄益朝说："我们还是好商好量为上策，免得台州八县血流成河。"

两人走了，王国器坐在那里傻了眼，他怎么也没有想到，这一万块银元与两千两黄金，带来的后果居然是这样严重。这可怎么办哪？与他们硬拼，就手下这么一点人马，一方都打不赢，何况是两方。什么叫作吃人嘴短、拿人手软。弱肉强食，这就是陷阱啊！王国器明白了田兴业为什么会情绪如此激烈，不仅提出辞呈，还骂他是个山土匪。钱，王国器倒是一分也没花（谢明心不准他用），摆在他面前的关键问题是对此事该如何做出抉择？若是同意，等于是自己亲手将台州地盘上辛辛苦苦拉起的这支队伍拱手于他人，至于前途呢，很难把握，他们也许会封他一个小官当当，也许会让他落了个死无葬身之地；若是不同意，他们两家联手起兵来攻打，他区区一个师、三个团的兵力，怎么打得赢？想想过去，第五师所有重大决策皆由田兴业与戴学经两人做主，打从他收了孙、陈两人钱财后，田兴业甩手不说，戴学经也开始与他离心离德。他那三个哥哥呢，一个成了喝酒糊涂蛋，一个只管钱叫爹，一个只知道整天寻花问柳，哪个人能跳起来为他撑半片天？天哪，这不是干瞪着两眼让两个大军阀张开嘴来吃！

谢明心神色安详地走进王国器办公室，对王国器说："他们不是怕田兴业吗，那你为何不请他回来？"王国器不语。谢明心问："是不是放不下你那臭架子？"王国器还是不语。谢明心说："这么说来，你是想给别人牵马随蹬了？"王国器这才极其艰难地张开嘴，说道："阿弟看不起我。"谢明心说："是他看不起你呢，还是你让别人奉承了几句就找不着北了？是他不想帮你呢，还是你的贪婪与狂妄自大让他失望、绝望？我今天与你说句实话吧，我父亲当初看中的人不是你，而是他。就你这种气度，这种胸怀，何以做得真王？为什么田兴业一递辞呈，两个大军阀就明着对你实行要挟？你如果长了个人脑子，就好好地想一想吧！"少顷，王国器说："那你说，我该怎么办？"谢明心答："他们不是怕田兴业与戴学经吗，我与你一起去请田兴业回来。"王国器这才如大梦初醒，当即与谢明心一起去请田兴业。

田兴业得知两个大军阀打算南、北两军联手吃掉台州国民革命军的整师人马，将台州土地一分为二的消息后，长叹一声道："全在我意料中啊！"他立刻让妻子去"民泽医局"，请戴学经到家中来一趟。戴学经闻讯后速来至田家，两人一见面，即对浙军第五师存在的问题一一做出分析。一是这支军队缺少一个明确的政治纲领，说白了，前来当兵的人是各怀目的，明面上是一支军队，说到底是一群乌合之众。二是这支队伍缺少一位政治素养高、胸襟阔、志向坚定的政治领袖，就王国器眼下这样子，他可以在船上当个好水手，但他当不了舵手，不可能驶着一艘大轮船闯大洋、涉险滩。三是这支队伍的官兵基本上是由田、王两氏的亲族与黄岩县一带的游民组成，上千年传下来的皇权意识与土匪意识，早已融入他们的血液。这支队伍在险恶环境里尚可团结一致、共求生存，一旦功成名就，即会出现同流合污、自我分裂。这种格局从他们起兵那天起业已形成，你田兴业一个人再精明、再智慧也无法改变这种根深蒂固的思维模式，唯有将他们交给一位有胆魄、有政治才能的强权统帅，才可能让这些人脱胎换骨。

田兴业情绪有些激动，感叹而言："人最难斗的不是他人，而是自己。在残酷的生存环境中，为了共同利益，这些缺陷可以潜藏，一旦取得成就，即暴露无遗。王国器连这么一点黄金白银都能动其心，何以成其大业？"戴学经说："有人行。"田兴业问："谁？""你呀。""不行啊，我不行。学经兄，我田某人最清楚自己能干什么、不能干什么，我有智慧之能，却无杀伐之气。""你的意思是想让这支部队有个光明的归属？""是啊，我的好兄弟，之所以请你到这里来，正是这个意思。你想啊，山大王终归是山大王，打开中国历史看看，山大王有几个有好下场？如果我不想个法子，让他们归之正统，在这弱肉强食的环境中，他们不贫则夭，还能有其他出路？""你想让这支部队归于何方势力？""这就是我一直困惑的问题啊，选择对了，乱世出英雄，日后必成国家之功臣；选择错了，满盘皆输。""现在有谁来做说客了？""眼下一个是陈炯明，一个是孙传芳，可是这两家都成不了气候。陈炯明说到底是个白眼狼，连对孙中山先生这样的人物，都敢出尔反尔，可见其野心不小，他想一统天下后做袁世凯第二；孙传芳呢，别看他眼前兵多将广，不过是以自我为中心的山间莽夫，为人生性残暴，无论是行事还是心机只可为将，不可为一国之主。""可眼下中国崛起的风云人物有七八个啊。"田兴业说："我从接到黄兴先生的第一封来信起，就开始关注孙中山先生，我觉得孙中山先生有两点很值得关注：一是孙中山先生提出来的政治纲领，'民族、民生、民权'三民主义能唤起民众之心，十分符合历史发展潮流；二是孙中山先生才华横溢、矢志不渝、坚强不屈、平等博爱的品质极具领袖风范。"

他俩坐在那里一边喝茶一边商量，两个时辰过后，终于统一了意见，现在这种局面下还是投靠孙中山领导的国民党稳当。第一，台州一地有八人在国民政府中出任高官，是亲三分向，朝中有人好做官，今后万一有什么三长两短，同乡人总会有个照应。第二，田兴业姐夫蒋福海的族亲蒋介石在孙中山先生身边任职，出任黄埔军校校长兼粤军总司令部参谋长，位高权重，前途不可估量。如果台州第五师投靠国民政府，好赖不说，核心层中有个政治靠山，多少能给他们带来一点好处。第三，黄兴曾给这支队伍来过信，加上台州国民革命军的后期装备大部分来自王文庆与华侨援助。做人不论你职位高低，起码一点得无愧于良心，不可恩将仇报，不可让别人指着你的后背骂你是个无赖小人。

谢明心与王国器相携走进田家。谢明心毕竟是谢明心啊，她知道如何处理这对哥俩的矛盾。谢明心首先走上一步，把陈炯明所送的银票与孙传芳所送的那一箱金条放在田兴业与戴学经面前，然后对王国器说："你还不向两个兄弟赔不是？"王国器觍着脸说："阿弟，我知错了，就原谅我这一回吧。现在兵临城下，情况紧急，你们一起想想法子，救救这支队伍。"田兴业问："这两个家伙到底是怎么要挟你的？"王国器即将他们说的话学了一遍。田兴业说："他们给钱不是与你交朋友，是在试水，看你有没有这份意志。他们各自在为自己打算盘，陈炯明怕的是蒋介石攻打他，他有个退路；孙传芳是想从台州得到粮食与兵员。他们打算引诱你上钩，然后一锤子砸碎你的脑壳，只要你一死，蛇无头不行，便可轻取台州这块肥得滴油的五花肉。"王国器着急地说："只要你们答应帮我，我现在就把钱退还。"田兴业说："还？没那么容易。你想想，这帮王八蛋送来的银圆，有哪一块是干净的。送上门来的后腿肉，岂有不要之理？""那我们下一步当如何走？""开会，明天召集中层军官开会，由你当众宣布把此钱作为台州国民革命军军饷。""那万一他们联手攻打我们怎么办？""他们能联手攻打我们，我们为什么不能联手攻打他们？"王国器惊问："我们与谁联手？"田兴业答："他们不就是怕我们与广州国民革命政府联手吗，这一回，我们就与广州国民革命政府联手。"王国器一听，大惊失色："阿弟，与广州国民革命政府一联手，我还能说了算吗？"戴学经忙站起来，说："你看看你，你的认识还是有问题，我们这支部队名义上是浙军第五师，实质上不比万五魁的山头土匪好多少。我们没有既定的政治纲领，没有明确的战略方针，没有良好的群众基础，自身文化素质与政治素质也有着严重缺陷。不是我看不起你，就你，不可能成为天下人仰望的领袖。当下，因各地战事纷起，军阀们自顾不暇，腾不出手脚来收拾我们，一旦大局已定，他们不调兵遣将把我们剿灭才怪呢。我与兴业的想法一样，先到者为君，后到者为臣，识时务者为俊杰，趁早投奔于国民政府麾下，日后功成，我们也能讨个好名声。况且眼下想收编我们的这两个大军阀绝非是善良之辈，陈炯明反复无常、厚颜无耻、唯利是图，一旦众叛亲离，他非成为他人刀下鱼肉不可。孙传芳呢，与你一样，不过是个乱世英雄。"王国器仍担忧地问："可眼下孙中山领导的广州国民革命军，不也是让军阀们打得落花流水吗？"田兴业说："是让人打得落花流水，但我们不能以一时之得失决定取向，也不可以一时之失利论英雄。我的总体看法是孙中山先生领导的国民党最终会一统中国河山，别的姑且不论，就他提出来的那个"民族、民权、民生"三大政治主张，中国老百姓哪一个不是欢迎与拥护？"戴学经说："我与兴业的意见一致。兵呢，是你王国器拉起来的，听不听在于你。做人只可雪中送炭，不可锦上添花。雪中送炭，别人才敬你、信你、重你；锦上添花，别人弃你、轻你、还防着你。"田兴业说："现在，孙中山先生在苦苦挣扎，如果我们兵分两路，从海、陆直奔广州与艾雄武部会合，解国民党的燃眉之急，我寻思即使你成不了蒋介石这样的人物，起码也与艾雄武一样，成为国民政府中的一员大将。"王国器说："我们一旦起营拔寨，台州一地不是全拱手让人了？"田兴业答："有得必有失。"

王国器因平时不读书，只听过孙中山之名，却不知国民党所行的建国纲领。那时，台州的政治局面十分宽松，田兴业以官方名义办了一份《台州潮》，黄岩中学、临海中学与民间团体办起来的报纸也有十几种，大都在宣传孙中山与国民党的三民主义。爱看报纸的谢明心，对中国的政治局势多少有一点了解，当王国器一脸狐疑时，谢明心说："田兴业与戴学经说得对，就兵分两路投靠国民政府，千万别做土匪与草莽英雄。大浪淘沙，时势定生死，现在不走，后悔莫及。"王国器说到底是眼光短浅，还在犹豫，他站着足足想有半个多小时，才开口说："这可是一件震天动地的大事情，闹不好军心会出现浮动，还是让我好好想一想吧。"心急吃不得热豆腐，田兴业与戴学经对视了一眼，不再言语，想好了再做决定也不迟。

王国器夫妻两人离开田家后，一路无语。作为浙军第五师师长，王国器的心确是深井打水——七上八下。说白了，他心存三怕：一怕自己归了国民政府，今后部队不是他说了算，事事还得受他人掣肘；二怕一旦离开台州本土，他便成了漂泊的浮萍，再也不能在这块土地上称王称霸；三怕万一上阵去打仗，他费有九牛二虎之力拉起来的这支部队被打光，让他成为一个光杆司令，是死是活，就得听从别人的摆布。王国器走到新王府大门口，刚要进门，突然收住脚步。谢明心问："你干什么呀？"王国器答："我要让卜无意给我算一卦。"谢明心说："你这个人真是的，他们两位把你的前途分析得一清二楚，你还算哪门子命？"王国器说："不，我非得让他给我好好算一算。想当初，就是他说我能为王的，今天我倒是要问他一下，我王国器到底能不能成为'台州王'！"王国器扔下谢明心，掉头越过福星桥，快步走向东岳庙。

王国器来到卜无意家，进门时，卜无意正坐在香几前读《周易》。见王国器走进家门，卜无意忙放下书本，起身相迎："少将军啊，多时不见来，是否又遇难事了？"王国器点了点头。卜无意说："你开口说吧，我洗耳恭听。"王国器问："你关心国家大事吗？""国是民所系，如何不关心？""孙中山是真龙天子吗？""天机不可预泄。""我是真龙天子吗？""否。""那我能成为什么？"卜无意问："实话实说？"王国器答："当然是实话实说！""好，那我就说了，搞好了是台州野王。""搞不好呢？""台州山大王。""那你父亲当初为什么说'将军深出国英'？""我父亲说得没错啊，将军山是什么山？只是个'将军山'，非'天子山'啊。所谓'国英'，只是'国之英雄'，非'天之英雄'。"王国器听罢有些悲哀，问道："照你这么说，我这一辈子真就没有当真龙天子的命了？"卜无意一听，脸色大变，让他大出意外：王国器居然有着当皇帝之心。卜无意说："少将军，人自有命，国自有运，天自有道。人的欲望岂可过高？台州人敢称你是霍去病第二，我都觉得有点名不符实。""那我们国家今后谁能成为真龙天子？""天象未出，本人不过是一凡夫俗子，何以得知？""现在，南，陈炯明要我；北，孙传芳要我，你说我该何去何从？""此两人志大才疏，德不配位，岂可卖身投靠？"王国器问："我面临三条大岔道，你说我该往哪条道上走？"卜无意答："以我之见，哪一条也不忙走。邦有道，危言危行；邦无道，危行言孙。先保住自己的实力，以观其变。"

人啊人，往往就是这样子，真正的谋士之言，他听不进去，一个对天下大事不甚了解的算命先生之言，却成为他最后的决策。王国器一想，是啊，我干吗热面去贴人家的冷屁股，自讨没趣。从卜无意家回来，王国器牙根一咬做出决定：我谁也不靠，既然命中做野王，我就严阵以待、坚守到底。

田兴业来到王国器家，一进门，即要王国器召开中层以上军官会议，统一思想后，立刻去往广州投奔蒋介石。田兴业对王国器说："你只有立刻带着军队与国民党艾雄武部会合，才可能成为真正的国家栋梁。不然，宋江、方腊什么下场，你也就是什么下场。"然而，令田兴业没有想到的是自己与戴学经精心构筑的计划，却让一位算命先生给肢解成一地鸡毛。王国器拒绝与国民政府军队合兵的建议，并煞有介事地对他说："阿弟，我认真想过了，我王国器当不了真龙天子，也不知哪位是真龙天子，盲目与国民政府军队合兵于我们无益。我想还是死守住南官这块土地，日后有机会再说。"王国器的优柔寡断与反复无常，把田兴业气得脸色发紫，浑身打战，却又无可奈何。

无论从亲属伦理上考虑，还是从朋友关系上考虑，田兴业的确是一心一意为王国器的个人安危着想，一心一意地想让他俩一手创建起来的这支地方武装队伍有个最好的归宿。即使日后他们战死在沙场，也有个为国捐躯的好名声。

　　田兴业心中十分清楚，如果在这个时候公开与王国器闹分裂，只要他站在旗下一挥手，第五师即有一千三百人跟着他走。但田兴业心里同样明白，这种局面一旦出现，他们最后的结局会极为惨烈，南、北两部军阀会趁机联起手来进攻，台州八县这青山绿水真的是要血流成河，生灵涂炭。想来想去，田兴业也想不明白，一个堂堂的参谋长之言王国器不听，一个算命先生的话王国器却听到心坎里去。难道这就是王国器最后的宿命？

第六章　生死抉择

　　田兴业从王国器家走出来，终于做出决定。田兴业回到家后，一言不发，伏案给王国器写了一封信《劝国器兄投靠国民政府书》："就你现在身上所展现的历史局限、文化局限、性格局限，注定你不管何时、何地都成不了真王。英雄都是乘势而上、顺势而为，很多事情非人力所能及，乃天命使然。你既一意孤行，我也不再勉强，你走你的阳关道，我走我的独木桥。"田兴业写至此处，笔头一转，以挖苦的语气批评王国器："通过种种迹象，我已把你看透。说到底你骨子里所存有的不过是农民意识、草寇情结、皇权思想，最终你的下场必与万五魁同类，不过是个台州一山大王。如果你不改变思想，改变你对时局的错误判断一意孤行，我敢断言，你迟早要成为他人的刀下之鬼。"

　　田兴业写完后签下名字，封口，递给李雅香，他让李雅香把此信直接送给谢明心，自己转身进屋收拾东西。李雅香见田兴业要出远门，大为吃惊问道："你上哪儿？"田兴业回答："我上广州。""去干什么？""我得拯救这支队伍，再不去，怕是来不及了。""就你一人去？""对，就我一人去。你对谁都别说。"李雅香问："谢明心也不告诉？"田兴业说："不告诉。"说完，拿起小包囊，头也不回地走出门外。

　　李雅香看见丈夫的眼光不同寻常，不敢多问，只可抱着女儿站在门口看着田兴业上船。她看着田兴业坐的那条船拉起风帆慢慢驶出，顺着南官河往金清出海口驶去，在南官河最东端拐了一个弯，再也看不见它的踪影。

　　李雅香揣着那封信来到新王府，一进门即见到谢明心正抚摸着肚子与肚里的孩子说话，便把信递给她。谢明心问："这是什么？"李雅香回答："是田兴业写给王国器的信。""自家兄弟写什么信？""我不知道，你自己看吧。"谢明心打开信，对田兴业精准的分析佩服得五体投地。说实话，打从她嫁到王家与田兴业接触起，处处被田兴业所展现出来的才华与独到的眼光所折服。李雅香抱着孩子一走，谢明心立即跑到大本营，把田兴业写的信给王国器看。王国器看完田兴业写的信，那颗大头就耷拉下来，有些丧气地问："我真的是如此？"谢明心答："真的如此，一点小成功便让你弄不清自己到底有几斤几两。你且听我一言，如果再一意孤行，我跟着你也得死无葬身之地。"王国器说："那你说我该怎么办？""开会，让大家讨论，统一意见。"王国器一想有理，是啊，这样的大事情，我为什么要捂着、闷着不让大家知道呢，让大家都发表一下意见也好。

王国器下命令，让王国瑞、王国立、王国成与浙军第五师八大金刚（营长）前来大本营开会。人一到齐，王国器让谢明心当众把田兴业写给他的信读一遍（好多字他不认识）。王国器说："到底是走还是不走，我没了主意，事关今后大家的前程，今天就请大家各抒己见。你们如赞成田兴业的意见，我们立刻坐海船去广州与孙中山领导的部队会合。"王国器话刚一落地，全场刹那间一片哗然。农民毕竟是农民啊，他们只看一个老婆两间房，哪知人外有人、天外有天，哪有读书人的这等眼光。结果呢，可想而知。王国瑞说："我们投了国民政府有什么好处？"王国立说："在台州，别人听我们的，投了他们就得听人家的。我们干吗有土皇帝不做，非得做别人家的三孙子？"一营营长柳行进说："我们哪个地方也不去，要做就做山大王。男子汉大丈夫，处处受制于人，活着有什么劲？"二营营长陈老五说："我才不愿替他们做嫁衣呢，人怎么活都是一世，凭什么让我们去送死，却让那姓孙的坐金銮殿？"

谢明心极力导引他们，苦口婆心地劝说："天不可有二日，国不可有双君。非其君不事，非其民不使。你们现在不找个强有力的政治靠山，等到他们强大以后，床榻之旁且可容他人酣睡？"王国成当场反驳说："弟妹啊，什么革命不革命，我才不相信他们说的那套鬼话呢。人不为己，天诛地灭。我们现在有船有兵、手中有枪就是草头王，兵来将挡，水来土掩，怕谁？"王国瑞说："弟妹啊，你也别拿田兴业那话当圣旨。人各有志，牛不吃水不能强按头。我的意见呢，挑扁担过独木桥，还是走一步看一步吧。"陈老五说："他要走就让他走，我可不走。我今年二十五六，好不容易娶了房老婆，就让我去替孙中山打仗，替他们当炮灰，甭想！"王国器说："你们不能这样说，如果田兴业手下那一千三百人全吵着要跟他走，怎么办？"王国瑞说："阿弟，我们怕什么呀，我们手下还有三四千人呀！"王国器说："万一陈炯明、孙传芳联起手来攻打我们呢？"王国立说："怕什么呀？进入台州府有三处关口，麻狸岭、九狼山、海王村，只要我、国瑞、国成带着人马上在关口上一守，哪支军队敢贸然进来？"

　　王国立的这一言提醒了王国器，心想，是啊，这三处关隘乃是一夫当关万夫莫开，只要我派下重兵守住关隘，他们能打得进来？是时，王国器主意立定，若是田兴业真的要带兵去广东就让他带走，我不走，这里是我们的山，我们的地，为什么放着土皇帝不当，去做别的狗腿子。

　　会一散，谢明心即去找田兴业，见他不在家，便问李雅香："田兴业去哪儿了？"李雅香回答："不知道。"谢明心又问："什么时候出去的？"李雅香答："不晓得。"谢明心没有办法，只得挺着个大肚子来到戴学经家。戴学经一看她挺着个大肚前来，吓了一跳，忙问道："快生了吧？"谢明心答："快了。"戴学经说："那你还出来呀？"谢明心说："这事，我不与你说不行啊。"谢明心即将王国器他们开会后做出来的决定告知戴学经。戴学经一听，长叹一声道："一切不出兴业所预料啊！"谢明心说："我可不想做个绿壳婆子，你是留过洋的人，见识大，总不能眼看着他们走上绝路啊！"戴学经说："不想走上绝路，法子是有，只要田兴业一出马，即能成功。"谢明心问："什么法子？"戴学经笑着把田兴业与他商量的事情对她说了。谢明心听了后说："这么说来，兴业走了？""是，走了。但你不能与王国器他们说。""我才不与他说呢，人家好赖是个正式政府。一个一心只盘算着自个地盘的人，还能有什么大的出息？"戴学经说："问题在这儿，这一法叫'兵临城下，强迫招安'，多少有点敬酒不吃吃罚酒的味道。"谢明心说："这总比名不正言不顺好吧。"

　　王国器第二个儿子顺利出生，谢明心给这个儿子起名叫王曾镇。她之所以择上这个名字，是有着她精心考虑。一因金字旁，与长子"铣"配成一对；二因她管不了他老子，得让她生下来的这个儿子好好的镇一镇他老子。

　　田兴业终于从广州归来，带着一身气势地回来。回来的不光是他一个人，还有他大姐田如梅、大姐夫蒋福海，更有一位重量级人物，在粤总司令部任职的徐先生，据说他是蒋介石亲信。在他们四人身后，那条去往麻狸岭的山路上，刚刚起义成功的夏超所率的精锐部队，正排成一字长龙沿着山间道路朝着台州方向挺进。是时，夜已深沉，冷冰的月亮挂在山垭口上，山野里一片白霜，这支队伍悄然无声地潜入麻狸岭廊坊。守麻狸岭的浙军第五师一个连的士兵正躺在暖被褥里睡着大觉，有人在"嘎嘎"磨牙，有人在"叭叭"放屁，有人在嘟哝着听不清的梦话……第一个进入麻狸岭廊坊的正是田兴业，他极为小心地屈起手指敲开堂兄田兴喜的房门。田兴喜以为有客商进驻，顶着凛冽的寒风披衣起来开门。昏黄的火篾光焰下，现出满头大汗的田兴业。田兴喜骇一跳，脱口叫出："你？"田兴业答："对，我，小点声。""你上哪儿去了？急得王国器派人到处找你。""我上我姐家去了。""你是不是饿坏了,我给你整点吃的。"田兴业拒绝,问道:"今天谁在这里守山？""大金刚陈老五。""人呢？""全在房间里睡觉。"田兴业说："那好,你什么也不要管,继续睡觉。"

田兴业走出廊坊外,做了一个手势,先头部队鳗鱼般地抽身潜入,瞬间即将麻狸岭廊坊围成一个大铁桶。这支队伍动作如此迅捷,将田兴喜吓得目瞪口呆。睡得正香的陈老五一脸迷怔,不知发生何事,只听得有人大喊小叫,忙抖着身子从床上爬起,他刚一抬起头,看到一位身穿军装的女军人拿着一把德国手枪顶住他头部。凭着松明映出来的一股红光,陈老五顺着枪口往上方一瞅,吓得他魂飞魄散,失声惊叫："天哪,如梅姐！"即在此时,田兴业从黑暗中走过来。陈老五见田兴业沉着一张岩石脸,忙结巴着说："参谋长,你……你……这是干什么呀？"田兴业答："干什么,我只是不想让你们全部当土匪。"田兴业一声令下,广州国民政府革命军官兵们一拥而上,好一阵稀里哗啦作响,原浙军第五师一连士兵手中那一百多杆毛瑟枪全被席卷一空。陈老五吓得魂不附体,浑身发抖地说："参……参谋长,你……你……你想枪毙我？"田兴业摇头说："不,穿好衣服,跟着大部队下山,到了临海,你就什么都明白了。"田如梅出门对所有士兵大喊："国民革命军第一师一营三连留下,其余跟我们走。"三十分钟一过,孙中山领导的国民革命军队伍再次悄无声息地向台州府进发。

国民革命军粤军第一师终于开进台州府所在地临海。那天一大早,从沉睡中苏醒过来的临海人,一打开家门、店门,即被惊得魂飞魄散。他们看到了满街不曾见过的青天白日旗,看到了满街皆是脖子上系有红领巾的国民革命军军人,看到了浙军第五师三个大军营全被荷枪实弹的国民革命军士兵包围,看到了数不清的黑枪口正对着每一处交通要道,看到了田兴业、田如梅、蒋福海簇拥着一位气宇轩昂的青年男子,大踏步地走进第五师的大本营。

田兴业、田如梅,蒋福海与徐先生走进浙军第五师司令部。是时,浑然不觉的王国器还赖在床上睡大觉。田兴业彬彬有礼地走到卫兵跟前,守卫士兵一见是参谋长,举手敬礼。田兴业问："师长在吗？"士兵回答："在。"田兴业说："你去通报一下,说参谋长回来了,还带来三位重要的客人想与他见面。"卫兵一看田如梅那一身打扮,知道情况有变,急跑进大本营通报。王国器一个鹞子翻身爬起,问道："他们在哪儿？"士兵回答："在门外。""都有谁？""另外两人我根本不认得,只晓得有个女将军是田如梅。"王国器惊讶地说："田如梅？女将军？她怎么当起将军来了？"士兵答："这我哪里知道哟。"王国器跳下床,光着脚丫便往门外跑。

王国器一抬头便看见腰里别着双枪的田如梅，失口叫道："天哪，这不是大姐与大姐夫吗，你们夫妻怎么也穿上军装了？"王国器一脸诧异，惊愕得浑身的毛细血管都凝固了。蒋福海走上前来，笑着答："你不也是玩上枪了吗？"王国器说："我是被逼的。"蒋福海答："我与你一样。"王国器掉头问田兴业："这些天，我一直找不着你，以为你去宁溪上金了，原来你是搬救兵去了。"田兴业说："是啊，我去搬兵，目的只有一个，我在信里就对你说过了，不想让我的好兄弟当野王。"徐先生接过话来，说道："当什么野王哪？要当，就到我的中国国民革命军来当真王。"田兴业即将徐先生介绍给王国器："这就是我在信里说过的徐先生，我与他之间的关系，这里就用不着多介绍了。"徐先生上前，主动与王国器握手。两双手只一相握，徐先生身上所呈现出来的气魄与威严瞬时把王国器慑得魂飞魄散。王国器在蒋先生面前显得语无伦次："你们还……还站着做什么……快，快，进来坐……"遂吩咐身边的卫兵上茶。

宾主分次坐定。徐先生向王国器展开政治攻势。徐先生说："现在，孙先生先生领导的政治指导思想民族、民权、民生，即'三民主义'已深得民心。团结一致，共同抵御外来侵略，还我中华；打破君权、人人平等；保障老百姓的基本权益。此次，我之所以带兵到台州来，有三个目的：一是收编夏超部队伍；二是协助陈炯明手下的林德芳部起义；三是遵黄兴先生 1916 年在上海临终前的嘱托，让我们在必要时归编你们这支队伍，以实现孙中山先生的志愿，统一中国，国泰民安。现在，夏超部已放下武器，率部投诚于国民政府，改为国民革命军第三师；林德芳部已在福建起义，改编为国民革命军第四师。台州府的发展史我很清楚，自唐朝开元起，大大小小的民众起义有十多次，最早的是袁晁，最近的是艾民起，规模最大的是方国珍，这些人哪一个不是叱咤风云的人物。然而，他们因无明确的政治纲领、无坚定之信仰、无严格之军纪，所以几乎没有一个是有好下场的。势力最大的元末明初的方国珍，最后不得不屈从于朱元璋，官虽做得很大，但他怎么死的，一直是个谜。前期起义反清的艾民起，骁勇善战，大公无私，可他无正确的治国爱民的政治纲领，终因孤军作战，导致最后六百多人不得不跳崖自尽。我不希望与你们兵戎相见。如果你非得敬酒不吃吃罚酒，硬是要对抗，有前车之鉴，他们的下场即是你们的归属。"

王国器总算是听明白了，试探着问："我要是接受招安有啥优待？"徐先生说："那就好办喽，你敬我一尺我还你一丈。我们亲上加亲，以兄弟相称，我会让你成为一名真正的党国将军。""照您的意思，只要我接受国民革命军领导，我就可以当上真将军？""正是此意。"王国器一脸疑惑，想了想，说道："那你们能不能容我现在出门，找个朋友商量一下？"徐先生正想开口阻拦，田兴业朝他使个眼色，立刻会意，挥手说："去吧，去吧，你去找人商量吧！"

王国器抬腿走出大本营。徐先生问田兴业："你让我放他走，万一有变怎么办？"田兴业回答："你放心，他一准是去找卜无意。""卜无意是什么人？"田"一个算命先生。"徐先生笑了笑："这家伙如此相信算命先生？"田兴业说："是。什么叫局限？这就是他的致命局限。"

诚然如是啊，王国器走出大门，一路小跑直奔卜无意家。卜无意正坐在堂屋中闭目养神，看到王国器来，忙起身迎接："王将军有事？"王国器就把刚才发生的事情与卜无意说了。卜无意一听，心中大动："与田兴业、田如梅一起来的这位后生是徐先生？"王国器回答："是。"卜无意说："那你快投诚，机不可失，时不再来。"王国器问："这可是真的？""你放心吧，我不会算错。"王国器悬着的心顿时放下，徐先生带来这一个师的人马，那武器、那军威、那军容，以及田如梅夫妇那神气活现的模样，早已把王国器那颗狂傲且贪婪的心完全征服。

王国器起身告辞卜无意，回到大本营。徐先生抬起头问他："王将军，你定下主意了？"王国器答："我同意了，只是附加一条，不知您能否答应？"徐先生笑着说："说来听听？"王国器略作扭怩状，说道："日后，您能不能让我的妻子与如梅姐一样，也给封个官职，讨个出身？"田兴业哑然失笑，他简直无法想明白，这个王国器为什么会提出如此愚蠢的条件？徐先生似乎很懂人心，问道："她在你师部中任何职呢？"王国器答："参谋。"徐先生仰头大笑着说："可以，可以。如梅任什么官职，今后她就是什么官职。""如梅姐现在是什么官？""司令部副官。""是多大的官，巡抚级还是总督级？""国民政府现在还没有实行军衔制，不好类比。""那我姐夫蒋福海是什么官？""副师长。""我兴业弟呢？""他？还没有正式投诚于我，没法子任职。""如果投诚于你了呢？""司令部参谋部副官。"

田如梅见王国器的问话越来越蠢，有些不耐烦地打断他："阿弟，现在是现在，过去是过去。眼下我们之所以兵临城下，就是想让你好好做个真王，别做野王。"王国器点了一下头。

王国器下达命令，三大团长、八大金刚与田兴业部的八个主要军官全上大本营来开会。双方谈判正式开始，一边坐着的是徐先生、蒋福海、田如梅、田兴业及他手下的八名军官，另一边坐着的是王国器、王国瑞、王国立、王国成、陈老五、柳行进等八大金刚。王国器提出三个要求：第一，能不能现在就给所有军官定下军阶；第二，能不能不调动他手下的一兵一卒；第三，能不能不离开台州故土。徐先生当即答复：第一，师级建制，现在就任命王国器为中国国民革命军第二师师长，官职以下类推，日后再据功晋升或封赏；第二，现部队兵员，原则上可以不动，但作为军人有军纪，必须服从司令部统一调配；第三，从整编那天起，全体官兵必须完全服从党国政令、军令，如有违反，将受军法处置；第四，所有军费开支与军饷均由广州国民革命政府负责；第五，部队整编后立刻坐船去往广州，准备北伐。

王氏四兄弟当场表示同意。

徐先生开始大刀阔斧地整编浙军第五师。那天，台州府有史以来举行仪式最为隆重的万人大会。徐先生代表中国国民革命政府当众宣布：任命王国器为国民革命军第二师师长，蒋福海为第一军第二师副师长兼参谋长；并宣告田兴业跟着他去陆军总司令部工作，职务另定，王国瑞、王国立、王国成等十八位团长、副团长带着他的手令去黄埔军校培训，具体职务等在陆军军官学校毕业后，另行统一调配。

消息传遍全台州，时台州有官兵的家属高兴得发了疯。别的姑且不论，起码一点，他们不再是自封的野王，不再是土匪与海盗的家属，不再是师出无名的草寇，不再是受人歧视的非正规军队。尤其是仙居的刘家与太平石棋镇的余家，所有人皆欢喜若狂，他们就怕自己的女儿最后变成一个土匪婆子，现在一切都名正言顺了，再也不用有此担心。也许是有人组织，也许是出于自发，这总统令刚宣布，所有的商铺都噼里啪啦地放起鞭炮来。全城到处都是震耳欲聋的鞭炮声，弥漫着紫色烟云，飘散着硫磺组合成的烟气。那天，台州城热闹得堪比过年，一片沸腾。

徐先生也说不清是什么原因，打从与谢明心见面后，直觉就告知他这个女人不寻常，觉得这个女人身上散发着一种令他无法说清的东西。无论是素养、气质、文化，还是家庭出身，王国器都与她不匹配。他不明白，这样的女人怎么就嫁给了王国器这样的莽夫。徐先生便点名要见王国器的长子王曾铣。谢明心将王曾铣唤出与徐先生见面，这一见面，即命中注定王家的第一个少年将军要诞生。王曾铣身上呈现出的那种睿智令徐先生深为赞赏，尤其是那双长得与他母亲一样的丹凤眼，两道精光灼灼如焚。徐先生心中暗叹，王氏一门，他才是真正的将军哪！是的，徐先生的眼光一点没错，这王曾铣的确是王家众多子女中出类拔萃的一个，神、貌七分像其母三分像其父，别看他年少，但他身上有天生的杀伐之气，早在孩提时便表现得淋漓尽致。

五岁那年的八月十六夜，王曾铣与王曾鑫、王曾钊、王曾钫等一大帮孩子在一起玩耍。不知是那个孩子说，谁敢越过后山艾家大坟场到牛马庙，把放在香案上的宣德炉搬到这里，他们就给他磕头，管他叫爷。自从艾民起与六百壮士集体跳崖后，浙江总督包尔泰命将尸体全部掩埋在这里，之后凡台州府犯有死罪者，均拉到此地开刀问斩，随意择地下葬。白天，棺材裸露；夜间，九头鸟悲号，鬼火浮游。这种令人发指之地，大白天大人们过此尚且胆怯，一个年仅五岁孩子何敢？然而，这王曾铣他就敢。这天夜里，王曾铣不仅独自一人穿过这片坟地至牛马庙，且一不做二不休地躺在牛马庙里的稻草垫子上睡了一大觉，还睡得极沉，天塌地陷都不知道。眼看快到半夜了，村里的孩子左等右等不见王曾铣回来，全都吓坏了，跑回家中跺脚大喊大叫。赶巧那天王国瑞、王国立、王国成三个大男人都在家，他们一听也慌了神。王曾铣虽年少，但处事超越常人，在王家兄弟们眼里，这孩子的气质、特性是个顶天立地的人物，长大后定是个人才，王家后辈子孙说不定还得靠他提携。王家三个姆娌也误以为王曾铣遭遇不测，是不是让那些跑下山来的"狗头虎"吃了（那时，黄岩一带多"狗头虎"，一缺粮食，它们就成群结队地跑下山来抢吃，十里长街有不少孩子丧在它们嘴里），或是遇着什么歹人了，她们在谢明心面前急得又是吵嚷、又是搓手。谢明心倒是显得极为冷静，对王国瑞说："还请你们三位伯伯出去找一下他吧。"王国瑞应声"好"，立刻率着村里的十三名男子，点上火把，抄起家伙，顺着林子中间那条小路往前找。他们找到艾氏牛马庙，十几个大男子举着火把走进庙门，所有前来找人的男子们全都傻了眼：天哪，这小家伙居然躺在蒲团上睡得正香呢！

　　王曾铣九岁那年，身上的某些气质已初露锋芒，他早就把谢明心教的《三字经》《增广贤文》背得滚瓜乱熟。谢明心虽然是路桥十里长街的名门才女，可毕竟是女流之辈，说到底，学识有限。谢明心为了让王曾铣将来有更好的成就，决定送他去路桥新学去读书。那时，路桥第一所辛亥革命时开办起来的新学设在文昌书院，从田王村到文昌书院足有八里远，中途有一处方圆约三里的杂树林子。此杂树林一是多坟，二是多强盗，谋财害命的事情常有发生，但这一处林子却是去往十里长街的必经之路。若不走此，得绕弯路，一绕就得大半天。正出于此，肖王村、小谢村、田王村去文昌书院读书的孩子皆结伴而行，往往一大早吃过早饭后呼朋引伴一块儿去，下午再一起回来。独有王曾铣天马横空地独往独来，家里都怕他出什么意外，几次让谢明心派人来回接送。谢明心不赞同，她认为孩子太过宠爱难以成才，孩子太过娇贵必成败家子，他长大成人后，迟早要独自面对生活。三个哥哥家中均安排家人接送，只有王曾铣独自一人，刮风、下雨、下雪概不例外，每天都佩上父亲送于他的生日礼物———一把军刀（此刀是王国器从朱瑞部手下一军官中缴获）。离这林子不远约三里处，即是黄岩县极为有名的莲花山，那莲花山上宿有万五魁及他手下的五十余名强盗。路桥十里长街有一个浪荡子，姓邱，不知其名，因他天生颊上长有三根长毛，十里长街人便管他叫邱三毛。邱三毛是这一地方烂头，有四大嗜好：敲三和、打麻将、斗蟋蟀、押花会。那年十二月十三，邱三毛前往鉴湖押花会，押花会前这家伙曾做一梦，梦见一位白胡老人送他一朵白梅花。梦醒后，邱三毛心想，这可是财神爷托给他的一个好梦，让他明天把赌注全押于白梅花上，只要押着，一赔四十，他一个时辰内就能大发横财。天亮后，邱三毛即去沙埠花会场。到花会场后，邱三毛孤注一掷，将他的全部家当押在一朵白梅花上，结果开出来的并不是他梦中的白梅花，而是与白梅花差不多的白荷花。就这一下子，邱三毛全部生活费输得一毛不剩，连吃饭的钱也没了。

邱三毛开始为捞钱而绞尽脑汁。在这天夜里，邱三毛恍惚中见他家的地板下喷出一道白光。邱三毛不知听何人说过，地板缝中若是有白光冒出，地板下准藏有金银财宝。于是邱三毛翻身爬起，点灯、抡锄，四下刨掘，三个时辰一过，他掘开了家中所有的地板。结果，因他的所作所为太疯狂，父母留下的那间老房子如何能受得了这非人之折腾，只听得"轰隆"一声巨响，老房子分崩离析在他面前，房子彻底地瓦解。邱三毛的噩梦唤醒了，别说有什么黄白物了，再这么折腾下去，怕是只有死路一条。此事刚完，邱三毛不知又听何人说，西山有座宰相墓，躺在墓里的宰相名叫黄旷，他左右两手分别捏有两只金元宝，嘴里还含有当朝皇帝赐予的一颗夜明珠，价值连城。邱三毛得此信息后，再次鬼迷心窍，心想，怪不得盗王墓的人那么多，墓地里有好货。于是乎，邱三毛拿起锄头、镐头，连夜去黄岩西山掘黄氏家祖坟。结果呢，三镐头刚下去，只溅出一两点火星，便让黄氏守山人发觉了。黄氏子孙一见有人胆大包天，居然盗墓到他们黄家人头上，这还了得？便筛起了手中的那面大锣，一边敲锣一边大喊："有人盗王坟，有人盗王坟……"黄氏子孙在橘林里守山的壮汉有数十位，听得叫喊声，全抄了家伙赶来。他们从八个方向包抄，将邱三毛撵至山角，进退维谷，只可束手受擒。这可是人家的祖坟啦，挖祖坟，八大罪中的第一大罪，这不是自己找死吗，还能饶得了你？于是，黄氏子孙们一齐动手，抡起竹梢头往死里打，直打得邱三毛皮开肉绽、跪地讨饶才放了他。

就在出事后的第二天早上，邱三毛在路桥金谷寺碰见多年的赌友钱存鑫。一个时代的转换，总有被时代淘汰的遗弃者。别看钱存鑫前清时当过黄岩都统，朝代一变，他的身份也跟着变，不是变好，而是变成路桥十里长街出名的蔫种、坏种。钱存鑫为人极凶极恶，鬼点子多。物以类聚，人以群分，这两人平日间臭味相投，沆瀣一气。钱存鑫见邱三毛饿得浑身无力，狼狈至极，问他："你几天没吃东西了？"邱三毛答："三天。""你跟我来吧，我请你吃。"钱存鑫将邱三毛带到黄岩五洞桥一家早餐店吃油条、豆浆。吃饱喝足后，钱存鑫问邱三毛："三，你想不想捞钱？""咋个不想？眼圈都想烂了。""我有个办法，能叫你一夜发横财。"邱三毛兴奋地说："天下还有这等好事？快说与我听。"钱存鑫故弄玄虚地问："路桥谁是有钱大户？""那还用说，当然是新王府王家兄弟。""哪家大户的小孩在无人看护的情况下，敢独自穿越杂树林到文昌书院读书？""王国器的儿子王曾铣呀。""是呀，那我们何不学他父亲，当一次土匪，将王曾铣绑上一票？让王国器这王八犊子送我们一点钱。"邱三毛一听，吓得连声说："不行，不行，人家可是浙军第五师师长，手下人多着呢。""这你就有所不知了，我们是什么，是人头发丛里的一只虱子，他爹兵再多也白搭。""不行，不行，杀人一事我不干。""我们又不是真杀人，不过是吓唬吓唬他。""万一这小子把我们认出来怎么办？"钱存鑫狡诈地一笑，说："嘿，嘿，你咋如此不开窍呢，活人还能叫尿憋死？你我找上两顶鬼脸面具往头上一戴，这么大点孩子还不得吓个半死？"邱三毛那狗脑子原本就是一盆大糨糊，再之现在一穷二白，岂能不铤而走险，犹豫了一下后，应了声"好"。当日下午，他俩先上戏班借两个假面具，再带上家伙，一前一后地潜入树林。

时值初冬，天日极短。文昌书院放学时间较晚，王曾铣的三个堂哥早已让家人接走，独有他一人待在学堂里做作业。写完作业，天色已暗，这才背起书囊、挟着军刀一路蹦跳着往家里走。刚走到林子中心，邱三毛与钱存鑫头戴面具蹦出来。两人纵身想擒王曾铣，哪知王曾铣从小跟陈老五学过岳家拳，身骨极为灵活，不但不怕他们，还与他俩玩起猫捉老鼠的游戏。他们往左一扑，王曾铣往右一闪；他们往右一拱，王曾铣抽身即退。几番下来，钱存鑫便大叫："邱三毛，你他妈是死人还是活人，一个九岁的孩子都逮不住，我们的钱不全泡汤了？"王曾铣一听：什么？这两个家伙是想拿他作为赌注，这还了得，便放开本事与他俩玩耍。王曾铣先是退出去三步，给钱存鑫一个错误信号，钱存鑫误以为王曾铣怕他，身子不由自主地朝他靠近。就在此时，王曾铣抡起军刀用力划过，一刀便力透钱存鑫衣衫，直达胸膛，钱存鑫来不及"哼"上一声，即一头栽倒在地上。可怜的钱存鑫，当有这么多年大清国都统，最后却死在一个九岁的孩子手里。王曾铣再次抡起刀，不由分说地直逼邱三毛，无法说清他手上这把刀击中邱三毛何处，只知邱三毛身上的血现出大井喷，一声大叫，同样一头栽倒在地上。

王曾铣连杀两人，这可不是闹着玩的。然而，他根本不知害怕，上前用刀尖挑开两人面具，一看，是两个上有年岁的大人。王曾铣朝此两具尸体啐上一口，说道："两个狗东西，还想拿我换钱，做梦！"然后一耸肩背上的书包，直奔路桥镇国民政府自首。

别看那时王国器是台州最高军政长官，是货真价实的"台州王"，但他的权力划分非常明确，地方政务，一律不干涉。李文达因年事已高，也卸任，由前清进士邵清长上位。时邵清长正在吃饭，见王曾铣一身是血地走进路桥镇政府衙门，惊得将噙在嘴里的饭都喷了出来，问："你不是王曾铣吗？"王曾铣答："是的。""你来干什么？"王曾铣平静地回答："我来自首。"邵清长大惊："你一个小孩子家自首什么？""报告老爷，我杀了两个大人。"邵清长眼珠都要蹦出来了，骇然问道："什么，你杀了两个大人，在何处？""在我去学堂路过的那个林子里。""你为何杀他们？""他俩想绑架我换钱，让我一刀一个全给杀了！"邵清长不敢相信，一个九岁的孩子怎么能对付得了两个大人？于是，亲自带了三位官兵，前往杂树林验尸。他们至林子深处，一看到这两具戴着假面具倒在血泊中的尸体，就什么都明白了。是这两个家伙图谋不轨，想绑架王曾铣做肉票，反倒让年仅九岁的王曾铣给杀了。

这种死是不光彩的，当然是白死。邵清长带着王曾铣来到新王府，将他交还给谢明心，并讲清楚了现场考察结果。谢明心听后又惊又惧，惊的是王曾铣确实胆识超群，有杀伐之气；惧的是，树大招风风撼树，这小子长大后，如果不走正道，后果难以想象。

三日后，路桥国民政府正式对外宣布：邱三毛、钱存鑫此两人罪有应得，自取灭亡；王曾铣因自卫反击，无罪开释。尽管如此，谢明心还是夜不能寐，觉得儿子做得太过，她从父亲那里要出一笔钱，购下两具棺材，央人将这两人埋了，同时给了钱存鑫妻子一笔钱，令他们安安生生在家中过日子。

谢明心让王曾铣上前叫了一声"叔"，徐先生听后心花怒放，回首问田如梅："就他九岁那年连杀两人？"田如梅答："是。"徐先生掂手对王曾铣说："孩子，你过来，让我好好瞧瞧。"王曾铣往前一步，双目与徐先生一对接，徐先生即从他明如皂荚的眸子里读出自己一直渴望的那股精气神。徐先生让王曾铣将两手伸出，俯身细瞅，极其清楚地看到王曾铣左右两手皆是断掌。徐先生虽没学过看相，但他读过古人写的《手鉴》。《手鉴》一书中写有"凡断掌者，必是军中杀手，日后勇冠三军，遂成大器"，真是踏破铁鞋无觅处，得来全不费工夫啊！我苦心寻觅的青年才俊原来在这里。徐先生有些激动，欠身问谢明心："嫂夫人，不知此子能否容我带走？"谢明心问："你想带他做什么呀？"徐先生答："我不想让他做野王。"

即将自己对王曾铣的安排和盘托出。谢明心听罢，心中暗喜，这可是天赐之良机啊！当即一口应承。

徐先生与田兴业抵足而眠。那天夜里，两人躺在床上翻来覆去睡不着觉。半夜时分，徐先生突坐起问田兴业："你出如此奇策，王国器为何不用？"田兴业答："天命不在王。""那你为何想起找我？""因黄兴先生曾有信给我，再者我也实在不愿当一名绿壳队伍里的参谋长。所以我得知你在孙中山先生领导的广州革命政府中任职，即下定决心投奔你。""你可知我现在最大的担忧是什么？""我知道，你担心的是王国器身上长有反骨。这一点你放心，卤水点豆腐，一物降一物，你已把他的心给降服了。""何以见得？""你的威逼利诱，现在又押上他儿子，大可不必担心。"徐先生感叹地说："我担心的与你不一样啊，我是担心他手下的这些人马，有奶便是娘，胡作非为。"田兴业答："在五千年战乱中的中华民族，何人的记忆不是如此？不过，眼下你让蒋福海与他搭档，整顿军纪，建立正确的政治纲领，就掀不起大浪来喽。"徐先生听后点点头，赞赏地对田兴业说："是啊，兴业，你可真是我的好谋士。我没想到，会轻易得到一个整编师的兵力，这可是我蒋某人之大幸啊！"

徐先生打算离开路桥，再次来到新王府，给了谢明心、李雅香每家一百块大洋，作为家属安家费用。

田兴业即将随徐先生前往广州。临走那天，田兴业回家与李雅香告别，先是抱起女儿亲吻了一下，随后从神龛里拿出他家祖传的最后两轴画交给李雅香。李雅香问道："你这是干什么呀？"田兴业说："你给我管起来。一因国家战事纷起，我说不上这次出门是死还是活；二因现在不比过去，我想如何便可如何，如今我是官职加身，在人家屋檐底下，也不敢往好里想；三因官场乃是非凶险之地，孩子太小，我不想带着你们去受这份罪。这两幅画，一幅《万里河山图》，一幅《皇后出巡图》，是我祖上留下来的杰作，价值连城。现在我将它交付与你。你千万千万给我记住，要保住它们。若不是家中生死攸关之际，万万不可轻易出手。"李雅香听罢，噙泪点点头。

王国器带上部队及王曾铣与徐先生、田兴业一行人坐船出发去往广州，田、王两氏子孙前来送行。他们一登上那艘去往金清的大船，岸上的女人全站在那里痛哭。哭得最凶的是李雅香，她抱着田文君，泪水就像断了线的珠子往下掉。

大部队人马坐着海船向广州方向开拔，全军士兵雄赳赳、气昂昂地一路引吭高歌，嘹亮的歌声响彻路桥的山川与原野。

　　　　打倒列强，

　　　　打倒列强，

　　　　除军阀，除军阀，

　　　　中国革命成功，

　　　　上战场，上战场！

　　王国器他们一路顺风顺水地到达广州，台州一个整编师的人马终于成为粤军的嫡系部队。

　　徐先生将王曾铣交给将要起程去往美国的宋子民。那天，徐先生将宋子民叫来，嘱咐他说："这是一个不可多得的孩子，好好培养。到美国后，你无论如何设法送他到美国最好的军事学校读书。日后，他将成为国家栋梁。"宋子民问："上哪所学校？为何不送他去俄国伏龙芝军事学院？"徐先生答："去美国上西点如何？俄国伏龙芝军事学院，我已答应赵孟郡儿子赵子林去了。""问题在这里啊，美国西点至今还没有招收过中国学生。""这也是我为何托你的主要原因，具体办法呢，我会与你联系的。只是有一点我提醒你，到美国后须严加看管，切不可让他与任何国家的共产党接触。"

　　1925 年 1 月，田兴业与王国器随粤军打败了陈炯明。

　　1925 年 5 月，田兴业、王国器随粤军平定刘、杨叛乱。

　　第一次北伐战争终于拉开序幕，王国器师为中路军开路先锋，蒋介石殿后督战。攻打九江时，蒋介石总指挥部遭孙传芳部军兵包围，"活捉蒋介石"的喊叫声震天撼地。在这千钧一发的关键时刻，王国器带着他的台州兵包抄孙传芳军部的后路，解了蒋介石之围困，一举攻下九江。那天，王国器光着个大膀子，抢起一把大片刀霍霍砍杀，时被孙传芳军兵围定的蒋介石，不知那位光着膀子一路砍杀过来的大汉是谁。只见他身如铁塔，动如电掣，锐不可挡，领着士兵直入孙传芳军队，手起刀落之处，形如闪电，吓得孙传芳部士兵四下躲闪。这位光膀大汉直杀至离蒋介石十米处，田兴业才发现此位光膀铁汉正是王国器。田兴业大喊："阿哥，总司令在此！"王国器一听，提着军刀跑来，上气不接下气地给蒋介石敬礼："总司令，没有伤着你吧？"蒋介石连声回答："没有，没有。"蒋介石定睛看此时的王国器，浑身是血，活脱脱一个大血人，极为感动，上前握着王国器的手，激动地说："好兄弟，你真乃吾之樊哙也！"

　　时间流逝至 1927 年，这可是极不平常的一年。蒋介石在上海发动四一二反革命政变，难以计数的中国共产党人被屠杀；中国共产党在朱德、周恩来、贺龙等人的领导下，发动令全国为之震惊的南昌武装起义；蒋介石第一次被迫下野；中国共产党最为杰出的领导人毛泽东在井冈山建立中国共产党工农红军革命根据地；蒋介石出于政治与经济两方面的目的，与实力雄厚的四大家族之一的宋家联姻，蒋介石与宋美龄结婚……连续发生这么多的事情，将蒋介石推上风口浪尖，数不清的文人墨客利用报纸对蒋介石严厉抨击。但田兴业对蒋介石有自己的认识和理解，他也拿起手中的笔，撰写了一系列维护蒋介石的文章，试图从各个方面为他正名。蒋介石闻之大喜："我有存文（田兴业字），高枕无忧矣。"田兴业成为蒋介石最为贴身的文谋士之一。

朱德与毛泽东两支军队在井冈山会师，中国共产党领导的无产阶级革命呈星星之火可以燎原之势。

八一南昌起义与秋收起义后，红军战士的抗击精神与不怕牺牲的顽强信念极大地鼓舞了广大工人和农民，使他们自愿加入到革命队伍中来。

复出后的蒋介石调集五路兵马讨伐冯玉祥与阎锡山，亲自率军激战于陇海、平汉两线。

王国成担任海上运输任务，率领他的海上特别支队，运输国民政府军所需的枪支、弹药、粮食、衣服。为了彻底破坏阎锡山在海上的日本供给线，王国成先后三次带着特别支队，沿海北上偷袭阎军设在烟台海上的基地，将阎锡山部三十三艘运输船沉入海底，七个海岛弹药库变成一片火海。

田如梅出任国民政府军军需官，为了保障军队打仗时需要的弹药、食品与其他必需品，她时常手提双枪、带着八位副手四处催钱、催枪、催粮。谁敢不听她调遣，抢起双枪即以军法处置。田如梅成了国民党军队中一位可怕的女杀手，所有地方政府官员，一听田如梅要来，无不是吓得战战栗栗，背地里咒骂她。任职一年内，经田如梅手撤掉的民国政府县长四个、运输长官八个，经她枪毙的玩忽职守者三个。那年的七月中，田如梅至保定火车站检查军备车运行情况，见应该发出的列车仍停在铁路线上，大怒，即上前质询押运官："你们这辆军列为何不开？"押运官答："站长不下命令，司机不敢开。""站长呢？""不知道。"田如梅严厉地质问："我下达的命令，他怎敢违抗？"押运官答："人家的官比我大，我催有七次，他就不理，我有何法？"田如梅火窜心头，即手提双枪，直冲火车站调度室。一进门，见站长与他手下两位职员正搂着三位年轻女子喝花酒。田如梅前往一步，将双枪顶住了站长的额头，喝问："我签发的命令你看到了吗？"站长吓得面色如土，颤声回答："看到，看……到……""前方将士要吃、要喝、要药品，你不知道吗？"站长浑身发抖："知道，我调……不开路线……""是这样的啊，好，我看你能否给我调出路线来。"田如梅扣动扳机，一颗子弹立刻从眉心中间穿入，站长一头栽地。田如梅若无其事地问另外两人："车可以开了吗？"那位副站长吓得瑟瑟发抖，忙说："可开，可开……可以开……"遂狂奔出门，挥动信号旗，下令开车。

王国瑞奉陈诚之命阻击阎锡山的两个团，那一仗是在离山西大同不远的一重镇上开打。王国瑞身先士卒，带着先锋队在前面冲锋，打得阎锡山一、二团狼狈不堪。大战一结束，王国瑞突然叫声"啊呀"，一头栽倒在地上不省人事。救护兵急忙冲上去包扎伤口，一剪开王国瑞结满血痂的衣服，才知他几乎被子弹打成只马蜂窝，已变成个血人。四个救护兵把王国瑞抬下山，正好遇上蒋介石亲临前线视察。蒋介石上前一步看，脸上五官是何种模样都无法看清，便问道："他是谁？"副官连忙回答："是我们团长，王国瑞团长。"蒋介石掀开被子，感叹地说："真敢打仗、会打仗的还是台州兵啊！"

蒋介石对毛泽东领导的中国工农红军的迅速崛起极为惊骇，决定对瑞金苏维埃人民政府与中国工农红军实行第一次大"围剿"。

赵孟郡即令王国立率兵向工农红军发动进攻，两军打得异常激烈，子弹有如飞蝗。军长赵孟郡亲临前线督战，他不相信他率领的这支王牌军队还对付不了共产党，一次又一次地命令王国立的先锋团发动强攻。王国立说："军座，你有所不知啊，别看这些共军的武器装备没我们好，可他们心齐着呢，个个打起仗来不要命，很不好对付。"赵孟郡说："你别长他人志气灭自己威风好不好？"王国立没法，只可亲率先锋团前冲，结果三次冲锋是去一次败一次。面对着阵地上横七竖八倒着的士兵尸体，王国立心痛如刀割，再如此打下去，他手下的兄弟们可要活活拼光了，于是他请求撤兵。王国立说："如再不下令撤兵，先锋团弟兄们，即会被共军全部打光了。"赵孟郡强硬地回答："战场上哪有不死人的？"他要重新组织军队再次发动强攻，就在这个节骨眼上，一颗迫击炮弹直扎赵孟郡指挥部。王国立一声大叫："军座，当心！"腾空跃起，舍身扑向赵孟郡。巨响中，指挥所被炸成瓜子片，赵孟郡毫发无损，王国立却让弹片削伤一手，栽倒于地，鲜血直流。赵孟郡一看，部队实在没法再打下去了，不得不下令撤退。

1931年9月18日，日本关东军入侵东三省，震惊全国的九一八事变发生。日本关东军为了达到全面侵占中国的目的，向张学良统率的东北军发动大规模进攻。面对着关东军大兵压境，张学良请示蒋介石，打还是不打？蒋介石下令，不打。张学良无他法，为保存东北军最后这点兵力，不得不率军退出东三省，转向关内，这就是历史上有名的九一八事件。蒋介石的不抵抗政策引起了全国人民的公愤，令中国人民仇恨、激昂的歌曲在全国各地广为流传。一支《我的家在松花江上》，一支《义勇军进行曲》，让全国人民热血沸腾、群情激奋。

时局开始变得越来越复杂，国民党内部出现两股对立的势力。一股势力是以汪精卫为首的卖国贼，认为中国无法对抗日本帝国，主张投降，与日本人共构大东亚共荣圈。一股势力是以爱国将领们为首的主战派，他们的观点是应当放下国共两党的纷争，联起手来一致对外。面对国民党内部两股政治势力的争斗，蒋介石的主张十分明确，日本侵略军必须打，但不能现在打，现在的关键是"攘外须先安内"。

蒋介石为此召开国民党高层会议，试图统一思想，彻底而全面地执行"攘外必先安内"的战略方针。蒋介石再次向赵孟郡下达命令，严令不惜一切代价加速"围剿"位于江西的苏维埃红色政权。

田兴业与七位副官出去办事，七位同僚前呼后拥着田兴业步出总统府大门，突然冲上来一个亡命之徒（后查清是丁默村派来刺杀蒋介石的杀手），掏出手枪，对准田兴业胸口开了一枪，一下子将田兴业撂倒。原来是杀手看见一伙人拥护着田兴业走出来，错把他当成蒋介石。田兴业失去知觉，血流了一地，同僚们都以为他必死无疑。幸亏田兴业命大，子弹若是再往左偏有一厘米，就触及心脏，也可能是阎王爷看他阳寿未尽，不想收他。田兴业在医院整整住了半个月，最后竟奇迹般地走了出去。

蒋介石因再次对红军实施大"围剿"，在军队、人事上做出大调整：田兴业、田如梅为最高统帅部中将侍从室副主任；王国器为第二十六军中将军长兼第九师师长；蒋福海为宁波要塞中将司令官；王国瑞、王国立为十三、十五旅少将旅长；王国成为海军少将第二舰队舰长。自孙中山先生成立国民政府到蒋介石登台执政，台州共有一百零八位军人出任中国国民革命军军官，除中将九人、少将六十八人外，其余是校级军官。分封结束后的那天夜里，台州籍军人在南京金陵大饭店举行同乡宴，凡台州籍校级以上军官全部参加。那天，蒋介石面对着济济一堂的台州籍军人一脸喜气，高兴地举起酒杯说："中国国民革命军有你们这些忠勇之将，乃是国之大幸，也是我蒋某人之大幸。"

第七章　吉月，凶月

接二连三的好消息传至台州府，台州府人人喜出望外，凡在蒋氏王朝为官者，家家皆有说不出的骄傲与自豪。然而，他们并不知道，在政治的斗争中，没有一成不变的朋友，也没有一成不变的敌人，只有利益的驱使。就在台州府人人得意忘形之际，悲剧的种子也开始落地生根，并且在肥沃的官场中渐渐发萌。

第一个感到田、王两家要出事的是谢东潮。是时的谢东潮年事已高，由于他最爱的女儿是小女儿谢明心，担心自己死后，前三个女儿、女婿个个强夺巧取，一身雅气的谢明心却什么也捞不着。在王国器正式授封中将军衔后，谢东潮突想到，我何不趁着现在把属于谢明心名下的那份家产，全部放入圣柜中交给谢明心呢？万一日后遇着个三长两短，有这一笔钱，也可解她燃眉之急。在这天夜交子时，整个谢王府内外一片安谧，谢东从床上爬起来，光脚下地，秉烛步入内室，轻轻打开那只一直安放在他房内的圣柜，将早在三年前即分好的大半箱金银珠宝放入圣柜中。他刚一转身，忽听得"啪"的一声大响，如爆竹引爆。谢东潮心中猛地一跳，回眸一看，好端端的圣柜突然间灵气彰显，那开着的大盖自动闭合了。谢东潮想再打开，但怪事发生，无论他如何用力，就是无法将柜盖打开。

谢东潮急得直搓手，这时他看到他们谢家祖上谢皇后身穿着朝服，带着数十名宫女，一身威仪地出现在他面前。谢东潮大骇，忙跪拜，谢皇后轻一抬手，用极有磁性的声音对他说："都是自家亲人，用不着行此大礼。"略一停顿，谢皇后手指眼前的圣柜说："东潮啊，此柜开合自有灵性，你就别再强行打开。我们谢氏一门气数行有七十二代，业已走至人间尽头，欠他人实在太多，你就将此柜交给谢明心，让她还我谢氏一门欠田、王两氏的血债吧！"谢东潮问："我谢氏子孙向来与世无争，何有还债一说？"谢皇后说："天机不可泄露，天下之事皆有定数，无须多问。"谢东潮抬起头还想再说什么，谢皇后那人影已如一股山间浮游着的仙气飘走了。谢东潮轻揉两眼，定睛再看，只有圣柜在他面前灼灼发着道道幽光，自己尚一动不动地跪于地上。谢东潮心中一片云山雾罩，他搞不清这到底是梦幻还是现实。天还未亮，谢东潮起床了，穿上衣服直奔卜无意家。卜无意从床上爬起，见谢东潮一副丢魂落魄的样子，问道："出有何事，这么早即来我家？"谢东潮忙把昨夜发生的怪事与卜无意说了。卜无意听后长叹一声，说道："早知此柜非同寻常，谢老爷子啊，你还是听从天意吧！既然是谢皇后梦中显圣，定是有她的道理，你、我皆是凡夫俗子，怎可知其奥妙。"

第二个感到田、王两家要出事的是李文达。同在那天夜里，李文达做了三个怪梦。第一个梦，他与谢东潮精心打造的田家大院一片阴森如地狱，一个男子（像王国器）与一个女人（像现在皇花楼的妓女严芳），抱着一个活似猴子、长有一身刚毛的孩子走进新王府，人影刚一入府内，新王府前木楼便冒出一团大火，熊熊烈火越烧越旺，只消一小会儿工夫，即把这座新王府烧作一片灰烬。第二个梦，他看到他的爱婿田兴业正在举行大婚典礼，边上的新娘不是他亲生女儿李雅香，而是现在王国器的妻子谢明心。天哪，这是怎么回事，难道田兴业与谢明心真的是大樟树下的两条白蛇变的？难道这个谢明心今后将要取代他的女儿，与田兴业成婚？第三个梦更是蹊跷，他杖策出游回至十里长街后，发现怎么找也找不到自己的家，立在他眼前的这一座大院明明是他的李府大院，然而大门口的两根大柱子上却悬着两块大招牌，显有红字白底的当代政府机关名称。他看到外孙女田文君腰里别着一支手枪，头上戴着一顶他从来没有见过的八角帽（帽正中别有一枚五角星），意气风发地从院子里走出来。李文达刚想上去叫她，令他愕然的是，他那宝贝外孙女却轻如一缕柴烟，笑着在他面前消失。李文达醒来后只觉浑身在打战，忙翻身坐起，伸手一摸，一身的冷汗，他倒吸一口凉气，这是怎么回事呀？

尽管李文达是黄岩县赫赫有名的乡贤，读过大书，当过大官，但这三个怪梦却把他这颗心搅得一片汹涌。天刚蒙蒙亮，即挂着一支拐棍来到卜无意家。卜无意刚送走谢东潮，打算坐下来吃饭，见李文达来，不得不放下饭碗起身相迎。卜无意问："老人家啊，您怎么这么早就来了呀？李文达放下拐杖，坐在他面前，将昨夜连续所做的三个怪梦与卜无意说。李文达问："是不是谢氏房产要归于他人？"卜无意答："可能吧。""是不是我女儿要早死，田兴业要与谢明心结婚？""天意难料。""是不是我与谢东潮花费大价钱打造出来的新王府，最终要趋于毁灭？""谢老爷子呀，您可是读大书出来的人，岂不知人自有天命？以在下之见，您老人家还是别管今后发生什么事，多管一点当下吧！"这天，李文达决定要为他最爱的外孙女打造一枚价值连城的钻石戒指，以防他死后，什么东西也不能给她留下。

田兴业终于在政治上与蒋介石出现分歧。蒋介石摆平了桂系军阀，下决心集中兵力对付共产党武装。为了知己知彼，他令田兴业大量收集毛泽东的著作（包括他写的诗词），认真研究，然后写一份报告。

于是，田兴业放下手头的全部工作，开始调动大量人力、物力，在全国各地收集毛泽东所有发表过的著作与言论。当田兴业把所有收集来的毛氏著作全部读完后，感触颇深，思想发生了细微的改变。他觉得毛泽东领导的共产党让土地归农民，让耕者有其田，老百姓岂有不爱戴之理？而国民党的官员腐败成风，军队吃空饷成风。毛泽东强调官兵平等，人人皆有信仰，可以为信仰而献身，而蒋的军队全由长官一人说了算，官僚主义严重。

田兴业毕竟是一书生，不是政治家，他的思维方式带有很大的幼稚性。他想，既然我是蒋氏阵营中的一员，又是蒋氏的直系亲属，是亲三分向，总不能不对蒋介石说真心话吧。于是，田兴业花了三整天时间，郑重其事地写完一个报告。在报告中，他把共产党的政治理念逐一进行了介绍，还提请蒋介石应当向毛泽东靠拢。然而，他的这个观点却遭到蒋氏的严厉驳斥。田兴业只能在心里发出一声长叹："知我者谓我心忧，不知我者谓我何求？"此后，田兴业的内心世界就如摔破在地上的那只青瓷花瓶，再难以复原。他开始怀疑蒋介石只不过是中国历史长河中的过渡性人物，而非国中真主。

南京一家报纸，就蒋氏攻打共产党、拒不北上抗日极为不满，公开批评蒋氏之所以如此完全是出于他个人的政治野心，没有考虑到国家利益、民族利益，与国父孙中山先生提出来的联俄、联共政治遗志相违背。此份报纸一出，蒋介石麾下的鹰犬想对其动手。不过，因有着许多民主党派大人物的支撑，不敢贸然下手，即向蒋介石打报告，请蒋做出最后的裁决。蒋介石不看则已，一看火冒三丈，下令查封报馆。报馆一被封，消息传至田兴业耳朵，田兴业怎么想怎么觉得不对头。当天晚上，田兴业再次伏案给蒋再次上书。田兴业写道："总司令既然自命为现时代的圣君，在民众不理解你的前提下，为何在言论上令民众封口，从而堵塞言路呢……"此书一上，蒋心中不快。同僚们叹息说："先生啊，此类文章唯您一人敢写。有道是伴君如伴虎，长此以往，怕先生不得好处矣。"田兴业答："君有错，臣不谏是为不忠；国有难，臣不尽力乃是不仁；天有道，以道殉身；天无道，以身殉道。人心生一念，天地悉皆知，善恶若无报，乾坤必有私。我田兴业起于一白丁，如今官至中将，虽死亦无憾。"

1932 年 3 月 1 日，日本关东军正式宣布成立伪满州国，并扶持溥仪为傀儡皇帝。田兴业闻之大怒，当日集结了他所熟悉的台州十八位举人，有朱劭成、章一山、喻长霖、杨晨、郑敬复等原清朝高官，联名写一檄文。田兴业在檄文中写道："认贼作父，不知你溥仪是否对得起列祖列宗？"

1933 年 2 月，蒋介石亲自坐镇南昌，欲对江西瑞金一带的苏维埃政权实行第四次大"围剿"。自 1930 年 11 月起，蒋介石动用十万军队发动第一次"围剿"，没有成功；1931 年 4 月至 5 月，蒋介石动用二十万军队，发动第二次"围剿"，也没成功；1931 年 7 月至 9 月，蒋介石动用的三十万军队发动第三次"围剿"，还是没有成功。连续三次的大"围剿"失败，这支打不垮、嚼不烂、越打越勇的中国工农红军队伍可真是让蒋介石怒气冲天、急火攻心，决定不给共产党丝毫苟延残喘的机会，即刻出动五十万军队，对江西苏区实行绝灭性打击。然令蒋介石没有想到的是第四次"围剿"居然出现阴阳大倒错，赵孟郡大军长差一点做了彭德怀的俘虏，素被称为常胜将军的王国立旅，居然被共产党的游击战术打得落荒而逃，王国立负伤不说，他手下竟有三百多位士兵放下枪，摘下领章、帽徽，投了朱毛的队伍。蒋介石勃然大怒，下令撤掉赵孟郡军长与王国立少将旅长职务。林蔚与田兴业两人直面强谏："委座，问题不出在王国立，而是我军内部存有大问题。"蒋介石问："有何问题？"田兴业答："一是军中将官腐败，二是各部各自为政，王国立再能打仗，独木也难成林。我们部队全是收编而成，他们为保自身实力，皆是按兵不动。你想想，各怀鬼胎之人与共产党的红军作战，如何能赢？我们国军与共军最大的不同点是，国军官是官、兵是兵，官兵分心；共军是官是兵、兵是官，官兵同心。总司令若是想取胜，唯一之法是铲除腐败，裁撤贪官，以镇军威。"田兴业的意见对不对？对。但蒋介石认为此议现在不妥，一旦重拳出击，人人自危，军队反水，分崩离析，那还有谁来替他打仗？国民党的政权基础与共产党不一样，他们怎可类比？因此，蒋介石只是不断地摇头，对田兴业说："田大先生啊，说到底你还是个书生。照着你的想法去做，将士可能得枪毙一半，我这不是自残其肉，把江山拱手让与共产党？"

田兴业听后，一言不发，走到门外台阶处，实在忍不住，不由得对天一声长叹："只怕到了那个时候，倒下去的是你，而不是毛泽东啊！"哪知这一声长叹，让正好从他身边走过、前来向蒋介石汇报工作的戴笠听得一清二楚。这天夜里，蒋介石正在召开参谋长联席会议，共同商讨第五次大"围剿"事宜，戴笠走上前来，向他汇报："当下国民党内部分崩离析，有不少共产党人趁机打入我部。"然后将他听到的田兴业的叹息声汇报。蒋介石听后大为吃惊，问："你真的听他这么说了？"戴笠回答："真的听他这么说了。""他怎么会讲这样的话？他可是我的大忠臣哪！""我呢，早就听说他有一个女儿名叫田文君，是个共产党。她们母女每年都来南京，一住就是小半年，田兴业会不会是受到她们的影响？""别胡乱猜测，田兴业可是从我起事那年起一直跟随我的，我还不了解他？是我害了他啊。""委员长不知因何出此言？""想当初，我只是让他好好研究共产党，知己知彼，方能百战百胜。没想到这个书呆子却先中了蛊惑，自他读完毛泽东的著作后，经常拿毛的理论与我较真。"戴笠说："既然人心生变，便不可再用了。"蒋介石挥一下手说："好了，好了，无须多言，我自有安排。"

一件决定田兴业命运的大事，终于不可避免地发生了。那天下午五时，田兴业偶然间来到时在南昌行营的机要室，意外发现国民党军统局长戴笠的一份绝密报告。戴笠在电报中清楚地向蒋汇报："田兴业老家台州、黄岩一带共产党活动极为猖獗。现已查明，黄岩一带共产党员有一百三十三名，并在黄岩半岭塘成立台州中共特委。其中涉及王国器、田兴业族系子弟八人。"田兴业看完倒吸一口冷气，在那长长的黑名单中，他看到上榜第一个的是郏家大少爷留洋博士郏国立；第二个是"民泽医局"院长戴学经；第三个是燕京大学毕业生南官中学副校长钱河清（下面还有一个括弧，说钱河清曾投诚于我党）……第十五个居然是他的亲生女儿，至今还在台州师范学校读书的田文君。田兴业深知蒋介石的秉性与他的政治手段，他绝不允许共产党人燃起熊熊大火，一旦发现反叛者，采取的手段是格杀勿论。情急之下，田兴业做出来的举动极其严重地违反了国民党所制定的军纪与党纪。

田兴业几乎没有半点犹豫，拿起笔将黑名单抄录一份。回至寓所后，田兴业在凳子上一坐，开始犯愁，想着如何救他们。发电报？不能；邮局寄？猴年马月才能到，即使寄到也晚了；自己去？不行，他可是蒋氏核心层人物，一旦无故出走，岂不是此地无银三百两。想来想去，田兴业想起一人，此人便是一直协助他工作的秘书伍大为。

伍大为，台州临海人。三年前，在临海省立第六中学毕业，一心想学俄国大作家高尔基，当个中国式的流浪型作家。毕业后，只在家里待了七天，即从临海起程徒步流宕至南京。至南京后，先是租下一处亭子间，伏案日夜写作。他一心想写出一部震动全国、震惊世界的大作品，好让自己一夜间成名。然而，天不遂人愿，伍大为所写的小说、散文、诗歌，报纸、杂志编辑皆看不中，所发的稿子石沉大海。作家当不上不说，他还找不到工作，食不果腹，好些次饿倒在南京街头。民以食为天，吃，永远是人生存的第一要义。田兴业偶然间步出寓所散步，刚到门口处，饿得实在挺不住的伍大为伸手向他讨钱。田兴业一听说话的口音是台州人，便问他："你是台州人？"伍大为回答："是。""何县？""临海。""何为如此？"伍大为低头不语，只是泪水婆娑。田兴业见他面目清秀，谈吐不俗，毕竟是同为乡邻，怎可没有一点恻隐之心，岂有不相帮之理。田兴业给了伍大为一点钱，让他解决眼前生活窘境，后又帮他找到一份工作。在伍大为工作期间，田兴业细为观察，发现他为人极其厚道，平时从不多言。再看他写得一手好小楷，心想，眼下自己正好缺个帮手，何不叫他来呢！三天后，田兴业问伍大为："你愿不愿意上我这儿来工作？"伍大为答："你是我恩公，何不想到你身边工作？只怕恩公看不上我。""我这个办公室可不是一般人可进的，全是军事化管理。""恩公，您大可放心，只要让我有口饭吃，什么样的管理，我都能适应。"田兴业与时任侍从室主任的林蔚一说，即将伍大为正式收罗到自己办公室做帮手，让他收集材料，缮写文件。就在两天前，田兴业正在南昌行营整理相关材料，伍大为一脸凄容地站在田兴业面前，对他说："恩公，我很长时间没回家了，想回趟家看看老母亲，能否给我请上半个月假……"

田兴业想到此，暗叹，人皆有父母，何不让他回家一趟，再者趁机把这封信给递出去呢？当日晚十时，田兴业将伍大为找到寓所，将情况与他说了。伍大为问："我到路桥后将信交给谁？"田兴业答："'民泽医局'的医生戴学经。"伍大为回答："我知道了，您放心吧，我保证完成任务。"田兴业把信交与伍大为，叮嘱他："这可是关系到一百多条人命的大事，你一要快速，二要谨慎。"伍大为答："恩公，您放心吧，我伍大为若是完不成这个任务，提头来见。"

伍大为连夜起程，先是从南昌坐船到南京，至南京后，取道至长兴，从长兴转道至金华，再从金华至路桥，一路畅通无阻。至路桥后，伍大为来到"民泽医局"找到戴学经。伍大为让戴学经支走身边的医生、护士，然后从衣服深处掏出田兴业的密信交与他。戴学经打开田兴业写来的密信一看，全身发紧，脸色立变，对伍大为说："你先找个地方歇着，我去去就来。"

戴学经立刻去找黄岩县委书记郑国立。郑国立接过密信看了后，倒吸一口冷气："天哪，这还了得！"即让他手下的交通员全部出动，通知所有列入黑名单的人员，转移到四明山与三五支队会合。原本事情至此当是圆满结束，然天有不测之风云，人有旦夕之祸福，田兴业怎么也想不到伍大为不知因何原因，路桥十里长街有那么多的饭店不去住，却偏入住与田王村新王府相毗邻的皇花楼。

在路桥田王村新王府未建造前，那三角洲上只是一片茂密的苦楝树与松树林子。自谢、李两氏出巨资在此建上一座新王府，周围的土地也活跃起来了。袁世凯封王国器为台州最高军政长官后，王国器因军资缺乏四面筹措，黄岩名媛徐沅与嵊州蒋家戏班班主蒋万顺借出资援军之名，在征得王国器与田兴业二人同意后，即在路桥田王村新王府东南傍河处建上两大建筑。一处是皇花楼，供往来客商消费与住宿；一处是蒋家戏台子，供蒋氏戏班在路桥演出。没想到歪打正着，令这块三角洲出现意想不到的经济效应与文化效应。论经济效应，田王村周边的河道与村落旺得堪称路桥十里长街第二，每逢三八开市，南官河面上船只如梭，人山人海，黑夜一到，皇花楼内宾客如云，问柳寻花的男子们接踵而至，不亦乐乎。还有蒋家戏班的文化消费，使人身心均得以愉悦。

　　戴学经给了伍大为一笔钱，让他赶紧回家，莫在此处多逗留。就因戴学经的这笔赏钱，让伍大为的内心世界刹那间荡起一圈涟漪。他居然没有直接雇船回临海，而是打算在皇花楼里住上一夜，好好地看看路桥十里长街的夜景（时十里长街的夜景在台州南一带十分有名），好好地享受一下本乡本土的夜生活。在外工作好是好，吃喝不用愁，但存在最大的问题就是那种男子们不可忍受的性欲。那个林蔚与田兴业，一个是侍从室主任，一个是副主任，对下属要求极为严苛，就是在南京城那么多的青楼里闻一闻女人的气息，伍大为也不敢。伍大为在临海读书时不止一次地听别人说过，路桥十里长街皇花楼女人在台州数第一。心想，既然我已经来到此地，又拿了一笔钱，何不趁机受享一下？心思一动，就忘记了田兴业出门前对他的种种告诫。太阳下山后，伍大为来到皇花楼下榻，为了彰显他是国民政府军人的威风，不仅穿上刚颁发不久的那套校官军服，还把上司配发的那把黑色的小手枪佩在腰头。

　　伍大为一身行装、威武夺目地走进皇花楼，立刻引起一位特别人士的关注。这位特别人士不是别人，而是樊川。对外，樊川的正式职务是皇花楼食宿部领班，实质上他是台州军统特务组织一位深藏不露的小头目。樊川的主要任务是监视本地军政要员与往来旅客，通过此途径刺探共产党内部的秘密情报。伍大为全副武装地出现在皇花楼，直觉告诉樊川，此人绝非寻常。伍大为把住宿安排妥当后下楼吃饭，来至餐厅，拣了一处紧靠南官河的临窗位置坐下。刚一落座，樊川即一脸巴结地出现在他面前，问道："长官，您要什么？"伍大为答："红烧肉，如有上好糯米老酒，给我端一壶。"樊川"喏"一声，着手铺排。片时一过，饭菜全好，樊川亲自端上。樊川一边忙着给伍大为布菜一边套话："长官，听口音，您不是路桥十里长街人？"伍大为答："不是。""宁波府的？""不是，临海的。""长官军衔不小，何处当官？""说出来，别吓着你。"樊川笑着说："说说看。"伍大为骄傲地将脸一扬，回答："南京总统府。"樊川故作惊讶："天哪，长官是天子身边的人？"伍大为得意地说："是啊，总统侍从室。""这么说，你认识黄岩林蔚与路桥田兴业了？""他们？我熟着呢，两个人全是我的上司。"樊川顿时紧张起来，职业的本能告诉他，这个伍大为来，定有要事。樊川决心要把伍大为来路桥十里长街的真实目的搞清，继续巴结他："我也是田家亲戚，既然你在我亲戚手下工作，今日与你相见也是缘分。长官所有花销，一律归我。"

于是，樊川一边加大菜，一边陪着伍大为喝酒。伍大为在田兴业身边工作，生活清苦，何时如此纵心所欲地大吃大喝过？三杯酒一落肚，便昏头晕脑的。樊川问："长官来路桥做什么呀？"伍大为答："有事。""什么事呀？""国家机密，不能告诉你。"樊川灵机一动，挥手，喊过一个妓女，让这个女子把伍大为搀上楼，好好地为他服务。女子问："爷，钱怎么算哪？"樊川答："你放心好了，我来付。"女子随之搀着伍大为上楼。伍大为一上楼，樊川即潜入伍大为房间，打开公文包看，除有几个零星小钱外不见有何特别。再验一下伍大为的身份证明，确是田兴业手下的一位文职人员。

伍大为与皇花楼女子纠缠得天昏地黑。一直在台州待命的戴笠终于接到南昌张冲的复电："事关党国命运，事关大后方安全，无论涉及何人，一律秘密逮捕。捕后不准随意杀伐，先押解至南京，待第五次围剿取得彻底胜利后，再行处理。"并说蒋委员长因此事涉及南官国民党将领中多名族亲，而眼下正是用人之际，怕军心有变，颇感棘手，压有七天，这才下令让他复电。张冲复电一到，戴笠当日即下令台州军统人员统一行动，将所有上了黑名单的共产党人逮捕。然而一出手，结果令戴笠大跌眼镜，逮捕之人，居然无一人在台州。去郏国立家，他家人说郏国立早在半月前去了上海，他们不知道他现在何处；去戴学经的"民泽医局"，医局的人说他夫妻二人半月前已去往德国；去黄岩师范学校找田文君，学校负责人说田文君失踪多时，他们学校亦不知其去向……只有钱河清尚在南官中学，但戴笠却不想逮捕他，盼着此人日后对他有用。这是咋回事呢，就是明让他们走，也不可能如此齐崭崭地全部走掉啊！笃定是内部有人出卖。谁呢？必定是内部高官。高官是谁？只有两人，一个是林蔚，一个是田兴业，至于临海周至柔当时在笕桥航校，忙着空军大建设，根本沾不着边。

戴笠当夜即召开军统浙江站紧急会议，浙江站军统特务全部到场。戴笠怒气冲冲地说："中共浙江省委书记钱存涛被逮捕时，他交代出来的名单只有三人知道。若是走漏风声，定在中央高层。"戴笠掉头问樊川："皇花楼是否有可疑之人来住过？"樊川忙将伍大为来路桥一事向他汇报。戴笠问："他是何时来的？"樊川答："今天。""与什么人接触过？""不知道。""这家伙现在哪儿？""被我灌醉，让一个妓女将他搀至楼上去了。"

戴笠一听心下明白，此事与田兴业有关，原因不说自明。内中有两人与田兴业有牵连，一个是黄岩师范读书的田文君，她是田兴业的宝贝女儿，一个是与田兴业称兄道弟的好友戴学经。戴笠比任何人心里都清楚，除田兴业、林蔚、张冲外，无人能接触到如此高层的机密。为了对蒋介石有个交代，他决心将此事搞个水落石出，下令抓捕伍大为。

伍大为被捕，初时，还表现得有那么点骨气，怎么问也不肯说。但毕竟他是个一心想当作家的人，身上有着太多的敏感与软弱，当四个大汉将他绑上老虎凳，第一块砖头刚垫上，即吓得尿了裤子。于是，在一连串的利诱与威逼下，伍大为终于把田兴业派他送信一事和盘道出。尽管戴笠杀人不眨眼，却也是个心思缜密之徒。他知田兴业和蒋家沾亲带故，又是统帅府里的人物，故不敢贸然处置，只是把审查结果向张冲汇报。张冲立刻汇报给蒋介石，蒋听后毛发直竖，当即叫了田兴业来质问："是你提供的情报？"田兴业坦然回答："是。""何为如是？""虎毒不食子，是亲三分向。我总不能眼睁睁地看着我唯一的女儿及好友去送死吧？""田文君，我可以不追究，但你一下子放了那么多共匪，岂不是坏了党国大事？""我知道我触犯了党纪国法，可我做不到大义灭亲，这与过去我让你来收服浙军第五师同出一义。一人做事一人当，要杀要剐听凭君便。只求你们法外开恩放了伍大为，此事与他无关。"田兴业说完，头也不回地离开，回到了自己的办公室，拿笔即在墙上题诗一首：

> 时危见臣节，
> 世乱识忠良。
> 投笔报明主，
> 身死为国殇。

题毕，投笔于桌，回到自己寓所，于凳上一坐，闭目坐等。

蒋介石没想到田兴业会如此坦率地应承一切，也没想到他会在墙上题下这样一首诗，倒是觉得田兴业非庸常之辈，敢作敢当、有情有义。张冲与戴笠前来向他请示如何处置田兴业，蒋介石要张冲说出他的意见。张冲说："田兴业犯的是死罪，论罪当杀，不杀不足以服众。"蒋介石脸一沉："你知不知我与他是什么关系？"张冲答："知道，我只是秉公而言。""你可知我起家的军队从何处来？"张冲反驳："知道，但须大义灭亲，我只怕此口一开，会有后患。"蒋介石问戴笠："这次要抓的共党有多少人？""一百三十人。""你们知不知，他送我多少人和枪？""不知。""一万八千人。"戴笠说："我只是怕此口一开……"蒋介石打断他的话，接着问："你知不知王国器及王氏兄弟眼下有多少人马？"戴笠答："三万八千人。""那你知道这三万八千人，都是些什么人？""土匪、海匪、山头人。""知道就好。田兴业亲姐是我堂嫂，他的兄弟王国器是第五次大围剿主将，替我攻打共产党军队。现在，你们要我下令杀了他，这不是把我放在火炉上烤？"戴笠问："那怎么办？放人？""这样才智过人者，岂可放走？万一他的好友戴学经与他女儿把他拉到共产党那边，得有多少台州人跟着他走？"张冲说："放又不让放，杀又不让杀，您让我如何处理？"蒋介石恶吼一声："笨蛋！"这一句"笨蛋"，张冲瞬时明白该如何处置田兴业了。

陈布雷来接替田兴业的工作，林蔚、张冲率陈布雷与田兴业见面。林蔚对田兴业说，蒋委员长有话交代，说你的工作太多、太累，当让你好好地休息。田兴业心知肚明，与陈布雷交接完全部工作后，同他大发感慨："居庙堂之高则忧其民，处江湖之远则忧其君，我之一生，一直渴望如'羊叔子身在竹间雅歌投壶，陆秀夫身逢乱世而经筵日讲'，怎知命运做如此安排。现在只望诸君全力助蒋公，日后若成九鼎之尊，则我可瞑目矣。"讲完，即对张冲说："淮南兄，走吧。"

田兴业被软禁。戴笠奉张冲之命派出一个班的宪兵来到路桥新王府，借着田兴业病重之由，令李雅香起程随他去南京。李雅香一看到大门口站着八个宪兵，心中明白田兴业已出事，她表现得倒是非常镇静，对戴笠说："你们能否给我一点时间，让我处理一下家事？"戴笠答："可以。"李雅香转过身子进里屋，从神龛中拿出那最后的两轴画，交给新王府大管家王氏族亲王国鹏。她对王国鹏说："这可是田兴业最后的命根子。如果我女儿回来了，你就把画交给她；如果我女儿没回来，你无论如何得把这两轴画亲手交给谢明心。"王国鹏点点头，拿过两轴画离去。李雅香即去与老父亲李文达告别，她泪眼婆娑地站在李文达面前，哭着说："爸，我走了，文君只可拜托您了。"李文达一看女儿身后跟着戴笠与八个宪兵，刹那间什么都明白了。李文达似乎对田兴业的这种结局早有预感，只是轻声地说："走吧，走吧，既来之，则安之。至于文君，你放心，只要我这个老不死的有口气在，决不会撒手不管的。"

李雅香随戴笠与八位宪兵上船，至南京。李雅香与田兴业终于在一处深山里，国民党专门用以关押特别政治犯的监狱里见面。自此，田兴业夫妇两人如同在人间蒸发。国民党最高统帅部只有三人知道田兴业的去处，别说是蒋介石的堂兄嫂、后勤大总管少将田如梅不知道，就连蒋介石的堂兄弟、时任宁波要塞军区司令的蒋福海也不知道，更别说是为蒋介石看家门的王国器及他三个一直在第五次"围剿"前线的兄长们。

1933 年 7 月，蒋介石下达命令，正式成立庐山军官培训团。蒋介石亲任团长，陈诚任训育长，王曾铣与外国教官及一批从外国军事学院毕业的优秀学生任教。凡国民党军队将校级军官，分批、分次至庐山轮训。数十位教官中，王曾铣是最为年轻、最有才华的一个。

王国器终于惹出大事，与他极为相知的两个女人有关。

女人之一是皇花楼主徐沅。徐沅，湖南人。十一岁那年，随父母至黄岩。其父名徐可卿，清光绪二十八年（1902）进士，先是任凤阳县正堂，后调至黄岩任大清国最后二任县知事。别看徐可卿中过进士，命运却有着天差地别。一因出身寒门，家无定产；二因书生气十足，为官数载，不知钻营与掠取；三因天性懦弱、胆小，不会应酬拍马屁，别人当官是越做越大，他因无筲小之能，反倒越做越小。四十岁那年，再次被外放，放至离他湖南老家相隔甚远、须翻山越岭才到达的台州府黄岩县。徐可卿至黄岩后，因朝廷腐败、天灾人祸，导致民心生变，艾民起拉起队伍与朝廷抗争，战乱不断，加之其天性忧郁，故一直是心惊胆战。上任后次年，妻子即患有一病，那病来得很怪，浑身无力，吃不下一粒米。

那时，戴学经的父亲戴和生刚在路桥坐堂行医，为治徐可卿妻之病，翻遍手上那本《本草纲目》，不知用有多少正方、偏方，全治不好。医生只可救生，阎王爷在他的花名册上给你的名字下面打上了钩，你想跑也跑不了。某年十一月，寒风乍起，徐可卿妻子终于将她身上那点元气全部消耗殆尽，闭目走人了。妻子这一走，徐可卿的灵魂也跟着走了，做什么事情全蔫儿巴登地打不起精神来，整日独处，或翻书，或散步。黄岩县坐堂的那些都统与武弁个个如狼似虎，官恶民怕，官善民欺，他们欺负徐可卿软弱，不懂经济，即在他背后大做手脚。三年一过，黄岩库藏隐患浮出水面，税库官银出缺白银三千八百两。

按理，黄岩县税银银库钥匙有两把，一把属司库，一把属徐可卿，开府库之门，只有两把钥匙同时对插才可启动。台州府主官一听说黄岩县税库出缺，即派都统钱存鑫前来查账。钱存鑫来后一清算，发现是内部人所为，下定决心要将此事搞个小葱拌豆腐一清二白。大难临头各自飞，面对此情此景，衙门上下官员全往徐可卿一人身上推。尽管钱存鑫心中如明镜，这徐可卿说到底只不过一介书生，连只地上爬的老鼠都不敢打，何以做出此等明眼人一看就穿帮的蠢事？初时，钱存鑫只想徐可卿能给他一点好处，他即替徐可卿说上几句好话，就此结案。哪知徐可卿家一贫如洗，他从何处可淘登这么多的银子？面对如此劫难，面对如此无奈，死亡之神不得不启动另一把钥匙。就在受钱存鑫要挟的那天夜里，徐可卿面对着桌上的一盏孤灯冥思苦想，觉得自己做人太窝囊。直至鸡叫头遍，即提笔写下一份绝命弓，再拿过一绳往梁上一甩，做个活套，将头往那绳套里一钻，两脚一蹬，将自己悬了。

徐可卿这一悬是一了百了，可他的亲生女徐沅却是跟着倒了血霉。在平民眼里，她父亲是朝廷命官，可徐沅打开父亲随身的小箱，箱内除放有一本《论语》、一张砚台、一块徽墨外，只有可怜的二十七个铜板。面对一贫如洗的家况，黄岩商会会长谢东潮实在看不下去，当众宣布："不管徐可卿为黄岩县做没做过好事，毕竟来我们黄岩县为官一任，上头不拿他当盘菜，我们黄岩人不能这样不仁义。"当天，谢东潮出钱为徐可卿购下一具棺材，雇有九人，将棺材抬至黄岩衙后门。下殓时，谢东潮为徐可卿办了一套大红绸做成的缎被殓装，徐沅一看，说什么也不同意。徐沅说："谢大人啊，我父亲一生没用过此等缎被。若是用了，我老父亲在阴曹地府也不得安生哪。"谢东潮一听，不再强求，只得用她老父从老家带来的旧布被下殓。

旧官一死，新官走马上任。徐沅不能再在衙门后院下住，那时，摆在她面前的又是一个两难境地。回湖南，山高路远，一个单身弱女子，身无分文，如何能凭着那两条腿穿越千山万水；住在这里，孤雁一只，生活何以解决？思来想去，只好去找万五魁。之前，万五魁与她父亲很是亲近，徐沅盼着他能伸手帮她一忙。令她万没想到，人一走茶就凉，徐沅一去，当即碰了个大钉子，万五魁将家门闭得极紧，任凭她如何呼唤，只是不启一道缝。正在徐沅上天无路入地无门时，路桥十里长街青楼里一位名叫贺金凤的妈子来找她。

那时，路桥十里长街妓女多，大致可分为三类：一类叫楼女，大凡为楼女者要求极高，一要其貌如仙，其娇如花；二要会吹拉弹唱，作画赋诗。这一类楼女，一般商贾凡夫不会染指，唯有那些达官显贵，才敢独上高楼见此西风古道。二类叫船女，大凡为船女者，无有他求，只求其通大纲，貌、色、香三者齐全便可坐船接客。具体做法是，先挑上其貌可人者为招牌，后雇上游船一艘，并将这艘船精心装饰成画舫，接客时，只要主事者在船头船尾各挂上大小两盏红灯笼，便是标志。三两个接客女子在船头上一站，不断地向男子扭搔首弄姿。掌舵的一般是老者，撑篙走船的一般是后生，作炊、作杂的一般是老年妇女，外出跑腿、拉客、集采办于一身的自称"当家人"是中年有能力且强悍的男子。大凡进不了楼女级别的商客男子们皆好上这种船，只要他们肯出一定的钱财，规定时间内人、船归己。付钱登船后，船老大抡篙轻轻一点，船便缓离水岸，顺着南官河水流轻漾。

想看风景了，端上把红木太师椅在船头一坐，边嗑瓜子、边呷茶、边看风景；想听小曲了，唤出三五花女，或琵琶，或洞箫，弹吹些《步步高》《雨打芭蕉》此类江南小曲。听着，听着，兴致来了，不必多言语，略一使眼色，被挑中的女子即可与之共拥入舱。纱窗一闭，随可脱衣解带、颠鸾倒凤。云雨一毕，船便回返，岸一靠，即可启身走人。第三类叫屋女，大凡屋女者要求更低，只要她其貌不恶，均可入册。此类女子主要客户是成年累月在外做生意的小商小贩，或是周边讨不起老婆的单身汉。只要有此类需求的男子闪身进门，老鸨头便会笑着出迎，略交谈一两句，便令内屋所藏女子们倾巢而出，列队任你选挑。无论你挑中什么人，均可谈价，价钱讲定，房门一关，即可放手撒野。一旦野撒够了，必须立马走人，多留一时，老鸨头便会出面干涉。尽管费用很昂贵，同样是人来人往、川流不息。是啊，一个苏小小便把国人搅得灵魂颠倒；一个陈圆圆便把朝野搅成一锅浑汤，连明朝的历史都要重新改写。

　　贺金凤一找到徐沅，立刻开腔直奔主题。贺金凤对徐沅说："徐小姐啊，眼下我那楼里正出缺，你愿不愿去啊？若是愿去，吃香喝辣的不说，捞金攒银也少不了。"初时，徐沅有点驴死不倒架，青楼是她去的地方吗？不，不。不管我父亲过去做过什么、活着时有多窝囊，可他毕竟是进士出身，是县令。一位县令家的大小姐，何以入此道？然贺金凤果然是贺金凤，话说得虽比不了玉液琼浆，却也不同凡响。贺金凤说："我的好囡儿啊，我也知此种活儿下道。但做人是为什么？在这世道活都活不下去了，还讲什么礼义廉耻？眼下生计维难，你这个傻闺女不想个法子自己救自己，谁来救你……"这一说，倒是把徐沅说醒了，是啊，我为何不借此一地，赚足盘缠，日后再将父母棺椁运回湖南？徐沅道："我可以去，但我有要求。"贺金凤连忙说："你说。"徐沅说："我可以卖艺、卖唱，但不卖身。"贺金凤答："好，好，我的好囡儿，这没关系，我答应你。"

　　徐沅毕竟是闺门之秀，太不了解人性与人心。她不知人之性，天生就有堕落的基因。白布入靛缸岂能有他色？人心如恶魔，若给一指要的却是你的全身。就在徐沅做楼女的第七日夜，她正躺在床上呼呼鼾睡呢，两个楼女偷潜入房，用力按住她的脚与手，扒下她的裤子，令喝得酩酊大醉、武孔有力的都督钱存鑫破了身子。徐沅也不在乎什么了，从这天起，她干脆一不做二不休，上头、绞面、放开手脚，徐沅变得有过之无不及。在享受到从不曾享受过的愉悦后，徐沅终于明白了为什么会有那么多女人心甘情愿沦落在此的原因。原来天老爷赐予的女人的身体不光是为了生殖，还有着更大的功能，去征服男人，成为牵引男人的一条牛鼻绳子。徐沅把自身的优势发挥到极致，令这些有钱有势的男子像狗一样地围着她，蜷着尾巴直打转。她一步步地吸干男人们身上蕴藏着的全部精血，将自己养得膘肥体壮。

可三十岁一过，发现自己人老珠黄，徐沅决定见好便收。于是，徐沅舍下一笔巨金，在路桥十里长街陈泰胡同内（位于现路桥下里街）购下一座临街、背靠河的四合小院，开始过起隐姓埋名的日子。

这个时候的徐沅，是何等渴望她身边有个贴肉贴心的干女儿，可以服侍她至老，也可让她赚来的财富有个交代。正当她心有愁肠千千结时，与王国器关系紧密相联的第二位女子出现在她的面前，这名女子叫严冬花。

严冬花原本是路桥螺洋村一个普通农家姑娘。父亲名严富春，橘农，祖辈以柑橘为生；母亲名伍菊英，虽然家境贫困，但容貌却出类拔萃，在财主家里做女佣，与螺洋孙、李、钱三大官人背地里有着无法说清的瓜葛与纠缠。父亲自与母亲结婚那年起，就一直身背"绿乌龟"的大名。尽管如是，却也凭着母亲的姿容，让家里额外收益不少。可是这种好景并不长，红颜女子者，十者有九是薄命。严冬花十三岁那年，黄岩县飘来一场大瘟疫，看不见的细菌，却能战胜看得见的人。螺洋乡周围五十里方圆，那些染上瘟疫生不如死的草民一批接一批地芟倒在地上。他们家来不及往西部山区迁逃，父亲率先染病倒下了，三天一过，母亲也跟着倒了。

痛失双亲的严冬花即变成一个形单影只的孤雏，别看她年纪轻轻，但她的生命力却彰显出路边小草般顽强与坚韧。为了生存，严冬花挑灯夜绣，做些枕头、花鞋之类的物品在路桥十里长街卖，借此换些柴米油盐度日。就在那年的六月廿八，严冬花在卖芝桥头卖刺绣时遇到了一群恶少。为首者名叫牟祥生，此家伙是十里长街颇有名气的花花公子，凭着他父亲牟正启曾在朱瑞手下当过差，这便拉起大旗作虎皮。那天，严冬花在卖芝桥头一块小空地上刚摆下她的物件，正好牟祥生带着一帮子小流氓阿三从桥头走过，偶间一回眸，见这卖刺绣小女子衣衫虽破烂，面部却如出水芙蓉，秀色可餐，便盯上严冬花。严冬花走到哪里，这小子遂咬至哪里，大庭广众之下口出浪语、大动手脚。严冬花怎能斗得过此等恶皮烂狗？没得法子，只可拔腿就逃，这些家伙则鼓噪着穷追猛打。严冬花逃至陈泰胡同，眼看恶少们快要撵上，见右侧街面有座高屋大院，台门半虚半掩，急不择路，便一头拱入。

就此这一拱入，令严冬花彻底改变了她的人生轨迹。时徐沅正在院内散步，见一小女子夺门而入，不知出有何事，踱出门来，一看，是牟祥生这帮恶少，正在门外探头探脑。徐沅当然明白个中缘由，叉手于台阶之上，对他们喝道："哪个狗杂种敢在我家门前撒野？"别看牟祥生是个下流胚子，却知好歹，他深知陈泰胡同的徐沅，可不是一般的人，此女子上达官府、下通显贵，人脉极为丰富，遂一伸舌头溜走了。

徐沅转身关闭大门，将吓得半死的严冬花从角落处拎出，扳正身子一看。这一看，令徐沅大喜过望。徐沅本是风月场上的高手，无论是男是女，只一入目便可知深浅。恍惚中，她觉得此女即是二十年前的自己。徐沅问："你叫什么？"严冬花惶恐地回答："严冬花。"徐沅又问："家中还有何人？"严冬花即将家中所遇不幸与她说。徐沅说："你单身一人，就靠这绣花为生？"严冬花咬着嘴唇点头。徐沅说道："既然你家没其他人，我也没子女，你可愿意做的我干女儿？"严冬花其性类母，为人极能讨巧，况且她正处于天罗地网的布局中，既然路桥十里长街第一富婆想认她为干女儿，有何不可呢？当即，严冬花一头跪倒在地，连给徐沅磕了三个响头。徐沅一把将她扶起，领她入屋，给她起了一个极为好听的名字叫严芳。从这天起，严冬花的人生轨迹出现一百八十度大转弯，徐沅开始教她读书、写字、作画、弹琴、唱曲，教她接待客人的各种礼仪。一直教至十七岁，徐沅觉得严芳能取代于自己了，遂决定自己立业。

在田、王两家的新王府正式落成之前，徐沅来至王国器家。徐沅对王国器提出一个要求，让王国器把戏台子东边那块临水空地出让于她，容她起屋，她愿意出资购买三百石军粮。时王国器正因无钱购置军粮，急火攻心，听徐沅愿为他认购三百石军粮，兴奋之情溢于言表。反正东有蒋氏戏台子，中有路桥田王村新王府（正在兴建中，将要完工），西头靠河岸的那块空地，空着也是空着，让她盖上一幢房子有何不可？王国器一口答应。

双方签订协议后，徐沅遂大出手，将她所积钱财倾囊而出，并请来路桥木匠高手倪季平。正式动工前，徐沅将倪季平带至新王府东头，指着紧靠河岸的那块空地说："师傅，此楼我有三点要求：一是本楼日后要成为路桥规模最大、格局最高的一家饭店，所有设计须按娱乐行业形式打造；二是此楼须是你一生中第二个经典之作；三是其形状须与田王村所建的新王府相对称，如果新王府为雄，我这个楼须为雌。"对一般工匠来说，此等要求的建筑就是个大难题，不过是一幢房子啊，何以分出雌雄？但倪季平就是倪季平，若无真本事，他也叫不得路桥木匠王。倪季平亲自画图纸，亲自督工，六个月后楼建成，诚然是楼中之皇后啊！八开间，呈放射性宝塔状，上下计四层，越往高层楼间越少；正中间有豪华楼梯，顺一根粗大的柏柱盘旋而上；每层都装有绣阁、花窗；楼角悬有风铃，顺河刮来的小风轻轻一吹，悬着的铜铃便会叮当作响。两处房子并列一比，果然是各具风格。一个方正，一个浑圆；一个粗犷，一个精致；一个如玉树临风、顶天立地的大男子，一个如亭亭玉立、明艳动人的美少女；一个如帝王般刚武有力，一个如公主般风韵十足。田王村新王府悬匾名"台州王府"后，徐沅给自己这座楼定名为"皇花楼"。

"皇花楼"开张营运，徐沅亲自出马任老板娘。当流光溢彩的严芳一登台亮相，再次在路桥十里长街掀起一股节日的狂欢。那年三月初三，严芳应金谷寺主持谷道春之邀，为金谷寺立玉佛一事行募捐。她手捧琵琶于台上坐定，掂起玉指、启嘴小唱："小方青哦，苦相思，挑灯夜读食不思……"哪知一曲未尽，引得台下大骚乱，不知从何处跑出一百多位后生，非要上台一睹严芳之芳容。结果，你争我夺，导致围台十三节木栅被攀断，二十四名男子从高台上摔下，十二人摔成骨折。同在这年的五月初四，太平富家子弟郝伯英携行囊去上海教会大学读书，路过十里长街时，偶在文昌书院与几位学友小聚。有一位名叫夏不奇的同窗，不知从何处搞来一幅严芳画的《美人芭蕉图》，破败蕉叶下，有个美人手拿团扇，作憔悴状。上题小诗一首：

> 昨夜寒雨击芭蕉，
> 支离破碎魂飘遥。
> 终日沉醉梦幻中，
> 不知何处觅仙桃。

郝伯英一见，凡心大恸，问道："何人所作？"夏不奇答："乃本地名妓严芳。"郝伯英惊奇地说："严芳有如此文才，何作此种营生？"夏不奇说："天下蚁命，各不相同。鸭饮春水，冷暖自知。"郝伯英击节长叹："才女，才女，何沦落于烟花柳巷？"这家伙真是个绝代花痴，即对天起誓，哪怕是以我生命为代价，也得把严芳从皇花楼中赎出。郝伯英不仅决定不再去上海读书，且在皇花楼包下一房间，要见严芳。那时，皇花楼是富人一掷千金的销金窟，严芳被民国时期涌现出来的新贵们围得水泄不通，就他这么一个小小的读书人，怎能见得了她？郝伯英魂不守舍、茶饭不思，半月一过，终于一头病倒。随身而来的小厮一看小主人要为情而死在皇花楼了，急忙雇下一条小船，连夜将小主人送回温岭。郝伯英一到家，越发变本加厉，日日晃见严芳立于他面前与他行苟且之事，最后竟导致精液横泄，不久便骨瘦如柴。男人之精乃生命之源，岂可如此流泄？家里人不知请有多少医生，吃有多少中药、西洋药，总不见好转。郝伯英强支着病躯，提笔给严芳写有一信："只要能与你同衾一次，我死也心甘。"家人一看，花痴至此，毫无他法，只得派人到皇花楼给严芳送信。严芳一见，心下顿如刀割，问道："他现在何处？"家人答："在温峤镇家中。"严芳说："可有船？"家人答："有。"严芳遂卸下一身浓妆，换上她过去穿过的土花布衣，扮成一乡下女人模样，坐着快船来到郝伯英家。她到时，可怜的郝伯英已变成一条即将干涸而死的小鱼儿，歪倒在床上。当严芳在郝伯英面前现身时，郝伯英还误以为是他家女佣，无力地问道："你是谁呀？"严芳答："我是严芳。"郝伯英说："你别哄我了。"严芳说："我哄你做什么呢？我真是严芳。"郝伯英有些冲动地说："不，不，严芳乃七仙女下凡，何有此等模样？"严芳当即提笔书诗一首：

> 幻非幻来真非真，
> 多少红颜白骨精。
> 打开坟头红棺见，
> 生死何求一夜情。

郝伯英读罢此诗，睁眼再看笔迹（那笔迹对他来说，实在是太熟悉了），才知这位下人装扮的女子果真是严芳。然后捧着严芳的两只手号哭，哽咽着说："今日，我能见你一面，不枉白活一世。你跟我回家吧，何必在此种魔窟中枉送自己的大好年华？"他那双手越掐越紧，严芳骇得全身起皮，忙挣脱他的两只手，说道："郝先生，你且听我一言，真非真、幻非幻，我不过是春风一场桃花梦，逢场作戏而已，何必当真？"严芳想拿出五十块银圆给他治病，令她骇然的是这个郝伯英居然睁大两眼，咽下最后一口气。

王国器呢，在他投诚国民党那年，因蒋介石与他的随从全在皇花楼下榻，这才与皇花楼楼主徐沅有了第二次见面。陪蒋介石游路桥那天早上，王国器来得有一点早，到皇花楼时，蒋介石与蒋福海一行人还在房间内睡觉。王国器不敢打扰，只得坐在茶室内等候。徐沅见王国器百无聊赖，便走过去搭话。徐沅打开她久藏于心的话匣，与王国器谈起她的老父亲，谈起她多年不曾回去的老家湖南；谈起家乡那条湍湍不息的沅河水；谈起她老家那座孤零高立的吊脚楼，那一片漫山遍野的树林；谈起去往她家那条潮湿的盘山小路与一山的浓雾……自然，她也与王国器谈起令她牵肠挂肚的牵船号子。最后，徐沅恳求王国器能否出手帮她一个大忙，即将想把老父老母的灵柩移回老家择地安葬一事说出。徐沅噙着眼泪对王国器说："此地非家中故土，家父家母葬此于心何安？"王国器虽是莽夫，毕竟也是个大孝子，听后心下悲痛，一口应承。北伐战争及中原大战结束后，蒋介石命两位忠勇之将镇守大后方，王国器正式任命为中将军长，蒋福海为宁波军区要塞司令，令王国器军部驻扎于长兴，与蒋福海军部呈掎角之势。如此一安排，王国器终于摇身一变，从"野王"变成国民政府的一位"真王"。

"真王"与"野王"到底是不一样的啊，"真王"背后有着强大的政治集团做支撑。蒋介石不想让他的嫡系部队立刻开往前线参加江西大"围剿"，如此一决定，令王国器有了极为短暂的清闲。部队安置妥当后，王国器打道回府与谢明心见面。尽管那时，国民党将官们因贪生怕死，走一地讨一地女人，独有王国器洁身自好，这么多年来不曾在外拈花惹草。王国器刚一到家，谢明心说："你应人之请，何可食言啊？"王国器一时想不起他曾应过何人之请，谢明心又说："你不是答应过徐沅，将她父母的灵柩运回湖南老家吗？过去你打仗，人家不求你，现在你不打仗了，此事不可不办呀。"王国器一听，这才恍然大悟。那年三月二十三日，王国器帮着徐沅起出她父母灵柩，派有十八名贴身士兵，启动了一条军船。同年四月十四日，王国器将徐沅父母的灵柩运至湖南老家择地安葬，诸事一毕，再携徐沅坐船归黄岩路桥。正是出于这一种感恩情结，王国器即成为徐沅唯一的异性知己，谢明心也顺应成了徐沅的座上宾，两个女人以姐妹相称。是年八月十六日，王国器再次回来探亲，徐沅得知王国器归来，心中大喜，写下一帖让小厮交与谢明心，请他夫妇来家中赏月。盛情难却，王国器与谢明心一同前往。是夜，徐沅令严芳出来作陪。严芳的艳容、才情首先迷倒的不是王国器，却是王国器的妻子谢明心。对月赋诗时，两个女人居然比试起来。谢明心写的一首绝句是：

> 天上月缺月又圆，
> 地上花开又花谢，
> 茫茫皆是西陵渡，
> 不知何处是人家。

严芳写的一首绝句是：

> 小桃无主自开花，
> 烟草茫茫带晓鸦，
> 几处断垣围故井。
> 向来一一是人家。

谢明心读罢拍案叫绝，当下认定此女非凡女，而是天赐的才女，一是有才，二是有貌，三是年轻，四是可塑性极强。谢明心打算学曹孟德拯蔡文姬，劝严芳离开风月场所。

王国器与徐沅一前一后因事离开，陈泰胡同小院只剩下谢明心与严芳。谢明心摘下一枝刚开的桂花，放在鼻下一嗅，说道："小小妹（她是这样称呼严芳的），你如此有才情，为何入此等风月场？"严芳低头不答。谢明心又说："你还是从良吧，由我出面给你找个人。"严芳仰脸长叹道："姐，我今非昔比啊，开弓没有回头箭，放疆之马不可再配鞍座。我业已过惯这种豪华且奢侈的酒肉生活，怕是难以守清贫，难守其妇道，何必再去坑害良家男子？"谢明心抬头看了她一眼，见她伸出来的手指如若玉笋（此类手何能经得起烟熏火燎），一身华衫如此缭人眼目，再看她那一脸脂粉铅华，岂能熬得住良家妇女的劳作和寂寞？谢明心这才恍然大悟，严芳为何拒绝从良，为何拒绝嫁人。谢明心嘴上虽是不言，暗中却是大叹：惜哉，惜哉，布已染皂，不可返白矣！

就在田兴业秘密被囚禁那年，十里长街浮排村的郎本清由于发动陈炯明一个团起义有功，即被蒋氏政治集团所重用。蒋介石为回报他危难中的"伟大"支持，打算封他一官。任命前，蒋介石亲自找郎本清谈话，问他："你愿意上何地方工作？"郎本清答："我愿回老家。"当时正好黄岩县原自治会主席李文达、邵清长因年老辞职，王国器归蒋后，黄岩县长一直出缺。于是，蒋任命郎本清为黄岩县长。

从外表看，这个郎本清面朗如月、目如夜星，实质上这家伙却是个心毒如蝎的老鹰隼。郎本清到黄岩任职后，出于应酬，王国器曾在杭州黄龙饭店请他一桌酒。哪知这家伙在替陈炯明招降王国器时，因让王国器赖走那么多银圆，几乎让陈炯明将他拉出去枪毙，始怀恨于王国器。虽时空多变，人情反复，两人最后是同朝为官，但他对王国器却恨之入骨。三杯酒下肚，郎本清便夸夸其谈，开口闭口大论起人之命相。他说，有的人命中注定是个奴才，他便当不了王；有些人命中注定是个强盗土匪，最终不过是个绿林好汉；人生之遭际皆是命中注定，好似如来佛手心里的孙猴子，蹦来跳去，最后还是得让如来佛把它压在五行山下。

别看王国器出身农民，没多少文化底子，敲鼓听声，说话听音，当然是听出了郎本清那话的弦外之音。王国器心中不快，顺嘴顶了郎本清一句："这么说来，郎先生也是命中注定给别人当奴才的喽？"王国器这句不经意之言，令他俩的裂隙更大，郎本清也觉自己失言，露了个红屁股让王国器取笑，那张白脸瞬间成一块刚出膛的猪肝，当即怒而立起，拂袖而去。王国器背景厚重，人强马壮，当然不会把你这个黄岩县小县长放在眼里，大家一哄而散。

郎本清到黄岩县正式上任，装腔作势至路桥十里长街视察。

郎本清对皇花楼名妓严芳的美名与才气是如雷贯耳，别看这家伙早已成婚，家中已有娇妻、儿子，但此家伙一直爱拈花惹草。到任后的第十日夜，郎本清决定要好好会一会这位闻名于台州的名妓。也许是严芳不想与官场之人纠缠，也许是她一见郎本清那张阴幽的小白脸就心中发怵，也许因王国器在她背后做支撑，总之无法断清严芳当时究竟作何想。当郎本清要求与她相见，并将自己的名片交与严芳时，严芳却露出一脸的不屑，随手拿起一支狼毫笔在郎本清的名片上批下一行小诗：

> 三十河东三十西，
> 命运消长不自期。
> 先生本是磊君子，
> 浊女身污何可嬉。

这话虽无伤大雅，但多少夹有讥讽与恃才傲物。就这一首小诗，让郎本清如毒刺蜇心。那时王国器一家五人步步高升，王氏一门子孙其声誉如红日中天，自然让台州某些人嫉妒得眼中出血。有道是树大招风风撼树，原本郎本清在严芳面前受挫是件微不足道的小事，但那些见缝下蛆之人出口的话就没那么好听了。某天夜，时任黄岩县党支部书记的何衡芜之子何得志，趁机给郎本清上药。何得志说：“这个坐台妓女严芳，之所以不把你这个县长大人放在眼里，根本原因是因王国器在她背后做靠山。”郎本清问：“他们两家关系很好？”“好，好，好得像一个人。”“王国器与她有无风流韵事？”“你这话说的，近水楼台先得月。若是不好，三水泾口这块宝岛，何以让她们盖上这么大的一座皇花楼？”何得志特将皇花楼与田王村新王府雌雄相对一事说出来，火上浇油：“你想啊，连他们两家的房子都做如此安排，何谈其他呢？”

尽管那时何得志这些话，如恶箭穿心，令郎本清心头滴血，但他毕竟是从政之人，深知王氏一门在蒋介石心中的分量，知道田、王两氏的势力与社会地位。有道是八尺高的汉子在人家屋檐下不低头也得低头，郎本清也没别的法子，只可将这种难以下咽的耻辱咽入肚中。

是时，蒋介石因前后四次“围剿”红军失败，工人运动、农民运动接二连三兴起，觉得若是再不按照田兴业的意见整饬政纪，杜绝官员的贪污、腐化、堕落，那么费尽九牛二虎之力精心构建起来的国民政府，最终还是要败在与民同甘共苦的共产党人手里。于是，蒋介石决定让黄岩人洪陆东任监察部部长，着手调查党国内部的腐败问题。在物色副手之际，蒋介石想起郎本清，直觉告诉他，这个郎本清眉呈横刀，脸青如菜，犬牙双露，其面恰如汉之江充，定是酷吏杀手。得知自己受重用的消息后，郎本清双目红艳如炬，高兴得在房间里不断地走来走去，不断地搓着手，连说十三声"好"："这下可得让我大出一口恶气了。"任命之日，郎本清携何得志走马上任。根据洪陆东的安排，郎本清第一站至江西南昌，第二站至上海。

郎本清确实是一位杀手，出手如风，阴狠刁毒，凡不顺他眼、不顺他心者，一律毫不留情地收拾。郎本清将他的目光锁定王国器，决定对王国器下死手。表面上他说的比唱的还好听，主张人性善，其实他的内心比谁都清楚，人性若是不恶，何以世界上有弱肉强食？他才不相信王国器没一点贪污、没一点受贿，况且他早已逮住蒋福海利用兵舰在海外做生意这一事。于是，他走进王国器的司令部，下令彻查王国器与蒋福海。他命财务副官交出宁波要塞司令部与王国器军部的全部财务账目，查到的结果是军队里管钱的不是蒋福海，也不是王国器，而是他人。公款方面王国器也不曾有半点差错，只查出了蒋福海曾利用职权出了三趟兵舰，往南洋运货物发国难财一事。最后，郎本清想起在黄岩时，何得志与他说过的那句话，即严芳与王国器有着种种难以言清的风流韵事。当夜十一点，郎本清即将何得志召至面前，问他："王国器是否真与严芳有染？"何得志说："若无染，一个小婊子怎敢目空一切？""我怎么能把他这段污事抓出来？""这还不容易，把严芳抓起来，一审便结。"郎本清答："好。"

于是，特别缉查组一行十人来至十里长街。当夜，他们即如狼似虎地冲进皇花楼一把抓起严芳，不由分说，下令将她关入监牢。初时，郎本清心想，只要严芳供出她与王国器有染，我就不怕王国器不塌台。郎本清亲自开堂过审，面对着这位天姿国色的小女子，反复只问一事："王国器经常到你那里去干什么？你们之间究竟有什么关系？"

然而，这个郎本清也实在是太小看严芳了，别看严芳虽是妓女，为人处世却自有她的良心与道德底线。严芳并不是傻帽，她当然明白郎本清的真实用心，心中暗想，什么叫"子系中山狼，得志更猖狂"，这就是啊，一个小人物手中一旦拥有权力，他还有什么事不敢作为？这个郎本清不就是想利用我来打倒王国器吗，不行，我一小女子早死晚死无所谓，绝不能恩将仇报、认贼作父、有奶便是娘，当场拒绝做伪证。那天，严芳声色俱厉地指责郎本清说："王国器从来没有与我上过床，也从不在皇花楼花过一分钱，我只是与他妻子做朋友。若是你们不相信，可以叫谢明心来。"

尤其让郎本清接受不了的是，严芳表现出来的态度越来越强硬，不但拒绝在所有证词上签字，还骂他是一只披着人皮、吃不吐骨头的狼，天下第一伪君子，之所以如此刻毒地折磨我，就因我上一次拒绝与你见面。这一反击，不仅扎中了郎本清的痛处，也让郎本清心头鲜血淋漓。当即恼羞成怒，下严令对严芳用刑，且用的是大刑。然而，令十里长街几十万人为之动容的则是严芳的人品啊，别看她是一个微不足道的妓女，但她那意志非一般男人可及，不管郎本清与何得志两人如何折磨，严芳就是不肯签字。直至这天的凌晨两点，严芳从昏迷中苏醒过来后，哆嗦着右手，提起毛笔，颤抖着在认罪书上写下一首诗：

> 我劝老爷细听清，
> 莫对弱女行毒刑。
> 严芳虽贱尚有骨，
> 何污君子一世名。
> 三尺头上有明神，
> 作恶多端毙自身。
> 小女愿献三尺躯，
> 猪狗作为我不行。

自白书递到郎本清的手里，顿时让他感到胆战心惊。由于郎本清对严芳实施的是秘密逮捕，身在长兴的王国器与身在江西的洪陆东均不知情。也许是上天垂怜，因奉总司令之命大力收并地方武装军事力量，王国器想到那位一直在台州临海括苍山据寨立砦的万五魁，于是回到台州打算劝其归降。就在回到路桥的那天夜里交子时，王国器坐在新王府家中一处房间里看电报，他接到蒋福海在宁波给发来的一封急电，说天台大雷山有一股土匪力量可收并。忽的一阵阴风，顺着府内的那条走廊旋进房间，瞬时书桌上点着的灯头不断地闪忽，令王国器毛骨悚然。就在他疑心惶惑时，见紧闭着的房门轻启，一位瘦骨嶙峋的老者绿着两眼站在他面前。王国器惊恐地问："你是谁？"老者幽幽地回答："我是黄岩前清最后第二任县正堂徐可卿。"王国器声音发颤地问："你……已死多年，为何出现在我田家大院？"老者答："老夫请你快去救一下严芳。"王国器疑问："严芳，她出什么事了？"老者说："你什么也不用问，快去，快去。"言毕，之影幽如一道青烟消弭，王国器骇出一身冷汗。梦耶？幻耶？似梦非梦，是幻非幻。王国器忙问身边的三个警卫："你们有没有看到一位白胡子瘦老头进我的房间？"三个警卫齐声回答："我们什么也没看见。"这可就有点怪异了，正当王国器疑惑时，徐沅上气不接下气地跑进新王府。王国器问她："出了什么事，你如此慌张？"徐沅这便把发生不久的事情和盘向王国器说出。徐沅说："如果不是从王国鹏嘴里得知你回来，我还想去长兴找你呢。"王国器听完，两眼燃烧如炬："天哪，怪不得连你老爹的魂魄也在我房间里显灵了，岂有此理！"立刻率着八个随身警卫冲进黄岩县衙门。

郎本清正对着严芳的自白书不知如何收场，王国器率着八位警卫突然出现在他面前，吓得他打了个激灵从椅子上滑下来。郎本清哆嗦着两只鹰爪颤声问道："你、你……你想干什么？"王国器峻着一张脸反问："你为什么要抓严芳？"郎本清答："我是奉部长洪陆东之命行事！"王国器问："两天前我与洪陆东还坐在一起吃饭，他什么时候下令让你抓严芳的？"郎本清一时语塞。王国器大吼："有没有？"郎本清吓得连忙答："没有！"王国器怒声说："没有？那你为何抓她？因为她不让你这个王八蛋上床是不是？"郎本清舌头出现打结，说不出话来……王国器一声大喝："老乌龟，你想致我于死地，你看错人了。"随后，夺步上前，朝着郎本清当心猛地擂上一拳。这一拳擂得郎本清五腑震荡、口出喷血，直溅严芳写的那份自白书上，然后稻草似的身子摇有三摇，一头栽倒在地上。王国器砸锁开牢，把折磨得奄奄一息的严芳救出，让八名警卫立刻将她送回皇花楼。

徐沅正式宣布皇花楼关门。徐沅与严芳双双来到新王府，一是感谢王国器的救命之恩，二是她们打算远离浊尘。面对着遍体鳞伤、脸色苍白的严芳，王国器心痛得发抽，竟是无言以对……半晌后，王国器这才对她俩长叹道："两条腿的人比四条腿的畜生更可恶。我手中有枪，他们尚且如此，若手无寸铁之人，怎能对付得了这些豺狼？"谢明心轻拢住严芳那单薄的身子，怜惜地说："寂寞帘拢双燕飞，春寒惊梦雨霏霏。无情最是长江水，只送人行不送归。人生如斯，你俩走吧，还是走吧，盘回于险流恶滩，终有失足之时。"严芳听后，泪眼双流地下跪，说道："此生不可侍奉于将军，来生再报。"随后，起身与徐沅一起离开新王府。

徐沅卖掉皇花楼所有的东西，并当众散尽所有钱财，郑重地向路桥十里长街人声明，从此不再步入红尘。次日，徐沅与严芳两人只带了一些随身换洗的衣服走了。去往哪里了？路桥十里长街无一人知晓。后有人爬山，看见她俩在金谷寺逗留一天，即跟着一位叫无明大师的女尼不知所终。

王国器以为这一次闯下大祸了，他做出来的这个举动，一是违反了蒋介石命令，二是把洪陆东手下的特派员打个半死，三是私放严芳出狱。如此横冲直撞、目无王法，总司令不要了他的命才叫怪呢！这时，王国器手下的两员大将陈老五与柳行进前来，动员他带着台州本部人马上山落草。陈老五说："与其坐以待毙，莫不如先下手为强。"柳行进说："伴君如伴虎，三十六计走为上计，还是赶早走好。"陈老五与柳行进的提议一出口，即遭到王国器否决。王国器说："好男儿，生骨气，要的是有一个担当。既能自作，便能自受。眼下国难当头，我岂可上山落草？"既然主帅决意如此，手下将士也不好再说什么。

那时的王国器，确实做好了被枪毙的最坏打算。然而，什么叫命运？你不想要，偏给；你想要，偏不给。出乎王国器意料，最后下达的命令与他的想法相违悖。一因水至清则无鱼，人至察则无人；二因天下乌鸦一般黑，就当下这种政局，哪个国民政府官员能在人欲横流的大染缸里一干二净，光是讨有七个小妾以上的将官即有三十四人。再者郎本清为人，心太密细，用法太苛，如此敲骨吃髓的整饬，几乎令蒋氏及两江四地官员全部将其列入黑名单。只要有社会，就得有政权；只要有政权，就得有官员。尤其是乱世时期，人心向背，若无鹰犬抓攫，天下岂能属尔？是对是错也得有个忠于党国之爪牙来管辖才可守其政权啊。任你蒋氏手握生死予夺之权，面对着龙蛇混杂、清浊难分的政局，不也得睁只眼闭只眼，不宽容也得宽容，若不如此，岂不是要变成孤家寡人？这一边，第五次大"围剿"正在调兵遣将；那一边，江浙两省就有五百多名政府官员集体罢工罢事。官愤四起，人人始自危，弹劾书、辞职书，交织着堆满蒋介石案头。两江省主席张难先与二十六军、二十九军、二十七师六位将官齐上书："若是再让郎本清这个狗杂种如此肆无忌惮地横行下去，我们就要起兵了……"

成也萧何，败也萧何。这种可怕的局势还不得让蒋介石好好地喝上一壶？于是，三国时曹孟德上演过的大戏再次在中国政坛上演，处置洪陆东这头台州牛，他舍不得，只可拿郎本清这颗人头以谢天下了。三日后，一道"手令"密下，郎本清这颗老头颅砰的一声落地。

第八章 英雄气短

第五次大"围剿"终于拉开序幕。蒋介石这次真是孤注一掷，调动了九十万军队、两百七十架飞机、两百门大炮，妄图在日本人尚未对中国正式宣战之前，将瑞金的中国工农红军彻底剿灭。中国工农红军在毛泽东的领导下，四渡赤水河，历尽千辛万苦，终于突破了国民党军队的重重包围圈，向北大撤退。

中国共产党在遵义召开重要会议，重新确立毛泽东同志在中国共产党的领导地位，使中国革命这艘航船终于朝着正确的方向启航。

王国器为报蒋介石不杀之恩，亲送王曾鑫、王曾钊、王曾钫与他的二儿子王曾镇去黄埔军校读书。田如蕙舍不得他们走，对王国器说："好男不当兵，好铁不打钉。一家子这么多人成为军人，若上前线打仗，最后打得一个不剩怎么办？"王国器回答："没有蒋总司令，何有我们王氏一门的今天？如今国难当头，我们身为党国军人，岂可不为党国尽力？"

张学良、杨虎城在西安对蒋介石行兵谏，蒋氏迫于内外各种力量的逼迫，不得不取消"先剿共后抗日"的主张。国共两党终于坐下来谈判，我们多灾多难的国家，迎来国共两党的第二次合作。

蒋介石重新部署国民政府兵力配置。台州军人官衔第三次整体出现提升，林蔚任侍从室第一处中将处长；周至柔任中国空军司令；王曾铣率他的教导团下庐山组建特别旅（名誉上归赵孟郡节制，实则归蒋介石直接指挥），并出任特别旅少将旅长；洪陆东任行政政务部长；周炳琳（城关人）任教育次长；王国器任二十六军军长兼第三十七师师长；蒋福海任二十六军中将副军长兼宁波要塞司令；田如梅任少将军需部部长；王国瑞任少将军需部次长；王国志任少将副军长兼二十七师师长；王国成任福州海军基地第二舰队少将副司令兼中正号旗舰舰长。总计将官级七十七人，有不少人从表面上看军衔没有变，但他们手中的权力却比过去大了许多。路桥王氏一门子孙，王曾鑫、王曾钊、王曾钫、王曾镇，走出黄埔军校校门，成为中国军队基层校官。王曾鑫、王曾钊到第六师任少校营长；王曾镇任第六军第六师少校参谋；王曾钫任蒋福海宁波军区中校参谋部副官。

王氏一门出那么多国民政府军官的消息传至田兴业处，正在病中的田兴业长叹不已。李雅香问："别人高兴，你总叹息，这是怎么啦？"田兴业哀婉地说："高山底下必有深谷，大福来临必有奇祸。这如同是一块海绵，吸足水后，必然会缓缓沉入海底。"

刘桂英接王国瑞信起程离开路桥；余雪珍接王国立信起程离开路桥；田如蕙接王国成信起程离开路桥。临行前，田如蕙对谢明心说："阿妹，你什么时候去王国器那儿？"谢明心答："你们都走了，我要是再一走，家中这么大一个地方，你让我交给谁管啊？"

日本军队终于发动七七事变，二十九路军将士奋起反击。是时的日本人，凭借他们的军事实力与明治维新带来的综合国力，为解决日本岛国资源危机与经济困境，一而再、再而三地发动战争，企图把中国、苏联的远东地区与东南亚地区全部纳入日本版图，从而建立一个属于日本的东亚大帝国。

蒋介石终于以国家的名义，正式对日宣战。

毛泽东也正式下达作战命令，同时指出要团结一切可以团结的力量，组成统一战线，共同将日军赶出中国，让中华民族真正意义上做到独立、自由、民主，使全国老百姓过上和平的日子。

全国总动员，全民抗日。台州地区一年间步入抗日前线的男丁约一万八千人，年龄最大的三十六岁，最小的年仅十六。

王氏一门终于惹出大事。第一个出事的是老大王国瑞，在金钱与权力双重来临之际，他藏不住的小人嘴脸，开始忘乎所以。蒋介石考虑到他伤残严重，无法带兵上前线作战，让他出任军需部次长（权力仅次于田如梅）。那他就应该好好地干吧，即使是贪赃枉法，吮上一口即走，也许还好有个交代。然而人性的贪婪与欲望，令他的私欲得以膨化，变得如同一条嗜血的蚂蟥，拼命克扣士兵军饷。还趁机利用手中的权力在缅甸大做军火生意，在成都、重庆两地拼命购置房地产，趁国难、家难、民难之际纳小妾供自己享用。

尤其令妻子刘桂英忍无可忍的是，王国瑞居然将国民政府的军事机密出卖于汪伪政府。这是什么？这可是汉奸哪！刘桂英怎么也没想到她一心爱恋着的丈夫会在权力面前变成这样。开始，她是苦口婆心地规劝，后来发现她的苦劝反倒变成两人互相仇恨的结怨点。王国瑞不仅不听她地劝说，还将七个妖冶的小妾怂恿起来与她斗。她虽是个女人，可也有做女人的尊严，无可奈何之下，只身携上一只小包，坐着轮船行有七天七夜，回到仙居老家。自此，刘桂英终日以泪洗面，再也不肯迈出仙居县一步。

可纸终究是包不住火呀，蒋介石部下并不全是混蛋与白痴，时任战时监察部长兼军法部长的洪陆东将王国瑞背地里与汪伪政府合伙做军火生意，以及将军事机密泄于汪伪政府一事报告于蒋介石。蒋介石听闻大为震怒："我蒋某人待他实在不薄啊，他因何如此？"洪陆东答："委座，你知他养了多少个女人？""多少？""现经我手下查明的就有七个。""就他这点薪金，能养活那么多的女人吗？""不能呀，所以为了能好好地供养这些女人，他只有铤而走险与汪伪政府合作。""田如梅知道吗？""田如梅不知道。知道的话，还不把他枪决了。"蒋介石还是有些将信将疑，洪陆东忙将他手下一副官的供词拿出来递上。蒋介石看后，问："除你之外，还有别人知道吗？"洪陆东答："没有，如何处置，还请委员长裁决。"

蒋介石到底是蒋介石，他知道闹不好会引起兵变。但是，他绝不允许王国瑞吃里扒外地与死对头汪伪政府合作。就在这天，蒋介石令林蔚（张冲因病去世，工作由林蔚兼管）给戴笠下一道密令：秘密处死王国瑞。那天夜里，喝多了酒的王国瑞，晃着身子从一小妾家走出，走至石拱桥中间时，不知从何处飞来一颗子弹正好击中他眉心。王国瑞身子摇了三摇后，有如一只沉重的米袋子，栽倒于河中。三日后，报纸上一则消息：王国瑞为国捐躯，蒋总司令追授他为中将。

第二个出事故的是老二王国立。那时，王国立虽然身为国民政府军一整编师的师长，不抓训练，不整顿部队，却开始拼命地追猎起女性。每次出征打仗前，他所做第一件事，即先找上一个女人来，完事后，再率兵打仗。他不止一次对手下军官们说："你们也去找个女人玩玩吧，一旦被打死，连个女人味都没闻着实在太可惜了。"中国军队在南京保卫战失利后，王国立部队接第三战区司令长官陈诚的命令撤退，开往武汉。此时，嵊州蒋家戏班新班主蒋和三率着他的戏班子来到武汉，蒋和三是十里长街蒋家老戏班班主蒋万顺的儿子。别看蒋和三年纪轻轻，却是浙江梨园中的一怪。一眼看去，他是个血性男子，然其容貌却长得像个女人：柳叶眉儿丹凤眼，希腊鼻子瓜子脸，樱桃小嘴流水肩，细腰一拧飘风柳，白腿一亮似米团。开口一唱腔，嗲声嗲气地令人浑身酥软。尤令人为之倾倒的有三样：一是他那双手，既纤细还爽白，胖乎乎的手背上，嵌有十个可爱的小圆窝；二是他那笑与亲妹蒋风春同出一范，烂漫中夹缠着三分天真；三是二十多岁的男子，下巴却不长一根胡子。有道是男人无胡不成相，若不是他脖子上长有喉结、裤裆中有个东西在那里吊着，谁还能把他当成个男人？就他家戏班成员，时常一化装，便把这哥妹俩搞混。

这个蒋和三命中注定就是个天生的大戏子，他出生那天，父亲蒋万顺抱起他看了一眼便发出爽朗的大笑声，说道："天哪，这娃子哪像是个男儿？看来，天老爷让我们蒋家出名角了。"后来事实果然如此，三岁，蒋和三便能咿咿呀呀唱小曲；五岁，便能跟着大人们学戏角，且是唱什么是什么，演什么像什么。浙江嵊州自古是有名的戏曲之乡，演戏早已成为当地百姓的谋生手段，姓唐的叫唐家班，姓何的叫何家班，姓蒋的叫蒋家班。每年底，同姓村落除老弱病残在家外，精壮族人皆组成戏班出动。他们以家族为单位，身背行头，能走村则走村，能串镇则串镇，能上大码头则上大码头，走遍千山万水，睡遍天下庙堂，吃遍天下五谷杂粮，一直流窜至农忙，这才打道回府事农。既然以戏为生，就得有看家本领，族内人须从小培养两种人才。一叫"戏种"，凡"戏种"者，须是戏班内第一高手。知调（调性）、知目（故事）、知乐（各种各样的乐器）、知角（各种各样的角色）、知唱（各种唱腔）、知作（表演的动作），拿得起放得下，上台能不能夺人眼球，要看他耍出来的能不能博人眼球。二是"戏娘"，凡为"戏娘"者，须是本族中精心筛选出来的大美女。不光是人长得风情万种，还要懂得如何使手腕勾引当地异性大腕，利用一切可利用之优势为戏班子开路。每临一地，"戏娘"须施出浑身解数，能傍大款即傍大款，能傍大官即傍大官，求得本戏班子在当地演出时三羊开泰，逢凶化吉。

蒋和三是蒋家戏班中的"戏种"。十三岁，随父走江湖；十四岁，随父上场跑龙套；十五岁，将三十三本大戏文倒背如流；十六岁，便成为"梨园一绝"。尤其让同行们为之兴叹的本事有两样，一是水袖，一般演员水袖，只舞三尺，他可舞九尺，一舞习习生风，令人目不暇接；二是会耍牙（在牙齿内安有锋利小牙刀，嘴一张，牙刀"嗤"出一片寒光闪烁），一般演员只会耍两对，他会耍四对。十九岁时，他随父亲蒋万顺登台献艺，第一出唱的是《杀子报》，一夜间便在临海、宁波、桐庐、富阳一带唱红。二十一岁时，蒋万顺因年老不再出班，便让他与妹妹蒋凤春接管蒋家戏班。

就在蒋和三兄妹两人正式接班这年，抗日战争在中华大地上全面爆发，全国各地涌出大批热血青年前仆后继地冲上战场。蒋和三天生是人精，见此等名利双收的好机会，怎不趁机出手。就在这年，他拉起黄岩、之江两地的八位名伶，共同组建成一个抗日流动剧团，借着慰劳抗日将士之名，一路轰轰烈烈地演下去。保卫大上海时，他在上海演；上海失陷，他在南京演；南京失陷，日本军队对中国人实行大屠杀，更是激起他的一腔爱国之情，死心塌地加入抗日救国队伍中，依附于国民政府浙江文化部门，上前线演出。在这次抗日救国的大巡演出中，蒋和三首次打破女子一统越剧天下的格局，把昆、高、沪、越、黄梅、京各种优秀剧曲与浙江当地独有的"莲花落"结合起来，创出自成一体的嵊州乱弹，并推行男女同台。京剧唱腔太高亢，黄梅戏唱腔太平坦，越剧唱腔太阴柔，他所创的乱弹，恰恰弥补原越剧之先天不足。由他与妹妹蒋凤春担纲的《劈山救母》，第一次在九江上演，即赢得满堂红。尤其是蒋凤春女扮男装演出的那个沉香啊，既显得淘气又显玲珑可爱，出场一亮相便赢得满堂喝彩。由于蒋介石是浙江人，国民党部队中浙江兵为数不少，蒋家戏班那口浓重的乡音，每次慰问演出，都赢得浙江籍士兵的一片喝彩。于是，一个非常特殊的现象展现在前线，浙江人结集的军队打到哪里，蒋家戏班子就跟着演出到那里，名副其实地成为国民政府军队中的一支民间文工团。

武汉保卫战正式打响，王国立师团再次开往前线。这一仗打得可惨了，王国立一个整编师上去，打到最后只剩下一个营，所有的士兵几乎全死在战场上。别看王国立这家伙好色，但在战场上确是一位勇将，一直咬着牙齿坚挺，只剩下一百三十一人时，才接到上级命令，撤出战场。由于战争极其残酷与血腥，不仅摧毁人们为之依赖的家园，还让这些从战场上活下来的士兵出现可怕的心理变态。尤其是看到方才还活蹦乱跳的战友，一刹那变成血肉模糊的尸体时，那种痛不欲生的情绪，更是让他们的内心世界出现疯狂与错乱。军人，一旦失去信仰，失去人性，就会变得非常可怕，无论是从战场上下来的官兵，还是没有去战场的国民政府军队，上上下下处处弥漫着醉生梦死。他们无不是将自己还原成一只动物，什么爱军爱民、什么为国为家，这些口号早已被抛至九霄云外。一些军官克扣军饷，天天喝花酒，包养国难夫人，有的居然包养达数十位。军官尚且如是，那些活下来的士兵，更是胡作非为。世上没有绝望的处境，只有绝望的人，正出于此，从前线撤下来的国军士兵，恶作之事不断发生。

王国立撤下战场那天，蒋和三慰问团即接到国民党文化部门通知：带着戏班子前去慰问王国立师。国民党政府那位管文化的官员对蒋和三说："这个师的师长就是你们浙江人，他是个有功之臣，一个师的人马，打得只剩下一百来个。你们的任务呢，就是去好好慰问一下他们。"一因嵊州蒋家戏班从蒋万顺当班主起，一直与十里长街王氏有着密切的联系；二因当初蒋家戏班，在台州一带因有王国器撑腰，让他们得了不少实惠。于是，蒋和三高高兴兴地带着戏班去了王国立师部的军营大操场。那天，坐在临时戏台下看戏的士兵们实在是不堪入目，有的缺了一条腿拄着拐棍，有的少了一只胳膊，有的头上缠满绷带只露出一只眼睛，有的脸上血迹没有拭尽，嘴角上还挂有一道凝血。至于身上穿着的衣服，更是不成样子，百孔千疮。蒋和三上台演的第一个戏目便是《劈山救母》，妹妹蒋凤春演沉香，他演的是沉香母。王国立坐在台下第一排，由于老观念的导引，他以为唱戏的全是一帮女子。

蒋和三上台后，一甩袖，一扭腰，美目流盼、风流妖娆的模样，刹那间把王国立迷得神魂颠倒。他那个妻子余雪珍，由于战乱、父亲余滋泉病死，家中无人照应，早就回石棋镇了。战争把什么东西都摧毁掉了，不知为何却没有把人内心存在的这种本能摧毁，反倒是大有嚣张之势。王国立因这个一直潜藏在身体的精灵跑出来作妖，每次在大战来临之际，他的内心总会出现恐怖。有个声音老是对着他高喊：王国立啊王国立，万一你与你的儿子全都打死了怎么办呀？想个法子留下一个后人吧。是的，是的，我可不能绝后啊，得寻个国难夫人。那个一直在台上演武生（沉香）的妹妹蒋凤春他没看中，反倒把这个男扮女装的蒋和三看中了。戏还没演完，他从口袋里摸出两根金条与一只从日本军官尸体上扒下来的大金戒指，让勤务兵给正在台上演得如醉如痴的蒋和三送去。下场后，蒋和三回到后台，戏班总管便把王国立的礼金拿上来交给他。手下的伙计们说不出的有多高兴，你看，王师长到底是浙江人，一下子给我们拿了这么多钱。

别看蒋和三年纪轻，却是个跑遍码头，吃尽甜酸苦辣的人，一瞧见送来的这些宝贝，瞬时明白了盘中放着的这两根金条的真实内涵。蒋和三笑着说："兄弟姐妹们，他哪是给我们戏班子送钱啦，他是想要娶我呢！"大伙儿一听，咧着嘴巴子直乐："嘿，嘿，枪对枪，棒对棒，怎么娶？"蒋和三说："可不是，他把我当成女人了。"众人问："那怎么办？"蒋和三答："不要紧，我自有办法。"戏一结束，蒋和三连妆也不卸，便直接来到王国立师部。进师部大门后，蒋和三学着女人腔调，冲着王国立道个万福，再娇声嗲气地喊上一声："王长官，你好，小人来了。"王国立一看，脸一仰，哈哈大笑地说："好，好，你这个家伙好聪明。我是个粗人，开门见山，我想叫你做我的国难夫人。"蒋和三答："长官，我可做不得你的国难夫人。"王国立问："为何，难道你有丈夫？"蒋和三答："非也。"王国立再问："你有情人？"蒋和三答："非也。"王国立两眼睁得又圆又大："这非也、那非也，究竟为何？"蒋和三这才如侯宝林说相声一般说道："回长官话，本人非女儿身，乃是男儿也。"王国立压根儿不相信这是真的："冲着你这种扮相，怎么会是男人？"蒋和三说："我知长官不会相信，所以我只能当着长官的面打开西瓜看生熟。"蒋和三让王国立叫身边的两个警卫离开，转身关门，当着王国立的面褪下裤子。王国立仔细一瞧，顿时笑得两眼生水，跷起大拇指说："绝，太绝，真他妈的太绝了！"

王国立决定与蒋和三结成义兄弟。王国立说："这辈子有你这样一位兄弟是我王国立的福分。"蒋和三呢，也看重王国立这种不怕死、敢打敢冲、敢作敢当的男子汉气魄，当即许诺将亲妹子蒋凤春许给他做妾。蒋和三说："你们台州路桥王氏一门，将星闪耀。我一个戏子人家能与你们王氏结上这门亲事，是打着灯笼都找不着的大好事。"蒋和三与王国立正商量着找个合适的时机，让蒋凤春和王国立见上一面，蒋家戏班大管家上气不接下气地跑来报告，说有一帮子不知从何处来的国民党官兵，冲进他们下榻的旅馆，非要戏班里的女戏子陪他们睡觉。其中有三个北方兵，十分蛮横，进了门便指名要蒋凤春，现在正在那里缠着、嬲着呢。

这可是王国立的防区呀，哪个王八蛋敢在他的地盘里下蛆？王国立怒问："哪一部分的？"大管家答："不知道，有官有兵，个个红着眼。""走，我去好好会会他们。"王国立一挥手，即率着一个班的士兵前往。到戏班下榻的玉壶春饭店时，显出来的场面令王国立全身打战。只见戏班里所有的行头被砸得个粉碎，一帮兵蝗虫样地围着七八个女戏子胡乱动手脚。尤其是蒋凤春已让几个士兵强行褪下裤子，就着一张凳子便要轮奸。这哪里是人哪，分明是一群疯狗，王国立气得鼻孔喷烟，在我太岁头上动土，你们不是找死吗？掏出手枪便朝一位正在脱裤子的校官开上一枪，把这位校官撂倒在地。这一开枪，全乱套了，肇事的士兵们全开枪，不知从何处飞来一颗子弹，正好击中王国立眉心。这位显赫一时的国民党军官将领王国立，中国工农红军的子弹、炮弹没要了他的命，日本兵的子弹、炮弹没要了他的命，却被自己所卖命的国民政府军队士兵活活打死。

王国立倒地，乱兵们冲上去一看，是位将军，知道捅上了马蜂窝。不知是哪位军官振臂高呼："闯了这么大的祸，还不快跑？等着挨枪子儿？"乱兵们一听，拎起武器即跑得个没了影。

此事震动了整个国民党高层。时蒋介石在武汉坐镇指挥，一听，立命陈布雷召集所有宣传部门，要求以大局为重，不准披露，并让侍从室第一处处长林蔚出面，把蒋和三与蒋凤春兄妹找来。蒋介石一边踱步，一边问道："你们也姓蒋？"蒋和三回答："对，姓蒋。""老家什么地方？""嵊州。""蒋姓原本一家，你这个蒋姓，怎么在嵊州？""为学戏。""你怎么想起把你妹子嫁给王国立？""他是人中豪杰，我服。""豪杰是豪杰，只是身上匪气太重。"蒋和三说："匪气不重，何以替您打江山？"

蒋和三此言一出，直击蒋介石心坎中的那块心结，令他一下子想起了匪气不重至今仍囚禁在狱的田兴业。一股无法说清的酸水顿时涌上他的心头，一个为了救亲生女儿和朋友，宁可牺牲自己的人，虽然坏了党纪国法，但毕竟是人之天性所致啊！如今像他这样敢直谏犯颜、有担当之人，又有几许？顿了顿，蒋介石又问蒋和三："你妹子与王国立成婚了吗？"蒋和三答："没有。""我有个友人，夫妇双双病重，眼下身边缺人照料，我想请你妹妹帮忙照顾他们如何？"蒋和三想也没想，一口回答："有何不可呢？一笔写不出两个蒋字来，如今国难当头，我蒋和三虽是个戏子，也懂此理。"蒋介石叹息着说："俟战乱平息后，我让你们蒋家戏班扬眉吐气。"

蒋介石让林蔚取出两百块大洋给蒋和三作为川资，并令蒋和三立刻带着他的戏班绕道回家。蒋和三一走，即命侍从室人员带着蒋凤春前往田兴业囚禁处，让她服侍田兴业夫妇两人。是年，蒋凤春年仅十八。

第三个出事故的是王国成。王国成的问题是出在一个名叫海蒂的印度姑娘身上。时王国成被任命为国民政府福州海军基地副司令兼中正号旗舰的舰长，奉命带他所辖的军队与蒋福海的一个师开往九江。杭州失陷后，守卫蒋氏大后方的只有两支部队，一支是蒋福海率的一个整编师，一支是停泊在舟山的江南海军舰队，一海一陆两支军队形成犄角之势。江南军港基地被日本军舰队打开后，日本军队利用航母的特殊优势，炸毁第一舰队的全部军舰。蒋介石即调王国成的第二舰队秘密开往舟山一带，并严令位于浙江沿海的海陆两支军队不准有任何闪失，因一旦有闪失，家乡便会血流成河，两位将军可以说是夜不卸甲，严阵以待。王国成率舰队日夜不停歇地在舟山一带海域巡逻，如发现日本军舰敢入侵宁波舟山海域，即决心与日军血战到底；蒋福海呢，带着王曾钫与全军将士死守奉化一带，只要日本军队胆敢登上此地一步，就让他们有去无回。日本陆战队向上海发动进攻，八百壮士誓不投降。

王国器得此讯后，怕自己万一战死沙场，谢明心会出什么意外，立刻派警卫到路桥送谢明心至田如蕙家，并发电报给王国成，写道："阿哥，你在舰上比我稳当。一旦我为国捐躯，请务必替我照顾好你弟妹。日后，我两子中若有一子存活下来，就将弟妹交予你的侄子。"谢明心至大陈岛约半个月，一直神出鬼没的王国鹏突然来到大陈岛，找到谢明心，对她说："李雅香临走时，交给我两轴画。她对我说'如果她能够活着回来，就将画交还给她；如果她不能活着回来，就把画交给她的女儿田文君；如果田文君也不回来，就让我把这两幅画交给你'。现在，这么长时间了，李雅香一直没回来，田文君呢，看不到她的影子，路桥新王府也是空无一人。我的处境是越来越不妙，这两轴画让我这么带着，怕是凶多吉少。想来想去，没有别的法子，只可交给你了。"谢明心问："你到底是在做什么呀？"王国鹏不答。谢明心再问："田文君在干什么？"王国鹏还是不答。谢明心说："你这也不答，那也不答，难道你们是共产党？"王国鹏说："嫂子，你就别瞎猜了，我只是小民一个，生死不由己。你好赖是树大根深，有军队保护。我与你所处环境完全不一样，人家临走前拜托的事情，我得当个事，一旦出现意外，不好交代。"谢明心问："李雅香一直没有回来，是不是田兴业出什么事了？"王国鹏答："不知道，我真的什么都不知道……"

谢明心还想再问田文君的消息，但王国鹏已放下两轴画，头也不回地走了。谢明心与田如蕙一直送他到大门口。一出门外，发现王国鹏并非一人来，外面还有八个一身山里人打扮的男子紧随其后，其中有一人还戴着一副圆眼镜。田如蕙一看，心里发惊："阿妹，王国鹏一定是共产党。"谢明心问："何以见得？"田如蕙说："那个戴眼镜的后生，一准是共产党的大官。"谢明心说："你别瞎猜了。"田如蕙说："我看过国民政府张贴的悬赏榜，上面画的人与他长得一样，说是共产党浙东游击支队队长，名叫许行一。"谢明心听了并没有往心里去，进门后，把画放在桌上，极其小心地打开画轴。这一看，让谢明心非常吃惊，天哪，这两轴画可是绝代精品哪！谢明心小时候就听别人说过，六百多年前，田家高祖曾给田氏子孙留有十幅名画，下有严命不得将这些画出售，后只因起事救人，田兴业不得已卖去其中八幅，现仅剩的两幅乃是田家传世之宝。此时，上海沦陷，南京失陷，全国各地与日本军队打得个昏天暗地。谢明心暗忖，一旦武汉失手，日本军队杀个回马枪，浙江沿海之地岂可安保，如果这两轴名画落入东洋小鬼子手里，我岂不是成为千古罪人？思毕，谢明心与田如蕙商量："我们回路桥吧。"田如蕙问："为什么呀？""你想啊，男人们全在前线打仗了，我们两个女人待在大陈岛，一天无所事事的有什么意思，再者我住不习惯这里。""我也住不习惯，人生地不熟不说，还听不懂大陈人说的话、吃不惯这里的菜。""加之我父亲年老多病，身边无人照顾，我的心总是不稳当，外面龙窝也不如家里狗窝呀！"田如蕙一听有理，是啊，为什么不走呢？整个大陈港全是兵，远不如路桥清静。她们俩商量定当，当日下午即给王国成留有一信，坐一条海船回到了路桥。

待王国成舰队补给养时回大陈岛家中，谢明心与田如蕙已走有三天。两个女人一走，王国成在大陈岛的临时寓所就只剩下他一人了。能干的男人，其性也强，尤其是王国成，待在军舰里上吃的都是海鲜，性要求远比别的兵种军人蝎虎。出海时，身家性命全在死与活的一个节点，上有军令如山，军纪如铁；下有海浪危险，战事缠身。可一旦归港补充弹药给养，海军将士们便挥发出其应有的原子能效应。这些上岸的军官成了一条急不可耐的疯狗，有妻子的找妻子，没妻子的找情人。士兵们没这等优越条件，只可押出所有军饷往妓院里跑，这也是军港为什么一直有多家妓院的主要原因。王国成回到大陈岛寓居，一落闲，其他都还受得了，唯独身边没女人让他无法忍受。田如蕙在，他惧内，多少能敛着一点；田如蕙一走，他瞬间变成没了紧箍咒的孙悟空，开始六神无主。

就在此时，一个名叫海蒂的印度女子闯入王国成视线。海蒂到底是何许人？路桥十里长街坊间说法不一。一说她父亲出身高贵，属婆罗门种姓，是位走南闯北的生意人。她母亲死得早，十三岁便跟着父亲辗转来到中国做丝绸生意。抗日战争爆发，他父亲的货船在海上行走时，正赶上日本军舰入侵菲律宾。日军把这只商船当成军用船，发出一枚鱼雷，海上顿现出一锅大杂烩，将她父亲的船与货全拱手送予海龙王做了人情。父亲在龙王爷处讨得分封，她这只孤雏便被扔在大陈岛海港。得知消息后，由于悲痛，又是流落他乡，海蒂天天站在大陈军港码头，对着大海啼哭。日本突袭上海时，王国成舰队泊福州，淞沪会战一打响，江南海军基地失手，王国成奉命带舰队从福州启航至江山、上大陈、下大陈一带海域，做出与日军决一死战的势态。为保证海域安全，王国成下令封港，舰队轮流补给。就在中正号旗舰靠港补给这一天，王国成下舰后往自己寓所走，到民用码头处，见一位印度女子在码头上对着大海跪拜，哭声特为凄惨，心下极其不忍，俯身上前问道："姑娘，为何在这里如此啼哭？"海蒂用夹生的汉语将她所遭之不幸全与王国成说了。大凡是人都有恻隐之心，大凡是男人都会怜香惜玉，海蒂楚楚动人的痛哭与诉说，勾动了王国成怜香惜玉这根心弦。王国成细观此女，年方十八上下，长得极为美丽，心下一动，试着探问："你愿意跟我在一起吗？"海蒂正渴望能找到一位海上军人将她送回印度老家，一见来者是国民军海军将军中正号旗舰舰长，大喜过望，当下即一口应承，王国成毫不犹豫便让她成为身边唯一的战地小情人。二说这位海蒂从王国成上任那年起，便一直在大陈岛军港军人俱乐部里做酒吧招待。由于田如蕙的离开，让王国成这匹狂奔之马失去笼头，于是放纵心智，移情别恋。做人什么最难呢？抗拒金钱与女色，尤其是像王国成这种身份的国民党军队里的大官、要员。某天，军舰出海任务完成，回来靠港补给，王国成一人实在无聊，就只身前往军人俱乐部酒吧里喝酒，每次去都是这位海蒂招待。时间一长，两人便开始眉目传情。台州人在男女问题上从来是勇往直前，既然你对我有意，我若是轻易放过岂不是成了天大傻子。于是，王国成出手将她俘获，她也顺其自然地成为王国器的编外夫人。必须指出的是，这位印度女子非是中国女子，她不仅载歌载舞、秀色可餐，且天性浮浪，既喜欢中国军人，也喜欢外国军人。

王国成舰队里有一位来自美国的军事顾问，名字叫布赖恩·克罗齐，他与王曾铣是同校，又是同班学友，比王曾铣年长五岁。这个家伙人长得帅气不说，才能也很出众，从军校毕业后，即被分配到美国海军部工作。只是这个克罗齐是个种族主义者，他看不起黑人与黄种人，在西点军校读书时，就与王曾铣之间斗争不断，几次公开挑衅王曾铣。王曾铣也几次拿刀，要宰他小命。后来王曾铣回国后，不久他即被美国政府海军部派遣至中国，出任海军顾问。克罗齐自来到舰队的那天起，就看不起国民党官兵，在不同场合不止一次地说："印度人是蚂蚁，日本人是蜜蜂，中国人是令人讨厌的苍蝇。"

克罗齐与王国成的关系如同关在同一只笼子里的两只老虎，动不动便怒目相向。日本舰队偷袭上海，将第一舰队全部炸沉，王国成的第二舰队在福州，他想率领舰队从后路包抄日本军舰，与日本军决一死战。可是，克罗齐死活就是不同意，还说："中国海军绝对打不过日本海军，我不想与你们这些垃圾兵一起妄死在海里。"王国成打心眼里看不起这个美国大兵，觉得他贪生怕死，是天下第一号懦夫。克罗齐呢，也是看不上王国成，说他无正规训练，是个名副其实的中国式海盗。克罗齐刚来中正舰时，王国成出于礼节给他配了个厨师，专为他做西餐。因厨师不太熟悉西方人的口味，煎蛋时不小心火候略过，克罗齐当场大发脾气，骂中国厨师是只肮脏的猪，还抢起盘子往厨师头顶上扣。正好此情景让王国成撞了个正着，王国成勃然大怒，拔出水手刀，将刀尖对准克罗齐的喉咙管怒吼："美国佬，你给我听着，这里可是中国土地，不是你美利坚众合国。你要是想在这里待，就给我老老实实地待着，若是不想待，就给我滚！"克罗齐正想发作，一见王国成两眼冒绿光，活似非洲草原上的独狼，吓得屁滚尿流，夹着尾巴灰溜溜地逃了。

中正舰与别的军舰不一样，从军官到后勤、水手到士兵，几乎全是从台州八县选来的海上渔民，他们只听王国成一人的命令。克罗齐虽是美国顾问，台州士兵们却不卖账，这种整体性带蔑视的目光令克罗齐极为恼火。有一次，克罗齐喝多了点威士忌，一脸溅珠地开口骂："王国成不是海军将领，是地道的加勒比海盗，中国海军不是什么海军，且是一群没有教养的海匪。"王国成只因考虑到中美之间的关系，考虑到南京与华盛顿的合作关系，只得咬牙切齿地不对他的挑衅做回应。结果呢，这家伙瞪鼻子上脸，误以为王国成不敢惹他，越骂越来劲，居然抢起皮带殴打王国成警卫，打得警卫一脸是血。这一下可把王国成惹恼了，前冲一步，瞪着眼冲克罗齐骂道："你这个家伙，如此不知好歹，看来我不让你尝尝台州海盗的厉害，你是不知马王爷长八只眼了。小洋鬼子，你是不是想打架？"克罗齐正想显露他的西方拳术，掉头摆出一副打斗的架势，扑身便来攻击王国成。西方拳术遭遇中国功夫，当然是小巫见大巫，西方拳术讲的是直面攻击，东方功夫论的是巧力借力。王国成从小就会打九宫拳，十三岁那年，已经是黄岩县武林高手。克罗齐一出手，即让王国成逮个正着，借着力一把颠起克罗齐，大头朝下栽入海中。若不是顾及春总司令下过特别手谕，王国成真想让他在海里活活淹死。

中国人有好有坏，美国有好人也有坏人。这克罗齐说不上好，也说不上坏，却是个天生的花花公子。全舰队的官兵谁都无法说清，这位山姆大叔是通过何种手段黏上了王国成心爱的小情人。数千年的文化遗产，让中国男子把自己的女人当成他最大的禁脔，任自己在外胡吃海菜，却不允许自己的女人除了他之外还有其他男子。

当海蒂与王国成正式同居后，无论在同僚眼里还是士兵口中，都认为这个印度姑娘是王国成将军的爱妾与情人。海蒂呢，她只是想凭借色相来保护自己，之所以委身于王国成并不是出于对他的爱，是想利用王国成手中的权力，让自己有机会回到自己的国家。抗日战争在中国全面爆发，海军活动日见频繁，她盼着坐上中国军队的军舰先到福州，再设法从福州至越南，然后取道回印度。然而令她大为失望的是，上峰一直没有下达让王国成的第二舰队回福州的命令。

王国成与海蒂相处的时间越久，深觉其味越醇，对她的情感也越深，根本不愿放她走，还突发奇想地叫海蒂为他生个聪明漂亮的混血儿，曾前后三次对海蒂说"我就想让我王氏家族中，能有个后代子孙带有印度血统"。美国这位山姆大叔呢，别看他在舰队空挂着"美国顾问"大名，然而他的操作能力比王国成强，他完全有能力把海蒂带回新德里。正是出于此种目的，海蒂决定铤而走险，明着她是王国成的小情人，背地里却一直向这位山姆大叔打飞飞眼。一个长得国色天香的婆罗门女子想要俘虏一个美国男子，当然是手到擒来。更何况这位山姆大叔早在海蒂成为王国成小情人时，已被她的姿色所迷怔，只因王国成这位海上猎杀高手在他眼里太强大、太可怕（克罗齐一直管王国成叫"大白鲨"），令他不敢勾搭，只能望洋兴叹。如今，海蒂主动对他暗送秋波，岂有让贤之理？克罗齐一上钩，海蒂即在两个男人中间周旋。天下没有不透风的墙啊，这种性"给养"终于让王国成的贴身警卫得知，哪有一个贴身警卫不帮主子的？

终于有一天，警卫将海蒂与克罗齐通奸一事告诉王国成："哥，那个海蒂，你是想娶她做妾还是仅与她耍玩？"王国成说："我当然是想娶她做妾。""如果有人往你头上扣绿帽子怎么办？""谁敢？""哥，有人敢。"王国成怒问："谁？""美国佬，就方才我看见他溜到你家去了。"王国成大吃一惊，他原本是要下令出海巡航的，这一下却拔腿就往自己家里跑。

王国成跑至家中，见房门紧闭，火冒三丈，一时性起，"咣"一脚踹开房门。门一开，悲剧不可逾越地在瞬时间发生了。王国成看到一直是他睡的大床上，截然不同的两种肤色的肉体绳子般紧密绞织在一起，他那个小情人由于得到极度的快感，发出不可抑制的呻吟。王国成顿时感到目眩身摇，两眼现出极其可怕的目光。王国成可不是一位将军头上能跑得马的人物啊，那两只眼里哪里容得下这棵梁木？于是，他前跨一步，一把抢过放在桌上的水手刀，穿纱破帐直挺而进，将这把水手刀定在克罗齐的大白背上。

王国成下的力气实在太大了，水手刀一下子刺透了克罗齐的肉体，刀身一拔，血成井喷，再一把翻过他看，人已断气。光着身子的海蒂吓得蜷成一只大刺猬，她做梦也没想到，一位中国将领敢一刀要了一个美国大兵的命，这在她的那个国度里是绝对不敢想象的。海蒂满以为杀红了眼的王国成也会杀了她，慌忙对王国成说："我肚子里有你的孩子。"王国成铁着脸说："就你这样的婊子，说得清这孩子是谁的种？趁着我现在还念着一点旧情不想杀你，赶紧给我走人！"海蒂一看王国成的脸，越来越如腌酱菜，明白无论她再说什么也无济于事，连忙起身穿上衣服，收拾起属于她的那点东西，匆忙地离开了王国成家。

中正舰全体官兵来找王国成，他们七嘴八舌地给王国成出各种解脱的主意。一个说："我们就说这个美国顾问是他杀。"王国成摇头拒绝："纸包不住火的。我王国成长这么大，下作之事不少，但，我不说谎话。"一个说："我们驶着中正舰，立刻投奔中国共产党。"王国成摇摇头："你们可以这样做，我可不能这样做。我王氏一门与蒋氏是至亲义属，为人者当以'仁义'二字当头。"中正舰官兵们说："你那个亲属一直想得到美国人的帮助，现在你一刀杀了美国人，那个亲属还不得杀了你？"在这种生死抉择的关键时刻，王国成现出台州人独有的那种平静，说："我若不是跟着我阿弟起兵，我若不是跟着我阿弟投靠国民党，我王国成在路桥不过是个走私贩子。现在，我好歹官至国民政府海军第二舰队少将中正舰舰长，是个堂堂正正的党国官员。好汉做事一人当，我知道当如何处理这件事，你们该干什么就干什么吧……"

官兵们一听全明白了，默然不应，一个接一个地上前给他敬礼，悄然退走。他们一走，王国成即将房门紧闭，拔出手枪对准自己的太阳穴开有一枪。手枪一落，肉身一头栽倒在地，血水从房内溢出，一直流到码头，饮入海水中，随之在海面上形成一条红带。

台州籍官兵对王国成这种自裁方式并不感到意外，他们仿佛知道王国成会如此了结自己。那天，他们自觉地在军港大码头上排成三排，为王国成举行隆重的海葬仪式。

王国成的死讯终于传至路桥田王村新王府。田如蕙得信后哭成泪人，她想带几个人去大陈岛找那个印度女人算账，但谢明心没有同意。谢明心说："人生祸事有多少不是自作自受？这事能怨谁呢，从我嫁到王家那天起，我就知道你、我将会有这种结局，你就别惹事了吧！"田如蕙细为一想，觉得也有理，是啊，眼下所摆的一切事实不正是如此吗！路桥人呢，得知王国成的这种死法，深觉不值，但又有什么法子？是好汉还是孬汉？是命中注定，还是自我作孽？说不清。说不清就让他说不清吧，过一阵后，谁也不会再说了。于是，王国成就像南官河面上的那一块漂浮物，在人们眼前顺着那湍急的水流一漂而过，缓缓地漂向远方。

蒋介石下令夺回南昌，阻止冈村宁次所率的日本军队向内地纵深，并做出一个重要的决定，将王曾铣组建的中国第一旅派遣至战场。

王曾铣受命组建中国第一旅时，蒋介石曾把他叫至官邸面授机宜，说出两条考虑弥久的想法：一、除了旅本级三位主官由他统一派遣外，团以下官兵一律经过严格考核程序，绝不能滥等充数；二、全旅军官与士兵，无论是长相、谈吐、体能、智能，必须是中国政府军队中的佼佼者。王曾铣前往庐山报到的那天夜里，曾来到蒋介石的官邸，与他告别。蒋介石紧握着王曾铣的手，推心置腹地说："你要好好地训练与保存这支队伍，待全面打败日本侵略军后，这一千九百多人将成为对付共产党时扩大军队的军官。"

从表面上看，这支部队与其他军队没什么区别，实质上它是一支干部教导旅。面对党国的如此重用，面对最高元首对他的如此信赖，王曾铣当然义不容辞，任命一下，全部身心即投入工作。田如梅奉宋美龄之托前来为孔小姐提亲，遭王曾铣严正拒绝。王曾铣对田如梅说："大姑妈，待我把这场仗打完，您再提这桩婚事好不好？"田如梅一听有理，只有如实向第一夫人复命。宋美龄感叹不已，称赞王曾铣真是国中精英，并说等彻底打败日军后，她将亲自为王曾铣举行婚礼。那时，王曾铣为了完成总司令交与他的任务，亲自与三位外国教官设定八个考核项目，从中国军队的九个军中精心挑选出一千九百八十六名士官，然后按西点军校的训练课目，在庐山进行一年多全方位的训练。

为了给王曾铣配个好副手，蒋介石确是绞尽了脑汁，他与第三战区司令长官陈诚再三商议，最后决定，将与王曾铣同衔职、同资历且年长七八岁的赵孟郡之子赵子林调来任副旅长。之所以做出如此决定，自有蒋极其周密的盘算。这个赵子林是蒋氏铁杆同门赵孟郡的儿子，赵孟郡本人又是蒋介石在日本讲武堂读书时的校友。赵孟郡的父亲原是青红帮头目，曾在蒋介石当政前帮他组建军队、爬上高位出过大力，曾在四一二政变时，纠集了一大批地痞流氓对周恩来领导的上海工人纠察队下死手。

想当初，赵孟郡带着赵子林来溪口给蒋介石拜年时，蒋一眼看中这个儿子有着过人的灵透劲，当时便打定主意，要将他培养成国民政府的战将。赵子林二十三岁那年，蒋介石通过各种关系，将他送到苏联伏龙芝军事学校就读。二战刚拉开序幕，赵子林从伏龙芝军事学院毕业，参加苏联远东保卫战，由于他运筹帷幄，指挥得当，显出大将之才，曾被苏联最高指挥官称为中国最为年轻的军事家。

初一看，赵子林为人天性厚重、彬彬有礼，见了比他军衔高的长官，无不是束手而立作谦虚状，一口吴侬软语，让人听了特别舒服。实质上，赵子林与他父亲同出一范，是个潜藏不露的野心家与阴谋家。当初，赵子林从赵孟郡嘴里得知蒋介石要成立中国第一旅时，他的第一感觉是中国第一旅的建立在中国军队今后的发展中占有不可估量的分量。他是多么想出任这个中国第一旅的旅长啊，对他来说，这个职位实在有着太多的诱惑，他怎能不知，出任中国第一旅旅长将意味着什么。他与父亲一起坐在父亲的指挥部办公室里，处心积虑地谋划着，想要得到中国第一旅旅长的位置。

为达此目的，赵孟郡父子两人双双出击，不知打通了多少关节。然而，最后浮出水面的结果却大出赵氏父子的意外，蒋介石并没有选择赵子林，却任命了小他七八岁的王曾铣！赵子林气得差一点开枪自杀，多亏赵孟郡发现得早，一把抱住他说："我的好儿子啊，留得青山在，不怕没柴烧，你何必如此？"好说歹说，这才将赵子林摁了下来。

王曾铣晋升为少将旅长，摇身一变成为国民党军队中年纪最轻的将领，赵子林觉得王曾铣这小子抢尽了他的风头，两眼擦出猩红色的火花。然而，蒋介石是一国之君，他想立谁就立谁，一个当属下的胳膊拧不过大腿，你又有何法？无奈中，赵子林只可硬生生地咽下这口怨气。

因禁中的田兴业，得知蒋介石对王曾铣和赵子林做出此等安排后，心中即打了一个冷战，直觉告知他，两只野兽同关一笼，必将出现自相猎杀。原本他起誓不再给蒋介石上书，出于忠君思想，田兴业强支起病躯再次秉笔，劝蒋介石立刻收回成命，不可做出此等人事安排，上书中写得极为有力、尖锐，且直指人心。他写道："中国自古以来，就有任当鸡头不当牛尾的土匪情结。如今在中国第一旅旅长职务上做出如此安排，等于把这两头杀伤力正旺的丛林狼同关入一只铁笼。

他们两人一是脾气不能相投，二是生性分野，迟早会酿出大祸。"

蒋介石的两位文武高参陈布雷与林蔚也不同意做出此等安排，他俩一边将田兴业在狱中写的信交给蒋介石，一边提议说："赵子林这小子其面如羊，其心如豺。赵孟郡虽为党国高官，但为人阴险毒辣、眦睚必报。只怕是二虎相争，必有一伤。"是时的蒋介石不知吃了何种迷魂药，根本听不进意见。蒋细读田兴业的上书后，对陈布雷与林蔚说："田兴业之忠诚可嘉，但他只知其一，不知其二。此两人，一个受美国式教育，一个受俄罗斯教育，我之所以把他们捆绑在一起，完全是取长补短。正副职之间出点小矛盾并不是一件坏事，只要是在我可控制的范围内，挫一挫这两个少年将军的锐气，让他俩变得更加成熟，岂不是更好。再说，他俩一是同乡，二是同道，三是父辈关系密切，就算放开手让他俩闹，又能闹到哪里去？"陈布雷与林蔚听罢，唯有叹息。三天过后，林蔚前去探望田兴业，将蒋介石最后决定告诉他。田兴业听罢，仰脸长叹："蔚文老弟啊，什么叫天命？这便是天命啊！"林蔚摇着头答："无可奈何花落去，似曾相识燕归来，只怕我若干年后将与你一样啊！"

任命正式下达后，赵孟郡父子的心都凉了一半。还没有上任呢，父子俩的不快即表现得淋漓尽致。赵孟郡当着蒋介石的面什么话也不说，但蒋把这支"中国第一旅"的旗帜交给一脸稚气的王曾铣时，他心中的不悦就明显地挂在面上。赵子林呢，更是不用提，受封仪式结束后，回到家中，即破口大骂："我是什么人哪？我可是俄国伏龙芝军事学院的毕业生，是斯大林夸赞过的青年将军，中国还有谁？没有，没有，就我这么一个。如今，像我这样的国中一人，你不让我执掌中国第一旅，却任命一个乳臭未干的毛孩子，一个刚从美国西点军校毕业的学生……"

赵子林心中如何能爽？这不是瞪直两眼看着煮熟的鸭子飞到别人的嘴里吗？赵孟郡的情绪虽没有儿子那么激动、那么疯狂，但直觉告诉他，蒋介石之所以对他过河拆桥、卸磨杀驴，目的只有一个，就是想把赵氏手中的权力分散至他的嫡系路桥王氏手中。如果再不使出点手腕，今后的新统帅非路桥王氏莫属！明面上赵子林接受这个任命，到中国第一旅来上任。但上任管上任，他却把内心所有的冤气与绝望，全都抛撒在与他无冤无仇的王曾铣身上：若不是有你这么一个混账王八蛋出现在蒋介石面前，这个职务不是我赵子林的还能有谁？

赵子林上任后，一不配合王曾铣的工作，二不管事，反倒是挖空心思将《孙子兵法》中的三十六计，全部拿出来对付王曾铣，一心渴望将他从中国第一旅赶走。上任的第一天，他俩在旅部见面，便出现一段耐人寻味的对话。赵子林挑衅地问道："你可知道我是什么学校毕业？"王曾铣礼貌地答："知道，俄国伏龙芝军事学院。"赵子林得意地说："你知道斯大林对我做何评价吗？"王曾铣依然友好地说："说你是中国第一个年轻的天才军事家。只是有一点我想不明白，斯大林先生这么看好你，为什么不让你留在苏联参加他们的卫国战争？"赵子林顿了片刻，话锋一转，继续问："你打过几年仗？"王曾铣答："一年也没到。"赵子林又问："你带过几年兵？"王曾铣老实作答："刚带。"赵子林嚣张地问："既然你没带兵打仗的经验，凭什么让你当中国第一旅旅长？"王曾铣把蒋介石的委任状拿出来，不卑不亢地回答："赵副旅长，就凭这一份总司令的任命书。"这当然是没有办法的，总司令之命不可违，但你这个小小的旅长，我还是可以违抗的吧。于是，每天出操，赵子林说不来就不来；每天军训，他说不参加就可以不参加；每次上课，他干脆晾起来给王曾铣看……

有一次，旅部班子正开着会，商讨着如何对付日本军队进攻的战术问题，赵子林一只手拿着一块狗肉，一只手拿着一瓶酒，一边喝，一边吐，坐在那里骂骂咧咧。这一切令王曾铣看在眼里如扎刺，一身不爽，但他也没有别的办法，人家可是中国最高统帅部派来的副旅长。虽然王曾铣是西点军校的毕业生，回国后一心效忠于党国，一心想在中国建立一支举世闻名的铁军，他的内心世界有着很大的抱负。但作为一个凡人，你是无法揪着自己的头发离开地面的，说到底，他只不过是一旅之长。

面对着高层的官僚机构，面对着一只只橡皮碉堡，王曾铣既无奈又恼火，先后三次给蒋介石上书，说明自己在军事干部配备上的观点："一支军队的成与败，全在军令一致，官兵团结，优势互补，互相协调。赵子林作为副职，为人天性阴损，刚愎自用，肆无忌惮，不可一世。如果他再如此无事生非，随意掣肘，鼓动分裂，这将对中国第一旅带来重大的负面影响，一旦惹出麻烦，便是玉石俱焚。"除此外，王曾铣还在信中用恳求地语气写道："如果最高统帅部信得过我，真想把这支军队训练成一支铁军，敦请最高统帅部派一位心地厚道、有点年岁的副职来；如果信不过我，我可以随时走人。"

为了解决面临的这一种尴尬处境，王曾铣曾三次前往最高统帅部找叔叔田兴业与姑姑田如梅，然令他绝望的是，一次也没有找到。每次打听他俩的去向，统帅部官员们总是遮遮掩掩地说他们不管这一摊，具体行动并不知情。他也曾问林蔚："林叔，我姑姑与我叔叔他们都上哪里去了？"林蔚只是对王曾铣发出一丝苦笑，说："你就安心带你的兵吧，你姑姑与叔叔一直在外执行任务呢。"

过了六天，王曾铣终于收到姑姑田如梅派人送来的一个大信封，打开信，里面只装有一本书，是老子著的《道德经》。书中夹有一信，是姑姑田如梅写的一段话：

> 你在国外多年，接受的是西方那一套教育。东、西方无论从内涵至外延，均不可同日而语。作为一名年轻的党国将领，姑姑什么话也不想与你多说，只望你好好读完这本书，就知道如何带兵，如何处理人际关系，如何对待眼前发生的这一切了。

别看王曾铣年少，却是大将风范，聪慧过人。一本老子的《道德经》，可以说是理论天体中的一个黑洞，不同角度的阅读带来的效果完全不一样。田如梅给他此书的目的，是让他懂得中国的国情与文化特点，让他以和为贵、忍为高，别做事咄咄逼人。世上所有刚硬的东西，全被柔软所击败。然而王曾铣读上这本《道德经》中的一句"将欲翕之，必固张之；将欲弱之，必固强之；将欲废之，必先兴之"，当即大笑起来。天哪，这不就是与"上帝欲使其灭亡，必先使其疯狂"同出一辙吗？好哇，最高统帅不是不好处理吗，没关系，你不好处理，我来处理。对付姓赵的这种人，还不是小菜一碟？我要好好地让你看看什么叫"咬人狗不露齿，叫唤雀不长肉"，什么叫作"软刀子杀人不见血"！

从这天起，王曾铣开始改换面容，不作声响地看着，有不少事他明知道却假装成不知。比如赵子林在公开场合说，王曾铣根本不是当旅长的料，蒋介石搞的是氏族封建王朝，早晚要把自己的江山毁了。别人将赵子林的话，一一学给王曾铣听，王曾铣听后只是一笑，摆摆手不予理会。比如赵子林在师里分管军饷与后勤，上任不久，即利用手中权力挪用公款喝花酒，被宪兵队发现，王曾铣摇摇头不让宪兵队长抓。比如赵子林克扣士兵军饷，并利用军饷在外养小蜜，王曾铣只是把这些举报材料全部收起，不再过问。比如赵子林在旅部拉起三五个铁哥们，煽阴风点鬼火，想把王曾铣搞掉，手下兄弟们要反击，王曾铣只是劝兄弟们让上一码。王曾铣越是如此，收到的效果越是强烈，手下的官兵们实在是无法忍受，无不是被赵子林这种无端的挑衅行为气得浑身直哆嗦。他们云里雾里地搞不明白，你王曾铣要本事有本事，要人脉有人脉，要血气有血气，干吗在赵子林面前显得如此软弱与窝囊？

终于有这么一天，旅里的团长、团副不约而同地全跑到旅部来找王曾铣。一个说："他朝中有人，你朝中也有人；他父亲是军长，你父亲也是军长；他父亲是中将，你父亲也是中将；他是俄国伏龙芝军事学院毕业生，你是美国西点军校高材生，你凭什么如此让着他？"一个说："你实在是太软弱了，这么纵容他，往后你这兵怎么带？仗怎么打？"王曾铣只是轻轻地还他们一个笑，说："西谚有言，脚下的血泡都是自己打的。他要这么做，我又有什么办法？"王曾铣这话传到赵子林的耳朵里，这只假俄国熊听后大笑，说："怎么样，你们相信了吧？我告诉你们，他就是不敢把我怎样。"赵子林以为王曾铣怕他，越发得意忘形，不知天高地厚。只是赵子林实在太不了解王曾铣了，实际上赵子林根本不是王曾铣的对手。尽管王曾铣是一只头角还没有长全的狼崽，但狼崽毕竟是狼崽，是要吃人的。赵子林得意忘形便开始为所欲为，居然将三分之一的军饷克扣下来用以倒卖黄金。尽管表面上看，似乎什么事情也不曾发生，王曾铣依旧一天到晚与士兵们摸打滚爬，但也有些精明的军官从王曾铣微翘的嘴角里看到了龇牙咧嘴的杀机。

南昌大会战前夕，赵子林手下一个名叫贺子古（台州人，时任副官）的副官偷着对他说："子林兄，你可要当心哪。"赵子林问："怎么啦？""别看王曾铣年轻，可毕竟是西点军校毕业的高才生啊！""你也认为他比我强？""不，不。我的意思是，蒋总司令之所以如此看重他，自有他的道理。""什么道理？说到底他只不过是蒋家的直系亲属而已。可我们赵家也不是好惹的主，姓蒋的能到今天这个位置，没我爷爷、我老爹帮忙，能行吗？"贺子古说："我看这家伙狼目、鹰鼻，印堂间漾有杀气，你可大意不得啊！"赵子林重重地搡了他一把，扯大嗓子说："你不睁开狗眼看看，我父亲在军队里是什么职务，他敢惹我？在我眼里，他只不过是只小蚂蚁，只要我伸出一只手指头，用力一捻，他就得送命。"赵子林说完这话，得意扬扬地一甩手走了。贺子古叹息着说："吹吧，吹吧，你这个不知天高地厚的家伙，看看谁捻谁呢！"

王曾铣越来越隐忍，赵子林越来越张狂。王曾铣一次又一次地被赵子林逼入死角，赵子林一次又一次地将尾巴翘上天。

就在这个时候，蒋介石下达夺回南昌的死命令，谁临阵脱逃，不服从军令，格杀勿论。当天上午五时，王曾铣接到统帅部命令，让他立刻出击切断日本军队河上补给线。王曾铣这只从台州山林里蹿出来的狼崽，看到时机成熟，决定扑出狼巢开始咬人，他根据最高统帅部做出的决定，让赵子林率一个团前往大雁岭阻击。在这关键的时刻，贪生怕死的赵子林终于现出他人性虚伪的一面，拒绝带兵出击，赵子林没声好气地对王曾铣说："要打你自己去打，我不去。"王曾铣冷着脸问道："你不是一个天才的军事家吗，怎么不会打仗？""我就是不会打，我说过了，要打你自己去打。""你真的不去？""不去。""这可是统帅部下的军令。""什么军令不军令，对于我来说，只不过是你放了个屁……"

赵子林此言刚一落地，王曾铣嗖地站起，双目倒立，一脸杀气，高声问手下八位宪兵："一个军人在抗战时期贪污军饷，军法当如何处置？"八个宪兵高声喊："杀无赦！""一个副职不服主职指挥，军法当如何处置？""杀无赦！""一个军人国难当头时，临阵脱逃，军法当如何处置？"八个宪兵仍高声答："杀无赦！"王曾铣脸突然往下一沉，手一挥，下令："你们愣着干什么？还不把他拉出去毙了！"

手下的那些宪兵，早因赵子林克扣军饷，对他恨之入骨，一看主帅下令，那还用多说？八位宪兵将赵子林一把推搡出去。赵子林简直不敢相信眼下发生的这一幕是真的，还以为王曾铣这小子与他耍着玩呢，当发现这一切全是真的时，已为时过晚。八位宪兵手中的枪几乎同时响起，八颗子弹瞬间射入他的胸膛，赵子林一声不吭地倒头栽在地上，血即从他的胸口喷射而出，一直流到军旗杆底下。第一旅参谋长名叫易超（路桥人），做梦也没想到事情会发生如此变化，极感意外，他小声咬着王曾铣的耳朵说："旅长，他可是赵军长的儿子。"王曾铣答："我还是总司令的侄子呢！"易超担忧地提醒他："我只怕你祸患不远了。"王曾铣从容自若地答："我是军人，军人当有军人的血性。让我死我就死，让我窝囊，我做不到，大不了一命兑一命。"

王曾铣命令全旅出动袭击敌人的坦克团。第一次，他率兵潜于中山谷，采取夹击之术，打掉前后两辆坦克，再来一个中间开花，让日本军队的二十三辆坦克变成废铁。第二次，拦截日本兵船，王曾铣下令拦江而歼，一顿排炮打掉日军三十艘兵船、粮船，整个江面全是漂浮着的碎船板与日军尸体。第三次，王曾铣下令袭击大田师团，他与美国教官联手，令手下一千八百多人，扮成日本军，直捣大田宿营地，来个内中开花。只此一仗，王曾铣便初露锋芒，打得日军死伤一千九百人，击毙日本两个将官，八个佐官，王曾铣人马仅伤亡三十三人。就当时整个南昌的敌对战局中，王曾铣所率的中国第一旅的首战大捷，让中国军队的官兵们上下信心大振。

这是何等不可思议的两件大事啊。一个旅长敢于当众枪决委员长亲自任命的副旅长；中国第一旅不出手则已，一出手便击毙了日军两个将官。此是常人之举吗？非也！此人不是个战争天才便是人间魔鬼。两件事同时震动朝野，全国各地的新闻媒体、报纸或社论，无不是对王曾铣这种血性褒奖有加，说赵子林死得其所、罪有应得。王曾铣呢，到底是一位活学活用《道德经》的高手，得胜归来的当夜，即令手下的宪兵将自己五花大绑地送至统帅部，听命最高统帅的处罚。也就在这天，整个部队出现相当感人的一幕，全旅官兵集体保驾护航，向最高统帅部说明为什么枪毙赵子林的原因，第一旅官兵们当众列举赵子林一百二十五条作死的罪状。赵子林贪赃枉法的事实得以确认，明面上，蒋介石顾及同僚关系，将王曾铣骂得狗血喷头，然而最后做的处罚是将功补过，只是削去了王曾铣少将军衔，依然保留他第一旅旅长的职务，戴罪立功。背地里，却是对王曾铣赞赏得不得了。王曾铣一走，蒋介石即对林蔚说："只有这样的铁腕才俊，才是党国真正的栋梁；只有这样的铁血军人，才可堪当大任。赵子林这样的败类，死了我也不心痛。"林蔚听后，微微摇摇头，忧心地说："委员长啊，你可要知道，赵孟郡是个什么人哪？他可是一只老狐狸，我是怕你这个爱将会死于暗箭中。"

迫于当时中国政局的形势，迫于新闻媒体的一边倒，迫于蒋介石对王曾铣的器重；迫于王国器是军长、田如梅是部长、蒋福海是大陈岛宁波要塞司令，迫于他们手握重兵，赵孟郡这只老狐狸懂得牙齿打落和血吞的道理。他装作若无其事的样子，亲笔给蒋委员长写有一信："我儿子被杀，是咎由自取。王曾铣是党国不可多得的将才，望委员长千万不要削其军衔，应当对他有所晋升。"实质上，赵孟郡不过是在政治上放了一个大大的烟幕弹，以求其自保。其实杀子之仇，早已恶毒地在赵孟郡心中扎下毒根。赵孟郡在埋葬儿子的那天上午九时，当着儿子的尸体焚香割指，立下血誓："骑着毛驴看唱本，你王氏一门走着瞧，我赵某人不报此仇，誓不为人！"

从南昌战役那天起，第一旅官兵们在王曾铣的带领下，纵横穿插，浑水摸鱼，围点打援，歼敌三千八百人，吓得日本军队一听到王曾铣的中国第一旅，无不是心惊胆战。有不少国民党元老，称王曾铣为小陈诚，但王曾铣怎么也没有料到他背后的那只毒蛇，正躲在洞穴口，窥视着随时能一口咬定他的死穴，置他于死地。

第九章　名将之败

南昌会战终于进入了高潮期，这一场恶战，打得血流成河、尸横遍野。人类的战争史上，也许没有哪一场战争打得如南昌会战那样残酷与混乱。包围与反包围，切割与反切割；敌中有我，我中有敌。往往为一座高地、一处屏障，双方投重兵反复争夺。

戴学经应召成为随军医生，率有"民泽医局"八名外科医生与三十八名护士至王国器的第二十六军三十七师。王国器与戴学经一见面，便朗声大笑起来："你怎么也来了？"戴学经答："国家有难，匹夫有责，我怎么就不能来？"王国器说："不是一家人，进不得一家门，想不到你会到我这个三十七师来。"戴学经说："现在国共大合作嘛，我为何就不能来合作一次呢？"

王国器接到最高统帅部的命令，与赵孟郡军不惜一切代价死守九江，拦截日军增援部队。作为一名中国军人，王国器当然知道什么可为，什么不可为；知道什么叫作精诚合作，一致对外。面对蹂躏自己国土的入侵者，只要你是中国军人，如果不为民族利益敢于献身，那即是天大的罪孽！

王国器二十六军第三十七师与日军增援部队开始做生死较量，这一仗打得非常惨烈。穷凶极恶的日本川崎师团在王国器军的顽强抗击之下，完全丧失人性，丧失理智。正面进攻拿不下王国器这只拦路虎，居然派出三十多架飞机，向阵地投下三千六百枚毒气弹。当这三千六百枚毒气弹一头栽入王国器军阵地后，狰狞的一幕拉开序幕。王国器看到他的大侄儿王曾鑫与手下八位士兵龇牙裂嘴地搅在一起，随之脸色变成一块烧焦的木头，栽倒在地上抽搐着死去；他看到半小时前还是活蹦乱跳的三百匹战马，刹那间口吐白沫、浑身抽搐，最后不得不跪倒在地，七窍流红；他看到半小时前尚且热闹非凡的前沿阵地，现在却变得如同宇宙太空般的沉寂，所有的士兵或站或倒地死了；他看到原本生机盎然的八个村庄，现在却尸体横陈。作为一军之长，王国器第一次觉得科学带给人类的不是利益与幸福，而是痛苦与灾难；王国器第一次觉得人的生命在这种特别武器面前显得那么无奈；王国器第一次觉得人类是如此之渺小，生命是如此之脆弱；王国器第一次觉得现代化战争远比冷兵器战争更彰显其残酷与无情。就在这惨绝人寰的毒气战里，第二十六军三十七师中有一个整编团的士兵完全失去战斗力。看到三十七师仅剩的两个团，王国器只能带着他们与日本增援部队打成胶着战。进了，又退了；退了，又进了，脚下的鲜血让面前的战场变成沼泽地。

王国器咬着牙坚持了整整三天三夜，一个整编师只剩下三个营的兵力。头上有日军飞机不断地狂轰滥炸，正前方日本军队如蝗虫般地压来，若是不再有部队前来增援，王国器的第二十六军三十七师就得全军覆没。这位从不求人的硬汉，实在是挺不住了，王国器用尽全力打退日本军队的第三十八次进攻后，终于发电向集团军长官陈诚报告，请求速派军队前来增援。陈诚接到电报后，令赵孟郡火速出兵增援。在这关键时刻里，这个老谋深算的赵孟郡终于开始公报私仇。赵孟郡在看完集团军司令陈诚下达的增援令后，一脸奸笑地对手下一位副官说："对不起了，老兄，以牙还牙，以血还血，你就好好地收拾一下自己吧！"而对陈诚长官的复电，诚恳且执着，说他的军队已向王国器军方向行进，只因日本军队阻击的兵力实在太强，手下士兵损失惨重，一时无法向王国器军靠拢。对王国器回电呢，说他们正在努力靠拢，只望你军坚持再坚持……真实的情况却根本不是如此，他下有三道死令，不准手下的任何部队出兵救援。

集团军总司令陈诚将军详细分析南昌会战的全局战况后，深感如果不立刻增援王国器军，一旦川崎师团突破王国器军这道防线，从后包抄过来，整个战局的后果将不堪设想。他误以为赵孟郡真的受日军所阻，急命王曾铣带着他的中国第一旅立刻出兵，杀出包围圈前往救援。王曾铣真是一位敢打硬仗的虎崽啊，他利用缴获来的八辆日军坦克，凭着他的刚勇与智慧，硬是撕开一道缺口，然后马不停蹄地带着中国第一旅冲进赵孟郡防区。

待冲进赵孟郡防区，王曾铣傻了眼：赵孟郡所辖的防区内，根本不曾有日军重兵，他们只是按兵不动。这是怎么回事？一打听，内中有人便把赵孟郡的真实态度全盘托出。王曾铣万万没有想到赵孟郡这个老家伙居然敢违抗军令，拥兵自重，见死不救。王曾铣跳下坦克后与参谋长易超怒不可遏地冲进赵孟郡指挥部。王曾铣问："你为什么不救我父亲？"赵孟郡答："我没有能力救你父亲。""你按兵不动，怎么说没这个能力？""我是军长，这个军就得听我的调遣。"王曾铣勃然大怒："赵军长，你这是公报私仇！"赵孟郡答："是啊，我就是要公报私仇，你又能把我怎样？"王曾铣冷笑着说："好吧，军长大人，你想怎么做就怎么做，我会把你的这种行为向总司令报告！"

王曾铣与易超刚出司令部大门，往停靠坦克的方位走去，猛然间从山嘴拐角处冲出八个全副武装的日本兵，抢起八支冲锋枪朝王曾铣与易超猛烈开火。扇子形展开的子弹，瞬间将根本没有防备的王曾铣与易超这两位年轻将领打成了马蜂窝。年仅二十多岁的王曾铣与三十三岁的易超双双栽倒在地上。八个日本兵挥了个手，转身便跑得没了影。赵孟郡跑出来对着王曾铣与易超的尸体假装跺脚大哭。三分钟一过，赵孟郡便郑重其事地向集团军司令部报告：中国两位年轻的将星，在战场上遭遇日军伏击而殉落。电报拍发，赵孟郡背着两只手回到尸体面前，啐上一口水，骂道："小兔崽子，你也不长长眼看看我是谁？就你这么一个愣头小子，连我的儿子也敢杀！我告诉你，我赵某人做人的原则是睚眦必报！"

王家人的命运由此出现转折。似乎注定就在这年，让意气风发的王家人的运气集体走下坡。

第一个预感王家要出事的是田氏夫妇。一直跟着田兴业颠簸的李雅香终于在重庆一病不起。王曾铣出事那天，病入膏肓的李雅香睁开眼睛，清楚地看到身穿少将军服的王曾铣一身是血地站在她面前。她想起身前往迎接，令她愕然的是一身血污的王曾铣并不理她，却径直来到蒋凤春面前，冲着蒋凤春跪下去，叫了一声"妈"。李雅香惊得一身冷汗，王曾铣带血的形象在李雅香面前一消失，她的头脑即清醒，这不是一个平常的梦，而是有着特殊的意义。李雅香知道自己的死期将至，王曾铣跪在蒋凤春面前叫的那声"妈"，即是有着重要提示。于是，李雅香忙将蒋凤春唤到她身边，对她说："小妹啊，我的侄儿王曾铣让人给害死了，他有可能要投生到我们田家。我这一辈子只有一事对不起田兴业，就是没给他生下个儿子来。我那个女儿田文君，又跟了共产党走，我与田兴业被囚禁了这么多年，走也走不了，出也出不去了，也不知田文君是死是活。若是上天让你来这儿接我的班，那你就嫁给田兴业吧，为他生下个儿子。田氏一门十世单传，不能让第三十代子孙在我这里绝后啊！"蒋凤春束手站在李雅香面前哭，她没有对李雅香的最后嘱托做出表态。然而，李雅香睁大两眼望着她，牢牢握定她那只手。慢慢地，李雅香的两眼变成一对灰色玉石。李雅香走了，就这样悄然无声地离开了人世……

第二个对王曾铣之死有预感的是他的亲生母亲谢明心。那天，空荡荡的田王府中只有她一个人，她无法说清眼前所呈之像是现实还是梦幻，她看到新王府的大道场里只有她与田如蕙两人，一大帮不知从何处跑来的孩子，睁着兔子似的大眼睛，叽叽喳喳地围着她喊"娘"。谢明心不断地在孩子堆里寻找两个亲生儿子王曾铣与王曾镇，然令她极为失望的是怎么找也找不着他们。正当她一片疑惑时，一位容貌长得很精致的女人，将手中抱着的一个不满周岁的孩子交给她。谢明心问："你是谁？这是谁家的孩子？"女人答："你不要问我是谁，这是你们王家的孩子。"谢明心一脸惊诧："我们家的孩子都长大了呀，怎么还有这么小的一个？"对方莞尔一笑不语。谢明心顿时惊醒，一种不好的预兆，立刻控制住谢明心的灵与肉：这是怎么回事？难道我的两个儿子要出事？难道王氏一门子孙要毁灭？

第三个对王曾铣之死有预感的是他的亲生父亲王国器。那天，他正带着最后两个营的士兵坚守在一〇三高地，刚打退了日本川崎师团第三十九次正面进攻。，战斗出现短暂间歇。疲惫不堪的王国器，身子往战壕边一靠，迷糊中看到他的长子王曾铣一身是血地站在他面前。他清楚地听到王曾铣说："爸，临海的赵孟郡派人扮成日本鬼子从背后开枪把我与易超杀了。这个老鬼是不会前来救你的，你还是想个法子自己突围吧。"王国器一脸愕然，面前的王曾铣呢，对王国器摇着头，继续说道："爸啊爸，人心太可恶了，我不想再做人了，可上天还要我重新投胎做人啊……"

王国器被噩梦惊醒，这是怎么回事？长这么大也没做过什么梦呀，怎么歪在战壕里，却做起这种噩梦来了？他无法确定这梦是真还是假，正想向集团军司令部发电报弄个水落石出时，日本川崎师团开始发动第四十次进攻。日军的这次进攻比任何一次都凶猛，川崎师团开始集中一百三十多门山炮轰炸前沿阵地，炮弹鸟屎一样地落入阵地。王国器看到他的二佟子二营营长王曾钊被一颗炮弹击中，锐利的弹片把他的肚皮撕开一道大口子，一腔肠子甩出去足有三尺多远。王国器发疯似的扑过去，一把抱起王曾钊送进指挥所，命令传令兵喊来随军医生戴学经。戴学经顶着炮火冲进指挥所，刚要行手术，王曾钊即在王国器的怀里咽下了最后一口气。临死前，王曾钊那只手还死死抓着王国器的胸扣……

然而最惨的不是别人，而是王国器的小儿子王曾镇。他与王曾铣一样，是个不可多得的好军人。那时，王曾镇正处于风华正茂的好年纪，如果说王曾铣长得像其母，而王曾镇长得完全是王国器的翻板，粗壮、结实、黝黑，四方棱正的脸盘上长有一双与王国器一样的小狼眼，平日里看人时，那两只眼活如两粒皂荚熠熠发亮。王曾镇与他父亲一样特别能吃，一顿饭一两重的开花馒头能吃八个，白米糙饭能吃下八碗。他还与他父亲一样特别能爬山，驻军九江时，部队军训科目就是爬山，一条三百米长的山路帘子样地垂直悬在士兵面前，官兵们人人累得气喘，独有他轻捷得如只猴子，一口气爬上山顶。他是王家子弟中言语最少的一个，八岁时，谢明心就想让他与他哥哥一样去读书，可他天生就是不喜书，只要让他看到文字，即会呼呼大睡。十五六岁时，说什么也要跟着他的哥哥们上黄埔军校，谢明心拗不过，只可让他去。黄埔军校一毕业，蒋介石便让他给王国器当参谋。蒋是希望王曾镇能替他父亲好好把关，省得这个老土匪胸无点墨、乱了章法。

王曾镇到王国器军营后，王国器初以为这小子与他哥一样是个好读书的人，哪知这家伙天生是个打仗的好手，比他还武。一看到真枪真炮便精神焕发，一听到枪声炮声便生龙活虎，连出口的话语也比往日多一半。王国器看到儿子这种样子，曾仰脸对天长叹："生死有命，富贵在天，可别跟我一样不得善终哟！"王国器奉最高统帅部的命令带部队开往九江时，蒋福海与王曾镇在长兴见过一面，蒋福海说什么也不同意王曾镇上前线。蒋福海说："你哥哥在前线带兵打仗，你父亲又上前线，一家三口同在一个战场，万一兄弟两人全出事，你们王家怎么办？你父亲就你们这两个儿子啊！"但王曾镇异常坚决地对蒋福海说："姑父，我是军队里的参谋，我是蒋校长的学生，蒋校长让我到父亲这个军队来，就是要我帮父亲打仗的。打仗要靠父子兵，哪有副官不跟着主官上前线之理？"

王国器的想法与蒋福海不一样，他现在的身份是中将军长，三个哥哥全是将官，长子又是个将官，三个侄子及小儿子是校官；就黄岩艾氏也只不过是出了两位中将，可路桥王氏一门连出五将官四校官，十里长街有哪一姓人家能赶得上他们家？既然是名副其实的将官之家，哪有国难之时不上前线的道理？既然我们王氏一门命中注定要带兵打仗，那就让他上前线吧！于是，王国器说服蒋福海，让王曾镇跟着大部队前往九江。王曾镇从他上军部起，就一直在王国器面前跑前跑后，参与陈老五与柳行进两个加强营的指挥工作。

川崎师团在第四十次进攻失利后，这个老奸巨猾的家伙动用三十多根金条，买通了当地的一个猎人。半夜时分，山上岚雾一片沉重，川崎老贼亲自率领他手下的一百八十八名士兵，顺着一〇三高地后山那一条鲜为人知的山道，神不知鬼不觉地摸上王国器军阵地来。他们此次只有一个目的，就是偷袭王国器军的指挥所并与之同归于尽。当川崎部摸近王国器二十六军部指挥所时，王曾镇正蹲在指挥所外面的草丛里拉屎，他发现川崎与他手下的兵士排成一字长蛇，沿着那条山路躲躲闪闪地朝指挥所摸进。王曾镇想喊，发现根本来不及，想打枪，出手一摸，枪在指挥所，皮带上只吊着一颗美式手雷。王曾镇急中生智，做出一位士兵最后的抉择，他扯开手雷吊环猛地跳起，狼扑虎跃，张臂一把抱住川崎。不等川崎缓过魂来，只听得天崩地裂地一声巨响，这两人同时被一股可怕的力量扯得粉碎。

战斗很快结束，一百八十八名摸上山来的日本士兵全部被王国器军消灭。然而，王国器第二十六军三十七师损失惨重到极点，最后一次清点人数时，发现军队只剩下了一百一十三人，营级军官只剩两人，一个是陈老五，一个是柳行进。

集团军总司令陈诚终于下达停战撤退命令，日本军最高司令长官冈村宁次也同时下达了停战命令。枪声、炮声一刹那间全部戛然而止。南昌大会战中、日双方的军事行动宣告停止。是时，双方活似一个累得大卸八块的猎人与累得无法再咬人的野兽，只可对瞅，再也无力征服对方。

王国器率领的第二十六军三十七师没有在中国军队中取消番号，副师长死了，参谋长死了，校官剩下陈老五与柳行进，尉官剩下八人。全军除军长兼师长的王国器外，仅剩下一百一十三名台州官兵。然而，就这仅存台州官兵，却如同山岩一样，岿然屹立在一〇三高地上。

蒋福海终于带着王曾钫与他的军队前来救援，到达一〇三高地后，两人见面做出来的第一个动作，即是相拥着大哭了一场。牺牲军士集体入土安葬时，蒋福海问王国器："我是不是把王曾镇、王曾鑫、王曾钊的尸体运归路桥？"王国器摇摇头没有同意："这些全是我从台州带出来的兵，他们埋在这里，他们三个也一起埋在这里。"

集团军最高长官陈诚也来到了一〇三高地，看着满山遍野刚堆起的新坟，陈诚将军的心情极为沉重。他拿着一根小马鞭，顺着一个个刚竖立起来的碑，一个名字一个名字地念过去。最后陈诚将军的目光停留在同排的王曾鑫、王曾钊、王曾镇三个名字的碑上，问："哪个是你的小儿子？"王国器悲痛地回答："王曾镇。""他怎么死的？"王国器即将王曾镇殉国的前后经过说了一遍，陈诚又问："三十七师现在还剩多少人？"王国器答："一百一十三人。"

陈诚将军令王国器率一百一十三名勇士跟戴学经的救护队一起回路桥，一是疗伤，二是处理后事。陈诚说："这些兵全是你从台州带出来的，他们上有老下有少，你回去帮着地方民政部门发放抚恤金，安抚民众，恐惹起民愤，出现的麻烦会更大。至于第三十七师如何重新组建，等待总司令的命令吧！"王国器一口答应。陈诚转头问蒋福海："王军长是不是还有个侄子在你处当参谋长？"蒋福海答："是。"陈诚说："你也让他帮着王军长处理一下阵亡烈士的后事吧。一个整编师，死得只剩下一百多人，我愧对台州父老乡亲！"言罢，陈诚将军再次泪流满面。战争哪有不死人之理？死的已经死了，活的人总让人牵肠挂肚。王国器一看到侄子王曾钫，就想起了那个刚当上将军的儿子王曾铣。

告别时，王国器问陈诚将军："我儿子他好吗？"陈诚不敢把王曾铣与易超已死的消息告诉王国器，一是怕他爱子心切受不住，二是觉得王曾铣与易超之死内中有猫腻，在整个事件没有完全调查清楚之前，作为一个集团军最高长官，他只能保持沉默。陈诚回答："你放心好了，他比你能干。"王国器又问："仗不打了，父子两人均在南昌，他怎么不来见我？""大兄弟，你儿子是军人，军人自有军人的任务，见面的机会有的是。""你是不知道呢，这小子打从美国回来，就没来看过我一次……"

王国器第二十六军三十七师没有全军覆没，最后还剩下一百一十三名官兵的消息传至赵孟郡耳朵里，当即骇出一身冷汗。赵孟郡怎么也没想到王国器会在如此残酷的战争中活下来。他知道王国器这头老狮子的厉害；他知道纸永远包不住火，精心设计的阴谋最终会败露；他知道王国器是个绿林好汉，一旦知道事实的真相，会用什么样的手段来对付他。这个阴险狠毒的家伙，当天便做出决定，先下手为强，后下手遭殃。那天下午，他即给时任台州第七行政区专员的何衡芜之子，他的亲外甥何得志写有一封密信，派一位心腹连夜送至台州，并嘱务必将此信亲手交给何得志。赵孟郡在密信中令何得志无论如何想尽一切可行之法，将王氏一门彻底消灭，信中写道："现在，我已经顾不得其他了。我不怕蒋介石，即使他知道了也不会对我怎么样。我怕的就是王国器一门子孙，只有把王氏子孙在路桥赶尽杀绝，我们何、赵两家方可有救。不然，何、赵两门子孙将死无葬身之地。"

临海何、赵两家既是亲属，又是青红帮的拜把子兄弟。一人得道，鸡犬升天，蒋介石与赵孟郡正式登台，何得志便水涨船高，浮出水面。郎本清死后，因赵孟郡极力举荐，何得志摇身一变，成为浙江省最后两个行政区中年龄最轻的地方专员。何得志接到密信后，惊得两手不停地颤抖，他如何不知路桥十里长街王氏一门？他们家可不是凡夫俗子啊，清一色的绿壳海盗出生。如果不借机来个斩草除根，只要有一颗小火星在，他们就会将何、赵两家杀得片甲不留。接信当夜，何得志即找到他最好的朋友樊川，两人头碰头地凑在一起商量着如何除掉王国器，一直到下半夜一点，樊川终于给何得志想出了一个两全其美的方案，他们决定在王国器回路桥疗伤的农历七月十五对他下手。

路桥十里长街两位具有划时代意义的老人，仿佛前生有约一般，在同一天（时辰不同）去世。先走一步的是李文达，他临走前，把刚从前线撤回来的戴学经悄悄叫来他家中，对他说："我女儿死了。"戴学经说："不可能。""真的，真的，我女儿死了，我看到我女儿李雅香了。她对我说，她在阴曹地府为我造了幢房子，现在等着我去住。""李先生，这只不过是你想女儿所出现的幻觉而已。""天下有许多事情，我们肉眼凡身无法说清，但我相信。我一生唯有此女，可我实在是对不住她啊！""人哪，生死有命，没有谁对不起谁。不管怎么说，田兴业官至中将，为国家、为台州、为百姓做了那么多事，也是我们台州值得骄傲的人物。""正因有这点，所以我死也知足。我知道你是共产党，也知道你是共产党领导人，还知道我外孙女田文君就在你手下工作。我想，我活着再见到她，怕是没机会了。""田文君现在也当上新四军的干部了。""我担心这幢房子，将来我的亲外孙女怕是住不着了呀，我想送她一个礼物作结婚时的陪嫁品，不知你能否替我交给她？"戴学经说："您老放心吧，有什么要我做之事尽管说，只要我有一口气在，必定帮您办到。"李文达颤抖着两只手，在枕头下摸索有大半天，拿出一只非常精致的小盒递与戴学经。戴学经拿过盒子，打开一看，倒抽了一口冷气，这可不是普通之物啊，是一只价值连城的钻石大戒指。李文达颤声说："这是我身边最后一点东西了，你赶紧拿走吧。别看他们眼下对我挺好，其实打心里巴不得我早死，好霸占我的钱财与房屋。我呢，早就想过了，今后的天下必定是共产党的天下，有朝一日共产党掌握大权，你就替我把这幢院子捐给共产党。"戴学经点了一下头，揣着戒指悄然潜出李家大院。不多久，他便听到李家大院传出一阵哭喊声，他们家的那位大管家扯着嗓子高喊："老爷子殡天了！老爷子殡天了！"路桥李氏的众房族们，全都半真半假地号哭起来。

李文达死后，只隔有一个时辰，谢东潮的人生即走至尽头。那天上午九时，谢东潮让贴身用人去田王府叫谢明心来，用人立刻前往田王村新王府。是时，整个新王府成为伤兵们的临时医院与济难所，一百一十三名士兵全住在这里。谢明心、田如蕙、戴学经夫妇忙得脚打后脑勺，两个当家女人甚至忙得无法给自己的孩子做送行饭。谢家用人一到新王府，立刻找到正在那里当总指挥的谢明心。谢明心说："老爷子有什么要紧事？缓一下不行吗？我这里实在忙得走不开……"用人答："不行，老爷子说了，要你立刻去，他有要紧话与你说。"谢明心一听，没法，只得交代一下事情即往娘家走。

谢明心回到谢王府，发现家里家外没一个其他人，只有她老父亲一人端着身子、穿得整整齐齐地坐在中堂。谢明心进去后，刚要拜见老父亲，头一低即看到老父亲脚下放着那只暗红色阴沉木制作的大圣柜。谢明心问："爸，你把这个东西搬出来做什么呀？"谢东潮答："交代后事呀！""爸，你别给我添乱了好不好？一百多位伤兵全住在我的府上，我都要累死了。""一个人能活多长，只有他自己知道。这只圣柜呢，是谢皇后送给你的，一直放在我谢家算怎么回事。既是你们田、王两家的东西，当物归原主。""爸，就让它放在这里吧！"谢东潮这才把发生在圣柜的那件怪异事与谢明心说了。谢明心听后大为惊愕，问道："你在这柜子里放有多少东西？""我说不清，当时，我正想清点，但柜子自动合上了，我再怎么也打不开。""打不开就打不开吧，反正是生是死、是荣是贵，早写在生死簿上。""过去，我一直解不透箱中那道圣旨是什么意思，直到李文达死的这个时辰我才恍然大悟。此柜，不是平常柜，它关系着你与田兴业的身后事。如果放在我们谢家，若干年后此屋一旦归公，我就有负圣恩了。""爸，你别说得那么玄乎好不好，谢皇后是几百年前的事了，她又不是李淳风的《推背图》，能知上下一千年。""女儿啊，有些事情你不信也得信。凭着我的直觉，你与田兴业怕是还有一段缘分呢。""得啦，爸，你又胡思乱想了。""不，不，这不是我胡思乱想。只是眼下打不开这只圣柜不好明说，今后一旦它自动开启，你读一下谢皇后的圣旨，就什么都明白了。"谢明心也忘了圣柜内的那道圣旨写的是什么，只知道柜内有一组数字，是"壹玖玖玖玖壹叁"。谢东潮又说："我叫你搬走，你就赶紧搬走。趁着你的三个姐姐与姐夫都不在家，你叫几个人从后花园的门抬出去，搬到新王府后放入那间密室。我想总会有一天，能帮你点什么。"谢明心见老父一脸神秘的模样，心想：既然父意如此，就遵从父命吧！

谢明心步出家门，挥手喊来两位搬运工，搬起这只圣柜从后门上船，直接送到田王村新王府石屋。那天，谢明心躲开府内所有人的目光，偷着打开密室，移进圣柜，密室门一关，谢明心也不再去想它。就在她把这些事情办完后，谢家的用人又来了，要她赶紧去谢王府。谢明心快步走到家门口，只见大姐立在谢王府门口迎她，一脸是泪地对她说："父亲走人了。"

这两个老人走了，可不是件小事情。这两人是路桥十里长街有名的王室贵胄、三朝元老，是一个时代终结的标志。于是，谢、李两家的子孙都忙乎起来。王国器呢，更是不用说，两方都是亲属，他不得不身披重孝，赶了这场葬礼又赶那一场葬礼。

台州第七行政区专员何得志亲自请王国器、王曾钫及民政局局长，一起登门拜府去送抚恤金。何得志极为情真意切地对他们说："为纪念这一千八百一十八名台州将士们，台州第七行政区特请南山寺、国清寺、金谷寺一百八十八名高僧，于金谷寺做水陆道场，超度死难战士的英魂，敬请各位出席，并请王将军为之主祭。"那时的王国器，内心非常痛苦，一因二十六军第三十七师将士差不多全死了，而他还活着。别人活着不要紧，作为一军之帅还活着，对于一个烈血男子来说不是惩罚又是什么？生当作人杰，死亦为鬼雄，应当与他们一起死，才算得上是一位真正的男子汉。二因面对如此之多悲伤欲绝的死难家属，作为二十六军第三十七师的最高长官，他不知道该说些什么？现在台州第七行政区要为死难的英魂做水陆道场，建碑、建忠烈祠，他岂有不出席之理？王国器几乎想都没往深里想，便一口应承。

悼念台州阵亡将士的水陆道场，在路桥徐山脚下的金谷寺正式开始。全台州足有一万多民众参加，声势极为浩大、隆重。台州第七行政区官员面对英烈们的遗照，无不是声泪俱下。先诵经，后祭天，接下来便是烧纸。王国器头顶香盘一共跪了六跪：前三跪代表陈诚将军，后三跪代表他自己。超度灵魂仪式结束后，何得志再次极为恭敬地来到王国器面前，一脸阿谀奉承地对他说："将军阁下，没有你们的将士献出宝贵的生命，我们国家也绝不会有今天。为感谢全军将士的英勇行为，我们决定在皇花楼为将军备下薄酒，聊表心意，敬请将军务必带着您的官兵们前来。"盛情难却啊！王国器一看，何得志确实是一片真情，当然一口答应。

王国器让王曾钫去新王府通知全体官兵，让他们准时到路桥三水泾口是皇花楼赴宴。宴会正式开始，所有官兵跟着陈老五、柳行进一起走进皇花楼。何得志在皇花楼摆出来的庆功宴分两处，军官们在包厢，士兵们在大厅。菜肴，既高档又精致；饭，是本地最好的粳米；肉，是现杀的活猪；鱼，只上脊栋中一条；鸡，只用爪、用翅、用肉脯。有十几道菜，这些前方归来的官兵们听都没听说过，更甭说是吃了。什么金华竹叶火腿、阳澄湖清醉蟹、四川叙府糟蛋、象山醉蛏鼻、三门醉泥螺、大寺基茶干拌荠菜、河东鲫鱼脑烩豆腐、天星桥乳烤猪、玉环鲨鱼翅、一江山岛唇骨、下陈岛大黄鱼等。上来的水果，更是他们当兵多年也不曾吃过的好东西，连名都叫不出来……

台州第七行政区专员何得志准备上台宣读早已写好的祝酒词，就在这时，谢明心高贵且清逸的身影突然出现在宴会堂里，高扬一声："家中有事，请王国器出来一下！"刚落座的王国器不知发生了什么事，忙起身走到门外，只见谢明心率着三十三位田王村子弟兵荷枪实弹、杀气腾腾地站在门口。

王国器见谢明心那张脸惨白如纸，大异，问道："出什么事了？"谢明心回答："我搞不清王家前世作下什么孽，老天爷要让王家断子绝孙！"王国器摸不着头脑："你说这话是什么意思？"谢明心并不言语，将一张匿名写来的纸条递给王国器看，只见那张纸上写着如此一段话："现查明，第二十六军三十七师之所以死那么多将士，是因赵孟郡部见死不救。王曾钫奉陈诚长官之命前往救援，被临海赵孟郡让八位贴身士兵化装成日本兵所杀。何得志乃是赵孟郡之小外甥，行赵之密信，欲趁此机会斩草除根。本次宴会主桌酒内有毒，务请王国器将军迅速带人回来。"王国器大惊："谁写来的？"谢明心答："我怀疑是戴学经，他给我开过药方，我认识他写的字。""这怎么可能呢？他们如何敢下毒手？""我的傻丈夫啊，你懂得什么叫政治吗？"

王国器还是敢不相信，同是蒋家王朝的官员，同是一个政党的军队高级将领，岂可自相残杀？正在迟疑间，突然听到唯一的亲侄子王曾钫发出惨叫声，王国器急忙拔枪冲进皇花楼包厢内。惨案终于出现在他眼前，最后一位亲侄子王曾钫口吐鲜血，一头栽倒在地上。何得志挥一下手，早已潜伏在旁的赵氏家丁全掏出枪来对准王国器。王国器勃然大怒："你们想干什么？"何得志阴阳怪气地说："对不起了王将军，有怨报怨，有仇报仇。你的儿子杀了我家赵子林，我们今天也得杀你们王家人。"何得志刚要下令开枪，只听得谢明心在门外喊一声："动手吧，再不动手，可就来不及了。"三十多位跟随在谢明心左右的子弟兵出手如风，枪身疯狂地抖动起来，一排排稠密的子弹扇形展开，包括何得志在内的八位台州军政大员及赵氏家丁全部倒在地上，皇花楼顿时血流成河。

如果就此打住，王国器也算是功德圆满，但王国器毕竟是王国器，潜在他身上的那点匪气终于被仇恨煽得更加猖狂，他变得与若干年前刚起事时的情景一样，生死不管，无所顾忌。不管妻子谢明心如何劝解，王国器全然不听，只是红着两眼回到田王村王府，叉开两腿在台阶上站定，掩脸号啕大哭，面对着一百一十三位士兵狂喊："我王家九口一心一意为党国卖命，为什么我的党国却让我断子绝孙？我的三个哥哥死了，我的三个侄儿死了，我的两个亲生儿子死了，我有什么地方对不住他们？他们为什么还要杀我？"老狮子完全失去了应有的理智，挥着两臂面对苍天愤怒狂叫："这世界我早他妈看透了，什么政党啊，国民政府啊，全都是无恶不作的豺狼。我不吃他，他就要吃我！我王国器什么将军、什么司令都不当了，你们想归队当兵的去温州找蒋福海，想跟我走的今天就跟我走，不想当兵也不想跟我走的，现在就回家！"说完，王国器一头拱进内室，将家里所有的银圆全部倾出，叮当作响地往地上一倒，然后趴在台阶上，头一鞠，给一院子的士兵们咣咣咣地磕上三个大响头，爬起来，端起一挺机关枪便一头拱了出去。

王国器一走，另外三十位与王国器心贴心的田、王子弟，也拿起武器跟着他走了，留下柳行进、陈老五与八十多位伤病员。谢明心见情况不妙，上气不接下气地跑出来，企图对王国器的昏聩行为做出阻止。但一切为时过晚，头脑搅成一盆浆的王国器已被仇恨冲昏了头脑，他再也不是国民党高级将军，再也不是台州人拥护爱戴的保护神，而是一位无所顾忌的大土匪。

台州第七行政区最为可怕、最为腥风血雨的新战争立刻拉开序幕。完全失去理智的王国器，领着三十位出生入死的田、王子弟，开始前所未有的大洗劫。王国器率着他们冲进台州国民党党部，几轮机枪子弹扫过，三十多位国民党政府官员与工作人员全部倒地；王国器冲进将军山的台州军事仓库，只听得一声巨响，八处国民党军火库腾身跃上蓝天；王国器冲进临海何家与赵家，将何、赵两家所有的金银财宝全部掠走，连杀何、赵两府二十八口男子，只有赵孟郡的次子赵子雄与何衡芜的次子何长春幸免于难。

太过了，太过了，一切都做得太过了，这场大屠杀直至血可漂杵，王国器的头脑才冷静下来。他曾考虑过要重新起兵，但毕竟今非昔比，一个是正义之战，一个非正义之战；一个是为大众，一个是为报一己之仇。况且，你王国器说到底只不过是一个失去了政党与民众支持的草莽人物，如何能敌得过心狠手辣的政治家们。终于，身为第二十六军副军长兼温州要塞司令的蒋福海不得不率着他的大部队出动，围剿王国器。想当初他们同朝为官，现在不得不成为生死对头。蒋福海率的全是经他一手调教起来的国民政府正规军，你王国器就凭三十多个人和枪，怎能敌得过装备精良的正规军呢？王国器实在是走投无路，别无选择，只有入山为匪。于是，他不得不指挥三十位子弟兵，裹挟着掠到手的何、赵两家五位年轻女子及全部金银细软夺路而逃，直奔雁北天柱峰，在若干年前艾民起带着八百壮士坚守阵地与清军作战的地方，落草为寇。

赵孟郡被人暗杀。当过路的人发现赵孟郡时，只见他歪倒在一条小河边。围观的人把赵孟郡的尸体翻过来看，只见他脖子上有一根陷进去很深的细钢丝。

王国器完全变成了另外一个人。两个儿子的死及赵孟郡对自己下毒手，两件事一旦发生共鸣，即成为王国器人生命运的一道分水岭。是时，王国器所有的理想、信念、道德底线、良心全部被儿子的死与国民党官场里的相互残杀彻底瓦解。上山为匪的王国器感触极深地对手下三十位田、王子弟说："动物是在互相残杀中得以生存，人也须在互相残杀中得以生存，不是你死，便是我活。人世间到处设有陷阱，今日有酒今朝醉，这才是人生的大道理。我活了近五十年，算是看透了，做人啊，心不能太善良。善马让人骑，好人让人欺；给得越多，恨你越深。"正因王国器在血的洗礼中有了这种认识，最后蜕变成万恶不赦的魔鬼。王国器怀疑一切，憎恨一切，他开始对什么人都不相信，对所有的政党与他们提出来的政治主张全抱有一成不变的怀疑。

王国器为扩充势力范围，居然把莲花山老土匪万五魁收罗到他麾下，兵员由原来的三十人扩编至两百多人，并按军队编码，将两百多位兵员分成三个营，重新拾起他过去用过的老名号"台州国民自卫军"。

王国器真正以"绿壳"的面目，第二次雄视台州这块土地。为了解决两百多人的吃穿问题，王国器前后三次率部下山，抢夺台州国库储存的粮食、物品。为了解决山上男子性欲的问题，曾四次下山，抢得十三名妓女。为了解决两百多人的弹药短缺问题，五次偷袭国民党政府设在海王村的军火库，打死打伤守军一百三十三人。

消息传至重庆，蒋介石为之痛心疾首，深觉王国器之所以走向他的对立面，是因他的判断失误与不听田兴业的劝告所造成的。若是当初对田兴业与王曾铣的来信予以重视，听从林蔚与陈布雷的意见，也不会赔了夫人又折兵。为此，他特任田如梅为特别行动小组少将组长，前往温州乐清雁北的天柱峰做王国器的思想工作，并做出郑重承诺，过往之事不再追究。

一身戎装的田如梅来到路桥，在新王府歇有两天，不带一兵一卒，前往乐清雁荡山天柱峰，走进王国器所住的那处山洞。

田如梅与王国器终于见面，两人面对面地坐下。田如梅将腰头别着的双枪掏出来往桌上一放，开门见山地将蒋介石如何处置赵孟郡一事说了一遍，王国器听了只是暧昧地似笑非笑。田如梅开始苦口婆心地劝王国器："你别再执迷不悟了，在这里当个搅乱朝纲的山大王，对你自己及跟着你的田、王子孙都没有好处。"这个时候的王国器再也不是过去的王国器了，他已心冷如铁，听不进任何人的话。他斩钉截铁地回答田如梅："阿姐啊，你替我想想，蒋家靠什么军队起的家？想当初，他与我结拜兄弟时，对我怎么说的？我王家为了蒋氏成就这番事业死有多少人？三个哥哥，三个子侄，两个儿子。我这么一个好儿子，是信你老蒋，才交与你老蒋。你可是第一号领袖人物啊，整个国家皆在你手中掌握，怎么就保不住我儿子，你说的这些话是哄谁唬谁呢？"田如梅答："人在高处不胜寒，蒋委员长虽是国中一人，可也有他的难处。手底下人瞒着他搞个小动作，也不一定全能发现。"王国器瞪起那对老狼眼说："可田兴业有什么错？如果当初没有他出头，蒋家能得到我在台州拉起来的这支军队？他为蒋家王朝做出多大牺牲，光祖上留下来的画，就给卖了八幅。为什么就因他放跑了自己的女儿、朋友，就把他囚禁了这么多年？你既是田兴业的姐姐，又是蒋介石的堂嫂，为什么不伸手前去援救？到底是你们讲良心了，还是你们根本就没长心？别再设圈套哄我下山，然后好一枪毙了我。"此言一出，令田如梅脸色僵硬，坐在那里半天居然说不出一句话来。最后，王国器说："如梅姐啊，不是我王国器想当野王，也不是我王国器狗脸生毛不认人。想我王国器年过半百，就算上天使劲让我活，又能活几年，我为什么还要第二次上当受骗？"话说到此份上，田如梅知道王国器确实是王八吃秤砣铁了心，不可能再回头，也不好再说什么了，只得独自走下山去。

　　共产党在浙江的新四军游击队第四纵队也开始了行动。他们知道王国器两个儿子如何死的详细经过；知道王氏三兄弟的真实死因；知道田兴业与蒋介石之间的政治分野；也知道田兴业是如何利用手中的权力与地位，解救台州一百多位地下党员，这可是顶天立地的大功劳啊！新四军第四纵队的领导经过仔细考量与洽商后，一致决定伸出两手救王国器一把，于是派出新四军浙东支队军务部部长田文君与她的未婚夫新四军第四纵队浙东支队副支队长许行一，一起去天柱峰。

　　任务下达后，田文君与许行一以夫妻的身份即刻起程。他们此次去的任务与田如梅一样，对王国器动之以情，晓之以理，劝他别再占山为王当土匪，放出所有掠上山的女子，带着追随他的士兵们下山。想回家的，新四军指挥部可以按人头发路费；想加入新四军的，浙东支队可全盘接收。

　　那天，王国器拿出当长辈的样子，热情地接待侄女与侄女婿，并笑着对他们说："你们的姑妈刚走，你们又来了，看样子，我这个绿壳大王倒成了一块香米糕了。"田文君答："伯伯，我们这样做是为了您好。"王国器看了她一眼，说："对我有什么好，骗我下山，好让我死？""伯伯，您把别人的妻子、女儿抢上山来，这也不积德呀！""我抢的女人是仇人的女人，还有妓女，我抢的东西是国民党的东西，你们共产党军队一直躲在深山冷岙里打游击，没吃没喝了，难道不抢？""伯伯，您别这样说话，这性质两样。我们共产党是有信仰的，与您上山落草，完全是两个概念。""你父亲不是讲信仰的吗？一言不合，一事不妥，便让蒋介石囚禁在重庆这么多年。如果我不上山落草，我还不知道有这么一回事。你阿哥王曾铣不是讲忠君、报效祖国吗？最后结果怎么样，却惨死在自己人手里。我二十六军三十七师不是讲为国捐躯吗？一天里死了一个团将士，可那个赵孟郡在我身边，却是瞪着两眼光看，不肯救，还有什么道德可讲？""我们共产党与国民党是不一样的。"王国器反驳她，说："囡儿，不一样在什么地方？天下乌鸦一般黑，哪个政党不是这样。用得着的时候，跪下来叫爹叫妈；用不着的时候，卸磨杀驴。我王某人当了这么多年的将军，什么人、什么党还看不明白吗……"

　　是时的王国器，真是一条道走到黑了。不管田文君与许行一如何解说共产党的理论、政策、方略，王国器只是好吃好喝地供着他们，就是不肯跟他们下山。最后，许行一不得不操着浓重的山东口音对王国器说："伯伯，您这样做，是把自己推向人民的反面，与人民为敌，结果很危险。若您继续一意孤行，搞不好会前功尽弃，自取灭亡。"王国器听后，一声冷笑，龇着牙齿答："你说的这些臭理论我懂，用不着再讲。我是个奔五的人了，人间的灾难与福分我都尝过了，眼下你伯伯什么也不缺，就缺上天给我一个死法。我看你是我的侄女婿，才接待你的。

你呢，别在我面前提这个党、那个党的，我一听到'党'字，就心里发凉。"没有办法了，实在没有办法了，说破嘴皮也不顶事了，无法逆转的事情就是命运啊。正因王国器连续两次拒绝上帝拯救他的机会，所以他命中注定将走向无法逃避的劫难。

日本天皇正式宣布投降，中国人民的抗日战争终于取得了最后的胜利。普天同庆，举国上下一片欢腾。

许行一与田文君举行婚礼，结婚典礼就安排在浙东支队指挥部，台州黄岩县革命根据地金家村举行，名作曲家金明一做他俩的证婚人。由于田文君一直不知父母被蒋介石囚禁在何处，也不知父母现在到底是死还是活，加之外公李文达的亡故，身边已没有其他的长辈，便邀请父亲的好友时任台州特委组织部部长的戴学经作为家属长辈。婚礼举行得极为简单，只进行了三项议程：一是金明一与一群活跃的文艺演出队员，在金家村的金牌楼下唱了三支歌，跳了三支舞；二是让许行一、田文君夫妇上台，给金家村村民与新四军游击纵队浙东支队的全体队员们行了三个礼；三是大家开心地吃了一两块糖，婚礼即结束了。事后，戴学经将田文君与许行一叫到黄岩溪边，把她外公临死前交给他的那只大钻石戒指拿出来，递于田文君。戴学经说："孩子，这是你外公临死前要我交给你的。"田文君问："我外公去世前，还交代了什么？"戴学经即将李文达的遗嘱一字不落地说了一遍。田文君思绪万千，想起小时候，外公抱着她口口声声叫"小宝贝"；想起外公抱着她去看河、看山；想起外公牵着她那一双小手去荷花池里捉蜻蜓；想起外公将她搂在怀里，捉着她的一双小手教她写大字；想起外公哑着嗓子，动着他的大胡须教她念《三字经》；想起外公抱着她坐在石桥头上，看着南官河上那一艘艘木航船顺河驶来驶去……这是祖孙两人带有诗情画意的好日子啊，可现在的她却是形单影只。想着想着，田文君的心一阵发酸，捧着外公送给她的这枚钻石大戒指，抖动着双肩失声恸哭起来。许行一想劝，戴学经摆摆手说："别，别，让她哭吧，哭够了，也许会好一点。"

国共两党最后的大对决也终于拉开序幕。

田文君生下一个男孩。就在她分娩的那天夜里，强烈的山风如一双神经质的双手，乱翻着九狼山的树林、竹林。住在金明成家的田文君，浑身无力地半靠在金明成家那张古老的木床上，怀里抱着刚出生的婴儿，凝神屏气地听着黄岩溪水不断撞击石壁的声音，听着强烈的山风穿越峡谷时发出来的声声长啸。此时的田文君思绪如溪流般湍湍不息，她想起母亲自生下她后再也不曾生过一男半女；想起田、王两氏这么多年来总是王家多男、田家多女；想起外公送给她的这一只价值连城的钻石大戒指；想起一直不知囚禁在何处且死活不知的父亲与母亲……思绪万千，不禁愁肠百结，她实在不愿田氏一脉在流动的生命长河里被利刃斩断，决定打破田氏祖上惯例，将新生儿起了个双姓，叫作许田长青。

何长春与赵子雄决定与共产党为敌。何家与赵家唯一的两个传人之所以如此铁心地拉起队伍与共产党作对，是因为他们实在是不甘心家里那么多的农田、那么多的家产拱手让于共产党；实在不愿看到何、赵两家的生死仇敌王国器，还老太爷似的活在世上。于是，他们纠结了何、赵两氏的直系眷属及社会烂头，共一百余人，组建成一个台州民团，赵子雄自封为司令，何长春为参谋长。为此，他们选定了一个日子，召开了一个成立大会，何长春与赵子雄领着这一百余人在赵家村的大操场上，隆重地举行歃血盟誓仪式。三跪三拜后，赵子雄手握木壳枪对天狂喊："弟兄们，你们给我听着，我赵子雄誓与共产党不共戴天！誓与王氏子孙不共戴天！只要你们诚意诚意地跟着我们干，我让你们享尽人间荣华富贵，讨上七房八房小老婆！"

台州民团开始修筑大炮台。赵子雄坐着船来到乐清，与驻扎在浙东的国民党浙保六团团长陈老五、浙保三十三团团长柳行进取得联系。赵子雄向这两名国民党浙保团长当面表态："请你们两位长官转告蒋委员长，我们何、赵两家生为党国人，死为党国魂。我们的口号是消灭共产党，消灭王国器，为国、为家报仇雪恨！"陈老五与柳行进对他俩只是略微一笑，说："好，好，你干得很好，我们一定向委座汇报。"

赵子雄在路桥十里长街找到国民党军统浙江站站长樊川，并邀请他出任台州民团军事顾问，樊川一口应承。是年，中共地下党八个交通站被捣毁，三十一名地下党员被杀戮。由于这支民团的组成人员全是地方烂头与痞子，又有樊川这样一个掌握真实情报的老牌特务做高参，加之他们对当地情况了如指掌，因此对台州的地下党组织有着极大的破坏力。看到这么多优秀的共产党员被杀戮，浙江省委高度重视，时任浙江省委书记的龙大道得知消息后，即与许行一商量并做出决定，必须调集兵力彻底铲除台州这块恶瘤。

浙东军区司令员许行一率一团战士，化装成国民党军队，沿着括苍山道赶往临海。恰逢王国器通过眼线得知台州民团正打算血洗田王村，怒不可遏之下，率两百多名弟兄，沿着括苍山那条羊肠小道扑向临海。由于通信联络的短路，王国器根本不知沿着括苍山小路开过来的这支穿着国民党军装的部队是共产党人，带兵的首长是他侄女婿许行一。误以为头上戴着大盖帽的就是他的仇敌赵子雄、何长春，于是，王国器下令伏击。许行一所率的一团战士呢，哪知前面山口有伏兵，走进了伏击圈。王国器高喊一句："兄弟们，给我打，狠狠地打！"带头开了枪，当场打伤了三名解放军。这个突然出现的阻击行动，令许行一深感意外，将侦察排长叫过来问："怎么回事，是谁走漏了消息？"侦察排长答："这不是赵家民团，是土匪！""哪部分的土匪？""王国器部。"许行一大惊："什么，王国器部？"侦察排长肯定地回答："是王国器部。"许行一大着他的嗓门喊："别打了，别打了。"侦察排长问："为什么不打？他们挡了我们的道。"许行一说："你有所不知，他肯定是把我们当成台州赵家民团了。那个民团团长是赵孟郡的儿子赵子雄，王国器恨不得扒他的皮、吃他的肉。你们让开，让我来向他喊话。"许行一不假思索地站起，对躲在草丛里的王国器大喊："伯伯，我是许行一，我们要去临海打赵家民团，您别误会！"因两军之间相距较远，许行一大意失荆州，忘了自己头上还戴着一顶国民党军官帽子，王国器手下的一名士兵开枪了。对方使的枪是七九大盖，射程极远，许行一话声刚落，都来不及"哼"上一声，就一头栽倒在地上。

王国器弄明白了是手下误伤了他侄女婿，大叫一声"倒霉"，便带着一帮兄弟顺山势冲下。他们手忙脚乱地将许行一抬到边上的一处山洞，四处去找医生。这里是黄岩宁溪山区的深山冷岙，住的全是山民，能有几人懂得医道？好不容易找到一个土中医，土中医弯身一看，许行一被打成这种样子，吓得直摇头，急得王国器手脚无措。正在这紧急关头，浙东纵队接到报告后，立刻派田文君与戴学经从另一处山头抄小路赶过来。他俩赶到时，许行一只剩下最后一口气了，田文君一脸怒容地盯着王国器说："伯伯，您看您整的什么事？"王国器臊得无地自容："好侄女，你饶了我吧，我哪知道啊，他穿的是国民党军服。"戴学经看出王国器内心的痛楚与愧疚，挥了一下手说："好了，好了，你们叔侄两个待会儿再论对错吧，眼下救人要紧。"

戴学经就在小山洞里给许行一打了麻醉，开腔做手术，先洗去腔内淤血，再接上断肠，最后如女人做新衣一样将破开来的肚皮一针一针地缝好。王国器有生以来第一次看到戴学经如此给人做手术，在他的感觉中，这哪里是给人治病，简直是在杀猪！手术做完后，戴学经走出山洞，点起一支烟，嘬在嘴里慢慢地抽着。待手中的烟抽完，许行一也哼唧着醒了过来。直到此时，戴学经才开口对王国器说："国器啊国器，你就听小弟一言，带着你的人投了共产党吧。别一朝被蛇咬十年怕井绳，遇着几个坏人，便以为天下人全是坏的。你看人家共产党对你多好，如果换成国民党军队，你把人家指挥官打成这样，对方大部队开过来，还不要了你的命？"王国器默不吭声，陷入了沉思。

三大战役正式结束。中国人民解放军百万军队结集于长江北岸，准备横渡长江。

中国人民解放军浙东第三纵队司令部决定往艾家村转移。浙东军区大队人马过鸡头岭时，驮着电台的那头老黄牛突然打个前趄，身子一翻，四脚朝天地从峭壁上摔下去。老黄牛被摔得粉身碎骨不说，纵队唯一的电台也被摔个四面开花。这可是浙东纵队的一件大事呀，指挥部的作战部署与命令，都是通过电台与各团直接联系。那时，浙东纵队管辖的范围不小，辖区内共有五个他们一手创建起来的红色根据地，总计五个团，战斗人员达三千五百人。因这支游击部队与正规军队不一样，自组建起，根据中央军委部署的方案与要求，行的是孙悟空钻入铁扇公主肚子的战术，死死地钉在国统区腹部打游击战，并在浙东山区建立革命根据地，发动山区人民群众搞土地革命。正是出于这种战略部署，浙东军区所有团各自为营，独立行动。军区司令部若是没有电台（尤其是在浙东山区），就如同人体一下子斩断身上的全部神经传导系统，如何指挥战斗？就在电台被毁的前一个小时，浙东纵队司令部接到上级重要指令：一是中国人民解放军即将渡江；二是为做垂死挣扎，蒋介石准备逃往台湾，晋升陈老五与柳行进为少将旅长。并对他们下了三道密令：一、不惜一切代价，炸掉黄岩水库、桥梁、发电厂与海门港口，令黄岩全城变为废墟；二、大陈岛是国民党军撤退台湾时的重要据地，令他们务必利用路桥金清这处特殊的地理位置，扼守海王村、麻狸岭、雾湖岭，确保国民党军队从海上往台湾方向安全撤退；三、务必劫持台州最大的民族企业家柯友三去往台湾，如果柯友三反抗就地枪决，绝不可将他这样的民族实业家留给共产党。上级命令浙东纵队司令部必须全面做好保卫人民财产、切断国民党军队后路、保护民族企业家的生命安全。

然而，令人无法料想的是司令部电台早不出事晚不出事，偏在这时摔得稀巴烂，怎能不叫人心中上火。于是，浙东纵队后勤部长田文君立刻派交通员王国鹏前往临海地下联络点。王国鹏，田王村人，王氏子孙。从辈分上论，田文君得管他叫叔。名义上他是田王村新王府大管家（这一点田如蕙的眼力非常到位），实质上是一名真正的地下党员。别看他长得五大三粗，平日里少言寡语，为人却极其老实厚道。想当初，李雅香要去南京，祖上传下的两轴画独敢交与他。王国鹏受命后，立刻起程前往台州特委秘密办公地点，找到台州特委书记郏国立。

郏国立得知情况后，对王国鹏说："备用电台是有，但因台州民团的疯狂破坏，他们只能一再地转移，电台所藏之地，只有他与田文君两人知道。现在台州民团就像一条疯狗到处嗅，稍有不慎，即会带来大麻烦。你在台州露面太多，民团中认识你的人不少，你先到下余村山上的小灰寮联络点等候，明天上午十一点，我派特委文书黄志存将电台送到你那里。"王国鹏一听，明白台州形势急危，自然表示同意。夜晚时分，郑国立潜至路桥中学，偷着从教学楼顶端的大阁楼里取出两台备用电台中的一台，交给交通员黄志存，并告诉他去下余村与王国鹏秘密联络的方法。黄志存接过电台后，把电台放入货担中，将自己打扮成走山串岭的老货郎，沿着山路往下余村方向行走。出发时是半夜三更，天发亮时，黄志存已到白鹤岭，再翻过一道长岭，就是下余村地界。此时的黄志存心中开始松懈，他放下担子，想往草丛里撒泡尿。刚一解开裤子，赵子雄即从他身后的竹林中闪出来，横于黄志存面前："你是干什么的？"黄志存答，"货担郎。"赵子雄低头一看，担子上装的全是日常生活用品，有布、花丝线及女人们用的一些乱七八糟的小东西。再一看他的肩头，有垫肉，是个货担郎，便没在意，放他走了。哪知黄志存挑起担子离开时，因他从不曾遇到此类险事，心下发虚，踩着一块石头，身子往前一蹶，人与担子同时摔倒，货物翻倒，暗藏的电台便露出一角。这电台一现身，那可就糟透了，台州民团兵立刻拿着枪顶住黄志存腰眼。

是时，何、赵两人拉起来的台州民团，已得到蒋介石领导层的收编，并正式更名为国民党台州特别行动支队，赵子雄为上校支队长，何长春为上校参谋长，樊川为少将浙江站站长。此三人在山林深处逮着一个台州共产党地下交通员，出手当然狠毒。他们将黄志存带到板料村的一户地主人家，用地主家的那一处长方形的大院子对黄志存行刑审讯。这些穷凶极恶的家伙，有着一套骇人听闻的魔鬼刑罚。审讯黄志存时即将他们惯用的二十五套刑具全摆放在黄志存面前，什么飞天吊、老虎凳、钻刀山、敲骨吸髓、顺手牵羊、请君入鳖、吃海螺蛳……

台州乡风虽然忠烈，但并非人人都是英雄好汉。这个黄志存可不是天不怕地不怕的王国器，也不是随时敢舍性命的王国鹏，一上刑，便吓得尿了裤子，两膝发软，跪倒在地，磕头如捣蒜。多亏那时的台州共产党地下工作者，在众多的失败和挫折中，以无数战友的生命为代价，总结出一套极其严密的防范制度，发展的交通员，十有八九都是单线联系。因此，黄志存一是不知电台从何处来、送往何处；二是不知前来接他这副担子的人是谁，只知郑国立告诉他接头的一些基本情况。赵子雄问："电台送到哪里？"黄志存答："下余村。""与你接头的人是谁？""不知道。""人什么时候来？""只说是今天中午。"樊川问："那你们之间如何联系？"黄志存答："我到下余山口那个小灰寮前，拿起一把小石子，住屋顶上撒一下，他就出来。然后我把东西交给他，就算完成任务。"

赵子雄与樊川一商量，即带着黄志存一同前往。黄志存挑着担子来到了小灰寮面前，抓起一把小石子往屋顶上一撒，王国鹏随之从小灰寮里走了出来。赵子雄挥了一下手，所有潜伏的民团兵全都跑出来围住了王国鹏。田文君眼力确实不错啊，这王国鹏真是一条顶天立地的男子汉，他怕赵家人报复，自己经不住严刑拷打从而出卖同志，出卖组织上的重要情报，表面上，他温顺如羊，做出一副配合的模样。趁着他们不注意，身子一闪忽，倏的一下，抱起电台纵身跳进大雁谷。赵子雄忽然想明白了，这是什么？这是电台。既然共产党让王国鹏来拿电台，肯定是共产党军队缺少电台；既然共产党军队缺电台，他们的指挥系统就出现了瘫痪；既然共产党的指挥系统出现瘫痪，就肯定还会派人来搞电台。只要王国鹏这家伙回不去，共产党人还会派人来取电台。赵子雄当即下有两道死命令，一是全面封锁消息；二是全部人马就地隐蔽。

时间一分一秒地移过，王国鹏还没有回来，浙东纵队的首长们开始担心。是时，浙东纵队的处境极为艰难，他们无法知道王国鹏出有何事，也无法与浙江省委、军区及台州特委取得联系。如果不在最短的时间内弄到电台，与上级领导取得联系，浙东地区的部队就会变成无头苍蝇，不知飞往何处。司令部出现前所未有的狼狈与困难，当务之急须尽快物色一位忠实可靠之人前往临海，与台州特委取得联系。首长们不知动有多少脑筋，连找八人都不能解决实质问题，原因是括苍山区与回龙山区道路太复杂，不熟路的人只要一出岔道，即会错之千里，参谋长赵如岱急得如热锅上的蚂蚁。就在这时，忙着给孩子喂奶的后勤部长田文君将孩子往老乡家的女人手里一送，起身来到赵如岱面前。田文君说："据我分析，王国鹏一定是出了大事。"赵如岱答："现在台州国民党军队与台州特别支队如此疯狂，完全有可能。""我想重新去弄电台。""上那儿去弄？""上路桥。""我们与郑国立完全失去联系，怎知道他们的储备电台放在什么地方？""我知道电台放在哪里。""那你打算怎么去？""你只须派给我五个战士即可。""将死的野兽最疯狂，万一整条交通线全被他们破坏掉了怎么办？""你放心吧，我是本地人，所有的交通线全是由我一手创建，我会见机行事的。"

田文君是个动作极其干净利落的女人，说完此话后立刻付诸行动。她从警卫连挑出五位身强力壮的战士，拿两支手枪与五颗手雷装备好自己。许行一见田文君这般装束，一股阴影立刻涌现在他心头。许行一说："你这是干什么呀，有五个同志与你一起去，还装备得像要与敌人同归于尽似的。"田文君笑着回答："秋后的蚊子咬人最凶，以防万一吧。"作为纵队司令员，许行一自然不好再说什么。

临走时，田文君从乡亲手中抱起正在熟睡的儿子，深深地亲了一口，然后甩了甩头发，与五个战士一起走了。土生土长的台州人到底是不一样，田文君对台州一带的地理环境实在是太熟悉了。那天夜里，田文君如一条小鱼儿似的潜入路桥中学，快速地在路桥中学教学楼顶阁楼层里取出另一台储备在那里的美式军用电台。取出电台后，田文君即与五位战士顺着南官河青石板小路直下螺洋莲花山，再从螺洋山上回龙岭，至岭口顺山路往东拐，直奔浙东纵队司令部所在地艾家村。

次日上午十时，田文君率五人过萌菜岭，不料与刚从下余站回撤的国民党特别行动支队相遇。赵子雄在过鹰谷岭拐弯处时，偶尔间往下一俯瞰，发现一个全副武装的女人，领着五位全副武装的男子，背着个东西往艾家村方向狂奔。赵子雄即将叛徒黄志存从身后扯出，问他："此六人是不是共产党？"黄志存仔细看了看，肯定地回答："是的。""走在前面的一个男子，他肩上背的是什么？""一定是电台。""这么说，他们发现下余交通站出事了？那个女人是谁？""完全有可能，他们鬼精得很。这个女人是浙东纵队司令部后勤部长田文君。""是不是田兴业的女儿、王国器的侄女？""是，是。"赵子雄两眼瞬时现出两道吃人的绿色，一声令下，国民党特别支队百来号人掉过头来扑向田文君一行。

战斗打得极为惨烈，五名战士中有三名中弹牺牲。田文君当机立断，让剩下的两位战士带上电台往艾家村方向撤，战士不肯："田部长，我们撤了你怎么办，要走一起！"田文君回答："不行，一起撤，一个也走不了。这里的地形我熟，你们把所有的弹药留给我，我掩护你们。记住，你们必须沿着此山道，以最快的速度翻过那道岗，只要过了那道岗，便是我们的根据地。小心电台，千万别碰坏了。"两位战士也没有其他办法，只好放下所有的弹药，在密集的枪声中跳出岭口，往岗口方向猛奔。

田文君伏在山口全力阻击，百名男子竟与一个女子对决。田文君到底是女中豪杰，短短一小时内，干掉了赵子雄手下近五十名队员。到最后，她的子弹全部打光了，赵子雄的特别行动支队将田文君团团包围。别看田文君是个女人，她知道自己在这些人心中的分量，关键时刻，父亲身上特有的那种风骨在她身上闪现。她显得特别镇静，将身子靠着那一处悬崖峭壁站定。赵子雄与田文君是第一次见面，他没想到立在悬崖前的女人是如此年轻，如此秀美，开口问："你就是田文君？"田文君答："是。""就你这么一个女人，竟然打死我五十名士兵？""是啊，如果我子弹多，你们死的人还要多。""你父亲是国民党中将，你却为共产党卖命，这是为何？""这是个人的选择。"赵子雄邪恶地看着田文君，说："像你这样的女人，应当做我的姨太太才是，怎么做起共匪来了？"田文君轻蔑地一笑，说："共产党马上就要解放全中国了，你们怎么还敢与共产党作对，就不怕自己不得好死……"赵子雄不再说话，欺田文君是个女人，欺她手中的枪支无弹药，想徒手活擒。哪知刚一走近，田文君突然衣服一撩，拉响了捆在腰中的几颗手雷，整座山瞬间神经质地强烈震颤，赵子雄、黄志存连同她本人全被撕成碎片。多么英勇的田文君哪，从她读路桥中学那年起，校长郏国立就暗中发展她为中共地下党员。这么多年来，她一直东奔西跑地从事革命运动。然而令人无法想象的是，老天爷只让她做了不到一个月的母亲，便壮烈牺牲了。当解放军一个营的战士狂赶至此地时，台州特别行动支队早已不知去向，战士们只得将田文君与三位战士的尸体抬回浙东纵队临时司令部。

消息终于传至王国器耳朵里，在王府下一代人丁中，王国器最爱两人：一是他的长子王曾铣，一是他的侄女田文君。他觉得田、王两氏第三十代人脉中，唯有这两个孩子才是真正的顶梁柱。王国器万万没想到，这个心爱的侄女会是这种死法，得知这个消息后，现出前所未有的疯狂，潜藏在心底的魔鬼再次对他的灵魂发出锐叫："赵子雄，赵子雄！我王国器若不杀得你这个特别行动支队人仰马翻，我绝不是人！"

王国器神不知鬼不觉地率着三百来个兄弟，沿着那崎岖的山路赶有一百多里路，寅夜子时达临海赵家村。时夜正黑，赵家村正在办赵子雄的葬礼，近二百三十名特别行动支队的士兵荷枪实弹地手握枪支在赵氏大院里巡视。王国器率着大队人马风风火火地冲进赵家村后，便红着眼大开杀戒，在急风暴雨般的枪战中，打死一百七十多名特别行动支队队员不说，还殃及一百三十三名无辜者。台州军统特务樊川与何长春狼狈地从赵家大院的阴沟里潜出，这才捡得两条小命。

第十章　胜利者，失败者

中国共产党终于迎来了决定性的胜利。人民解放军百万雄师越过长江，蒋介石精心构筑的长江天堑被突破。

国民党第六军军长宁波要塞司令官中将蒋福海与他的少将妻子田如梅开始处理家事。共产党可不是国民党，人人有饭吃，家家有屋住，户户有田耕，是共产党的治国理念。是时的蒋福海，既从政又从商，在宁波一带已算得上是个金融巨头。蒋家在这块土地上统治了这么多年，现在就要由共产党接收了，岂能继续让这类人物独树一帜？摆在蒋福海面前的只有两条路，或是带着细软逃往台湾，或是拱手出让全部家产交与新成立的政权。南京青天白日旗降落当日，宁波市内一千三百余商家大户，选择前者，连夜坐海船去往台湾，还有菲律宾、马来西亚。蒋福海的亲家茅国友，不仅倾其家产在湖州一带收购了上万斤茶叶，上万匹高档丝绸，一万一千九百九十套精美瓷器，还花大钱雇了三艘大英帝商船，打算将这些物品运往台湾，企图日后好发一笔大财。结果人算不如天算，那三艘大船驶入大陈岛附近时，国民党中将林兴军指挥的第一舰队误以为这是共产党的军需船，下令开炮。三枚鱼雷直冲货轮，只听得惊天动地的三声巨响，一道道白色水柱腾空而起，三艘船、货与茅国友及蒋福海的长子、长媳一起全部沉入海底。茅家亲翁与长子的共同毁灭，让蒋福海一夜间苍老十年，头脑里一片空白，两眼看人的目光成直线，不识之人，误以为他是白痴。田如梅比蒋福海坚久韧长，她定下来的主意是，速带着家里的黄金白银坐船去大陈岛，撤离大陆。田如梅对蒋福海说："天下没有一条路是平坦的。我们蒋氏一门在大陆唱不了戏，到台湾再好好地唱他一场。"然而，这个时候的蒋福海，再也不是过去那个趾高气扬、不可一世的蒋福海了，长子一死，堂兄弟在政治上的彻底失败，已让他的身心坠入万丈深渊。

其实，就在得知长子与亲翁船毁人亡的瞬间，蒋福海已恍然大悟，明白蒋氏气数业已走至尽头，也明白蒋氏一族的辉煌已不再现。面对束手站在他面前、书呆子气的次子蒋建国，蒋福海说什么也不愿离开此地。结婚多年的两夫妇，终于第一次出现大冲突。蒋福海悲观地说："我最爱的大儿子死了，与我感情深厚的亲家翁也没了，我们家有多少钱也白搭了。"田如梅说："你怎能这么说呢？我们不是还有二儿子吗？""就他书呆子样能成多大气候？""你知道什么呀，他可是我们蒋氏一门的艺术天才。""没权没势，天才又有何用？""现在，蒋氏一门几乎都决定去台湾，你若不去，共产党来了还不得要了你这条老命？""共产党要我这条命，就让他们拿去。我这一辈子享尽了荣华富贵，死在老家这块故土，也是值了。"田如梅泪流满面地说："只要我们还活着，无论到什么时候都不可放弃希望。""就我这种人，即使去了台湾，也是个多余者。""留得青山在，不怕没柴烧啊。"蒋福海叹息一声："故土难离呀，我这一把年纪的，总不能与老亲翁一样，将一把老骨头扔在海里喂鱼。"

田如梅当然知道丈夫作的是何种打算，别看田如梅干什么都下得了手（她若是不心狠手辣，也不可能在蒋介石身边做这么大的官），然而在她终生至爱的丈夫面前，她显得如此捉襟见肘与一脸无奈。她不死心，想再等等，让丈夫回心转意。去台湾的人一批接一批地走了，连奉化的蒋氏亲属均举家收拾起行李，坐着林兴军的军舰去往台湾。陈诚多次给田如梅发电，请她立刻去往台湾。眼看着蒋氏全面撤退的期限已进入倒计时，蒋福海还是一动不动，田如梅急得如热锅里的蚂蚁。就在这关键时刻，蒋氏一位亲属从三北跑过来，涕泪长流地对蒋福海夫妇说："来的这些共党分子，全是些不讲道理的地痞、无赖、土匪。他们不经法庭审判，一夜间即枪决六个地主与两个保长，连开口辩解的机会都不给。只要是团级以上的首长，他在什么人名字顶上画个红圆圈，那人的小命即完蛋。"田如梅问："你打算去哪儿？""我去台湾。"对方恳求田如梅给了他一笔钱。

宁波共产党政府似乎与他们这位亲属讲得有些不一样，行动文明，并没有派大批武装兵前来登门干扰，只是以书面形式向蒋福海发出最后通牒："我们共产党是为人民服务的政权。你们过去对人民所犯下的罪行，我们一清二楚，希望你们夫妇俩不要再与人民为敌，放下屠刀，主动自首。"田如梅拿着这张"最后通牒"，当着蒋福海的面抖了两下："你看看，我们再不走，就来不及了。传单都发到家里来了！"蒋福海没正面回答，背着两只手在院子里走来走去。蒋福海那颗苍老的心如秋千一般直打晃，他怎么也没想到，所有的美梦，全叫这场政治上的失败丢得一干二净。面对如此强大的共产党，蒋福海发觉自己如此渺小，如此无能。

　　夜十时整，宁波城沉浸在前所未有的幸福与欢乐中。此时，所有与蒋福海家有关的亲属全涌至他家，他们站在蒋福海家的大堂，候着蒋福海拿主意。蒋福海这头老狮子这才如大梦初醒，他让田如梅带着二儿子蒋建国赶紧走。蒋福海说："我为你准备的军用快艇就在房后江里泊着。"田如梅说："你呢？""我随后就来。""不行，要走一起走，要死一起死。""你怎么变得如此不懂事了呢？你是女人，建国是孩子，走容易。我这么一个大人物，怎么轻易走得了？""走得了走不了，你都得跟我们走。""阿梅，你别再做梦了，好不好？所有的出海口早在七天前就被共军封死了，你以为我不知道？""我想过了，唯一的办法是从路桥金清黄琅海王村走，那一带还没有解放，我那个弟弟王国器还在那里占山为王。""女人就是女人，头发长、见识短，你想得太简单了。你看到没有，这么多人跑到我们家里来干什么呀，就现在，哪能搞到这么大的一艘船将他们全部带走？"蒋福海到底是盐商出身，老谋深算，别看他一把年纪了，头脑却出奇冷静。在此种关键时刻，他向爱妻说出七天前就策划好的行动方案。面对此情此景，田如梅也想不出其他的办法，只可噙着眼泪点一下头，以示同意。

　　夜色浓得如墨汁，宁波一城全部在黑色洋流中，蒋府后那条甬江开始现出孤独式的呻吟语。正当聚集在蒋府的人一筹莫展时，蒋福海这头老狮子终于站起，开始耸动他的毛羽。他令大管家将全部人叫到大院内，当众将所有欠他家银两的债据、地契点上一把火，烧了个一干二净。随之，蒋福海带着他们到后院库房，在蒋家当了一辈子的长工、伙计们都没想到，蒋家银库里会放有那么多的银圆与洋钞。蒋福海伸手戳一下库房内的东西说："欠我的，今天一笔勾销；我欠你们的，按实数赶快拿走。至于我的朋友、管事、掌柜，你们在我家苦了一辈子，我蒋某人不曾好好待过你们。现在，我们蒋氏一门已走至人生尽头，想做的事业也做不起来了。钱财本是身外之物，生不带来死不带去，若是让共产党新政府拿走，分给那些与我不相关之人，莫不如让你们拿走令我心里安坦。"说完，蒋福海让大管家当场拿出名单宣读，令他们按着写定的数目拿走，并且对他们说："天一亮，这里可就不是我蒋某人的天下了。"

　　一直至东方现出一条鱼肚白，蒋福海家银库终于被瓜分干净。直至此时，蒋福海才一咬牙，将准备出门的田如梅叫至中堂。蒋福海将田如梅按定于太师椅上，田如梅不知他要做什么，正在发愣，蒋福海两膝跪地纳头便拜。这一跪拜令田如梅倒吸一口冷气，全身电击似的直打哆嗦，她一把扶起蒋福海，悲痛地说："你这是干什么呀？不是说好与我们一起走的吗？"蒋福海答："蒋氏一门大限来临，想救也难。我与你夫妻多年，感谢你给我生下两个儿子，大儿子让我们自己人给打死了，只剩下这一个小儿子。我想来想去，只有你们田家在路桥还有人，你们逃得出去就逃，若是逃不出去，就去路桥找你妹妹田如蕙和嫂嫂谢明心。你还有个侄女田文君是浙东纵队后勤部长，侄女婿许行一是浙东纵队司令员，他们夫妻两人都是共产党高官，兴许借着他俩之力，让我蒋福海能留有一脉传承。"

田如梅自二十多岁与蒋福海结婚起，就一直跟着他在政治风云里周旋，一个官至国民党中将，一个官至国民党少将，两人皆是权高位重。夫妻俩相处了这么多年，如何不了解蒋氏一门是哪种个性，田如梅一下子明白了丈夫最后做出来的决定是什么，悲愤欲绝地说："你是铁了心不想走了？"蒋福海黯然回答："是，我不想走了。什么叫兵败如山倒？你若逃不出去，最后的结局与我一样是死。我只希望你无论如何也得杀出重围，把建国交给田如蕙与你嫂子谢明心，她俩心眼厚道，能养我们家建国成人。"蒋福海随之起身，拿出一只盒子交给田如梅："这是我们家最后的一点家产，你立刻将它带走。我估计，天一亮共产党军队便要进城，你与建国速起身，船上那两个警卫是我出生入死的好兄弟，他们会把你与建国送到目的地。"田如梅打开盒子一看，里面有六根金条与一只光闪闪的金田蟹，外有一小包美国情报人员专用的毒药。田如梅终于咬下牙根说："好，现在我一不为你，二不为我自己，为的是我们这个唯一的儿子。我走，我走……"说完，田如梅冲进里屋，拿起双枪塞入包裹，一把捏住儿子蒋建国的手，冲至后院，打开后门。两个贴身警卫立刻从黑暗处潜出，待他们母子上船后，快艇箭一样地朝台州方向驶去。

田如梅一走，蒋福海极为果决地处理后事，他将书房里所有的文件搬出，点火烧得一干二净。随后，他拖着两条腿，从这边房子转到那边房子，一边自言自语地呢喃着谁也听不懂的话。一直转到太阳露出一点红时，蒋福海才转身来至蒋氏祖庙前（凡蒋氏祖上的牌位均摆在这里），躬腰点起三炷香，向老祖宗牌位跪有三拜。最后将那三重大黑门关紧，再回到正中堂的太师椅上坐定，缓缓地从口袋里掏出一白色药包，张开大嘴，仰脖一口倾尽。五秒钟后，一股黑血从他嘴角渗出，身子就势往后一倒。蒋福海一死，潜伏在旁的三个贴身卫士（他们一身平民打扮），按照蒋福海生前的部署着手行动，先用白被单将他的尸体裹好，放在堂前正中，然后悄然撤出蒋家大院。三分钟一过，一声震耳欲聋的巨响，繁华的蒋家大院刹那间化成一片火海。

田如梅终于来到位于路桥田王村的新王府门前，伸手敲门。是时，正值晚九时，田如蕙还没睡，秉灯出来。在昏暗的灯光下，田如蕙模模糊糊见门口站着一位佩有少将衔、腰间插有两支木壳枪的女人，吓了一大跳。她打了个遮风，一伸头细看，即发现浮现在面前的居然是她亲姐姐，顿时张着嘴说不出话来。"是我。"田如梅开口了。田如蕙紧张地说："姐，你……你怎么来了？共产党即将解放全中国，路桥十里长街有不少人跟着蒋走了，你是国民党的女将军，怎么还没走？"田如梅答："让你姐夫给拖延了。""快、快，你快进屋来。""不了，我就不进来了，时间来不及，我来这里没其他事，只是想将我的小儿子托付给你。""你想去哪里？""我本想把他带走的，可发现共产党势如破竹，到处都是民兵，我想出海都出不了。这小子呢，是我家唯一的种子，画得一手好画，是个艺术苗，可他天生力薄体单，整不好我死了不说，他也得跟着丢命。""那你与儿子一起待在我这里好了。""不，不，我与你不一样，你的丈夫王国成死在抗日战争时期，我丈夫是蒋介石的铁杆兄弟，我是国民党的将军。共产党的政策我了解，对你，他们不会怎么样。我不行，逮着了，不把我当战犯，也得让我坐一辈子牢。就我这种性子，别说是坐牢，关我一天禁闭都受不了。"说完，田如梅即从口袋里拿出那只盒子，打开后拿走那包毒药，将盒子里的金条与金田蟹全部交给田如蕙，说："从今天起，你就把建国当成你的亲生儿子。你给他换个名字，让他好好地活下去。"

言毕，田如梅动作利索地将儿子往新王府大门里一推，"砰"的一声反手合上大门。当田如蕙重新打开大门时，田如梅已不知去向。田如蕙太了解她这个姐姐了，只得长叹一声，关上新王府大门……

田如梅满脸泪水地从上马石后面闪出，转身来到了皇花楼。是时的皇花楼不再是风靡一时的"花"楼，而是变成十里长街的大饭店。田如梅到时，皇花楼饭店正要打烊，堂内空无一人，只有一个店小二在收拾残局。田如梅闪进大堂，挑个临窗的位置坐下，习惯性地将两杆短枪往桌面上一亮。店小二吓得浑身哆嗦，不敢怠慢，忙过来问："客官，您要些什么？"田如梅说："三壶烈性宁溪糟烧。""下酒菜呢？""有什么拿什么。"店小二伸了一下舌头，端上三壶宁溪糟、一碟花生米、一盆猪耳朵。田如梅拿过筷子，肆无忌惮地大吃大喝起来，她那种旁若无人的样子让一旁的店小二心里直打鼓。一个时辰过后，店小二上前来说："女将军，时候不早了，您还是别喝了吧？"田如梅只当没听见，一直喝，喝到鸡叫，直到把所有的酒与菜全部喝光、吃光，这才起身。随后掏出好多子弹，一颗接一颗地压进弹仓，当着店小二的面，脱下美式军装，换上一身渔民服，扔下一块银圆，一纵身从窗口蹦出。三分钟后，店小二看到一艘快艇，箭一般地向金清方向驶去。

国民党苍南旅旅长柳行进投诚。国民党乐清旅旅长陈老五因负隅顽抗，死在南湖水库大坝。

中国共产党解放了浙东地区。浙东纵队司令员许行一带着两个团的战士，接管台州八县，那天，路桥十里长街现出前所未有的沸腾。百姓就是这样啊，什么人爱他们，他们就欢迎什么人。中国人民解放军事事为百姓着想，没有一个兵破家入室调戏妇女；没有一个兵当街抢劫东西；没有一个兵口出糙口、耀武扬威、不可一世；没有一个兵，在百姓面前指手画脚。尤令市民们深为感动的是，解放军开进路桥十里长街的当夜，明明李家、谢家两处大院空无一人，一街的士兵居然无一人进入，全在街面上店铺的房沿下抱枪就地而睡。这是一支什么样的军队啊，他们在此地活了这么久，见证了这么多朝代，从不曾见到过有如此清正廉明的军队，百姓岂有不欢迎之理？一夜过后，满街人皆是欢喜一团。

沿街商铺店主与百姓们为了表达对解放军战士的真诚欢迎，摆上了千家宴。家家花灯高悬，男女老少全站在门口迎接。他们在钱河清的指挥下，决定统一菜谱，统一制作，然后沿十里长街摆桌，宴请来到台州的中国人民解放军。所有上桌之菜全是路桥本地特色菜：带鱼、黄鱼、鲻鱼、墨鱼、红烧肉、鳗鲞炒芹菜、辣椒炒螺蛳、清蒸白鲳鱼、花鲜等，主食是北方士兵不曾吃过的甜食：乌饭麻糍、松花饼、硬擂圆……

解放军战士们列队走来，立正向老百姓举手敬礼，然后在桌前正襟而坐。坐定后，时路桥政府临时负责人钱河清点起双响炮，在路桥十里长街上空开炸，家家户户便开始上菜、上酒。若干年后，路桥十里长街人仍然忘不了这次万人大宴所呈现出来的种种花絮：按接待客人的老规矩，他们上来的第一道菜便是路桥"花鲜"，这个海中宝贝一端上，在括苍山里转了七八年的北方战士们皆傻了眼。一个叫曹之杰的连长，打仗极为勇猛，光着膀子敢往子弹堆里冲，吃那玩意却不在行，他拿过一颗遍身苏白的花鲜，当成花生米，丢进嘴里便咬，只听得"咔嚓"一声响，牙床都扎出了血。气得他呸地往地上啐了一口，咧着嘴叫："这是什么东西呀，咋个吃？"正好许行一走到他面前，哑然失笑，忙叫钱河清派出本地工作人员，挨桌给战士们做示范，事情立即圆通。这位山东大汉总算吃到"花鲜"是一种什么好滋味，一边吃，一边说："嗯，这东西好吃，就是麻烦。"诸葛明英家门口那桌坐的是纵队司令部的人员，乌饭麻糍一端上，八位干部只一瞧便现出一脸惊诧。参谋长赵如岱是山东人，哪见过这个？他见乌饭麻糍一身乌黑油亮，骇一跳，冲着许行一嚷："许司令，你来，你来……"

许行一走过来，赵如岱一指乌饭麻糍说："南方人吃东西咋这么不讲究？你看，这东西乌黑油亮的，怎么能吃？"许行一与他同是燕京大学毕业生，参加革命后又同事多年，两人感情极好。许行一不多言，俯身切下一小块，塞进他嘴里，说："我的好参谋长，你就放心吃吧，这东西好着呢！"赵如岱问："是用什么做的？"许行一答："乌饭加糯米蒸熟捣起来。"赵如岱硬着头皮咬上一咬，大腮帮立刻停止磨动，先是喉结上下打滑，后两眼放光，跳起大叫："怪不得你要娶路桥姑娘做老婆，这地方还有这么好吃的东西啊！"尤为有趣的还是"硬搭圆"端上来后，政委崔正方看到满盆金黄闪亮的团子一怔，问许行一："咦，这是什么玩意？""这是本地特产'硬搭圆'。""'硬搭圆'是什么东西？""我只知它是糯米粉加花生粉之类的食物做成的。"崔正方便张开大嘴开吃，那"硬搭圆"实在太可口，一入喉，喉咙里仿佛伸出一只手，拼命往肚子里抓。由于他们在深山里打游击的生活实在是太艰苦，一年到头于大山里转，不是吃番薯便是吃洋芋头，几曾吃过这等好东西。许行一叫他少吃点，他不听，一吃再吃。散宴后，司令部干部一应入住李家大院，崔正方刚一躺下，过量的"硬搭圆"便在肚子里作妖，痛得他在床上乱蜷，脸也青了，嘴也乌了，黄豆大的汗珠顺着脸掉下来。许行一一看，不好，忙叫警卫员去找戴学经。戴学经来后一看，便什么都明白了，笑着说："你们哪，打了这么年的仗，饿的时间太长、太狠，一下子吃了这么多的好东西怎么行呢？"戴学经即给崔正方服用催吐药，搅得他呕出一大盆子。打这往后，吓得崔正方再也不敢轻易吃"硬搭圆"。

田兴业终于坐着一条小船回到路桥。那天夜里，路桥十里长街不知有多少夜行之人，他们看到田兴业瘦弱的身后紧跟着两个人，一个是他后续妻子蒋凤春，一个是他刚满五岁的儿子。田兴业至新王府门口时，抬头看到他年轻时写在新王府大门口的那副对子，顿时感慨万千。忽地想起小时候在文昌书院读过的一首诗：

> 二月杨花轻复微，
> 春风摇荡惹人衣。
> 他家本是无情物，
> 一向南飞又北飞。

田兴业想不到自己反倒成了这一絮的杨花。他站在新王府门口犹豫了好长时间，才鼓起勇气走上台阶去敲门。谢明心与田如蕙均没入睡，正在房间里商量如何安置蒋建国。听得有人敲门，先为警觉的是谢明心，她推开前窗伸头往大门口看，隐约间见大门外站着三个黑影，便问道："谁呀？""我，田兴业……"新王府顿时一片混乱，田如蕙与谢明心急匆匆地从楼上跑了下去开门。灯光晕开，门口站着的三个人影全部浮出。谢明心一见田兴业，高兴得张开两臂要扑过去，偶一见他身后还站着个年轻女子，张开来的双臂立刻改变了方向，一把将田兴业身边的小男孩抱起来，叫道："阿弥陀佛！你们总算是活着回来了。"田如蕙到底是姐姐，扑过去抱着田兴业的头，连叫两声"阿弟"便号啕大哭起来。直到谢明心说："还不快让他们进屋？"田如蕙这才恍然大悟，连忙把田兴业一家三口引进新王府。

这天夜里，对于新王府来说是极为不平常的一夜，那情意非常人所能品，说不完的话，道不完的情，絮絮叨叨地说个没完没了。一直到天快亮时，田兴业这才想起新王府另外两个女人，问："余雪珍呢？"谢明心答："不知道。"田兴业又问："刘桂英呢？"谢明心答："也不知道。国民政府定王曾鑫、王曾钊为烈士时，她俩曾来领过抚恤金，领完后就走了。""没挽留她们？""留了，她们说丈夫死了，儿子死了，让她俩还待在这里不是活受折磨？"田兴业听了，发出一声叹息。

田兴业做出三个决定。一是将蒋介石题名的匾拿下，新王府更名为田家大院，他连夜写了一匾悬于大门口；二是将他与蒋凤春生的儿子正式定名为田文和；三是把田如梅的儿子归于他名下，改名田建国，并让田建国称他为爸爸。谢明心赞成，只是田如蕙有些后怕，说："纸总归是包不住火的呀，万一有人知道他的底细，说我们隐瞒不报怎么办？"田兴业回答："姐，你把心放到肚子里去吧。你们是不了解共产党，他们不会搞连带的。文君虽然牺牲了，可她终归是共产党人，浙东纵队后勤部部长，再说我也曾帮过共产党。无论从哪方面说，我们田家都是烈士家属。"谢明心说："姐，你想啊，兴业让蒋介石囚禁了这么多年，音信全无，路桥十里长街有谁知道他在外生有几个孩子？只要我们一口咬定这孩子是李雅香在外面生的，有谁会不相信呢？"田兴业叹息着说："从抗战那年起，田王村说死人就死人，不是一个两个地死，而是一批一批地死，我活了这把年纪了，有今天没明天的，这年月，能保一个就保一个吧！"

他们一直说到天亮，田如蕙与蒋凤春实在太困，起身回房间睡觉去了。他们一走，正中堂里只剩下田兴业与谢明心。田兴业问："王国器怎么上天柱峰当土匪了？"谢明心即将她所知的前因后果说有一遍。"蒋介石没来叫他回去？""如梅姐去了，但他不听。""共产党没招他去？""招了，文君与她丈夫一起去的，他还是不听。"田兴业有些不解："他这是为何呀？国民党叫不去，共产党叫也不去？""他说对什么党都信不过。""共产党军队有没有派兵打他？""这倒没有。""他人还在天柱峰？""具体我也不知道，估摸他还是在天柱峰。""台州共产党军队眼下谁当家？""听说是你女婿许行一。""你找过他没有？""没有。""为什么不去找他？""我开不了这口啊。现在人家是胜利者，我去那里是当奴才还是当乞丐？虽然我两个儿子国民政府定为抗日烈士，但王国器这一出又让我成为土匪婆子。一朝天子一朝臣，不知共产党会如何看待。加之文君一死，有道是人走茶凉、时过境迁，怎知你那个女婿对我这个姑妈还认不认？""你可不能这样想啊，我得想个法子去会会他，无论如何也要把国器救出来。不管他认还是不认，文君生下的那个儿子许田长青，总不能不叫我外公吧！"

台州特委领导人员在公开场合露面。直到这时，路桥十里长街的老百姓才恍然大悟，原来共产党早就在台州八县建有地下特别工作委员会，只是叫法与国民党不一样，他们没有主席这一说，叫书记与部长。更让十里长街人吃惊的是，路桥中学校长郏国立居然是中共台州特委书记，另一位戴着厚眼镜的南官中学校长钱河清居然是中共台州特委宣传部部长，"民泽医局"大医生戴学经居然是中共台州特委组织部部长。消息一经公布，戴学经又一次成为台州八县的新闻人物，他一背起药箱去给人看病，好奇的路人总要伸手把他拦住："戴大夫，你真的是共产党的大官？"戴学经笑而不答。也有人忍不住大叫起来："天哪，戴大夫，我们咋就没看出来，你居然是共产党的大官呢！"

田建国开始学画画，由于他是田如梅唯一留下的孩子，作为亲娘舅，田兴业对他特别关注。田兴业站在田建国身后聚精会神地看他作画时，谢明心捧着两轴画来到他面前。田兴业问："你这是干什么呀？"谢明心回答："物归原主。李雅香去南京时将此画交给王国鹏保管，王国鹏在牺牲前又交给了我。""你管着不是一样吗？""你们田家有规矩，须当家媳妇才可保管祖上遗物。现在，你当家媳妇来了，应当交给她才是。"田兴业一听，品出话中有内涵，他那目光变得分外温柔起来："明心啊明心，你也老大不小了，怎么还耍孩子气呢？你说说，这个田家大院真正的当家媳妇是谁？在我心里，谁也不能取代你，这份家业你就好好地管着吧！"谢明心一听，两只手下意识地颤抖了一下，不再说什么，捧着画回到暗室。

台州八县剿匪行动正式拉开序幕。由于台州八县所处地理环境特殊，从古至今一直是社会秩序的重灾区，整个括苍山、大雷山、天台山活动的土匪足有一百三十二股，各自据山立寨，占地为王。这一百三十二股土匪，大致可分两类：一类是民众土匪，这些土匪什么党也不靠，有奶便是娘，有枪便是草头王，只要有吃、有穿、有女人便心满意足；一类是政党土匪，当初蒋介石兵败如山倒时，委任了不少游兵散勇当司令或是团长，一些被解放军打散的残军败将便逃入山中，当了草王。这一百三十二股土匪分别占据大溪、坞根、玉环、临海、天台、海门、永嘉、乐清、温岭、黄岩、仙居、缙云一带，有着极大的杀伤力与破坏性。从中央正式下达实行全面剿匪的那天起，许行一便带着六个团的战士，从海上到陆地全方位地开始围剿。

三个月过去，占据在台州八县山区的海匪、陆匪，几乎清剿干净，唯独盘据在雁北天柱峰的王国器部，让台州军事委员会左右犯难。别看王国器年近六十，但他那头脑与身体极好，凭着他长期的作战经验，并不是一般部队便能拿下的。再者他所占之地，位于永嘉、仙居、黄岩交界处的深山老林，有着绝无仅有的天险，特别是所据的巢穴天柱峰，其形如笋，仅有一条宽三尺的垂直山路直通鲤鱼背，洞是挂在半山腰的天然大溶洞。断粮？不行，王国器可不是当年艾民起，精明至极，早在山洞里备下可供一年的粮食；断水？不行，洞内有一大泉眼，清澈见底，四季不断水源；断柴草？不行，那山顶上长的全是茂密树林，顺着鲤鱼背脊爬上去，一年、两年也烧不完；用迫击炮打？不行，一来迫击炮打不得那么高，射不到那么远，飞出去的炸弹只能在半空中画出一道抛物线，最后落在半山腰上开花；用过去包尔泰用过之法？更不行，怎么可以拿人质开刀呢？那还叫什么共产党啦。倒是有一法可用，起用飞机、重磅炸弹，从山顶往下炸，炸到洞口倒塌，把他们全焖死在里面。但这种灭绝人性的做法并不可取，好坏一锅烩，也不是共产党人处理问题的原则，现在全国将要大解放，岂可如此！那就不去管他，让他们自生自灭？还是不行啊，只要他们一下来，便如一条饿急了眼的狼，有今日没明日地胡作非为，遭难的还是老百姓。更为关键的是，王国器部与其他各部土匪的性质不一样。王国器本人曾是抗日名将，为了打日本鬼子，王氏一门死了三个兄长、三个侄儿、两个亲生儿子，他们家毕竟是抗击日寇的有功之臣。再说王国器与三十位田、王子弟是被国民党高官逼上山的，自当上山大王后，枪口一直对准国民党，不曾对付共产党。那时，王国器部成为台州军管会的眼中钉、肉中刺，这么多的人马日夜守护在天柱峰脚下，何年何月是个头啊？共产党政府不同于别的政党，讲究实事求是、功过分明，讲人情味。尽管王国器攻打台州特别支队时，杀何、赵两家人时行为过火，枉杀了不少无辜，抢了不少女人上山，但他毕竟打的是国民党军队，炸的是国民党军队的弹药库，客观上论对共产党解放台州起有重大作用。尤其是后期，前后有三次与人民解放军剿匪部队遭遇，是王国器首先放弃战斗，只抢些粮食与布料，便落荒而逃。

那天黄昏，参加会议讨论如何处置王国器部的台州军管会有六位官员：郑国立、钱河清、戴学经、中国人民解放军第二十六军（刚统一番号）军长许行一、政委崔正方、参谋长赵如岱。一经讨论，无不是狗咬刺猬，不知从何下嘴。说王国器不是土匪吧，他确是土匪；说他是土匪吧，又与别的土匪不一样。说他对共产党不相信吧，在长兴期间，对新四军的游击队总是网开一面，他一家子为抗日战争付出那么大的代价。说王国器对共产党相信吧，想当初田文君与许行一动员他下山投靠共产党军队，他说什么也不同意。你说他坏吧，他在当"台州王"及国民党第二十六军军长期间为地方、为百姓做下不少好事；你说他好吧，他又走上另一个极端，扯旗为匪，危害平民老百姓。若是让王国器部在台州地上继续存在吧，人的本能就决定他们要下山扰民。

　　大家正在左右为难时，钱河清开口说道："不管怎么说，王国器确实是我们台州名副其实的一位野王。无论过去他当军阀还是现在当山大王，无论过去他被国民党收编还是现在另立山头，他实实在在为我党、为台州百姓做过不少好事。如今，他走到这一步，也是有好多因素。我的意思呢，可用文，不可动武。"许行一说："那你能否给我们出个好主意？""我想，只须请出两人，即可劝他下山。""谁？""戴学经与田兴业。""我与田文君一起去请他，他都不听，他俩能行？""从个人关系上论，你俩只是他的晚辈与亲属，他可信可不信，而这两人却是王国器一生中最为信任的两个人。""我岳父回来了吗？他是怎么回来的？"郏国立答："回来了，是我们部队把他从重庆歌乐山一处囚禁地解救出来的，具体情况我也不清楚。只听有关领导说，蒋介石下令处决所有关押的共产党与国民党民主进步人士，唯独没有下令杀他。我们部队到达时，他还坐在那里念经，不知道天下发生了什么事。""上级对我岳父有什么说法？"郏国立说："省委明确指示，'田兴业在我党极其艰难时帮过我们，要照顾好他的生活。新政权建立后，他若是愿意出来做事，地方政府就任命他个一官半职，若是想解甲归田，须保障他个人的基本生活'。中央统战部还明确下达批示，我们共产党不能学蒋介石那一套，过河拆桥，卸磨杀驴。"崔正方说："田兴业确是有骨气啊，关了他那么多年，就是不肯低头。""我与文君结婚后还不曾与他见过面，现在文君牺牲了，也不知他认不认我。"郏国立说："虽然文君牺牲了，但他是你儿子的亲外公，这点是毋庸置疑的。我觉得，你应当找个机会与他见个面。"许行一说："若不是听你们今天说起，我还不知道他回来了，误以为他也去了台湾呢！"郏国立说："我也好多年没与他见过面，听说他这次还带回来两个儿子，前一个是李雅香生的，叫田建国，后一个是他后妻蒋凤春生的，叫田文和。"崔正方说："田建国？中间怎么不叫'文'？"郏国立说："我也不清楚，只知道这两个儿子相差八九岁的样子……"

　　据郏国立掌握的具体情况，他说田兴业打从出狱后，就变成另一个人，不问政治，只管修行。一个小时过去了，他们想不出个好主意；又一个小时过去了，他们还是想不出个好主意。直到天快亮时，郏国立说："我们干坐在这里议也不是个办法，我的意见，还是让许军长趁着认亲，与戴部长一起去找田兴业谈一谈吧，兴许他看在亲情的分上，能帮着我们。"大家听了觉得有理。

会议结束后，大家便分头行动。许行一的父母在抗日战争时被日本兵杀害，家中空无一人，自田文君牺牲后，他一直担心这个只有两岁半的儿子交给谁带。如今，老岳父突然从狱中活着回来，他心中怎能不激动？自己的亲生儿子交给他亲外公带，总比把他随意托给山村里的老乡们带强。况且岳父学问盖世，强将手下无弱兵，这个儿子让岳父来带，决不会差。许行一即做出决定，骑马去金家村金明一家里带回孩子。戴学经呢，同样是如此心态，这么多年来，两个好友一直不曾见过面，如今老朋友回来了，还有何说呢？他先回到"民泽医局"睡了一觉，吃过午饭后，去路桥十字街坊买了两瓶好酒与两包桂圆。下午三时，许行一骑马背着孩子从金家村回来，戴学经与许行一在三水泾口福星桥碰头，一起走向田家大院。

只过一小会儿，他们便走到田家大院门前。许行一打从他与田文君结婚后，是第一次来到田家大院，一抬头，即被田家大院所呈现出来的王者风范所征服。他看到田家大院门口立有一对威风凛凛的石狮子；他看到田家大院平地高矗一根大旗杆；他看到门右方立有气势恢宏的上马石；他看到正对门楣悬有田兴业刚刚换上去的大门匾；他看到门柱上深嵌有黄杨木雕大楹联……许行一问："这是我岳父写的？"戴学经答："是。""我岳父怎么把戏联用在府门上？""这即是你岳父对社会、对人生的看法。""我听别人说，袁世凯与蒋介石都给这个院子题过匾？""是，兴许让你岳父换了，你看那匾是新写的字。"许行一正要抱着孩子往门里进，忽地想起一事，退下一步，问戴学经："我怎么称呼我岳父的新妻蒋凤春？"戴学经笑着说："在我们中国啊，女人的辈分是浮动的，她嫁给了你爹，你就得管她叫妈，这没办法。""她这么年轻，怎么让我叫她妈？怪别扭的。""你不想叫，你就别叫吧；如果要叫，也可以叫她为阿姨，这比较通俗。"许行一点了一下头。

戴学经与许行一走进田家大院，一进门，他俩全发呆了：只见大院里田、王两家亲属早已做好饭菜，候在中堂等着他们来吃饭。戴学经将手上拎着的东西往桌子上一放，咧嘴笑起来："天哪，你们怎么知道我们要来？"田兴业迎上前笑着说："天外有天，人外有人。别看我们现在是小老百姓，小老百姓也有人通风报信呀。"双方握手，认亲。当夜，久违了的民间亲情，开始在田家大院内弥漫开来。许行一至死都忘不了他与他岳父见面时的情景，老了，老了，他的老岳父真的老了，一头花发不说，那张四方脸也变得如同一棵大白菜了。除掉他那笔挺的身板，知他曾是个军人外，就眼前所呈现的一切，再也不能与昔日那个江南第一才子，国民党高级官员、中将侍从室副主任紧密联系在一起了。

当许行一把酣睡中的小外孙交到田兴业手里时，令田兴业再次想起一生中唯一的女儿田文君；想起他病死在囚禁中的妻子李雅香；想起他一生中的第一个知音——老岳父李文达；想起他在文昌书院读书时那种特有的潇洒与特有的神韵，同样也让他想起从政后这么多年间的风风雨雨。看着自己的生命在第三代身上延续，田兴业不禁老泪纵横，无声地流着眼泪一遍又一遍地亲吻着许田长青，念叨着女儿田文君的名字……良久，田兴业才开口说："你们也别笑话我，我老了，失去的东西实在太多了，面对我女儿最后的血脉，是有点过分举动，不要见笑。许行一呢，你身为解放军一军之长，国事系身，若是信得过我，就把这孩子放在这里，让我们带吧！"谢明心接着说："这个田家大院啊，从它建成那年起，一直多孩子。如今，这么大的一个府邸，只剩下田建国、田文和两个孩子。我的意见也如此，你是一军之长，做你的大事。长青呢，你放心，家中有三个女人，我们一起带。什么时候天下太平了，你想带回去，再来把他接走。"这正是许行一求之不得的大事，自然一口应承。

田、王两家亲人与戴学经一起坐下，围着桌子吃饭，那种快活无法言尽。酒过三巡后，一脸酡红的戴学经便把他们这次来的真实目的与田兴业说。田兴业听后放下酒杯，再次老泪纵横，说道："想当初，他若是听我一言，怎能成为此等山大王啊？"许行一说："好赖不说，他是我的亲属，过去您给他当过多年参谋长，眼下也许只有您与戴部长的话才能起作用。"谢明心噙着眼泪说："眼下天下太平了，他想要的东西全有过了，希望他别再这么瞎折腾。你俩去一下也好，请你们对他说，我让他回来，老老实实待在家里做个平民百姓，都这么大一把年纪了，还争什么哪，下山来过一把好日子……"

田兴业这颗苍老的心，越想越是不忍。想起小时候他俩在一起的好日子；想起他俩十八九岁就开始共举义旗；想起那时候一文一武的相得益彰。如今，一眨眼过去这么多年，真是"可怜踪迹转如蓬，随例量移近陕东。便似人家养鹦鹉，旧笼腾倒入新笼"。老了，老了，我们全老了，无论是什么样的戏，总该要谢幕了。田兴业点了点头，说："我可以劝他下山，但你们共产党须向我保证三点。"戴学经请他讲。田兴业说："一、王国器受了那么多政治欺骗，眼下变成一只惊弓之鸟。他的心态我理解，就是对谁也不敢轻易相信，对任何事物都十分敏感，你们行事、说话须小心。二、须言必信、行必果，不可欺诳。你们当着他的面答应什么，下山后须兑现。他不再是过去的王国器，残酷的现实让他的头脑变得越来越复杂，且还有点神经质。三、你们必须以礼相待。他一生只有一个处世原则，你敬我一尺，我还你一丈。至于政治理念与人生信仰，他一概没有。"许行一说："爸，这一点您大可放心，我们共产党人讲究功是功、过是过。况且王氏一门有那么多人死在抗日战场上，国民政府正式颁布的烈士就有四个，王曾铣还进了国家英烈祠。共产党绝不会忘记国民政府军保家卫国的那段光辉历史。我军把您从囚禁处解救出来后，要求地方政府好好照顾您，请您出来为人民政府工作。"戴学经也说："这一点你老哥哥放心，省、地两方意见完全一致，只要国器兄带着那三百多位弟兄下山，既往不咎。今后政府怎么对待你，也会怎么对待他。"

事情终于敲定，团圆饭也终于吃过，许行一留下儿子，与戴学经一起离开了田家大院。

台州军管会一切准备就绪。这天一大早，戴学经带着一只药箱（这是他的通行证，无论山里的哪股土匪只要看到他背的这只箱子，便不敢轻易动他）与田兴业上路了，一个小时后，他俩到达将军山脚下。田兴业抬起头望着那三年前就渐变光秃的将军山，不知为何一种不祥之感涌上心头，他自言自语地说："国英倒了，将军山也光秃了。天意，这是天意啊！"戴学经没听清田兴业在嘟哝着什么，问他："你方才说什么？"田兴业摇摇头沉默不语。两小时后，他们顺山径达天柱峰脚下，只见满山满野雾动如潮，石头铺成的羊肠小道，一片滑塌。田兴业抬头望天柱峰，尤如挺笋般在浓雾中摇曳，通往山顶的石阶，如直立着的云梯，他不禁想起若干年前艾民起率六百壮士跳崖时的悲剧。历史啊历史，你可千万别在这块土地上再一次重演啊！他俩正要上山，率部防守在山脚的许行一与赵如岱闻声从竹林里闪出，与他们小声交谈片刻。戴学经刚攀上一两步，忽地想起什么，回头叮嘱参谋长赵如岱说："如果王国器同意放下武器，我们就把他们全部带到山下来，你当参谋长的须保证不发生任何意外。"赵如岱答："放心吧，我们开过三次以上干部会，该交代的细节全都交代过了。只要你们信号弹一发，我们的欢迎队伍立刻启动，保证是风风光光地请王国器下山。"戴学经不再多说什么，两人头顶着脚，脚踩着头，一阶一阶地往上攀爬。山下的人仰着头望着他俩的身子一点点变小，最后被这弥漫的大雾所吞没。

戴学经与田兴业终于爬到半山腰，田兴业累得不行，两人坐下来歇一歇。田兴业心中还是有些忐忑，戴学经问："你怎么一脸的不安？"田兴业答："我怕节外生枝。""赵参谋为人处事我知道，细心，缜密，绝不会有差错。""来时，你看到将军山没有？""看到了，怎么啦？""山顶上的将军树全死光了，又变成了一座癫头山。""自然变化，有什么不妥？""不知为何，一种直觉告诉我，我这位老哥的人生业已走到尽头。""兴业呀，你老了，我也老了，我们都别再神经过敏了，事在人为。"田兴业长叹一声:"我的好兄弟啊,人之匪性不除,只怕天下难求其安啊!"

他俩起身再爬,终于爬至去往天柱峰大溶洞的第一处哨口。这里可真是一夫当关,万夫莫开啊,稍有不慎即会摔下万丈深渊。三个守山的警卫,一见有两个人影从雾里走出,大为惊骇,掉转枪头对准他们,喝问:"为谁?"两人几乎同时应答:"别开枪,我们是专程前来看望你们的。"他们走上前三步,其中有一哨兵正是王家子弟,一看来人是田兴业与戴学经,大喜过望,欢呼雀跃,舞着两手顺着山道冲上去,对着上哨大喊:"家里来人了,家里来人了……"

声音一站接一站传,一下子传到天柱峰大溶洞。此时,一头花发的王国器正坐在洞中犯愁,感觉自己第三次站在人生十字路口。想当初他起事时,事事都有人为他掌舵,先是田兴业,后有戴学经、算命先生卜无意及妻子谢明心;他当上第二十六军军长兼第三十七师师长时,有蒋福海、田如梅。可现在这些他信任的人,一个也不在他身边,与他搭伙的是顽匪万五魁,这家伙长得五大三粗,头脑简单得像一猪脑,胸无点墨,只会给他惹麻烦。怎么想怎么觉得自己成了一头陷入重围的猛兽,不知从何处才能撞开这天罗地网。他不止一次地想携众逃往台湾,派人下山打听,情况出乎意外,他们的老根据地金清黄琅海王村早已让共产党军队占据,凡是他的嫡系亲属全部被盯死,就连本村人出海捕鱼,都有民兵武装押船。面对这样的局势,他从何处搞来出海大船?就算能搞到一条出海大船,怎能带着三百多人顺风顺雨地驶到台湾?就算到了台湾,他杀了国民党那么多人,蒋介石还能饶了他?但就这么坚守着,守到什么时候是个头?共产党军队那么多,地方武装民兵那么稠,军队与老百姓一联手,不就合成一处铜墙铁壁?若是让他举手下山投降,他怎么能吃得准共产党的政策?况且他上山当真土匪后,杀了那么多人,抢过那么多的钱财、女人与粮食,万一丢了手上那一杆枪,他不就变成一只死蟹?若是不下山向共产党投降,又能在天柱峰上守多久?粮食、食盐、生活必需品,还有士兵想家及万五魁的新生儿子万丰收发高烧七八天……如此多的问题,一系列全摆在面前,让他这个山大王如何解决?

一个至死都不想当土匪的人,命运却让他在人生最后的岁月里当上土匪,是天意,还是命中注定?是他作恶多端的报应,还是他在劫难逃?面对着共产党军队解放浙江省,面对着新中国将要成立的新政权,王国器心里说不出有多后悔。他后悔自己小时候不听田长河的话,死不读书,以至于看问题从来没有田兴业与戴学经那么深、那么远;他后悔自己当初没有听侄女婿许行一的话,投靠共产党;他后悔自己鼠目寸光,怎么就没看清共产党会执掌天下的大趋势?现在,一切的一切全被侄女言中，机不可失、时不再来，让自己成为一条失了舵的大海船，顺着海流漂泊，不知哪天一头撞在礁石上就粉身骨碎。后悔呀，后悔！王国器真的后悔。但后悔又有什么用，天下哪有东去的河水能倒流？天下哪有失去的光阴能回来？正在左右为难、无法做出抉择之时，手下一警卫异常响亮地向他报告："戴学经大夫与田参谋长来了。"王国器大吃一惊："哪个田参谋长？"警卫兴奋地答："田兴业参谋长啦！""天哪！是他？""对，是他。""蒋介石没有杀他？""没有，没有，大哥，我亲眼看到他了。""他们在哪儿？""就在洞下边。"王国器激动地说："快，快请他们上来……"

这个突如其来的好消息，让王国器喜不自禁。也许多年不见故旧，也许他思亲心切，即下令让手下的喽啰们别再乱歪在地上，赶紧起来把洞内好好收拾收拾。他返身穿上那套唯一完好保存下来的国民党将军服，佩戴好手枪与那把中正剑，步出洞外前往迎接，刚一到洞口，便看到田兴业与戴学经一前一后地走来。王国器整颗心都在狂跳，高叫一声："兴业、学经老弟……"便扑过去与他俩紧紧拥抱在一起，两行老泪顺着脸上之岩缝流下来。

是时，天柱峰洞内共住有三百多人，百分之四十是田王村人，百分之六十是万五魁部下。由于洞小人多，堆满粮食与物资，再加之稻草铺地，大小便出不去，尿屎臭与霉烂味全搅合在一起，让人一闻便心中作呕。临山洞壁共建有十多间房子，房内住的是抢来供他们消遣的女子。万五魁部的顽匪们对他俩的到来无动于衷，王国器手下的老兵却完全不一样，一听说老参谋长田兴业与随军医生戴学经来了，个个欢呼雀跃，全都跑了过来，围着他们七嘴八舌地说个不停。尤其是万五魁的压寨夫人，不断地拍打着她的儿子万丰收："好了，好了，宝贝呀，医生来了，你有救了。"戴学经刚一站稳，她就抱着孩子过来。田兴业呢，从他进来的一刻起，便感觉到洞窟内横溅着仇恨的冷锋。这股冷锋来自两个方面，一是那些被抢上山的女人，一是万五魁手下的顽匪。田兴业悄悄地对正在给万丰收看病的戴学经说："这里的气氛有点不对。"戴学经说："他们不是一伙的？"田兴业说："那些女人，人人目光忿狠。"万五魁女人说："这当然，她们是赵家的女人，能不狠吗？"戴学经诊断下来，孩子得的是肺炎，即打开药箱，拿药给小孩服下。万五魁女人问："要紧吗？"戴学经说："眼下只能控制，想根治，得上我的民泽医局。"孩子抱走后，他们便开始坐下来谈事情。

戴学经先开口说："我与兴业这次上山来，目的只有一个，给你解围。"王国器问："怎么解？"戴学经即把他目前所处的形势详细说了一遍。"现在山下有五个团的解放军、七个营的民兵包围在那里，守住你们所有道路。他们可以调动全台州的人力、物力来对付你们。即便你们不下山也无所谓，只要一声令下，就算不开一枪，便可把你们围到艾民起的悲剧重演。""这我晓得，问题是我现在手上有罪恶。""这一点你大可放心，共产党知道你之所以走到这一步，是被国民党政府逼的。""共产党怎么会知道内情？"田兴业说："想当初，赵家设饭局想毒死你们，你知道是谁给你递的字条？""谁？""共产党啊！""怎么会是共产党？上面没写人名。""是戴学经写的，他就是共产党。"王国器大为愕然："如果我下山投降，共产党会如何对待我？"戴学经说："共产党一直对你很敬重。""何以见得？""你打过日本人，打过国民党啊！"万五魁在一边插嘴道："既然你们如此信任我王老弟，那为什么还要围剿我们，不放我们一条生路？"戴学经说："原因十分简单，因为你们现在开始扰民了。共产党的宗旨就是解救普天之下的老百姓，让老百姓们都能安居乐业。"田兴业说："天下大定，我们绝不可违天命而行事。"万五魁问："田兴业，你可是国民党的高参，现在也变成共产党了？""我倒不是共产党，可我知识时务者为俊杰。做人啦，无论做什么事都得讲个度，别再拿着鸡蛋往石头上碰。""你给我说说，我与王老弟投降后，共产党会封我们什么官？"戴学经说："眼下你们的司令可以当个县参事。""我呢？"戴学经坦然一笑说："如果你表现好，既往不咎，与王国器一样。""你只不过是一个医生，怎么能说得如此肯定？"田兴业仰脸笑着回答："实话与你们说吧，我也是直到昨天才知道戴医生是共产党台州特委组织部部长。"王国器惊讶地说："这么说你跟着我去南昌会战打日本鬼子时，就是共产党的组织部部长？"戴学经笑着回答："是啊，是的。""那我上山后，你为什么不来找我？""你侄女田文君与她夫婿许行一不是上山来找你了吗？可你那时心里发横，说什么也不肯下山。牛不喝水不可强按头，你说我有什么办法？共产党那时之所以来找你，就因为你打过日本鬼子，打过国民党，且王氏一门在抗日战场上出有那么多烈士。所以，现在台州军管会决定让我与兴业上山来劝说你们。"万五魁问："你们会不会把我们骗下山后，再把我们一锅子烩了？"戴学经答："怎么会骗你们呢？如果我们想骗你们，台州军管会也不会让我与田参谋长一块儿上山来……"

戴学经的这番话，使王国器如在茫海中看到了闪亮的灯塔，如在迷失的森林中看到指示的路标。他面前影绰起温文尔雅的谢明心与气象万千的新王府；影绰起海王村那一片海上壮景与田王村那一片美好的田园风光……万五魁斜着眼还想再质问些什么，王国器亮声喝道："别啰唆了，你看你儿子病成什么样子了，此时不下山，还待何时？"万五魁偶尔回眸，看到妻子那双哀怨的眼神及蜷缩在妻子怀里的唯一儿子万丰收，心里一怵，闷着声点头表示同意。

　　四个当事人坐下来商量如何下山。戴学经提出两个关键性问题：一是编队，二是武器。编队很快商定，所有物资均留在洞中，由台州军管会相关部门前来处理；所有人员以排、连队先走，戴学经与女人、孩子断后。谈到武器时，双方谈判出了一点矛盾，田兴业要求所有人员手中的武器全部放在山洞，让接收部队前来处理。万五魁却坚持要把自己防身的木壳枪带走，一直到他认为安全后再交出，这使田兴业非常不快，当时便板结脸反对："这不行，既然是投诚，就得有投诚的样子，带武器下山做什么？"万五魁说："万一共产党变卦怎么办？""共产党的组织部部长都在这里，怎么能变卦？"双方一度出现僵持。戴学经毕竟是医生，不是从战争中爬滚出来的军事指挥官，犯了一个不容忽视的错误，担心如果过分逼他们放下手中武器，说不定会引起更大的骚动，把事情搞砸。戴学经以为不就是一支小小的木壳枪吗，没什么了不起，就让他带着吧，到时候山底下的欢迎队伍敲锣打鼓地涌上来，在热烈的欢迎队伍面前，这些人不一下子土崩瓦解才叫怪呢。于是，戴学经表态说："你要带就带吧，但只准你一人带。"田兴业还想再说什么，一看共产党组织部部长都同意了，作为一位非决策者，当然不好再坚持，只得点头以示同意。天柱峰洞内的骚乱平息，万五魁手下的顽匪看到王国器手下异口同声地拥护，他们不想放下武器也不行。

　　王国器第一个走出洞口，他的心情是多么轻松与快活啊！面对着刚刚散去的浓雾，看着刚从云雾中露出头的太阳，他下意识地伸了一下手臂，对着群山大喊，山谷余音回荡。第二个走出山洞的是田兴业，他无心欣赏这美不胜收的风景，不断地回首紧盯着万五魁，他担心这个白眼狼会做出一些出格的行为，当看到万五魁与他的五大金刚及虾兵蟹将们走出洞口，他这才往下走。最后走出来的是戴学经与十多个女人，这些女人中，前三个是赵家的女人，中间八九个是十里长街妓女，后一个是万五魁的妻子和发着高烧的儿子万丰收。戴学经走过第三级台阶后，根据约定朝天发出三发绿色信号弹。山下接应的同志们看到三发信号弹带着三道绿弧线飞上天空，所有人马立刻按部署的方案行动起来。

　　共产党果真是不食言，这支土匪队伍刚到达山脚，钱河清即挥手下令，上千人的欢迎队伍一片欢腾，锣鼓铺天盖地地敲响，百子炮腾空升起，寂静的天柱峰显得热闹非凡。面对此情此景，王国器有些感动，感慨万分地对田兴业说："我做梦也想不到他们会搞出这么大的动静来欢迎我们这样的人！"田兴业笑答："我早就和你说过，共产党功过分明。"走在后面的戴学经看到山脚下人头涌动，锣鼓喧天，心里的一块石头落地，这才长吐一口气。于是，他放下药箱，在山道边的一块石头上坐下，拔出一支烟来抽。

就在这个节骨眼上，一件完全意想不到的事情发生了。在欢迎的人群中，潜伏着王国器的两个生死仇人：一个是台州军统特务大头目樊川，一个是何长春。尤其是何长春，一眼看到他妻子蓬头垢面地出现在队伍里，顿时怒火中烧，猛地拔出手枪，朝王国器身上开了一枪。这一枪击中了王国器的手臂，身子往后一踉跄，樊川手中的枪也跟着接二连三地响起，走在前面的三位金刚中枪倒地。万五魁跳起脚来，原本他就怀疑这一切是共产党精心设计的圈套，于是大叫："兄弟们，我们上当了，上当了，共产党在欺骗我们！"这一喊，悲剧再次在天柱峰脚下上演，顽匪们手里的长武器是放下了，可短武器有八支被八个顽匪藏掖于身上。八位顽匪同样认为这是骗局，掏出枪来疯狂还击，前一排毫无防备的民兵，打了这么多年的仗没有死，却在解放前夕牺牲在天柱峰脚下。左右两边的解放军战士一看，不还击不行了，这一还击，三百多人的命运可想而知，乱枪中有一半人倒在血泊里。

战斗很快结束，这是一场完全没有料想到的战斗，让台州军管会的干部们极其恼火。然而，面对如此突发事件，又有什么其他办法呢？许行一清理战场，解放军战士与民兵伤亡三十二人，山上下来的人伤亡一百五十五人，其中田王村的老兵伤亡二十三人。万五魁被乱枪打成一只大马蜂窝，万五魁的妻子、孩子与那十多个女人完好无损。万五魁妻子上前来问赵如岱："长官，我们可以走了吗？"赵如岱正在气头上，极为恼火，喝道："现在你们就想走？不行，搞清楚你们的身份再走！"赵如岱挥了一下手，两名士兵上前来，将她与儿子万丰收及其他的女人全部带走。然而，令全体官兵们不解的是怎么也没找到王国器与军统大头目樊川的尸体。田兴业知道王国器还活着，情不自禁地对天一声长叹："老天爷啊，王氏一门到底作了什么孽！"

在全体官兵们的共同努力下，抓到了何长春。许行一问："你为什么开枪？"何长春答："我看到被他们掳上山的妻子在队伍里，我难受，就开了枪。"许行一气得浑身打哆嗦，令两个战士把他带下去关押。哪知没走出几步，何长春拔腿便跑，许行一对着他后背只是一枪，何长春便一头钉死在石道上。三位战士上前搜身，发现他身上藏有一只大钻石戒指，取出交给许行一。许行一一看，钻石戒子背后刻有他妻子田文君的名字，大为惊愕：天哪，这不是我妻子的大钻戒吗？怎么会在他身上？查！一查，他不是别人，正是参与杀害田文君的凶手——台州特别支队支队长何长春，许行一气得再次对准何长春的脑壳连开三枪。

下 部

第一章　大王啊　山大王

1949 年 10 月 1 日，中华人民共和国正式成立。这是一个伟大的日子，独裁、专制、腐败且与民意相悖的蒋家王朝退出了历史舞台。从这天起，中国人民终于挺起胸膛在东方古老的土地上站起，中华民族终于在血与火的交炽中掀开新纪元。

新成立的黄岩县人民政府四处张贴榜文，通缉国民党特务头目樊川与王国器。何家女人何衡芜自杀。自杀前，她给戴学经写有一信，在信中写道："戴大夫，什么叫报应？这就是我的报应啊！做人为什么不行善积德，却要自取灭亡呢？"

所有羁押的女人全部释放，万五魁的压寨夫人改嫁给白水洋村一位李姓光棍。就在她结婚的那天夜里，给万五魁唯一留下来的儿子更名为李丰收。

田如梅几经周折，终于从海王村搞到一条渔船。她一心想去台湾，然而事与愿违，由于海浪过大，她所乘坐的那条渔船无法在巨涛险浪中穿行，结果台湾没到，船舵与船帆便被大海里的巨浪给劈断，船身顺势一横，顺着海流四处漂荡。这艘无舵之船整整漂了三天三夜，终于漂到一处江山岛，田如梅与船老大没有一点办法，也没有别的选择，只可一起登上了江山岛。

王国器终于杀出重围，别看他是位近六十岁的老人，身上负有重伤，可他毕竟是当过海盗，当过土匪，在战场上生死打拼过的枭雄，有着过人的勇力与强健的体魄。当解放军与万五魁部打成一锅粥时，他变成一只独狼，顺着一条鲜为人知的羊肠小道蹿入竹林，一旦潜入了山林，王国器有如一条鳗鱼游入大海，解放军想逮到他可就没那么容易了。他凭着一身蛮力，顺着山道往海王村跑，心里只有一个打算，必须先跑到海王村养好伤，再想法子找到一条海船，设法逃往台湾。他一直跑到下午四点，终于跑到将军山脚下的那片柏树林子里，因饥饿、失血过多，身体出现虚脱，横穿柏树林时，突然间头昏眼黑，一头栽倒在地上不省人事。

恰在此时，落发为尼的徐沅与严芳外出做完法事，带着众尼回菩提庵。走在

209

前面的严芳刚进柏树林，影绰中见草丛里横躺着一个人，初时严芳误以为又遇着个"倒路死"（那时，倒路死者在黄岩一带实在不少），念了一声"阿弥陀佛"后，对徐沅说："姆娘，你看，这里又有个'倒路死'的。"出家人自有出家人的规矩，凡见"倒路死"者必将之掩埋，徐沅忙招呼后边三位尼僧上来帮忙。待走进，发现这位倒在地上身穿国民党将军服的魁梧男子有些眼熟，细为一看，两人傻了眼。严芳惊叫起来："天哪！这不是国民党将军王国器吗，他怎么会落到这个下场？"她见王国器前胸一片淤血，忙伸手一探鼻息，尚有游丝，说道："他还活着。"三位尼僧惊慌地问："这怎么办？"严芳毫不犹豫地说："还说什么说呢，救人要紧。"尼僧之一说："他可是人民政府通缉的人物啊！""不管当局如何对他，他可是我们的救命恩人，得救。"尼僧之二说："问题是，我们将他安排在何地？""庵后不是有个小山洞吗？我们把他藏在那里。"尼僧之三说："是有个小洞，挺深的，可今后怎么办？""只能听天由命吧……"

王国器在将军山那个小山洞里足足昏睡有一天一夜，直到第二天晚上九点才苏醒，见胸口的伤口已包扎，大为吃惊，睁眼细巡，发现昏光下站在他面前的女尼居然是严芳。这位不曾掉过一滴眼泪的大男子，终于抽动嘴唇说了一声："小妹啊，我傻呀，我糊涂啊……"便号啕大哭起来。严芳在他身边坐下，母亲似的哄着王国器："将军，将军，你别哭，有话慢慢说。"王国器哽咽着将与她分手后，王氏子孙在官场与战场上的事细说了一遍。严芳听了后，沉默片刻，问他："你的两个儿子全死了？""全死了，没一个活下来。""将军今后做何打算？""我想过了，要么是死，要么到海王村偷条船逃往台湾。""你能逃得出去吗？""不知道，只能是赌一把了。""既然如此，将军你何不勇敢一点，向共产党政府自首？"王国器叹了口气，说："小妹啊，我怎么自首？万五魁这个王八蛋，在天柱峰脚下打死了那么多解放军，还有跟着我的田、王子弟一瞬间死了这么多，共产党能饶我？我的族人能饶我？""万一你逃不出去呢？""我就当海匪。""王将军，不是我泼你冷水，一个快六十岁的人了，还以为是过去年轻时？现在是共产党一统天下，别说海上的正规军，就是海上跑来跑去的民兵，你就受不了；再加上现在好日子、好生活刚开头，哪个老百姓能跟着你去做海盗？"王国器伤感地说道："那我就认准一个'死'字，反正老天爷让我断子绝孙了，我也了无牵挂。"

就在这天夜里，王国器向严芳提出一个请求，希望她帮忙搞到一支枪或者几颗美式手雷。严芳问："你要那玩意儿做什么用？"王国器答："不怕一万，只怕万一。横直是个死，要死也得死出个样子来，不能让这些民兵崽子把我抓去游街判刑，自取其辱。"王国器这种视死如归的男子汉气概，顿时让严芳想到一个主意，便回答他："好，东西我想法子给你搞到。你现在呢，什么也别想，所有的打算，须等你身体康复后再行决定。如果能出海，我就跟着你出海；如果你想死，我就跟着你死。现在，还不到叫你死的时候，那你就给我好好地活着。"王国器听了大为感动，有生以来第一次在女人面前表现得如此顺从，点点头表示听从严芳的一切安排。

田如梅再次得到蒋介石的通令嘉奖，说她是党国的中流砥柱，女中豪杰。经最高统帅部研究决定，特授田如梅中将军衔，江山岛前线防区副总指挥兼娘子军团团长。田如梅面对国民党党旗与一百多名女军人，立下重誓："我田如梅生为党国人，死为党国魂，愿为党国做最后的牺牲！"

严芳利用尼姑的有利身份四处为王国器活动，她只有一个想法，必须想尽一切可行之法，为王国器搞到吃的东西及武器。这个弱女子啊，真有一点过人的勇力，居然不怕他人举报，找到她在皇花楼当妓女时的老相好、原台州军统特务"独眼龙"的家。那天，她刚走进"独眼龙"的家门，就发现"独眼龙"接到樊川派人送来的一封密信，要他去某一地会合。"独眼龙"正想关门出去，刚走到门口，即被严芳拦住，单刀直入地问他："你家有这东西吗？""独眼龙"答："有。""分给我一点。""独眼龙"大骇："你一个出家人，要这种杀人的家伙做什么？"严芳面带杀机："你给我就是。""独眼龙"的眼光与严芳的目光一相遇，浑身打战："你别这样好不好，我怕你了行不行？"随手打开手里提着的那个大包，拿出一支手枪与三颗美制手雷递给她。严芳拿起手枪与三颗要命的铁家伙往菜篮子里一放，盖上毛巾，挎起，一路轻盈地走了。"独眼龙"吓得一把关上前门，忙从后门蹿将出去。

王国器身体很快康复。那天中午，王国器正在洞中睡午觉，严芳提着一罐刚熬好的鸡汤送入山洞，她有意无意地朝王国器身上瞟了一眼，一下子看到他身上的那条生命之根高挺。严芳一生中接触的男人多矣，会心一笑。就在这天的夜阑人静时，严芳躲过庵里的女尼，悄然潜至山洞中，正在假寐的王国器见她进来，忙坐起，睁大两只眼睛看着她。严芳盈步来到王国器面前，俯身捻亮油灯。黄光四散，严芳当着王国器的面将身上所裹的衣服一件件脱下。王国器全身毛发悚然，声音开始打战："你……这是干什么呀？""我们相识多年，你从不曾染指于我。现在，我只想让你好好地宠幸于我。""此一时彼一时，我现在怎能……""你不是只想一死吗？但我不想让你就这样去死，我想要为你王家留个后。""我的好小妹呀，我年岁大了，不顶事喽，再者我也不能拖累你。""我的傻老哥啊，你就别再犹豫了。"王国器慌乱地说："不，不……"严芳猛然扑了过去，抱着他，吮他，摩他:"来吧,来吧,你就放开手脚好好地耍他一回……"这位苍老之人终于按捺不住,以锐不可当之势长驱入殿。王国器瞬间感悟到了什么是人生巅峰,什么是上天赋予人类的最大福分,在极度快活与疯狂的呼号中,两人终于爆发出人生最后的生命能量。

严芳发现自己已怀孕,手掂三炷香长跪在观音菩萨面前,她轻声地向观音菩萨忏悔:"慈悲的观世音菩萨啊,我之所以如此,是为报恩,请菩萨宽恕我的罪恶吧!"

路桥民兵终于发现将军山脚下有名堂,从事侦查工作的三位民兵立刻向当地政府做详细报告。是时,黄岩县公安局副局长曹之杰正在因王国器的悄然失踪而一筹莫展。活要见人,死要见尸呀!他们顺着王国器的血迹漫山遍野地寻找,皆不见影踪;派人到海王村,几乎控制了整个金清海域与蛇蟠山,就是不见王国器的足迹。接到报告后,曹之杰即刻着手调查菩提庵里的全部女尼。当了解到菩提庵的两个师太,一名叫徐沅,一名叫严芳时,他想起殿南居民干部任伯祥曾向他报告:"菩提庵女尼严芳曾提着个菜篮子,到过原国民党军统特务'独眼龙'家,等他带人去时,'独眼龙'家已是人走楼空了"。联想起这件事,曹之杰心里明白,内中必有名堂。曹之杰天生为人谨慎,即派出三位公安人员,日夜潜伏在将军山脚下的柏树林里,对菩提庵进行全面的监视。

天下没有不透风的墙啊!三个便衣公安很快就从严芳的蛛丝马迹中窥到猫腻。一旦确定菩提庵背后的那座小山洞里藏有男人时,曹之杰即向地委书记郏国立汇报。郏国立一听,心下大明,他是一位知根知底的老路桥人,怎能不知过去发生的一切。郏国立决定亲自前往菩提庵劝说王国器,让他投诚,重新做人。郏国立约了钱河清、曹之杰,率三位公安战士,一起来到将军山脚的小山洞前,刚一走近,遂与一身尼姑打扮的严芳碰个正着。郏国立问:"王国器是不是在这儿?"严芳一脸平静地回答:"在这儿。""你为什么不向政府报告?""我只知有恩报恩,普度众生。"郏国立想进洞去,严芳拦着他,说:"你们别进去,他手中有手雷,他是不会再相信你们的话了。""他想怎么样?""你是老路桥人,知道他的性格,是不会让你们抓住他的,他会自我了结……"

严芳话音刚落,只见整座山洞与脚下土地强烈震颤了一下,一股刺鼻的硝烟味从洞内卷出。随之,洞顶上的巨石纷纷往下崩塌,一个顽强的生命,就此正式宣告终结。严芳被黄岩县公安局带走了,那张漂亮的脸上没有一点表情。

黄岩县解放后的第一个春节来临,路桥十里长街民众们一片欢天喜地。十里长街人集体做出决定,请上一个好戏班子,唱他八天戏,来个军民普天同庆。腊月二十五日，路桥十里长街刚成立的居民街道委员会，给嵊州蒋家戏班发出了邀请函；腊月二十七日，蒋家戏班收到邀请信；腊月二十八日，蒋家戏班翻过麻狸岭来到路桥十里长街；腊月二十九日，蒋家戏班公布戏目：从大年三十夜起，一天开两场，演《杨家将》。那时，田家大院里的三个孩子，除许田长青刚学会吃饭外，年长的是田文和与田建国。田建国天性有三好：好名人字画；好游山玩水；好看戏，尤其喜欢画舞台戏子的一招一式。当他得知有戏班来十里长街演出时，欢喜异常，吵着要去看戏。年夜饭一吃完，戏就要正式开场，田建国缠着田兴业带他去看戏。田兴业因王国器与严芳一事搅得有些心乱，又怕孩子们失望，只得对蒋凤春说："别人家的孩子过年，我们家的孩子也得过年。我心里烦不想出门，你就带着他们去看看吧，反正也不远。"蒋凤春一想有理，即从箱底翻出早已为他们准备好的新衣，将田文和与田建国穿戴一新，携着他俩前去看戏。三人走到三水泾口的大戏台下，蒋凤春抬头往告示牌上一瞧，做梦也没想到的是，前来路桥十里长街演出的居然是他们蒋家大戏班。蒋凤春高兴至极，趁着戏还没有正式开演，即上后台去找他们。

蒋家戏班本是家族式组合戏班，戏班里的人从前台到后台，全是蒋氏族人，不是堂叔、堂伯，就是堂兄弟、堂姐妹。老乡见老乡，两眼泪汪汪。这么多年与他们不曾见面，一台的族亲将蒋凤春围得密不透风，高兴不已，七嘴八舌地问东问西。蒋凤春发现戏班人员中没有她的亲哥蒋和三，即询问家况："我妈呢？"族亲回答："死了。"蒋凤春流着泪问道："怎么死的？什么时候？""今年，老病，正月初七正是忌日，你回吗？"蒋凤春顿了顿，没作回答，又开口问："我哥呢？""病了。""什么病？""邋遢病，梅毒。脚都烂得见骨头，再也不能上台演戏了。""他在家吗？""在家。""我家还有谁？""你嫂子。""他们有孩子吗？""有，一个男孩。你哥可想你了，一说起你就哭，说是他害了你，让蒋介石把你带走后多年杳无音信，不知是死是活。你快回去看看吧，昨儿他还对我说，不知道能不能活着等到妹妹回来……"

时间已到，戏目要开场，蒋凤春只得离开后台。戏一结束，蒋凤春携田文和与田建国回到田家大院，左脚往大门内一迈，蒋凤春即决定必在正月初七前赶回老家。待两个孩子睡下，蒋凤春即与田兴业说明情况。田兴业问："你打算什么时候走？"蒋凤春答："正月初三。"从路桥去嵊州，那时走水路要三天，走陆路要两天，而且必须翻越麻狸岭。"你走水路，还是走陆路？""走陆路。""自己去，还是带着文和一起？""当然得带文和一起，我家里人还没见过他呢。""我呢，其他都不怕，就怕路上不安全。""你放心好了，现在新中国成立了，到处都是解放军，还有民兵，怕什么？""土匪残部人还多着呢。""别担心，就我这么一个女人与孩子，不起眼。"这就叫归心似箭啊！田兴业早已看透人心与人性，怎会不知人情世故？况且浙东山区不知从何年起，约定俗成一个规矩，大凡父母过世后的第一年，凡在外子女须在当年忌日赶回家，田兴业当然没有理由拒绝。

正月初三，鸡叫头遍，蒋凤春喊起满眼迷蒙的田文和，开始洗漱，吃饭。公鸡叫第三遍，蒋凤春背上包囊，牵着田文和的一只小手，连拉带扯地往麻狸岭方向走去。当日晚九点，蒋凤春母子到达麻狸岭，入住田兴喜家。正月初四，天刚发亮，母子两人再次起了个大早，田兴喜煮好了粽子、猪肉、青菜，请他们母子俩吃早饭。吃过早饭，蒋凤春再次牵起田文和的小手往嵊州方向走，母子俩一直走到天快黑时，才踏入嵊州地界。太阳眼看着就要下山，面对重叠的大山，蒋凤春的心有些发寒，打算就近找个小旅店住下。就在她加速穿过浮士岭三岔路口时，不幸遇见了一直在外流窜的两个台州军统特务：樊川与"独眼龙"。

这两个国民党军统特务在暗中不知策划了多少次破坏性的爆炸案。由于樊川精心组建的国民党地下组织全被共产党粉碎，他们无法在台州八县安身，只可往宁波方向逃窜。是时的樊川心中只有一个打算：先去宁波，花大钱在沿海渔村找上一艘渔船去下大陈，与盘踞在一江山岛的国民党守军会合。蒋凤春在浮士岭三岔路口碰到他们，直觉告诉她，这两个家伙不是土匪即是国民党特务。蒋凤春虚晃着眼风，只管低头牵着田文和往前走。母子俩手牵手已走出一百步，樊川偶尔瞟了一眼，见蒋凤春身后的袋子很沉，便问"独眼龙"："我们身边的钱，能不能用到一江山岛？""独眼龙"回答："不能。""你看，这个女人的包裹，是不是很沉？""独眼龙"看了一眼，答："很沉。""你看那小子，一脸细皮嫩肉的，像不像是大家公子？""像。""是不是逃难的地主婆子？""难说。"樊川对"独眼龙"下令："你动手，把这个女人背上的东西抢过来。"独眼龙应一声"好"，上冲一步，枪口对准蒋凤春的后背一扣，枪响，子弹正好击中蒋凤春后背心。蒋凤春连哼都来不及哼上一声，便一头栽入草丛。樊川走上前，拿起枪在蒋凤春背着的包囊上碰触一下，似有硬物，打开一看，不出所料，背囊里有二十多块银圆与一根金条（这些东西是李雅香死前留给她的，这么多年一直不敢用。之所以今天带出来，目的是想给她哥哥治病，给她嫂子安家）。樊川咧嘴一声冷笑，收起东西转身要走，"独眼龙"见田文和站在那里死盯着他们，心中犯恶，拿起枪来想干掉他。樊川按下枪口，说："得，得，这么大点的一个孩子，别说是对付'狗头虎'了，就连这座大山他都走不出去。""独眼龙"说："这小子两只眼怪毒的。""得了，别瞎浪费子弹。说不清前面还会遇着什么事。""独眼龙"这才收枪，跟着樊川走了。

太阳终于隐入山后，荒山野岭里只剩下田文和一人。田文和确是田氏一门冒出来的奇人，就这么小年纪，面对亲生母亲被杀，不哭、不叫，只是惊恐地瞪大两眼，看着这突如其来的横祸。他知母亲已死，怎么办？哭，不能解决问题。往舅舅家去？不行，他长这么大不曾去过。田文和站在母亲身边想了想，薅草、搬石。他先把母亲的尸体垒起，后动手搬石头，将尸体围定，再顺山找了不少枯枝残草将其遮挡住，别让山里的"狗头虎"什么的给吃了。然后掉头顺着来时的路往麻狸岭方向走，去找伯伯田兴喜，请伯伯想个法子将母亲的尸体运回路桥。

天完全落黑了，原路返往麻狸岭，对于一位年仅五六岁的孩子来说简直是一个天大的考验。伸手不见五指的大黑天；高远的崎岖山路；茂密的森林、竹林；荒无人烟的高山野岭；众多的"狗头虎"与五步蛇……只要不小心或是一失足，就会带来灭顶之灾。然而，田文和居然没有半点恐惧，顺手捡根树枝，顺着依稀可辨的山路，低着头一边敲挞，一边往麻狸岭方向走。实在走不动了，就靠在路边歇一下；渴得嗓眼起火了，就捧把山泉喝；饿得实在不行了，就顺手摘些野果往嘴里塞。他居然独自一人在荒山野岭走了一整夜，连蹚有八条溪，跨有九道岭，横穿大半个括苍山脉，终于到达黄土岭。至黄土岭后，面对三条岔路，田文和心中发蒙，不知走哪条路才对，模糊中感觉似乎往西，挫身即往西奔。

天亮了，鸟鸣了，山林起舞了，太阳张大嘴噙着山头了，田文和居然走到离金家村只有三里地的蛇狼岭。翻过蛇狼岭口，田文和觉得浑身发软，双腿沉重，实在移不得半步，见岭口立有一座山神庙，便拐了个弯趱进山神庙。进庙后，看到供案上摆有供山神的供品，他伸手一把拿过那些供品狼吞虎咽地大吃特吃起来。因走得实在太累，年龄又实在太小，怎经得起如此折腾？吃着吃着，身子发软，歪头靠着案桌便呼呼地睡着了。

太阳升到了头顶，一位身材高大的读书人走进了山神庙。此人不是别人，恰是南宋时镇国大将军金颜成的第二十九代孙，黄岩县金家村原文昌书院山长金安士的长子金明白。时金家村的金氏家族，在台州八县享有极高的威望。别人姑且不论，就金明白本人即是当地的一个大明星。他原本是留法博士，抗日战争时，为了中华民族之崛起，毅然携妻子从法国回来参加抗战。中华人民共和国成立后，政务院总理周恩来知其才能，任命他为国家建筑设计院院长。金氏一门，在台州地区来说是人才济济的大望族。他堂兄金明一是上海音乐院教务长；长子金龙子二十三岁就担任法国海德实业公司副总裁；次子金虎子十八岁就成为中国人民解放军301团团长。在崇拜英雄、崇拜人才、崇拜财富的社会里，黄岩人一直将金家与艾家称之为台州双雄。金明白从国外回来后，正赶上父亲金安士病重，遂大门不出、二门不迈全身心地伺候老父亲。老父亲去世后，金明白谨遵父嘱，将家中土地与钱财拿出，当众瓜分，并倾一村之力，出钱、出人支持新四军游击纵队浙东支队在台州一带的活动。回家后的第二年，金家村即成为全台州第一个苏维埃红色革命根据地。初时，族亲们对金氏一门的所作所为非常不解，曾问金明白："金明白呀，你这是做什么呀？人心不足蛇吞象，谁得了你的东西会说你好？"金明白朗声回答："钱够用就行，饭吃饱就好，为钱活着，做人太累。"黄岩人听后无不是直面大呼："我们黄岩又出了个山精海怪了。"直到共产党正式掌权后，黄岩人这才发现真正有眼力的不是别人，而是黄岩宁溪山区金氏一门。

金明白应黄岩县人民政府之邀，率八位学生从杭州赶到黄岩，完成黄岩大桥的修复工作（因当年黄岩县这座跨江大桥是他应路桥十里长街工业巨头艾宝杰之请，精心设计而成的。解放前夕，因许行一师军事情报不准确，中了调虎离山计，此桥被陈老五部用炸药炸毁）。金明白一行过嵊州浮士岭时，在这三岔路口发现了这座临时垒起来的怪石堆。一个学生好奇地问道："老师，这是什么？"金明白回答："不知道啊。"另一个学生说："好像里面有东西。"金明白说："你们过去看看吧。"金明白手下两个学生出于好奇，往前一步，立刻看到石头堆里藏着一具女尸。金明白上前细为一看，大吃一惊，即令学生下山，向石门镇公安部报告。石门镇公安部接到报案后，立刻派出两位公安战士前来侦查，一侦查，断定是枪杀，确认此女之所以遇害，不是遇着流窜的特务分子，便是遇着四外逃匿的土匪。由于他们不曾见过蒋凤春，一时无法搞清此女子是何种身份，又从何而来，只是判断她有可能是来自黄岩。看她身上穿着那套过年新衣，脚上穿着一双新鞋，断定她是去往嵊州一带走亲戚；看她包袱里装有两三套小孩的服装，断定此女子并非只身一人，当有个五六岁模样的小男孩。现在摆在面前的问题是，这个做母亲的死了，五六岁的小男孩上哪里去了？难道被匪徒打死了？可搜遍方圆三里地不见有被害之象；是让匪徒把他劫持走了？可从常理上推断绝无此可能，现在的土匪早已成惊弓之鸟，多个小孩就多个累赘。况且此女子死亡之地，堆有用手薅出来的草与大量摆放的石头，可以断定，女人遭匪徒们枪杀后，这个孩子曾在她身边待有很长时间，这些东西全是孩子做的标记。会不会是让山里的"狗头虎"给吃了？这倒有可能。于是，为首的这位公安立刻下令搜山，搜出有五里多方圆，不见有血迹与人兽搏击之象。这到底是怎么回事？思来想去，两位公安战士也无法断定这个女人死后，她身边的孩子是否出现什么意外。没有他法，只可在附近找了几个村民，帮忙先将此女子尸体抬下岭去。

事情一结束，金明白与他的八位学生继续赶路，到黄土岭后，一行人顺势拐弯，翻上蛇狼岭掉头往金家村方向走去。金明白打算和学生们在金家村休整三天后，再上台州地区行署报到。一因他们走得实在太累了，想要好好地歇一歇；二因金明白想趁机回金家村看看他那位当画家的法国妻子；三因金家村有一座建于北宋的金牌楼，建筑风格极有中国文化内涵，他想带学生们看看南宋时的建筑风格，让他们开开眼界。一个整晌走的全是崎岖山路，累得他们一行人浑身散架、嗓子起烟。一学生抬头见岭口立有山神庙，说："老师，这么长的山岭，可把人走得累死了，进去歇一歇，喝口水吧。"金明白应一声"好"，即与学生们一起走进山神庙。一进山神庙，金明白即发现倒在地上睡觉、年龄只有五六岁的田文和。一天一夜的野外生存，早已把田文和折腾得不成个人样，展现在金明白面前的这个孩子活像个狼孩，他那颗大头乱得成草岗，那张小方脸腻得成一只泥胎，两只小手活似两只黑猩掌。尤其让金明白愕然的是他身上穿着的那一套新衣服，早已让山里的荆棘拉成破碎条，两条小腿肚更是惨不忍睹，横七竖八地全是小血槽。若不是那两只鼻翼在不断地翕动，谁都会把他当成只泥猴子。金明白立马判定，这孩子便是那个被枪杀女人的儿子。他伸手抱起田文和，一探头，发有高烧，便使劲将他摇醒："孩子，孩子，你叫什么名字？"田文和弱弱地回答："田文和。""你是什么地方人？""路桥田王村。""你父亲叫什么名字？""田兴业……"

这个名字一说出，金明白大为骇异。他怎会不知田兴业，他们两家还是亲属啊！在他出国读书前，田兴业还跟着他爸读《易经》呢！金明白又问："你怎么会一个人在这里？"田文和答："我跟妈妈去舅舅家，半路上我妈让两个坏蛋给打死了。""那你现在打算去哪里？""上麻狸岭找我伯伯。""这么多的山路，是你独自走回来的？"田文和点点头，微弱地回答："是……"

不用再说了，什么都不用说了，金明白明白这是怎么一回事了，他背起田文和，带着学生，顺着山神庙往西走向金家村。一到家，金明白即派金凤子去找医生，自己动手给田文和洗身子、换衣服。乡里医生看过后，说是感冒，受凉，无大碍，喝点姜汤发发汗就会好。

金明白让金凤子烧点姜汤，让田文和喝了睡下。当夜，平安无事。三天后，金明白背着田文和与八位学生坐上木排，顺着黄岩溪漂有一整天，到城关五洞桥后，再顺南官河至十里长街田王村，来到田王府，将田文和交与田兴业。田兴业得知所发生的一切事情后，既悲痛，又惊叹。田兴业悲痛的是，蒋凤春居然如此命薄，如此命苦，自己好不容易组建起来的家庭，再次被弄得支离破碎；惊叹的是，上天在他晚年时居然赐予他这样的一个好儿子，这么一处荒山野岭，一个年仅五六岁的孩子独自走有一百多里山路，且平安到家。第二天一大早，田兴业起身赶往嵊州地界，把蒋凤春的尸体运回田王村，将棺材停厝于田家坟园。不论如何，田兴业一生中曾有过两个相依为命的妻子，现在，这两个妻子先后弃他而去，他打算有机会亲自去一趟重庆，将埋在重庆山里的李雅香尸体运回来，埋入田家坟园。

蒋和三死于梅毒，田兴业带着田文和前往嵊州奔丧。余雪珍死于肺病，田兴业与谢明心两人一起坐船前往太平石棋镇吊唁。刘桂英死于鼓胀病，田兴业与谢明心走了一百多里地，前往仙居吊唁。

谢明心说："是死是活皆有天命，何必如此想？"田兴业说："人生难得三平，平安，平静，平和。"谢明心说："别想太多了，带着平常心随遇而安。老像你这样多愁善感，做人怎么会开心呢？"

海蒂带着一个混血男孩来到田家大院门前，一起来的还有一位黄岩人民政府外事局工作人员及一位印度驻宁波领事馆官员。他们到田家大院后，站于门口，指名要找田如蕙。田兴业与田如蕙正在忙活，不知有何事，双双步出大门，将他们迎入客厅。刚入厅，头包布帕的印度领事馆官员指着海蒂与男孩对田如蕙说："她叫海蒂，原是大陈岛军港军人俱乐部女招待，自你回家后，她就成为国民海军少将司令官王国成的情人，这个孩子就是他们同居时的共同结晶。现在，海蒂将被人民政府遣送回国，她不能携带一个中国籍混血儿一起走，只有把孩子交还于你们。"印度领事馆官员讲完后，两手合十，毕恭毕敬地站在田如蕙面前不再说话。

田如蕙有些激动，伸出来的两只手不停地打哆嗦。对于王国成之死，及王国成与海蒂的感情纠葛，她早有耳闻，打心底说，她对这个印度女子恨之入骨："若是没你，王国成不会与美国顾问克罗齐争斗；若是没你，王国成也不会开枪自杀。都是你这个妖女啊，害了我的丈夫！"田兴业看到田如蕙的情绪有些失控，一脸冷峻地对她说："姐，别这样。这都是命，懂不懂？这都是王家与田家的命，不是谁有意造成的。"尽管田如蕙遏制自己的情感想去否认，但面对着这个除去一头卷发与两只深蓝色眼睛外，其他特征与他丈夫无异的孩子，她那舌头仿佛割了一截，开不了口拒绝。

这个混血孩子似乎看出了田如蕙的心思，突然间冲着她跪下去，用一口宁波话哀求："阿姨，求求你留下我吧，做我的妈妈，我的爸爸真的是王国成！我亲妈妈家里的人，只同意她一人回去，说带了我这么一个混血儿，她在印度就无法再嫁人了。还有她那个地方的人一旦知道真相，就会架起一堆柴火，将我亲妈活活烧死的。"这一跪、一哭，让田如蕙百感交集，泪流不止。田兴业读的书多，当然知道印度有一种极为残酷的恶风恶俗，忙上前一步搀起孩子说："起来吧，孩子，我知道你妈妈为难，既然他们家里人不敢要你，我们要你，总不能看着你妈妈被活活烧死。"田兴业此言一出，这位印度领事馆官员终于长吐一口气，再次向田兴业礼拜。十分钟过后，印度领事馆官员带着海蒂离开了田家大院。海蒂离开田家大院后，走了十来步突然跑回来，跪在地上，抱着儿子号啕大哭，并将她脖子上套着的那个如来佛小金坠摘下，挂在儿子脖子上，一脸是泪地说："这是你外公临死前送给我的生日礼物，上面刻有我的名字，我现在就把它交与你。将来有朝一日，老天开眼，让我们母子团聚，就以此佛像为证！"

夜深了，孩子们都睡着了，田兴业、田如蕙、谢明心却怎么也睡不着。面对着那盏幽冥的菜油灯，田如蕙叹息着说："别人收果子，我们家收孩子。"田兴业说："什么叫命？这就是命啦。""你就知道命！命！难道就没有别的说法了？""姐，面对如此情况，不用命来解释，还能有何解释？前天，我去无明大师那里，他说我们家还会来一个呢。""不可能。""你怎么知道不可能？"谢明心问道："难道曾铣、曾钫、曾镇在外面也有女人？"田兴业说："他们？不可能。我考虑的不是别人，而是王国器。"谢明心说："你别胡说了，如果有，也只能是他在山上当土匪时，可山上下来的那么多女人没一个人说呀。"

田兴业开始读祖上留下来的那一本《人生警言》，令他惊奇的是，在这本书的第九卷，居然有三张发黄的空白纸。这是怎么回事？是古人装订时出差错了，还是祖上在这本书里藏有密语？他下意识地拿起三张白纸，在灯光下照了又照，没发现什么特别。田兴业放下书本，自言自语地说："这可真是太奇怪了。"

抗美援朝揭开序幕，为了保家卫国，全国人民实行募捐，认购飞机。田家大院捐献出田如梅留给儿子的那几根金条与金田蟹。那天夜晚，谢明心埋怨田兴业捐得太多了，埋怨他："我们家现在有几个孩子了？"田兴业回答："三个。""你一下子把你姐交给你的东西全捐献了，往后我们的日子怎么过？""捐就捐了吧，像我们这种家庭，有多少人会信我们没钱？与其让他们起怀疑，莫不如公开所有，明哲保身。"谢明心一想，觉得田兴业的话也十分有理，她三姐不就是因为说自己家没钱，反而遭抄家的吗？

就在这天夜里，自从托付孩子后再也没回过田家大院的许行一，突然骑着高头大马带着两个警卫来到田家大院。自许行一正式认亲那天起，这位中国人民解放军的大军长从不曾在公开场合叫田兴业"爸"。而这天，许行一直奔田兴业房间后，不仅当着所有人的面叫了一声"父亲大人"，还给田兴业行了一个军礼。正在看《人生警言》的田兴业忙起来迎他，许行一即将外公李文达送给田文君的结婚

礼物——那只大钻戒，掏出来交与田兴业。田兴业问："你这是干什么呀？"许行
一答："我接到上级命令，立马与崔政委、赵参谋长一起开赴朝鲜战场。我们这次
去朝鲜作战，面对的是装备精良、武器先进的美国军队，是死是活都无法说清。
若是我能活着回来，会来带长青走；若是我战死在朝鲜战场，请您老人家帮我将
孩子带大。这只钻戒是文君唯一留下来的遗物，请父亲大人代为保管，待将来孩
子长大，您可交给他。"此言一出，田兴业才知许行一为何行此大礼，这是一位热
血男儿与他儿子的诀别啊！田兴业老泪纵横，竟说不出一句话来。许行一再次给
田兴业敬军礼，出门便要走。田兴业一把拽住许行一，拭了一把老泪说："行一，
不去看一下你熟睡的儿子？""爸，我不敢看，一看到儿子，怕我就没这份勇气走
了。"许行一一把甩开田兴业的手，头一扭，冲出田家大院。田兴业只听得那马蹄
声顺着那青石板路狂奔，"嘚嘚"声渐行渐远……

　　台州八县土地改革全面启动，共产党此举解决了中国百姓自秦以来不曾解决
的一个根本性问题——五万万老百姓终于拥有了属于自己的土地，有了自己的粮
食。都说天无心，其实有心；都说天无数，其实有数，一切皆有定数。十里长街
的谢家、李家、杨家终于轮到他们受活罪的时候了，他们所拥有的大量房产、土
地全部实行均分；他们所开办的企业、商铺、商行，人民政府全部参与管理。谢
明心大姐夫办的益民食品厂与益民通用机械厂，由于他们的仓皇出逃成为无主产
业，人民政府实行统一接管。杨家与谢明心二姐、三姐所开的一百多间店铺，由
黄岩商会重新组合，成为公私合营。杨家人似乎见多识广，十分通达，而谢明心
的二姐、三姐却受不住此等打击，一个吞金自杀，一个跳河身亡。

　　而李文达家的那个大院子呢，因李雅香与田文君死后无人继承，李家三十三
位族人为了争夺这座古香古色的豪华大院，打得一片血污，伤有八人。官司一直
打到黄岩县人民政府，人民政府一看，人心如此贪婪，这还了得？正式对外宣布：
李家大院除许田长青有权继承外，其他李氏房族哪个也甭想。由于许田长青未成
年，李家大院暂由路桥镇人民政府征用保管。于是，李家大院摇身一变成为路桥
镇人民政府办公处。

　　谢家王府呢，因为此院有六七百年历史，是台州地区独一无二的皇家府院，
是全国罕见的五凤楼，它不仅是一个时代的见证，也是台州人民智慧的结晶。因
此，黄岩县人民政府开会做出决定：将谢家王府列为文物保护单位，任何人不得
侵占。而谢明心对此幢王府有继承权，黄岩县人民政府经再三考虑，将十字街坊
那两间无主之屋划归于谢明心名下。

　　至于田家大院呢，一因田家大院留下来的孤儿实在太多，这些孩子长大后得

娶妻生子，若是现在不酌情将房子给他们留下，这些孩子将来成家立业后住在何处？二因不管王国器后来如何，他的三个哥哥、两个亲儿子、三个侄儿均在抗日战场上光荣牺牲。作为新时代的人民政府，不可功过不分，民政部正在考虑追认他们为烈士。三因田兴业尽管在国民党执政期间官至中将，出任过统帅部侍从室副主任，但他毕竟为共产党做过重大贡献；加之田文君牺牲前是中国人民解放军浙东纵队后勤部部长，是革命烈士。共产党人怎可过河拆桥，卸磨杀驴？黄岩县人民政府全体干部坐下来几经讨论，最后定下来的是：所有土地一律归公，房产由田、王两家继续使用，自行管理。

从来都是光明正大的戴学经，手提一只大竹篮，模样有点怪异地躲着十里长街人的眼光，顺着河沿边的青石板小路来到田家大院后门。他回眸细看身后确实无人，这才低着头进入田家大院。到田家大院后，戴学经谨慎地看一下四周，直入谢明心房间。谢明心正在清理垃圾，见戴学经一脸神秘样，忙放下手中的活迎上来，笑着说："你怎么提个菜篮子上我家来了？"戴学经说："我给你送儿子来了。""长官，你可别跟我说笑话了。我两个儿子都死了，王国器也死了，王家哪还有后？"戴学经一笑，即将全部情况与谢明心道来。谢明心听罢，浑身发抖，嘶哑着嗓子说："天哪，田兴业真是人中鬼精，全让他猜着了。是跟谁生的？"戴学经答："严芳。""他们是什么时候有的？""在国器被困山洞里时。""他可是快六十岁的人啦！""嫂子，我是学医的。这种事，我当医生的最清楚。""严芳为何要如此？""我问过原因，她告诉我说，之所以走出这一步，只有一个想法，为报王国器昔日救命之恩，不想让王家无后。"

谢明心大为感慨："好个严芳，想不到她妓女出身，还有这种情分！"忙打开襁褓看，果不其然是王国器后人：那眉、那脸与王国器几无二致，唯一不同点是婴儿的模样中有着严芳的清秀与妩媚。谢明心显得有点激动，想去见严芳。戴学经说："你见不到了，她自杀了。"谢明心惊诧地问："她为何自杀？""她说她皈依佛门后再犯戒，罪坠阿鼻地狱。她不想让儿子长大后在人前抬不起头来，也不想让儿子长大后知道自己有这样一位母亲。所以她找到我，说只有将孩子交给你，她才放心。"谢明心听后，瞬间泪流满面，伸手从戴学经手中接过孩子。

谢明心到菩提庵见徐沅，徐沅立刻步出堂门前来迎接。谢明心请徐沅把装有严芳的棺木交与她，徐沅不给。谢明心问："为何？"徐沅答："我想把她埋在将军山脚下。""既然她与王国器生有一子，须回王家坟园，要不我如何向死者交代？""我怕对你有损。""人心生一念，天地悉皆知，善恶若无报，乾坤必有私。人家连命都舍得，我还讲什么名分？"徐沅缓缓地点了点头，叹道："好吧，世间难得有你这样的好女人。"三天后，谢明心请了八位王家子弟，将严芳的棺木从菩提庵后抬至王家坟园，将她与王国器合葬在一起。田如蕙见此，心中极为不快，说道："你这样做不合适吧？"谢明心问："有何不合适？""她毕竟是路桥十里长街有名的妓女啊！""天下竟有如此之女，她连命都不要，我们还要讲她什么出身？我谢明心若不还她一名分，天理难容。姐，实话与你说吧，我觉得她远比那些虚伪的正人君子强！"

田家大院召开家庭会议，三个当家人有两个议题：一是这个家怎么办？二是两个孩子至今还没有正式起名，老是这么瞎叫着总不是个事。议论小半天，最后做出两个决定：一是分工，田兴业白天挣钱，夜间管孩子的学习；田如蕙负责带许田长青与严芳的新生子；谢明心主管家中财务与家务。二是这两个孩子的名字，三人商量下来的意见是按祖上定下来的辈分排，海蒂生的儿子定名为王曾铎，严芳生的儿子定名为王曾锦。这么一来，田家大院的孩子就有了正式排位。老大，田如梅生的儿子田建国；老二，海蒂生的儿子王曾铎；老三，蒋凤春生的儿子田文和；老四，田文君生的儿子许田长青；老五，王国器与严芳生的儿子王曾锦。偌大一个田家大院，眨眼间变成一处幼稚园。谢明心说："这下好了，侄比叔大，连辈分与年龄都搞不清了。"田兴业说："养吧，只要我们三个老鬼不死，就养着吧。这是我们田、王两家造下的孽，我们就得还。"

抗美援朝终于结束了，田兴业天天盼着他的女婿许行一回来。然而，令田兴业失望的是，许行一最终也没有回来。许行一是死了还是活着？黄岩县人民政府没有一人知道实情。

解放一江山岛的战役终于拉开帷幕。中国人民解放军分批次进入台州，五大沿海重镇随处可见人民解放军战士。浙江人民全省总动员，台州八县上下一片忙碌。无论是行政公署，还是台州八县人民政府；无论是沿海小集镇，还是路桥十里长街；无论是东部平原，还是西部山区，所有的民众全部行动起来了。他们集船的集船，收给养的收给养，腾房子的腾房子，田王村家家都住着说外地话的人民解放军。

中央军委下达作战命令，中国人民解放军海、陆、空三军同时向一江山岛、大陈岛进攻。这一仗打得蒋介石在浙东海面的军队一片狼籍，驻一江山岛与大陈岛的国民党守军当然抵挡不住中国人民解放军的歼灭战，再次出现汤浇蚁穴、土崩瓦解的情景。一江山岛的国民党守军毕竟是人，面对惨败的命运除了死就是投降。这次围剿中，田如梅所带的女子军团不是被大海收入腹中，便是让炸弹活活炸死。中将副总指挥的田如梅终因负伤严重而昏迷，歪倒在战壕里，被解放军战士所俘虏。看到她肩章上的中将军衔，且伤得如此惨重，解放军战士忙叫了一副担架，将她送入部队后勤医院。田如梅一直到第二天早上才苏醒，醒来后问看管她的女军人："这是什么地方？""台州战地医院。"田如梅不由得一阵悲哀，觉得自己如一只饭桌上的苍蝇，嗡着，叫着，飞着，最后还是逃不出命运对她的捉弄，回到了出生的地方。"是何人给我做的手术？""台州行署的一位部长。""他叫什么名字？""戴学经。"田如梅停顿了片刻，又问："我可不可以见两个人？"女军人问："你想见谁？""一位是方才救我的戴学经部长，另一位是我的亲弟弟。""你亲弟弟是哪个？""田兴业。""他住哪儿？"田如梅说："就在本地的田王村。"因上级领导对这位女军人有过交代："这位国民党女将军不是一般的女将军，是蒋介石的亲信，只要是合理的要求，我们就帮她办到"。女军人立即向上级汇报。

时任黄岩县委书记的钱河清得知消息后，立即通知了田兴业与戴学经。因需要做手术的伤员实在太多，戴学经一时无法抽身前去看望田如梅，钱河清便与田兴业一起来到台州战地医院。两人一走进病房，自尊心极强的田如梅脸上随之现出一股孤傲之态，冷着脸说："钱先生，你能不能回避一下？我只想与我弟弟单独谈谈。"钱河清深知田家这位女国民党将军的性格，回答她："好，你们姐弟俩谈谈吧！"便转身退了出去。钱河清一走，田如梅急问田兴业："我儿子好吗？"田兴业回答："挺好的。"田如梅叹了口气，说："唉，转了一大圈，最后还得落在原点上。我呢，好歹还捡了条命，能落个全尸，我手下的那些女军人不是被炸死，就是掉在海里，连个尸首都找不到。我所犯的是政治罪，非人品之罪，我死后，求你把我埋入田家坟地，亲笔在我的墓碑写上'中国国民政府中将田如梅之墓'。"田兴业悲哀地说："姐啊，你还是好好地活下去吧。不看僧面也得看佛面，你就真的狠心舍得下你这个儿子吗？""我的傻弟弟呀，像姐这样的人，还有活着的必要吗？胜者王侯败者寇，我天性心高气傲，让我在共产党的政权下听他们吆喝，怎能咽得下这口气？"

田兴业还想再说些什么，田如梅摆摆手，说："你先出去一下吧，五分钟后再进来，我交给你一样东西。"田兴业深知大姐的脾气，只好退了出去。五分钟后，田兴业与钱河清一起走进病房，两人站在田如梅的病床前傻眼了：地上扔着一个胶囊小壳子，田如梅笔挺地躺在床上。田兴业俯身瞧她那两只眼睛，放大的瞳孔中映出了他的头像……

田家的一名女将军，就以这样的结局落下了她人生最后的帷幕。田兴业没哭，也没说话，只是报请黄岩县人民政府，同意让他运回田如梅的尸体。黄岩县人民政府经研究后表示同意，田兴业即与四位田氏族亲临时做了一口白皮棺材，将田如梅的尸体囫囵装了，运回后同田氏先祖们埋在一起。该做的田兴业都做了，只是有一点没照她姐的意愿做，他拿起笔在墓碑上写下五个魏体黑字："田如梅之墓"。

表面上看，田兴业对田如梅的自杀不动声色，实质上对田兴业的刺激极大，他的内心充满着恐惧与不安。就在这天夜里，田兴业一动不动地坐在书房里，开始反思田、王两氏子孙这些年的所作所为……

田兴业终于接到许行一的来信。信中，许行一异常痛苦地说："朝鲜这一仗打得太苦太惨，我的好友崔正方政委被美国人从飞机上扔下来的炸弹炸飞了，找不到一块整肉；我与参谋长赵如岱，一人被打断了一条腿，一人被打成一只马蜂窝，从无名高地抬下来时，几乎成死人。后来，多亏了后勤医院一位名叫郝明的女医生医术精道，用她的血救了我一命。我与赵如岱两人在战地医院待有大半年，才勉强能站起来。"许行一在信中还非常委婉地对田兴业说："岳父大人啊，因这位上海姑娘在战场上救下我的小命，我心存感激，也因此而生爱，在老首长徐震天的安排下，出院后便与她结婚了。初时，我们说好结婚后即接长青回来，可没想到的是郝明发现自己怀孕了，即出现变化，说什么也不准我带长青回来。她说'羊肉贴不到狗肉身上'，一亲两义的家庭，她受不了。为此，我与她经常吵架。我自从朝鲜战场下来后，一直处于神经衰弱的状态。在听力障碍、两目幻觉的症状下，无论是精神，还是肉体，都经不起这种没完没了的折磨。现在，我也别无他法，只能恳请岳父大人开恩，为我带大许田长青，他的生活费用我会每月寄来。田文君的抚恤金，我已通知民政部门，直接发放到田王村。"田兴业看后默然无语，将信递给谢明心。谢明心看后说："这个女人，怎么说变就变呢？"田兴业答："这有何怪？人的感情永远是自私的，老话为何说'共生死易，共富贵难'？在这个问题上，女儿田文君一死，我就有所预料。你就替我回个信吧，叫他放心。我们呢，一大把年纪，债多不愁，虱多不痒，多一个孩子、少一个孩子也无所谓了。没有他们留下来的这几个孩子，我还不知道为什么活着呢。"

田如蕙接到中央党校寄来的一封信，大为惊讶，打开信后一看，居然是戴学经写来的。戴学经可是他们田家的老熟人了，也是田、王两家的生死之交，有什么话非要在信里说？田如蕙好奇地读完信后，呵呵地发出一声轻笑。戴学经居然在信中请田如蕙出面，让田兴业与谢明心成婚。戴学经在信中说："想当初，他们俩人同在巳年巳月巳日巳时生，路桥十里长街人便纷传他们是天生的一对，只是后因命运之神的操纵让他俩分开。现在，一切尘埃均已落定，他们也可因势利导正式结为夫妻。一个好女人可以成就一个好男人，田家大院这么大一个家庭，总得有人来坐镇，你这个当姐姐的岂有不管之理？"

　　田如蕙打从王国器死后，心中也一直存有此意，只是她这个当姐的不知如何开口。如今戴学经来信挑明，何不趁机把这事办了？于是田如蕙拿着此信找到谢明心。谢明心看完信后，脸上顿时泛出一朵红云。田如蕙说："怎么啦？妹子，同意不？"谢明心含羞作答："兴业是你亲弟弟，你找他去说吧。"田如蕙见谢明心不反对，心下大喜，立即到田兴业书房，将戴学经写的信给他看。田兴业拿过信一看，哈哈大笑，满眼全是泪花。田如蕙一脸认真地说："笑什么笑？戴学经说的可是正事。"田兴业走出房间，问站在一边的谢明心："明心，你看我们之间还有举行仪式的必要吗？"谢明心那张脸再次现红，说："都这么大一把年纪了，还张扬什么呀？"田如蕙一听，猛地拍了一下自己的脑门，说道："是啊，是啊，我怎么发昏了？同住一个大院，同吃一锅饭，想怎么着就怎么着，谁也不会干涉，何必大张旗鼓？"田兴业擦了一把溢出来的泪水，说："姐啊，我这辈子经历了这么多事，尝遍了甜酸苦辣，总结出来十六个字，那便是'命中注定，顺其自然，大道无术，永不占有'。我们三个老家伙，是活是死，是成是败，还是听天由命吧！"

第二章　人魔之间

　　社会主义建设在中华大地上轰轰烈烈地展开，这可是中国历史上史无前例的新社会制度啊。从这时起，中国社会不再有剥削、压迫，所有人须自食其力，按劳分配。这时候的台州老百姓无论是生活，还是精神面貌，都出现了大变化。百姓们开始上夜校，开始参加政府组织的各种会议、文艺活动，开始以主人翁的态度大搞社会主义建设。

　　健忘是人类共有的特性，在快乐的新时代、新生活中，台州百姓渐渐忘记了过去很自然地称田兴业为老当家、谢明心为田夫人、田如蕙为老姑妈，把周围的孩子当成田兴业与谢明心的亲生子女。仿佛过去发生的一切，只不过是一场传说，一个虚无缥缈的梦。

　　谢明心成为田家大院真正的大管家，她与村里的每一位女人一样，成了一个名副其实的劳动力。她开始做花、织帽、打席，上山采摘杨梅、下田挖荸荠，去农田打猪草喂猪、切芥菜做菜干。每日太阳上山，人们看到她的身影在农田里闪现；太阳下山时，人们看到她挎着一竹篮子草走进田家大院。

　　田如蕙成为田家大院的保育员，她全心全意地操持田家大院全部事务。人们看到她瘦弱的身影在田家大院门里、门外忙碌地走动，或是给孩子们喂饭，或是拿起扫帚打扫院子，或是蹲在南官河的水埠上洗衣服、洗菜，或是一桶一桶地往家里提水，或是上山耙柴搂草，或是带着许田长青与王曾锦上菜园子拔草捉虫……尤其是冬天来临时，人们总能看到她的两只手让河水冻得通红；总能看到她踮起脚尖，在田家大院里晒被子，晒一家老小穿的衣服。

　　田兴业是田家大院主要的劳动力，与黄岩任何一位原国民党高级将领一样，享有他们没有想到的好待遇。这一边，他是黄岩县人民政府参议员，总是像模像样地穿上中山装前往黄岩县人民政府开会；那一边，他是一位自食其力的平民百

姓，为了养家糊口下田劳作，或翻田，或耙地，或拔秧，或插田，或打稻……田
王村的人看到田兴业头戴着笠帽，肩荷锄头，光着个脚杆，忘记了他曾是个少年
才子，忘记了他曾是叱咤风云的台州国民革命军参谋长。

　　田建国的美术天分终于显露出来。田建国虽是田如梅所生，却是田兴业与谢
明心的至爱，在他们眼睛里，这孩子是个少有的奇才。田兴业活有这多年，读有
这多书，历有这多事，可以说是天下之百晓。但在田建国的遗传基因上，他的感
觉发生错位，无法说清这个外甥像谁。像他妈？他妈是个军人，生性刚强，完全
是个赳赳武夫；像姐夫？姐夫是个军人兼生意人。而田建国无论是生性，或爱好，
与其父母完全不一样。从他来到田家大院起，田兴业怎么看怎么觉得他是田金辅
的投胎转世。在田建国的世界里，除了书与画，绝无其他嗜好。这么大的一个田
家大院，五个孩子相聚，一天到晚吵如爆豆，独有他一人不是画画，便是拿着一
本唐诗放开喉咙朗读：

　　　　千里莺啼（分）绿映红，
　　　　水村山郭（分）酒旗风。
　　　　南朝四百八十寺（分），
　　　　多少楼台烟雨中。

　　田兴业不止一次看到，这小家伙一旦读诗，两只眼睛便会熠熠发亮，那样子
与往昔上了年岁的老先生一样，把头拗过来、拗过去。尤为引田兴业与谢明心关
注的是，在他身上存有四个过人特点：一、他那画风与传统之法相悖。传统国画
之法，皆用毛笔，而他画得兴奋了，居然以手为笔，着纸肆为。初一看，胡涂乱
抹，画成悬壁一观，却成独具一格之风采。二、他入画顺情。有不少夜间，田兴
业看到正在酣睡的田建国突然间跃起，拿过一张宣纸铺于桌上，即挥笔狂画。一
个时辰不到，画成，只见他所画的那山、那水、那渔翁、那村落、那乡姑，活呈
于眼前。三、他画心达到了田金辅一直不曾达到的忘我境界。某年冬，台州下了
第一场瑞雪，山白了，地也白了，山间与田野一片银装素裹。田家大院里的孩子
们高兴异常，王曾铎领着田文和、许田长青、王曾锦在田家大院里堆雪人。田建
国吃过早饭，打着一顶雨伞背起画囊即走出大门，一直到天黑还不见人影。田兴
业心慌了，误以为他是遇着"狗头虎"，或是攀登悬崖峭壁遇到什么危险了，当即
与八位本族子弟四处寻找。后来，在人峰山祭天台将田建国找到，只见他塑像般
一动不动地坐在悬崖峭壁上，看山、看海、看平原、看树林。田兴业喊了一声：

"建国，你怎么还不回家？"想不到田建国反倒让田兴业别说话。田兴业诧异地问："你这是在干什么？""我在与天地对话。"田兴业好奇地问："与天地对话？对什么话？""天地告诉我要如何画这幅画。""你坐一整天了，知不知？"田建国一脸惊愕："我不是刚坐下一小会儿吗，怎么会有一天？"田兴业听了，大为感慨，命禀于有生之初，非今所能移；天莫之为而为，非我所能必。四、他那画法，别具匠心。为达艺术效果，他居然创造出各种匪夷所思的画法。某年九月初秋，天下大雨，天地一片潋滟，田兴业与田建国一同站在木楼上看雨。田兴业突发奇想，说："画雨、画山，徐悲鸿为第一，你能不能画出一幅台州山雨图来？"田建国应一声"好"，即转身入画室。田兴业看到他把成砚磨好的墨水，囫囵倒进水缸里，趁着墨汁在搅动中润开瞬间，扔于整幅宣纸上，捺平后即提起，平放于桌，提笔左钩右抹，或细线密布，或泼墨纵云，片刻，一副《台州烟雨图》画成。田兴业俯身细观，浑然天成，足以乱真。某年九月重阳，秋高气爽，田兴业带着田建国去麻狸岭看望生病的田兴喜。到麻狸后，推开楼门，正好面对括苍山，群山起伏，浮光耀金，有"登东山而小鲁，登泰山而小天下"那种感觉。田兴业忽诗兴大发，随口吟诗一首：

> 横看成岭侧成峰，
> 远近高低各不同。
> 不识庐山真面目，
> 只缘身在此山中。

吟毕，田兴业说："我儿，能否照此作一画？"田建国即从随身携带的背囊中取出一张宣纸，用力一揉，在一张小桌上铺开，摩平，拿砚台磨好焦墨，提笔大刀阔斧地乱作一气。一小会儿工夫，挺拔雄峻的一幅麻狸岭便被他用力"砍"出，悬于壁上。田兴业背手细观，那韵味、那气势似乎比祖上田金辅作的《万里河山图》更要甚之。

田如蕙终于累倒，她之所以累倒，是因家务太重，身体太弱，王国成死时，她曾出现过大吐血。再加上一个上了年岁的女人，毕竟精力有限，长时间带养两个小孩——许田长青与王曾锦，实在是苦不堪言。尤其是许田长青六岁、王曾锦四岁那年，田如蕙的身子骨开始出现疲劳式垮塌。一天，田兴业因在地区开会不在家中，晚上时分，田如蕙突然间感到浑身无力，整夜不断地咳嗽，并发有高烧。两天过后，病情出现恶化，田如蕙强撑着身体起床，刚一坐起，忽感胸口有一块东西压得她浑身难受，嘴一张，一口血即从口中喷出来。王曾铎一看，吓得哇哇乱叫，忙跑去喊谢明心："阿姨，你快来啊，我妈吐血了。"谢明心正在喂猪，赶紧扔下瓢杓，跑进田如蕙房间，看到地上一片红。这还了得？即唤田建国出去叫上一辆手推车，她在前面拉，田建国、王曾铎、田文和三人在后面推，将田如蕙送到路桥人民医院。

是时，从党校读书回来的戴学经刚辞去台州地委组织部部长一职，出任建立不久的路桥第一人民医院院长。谢明心找到戴学经，他自然是亲自出面诊治，一看田如蕙所出现的病象，即知她患的是肺结核。重病，大病，若是不赶紧治疗，危及她本人的生命不说，还会传染其他人，戴学经立即安排田如蕙住院。新中国成立初期，物资严重缺乏，青霉素之类的进口药品价格极为昂贵，且稀缺。田兴业开会回来，得知此信，立刻跑到路桥第一人民医院看望老姐。到医院后，一打听医疗费，把田兴业吓了一大跳。他问谢明心："家里还有钱吗？"谢明心回答："钱一直由她管，有多少我也说不清。"田兴业甩身回到家中找钱，几乎翻遍了田如蕙房间所有的箱柜，万万没有想到，仅在梳妆台内找到一点小毛票。家中所剩之钱无几，根本无力支付医药费与住院费。田兴业打开田如蕙记载的家庭经济往来账，意外地发现，女婿许行一足有一年零九个月没给许田长青寄钱了。这是怎么回事？田兴业一脸疑惑。当夜，谢明心杀了一只鸡熬成汤，让田兴业送去医院。田兴业到医院后，坐在田如蕙病床前问："姐，许行一怎么这么长时间没往家里寄钱了？"田如蕙有气无力地摇了摇头："我也不清楚。""那你为什么不早对我说？""可能是他家的生活也有困难，我们能熬就熬一下吧。"田兴业说："这怎么行呢？如果他再不给许田长青的生活费，这不是让我们家雪上加霜吗？"

回家后，田兴业即给许行一写了一封信，在信中将田家大院眼前的窘境实话实说，最后提出了两条意见：或是将许田长青带回去，或者继续负担许田长青的生活费。信发出后七天，田兴业接到上海的回信，可是回信的不是许行一，而是他的妻子郝明。田兴业实在无法搞清许行一娶的这女人到底犯有什么邪，竟成穷凶极恶的妖妇，她在回信中极为尖刻地数落道："从你女儿死的那天起，你们家与许行一就没关系了。许田长青是田文君的儿子，与我们何干？你这老家伙，不是才高八斗、眼观六路吗？你怎么就有眼不识泰山，不入共产党？不入共产党也罢了，你为什么还要当国民党的中将？你知道你当上国民党中将给我们家带来多大灾难？如今，你还有脸来指责我们，你们是不是想置我于死地而后快……"

田兴业看完信，脸都气青了。做人总有个做人的样子，怎能如此不长良心？怎能如此不实事求是？他打算去上海警备区找组织说，立即被谢明心制止。谢明心说："兴业呀，你别这样，好不好？许田长青是我们田家大院的人，理当由我们来带！"田兴业气得首次骂人："吴侬刁女，岂堪大用！"钱哪钱，田兴业走南闯北，整整活了六十余载，有生以来第一次尝到钱是人间真正的恶魔。钱多了，能让人全身发霉；钱少了，却让人难以生存。他需要钱，但上哪儿找钱去？借，田王村人有几家富裕？向钱河清、郑国立去借？他们现在是革命胜利者，一个败军之将怎能向胜利者伸手？田兴业这颗心高傲且孤独，如何能承受得了这个，即使令他去死也做不到这点。他真后悔当初把姐姐留给田建国的金条与金田蟹全捐献出去，自己落得一无所有。田兴业忽然想起岳父李文达留给田文君的那只大钻石戒指，再次来到田如蕙病房，问她："姐，文君那只钻石戒指呢？"田如蕙答："我交给明心了。"田兴业转身要走，田如蕙问他："你要做什么？"田兴业答："我想把它兑给银行。""你怎么可以这样？这可是李家留给文君唯一的信物，应当还给许田长青才对。""人将不保，还要这些死物做什么？"

田兴业从医院回来后，立刻找到谢明心。谢明心正顶着个发髻在一只大浴桶里给王曾锦、许田长青两个孩子洗澡。田兴业比画一下手势，对谢明心说："我想要这个东西。"谢明心问："你要它做什么？"田兴业回答："我想上银行兑成钱，给老姐治病。""不行，这东西你不能拿去兑钱。这是田文君生前唯一留下的东西，要留给她儿子许田长青的。一个当儿子的，没有妈妈的一点信物，长大后叫他怎么想得起他妈？""你要是不给我这戒指，我想过了，只有最后一条路可走，就是卖掉家里最后的两幅画。""那两幅画可是你们田家的历史文物，怎么能卖？""那我卖田家大院。""田家大院也不能卖！家里的五个孩子全是儿子，他们长大了要娶媳妇，要成家，没房子哪个女人肯进门？"别看田兴业在他姐姐面前挺横的，到了谢明心面前，脾气却柔和了许多，他嘟囔着说："这也不行，那也不行，你让我怎么办？""你别慌，让我想想。"谢明心歪头想了一会儿，终于想起一物，对田兴业说："我们家后排石楼密室里有一只田、王两家祖上传下来的圣柜，是我父亲生前交给我的。记得父亲曾对我说过，这只柜子不是庸常人家的老木柜，它是一只有灵性的圣柜。父亲临死前，把分给我的那份嫁妆放入柜里了，后圣柜自动合盖，无法打开。我记得父亲对我说过，此柜开者有时、闭者有时，并让我赶紧搬走，我只好请了两人将它运回田家大院。那时，田家大院简直成了战地医院，伤兵多、事也乱，搅得我心慌，抬回来后，我把它往石楼密室里一扔，就忘了这码事，兴许这只圣柜到了该开启的时候了。"

田兴业只知这只圣柜在他与王国器起事那年，于田、王两氏的家庙中不翼而飞，根本不知还有这么一段经历，他惊奇地说："还有这事？既然如此，我们就去看看吧！"谢明心应了一声"好"，然后给许田长青、王曾锦换好衣服，抱至床上。等孩子们睡着后，遂与田兴业一起来到后院石楼那间鲜为人知的密室，拿出密匙，拧开沉重的石门。

一股尘封的气息扑面而来，密室很暗，内有小阁楼，阁楼上还有间小密室。他们来到阁楼上的密室，谢明心点燃搁在龛里的小油灯，灯光晕开，在他们眼前浮现出四样东西：一是袁世凯题的匾；二是蒋介石题的匾；三是田家祖上田金辅留下来的最后两幅字画；四是谢皇后赐予田家的那只大圣柜。田兴业问道："这两幅画你也放到这里了？"谢明心答："是，这里保险。神龛上谁都看得见，此处密室只有我一人知道。"由于这四样东西入密室时间过久，表面蒙有浮尘，谢明心拿了一块抹布轻轻擦拭圣柜，这只带有神秘色彩的阴沉木柜即露出它真实的面目。他俩想动手打开柜盖，然而令人愕然的是无论如何动手，这只圣柜就是不开启。弯腰搬动，极沉极重；伸手一敲，其声如磬。田兴业真是让钱逼急眼了，心急如焚地说："一只木头做的箱子，怎么能打不开？我下楼拿把斧子来砍它。"谢明心也束手无策，不知如何是好，只得无奈地说："既然你要拿斧，就去拿吧！"

田兴业下楼去，提了一把大斧子走上来，抡起斧子冲着圣柜猛地往下砍，只听得"当"的一声响，斧子蹦跳了起来，那样子活似砍在一块钢板上。田兴业俯身看圣柜，连半点斧痕都不见，斧口却出现一个大缺口，惊得他一身冷汗。正在此节骨眼上，两人听得密室外有人敲门，大为骇异，此地唯有谢明心一人知道，何人会来？他俩忙关了密室下楼，打开门后，令他俩吃惊的是，站在面前的人居然是金谷寺无明大师谷道春。"你？"田兴业很是吃惊，谷道春平静地说："对，是我。""你怎么知道这个地方？"谷道春答："你是不是缺钱了，想砍开圣柜，取出里面的东西？"田兴业诧异地回答："是的，你怎么知道？""谢皇后托梦啦，要不然，我怎么知道你们在此处？"田兴业惊得一声"天哪"，便说不出话来。既如此，夫妻俩遂将谷道春领进密室。谷道春看后笑着说："果然如此。"他伸出一指轻弹一下柜面，说："这只柜子，你可知是何种木制成？"田兴业答："不知。""这可是三千年的阴沉木，金不能伤其元，火不能燃其身，水不能褪其色，土不能掩其真。况且自谢皇后亲手尘封后早已有其灵性，与天地同道，与人性同和。开几次、关几次、什么人出现才开，皆有定数。别的姑且不论，就此柜的尺寸便有寓意。""有何寓意？""为何长七尺二寸？只有到你们田、王两家子孙行至七百二十年，才能现其神效，明其内理；你知为什么宽三、高三？只因天事、地事、人事皆不过三，你们田、王两家子孙命中注定要三兴三落，三成三毁；你知其柜为何只圆其一角？你们田、王两氏子孙中必有一人成其圆。""我眼下只想知道，我们家何人能开得此柜？""开与不开自有时辰，时辰一到自会开启。但得此者绝非你们两人，你们只是田、王两家的第二十九代子孙。""田家大院窘况如此，这不能动，那不能动，我总不能让我姐无钱救治吧？"谷道春笑着说："这即是我今天来此的主要原因。"他慢慢打开写有"佛"字的黄布袋，从中取出一包人民币交与田兴业。田兴业疑惑地问："给我？""是，给你。""为何？""你的事便是我的事，我的事便是你的事。自今日起，我每月给你送定例钱，帮你成其孽缘，只愿你自成正果，不要食言。"田兴业接过钱，点头说："你放心吧，天命所系，违之必咎。"

谷道春走了，戴学经来了，给田家大院拿来了他三个月的工资。戴学经直接将钱交给谢明心说："缺钱了，你就对我说一声。一人帮千人，难；千人帮一人，易。祖上留下来的文物千万不要再贱卖了，当心背后有歹人。"他说完此话，扔下钱就走了。谢明心感激得说不出话来，心中思量，世上之人，善者如此之善，恶者如此之恶，这到底是怎么回事啊？

田如蕙终于出院，尽管死神的翅膀只是扇了她一下，然而却让她如一棵老树，身子骨变得越来越弱，风一吹，似乎就会软倒在地上。

田建国就读于路桥中学初中一年级，学习出现严重偏科，算学之类的几乎榜上无名，优秀的是语文与美术。这年腊月初八，谢明心想让田家大院的孩子们新年全穿上新衣服，便带他们去中桥头成衣店做衣服。当谢明心带着孩子们走到镇中街东岳庙时，迎面走来一位姑娘。这位姑娘长得可不比寻常，不说是西施之沉鱼，也得是玉环之羞花；不说是貂蝉之落雁，也得有昭君之闭月。她的脸蛋是粉中带红，伸出的两只小手白如玉笋，尤其醒目的是她的那个脖子：长、高、腻，如玉雕。她的出现，田家大院别的孩子没感觉（他们尚小），独有这个画痴田建国现出了异常。她先带走了他的眼，后带走了他的心，女孩走到哪儿，田建国的两只眼跟随至哪儿。田建国的目光如同两把利刃，似要将女孩身上的每个部位穿透。这个姑娘怎能受得了田建国如此贪婪的眼神？感觉极为忸怩，怕惹出什么意外，掉了个头就往自己家走。哪知田建国居然紧随其后追到她家，姑娘见此大小伙，以为遇着一个不要命的"桃花癫"，一闪身进入郑家大院后，即立于台阶之上着急地大喊大叫："有流氓啊，有流氓！"这位靓女不是别人，而是在上海读书，刚回到家中的戴学经独生女戴雅琴。从解放那年起，十里长街的郑家大院，一直是黄岩县南下军政干部的临时宿舍（那时，黄岩县没有盖干部房，所有上任官员及家属全借住于民房。为保证政府官员的安全，在郑家大院门口设有警卫。解放后，"民泽医局"正式改为路桥第一人民医院，为了工作上的方便，戴学经举家在此住了一段时间）。院子里的干部家属一听到戴雅琴的高声叫喊，纷纷从他们的房屋里跑出来，问道："丫头，谁欺侮你了？"戴雅琴翘手朝田建国身上一戳："喏，喏，是他，就是他！"如此一嚷嚷，一院子的女子们全急眼了："从哪儿跑出来的野小子，胆敢对女孩子撒野，这还了得？你这个不知天高地厚的小瘪三，居然癞蛤蟆想吃天鹅肉，岂有此理！"她们一呼喊，门口站岗的两个警卫夺门而入，一把拿下田建国，将他扭送至派出所。

此时，谢明心携着孩子们来到裁缝店，一清点人数发现丢了田建国。谢明心知道这个孩子，别看他长得人高马大，其实心如稚子，思维方式与同龄人大不相同。怕出什么意外，她立马掉了个头，一路打听，一路寻找，寻至郏家大院，便什么都明白了。她毕竟与戴学经是挚友啊，即跑去找戴学经。戴学经听后逼问她："明心，你与我实话实说，田建国是不是田如梅的儿子？"在真人面前，谢明心当然是不说假话，点头称："是。""他是不是读初中了？""是，两个小的我们现在不好说，但他与田文和、王曾铎是读书的好料。我与兴业的意见一样，哪怕是砸锅卖铁，也要供他们上学。""王曾铎是不是印度女人海蒂所生的？我听说他也是个神童？""神童不敢说，不过他五岁就会背一百首唐诗。"戴学经放下听诊器，叹息着说："我怕是纸包不住火呀，将来几个孩子的身份曝光，会捅出大娄子。田建国这小子现在在哪儿？""让你们干部大院的警卫给扭送到派出所了。""我明白了，准是这小子看中我家雅琴，想让她做模特儿。""我看他也是这个意思，平常从不曾见他在女孩子面前有过轻浮举动。"戴学经说："大凡天才，哪个行为不怪异？"

戴学经与谢明心一起来到路桥派出所，一名公安人员将田建国带上来，一问，诚然如是。知识分子到底是知识分子，通情达理。戴学经对田建国说："这样吧，你跟我回家，我让雅琴坐在你面前，容你好好地画一幅，好不好？"田建国十分欢欣地答应了。随后戴学经将田建国带至家中，唤出戴雅琴，田建国从随身所带的画囊里拿出笔与纸，铺上，一挥而就。戴学经拿过画看，特点抓得准不说，且惟妙惟肖，当时收了此画，说是要留作念想。戴学经对谢明心说："明心啊，这个孩子将来准是个奇才！"

金明一一家子人全被遣返至金家村。金家村的金明一是黄岩有史以来第一位流行音乐家。十七岁随堂兄金明白赴法国专攻音乐；二十一岁回国后与他人在上海法租界合办了中国第一所音乐专科学校；二十二岁那年，上海沦陷，他即随抗日志士们一起到重庆参加救亡运动；一年后辗转至新四军文化部任抗日剧团编导。之后，他一直随军作战，随军演出，直到解放战争结束。由于他是 20 世纪 30 年代赫赫有名的流行歌曲作家，所创的三十多首歌曲当时曾在全国各地风靡一时，上海市人民政府正式成立后，他被任命为上海音专副校长兼教育长。在参加抗日救亡运动前，他爱上了流行歌曲主唱，年长他五岁的上海面粉大王韩春琦的独生女韩启英。他们爱得难分难舍，死去活来，后几经磨难与周折，终在抗日战争胜利那年，两人喜结连理。一年后，他俩生下第一个女儿。上海解放后，韩春琦受邀任上海市工商联副主席。韩启英是韩春琦的独生女，因母亲亡故，父亲年事已高，家中产业颇多，为了照顾韩春琦，夫妻二人携长女一起入住韩府。金明一夫妇一同在上海音专上班，也一同管理韩氏一门的家务与产业。初时，他们夫妻生活十分美满，三年内，韩启英生下三个女儿，其中一对是双胞胎。在韩春琦的建议下，夫妻俩更改大囡、二囡、三囡、四囡的昵称，正式将四个女儿起名为金云子、金秀子、金灵子、金叫子。韩春琦爱古画、古玩，韩启英爱唱歌，金明一爱作曲，四个小女孩长相甜美，如后来在中国盛行的芭比娃娃。一天从早至晚，他们家那一幢西式洋房里，歌声、笑声总是不断。那时，金明一的家庭生活，可以说是"蜜里调油"。然而人生在世，岂会无灾无难？他们夫妻这种美轮美奂的日子过得并不久，上帝即出手朝他们家猛击一掌。一家之主的韩春琦居然在抗美援朝的关键时刻，稀里糊涂地参与到一桩倒卖棉纱、囤积居奇的案件，涉嫌破坏国民经济的罪行。事件一经引爆，韩春琦立即被国家专政机关逮捕。好在后来查明，韩春琦身为工商联副主席并非主犯，只是上当受骗，上海人民政府给他判下了五年管制，并没收全部资产，免除了牢狱之灾。此事件一出，韩春琦的生活出现九十度大转弯。他不得不携着一只樟木箱子，随女儿、女婿入住到音专分给金明一夫妇的那套小房子里。

尽管那时他们的生活无过去那种阔绰，但金明一毕竟是音专的副校长与教育长，工资收入也不少，一家人的生活勉强过得去。但这种小日子也只过有四年，金明一怎么也没想到，上海音专在清除异己时，由他主创、韩启英主唱的流行歌曲，在中国香港、台湾及东南亚国家出现了意想不到的音乐效应，他们的音乐居然美国人喜欢，香港人喜欢，国民党蒋介石也喜欢。如此之下，金明一不是名副其实的国民党反动派又是什么？这道线一划下，金明一夫妇双双成为上海音专的大右派。右派一划定，金明一无他路可择，只得解甲归田。韩春琦不得不携带着他最为宝贝的一箱东西，跟着女儿、女婿，一家老小回到了金家村。

他们一家七口回到金家村的那天，夫妻双双立于老家门口，看着那山，那水，那棵遮天蔽日的大樟树，还有那高立的大牌坊，心里如打翻了一只五味瓶子，说不出泛着何种滋味。一个是不停地喘息，一个是一动不动地站在那里，任凭山风捋动额上的乱发。老大金云子与老二金秀子这两个孩子却高兴得不行，她俩长这么大哪曾见过这么多的山、水、树林、竹林，睁着两只大眼睛贪婪地环顾着这一切。尤其是金云子一看到那座高高耸立着的金牌楼，快活得大叫："爸，你看，好漂亮的金牌楼！爸，你看，好美的山水！爸，你看那花，正与我们说话呢……"

少年不知愁滋味，孩子们当然是快活。难受的还有韩春琦，他拄着拐棍踱至金牌楼下，一屁股坐在石础上，随之老泪纵横。金明一上前安抚他，说："爸，您别哭，别哭，我在共产党队伍里待过，我相信共产党，一切都会好起来的。"韩春琦推开他的手说："你别拦我，让我哭会儿吧！"金云子看得发愣，她不知外公因何哭得如此痛心疾首，怯生生地上前问："外公，多好的山山水水，你为什么要哭呀？"

许田长青与王曾锦上小学了。上学第一天，老师组织他们拿起家伙前往房前屋后打麻雀。面对这么多小学生排着队在路桥十里长街周围打麻雀，田兴业大吃一惊，心想："天人合一，动物皆是老天的精心所设，岂可灭之？"

田文和读初一。那天，田文和与五位同学在田家大院房的后面用砖与泥修起一个大锅灶。初时，田兴业以为他们是在玩耍，细细一看，发现不是如此。只见田文和一身是泥，搞得十分专注且认真。田兴业心中疑惑地上前问道："你们这是干什么呀？"田文和兴奋地答："我们在造高炉。""谁叫你造的？""老师呀。""干什么用？""大炼钢铁，建设社会主义啊。"田兴业几乎不敢相信自己的耳朵，又问："儿子，就你这种炉子能炼出好钢来？"田文和朗声答："爸，能。""胡闹，钢铁是这样炼出来的？""爸，你别不相信，你走出去看看，人峰山下早就变成大炼钢铁的基地了。"

后来，田兴业背着双手，佝偻着腰，走出田家大院，来到人峰山脚下转了转。果然如此啊。彼时人峰山下人头攒动，烽烟滚滚，据说是台州地委书记钱河清下令搞的。田兴业上前拉住一名路桥机关干部，问他："钢铁能这样炼出来？"机关干部面露讥笑，觉得田兴业好像是个世外桃源的来客，进而讽刺了他一句："老人家啊，你可是背时啦。怎么不能呢？上面有话啦，我们中国要在三年内赶上英国，超越美国。"田兴业一听，暗自感叹，天哪，我们是农业国，底子薄，怎么可能仅凭一腔热情就能赶英超美呢？

田建国读初中三年级时，他的绘画才能已得到全校老师的认可。学校不让他与别的同学一起去炼钢，不让他去生产队做活、拾稻头、消灭蝗虫，而是要求他在路桥十里长街所有的空墙上来作宣传画。那天，田兴业走在街上，想看看田建国画的到底是什么。结果，他看到白墙上画有一捆大得不能再大的大稻，稻捆上有五六个男孩、女孩，他们在欢快地跳秧歌舞。画的顶部还写着一行美术体大字："人定胜天——人有多大胆，地有多高产"。田兴业不禁眉头大皱，问田建国："儿子，谁叫你这么画的？"田建国答："老师。""这是你自己想的画面？""不是，是老师拿来的画册，让我仿画的。"田兴业从田建国手里要过那本美术出版社的画册，只见上面全是浮夸得不能再浮夸的宣传画。这时，他明白了眼下大体在发生什么。

田兴业来到他的好友戴学经处。戴学经正在看一本医书，田兴业在他面前坐下，将他的担忧说了出来。田兴业说他是县参议，既然是参议，就得参政、议政；还说加快建设社会主义的愿望是好的，但不可感情用事，随人的意志胡来，不然会付出大代价。戴学经说："老田，还是把你那狗脾气好好改一改吧。你只不过是一介草民，人微言轻，现在中国人民的建设热情空前高涨，就你这么一个小小的县参议员说上两句顶用吗？我劝你还是做个旁观派吧。"田兴业一想，也对，人生难得是糊涂，何况我已这把年纪了，此时不糊涂更待何时呢？

王曾铎读初二。旁人看到他颀长的身材、白嫩的皮肤、甜磁的声音、曲卷的头发，很容易想起他的亲生母亲海蒂。说性格，他与母亲一样温柔，从不曾听到他在田家大院里大喊大叫，与人见面脸带三分笑，令人愉悦；说才能，他是田家大院继田建国后的第二位才子，只不过田建国爱好的是美术，他爱好的是文艺，喜欢唱歌、跳舞。也许是身上天生的印度种族血统，使他对印度文化有着极大的兴趣。那年，王曾铎偶然进入田兴业书房找书，见书架上有一本冰心译的印度大作家泰戈尔的散文集，打开一看，即被泰戈尔的文笔所折服，开始崇拜他。凡泰戈尔的作品全拿来品读，还不止一次地对田兴业说："我决心要当一名中国泰戈尔。"田兴业不曾拿他的话当回事，何况田兴业对孩子的管教之法是，只要他们不突破道德、良心底线的原则，一切顺其自然，自由发展。由于田兴业管教政策宽松，田家大院的孩子们如鱼得水。王曾铎与许田长青躲在后楼石屋里开始鼓捣（几个孩子全在田家大院后楼石屋住，一人两间房，一间为卧室，一间为书房），许田长青对音乐情有独钟，不知从何处搞来一把二胡，一天到晚地拉。谢明心与田如蕙说："这孩子拉的什么呀？鬼哭狼嚎似的。"王曾铎呢，却是写散文、写小说，四处投稿，他的处女作居然被上海《少年文艺》选中，并正式发表。田兴业将王曾铎发表的小散文拿过来看，虽然文章写的是大跃进、三面红旗之类的应景之文，假、空，但田兴业不得不承认，这小子文笔确实不错。他正坐在门口看时，谢明心走过来，问他："哪儿来的刊物？"田兴业答："上海寄来的，上面登有王曾铎写的一篇散文。""写得如何？""你自己看吧。"谢明心甩了一把湿手，接过《少年文艺》，字数不长，一口气读完。谢明心喜悦地说："这孩子文笔不错嘛，想不到田家大院尽出人才。"田兴业摇了摇头："言词浮浪，内容虚假，文露才显，缺温涵之养。"

田建国初中毕业，田兴业让他报考浙江美专。填写表格时，给田兴业出了个大难题，要不要如实填写田建国的出身问题？谢明心与田如蕙的想法是，既然这个田姓一直用到现在，就继续下去好了。一因田文君是烈士，她的名声可借光；二因田兴业是黄岩县参议员、省政协委员，底子硬；三因许行一曾是田兴业女婿，他的亲生儿子还在田家大院。田蕙兰说："现在不是讲阶级成分、社会关系吗？这样对田建国来说，是不是有利一些？"田兴业说："这可是政审表，若是作假让别人发现了，会引出大麻烦。"谢明心说："依我看不会出什么问题，路桥十里长街人对田建国知根知底的并不多。"尽管如是，田兴业心中还是有着更多的犹豫。他思来想去觉得此法不妥，天下没有不透风的墙。况且当年田如梅在皇花楼吃饭喝酒时，那个店小二将全部情况看得一清二楚，尤其是宁波方面早有传闻，如果他作假填报上去了，一旦有人检举、揭发，带来的灾难会更大。两个女人听后，想起七天前宁波公安局曾来过两人，对此事做了详细调查，两位公安干部当着她俩的面也是这样说的。因此，最后做出的决定是让田建国如实填写。一旦如实填写，结果不出意料，田建国各种考试全部合格，一到政审关当场被刷。消息传到田家大院，田兴业两眼逼出十三道血丝："什么，不合格？这怎么可能？他可是个天才呀！一个天才怎么可以如此荒废？"田兴业当即决定携田建国上省教育厅评理。

那时，黄岩至杭州刚通车不久，因山洞没打通，去往杭州的公路须翻山越岭，才可越过麻狸岭。当时的公共汽车顶上还背着个大煤气包，山坡陡上不去时，坐车的旅客还得下来推。田兴业带着田建国坐上长途公共汽车，如同醉汉似的整整摇有十二个小时，到晚上八点，父子两人才来到杭州武林门，找了个小旅馆下榻。次日一早，田兴业即领着田建国来到浙江美院。田兴业这一出面，自然是引起校方高度关注，校长是一位民国时期资深的老画家，立刻亲自出面接待他们。田兴业坐在那里一板一眼地对美专校长说："说到底他只不过是一个爱好美术的无辜孩子，一人做事一人当，为什么硬是要把他与他的父母联系在一起？国家现在正在搞大建设，在发展，需要各种人才，搞连带于国家、于人民之事业何益？"田兴业说得有理没理？当然有理。校长的家庭出身也不好，听完田兴业的申诉后十分心动，要求再细看田建国的画。田兴业当即打开随身携带的八轴画，校长看后赞叹不已，称赞田建国确实画技超众，若非天才决不能如此，决定本校招生办对他破格录取。但管政工的党委书记当场反对，说："他是什么人家的子女？他父亲蒋福海是什么人？战犯。母亲田如梅是什么人？与人民为敌的国民党死硬分子。我们是无产阶级开办的学校，怎么可以培养蒋介石的直系亲属？"校长说："此人是打着灯笼也找不着的一个天才，我岂可让他流宕于社会？你这么做是对人才的扼杀！"党委书记蛮横地说："无产阶级学校，其目的就是培养无产阶级子弟，这是党的路线问题，政治方针问题！"田兴业听罢倒吸一口冷气，天哪，这成什么话啊？这不是上纲上线吗？他特意亮出自己与女儿、女婿的身份，说："《易经》中阴中有阳，阳中有阴，阴阳之间是互相转化的，你不能如此一棍子打死人！"哪知话刚一落地，这位党委书记更加恼火，居然眼不是眼、鼻子不是鼻子地对田兴业吼道："你是什么人？在我这里大谈《易经》之类迷信的东西，混淆视听！你是你，他是他，你们两家冰炭不同炉。"

这怎么行呢？该怎么办？田兴业急得满头大汗。是夜，田兴业速跑到杭州市武林门邮电局给许行一家里打电话，希望许行一利用自己的名望为他出头。电话一接通，即听到郝明在电话那头不断地哭，田兴业多次让她开口说话，她只是哭。田兴业不得不提着嗓子对她喊："我叫你别哭，你就别哭，天塌下来有地挡着。发生什么事，你与我好好说嘛？"郝明这才停住啜泣，告诉田兴业说："许行一已经不在上海警备区当司令了。"田兴业问："他上哪儿了？""我不知道。""出什么事了？""我不知道。"田兴业着急地说："这也不知道，那也不知道，总得有个事头啊。"郝明哽咽着说："三天前，来了两个军人将许行一带走了，说是他反党。""他出生入死地闹革命，怎么会在革命成功后反党？""我也不知道，反正今天上级下达命令，免去许行一全部职务。"田兴业只好放下电话，走出武林门邮电局。他一边往旅馆方向走，一边想起郝国立。好赖不济，郝国立总是个省委书记，看在我当年救你们的分上，你现在总得替我一个平头百姓说上一两句话吧！

田兴业来到浙江省府，上前一打听，省委副书记郝国立同样出了问题。他们说郝国立早在一个月前，就因他无原则地反对大跃进，丧失一个无产阶级战士的根本革命立场，业已去职，现在他们也不知郝国立在何处上班。连续两个这样的消息，令田兴业深感意外，大为失望。田兴业尽管名头大，说到底不过是一微不足道的草芥，自身尚且难保，岂能回天？莫有法子了，莫有办法了……

田兴业只得一脸沮丧加无奈地领着田建国再次坐车回到田家大院。回家后，田兴业决定还是让田建国继续读高中，然而路桥中学回应他的同样是拒绝。路桥中学校长对田兴业说："对不起了，田老爷子，过去一直以为田建国真的是你儿子，我们就让他上初中了。现在，他的家庭出身已确认，高中不可能再让他读了，请老爷子不要与我们为难。"话说到这一步了，田兴业力争也无多大意义，只好带田建国从路桥中学回家。

田建国人生的最后希望被残酷的现实击碎后，他的心理开始出现变化。

第一变，心态变。过去，他一有时间即屏气静心地坐在家里学习、画画；现在，他带着心爱的那套画具四处闲逛，走到哪儿就待在哪儿，吃在哪儿就住在哪儿。逛到庙里，他向庙祝、和尚、尼姑讨吃讨住；逛到人家，他猫狗一样赖在人家房檐下不肯走，人家给他吃就吃，人家不给他吃就不吃，前后三次饿昏在山间路上。村民将他救起，问他："你是什么地方人？"他不回答，如果给他一块番薯吃了，再次踉跄站起，默然无语地背起他的画板继续走。有一次居然在外逛有三整天，田兴业与谢明心到处找也找不着，误以为他倒路死，吓得田兴业三次上广播电台呼叫找人。直到第四天，金家村人将田建国送回田王村。谢明心接过一看，哪里还有点人样啊？简直与猪圈里的猪无差异，手是黑的，脸是黑的，身上无一处是好肉，赶紧让他洗澡、换衣。谢明心一直以为田建国精神上出了问题，与他一谈话，发现他头脑清晰。谢明心哭着抚摸着田建国的头说："我的儿啊，天下没有无难之人，你何苦把自己折腾成这样？"田建国指着自己的心口说："妈妈，我这个地方痛呀！"是的，是的，他的心在发痛。然而，国家政策如是，你有什么办法？并不是你我一个小百姓可以改变的。况且，普天之下与你同遭遇者多矣。既然改变不了现实，当改变自己啊，何必如此与自己过不去呢？也许性格决定命运，无论谢明心如何劝说，他还是一味地放纵。

第二变，行为变。过去，田建国洁身自好，滴酒不沾。现在，酒成了田建国安抚灵魂的最后一道防线。这种极端变化，将一家之主田兴业搞得一头雾水，一个好端端的外甥，艺术上表现出来的特征居然与家谱记载的老祖宗田金辅一个模样，酒成为他生命中不可或缺的东西。路桥人好喝酒，也能喝酒，但十人中有九人往往点到为止，而田建国却成恣意放纵的小酒鬼，一见酒，即要了他那一条小命，无论是黄酒、红酒、白酒全包圆。某天中午，田建国突然至田兴业面前，伸手向他要钱。田兴业问："干吗呀？"田建国说："我想喝酒。"田兴业说："儿子，你这么无节制地喝下去，会送掉你那条小命的。"田建国流着泪说："爸啊，你可怜可怜我，让我喝吧。我田建国现在是什么人哪，是被社会废弃的垃圾，不用酒浸泡我的灵魂，我还能活下来吗？"田建国此言一出，令田兴业涕流满面，心酸地说："世呀（路桥人对子女的昵称），你不能这样自暴自弃，如此会自我毁灭的。"田建国却冰冷地回答："爸啊，现在我想明白了，这是我父母作下的孽，让我来受报应。"一个年方十八岁的孩子，正处于花骨朵的年龄，居然说出此种言语，如何不叫人心碎？田兴业心中实在痛不过，只得给他钱，他即直奔大樟树下的小酒店。是时，麻狸岭隧道刚打通，麻狸岭廊坊已成为国家文物，守护麻狸岭廊坊的田兴喜亦从山上搬到山下。他先在海王村待有一两年，由于不适应海边生活，又搬回田王村，在田王村村口的大樟树下开有一家小商店。田建国将钱往柜上一放，朗声要酒，要花生米。田王村人都知道田建国心中有屈，知他是一个天才，只因时机不对，才虎落平阳。田兴喜一方面对他怀些同情，一方面对他怀些好感，只要他想喝酒，竭尽能力供奉。田兴喜的竭力供奉，更是让田建国喝得滋天呃地，昏头死脑。这种自暴自弃的样子过有小半年，田建国身体便现出酒精中毒症状。每天，起床时要酒，睡觉时要酒，作画时要酒，无酒即发蔫，有酒即精神。心痛得谢明心张贴告示，令村前村后的人不要再与田建国酒喝。

就在谢明心安民布告贴出的第三天，金谷寺无明大师突然患病，卧床不起，田兴业须去金谷寺服侍。谢明心陪着田如蕙去医院检查身体，田家大院的孩子们全上学去了，大院里只剩下田建国一个人。此时，他又犯了酒瘾，浑身难受，嗓子眼里如有无数只小虫子在蠕动，四处找酒。家中无酒，田建国即打开屋里所有抽屉找钱，怎么找也不见钱，实在熬不住了，便跑到村口小店赊账。亲戚毕竟是亲戚，打断骨头连着筋，田兴喜实在搞不清堂姐田如梅生下的这个儿子，就因上不了美专，不准他读高中，就自毁成这样？田兴喜对田建国说："建国啊，建国，你咋不为田家人争口气呢，为何要自己放弃自己？"田建国答："舅舅呀，你给我酒吧，我没它活不了。""你再这么喝下去，会送你的小命的。"田建国只想要酒，田兴喜越不给，他就绕死脚骨越不走。此时，王国鹏的儿子王保西走过，他笑着对田建国说："建国，你若是能光着屁股在村子里跑一圈，我回家给你拿酒，让你喝个够！"此话刚落地，田建国居然问："是真是假？"王保西说："男子汉大丈夫，说话不打诳语！"实质上，这只不过是后生间闹着玩的，哪知田建国却当真，突然间大吼道："父母生我是什么样我就什么样，天是我衣裳，地是我眠床，我真巴不得脱掉这一身遮羞布呢！"你说此言疯不疯，对庸常之辈来说不是疯话是什么？田建国果真说到做到，当着一船埠之人，三下五除二地将身上裹着的衣裤剥个精光，一甩手即在村子里开跑。一个年过十八的后生人，当众如此乱晃成何体统？田王村船埠是路桥十里长街极为闹旺的地方，吓得一些姑娘与新妇忙捂脸往房角、胡同里躲。田兴喜一看，这还得了？泼口骂了王保西一句，忙跑出，脱下衣服包死田建国，将他拉回小店，让他喝了个够，这才完事。

更为不可思议的是，在此事后的第八天，王家有一同门亲属结婚，请田建国去喝酒。喝着喝着，田建国即在他们家要酒疯了，他披头散发地跑到刚结婚不久的路桥小学美术教师夏天家（夏天与田建国是好朋友）。夏天的新婚妻子名叫谢翠花（她与谢明心是族亲），正躺在床上休息。田建国趿鞋爬上新眠床，即开始发作，不是吐，就是尿，吐得乱七八糟不说，居然将那泡骚尿直撒到那新床上。吐也吐完了，尿也尿光了，接下来便一头倒在床上呼呼大睡，吓得谢翠花"哇呀"一片乱叫。是时夏天的父亲是路桥镇派出所老公安，天生脾气暴，就当地论，他算得上是能横着爬行的大田蟹。当他听得儿媳妇大喊大叫时，不知发生何事，光着膀子从隔壁跑过来。一见田建国这小子如此在他儿媳妇床上穷作，老头子误认为田建国不怀好意，调戏他儿媳妇。遂黑眉高剔，勃然大怒，拿出一根绳子三两下绑死田建国，打算送往派出所。恰在此时，夏天听到消息从朋友家里赶回，见他老父亲对田建国动粗，忙上前解围。夏天说："爸，您别误会，您别误会啊！"老公安怒气冲冲地说："这小子作风坏了坏了，居然敢调戏你妻子！""爸啊，您放心，他不会、不会的。您不了解他，他不是那种见到女人即起性的家伙。""那他为何如此？""爸，他心里苦着呢。喝多了，想作一作，您就让他作吧！""你看他把你的家折腾成什么样子了？"夏天答："无妨，无妨，老爸，我无妨。"老公安见儿子一脸情愿，心里明白了，他儿子早与田建国有着别人不可替代的情感，这才作罢。

　　做人讲的是什么？尊严。原本一身正气、一脸阳光的田建国，如今变得人不人鬼不鬼的，多少让田王村人感到痛苦，感到耻辱。出事后当夜，田氏一门十位本家兄弟相偕来到田家大院。是时，田兴业刚从寺里回来，正与谢明心、田如蕙一边吃饭一边商量着田建国的事情。他们进来后，一屁股坐下，质问田兴业："田建国是不是精神上有病？"田兴业答："是有一点。""那你为什么不把他送到天台精神病院？""我不送，没到这个地步。""以后他再惹出什么事，别说我们田氏叔伯们不管。"面对着自己本家人的这种态度，田兴业既迷茫又痛苦。他迷茫的是，一个好好的孩子，就因没上美专，怎么就变成这种样子？想当初大清国出了那么多状元，哪个能在历史上留名？而在历史真正留下名来的，哪一个不是被当朝政府废弃之人？别人姑且不说，就现在全国闻名的大画家齐白石，过去不也是个小木匠吗？田建国啊田建国，只要你静下心来好好作画，岁月流逝，天地轮回，不是没机会啊！或是因我姐与姐夫当官期间作恶太多的报应呢？他痛苦的是，田氏本家居然就因田建国的行为出格，而集体想把他送入精神病院。你们的心哪，为何如此冷漠？

　　路桥十里长街人开始讨厌田建国，不少女人一见到他，即绕个弯走，独有谢明心死心塌地保护着田建国。她爱他，护着他；他信她，依赖她。平日里，田建国作画好信马由缰，画成，与他祖上一样，将画高挂于一条绳上，让它随风飘扬。满意了，一边手舞足蹈地欣赏，一边天下独我地哈哈大笑；不满意了，又跺脚，又发火，一把将画拽下，揉成一团，往地上扔。田如蕙每见他如此疯颠就心痛，不停地说："怎儿好，怎儿好？"唯有谢明心耐烦，每次清理他房间，总是将他扔在地上的画小心捡起，摩平，叠放在一角。没纸了，她给他买纸；没彩料了，她给他买彩料。有时，当天给他刚上身的新衣，下午即顺手脱给别人，谢明心也不埋怨他，只是想着法子给他重新做。田建国一旦有个头痛脑热，她更是无微不至，日夜看护，直到他康复为止；饭不够他吃时，谢明心宁可自己饿肚子，也千方百计让田建国吃饱。

某年三月初春，大地回生，山野显胜，田建国说什么也要拉着夏天去写生。田如蕙觉得花费过大，不想让他去，谢明心说："他欢喜，就让他去吧。"并将准备好的盘缠与衣着交给夏天，对他嘱咐说："夏天哪，你是建国一生中唯一的好友，他画画虽好，可自理能力太差，一切全靠你这大哥照应了。"夏天应了声"好"，即与田建国一起出门了。谢明心一直站在田家大院大门口，看着他俩慢慢走远。

中国百姓不患贫而患不均，谢明心对田建国越好，村里人越有话，说她偏心。谢明心只当没听见，依然我行我素。田建国呢，明明田兴业是他亲娘舅，田如蕙是他亲娘姨，有话却与谢明心说。每次他作画时，连亲娘舅、亲娘姨及好友夏天都不让看，却独让谢明心看。田兴业与田如蕙对田建国的这种举止也颇感奇怪，到底是什么东西把他们扭在一起？

某天夜，田兴业忍不住问谢明心："建国为何会如此？是不是因当初填写登记表时，没把他登记到我名下，令他上不了美专而恨我？"谢明心说："你呀你，要换个角度看问题，上天并不是把天下所有的好处都给一人的，给了你成功的同时，也给予你灾难与痛苦。你是如此，你姐不也是如此？""那他为何从一个极端走向另一个极端，如此放任自流？""你是不了解他呀，他内心苦。"田兴业又问："全路桥女人中只有你与孙之琳懂画，你说，他作的画好吗？""你等着瞧吧，你这个外甥将是台州千年历史长河里冒出来的一个天才画家。""与我祖上相比呢？""各有千秋，不好类比。"田兴业叹道："我只怕他毫无约束地放纵下去。""当务之急，我觉得你还是找一下戴学经，请他帮忙把田建国的画作推广出去。"谢明心之言，有无道理？当然是有啊。

三天后，戴学经从外地巡回医疗归来，田兴业即至他家，把田建国所发生的全部事情与他说一遍。田兴业的话引起戴学经的高度关注，戴学经说："天才的表现形式有多种多样，只有那些凡夫俗子，才把他们与疯子联系在一起。这样吧，你带我上田家大院看一下他的画作吧！"

　　戴学经随田兴业来到田家大院，走进田建国的画室。谢明心即将田建国所有的画拿出来，排开，让戴学经看。姜到底是老的辣啊，这一看，令戴学经两眼发直，他一口断定谢明心看画的眼力很准。别看田建国现在这种模样不尽如人意，但他确是天下第一奇才；别看他那画不是学院派之画，眼下不被世人所认可，事实是他确实有一种天生的超然意识，属中国式的梵高，若干年后，他这些画必将价值连城。看完画后，戴学经一脸感喟："你们可要知道啊，越是天才式人物，越是与疯狂连在一起，那个梵高就是如此。"尽管田兴业那时不知梵高是何许人，就戴学经这种口吻，断定对方一定是一位名画家，他说："我什么也不怕，就怕他如此往下发展，会将他的一生给毁了。""这便是他的症结所在，他一直渴望得到现实社会认可，可社会现实残忍地拒绝他进入艺术殿堂。"田兴业叹道："学经哪，人之一生，有四种抛弃。一是单位抛弃，二是社会抛弃，三是家庭抛弃，四是自我抛弃。我是一个只差家庭抛弃之人，如何有此能力，帮着让他得到现实社会承认？"戴学经燃起一支烟，深吸了一口，说："明心，你将他的代表作挑出来，明天我上省城开会，带着这些画去找一下省文化厅官员。也许凭着我这张老脸，省文化厅权威们能帮忙说上一两句也不一定。"田兴业与谢明心听后大喜，谢明心即从田建国一百多幅画作中挑出最好的三幅，打成一卷，交给戴学经。

　　次日一早，戴学经带着这三幅画来到省城。业务会结束后，他即携画到画院、文联找名人、教授及文化官员推荐。无论过去或是现在，无论人类社会制度如何变革，只要人的自私基因存在，动物性能不改变，所有的行为便可一言中的，皆是看对我有用没用、有利没利，有多少人会从国家及民族文化的延续与提升来考虑？无论什么样的制度，平民百姓中走出来的人才，就极难穿透这种可怕而又韧长的橡皮堡垒。过去存在的，现在依旧存在，这些功成名就的老艺术家极难容纳田建国那种独特的艺术风格。尽管戴学经找了三十多位文化官员及外国同窗，但这些权威人士对这种自成一体带有台州本色的乡巴佬画家，不是嗤之以鼻，即显得不屑一顾。不是说看不懂他的画风，就是说他的画太怪异、太狂野，是对中国艺术的一种践踏。有的干脆说田建国根本不懂画，不过是孩提式的一种涂鸦，只不过是一堆文化垃圾。戴学经深深地为之感到悲哀，一个真正的艺术家想要冲破世俗，竟是如此之难。他第一次感到自己的渺小、软弱与无奈，不得不带着一身的失落回到路桥。当夜，戴学经再次来到田家大院，交还三轴画，在田兴业的书房里，不断地摇着头说："看来，我是没有办法了，此画的成与败只可拱手交给上帝了。但你们夫妻俩必须注意一件事情，不能再让他喝酒了。我看他脸色青中夹黑，只怕是肝脏出了问题。上帝越是钟爱之人，越是让他受煎熬，你们还是想个法子好好地保护他吧！"

上海民族资本家、名收藏家韩春琦终于病倒。因他上了年岁，加之在山区生活实在是不适应，倒床有半年，便再也撑不住，走向了人生尽头。临死前，韩春琦已经说不出话来，他只是伸出一只活似鹰爪的手，指了指床底下的那只箱子，要金明一将他一生中最后的那点东西保管好留给后人。金明一点了一下头，他就咽下了最后一口气。老父亲好歹活有九十余岁了，人生如草木，新旧总是在交替中。三天后，金明一夫妇在村里叔伯房族的帮助下，于九狼山选下一块坟地，将韩春琦下葬。

就在这天夜里十二时，四个女儿已安然入睡，村外一片宁静，只听得黄岩溪水在湍淌，发出哗哗啦啦的声响。韩启英与金明一两人相对而坐，此时令这对夫妇难受的是跟着他们一起来金家村的四个长得如花骨朵般的女儿，自从她们来到这里起，一家人仿佛就生活在噩梦中。吃、住、行倒是好说，不管是白米还是番薯，食堂里做什么，他们一家人即吃什么，实在饿得不行了，大山里有野果，能吃就往肚子里填。让他们受不了的是满山飞舞的蚊蠓，一叮咬，奇痒难耐，一抓搔，浑身溃烂，老大搔得一身流脓，老三老四搔得一身破烂。更令他们痛苦的是，夫妇俩下放到黄岩宁溪山区，四个女儿从贵族阶层跌落为平民阶层，从而失去专门的教育机会。他们俩不准再唱一首歌，也罢，人生如流星，该辉煌的也都辉煌过了，可四个女儿却是一棵棵刚出土的嫩芽，除老二不爱唱跳爱读书外，老大与两个双胞胎却是舞台上可造就的好人才啊。尤其是长女金云子，那容貌、那风范简直与其母韩启英同出一范，让她待在此宁溪山区，怎能培养？在当下这世上，还有什么东西属于他们夫妇？唯有子女啊。哪个父母不盼望自己的子女成龙成凤，青出于蓝？

韩启英忽地想起父亲临死前交给他们的那只箱子，问金明一："我爸那箱子里藏的是什么东西？"金明一答："我不知道，你爸说是要我们传承下去的。我们打开来看一看，好不好？"韩启英应了一声"好"。金明一即起身打开韩春琦留下来的那只箱子，一看，里面全是古画。韩启英问："这是谁画的？"金明一回答："田金辅。""谁是田金辅？""我不知道，可能是南宋时的名画家。""值钱吗？""一定值钱，你爸是上海名收藏家，这几轴画让你父亲随身带有这么多年，一直不曾撒手。若是不值钱，他何以如是？"韩启英想起20世纪30年代她在大上海唱歌时认识的一个香港经纪人，说道："我爸既然藏有这好的东西，我们何不举家逃往香港，把这些画给卖了，不是什么问题都解决了吗？"金明一长叹一声，合上箱盖说："我的好妻子啊，你就别做春梦了。它是价值连城，只是当下来讲，这不过是一堆废纸。收藏要讲时运的，时运兴，它就兴；时运败，它也败。现在，中国的古玩市场早已成为资本主义的遗老弃少，只剩下了一个荣宝斋，还不知是死是活。想去香港，想得倒美，你我能走得出去吗？"韩启英听罢，两道泪水顺着脸颊流下来，悲哀地说："照你这么说，我们这几个如花似朵的女儿，就在此地成为山间农妇了？"金明一又叹了口气："天命如是，你我无法，只有走一步看一步了。"

第三章　天才之死

　　田家大院年轻的大才子王曾铎，又在两家全国级刊物上连续发表了五篇短篇小说，最短的两千五百字，长的居然有一万三千字。这可不是一件小事，一个年仅十六岁的孩子，发表了小说，所发之刊物还如此有档次，他不是个天才作家又是什么？真是少年得志意轻狂，王曾铎的凡心第一次出现唯我独尊与一览群山小的傲气。那天，王曾铎收到他的小说样刊后欣喜若狂，挥笔在日记里狂写道：一朝首登龙虎榜，十年身到凤凰台。你们等着瞧吧，天生我材必有用，我王曾铎不当个世界级的大作家，誓不为人。同在此夜，田兴业偶然间到他房间里拿东西，见书桌上摊有一本日记，顺手拿起来看，心里的愁云更显浓重。暗忖：这小子如此轻狂，如何是好？

　　金明一次女金秀子，脸上一夜间突然长出一块大黑斑。那天一大早，太阳刚贴着山岗，窥测着这纷纭的大千世界。金秀子起床后，从水缸中舀出一盆水洗脸，偶然间在清水中看了一下，发现自己脸上长出了一块黑斑，当即锐声大叫起来。金明一夫妇忙从后屋跑出问："发生什么事了？"金秀子说："爸，妈，你们快看我的脸！"金明一夫妇一看到女儿的脸，瞬间目瞪口呆，着急忙慌地问："怎么会长出这种东西？""我哪知道？""什么时候有的？""好像是昨天晚上。""痒吗？""不痒。""痛吗？""不痛。""什么感觉都没有？""是。""这可就怪了……"金明一顿了顿，说："不要紧，兴许是人体色素出现沉淀。"韩启英听了，说道："这么一整，这孩子的靓丽形象不得受损？""示拙藏朴，也好，也好。"韩启英生气地说："好什么呀，一个如此漂亮的女儿，右脸上突然长出一块地图，这叫什么事？"金明一说："你这是什么话呀，在我眼里，女孩子的品质是端庄而不是外貌，是智慧而不是精明，是高雅而不是娇贵。"

　　一个令人心痛的大异象开始在田建国身上漫延，他先是肚子鼓起，后是脸呈绿色。田兴业与谢明心发现苗头不对，即领着他到医院找戴学经。戴学经只一看，一头花发便如水草般左右晃动，当着田建国的面什么话也没有说，谢明心领着田建国一走，掉头即对田兴业说："老田，你我都这么一把年纪了，世事要看得轻。这孩子至此时，他若是想吃点什么，你就想法子给他整点什么吃的吧。"田兴业一听，全身发悚："他得的是什么病？"戴学经摇着头，叹了口气答："肝癌晚期，是外国医学上刚出现的新病名。""有没有救？""病入膏肓，无救。"尽管那时田兴业不知"癌"为何物，但他从戴学经脸上看到了人生的无奈与绝望，知道这个外甥的生命将要走至尽头。人在江湖，身不由己；人在官场，事不由己；人在世上，命不由己。田兴业当然是无他法可想，垂头丧气地回到了田家大院。

到家后，田兴业怕影响田建国情绪，闭口不谈。然而，一身与精灵相随的田建国，早从舅舅的眼神中解读出他的最后结局。接着，他所现的行为开始匪夷所思。某天，田建国向谢明心提出要单独去他母亲的坟地看看。谢明心听后，心中很不是滋味，有一种不祥之感。打从他母亲田如梅自杀后的多年间，这个当儿子的从来不曾独自去母亲坟上祭祀。谢明心说："世啊，眼下一不是清明，二不是七月半，你上坟做啥？"田建国答："她是我的亲生母亲，我想什么时候去就什么时候去。""问题是你现在上坟时间不对，你母亲的灵魂出不来。""阿妈，我与我母亲对上话了。我母亲说，她今天一准在坟前等我。"话都说到这个份上，作为田家大院的当家女人还能说什么呢？

谢明心不敢怠慢，前往路桥十里长街给田建国备下不少上坟用的物品，只是心中怀了八分忐忑。十点钟过后，谢明心陪着田建国一起来到田家坟园。是时，田如梅的坟头长满了荒草，田兴业亲笔写的木柱碑文已现出褪色。谢明心先是两手合十，低低念诵一两句，后是点上三炷香，摆上供品，让田建国跪拜。田建国便上前跪下，拜有九拜后，突然头一昂，亮开嗓子高唱：

> 人生在世是虚浮，光阴迅速流春秋，日月如梭容易过，三岁孩童易白头；
> 命中有来终须有，命里无来莫强求，争名夺利成何用，世事奔波一笔勾。
> 高官显爵是虚浮，金带垂腰五凤楼，臣伴君王羊伴虎，王法不犯是公侯；
> 古今多少文共武，无非图个好名头，看彼朝纲如春梦，文武功名一笔勾。
> 万两黄金是虚浮，千思万想用计谋，有了一千想一万，有了银钱不肯修；
> 有朝一日无常到，万贯家产一时丢，堆金积玉难买命，白玉黄金一笔勾。
> 夫妻美妾是虚浮，胭脂花粉共香头，每日打扮时新样，年枉青春爱风流；
> 夫妻本是同林鸟，大限到来各自飞，同伴鸳鸯今拆散，恩爱夫妻一笔勾。

生男育妇是虚浮，每日忙忙为儿愁，男大终身定婚配，女大应当对门楼；
为男为女把家计，一生辛苦白了头，男是冤家女是债，男女冤家一笔勾。
朋友相交是浮虚，人情往来两相投，有酒有肉皆朋友，急难之中无人救；
不借银钱还犹可，借了银钱反为仇，只为钱财红了面，朋友相交一笔勾。
田园产业是虚浮，前人田地后人收，集得田地人不在，劝君念佛早回头；
念得弥陀终须有，倘若不念空手无，世上万般均是假，争田争地一笔勾。

天哪，这不是无明大师写的《七笔勾》吗？谢明心不过是在田兴业的本子上见过一次，而今怎么叫他唱得如此回肠荡气？这孩子根本没有到唱这种经歌的年龄啊！尤为令谢明心为之心颤的则是田建国唱完此歌后，突然立起，振开双臂对着那片茏葱的回龙山大喊："我的好母亲啊，你听着，你听着，你的宝贝儿子快要来与你见面了。"

地藏王节终于来临。这个节日，全国各地没有，独台州一地有。台州之所以有这个节日，与中华民族五千年间形成的文化内涵有关。在台州人眼里，天是刚健中正，大公无私，首出庶物，万国咸宁；地是厚德载物，含弘光大，品物咸亨，仁合无疆。节日一到，台州八县各地的男男女女联手行动。他们或是在房前，或是在屋后，找出一块相对洁净的土地，插香、点烛、摆供，后跪地高声喊"土地老爷"，低声叫"地藏王万寿"，行祭祀大礼。这个节日一般来说，皆由成年男女操作，孩子们不参与，而田建国在这天夜里一反常态地要求参拜地藏王。

那天，天刚一落黑，田建国上街购下了一些黄纸、广饼、糖果，学着成年男女们的样子，在田家大院的大道地中摆上了他所购的全部东西，然后推金山倒玉柱地对地藏王行供奉大礼。谢明心见他这样子心中难过：天哪，这孩子今儿又怎么啦？便上前问他："世呀，你这是做什么呀？"田建国答："我恳求地藏王菩萨好好地保护我。""你求地藏王保护你什么？""别让我太痛。"谢明心听后，心中瞬间如刀刺，这不是断头话又是什么话啊？

就在这天夜里，田家大院的孩子们从学校的夜自修归来，谢明心将他们集结于中堂，对他们说："我交给你们一个任务，从现在起，你们什么地方也不要去玩，看住老大。"王曾铎问："老大怎么啦？"谢明心说："别问了，我叫你如何做，你如何做就是。"王曾铎噘着嘴说："这么大一个人了，腿长在他身上，叫我们怎么看？"田文和说："妈叫你看，你看着就是了，嘟囔什么？"许田长青与王曾锦听了，一口答应。

然而，一个人的死运来临，无论你使出何种办法都无法将他拦住。一因田家大院太大，每个孩子都有自己独立的房间；二因这些孩子毕竟年少，那灵魂还不曾凝结到这一步；三因这些孩子实在是太渴睡了。所以一倒在床上，便天地不知，怎能看得住田建国直奔死亡的脚步呢？

时辰到了，万能的上苍终于下达命令了，田建国这张铺开来的羊皮纸必须卷起来收回天国。小鸡刚叫头遍，田建国悄然爬起来，他先是点上油灯，将他平日所画的作品全都堆积成堆，用一张大牛皮纸捆好。然后坐下，提笔伏案给谢明心写了一封信：

> 母亲，您虽然不是我的亲生母亲，可您是我一生中唯一的知音。我知道这个凡人世界容不得我，我亲生母亲也知我无法继续在这个世俗社会待下去。因此，她决定要带我到能容我的世界里去。我的好母亲啊，感谢您这么多年来为我如此操劳，现在我决定把所有的画作全部交给您。请您相信我，若干年后，我的画会与我祖上田金辅的画一样价值连城。
>
> 您的儿子田建国敬上

写完，田建国将毛笔舔好，套上笔帽，熄灯，再蹑着手脚打开田家大院后门，走出门外。是时，正是黎明时分，顺河面飘过来的空气，清新中夹带着甜意。河面没有一只船，只有厚重的水无声地往下淌。田建国缓缓地走过那蒋家戏班修起来的大戏台，走过那曾辉煌一时的皇花楼，走过那祖上田幸均亲自修起来的拱形福星桥。最后，他来到村口的大樟树下，回眸朝着错落有致的田家大院看上一眼，随后身子一拱，朝回龙山方向走去。一小时后，田建国异常吃力地爬上回龙山，异常果敢地纵身一跃，从回龙山那百丈高的山崖上跳下来。

三年经济困难终于降临到新中国的这一块土地上。台州地区因现一百三十八天的大旱，两百万亩农田全部龟裂，导致颗粒无收，可怕的饥饿在台州六县（是时宁海划归宁波，乐清划归温州）迅速蔓延。因为饥饿，韩启英不得不携长女金云子，跟着三十三位村民一起入山采摘毛竹米。那天，这支采摘毛竹米的队伍过九狼山时，一因她不习惯宁溪山区崎岖的小山路；二因她怕采摘太少，家里孩子多不够吃，因而背上负载的毛竹米太多；三因她为了让孩子们吃饱而减少了自己的饭量。人是铁，饭是钢，一顿不吃饿得慌，初上山时，她两腿业已发软，下山时更是如同打水漂。偏偏从蛇山岭往山下走时，那条下山的路如同竖起来的一架梯子，极其难走，她右脚一踩空，连人带袋子从那高高的崖顶摔下来。当乡亲们抬着韩启英的尸体摊摆在他面前时，金明一大叫一声，立刻晕倒在地。金明一实在太爱这个女人了，在他眼里，此女子不仅是他音乐作品的首唱者，还是集姐、母、妻三重身份于一体的呵护人，是他一生中无可替代的灵魂港湾。面对妻子遍身是血的尸体，金明一的精神世界出现雪崩式的大垮塌。摆在他面前的现实是，这个家除长女金云子、次女金秀子的基本生活能自理，金灵子与金叫子尚小，还在嗷嗷待哺。你想啊，一个专职音乐者，他的生存能力能强到何处？他可以信手拈来对付那些蝌蚪般的音乐符号，却应付不了锋芒毕露的残酷现实。他一生中唯一挚爱的女人说走就走了，扔下他一人，叫他如何能把这日子打发下去？中年丧妻，家中有小，这才叫难啊！

金家人出人、出钱又出力安葬了韩启英后，金明一独自一人坐在妻子的坟前饮泣，谁也劝不走他，直至晚九点，这才回转家中。由于子女们年少，她们哭了一天，折腾了一天，实在太累了，歪倒在床上均已入睡。金明一耷拉着两肩进房间后，见木桌上放着韩启英20世纪30年代拍的那张剧照，再次受不住刺痛，跑出家门，坐在黄岩溪一处水沌子面前的悬崖上幽哭。

此时，正巧赶上田兴业因饥饿前来金家村弄吃的。一因出门晚；二因路上交通不便；三因饥民闹事；四因他与金明白见有一面，这一路耽搁，直到晚八点多才到达宁溪山区。田兴业沿环山公路往金家村走，刚想拐弯入金牌楼去金凤子家，朦胧中听到一男子在水沌边哭泣。田兴业闻之大惊，如此夜半三更，一个大男子因何在此痛哭？有道是男儿有泪不轻弹，此男子既然哭成这种样子，定有心酸事。田兴业便转头向哭声的方向走去，离有五尺余处，看到这个男子突然站起，纵身欲往水中跳。田兴业忙夺步上前，张开两臂一把抱住他，凭着那朦胧的月光，看清自己所抱男子不是别人，正是金明白的堂弟金明一——一个才华横溢的上海音专教授。田兴业急问："你有何过不去的坎要自寻短见？"金明一见是田兴业，哽着喉咙将自己坎坷的命运说了一遍。田兴业沉着脸大声责备他："你这个人实在太自私！"金明一带着哭腔说："我怎么自私？""你是解脱了，轻松了，什么都不知道了，可你那四个没成年的女儿怎办？她们是不是全成了孤儿？金明一啊金明一，做人哪，不光是为自己活着，也得为他人活着。这叫什么呀？这叫责任。""田哥啊，你不知道，我是多么爱韩启英。""就你这种爱法，我不赞成。说白了，你不是爱，而是逃避。""田哥啊，我如此少气薄力，养活得了她们？""你活有这么多年，居然一直没有参透人世。人生不如意事常八九，谁人身上无灾难，谁人身后不负重？"田兴业此言一出，瞬时击中金明一最大的一处软肋，他的情绪开始慢慢平复。

于是，两人坐在悬崖边，一起迎着山风，一起看着满天星斗，直到金明一完全顺过气来，田兴业这才护送他回到家中。是时，睡眼蒙眬的金秀子，恍惚中听得父亲与外人说话，忙起身披上衣服，点上灯，走出房门看。她不知父亲曾在半小时前与死神擦肩而过，不知与父亲一起站在家门前的老爷子即是黄岩闻名于耳的田兴业。金秀子打开房门后，田兴业与金明一一身风凉地走进房间。夜风偷袭，灯光乱抖，金秀子用手将灯护住。门一关，灯光立定，金秀子的容貌随着灯光落定而潜出，两代人相互间只是略一打量，双方都感到吃惊。金秀子吃惊的是，这位老爷子怎与她梦中那位到她家的老爷子长得一模一样？别说是他那眉眼、那神态、那脸庞、那个头，就连他身上穿着的那一套本装衣也与她梦中一样。田兴业吃惊的是，眼前这女子怎与他妻子谢明心如出一辙？尽管她那身段还不曾出落成少女模样，可她那辫子、那嘴涡、那眼风、那脸上独有的中国版图，完全是第二个谢明心。这是怎么回事啊？双方都深感意外与不可思议，直觉告知他俩，今后他们将有着某种无法切割的关联。金秀子不敢与田兴业直面对视，只是彬然有礼地请田兴业坐下，然后拿起泥壶给他斟水，斟好水，金秀子就回了房间。田兴业这才一心恍然地问金明一："她是你女儿？"金明一答："是，老二。""叫什么名？""金秀子。""她脸上怎么会有这么大的一块黑斑？""我也不知。""生下来就有？""不是，九岁那年才有的。""她今年多大了？""十一岁。"田兴业再次倒吸一口冷气，心想，谢明心是从她出生那天起脸上即有黑地图，而她却是在九岁时脸上现黑地图。而且她俩脸上长的黑地图如此相像，是否谢明心与金秀子间有什么关联？田兴业不敢往深里想，倒是想将他们一家人全都带到田家大院。

　　田兴业去金凤子家搞到一袋毛竹米，随后来到黄岩大桥工地上与金明白见面。见面后，即将他想让金明一一家子迁至田王村，并入住田家大院一事与金明白说了。金明白坐在指挥部的那条凳子上，要田兴业给个理由，田兴业说出两点理由：一是一个大男人死了妻子，让他带四个孩子实在不是件易事。田家大院房子很大也很空，有谢明心与他姐两个女人在，可以帮忙照顾。债多不愁，虱多不痒，多几个人与少几个人，对他们的生活无多大影响。况且四个男孩与四个女孩在一起，相互间有个照应。二是他发现田文君与许行一的儿子许长青有着相当可人的音乐天赋，金明一家这几个女孩子呢，同样有很高的音乐天赋。如果让金明一上田家大院住，当个家庭教师精心培养他们，兴许还能带出一两个音乐人才来。金明白听后，深觉田兴业的打算有理，举双手以示赞成，但想到实际生活上的问题，还是有些顾虑。金明白说："这是件好事，问题是你田兴业两手空空，哪有这么多钱来管他们？"田兴业说："我家里还有两样宝贝，一是两轴祖上留下来的画，二是我岳父留给我女儿的一只钻石大戒指，价值连城。如果实在过不下去了，我先上银行兑换戒指，后让戴学经把两轴画带到北京荣宝斋去卖。""这两样东西，你们田家传有多年，现在出手，拿羊肉当狗肉卖，实在是太可惜了。""有命才有财，财不为人用，我要财何为？""既然如是，那好，我同意。问题是金明一同不同意？他若是同意，你即可带他们一家人走。""我只怕村、乡两级领导不同意。""这一点，你不必担心，村、乡两级的工作，由我来做。"

田兴业再次来到金明一家，把他与金明白商量出来的结果对金明一说。金明一听了，先是感激，后是愕然："我们一家人去你家住，你家有那么多房间吗？"田兴业笑着说："放心，多得你住不了。""我一无缚鸡之能，二无开弓之力，不徒给你们家添麻烦？"田兴业晃着头答："不麻烦，不麻烦。有益而无害，只要你我两家齐心协力，没有过不去的坎。搞得好，兴许你还能帮着我带出个音乐家来呢。"金明一还是一脸疑惑："田王村人能接纳我们吗？""这点你大可放心。我实底告诉你，金、田两家历来通亲，我母亲就是你们田家金明白的亲妹，现在田王村的大队长是我本家，自家人总会帮着自家人说话。"

黄岩县第二任县委书记石长青决定开仓放粮，台州大批灾民得救。

金明一一家子终于搬到了田家大院。那天，金明一领着他的四个女儿来到田家大院，谢明心即让家里所有的孩子出屋来与他们相见，田家大院顿时显得热闹非凡。这天，田文和完全摆出新一代当家人的样子，忙着给新来的金氏姐妹们安排房子，并清楚地交代什么地方做卧室，什么地方做厨房，什么地方做书房，什么地方放杂物，什么地方是厕所……王曾锦也兴奋异常，活似一只小公鸡围着金云子转来转去，出口的话也不知比往日要多多少倍，多得连谢明心听了都感到吃惊，心想，这孩子的舌头怎如此轻狂，像谁呢？像他爸？他爸过去可不是这样子啊！像他妈？谢明心心中多少有一点疑虑，略感不快。此时金秀子抱着一件大行李往后院走，谢明心见到她的侧影，很是惊讶，问金明一："这姑娘是你家老几？"金明一答："老二。""叫什么名字？""金秀子。"谢明心惊讶地说："天哪，她那个头，那腰身，那脸庞，怎么长得与我过去一样？"金明一忙招呼金秀子来见伯母，金秀子放下手中的东西，甩着那条黑亮的长辫子过来见谢明心。这一老一少一相见，谢明心觉得有点喘不过气来："这孩子脸上怎么与我过去一样，也有这样一团黑影子，而且这团黑影长的样子居然也是一幅大地图。"谢明心疑惑地问："她脸上怎么有这个？"金明一回答："说不清呀。""什么时候长的？""在上海时没有，到金家村第二年就长上了。""叫医生看过没有？""没有。""为什么不带她看一下？""不疼不痒的，她自己不想看，我也不在乎。"谢明心想了想，说："你们先安顿好，明天我带她去找一个医生看看。一个好好的姑娘家，身段、脸形长得这么好，正脸面生有一块黑斑不得掉价了？"

　　新家安排就绪，田家大院恢复往日平静，谢明心带着金秀子到戴学经家。戴学经一见金秀子，他那两只眼同样惊讶地睁得老大，问："这姑娘从哪儿来的？"谢明心即将他们家在金家村的遭遇说了一遍，戴学经"嘎"的一声笑了。谢明心问"你笑什么啊？"戴学经说："我笑你们家要历史重演。"谢明心不解，问："你这是什么话呀？过去的事就算是过去了，怎会重演？""老妹子呀，你睁眼好好看看，她那眉、那眼、那身段与你年轻时长得多像！""是太像了。""如果我不是对你知根知底，我都会怀疑你是不是有女儿生在外面。""我今天带她来，只有一个目的，就是你能否拿出过去给我治疗的手段，开它十服二十服中药，将她脸上这块黑斑去掉？"戴学经将金秀子拉近了看，忽地似想起了什么，说道："我以为，眼下她这个病当不治为好。要治，也得以后让我女儿来治。"谢明心满脑子问号，不解地问："这是为何？""她脸上这块地图与你过去脸上的那块地图不一样。你脸上那块地图是先天生成的，而她是后天生成的。既然天意不令其靓丽，莫不如让她保其真。""那就让她这么黑着？""这么大点一个姑娘，黑就让她黑一黑，有什么哪？""姑娘家长此脸相，我怕她掉价。""老妹子哪，你怎么也说起你老父亲的话来了？和氏之璧不璞朴何待真主？说不定哪天这姑娘还是个谢明心第二哪。"谢明心答："我可不想让她做谢明心第二。"戴学经说："天心不可测，这可不由着你。"

　　许田长青读小学五年级，他与生俱来的音乐天赋开始显露，不仅吹得一手好笛子，拉得一手好二胡，所有的流行歌曲只要他认真听上一遍，即能吹、拉、唱。初作一曲，便很有模样。金明一为此而大喜："此乃我真正的接班人。"

　　王曾锦、金秀子读小学四年级。他俩同在一个班，同一张课桌，每天放学后，一起背着书包往家走。同学们都取笑他们，喊他俩小两口。金秀子因初来乍到，不敢应，只管低头走。王曾锦却啐了他们一口，说："我才不娶她做老婆呢，你看她脸上那块黑地图丑死了。"金秀子听后极为委曲，到家后一屁股坐在门口的那块石碌子上哭。正好谢明心从她身边过，瞧见，一把将金秀子拉过："告诉阿姆，谁欺负你了？"金秀子哭着说："曾锦阿哥不娶我。"谢明心很诧异，问她："这是怎么回事？"金秀子一说缘由，谢明心扬脸大笑起来："傻丫头，人家是跟你闹着玩的，你哭什么哭呀！"

　　金云子读初二，田文和读初三，两人同校。金云子十分喜欢田文和，田文和也十分喜欢金云子。别看他俩不是同在一班，几乎形影相随。起早，他俩一起上学；下学，他俩一起回来；干活，他俩一起下地；做家务，他俩一起动手。这天，谢明心与田如蕙站在大门口，看着他俩有说有笑地走进田家大院，谢明心笑着说："你看，这两个孩子是不是很好的一对？"田如蕙也笑了笑，说："是不是我阿弟招他们一家来，就有这个目的？""那可没有，他只是想帮助他们一大家子。""我其他不怕，就怕我们家的经济实力受不了。"

王曾铎考高中。是时的黄岩，可不是现在的黄岩，高中镇镇皆有；过去，偌大一个黄岩县只有三所高中。尽管田兴业对王曾铎这个孩子所表现出来的好高骛远与轻狂有所反感，但他又不得不承认这小子是个文学天才。田兴业想让王曾铎读高中，再上大学，成为一个名副其实的大作家。那时，田兴业就怕王曾铎考不上高中，变成田建国第二。实事求是地说，田建国之夭殇给田兴业心里带来毁灭性的打击。在田兴业眼里，这个田家大院可不是个什么吉祥之地，而是一处金刚白虎般的凶煞之地，他恐惧田家大院第三十代人丁中再次出现悲剧。于是，他不得不在暗中操纵，四面出击。一因戴学经与郏国立等知根知底的老同志在世；二因王曾铎确是一位少年才子，小小年纪，就在全国级大刊物上发表作品；三因金明白次子金虎子调入东航，出任东航司令员，他妻子毛志婵随军调至路桥中学任副校长。朝中有人好办事啊，如此盘根错节的关系运作下来，王曾铎的人生旅程自然要比田建国顺利。尽管当时他的数学成绩在五分制中只考有三分，路桥中学三位校长坐下来经商量与研究后，最后破天荒地做出一个决定，正式录取王曾铎为高一新生。一个混血儿，一个国民党海军少将的儿子，能在这种论成分、论家庭出身的时代里步入路桥高级中学，确有一种上天开眼的感觉。那天，路桥中学正式录取通知书一寄到田家大院，田如蕙高兴得病都好了一半。尽管这个王曾铎不是她亲生；尽管王曾铎母亲海蒂回国后一直杳无音信；尽管田如蕙至今尚不知这个印度女人是死还是活，但毕竟王曾铎是她一手带大的王氏后代子孙，她已与他相濡以沫多年。如今，一生中唯一的儿子，以自己独特的才能出现在人们面前，她怎能不快活？因田王村离新建的路桥中学较远，须住校，田如蕙抱病将王曾铎所有的生活用品准备完毕。

临上学那天，王曾铎欢快地步出田王村，趾高气扬地来到路桥中学报到。就在这天，一位秀色可餐的女生出现在他面前，这名女生叫邵明英，其父是当年曾出任过黄岩国民政府县长的邵清长。这名女生不仅长得貌若天仙且身手不凡，跳得一身好舞。无论是从生活、性格、脾气及爱好上，她与王曾铎同出一范，一个想当全国名作家，一个想当全国名舞蹈家。双方都是早闻其名而不见其人。如今，两个"小野心家"在校门口的大柳树下相遇，遂现相见恨晚的感觉。邵明英先开口问："你就是王曾铎？"王曾铎快活地回答："对，我就是王曾铎。你呢？"邵明英说："我叫邵明英。"王曾铎兴奋起来："啊，我知道，我知道，你就是邵明英啦，你那舞跳得可美了。"邵明英忽闪着两眼说："我读过你写的小说，写得真好。"王曾铎得意地回答："谢谢夸赞，你的理想是什么？"邵明英脱口而出："我想当个全国有名的舞蹈家。你呢？"王曾铎傲气地答："我？那还用说，全国名作家非我莫属。"邵明英听罢，甜笑着说："是啊，是啊，你的名字一上榜，同学们都在背后议论，你就是今后的大作家！"

王曾铎第二次在浙江文坛上闪亮登场，上学不到一个月的时候，他居然在《民众文学》上连发两个短篇小说。此两篇小说一经发表，立刻引起黄岩县文化艺术界的大震动。浙江省作家协会一位主席在公开场合说："王曾铎是当今中国出现的最优秀的少年作家。"浙江省文联一位资深老评论家，专为王曾铎所写的新作写了一篇评论，发表于《浙江日报》第四版："王曾铎写的东西，无论是散文还是小说，都深得印度大作家泰戈尔真谛，是个不可多得的人才。"这两位浙江省文化界权威皆做出此等评论，令小小的王曾铎那脸上一片风光。真是"春风拂面马蹄疾，一路高歌入耳来"。

一连串接踵而来关于王曾铎的荣耀串联着传进田兴业耳朵里，尽管此时田兴业已日见衰老，但他那头脑并不糊涂。在他眼里，人就与树上挂结的果子一样，不可过早催熟，一旦催熟，它就会过早地从树上掉下来。人如同在海里运行的船，有大船亦有中船、小船，船一旦超过它的载重量，就会在大海的浪涛中覆没。三天过后，夜幕时分，田兴业终于与谢明心谈起田家大院四个孩子的命运走向。田兴业说自己心里没谱，让谢明心凭直觉谈谈对此四子之看法。谢明心问他："你是让我说真话呢，还是让我与时俱进说假话？"田兴业答："我是公蛇，你是母蛇。公蛇母蛇皆是自然之物，岂可谎乎？""好，那我可就不客气了。"谢明心便毫无保留地说出自己多年观察后的真正感受，说道："田家大院现在四子中，唯有田文和，保有祖上之德，神闲气定，智深勇沉，既有诸葛武侯之谨慎，又有汉周勃之厚重。可安王氏，可兴田氏。"田兴业问："许田长青呢？""用其一而不可实其二。""王曾锦呢？""阴损狠毒，子系中山狼，得志更猖狂。""王曾铎呢？""轻浮少重，虽才高八斗，我只怕非厚福之人。"

谢明心毕竟是读过大书的路桥第二才女啊，她所言无不是一语中的。田兴业听后大为感喟，点头不已。俄顷，田兴业说："我们能否救他们一把？"谢明心摇头答："人人都在叩问上苍，想从上苍嘴里得知人类命运的秘密。你可知道，上苍一旦说出他内藏的秘密，这天下还能有人？命运之神一旦甩开衣袖，非你我能左右啊！"田兴业一想，是啊，是啊，命运齿轮一旦启动，人力岂可左右？

　　王曾铎太年轻了，实在是太年轻了，他终于走出了他本不应当走的这一步。面对接踵而来的荣誉，他一下子变得趾高气扬，找不着北了，误以为自己真的成为天下第一才子，变得目中无人，我行我素。入学第一年，他即与舞蹈女王邵明英谈上恋爱，邵明英爱王曾铎，王曾铎也爱邵明英。两位一身浪漫得如梦如幻的少男少女，一旦在情感上出现碰撞，势必要引爆出杀伤力极大的能量。一因两人同是住校；二因左右前后无眼；三因他们曾偷着读过邵明英父亲保留下来的某些禁书，什么《金瓶梅》，什么《肉蒲团》，什么《平妖传》等，书中对男女性生活的各种描写，无不令此两位高中学生心头激情荡漾。

　　要知道，高中段学校的管理模式与初中段完全不一样，高中段的管理模式基本上是自我管理。这种放任自主的管理模式，给他俩的秘密往来提供了极大的时间与空间。同年级其他的同学一心想着为建设新社会而努力，将所有能利用的时间与空间全都利用起来，学习数学、语文、俄语（那时路桥中学兴俄语）等各种知识。而他俩呢，却将大量的时间用于递交条子，预约见面时间，考虑着周末两人可到何处去浪漫。周末的两天休息日，自然而然地成为他俩心中最大的渴望。只要时间一到，他们二人即在花丛中演化成一对轻盈的蝴蝶，展翅飞出校园，飞向山林，飞向农田。终于有一天，在某个星期天，他们携手至将军山脚下，双双站在王国器自我引爆的那个山洞口。邵明英问："我听说，王曾锦父母是在这里孕下他的？"王曾铎回答："是啊。""他们俩实在是够浪漫的。"王曾铎听了，嘿嘿一声坏笑，应声答："我们也可浪漫一下啊。"邵明英迷惑地问："怎么浪漫？"王曾铎挑逗她："入港啊。"邵明英还是一脸蒙："什么叫入港啊？""你借给我的那本《平妖传》，你没看过？"

　　邵明英脸顿时红了，身子现忸怩态。这种忸怩一现，令王曾铎怦然心动，偷看四周无人，扑上去伸手一把抱过邵明英猛吻。两人的幽会随之步入了疯狂，只要有一天不来此事，那痛苦，那难受，有如将他们两人扭成油条放在锅里煎炸。

　　邵明英终于发现自己的身子开始出现异样，吓得全身打战。那天，第四节课一下，她一脸紊乱地找到了王曾铎。王曾铎一听，脑袋"嗡"的一声发叫，飞起一堆乱苍蝇。然而，他毕竟是王国成的儿子啊，身上既有着王国成的敢担当，也有着他母亲的孤注一掷。邵明英提出的意见是，把他俩的这个真实情况与家里人挑明，让家里的大人们帮着出主意。王曾铎却摇头不同意，说："这种事让你家里人知道，万一你父母如狼似虎地跑到学校里来闹，你我好不容易建立起来的名声不就玩完了？"邵明英痛苦且绝望地说："那我该怎么办？你总不能让我挺着个大肚子上学吧？"然而令人无法想象的是，王曾铎居然异想天开地出一怪招、绝招，他问邵明英："你听过高尔基的故事吗？""听过。""你可知高尔基是什么出身？""流浪汉。""你说，他若不是个流浪汉，能成为世界闻名的大作家吗？""不能。""这就对了，我们何不学一学高尔基？"邵明英一脸困惑地问："怎么学？""我与你一起去印度找我母亲，我母亲海蒂与大作家泰戈尔同一种姓。只要我们到了印度，让我母亲找到泰戈尔，然后我将我们在流浪中的故事写成小说或散文，请他老人家为我写序，并推荐，兴许一夜间我就成为世界闻名的大作家了。"邵明英有些犹豫，迟疑地问："你能找到你母亲吗？"王曾铎果决地说："能。我妈临走时，就曾对我说过，若是我想她了，只要我拿着刻有她名字的这尊小佛像去印度，就能找到她。"

他俩就这样坐在路桥中学的护校河边，看着青蛙蹦入河里，看着燕子飞来飞去，你一言我一语地勾画着美好的未来，仿佛一切都是唾手可得，一切都是手到擒来。半个小时一过，昏了头的两个家伙，居然做出一个与时代完全不同步的荒唐决定：等学校一放暑假，他们两人即联手行动，走出家门，走向社会，一边流浪，一边写作。等走到印度，王曾铎的那本世界名著也便随手写成……

邵明英家的社会关系极为复杂，她母亲在解放前曾是黄金发的填房，解放后黄金发因罪大恶极被人民政府公开枪决，无奈之下才下嫁至邵家。她外公是十里长街若干年前有名的恶少牟祥生，父亲邵清长因原配死得早，留有三个儿子。因她父亲年龄过大，前房留下的孩子过多，而她母亲的年龄较小，因此家庭矛盾极为突出。父母尚且自顾不暇，何有余力来管邵明英？他们认为，邵明英也老大不小了，若是在过去，早到做母亲的年龄了，你爱干什么就去干什么吧！

学校终于放暑假，邵明英回到家里后，向父母撒了个大谎，说学校有巡回演出，请她当主角，要出一趟远门，十天半月回不来。她父母只是看了她一眼，便默然无语。她当着家人的面收拾起全套衣服打成一个大包，离家来到学校。王曾铎呢，不但在写作中是虚拟世界的高手，在生活中他也是个撒谎高手。一旦他将虚拟的世界与现实的世界相勾兑后，他的描绘就变得更加逼真，他的谎言编得更圆满。回到田家大院后，他对养母田如蕙说，他要到外地去参加一次省作家协会举办的一次创作会，七八天不能回来，让母亲把过去交给她的稿费全部还给他。田如蕙呢，因年老多病，头脑发昏，加之王曾铎名声在外，岂能不相信他？她不仅将所有的稿费给他，还拿出了自己的不少钱，一边将钱交给王曾铎，一边还对他说："儿子啊，在家千日好，出门一时难。穷家富路，能多带一点就多带一点吧！"王曾铎毫不客气地将田如蕙所给的钱全部拿走。次日一早，王曾铎怀揣着生母海蒂留给他的小佛像，雄姿勃发地来到路桥中学门口，与邵明英会合。两人一会合，双双即去往路桥公共汽车站，购得两张去往金华的汽车票。晚五时，他们到金华；晚九时，两人登上去往西南方向的列车。

邵府家人不知他俩去往何处，田家大院人也不知他俩去往何处。二十三天过去，路桥镇派出所的三位公安干警，找到正在赶鸭子下水的田兴业，拿出一张照片给他看。公安干警问："老爷子，你认识这两人吗？"由于这对紧抱在一起的男女，尸体面目一片模糊，田兴业看不清，摇头说："我不认识。"公安干警再次拿出一只纯金打造的如来小佛像问他："老爷子，这个东西你认识吗？"这个东西一出现，田兴业两眼如同是两把尖刀拔出刀鞘，这可是海蒂送给她儿子王曾铎的纪念物啊，怎能不认识呢？别看田兴业已老眼昏花，可神志极为清晰，问道："这不是我们家王曾铎的信物吗？它怎么会在你们手里？"公安干警回答："是啊，你老爷子问得好啊，它怎么会在我们手里？若不是你认出这个，我们还打算把这两人当作无名尸处理呢！"田兴业骇得汗出如油，忙问："究竟出有何事？"公安干警说："你们家那个王曾铎带着一个姑娘，这姑娘叫什么名字，我们正在调查，从检查出来的情况看，这个姑娘身怀六甲。他俩企图穿越国境去往印度，结果被边防军发现，喊他们停下，他们不听，反倒拼命往缅甸方向冲，军警不得不开枪阻止。结果，他俩一惊一吓，失足，双双掉入江中活活淹死。"田兴业问："尸体呢？"公安干警答："就地掩埋。"田兴业听罢，头晕目眩，当场晕倒，吓得在他身边的田文和一声高叫，忙将老父亲搀住。走了。走了，田家大院的第二个子孙，就这样流星般地打了个闪电，走得踪影全无了。

田如蕙终于从其他孩子嘴里得知这个消息，那天，她什么话也没说，只是扭着头死盯床壁看。一小时过后，嘴突然张开，呕出无数血块来，一地全变红。谢明心吓得连忙要去找戴学经，田如蕙拉住她的手说："我的好妹子啊，我求着你了，别再惊动戴学经了。我自己的病我自己清楚，烦你将家里人全部叫来吧，我有话对他们说。"谢明心没有法子，只得将田家大院的孩子全都叫到她面前来。倒在床上的田如蕙浑身无力地对田家大院的孩子们说了两句话："一、你们要积德，要修行，别看你们个个都是人精，才高德不高，其祸必上身；二、田家大院非我田、王两氏入住之地，打从田、王两姓入住此地后，有如入住棺材，子孙人丁，没一个有好下场！"第一句话是祈使句，要求活着的子孙好好读书，好好修行，好好积德；第二句话是疑问句，她总觉得田、王两家的大灾大难皆因入住田家大院所致。说完后，田如蕙就离开了人世。谢明心无语，田兴业无语，孩子们更是无语。

田如蕙被安葬在田家坟园。葬礼结束后，田兴业来到田家大院后院那一排石屋，他背着手一间接一间地看过。看完田建国住过的两间房子后，走进了王曾铎住过的那间房。他看了一眼王曾铎睡过的那张床，伸手触摸着王曾铎用过的写字台，打开写字台正中间的那只抽屉，顺手将海蒂留下来的那一尊小金佛像放入其中，长叹一声后，再背着他的两只手走到走廊。随之，他将两人住过的四间房全部锁死，并下令："从今日起，没有他的命令，谁也不准再打开。"

田如惠的临终遗言不胫而走，此言有如一颗大炸弹，再次让路桥十里长街出现大震荡。也许是因田、王两家人死的太多了，引起人们的种种猜疑；也许是因十里长街人对田家大院这座高深莫测的房子一直存有某种神秘感，于是各种各样的闲言碎语开始漫天飞舞。有人说："田家大院这幢房子所占风水不好，因犯三水之冲，凡入住此府之人，虽是才高八斗，最终也不会有好果子吃，不是贫夭而绝，就是老狗爬灶。"有人说："在人不在地，在德不在室。田、王两家上代人作孽太多，命运循环，后代子孙必遭报应。"有人说："田兴业空口说白话，答应谷道春去金谷寺做主持的，却因贪恋与谢明心相爱，赖着不肯剃度，如今如来老佛爷不高兴了，种种灾难自然要降临到田家大院。若是田兴业再不去做和尚，田家大院的田、王两氏子孙就得死光光。"有人说："造田家大院那天，田、王两家女人招待老师傅不周，将吃剩的黄鱼肉给倪季平与管宗泽吃，两位高手愤怒，明着怕王国器不敢，暗中却做了个'大鲁班'念上咒语，放在田家大院的房梁上。正因此，田家大院子孙一个也甭想安宁。"有人说："王家祖宗王希品与福建人做生意时，有意用墨鱼汁当墨水写下合同，昧着良心吃走福建人一千八百块大洋，令那个福建人倾家荡产，所以一报还一报，王家后代子孙个个不得好死了。"

真是十里山荒隔壁乱讲啊，他们所说此六事，前三样，尚且勉强可听，后三样，哪有一样是真？老木匠倪季平与老石匠管宗泽死有二十多年了，可他们的后代子孙倪小木匠与管小石匠还活着，他们一问一个愣，都无法说清此事是真是假。至于王希品与福建人一事，田、王两家第二十九代人田兴业尚且活着，他怎么一点也没听说呢，这不是捕风捉影又是什么？

王曾锦第一次滋事。那天上午九时，这个王曾锦居然架起一架梯子，爬上田家大院的屋顶，要把每一栋房子的屋栋顶心部分打开细看，是不是真的让倪季平与管宗泽放有鲁班。这个愚昧且鲁莽的行为，正好被田文和发现。王曾铎一死，田文和成为家里的老大，他一见王曾锦这种鬼祟样，吼道："你这是干什么呀？"王曾锦答："掏家雀。"田文和生气地说："掏家雀，用得着上屋栋？"王曾锦亮声回答："我要找到那个该死的鲁班！"田文和气不打一处来，冲上，一把将王曾锦拽下，劈头盖脸地臭骂他一顿："你想在这里待，就好好待着；你要是害怕，不想在家里待，就给我滚！"

王曾锦第二次滋事。谁也无法说清这家伙做如何想，吃过饭后，居然走到谢明心房间，逼问他的"母亲"谢明心："蒋介石给田家大院题的匾额放在哪里？"谢明心答："没了。"王曾锦说："不可能。"谢明心问："怎么不可能？"王曾锦理直气壮地说："我阿爸是国民党中将，你和阿爸对国民党如此忠诚，岂有毁掉匾额之理？"谢明心勃然大怒，两眼放盅："你这孩子想干什么？"王曾锦居然一脸邪恶地回答谢明心："我限你三天内交出匾额，不然，我就上人民政府告你想翻天。"谢明心一听来火，抢菜刀往砧板上一砍，喝道："吃他妈狼奶长大的家伙，你他娘的去告去，说你老娘要造反！"王曾锦还想再说什么，只见田文和提着把刀从后门奔他而来，吓得他赶紧抱头，夺路而逃。

王曾锦第三次滋事。那天夜里，他突然一脸鬼祟地出现在田兴业面前。是时，田兴业正在书房中清理佛经与一大堆拓片，见王曾锦脸上泛有杀气，不知出有何事，问他："这么晚了，你不睡觉，跑我这里来做什么？"王曾锦瞪着他的两只小狼眼，说："你都这么大的人了，怎么说话不算数？"田兴业说："我怎么说话不算数了？""你不是答应谷道春去金谷寺做和尚的吗，为什么贪图与谢明心做夫妻而不去？"田兴业听后大吃一惊，几乎不敢相信这是真的，他怎么也没想到，自己一手带大的孩子，居然会说出如此大逆不道之言！但他毕竟是历尽沧桑之人，头脑极为冷静，问道："你说这话是何意思？"王曾锦答："外面人说，田家大院子孙不断出事，就是因为你言不守信。他们说你不去做和尚，如来佛爷即降罪于我们。""你何以得知佛爷会降罪于你？""他们说，如果不是如来降罪于我们，为何田家大院一连死了两个天才？"田兴业试着问："如果我不去呢？""我不想代你受过。""那你打算怎么办哪？""我想过了，我得与你划清界限。""怎么划呀？"王曾锦语气坚决地答："分家。"田兴业说："好哇，分吧，每人一间。你现在住哪儿，哪个房子就归你。从今天起，你自己解决自己的吃饭问题，好不好？"

王曾锦连续三起滋事，谢明心与田兴业并没十分在意，只认为他还小，不懂事，故对外人所言，听之信之。但是，却把田文和气得浑身直打战："他娘的，这个小王八蛋，你他娘的是人生的，还是畜生？畜生尚且知道有恩报恩，你爸你妈怎么就生出你这么个狗崽子？"别看平日里田文和一脸厚道，不多言语，读书成绩从来都是平平，但他与田兴业最大的不同点是，他是个厉害的茬子，不急眼，什么都好说；一急眼，不顾天地。就在这天夜里，田文和一头拱进王曾锦的房间，逮住他即挥拳开打。他一边打，还一边骂："你这个畜生，你他娘给我滚！我告诉你王曾锦，你以后胆敢在爸妈面前再放屁，小心你的皮！"王曾锦下意识地还了一下手，田文和抡起拳头只一挥，就把他打得鼻孔出血。打完后，田文和还不解气，一把抱起王曾锦床上的被子与衣服，跑至大门口，扔到门外。他站在田家大院大门口，将两手叉在腰间，对王曾锦大吼："你这个不长心的畜生，连猪狗都不如，给我滚！"吓得王曾锦哇哇大哭……谢明心闻声连忙从木楼上跑下来，骂了一句田文和，说："有话好好说，不可如此对你弟弟。"忙把王曾锦的东西全部抱回家里来，这事才算是过了。

田文和第一次与父亲正式坦露他的心迹，他说与金云子商量过了，他俩初中毕业后不想考高中，想一起辍学。这个决定，令田兴业感到有点意外，问他："世啊，你们俩都商量好了？为何如此呀？"田文和答："父亲、母亲都老了，金叔叔只能给弟弟妹妹教教琴，下不了地也干不了活。我与金云子是家中老大，我们已经长大成人，不挑家中之担，你让谁挑？""家里所用的钱用不着你们考虑，我打算卖掉你姑姑留给许田长青的钻石戒指。""爸，你不能这么做，受人之托，当终生坚守。许田长青眼看着要上五年级了，一旦他长大成人，想要他母亲的遗物，你这个当老外公的没法子交代呀。""家里人唯有你与许田长青有条件、有资格上大学，你不多想一下……"田文和果断地说："爸，我想过了，这么大的一个家庭，总得有人做出牺牲。我不辍学做活，他不辍学做活，这个家还怎么维持得下去？"田兴业听后，一脸愕然。

田文和走了，谢明心走进来了。田兴业问她："你都听见了？"谢明心缓缓地点点头，说："听见了，他可是我们唯一的儿子啊！"田兴业说："该怎么办啊？"谢明心答："我早就说过了，安田、王氏者必此人，兴田、王氏者必此人。""那你说说，他这个决定，我是同意呢，还是不同意？"谢明心看了田兴业一眼，回答他："你没看他的那双眼，坚定得不可动摇，你能改变？"

钱家终于翻身成为十里长街的大户。人哪人，真是三十年河东，三十年河西！上天仿佛有意让台州诸姓子孙轮流上台演戏，轮流过筛。人这东西实在是在权力与富贵面前稳重不起来，往往是人一阔、脸就变，势一长、气便粗。那时，人们无法说清路桥钱氏家族作何想，他们全看上田家大院这幢老房子，居然挖空心思地想拿钱氏大院与田家大院来个对调。钱河清卸下台州地委书记一职后（内中发生什么事，外人没一个知道。只知新上任的黄岩县委书记兼台州地委书记名叫张安邦），遂去省里任职，由地方官变成了省官，钱氏一门更是彰显神气。他们整整商量有一夜，居然派钱河清的长子钱子久来探田兴业与谢明心口风。

尽管过去路桥十里长街钱、戴、艾、郑四大家族与田家大院有着千丝万缕的联系；尽管国民党特务头子军统局局长戴笠曾下达追杀令，钱氏一门十一口人曾在田家大院遮风避雨一年多；尽管谢明心曾亲自带养过钱子久有两年零一个月。但，过去的事情只能还给过去，现在的事情还得付之于现在，自田、王两家失势后，钱氏一门便闪亮登场。田家大院里从大人到小孩与钱氏一门皆少有来往，田兴业知人事，有事宁可找不愿为官、坚守本道的戴学经，也不轻易登钱氏家门。

这天，钱子久到来时，田家大院一家五口正在吃晚饭。田兴业见钱氏长公子来临，忙放下手中饭碗，将钱子久迎入客厅。是时的钱子久不是后来的钱子久啊，毕竟当时年少，还是一块不曾下过靛缸的白布。他进田家大院后先给谢明心行了个礼，礼貌地叫了一声"阿姨"，后声称："是我爸要我来给你们请安的。"田兴业见他目光难以捕捉，便知他心中有虚。田兴业问他："孩子，你可是无事不登三宝殿，到我田家大院来是不是有事？"钱子久一脸酡红，略显忸怩不安，支支吾吾地说不出话来。田兴业见状，继续说："子久啊，你可是田家大院养过的孩子，我与你阿姨也没把你当外人看，有什么话你就直说吧。"钱子久这才闪着两只眼说："阿姨，我说了，你不会骂我吧？"谢明心说："你还是个孩子哪，我骂你做什么呢？"钱子久这才将他来的目的说了。田兴业听了后，问道："你们钱氏一门为什么要这样哪？"钱子久答："我爸调到省里当上省官，家里人乐蒙了。不知老太公偷着请谁来我家看风水，说我们钱家房屋风水不好，要想钱氏大发，就得把田家大院搞过来。还说钱氏一门只要占有田家大院，我钱氏子孙就能当大官。""这件事你爸知道吗？""知道。""你爸是什么态度呀？""我爸把他们全给骂了。""那你们家人怎么还逼你来呀？"钱子久顿了顿，答："我二叔、六叔、七叔他们说你们家是地主、官僚、反革命，小命在他们手心里捏着呢，他们要你圆你就得圆，要你扁你就得扁。"田兴业有些恼火地说："那他们自己来抢不就完了，为什么还要派你来？"钱子久答："他们说，我是在田家大院养过的，与阿姨好说话，先让我来探探口风。"

田兴业抚了一下钱子久的头，想开口再说些什么，一直站在背后没说话的田文和突然亢声道："阿哥，你回去告诉他们，就说是我田文和说的，你们钱家人吃过我们田家饭，喝过我们田家水，睡过我们田家床，落井下石之事别干。别看你们钱家现在得势，辣蓼自己有辣蓼虫，当心别人把你裹着吃了。只要有我田文和在，田家大院就姓田，不姓钱！"田文和此言一出，令钱子久无地自容，委屈得差点没哭出来："阿弟啊，不是我自己要来，是他们逼着我来的。"田文和朗声作答："阿哥，你放心吧，我不记恨你。"钱子久一脸红白相间地上前给谢明心施个大礼后，尴尬地走出了田家大院。

面对着如此交锋，田文和一席话令田兴业与谢明心面面相觑，他俩瞬时发觉儿子业已长大，两个老人完全可放心交班。什么叫骨气？这就叫骨气！什么叫格局？这就叫格局！什么叫人品挑战？这就叫人品挑战！田兴业感叹地说："他长大了。"谢明心欣慰地答："是啊，长大了。""我可以交班了。""不光你可以交班，连我也可以交班了。"田兴业想了想说："既然他不想读书，我们是否给他找个对象，早点成家？"谢明心问："你看中谁了？""金云子这丫头不错。""不，不，我与你想法不一样，我看中的倒是那个金秀子。"田兴业摇了摇头，答："嗯，不行啊，她还太小。国家婚姻法是十八，金秀子的年龄还没到呢，如何能论婚嫁？好啦，好啦，我们先不谈这个，走一步看一步吧。"谢明心也没再多言，应了一声："好。"

田兴业来找算命先生卜无意，那时的卜无意与他一样，早已变得老态龙钟，岁月罡风将他抽杀成一只风干了的老猴子。田兴业至他家时，卜无意正悄然无声地佝在一角。打从解放后，政府严下禁令，不准有任何公开摆摊搞算命测字之类的迷信活动。为此，政府部门特安排他儿子卜兆亭上某家小商店做售货员，他们父子就不再从卜业，偶尔间从卜，也只能是在家里悄然一卜。卜无意从昏光中认出田兴业，两老人一见面，无不是一片唏嘘。卜无意叹口气说："老了，老了，我身上所有零部件全报废了。"田兴业回答："别说你，我与你是同类项。""漏船不沉，你与我一样，业缘未尽，还死不了。""不行啊，五十一过，一年不如一年；六十一过，一月不如一月；七十一过，一天不如一天。近事记不住，远事忘不了。"卜无意问："我不是听说政府要你去金谷寺当主持吗？"田兴业答："是啊，有这个意思，只是俗缘未了，起不得步哟。"卜无意说："说实话，金谷寺主持之位，全黄岩，论学问、论资历只有你一人做得了。"

谷道春的病越来越重，田兴业知道自己再不去金谷寺不行了，尽管有些难分难舍，但十多年前一承之诺岂可食之？是夜，田兴业即将他在家的最后期限通知谢明心。谢明心当然知道田兴业在台州宗教界的威望，当然知他曾与谷道春之间有过的承诺，只因田家大院那么多的孩子不曾成年，她一人怕难以招架，一直拖之未决。现在田文和与金云子决定挑起家中重担，他当然得实现他早已应允的诺言。谢明心听后，一脸平静地说："我与你这两条大白蛇已到了什么都看得开的年龄，还有什么放不下的？你走吧，走吧。至于我，你用不着挂牵；田文和呢，你放心，我从小把他拉扯大，深知其性；许田长青天天拉琴，只想当什么音乐家，我知他心内安静。我所怕的只有王曾锦一人，心乱不可定其安，志高不可定其实，气强不可示其和，只怕他是心比天高，命比纸薄。万一他与老大、老二一样，叫我怎么办？"田兴业答："我曾去卜无意那里问过了。他说，上苍的心思只有上苍才知道，让我们顺其自然吧。"谢明心说："我与你是田家大院最后的两个老人，只有过去与今天，何论明天？心有余而力不足了，该发生之事，就让它发生吧。我与你呢，只可走一步看一步了。"

田兴业终于入住金谷寺，无明大师亲自为他剃度。

第四章　崛起的新子孙

　　田文和终是辍学回田王村种田了，他真是个天生的指挥型人物。在学校里，他当中队长、大队长；出了校门，回到田王村务农，一翻手便成为村民心目中的指挥者。他不仅农活上是把好手，生活上也与乡亲们打成一片，到村里劳作不到半年，即出任第九小队的小队长。尤其令人深觉不可思议的是，他居然摇身一变成了赵树理小说中"李有才"式的人物。那时，路桥农村的文化生活极为贫乏，农民在田头编歌取乐成为一种社会新时尚。田文和因父母亲的双重基因，半年不到，现实的农村生活即将他塑造成一位民间好歌手，一位最为活跃的搞笑文艺骨干。无论是天文地理、人情世故还是奇闻逸事，只要他一张嘴即可成歌，且是出口成章、合仄押韵，每一次上台无不令全体社员捧腹不止。

　　金云子与田文和是同时下学务农的，她不做如此决定也不行。生存是人类的第一要义，人类若是连生存的基本问题也解决不了，还何谈理想？一因谢明心年已老迈，她父亲年事已高；二因田家大院还有这么多人要吃饭，衣服之类的物品，他们可以自己处理，一天三顿饭总得有女人做；再加之田文和为了其他几个人上学读书，毅然决定放弃读书，回家务农。而她作为田家大院的长女，有责任，也有义务帮这个大家庭分担。

　　路桥镇召开农村三级干部会议，田文和参加了。路桥镇村干部们都知道田王村九小队队长田文和天资聪颖、生性诙谐、多才多艺，尤为善歌。田文和刚入会场，全镇的村干部皆鼓起掌来，要他上台表演一个。新上任不久的路桥镇镇长是个女人，名陆一真。她原本是黄岩县副县长，因路桥中学学生春游去长潭水库时，出了沉船事故，被降级到路桥镇任镇委书记。她见一镇的村官如此热情，便转过身子来对田文和说："你看，大家都要你来一个，你就来一个吧。"盛情难却，田文和跃步上台，当场摆出一副主持人的样子，引吭高歌：

啊，大海，你全是水，

啊，骏马，你四条腿；

啊，爱情，你嘴对嘴，

啊，走夜路的人哪——你会碰到鬼！

田文和的歌声令全场三十多位村官无不是笑得泪水横流，捧着肚子直不起腰来。陆一真笑着骂了田文和一句："真是个大活宝！"

金秀子一心想上高中，想上大学。中考结束后，过有十五天，录取名单才得以正式公布，金秀子瞪着两眼仔细地从头找到尾，硬是没有找到她的名字。是时的金秀子，内心有说不出的痛，一屁股坐在南官河边哭起来。金云子一见妹妹如此，只得起身去找田文和。是时田文和正在离家门口不远的一口小河塘里打鱼，听后扔下小网来到南官河边。他一把拉起金秀子往福星桥的桥阶上一按，两只手往腰上一叉，开口便训："当玉皇大帝的，还得让孙猴子耍着哪，这么一点挫折，你就活不起了？还说要嫁给我做老婆呢，我不要！"田文和此言一出口，逗得金秀子破涕为笑。

李丰收与田文和的关系第一次出现摩擦，情节极为简单。那时，李丰收从路桥中学教导处调到路桥镇任镇委秘书，他那个新婚妻子名叫刁美琪，人长得虽好看，为人却极为张狂。李丰收说到底只不过是一微不足道的芝麻小官，然而，在这个女人眼里，她丈夫可就成了天下第一人李元霸了。某天，因两畦菜地所属之争，她与同村一位村妇发生了纠纷。人嘴两层皮，你有什么话好好说不就得了嘛。但刁美琪偏不如是，居然大打出手，扇了那个村妇一大耳光，打完后，得意扬扬地一甩手就走了。这个可怜的村妇啊，既委曲又难受，坐在河边石板上呜呜大哭。路桥人自古怕官情结极其严重，路东大队社员因刁美琪的丈夫李丰收现在是路桥镇镇委秘书，想惹惹不起，可又咽不下这口气，于是他们跑到田家大院找田文和，希望他能帮忙伸张正义。田文和一听，心下即现大不爽："官字之下两张口，一张口唯上，一张口你也得唯下呀，一个镇委干部家属不拿百姓当盘菜，还算什么人民公仆？"田文和天生之性好打抱不平，他想去镇上为村妇申诉，但考虑到女人与女人吵架，身边又没个第三者做证，对质起来，一个说打了，一个说没打，怎能说得清？况且，孔子有言，唯小人与女子难养也，我一个男人与一个女人较什么真？灵机一动，他想出个馊主意，决定好好治治刁美琪。那天，田文和想好一歌词，纠来十几个七八岁的小孩子，一字一句地教会他们后，让他们排成一队，一边拍手一边沿着十里长街唱起来：

秘书老婆刁美琪，

横看竖看歪东西。

狗仗人势霸菜地，

瞪眼拉脸不要皮。

动手打人成恶霸，

心怀鬼胎痫鼻涕。

待到三冬寒风起，

看你还有啥稀奇！

　　田文和此歌一出，一人传十，十人传百，很快传到路桥镇。三日一过，李丰收去上班，见镇门口有一帮小孩子，一边拍手一边瞧着路桥镇委大院唱歌，一院子的干部捧腹大笑。不知就里，侧耳细听，得知唱的居然是他的新婚之妻，当即把他那张小脸气得煞白。李丰收发了狂似的驱散了所有在镇门口聚唱的孩子，一头拱到家里，不分青红皂白地将妻子一把掰倒，还骂道："你这个臭女人，以为自己是什么人呢？什么事都想争人一头，你都让人给编上歌了，还自鸣得意！"李丰收打了妻子后，下定决心要调查个水落石出。一打听，知是田王大队第九小队队长田文和编的歌词，气得他牙齿咬得嘎嘎直响，心里发出一声锐叫："田文和啊田文和，我一没睡你老婆，二没抱你儿子落井，干吗要与我过不去？你等着瞧吧，别看我现在奈何不了你，终有一天，我会让你死在我手里。"就从这件小事起，田文和与李丰收两人之间种下了邪恶的种子，只待时间与机遇即可生根、发芽。

　　无明大师谷道春圆寂了。谷道春卧床三个月，田兴业整整服侍了三个月。圆寂那天，田兴业一直端坐在他身边。临死前，谷道春睁开眼睛，对田兴业说了最后一句话："我看到载我的白莲花来了，你是深研佛经之人，人类到底何时能放下屠刀，立地成佛呢？"不等田兴业找到恰当的语言来应答，谷道春便奄然闭上了双眼。

　　谷道春圆寂后的第七天，路桥十里长街的名妓徐沅也病倒了。田兴业得知此消息后，同样前往服侍。田兴业为她做饭，为她煎药，为她做一切可做之事。三日后，徐沅忽睁开眼，问："兴业，你知我当初为何收留严芳？"田兴业摇摇头答："不知。"徐沅说："为的是我老后她能服侍我，结果呢，她倒先我而去，却是你这位曾经的大将军前来服侍我，不知我徐沅前世积有何德？"田兴业答："佛说随缘，缘尽人则分，缘来人则至。""这是我修行的福分啊，这是我修行的福分啊！"尽管如是，至第八天，徐沅终于再也不能坐起，只可直挺着身子倒于榻上。

如此不死也不活、不吃也不喝地挺到第十三天，徐沅兀然开眼，捻动几下她手上拿着的佛珠，诵了三声"阿弥陀佛"后，微弱地问田兴业："你是饱学之士，你给我说说，何时天下玻璃能与钻石同价？"她的问题与无明大师同出一辙，深奥、深邃。田兴业缓慢地回答："这是自佛祖出世那年起，至今一直不曾解决过的实际问题。"田兴业以为徐沅会在圆寂前说出惊世骇俗的佛家真谛来，束手立于她身边洗耳恭听。然而，久不见徐沅有声响，注目细看，她与谷道春一样，一脸安详地走向了佛国天堂。

田兴业正式出任金谷寺主持、黄岩县宗教协会主席。他联合全台州地区三十三家庙宇与八家洋教堂，共同成立救灾、救贫、救孤管理委员会，成立了台州佛教联合救助院，收养下三百三十三位无人照顾的老人及四百一十三名孤儿。

王曾锦读中学一年级，尽管那时他刚满十四岁，但摇身一变成了他父母的原创版，长的样子有王国器一半，也有严芳一半；尤其是他那性格，明显带着父母双方印记，既有王国器的大胆、果决、独断、霸道，又有母亲严芳的精巧与张扬。考上路桥中学的当夜，一家人聚在一起吃饭，谢明心有意无意地问王曾锦一句："你哥哥为了让你们俩读书，决定自己不读书，去务农养家。你们如果考不上高中，回不回家种田？"王曾锦答："我才不当摸田乌龟呢。""你是农民出身，如考不上高中，不回家种田，你想做什么？""我想做官。"谢明心十分讶异地问他："我们家这么多孩子，没有一个说长大之后要做官的，你怎么想起来要做官？""妈，您有所不知，做官好啊。""好在什么地方？""做官天天都能在台上做报告，出门有人前呼后拥。""做官要有命。就你现在这个样子，这种出身能做上官？""妈，你别与我爸说一样的话，我不爱听。我只相信书上一句话，命运掌握在自己手里。""我们田家大院真正能当上官的是你阿哥，可他为了你们能上学牺牲了自己。""妈，我知道你偏心眼，什么事都向着我阿哥。是他自己没读书的天赋，这才打了这么一个幌子。"谢明心一听，心痛地呻吟了起来，训他："世呀，你说这话不觉得丧良心？"王曾锦说："妈，您别这么说好不好。良心那东西能值多少钱？如果值钱，你护钱家人躲过大灾大难，钱家人为什么还要我们家的房子？如果值钱，许田长青有父亲，他们为什么不带他走，却要把他扔在这里？"谢明心听了，倒抽一口冷气，心底发出一声尖叫："天哪，这孩子到底是人崽，还是狼崽，小小年纪怎么会有这种想法？"

许田长青在金明一的精心调教下，终于显露出了他过人的艺术才华。历史犹如孩子手中的陀螺，在不断地重复与打转，许田长青是当时田家大院第三个崛起的天才。这天才与前两位天才爱好不一样，田建国酷爱美术，王曾铎酷爱文学，许田长青酷爱音乐。谁也无法说清许田长青是接受何方神圣的遗传，上小学一年级时，他就跟着原王曾铣部中国第一师参谋长易超之子、路桥文化馆馆长易怀春学简谱，学民族乐器。每每路桥文化馆与路桥中学联手搞晚会，易怀春总是把他拉上，不是来个二胡独奏，便是来个扬琴独奏。有时排大型现代戏缺个角儿，易怀春就让他上台顶个角，跑跑龙套。小学三年级时，金明一正好从金家村搬到田家大院，住在后排石楼。偶然间，他听到许田长青拉的二胡指法娴熟，乐位准确，情感丰富，变化有度，认定他是个可造之材，遂正式收许田长青为徒。是年，经田兴业介绍，金明一到田王小学做音乐代课老师。白天，金明一在校上课；夜间，金明一则着手教许田长青与他自己的那对双胞胎女儿，学五线谱与小提琴。真是名师出高徒啊，在金明一的精心指导下，许田长青的技艺突飞猛进，半年一过，即成为黄岩县唯一会拉双琴的少年。每次演出，只要他一启弓，无不是让人陶醉其中。雨天来临，长山与原野在朦胧中初现清幽，南官河面平和安详，唯有雨丝纷纷坠落，于开阔的河面上荡起圈圈涟漪。每每至此诗情画意之时，师徒俩同时出手，他们端起两把琴在田家大院石楼上一坐，尽其心发其情地演奏阿炳的《二泉映月》。拉得一片出神入化，拉得一腔悲愁沉闷，拉得一心凄楚婉约，拉得一曲心酸难忍。直逼人心的旋律一直迤逦地顺着南官河水面，飘得很远，很远。闲家无事的路桥十里长街人们，往往坐在自家的临水阁楼上听，听着，听着，不觉心中现出某种感应，痛楚与郁闷中，两行泪就会悄然地顺着脸颊流了下来。

尽管田文和许田长青大两岁，从辈分上说，田文和毕竟是许田长青的亲娘舅。那天，正是星期天，又赶上天刮大风，沿河柳树呼摇作响。许田长青在他房间里拉着一首名曲《奔马》。刚从村里开会回来的田文和，即被此曲所现的神韵所深引。他仿佛看到了草原上海潮般狂奔着的群马；仿佛看到了内蒙古那碧绿的大草原上，游牧民族同胞们正在举行节日盛宴；仿佛看到了那一望无际的蓝天与白云；仿佛看到了河水边尽情相会的青年男女……

别看那无字的小小音乐，却打通了人的灵魂与上帝之间沟通的一座桥梁。这座桥梁一旦被架起，凡人便可听到上帝的呼唤与耳语，田文和即在这音乐中听到了上苍对他的呼唤。他感到激动，感到狂放，感到心潮如海水般汹涌澎湃，遂放下手中的工具，朝许田长青房间走去。刚一靠近门边，琴声戛然而止。田文和进入房间后，问许田长青："这是你拉的？"许田长青回答："是，舅舅。"田文和又问："你将来想做什么？""金老师说了，要我接他的班，当个作曲家。""那初中毕业后，你想进什么学堂？""金老师要我考上海音乐学院附中。"田文和高兴地说："好，好，你好好学。舅舅就是卖了房子，卖了自己，也会撑起你的。"

许田长青以第三名的成绩考入上海音乐学院附中,田文和与金明一在海门上船,一起把他送往上海。这天,金明一再次站在原上海音专大门口,相隔多年后,看着校园里熟悉的一切,两只老眼立刻溢出两道泪水。是时,田文和很想带许田长青去看一下郝明,尽管郝明一直没与他们见过面,可她毕竟是许田长青的后母,何况还有一个与许田长青有着血缘关系的妹妹。但田文和这个提议立刻遭到了许田长青的拒绝,他说:"舅舅,我不能掀被头讨屁吃。我是人,我有我的自尊。"金明一也在一旁说:"他不想去就不去吧!什么时候郝明回心转意了,再认也不迟。"田文和听了,只好作罢。

王曾锦考上了路桥中学。十里长街人都说:"王曾锦这小子能上路桥高中,全借了路桥中学校长毛志婵的光。"

四清工作队进驻田王村。田王村八名村大队干部,全因经济上的四不清出了大问题。田王大队的浮头鱼们让工作队一网打尽了,那么问题来了,让谁来当田王大队村干部呢?外派村干部?可谁来了敢领导这个村子呢?划拉来划拉去,只有一人可以出任田王大队大队长。最后,四清工作队队长提出:"田文和能胜任。"队员问:"为何是他?"队长说:"原因有三,一是田文和姐姐田文君是共产党烈士;二是田文和的亲姐夫许行一是共产党高级干部;三是田文和父亲是黄岩县政府参事,是共产党的有功之臣。"

殊不知人选一经四清工作队队长提出后,引起县委四清工作队部分同志的强烈反对。他们反对的理由有两个:一、田文和不是党员,一个非党干部,怎么可以当大队干部?二、田文和社会关系实在太复杂了,别的姑且不论,就他与谢明心之间的关系就无法让人说清谢明心到底是母亲还是他的亲阿姆?既然如此,就不能用田文和。队长提出:"那好,田王村村民中谁的关系是一清二白?"一考量,更令他们两眼翻白,田王村人的人际关系大门一旦全部打开,那样子活似八卦中的双鱼图。红、灰、黑三色几乎搅成一锅粥,没有一家纯阴,没有一家纯阳;不是阴中有阳,就是阳中抱阴。全村所有社员中,只一人的家庭、社会关系一清二白,细一扣,这家伙却是个不知从何处漂来的大白痴,一天到晚只知要吃饭、要女人。若是四清工作队将这样的人扶上台去当大队干部,你四清工作队不是犯有神经病吗?就此一事,令县委工作队长极为犯难,思来想去,只有一法,孩子哭抱他娘。两日后,县里开会,县委工作队长即将这一件难心事向地委书记张安邦汇报。张安邦一听,放开嗓子大笑起来,说道:"这个村的人很抱团,派外人去不现实。二十三条中,中央不是明确要求我们根据实际情况处理问题,不要将事情扩大化吗?我的意见呢,还是让田文和这小子出任大队长。"工作队长答:"问题是，他还不是党员啊。"张安邦说："先让他当大队长，观察一段时间再说。行，就发展；不行，就不发展。那个七十多岁的老支书，不是还活着吗？不是就他一人没烂吗？可以先让他顶一阵子再说嘛。"

田文和终于在田王村全体村民的拥戴下，登上了田王大队的领导岗位。四清工作队离开了田王村，田文和成为田家大院新一代核心人物，也成为田王大队新一代的核心人物，他与艾家村的艾家和一同成为黄岩县年龄最轻的农村大队长。是时的田文和，经两年多时间在下层打磨与深呼吸，他那颗年轻的心已被田王大队严峻且艰难的生活状态深深地灼出一只大血泡。是时的田王大队再也不是田幸均与王居正来时的田王村，打从政府明确规定，海王村从田王村剥离后，十有八九的海王村村民回到了田王村。海边人的回归，人口的猛增，令田王村成为路桥第一大村。男女婚配的不断加密，傍亲靠友的骤增，全村由原来单纯的田、王两姓，加增至八姓，人口总量由原来的六百人扩充到一千五百八十八人。人多地不多，山不多，于是狼多肉少的局面不可阻挡地出现在田文和面前。当下最残酷的一个现实是，农田里打下来的粮食根本不够全村人吃，往往是吃了春便吃不到夏，吃了秋便吃不到冬。

尤其令田文和为之伤心的是田兴喜的儿子田文军，田文和与他是村里最好的一对娃娃朋友。父亲田兴喜死后，妹妹为了吃粮不得不嫁到黄岩宁溪山里，他与老娘一起过。初中毕业后，因家中缺劳动力，队上给不了补助金，没办法，他只得放下他一直渴望的书本，与田文和同年回家种田。那时，他一直巴望着能带上同学兼女友的鲁秀英，与母亲一起重回麻狸岭，像祖上一样，在山岭上过着与世无争、与人无求的桃花源生活。

然而，现实毕竟是现实，打从麻狸岭廊坊不再属田王村管辖后，打从黄岩去往杭州的公路正式通车后，打从麻狸岭廊坊变成广播发射塔管理站后，昔日的辉煌早已成为历史。田文和为了能让他吃上一口稳定饭，曾以村大队名义前后三次与黄岩县人民政府交涉，恳求人民政府看在麻狸岭廊坊的分上，给田文军安排个工作。然而令田文和为之心伤的是，黄岩县人民政府文化部门说什么也不同意。他们说麻狸岭廊坊是国家财产，不是你们田王村的财产，田王村是农业村，农民户口就是农民户口，国家岂可在农民群体中招工？尽管田文和一直想不明白，我们国家口口声声讲平等、讲民主，为什么一个平头百姓，如小草蚁民，还是与过去一样得分出个三六九等？但面对国家政策如此，你田文和毕竟是田文和，胳膊拧不过大腿，人微言轻。既然改变不了社会，你只有改变自己，田文和只好让堂弟在村里待着。

别看那田文军人穷，可那性却一直不曾穷，一不小心将鲁秀英的肚子搞成个新闻大焦点，若不立刻与她结婚，可是要成为村民们口中的焦点访谈。人穷志短，马瘦毛长，田文军实在是无法可想了，只得用他本人的精诚冀求鲁家的怜悯。某天下午，田文军只身来到宋塘村，跪在鲁家门口求亲，他可怜兮兮地对鲁秀英父母说："我与她业已生米煮成熟饭，请你们高抬贵手同意我们吧。"但他的这种精诚恳求，换来的却是鲁家父母、弟兄的强烈反对。他们说："你想娶秀英，可以，拿五百块礼金来。要不，你们田王村人会做绿壳，就来抢。"田文军上哪儿去淘澄五百块钱的礼金哪？他现在是两手空空。有什么呢？除了祖上留下来的两间破屋外，别无他物。田文军被逼得无有他法，只得跑到田家大院与田文和说。田文和深知他堂弟是个犟死眼之人，天性极易走极端。当他得知鲁秀英业已怀孕；田文军非她不娶、鲁秀英非他不嫁；鲁家人硬是认钱不认人；他们两人迫于无奈，决定一起去死时，田文和吓坏了，忙跑到宋塘村，向鲁家求情。那天夜里，出现的情景实在令田文和不堪回首。田文和长这么大也没这么死赖过，他在鲁家人面前说得满嘴燎泡，鲁家父母、兄弟愣是摇着头，就是个不同意。田文和说："他们都有孩子了。"鲁家答："有孩子也不行。""为什么呀？""原因只有一条，早在三年前她读小学时，我们就拿了人家五百块钱礼金，为她哥起屋讨老婆。不是我小瞧你们田王村，就你们村眼下这种样子，他田文军拿不起、也拿不出这些钱来。"田文和说："你们这不是在卖女儿吗？"鲁家答："我们不卖她有何法子可想，谁叫她是女孩呢……"

无须多言，田文和明白了，这家人不拿到钱是不会答应这门婚事的。他一直不知父亲、母亲手里还藏有祖上留下来的两幅画，当时做出的决定是把前楼木房腾出来三间，让金明一一家全部入住木楼，再把后院石楼全部卖掉。田文和一回到田家大院，就将自己的想法与谢明心说了。谢明心说什么也不同意，语重心长地说："这是祖屋呀，怎么可以卖呢？"田文和担忧地答："妈，我们总不能见死不救吧，这可是三条人命啊！"谢明心想了想，说："这样吧，你给我三天时间，让我去替你想个法子。"那时，谢明心手上有四样值钱的东西：一是两幅祖上之画；二是田文君留给许田长青的一枚钻石戒指；三是王曾铎死后留下的一尊金佛像；四是她继承过来的十字街坊的两间街面屋。谢明心暗忖，前三样东西不可变卖，唯一可变卖的是十字街坊的两间祖屋。她打算去一趟金谷寺，把出手十字街坊两间屋一事与田兴业商量一下，好赖不说，他们可是夫妻啊。

然而，让人出乎意料的是，就在她去往金谷寺那天，田文军出了大事。与鲁秀英定亲的山里男方，不知从何处得知她在外有相好一事，头发生毛，拉起十多条汉子从山上下来，直冲到鲁家闹事。这些人到鲁家后，提出来的要求非常强硬：要是你们鲁家拿不出钱来，不管鲁秀英有没有孩子，今天都要将人带走。鲁秀英说什么也不愿嫁到山里，趁着他们在她家喝酒、吃饭这一间隙，鲁秀英逃出家门，跑到了田文军家。她抱着田文军一哭一说，令田文军彻底绝望了。一个大男子连自己心爱的女人也保护不了，还算什么男子汉？此时，他做出了人生最后的决定，一把拉起鲁秀英往外跑，跑到离田王村不远的一处山神庙里。这对年轻人实在浪漫至极啊，居然就在那庙里举行了简单的婚礼仪式。两人又哭又笑地折腾两个多小时后，就着稻草堆圆上了最后一次夫妻梦，然后双双爬上将军山，解下裤带，将两人腰部捆死在一起，从将军山顶上直跳下来，一头扎入南官河。等到田文和闻声带村民找到这里时，他俩早已踪影全无，唯有那条开阔的南官河仍不动声色地缓缓流淌。田文和还误以为他俩一起逃到别处藏匿起来了，只好带着人回了家。三天一过，两具紧搂在一起的尸体终于在金清大闸门前浮出了水面，当地橘农见河上浮有两具绑在一起的尸体，用竹竿子将其打捞上岸。谢明心正在与购房者谈条件时，田文军、鲁秀英双双自杀的消息传遍了田王村。谢明心惊呆了，田文和惊呆了，半晌，母子两人谁也没说上一句话。直到有人唤田文和，说："大队长，你去不去金清领尸体啦？"田文和这才如大梦初醒，即带着三位堂兄，起身去金清认领。一认领，田文和看到田文军留给他的最后一份遗书：

> 文和哥啊，我天不怨，地不怨，就怨我们田王村太穷，太穷！

就此二十二个字，刹那间变成了二十二把刀，捅进田文和那颗单纯的心，他的心开始现出大滴血。到家后，田文和一边派人叫田文军妹妹回来接管他母亲，一边安排将这对痴情男女安葬。看着婶婶坐在那里大声恸哭，田文和整整一夜没睡觉，前后三次从床上爬起，顺着田家大院门口的码头走来走去……

田文和一动不动地坐在南官河边，一边轻咬着指甲，一边看着那果冻般流淌的南官河水，思考着一件大事。能不能让全村百姓在政策的隙缝中游出去捕得一丝生存资源？是啊，都说十里长街是口石板坑，要什么有什么，为什么守着金饭碗却要去乞讨？是啊，都说十里长街滚着金元宝，为什么摸田乌龟就瞪两眼捡不到？正在百思不得其解时，他蓦地闪过一个解决村民穷困的念头，那便是"无农不稳，无工不富，无商不发"这句老话。是不是应当好好学习一下艾氏家族发家的精神，走出田畈，走出山林，给自己找个好饭辙？周虽旧邦，其命维新，何不来个推陈出新？此想法一冒头，田文和再次陷入思考，如何选定出路？按照中央颁发的《人民公社六十条》，地少人多之地可以搞一些家庭副业。那办何种企业，做何种生意呢？凭着劳力吃饭，开运输公司？田文和细一招算，路桥十里长街附近村办的手拉车队早已有十几个，他要是再办上一个，那是讨饭袋里抢饭吃，谁也别想吃饱。办个养猪场？不行，这种工作最好是发动附属劳力去做，况且人性懒恶，集体办的场子，从来都是得不偿失，几乎没有一个有好结果。作为一大队之长，只要他下一道命令，完全可以尽最大的努力搞废物利用。究竟让田王村这个大集体办什么好呢？想啊想，这位二十来岁的当家人，的确是有点六神无主了，他实在不知在田王村搞什么副业才能让村民们有口稳当饭吃。

田文和正式入党，出任党村支部副书记兼大队长。黄岩县社会主义教育工作队进驻田王村，这次来的工作队与上次来的四清工作队完全不一样。四清工作队主要目的是整顿农村干部，此次来的社会主义教育工作队，主要任务是对全国农村社员实行社会主义教育，并且要抓好农村经济发展，改善社员生活。那时，社会主义教育工作队的工作纪律与生活纪律非常严格，与社员同吃、同住、同劳动，还规定工作队员不可与农村社员谈恋爱。此次工作队的队长名叫管致用，卷桥人，大学毕业生。当他带着八位男女工作队员进驻田王村后，即被村民家里所呈现出来的贫穷惊呆了。管致用所住的这一家农户，有八个孩子、两个大人，家中只有一条被子。天哪，田王村农民竟是这样穷？

村里开会，管致用与田王村村干部见面。管致用当众质问村干部："这叫什么社会主义？"田文和应声回答："我也觉得，这不是社会主义。"管致用继续问："你们这个村怎么成这个样子？"田文和答："你是让我说真话，还是让我说假话？"管致用说："说真话。"田文和说："一是人多地少；二是生产队行的记分制，多干少干一个样；三是原本村民是凭着手艺与做小生意补家，四清后，所有副业全部收拾干净，一夜间有八名村干部入狱，现在谁还敢带这个头？"管致用说："三年经济困难时期后，中央不是有过政策，放宽农村的经济生产吗？张安邦书记不是在三级干部大会中提出因地制宜，在巩固集体经济的前提下多条腿走路吗？"田文和问："你的意思是只要集体出面，即可办企业？"管致用回答："浙江省早就下过红头文件，只要是集体所有制的性质不变，即可办企业。你既是大队长，又是村支部副书记，怎就不能想个好法子？"

田文和与曾经的同班同学、艾家村大队长艾家和在南官河岸相遇，他俩在黄岩县处成了一对亲兄弟。从思维上说，他俩都是黄岩人精；从关系上说，他俩从读书起，一直相濡以沫；从境遇上说，他俩是站在同一起跑线上，同一原因被迫失学，同一原因被路桥人民政府起用，任生产队大队长；从家庭状况来说，艾、王两氏都是路桥十里长街曾显赫一时的人家，只因时代不同，遭际不同，两家同时变成社会另类，只是年龄上，田文和比艾家和稍小。尤为有趣的是，不知他们父母因何事得以共鸣，给他俩起的名字，最后一字都落在"和"字上。就这一个"和"字，让他俩的关系"铁"了不少。

两人见面后，在南官河边的水机路上一屁股坐了下来。田文和便把田王村村民生活几乎到了揭不开锅的程度，细细与艾家和说了一遍。听完后，艾家和问田文和："那你现在打算做什么？"田文和答："如果不想个法子，把村集体经济搞上去，要我这个共产党员做什么？要我这个大队长做什么？""我也一样。""你找到出路没有？""找到了，我打算利用我父亲留下来的技术优势与资源优势，办一个建筑公司及一个丝织厂。你呢？"田文和郁闷地回答："我没你能耐，一直没想出来，觉得做什么都不合适。""这不能怨别人，只能怨你思路有问题。"田文和带着渴望的眼神，望着艾家和说："你帮我一下吧，我的问题出在什么地方？""在我眼里，你田王村是天时、地利、人和，优势占尽。说一句不好听的话，你是捧着金饭碗讨饭吃。"田文和迷惑地问："此话咋讲？""问题是，你可能不敢干！"艾家和坚定地说："苟利国家生死以，岂因祸福避趋之？我是共产党员，我求的是集体利益，又不纳入我个人腰包，何惧之有？"艾家和说："既然你如此立心，问题便可迎刃而解。"

那时的路桥人真与后来的台州民谣说的一样：走尽千山万水，历尽千辛万苦，想尽千方百计，说尽千言万语。田文和向艾家和虚心讨教，艾家和盘着腿在水机路的石板上一坐，比画两手，向田文和提出了一个逆向新思维：因地制宜，办企业、办市场，利用本地平原优势办特色农业。艾家和说："有两条天时、地利你完全可利用。一、王国器当初在台州当野王时，就在你们田王村村口修下个大船埠，南来北往的船只均在你田王村停靠，并在大樟树下做交易。只要你投下本钱，就着船埠办个大型小商品市场，让所有零星的小商、小贩们聚在你这个村做小买卖，完全可以把田王村变成路桥十里长街小商品市场的集散地。以一业带动几业，你还怕田王村人没饭吃？二、田王村背后是路桥最大的回龙山山脉，顺山路往西一纵深，便坐落有八个大村。此八个大村全是当地赫赫有名的水果村，水果产量很大，山菜产量也很大。这么多年间，此八村之所以穷，就因运输出口有障碍。水果是鲜货，不是干货，时间一长就出霉。如果你在田王村建个果品加工基地与蔬菜加工基地，并将产品顺海运往上海、宁波一带，以一带十，其他产业是不是也跟着它动？这总比你死守着这点水田强。人与动物没什么区别，下至蝼蚁，上至人类，一切都为让自己生存得更好。企业一办，劳动力一吸收，家一富，民以食为天，哪个人不想安生？"田文和一听，即如醍醐灌顶，茅塞顿开，他不得不佩服艾氏子孙目光独具。怪不得路桥十里长街人背地里老说，艾氏子孙人人是千手观音，他们想什么就干什么，干什么就能成什么。

田文和与艾家和分手后，回到家中。别看田文和平日里好说好笑（此种性格是从他母亲身上承继下来的天性），至关键处，却是极为稳重。为怕打扰，田文和将自己关入书房，开始精心盘算。经过三个多小时的严密梳理，田文和惊愕地发现，由于历史和地理上的原因，十里长街周边村落的那个手工作坊一直特别发达。光历史延续下来的专业村就有一百三十三个，来往交易的手工业品达一千三百多种。大到家具、机床、车床、船只，小到耳朵杓、搔痒耙、别针、剪刀、拉链、锁具、金银器皿。北有北货，南有南物，由于本地没有一个统一的市场管理，这多年来一直处于自然而生，自然而灭，基本上是各自为战，所有商品随机分散在马路、胡同、河边、茅坑、弄头。如此交易模式，势必把周边环境搞得乱七八糟不说，台州八县前来购商品的百姓也极为不便，想买的找不到卖主，想卖的找不到摊地。

若是将村前王国器演兵时留下来的大操场，与正对面的破土地庙来个重组，建个平民式经营市场，别的姑且不论，就那个摊位费、管理费，田王村一年能上收不少。再细细核算，周边八村，全国榜上有名的水果品种就计十三种。杨梅，个头有鸡蛋那么大；桃，麦秆往里一插，一口就能吸尽甜汁；李，全国有名的沙王李；橘，全国有名好吃的带皮小金红；梨，南宋时即是皇家贡品；枇杷，蜜得你两眼发倒大红袍……这些好东西皆因山区交通不便，运输困难，或烂地，或喂猪，年年生长年年烂，城里人瞪着两眼吃不着，农村人却扔在地上当肥料。若是他花上一点心思，在田王村开上一个果品厂，想法将水果保鲜这一关攻破，再与海王村一百多户人家联手建立个海上运输销售公司，把上好的鲜果直销上海、宁波，剩余的果品制成罐头、果脯，那不就万事大吉？这么一来，田王村百姓有钱赚不说，劳动力的过剩问题也解决了。在这点上，田文和极像他父亲，没想好时往往是胡蹲不扑，一旦想好便涌身扑出，志在必得。就在这天夜里十二时，田文和在桌上摊开一张白纸，写出设想中的全套方案，一直到东方既白，基本搞成一个书面材料。吃过早饭后，田文和走进谢明心的房间看了一下母亲，随之起身至村部。

田文和至村部时，坐在村部开会讨论的社教工作队员们，正在为田王村所现的贫穷样子犯愁。全体队员都没有想到新中国成立这么多年，农民们的生活还会如此贫穷艰苦，人心如此涣散。如果再让村民们继续走"大呼隆"道路，令他们光守着那点地，穷得急了眼的农民说不定哪天就会揭竿而起，举旗造反；搞农村副业生产，又怕上级不同意，说他们犯了方向性错误，走资本主义道路。正当工作队员们一筹莫展时，田文和走进来说："我有要事与你们工作队商量。"说完后，不管他们脸上做如何反映，一屁股在管致用面前坐下。他先是口头汇报，然后递上他思考了整整一夜的创业方案。管致用拿过田文和写的方案一看，觉得他的主意好极、妙极，只须工作队开会拿出个主导意见便可实施。当天下午，管致用立刻请社教工作队全体队员与三位村干部到村部办公室开会，管致用让田文和把他的方案全盘抛出，参会的所有人员听后全都默然无语。管致用要他们发表自己的真实想法，半晌，黄岩县工作队副队长伍立人才提出他的看法："关键一点，我们必须搞清楚，田王村这种做法会不会让人抓住小辫子，说我们搞资本主义？"管致用说："这一点联不上。张安邦书记早就在大会上说过，共产党办事一定要符合地方实际。路桥的手工业发展有上千年历史，我们党与人民政府不应当扼杀。我以为，资本主义与社会主义本质性区别在于它的所有制，田王村办的企业是集体企业，赚的钱是集体的钱，只不过是换了个生产方式。这怎么能与资本主义挂起钩来？共产党人的宗旨是什么？是共同富裕，为人民服务啊！如今田王村老百姓穷得都想上山为匪了，这叫什么共同富裕？"伍立人说："问题怕是没那么简单啊。"这两人可是工作队的头啊，他们在原则问题上出现了分歧，麻烦自然增大，会议一时不能做出决定。别看田文和那时只有二十来岁，却极其有主意（这一点像他父亲），只要他认定的事，便打死也不回头。田文和说："这样吧，你们是国家干部，吃组织上的饭，不好说话。我呢，不过是个草根农民，就让我挑头领干。你们呢，装成什么都不知道。上面要是有人责怪下来，我顶。"管致用说："我不相信，一心为集体办企业会出什么问题，况且张书记有过话，我不怕。要顶，我们一起顶。"既然一把手都这么表态了，那还有什么可说？于是，当下做出决定，一不张扬，二不请示，悄悄干起来再说。

三十三名木匠、泥水匠到场，十三间老破屋全部被推倒。路桥三水泾口这块风水宝地，终于立起十三排时代感极强的新商棚。

田王村村部四处张贴公告，田文和亲自执笔，以明了简洁的话语，告知黄岩、路桥附近各地的百姓："为加强路桥十里长街市场管理，发展好农村集体副业，真正落实共产党'为人民服务'的伟大宗旨，田王村集体决定开办路桥小商品市场。凡愿意经营小百货、小商品者，皆可到田王村办公室报名。每摊位全年收取管理费十元，国家税收代为收缴。"这些穷怕了的人哪敢有什么过多奢望，只企求通过手工作坊与副业增加一点合法性收益，令一家人生活得好一点，就是他们最大的高兴与快活。因此，这布告一贴，意想不到的情景立刻在田王村出现，路桥十里长街的手艺人纷纷开始报名。从早上八点钟起，一直到夜间十二点，来田王村报名的路桥各乡镇农民、手工业者足有三千三百人，各式各样的鞋底差点没把村大队部门槛踩平，往往为一个摊位的归属问题，报名者讨、要、抢、争，吵得人声鼎沸。只可惜当初只设计有八百多个摊位，为了满足三千三百多户经商者的要求，田文和不得不第二次下令，将正对面的大晒谷场与三间废仓库进行一次大改造，改成农副产品交易市场与木材原材料交易市场。

田王村商品交易市场正式开业。这是一次多么大胆、多么合理的"伟大行动"（路桥老百姓语）啊！路桥十里长街人至死都记得，田文和与他若干年前的父亲一样，让路桥十里长街现出风靡一时的辉煌。正式开张的那天上午，田王村小商品市场现出来的样子，远比过去十里长街的老庙会还要热闹。三角洲夹岸到处张灯结彩，人头攒动，三千三百号大小不同的小摊位上，琳琅满目地摆满了庸常百姓日常必不可少的小商品。台州八县流通领域里的小商小贩纷至沓来，令田王村一片喧嚣，仿佛一曲动人的交响乐。

正因有路桥小商品市场这个大龙头，无法避开的四大联动跟随而来。一是海王村运输公司正式成立；二是海王村船埠重新扩建；三是以家庭为主体的小餐馆、小饭馆顺势开设；四是家家空出来的房子被涌来的客户陆续租走，成为贮存商品的临时小仓库。最后带来的结果是，珍贵的人民币开始悄悄然地流入田王村人的小口袋。

田王村人一片欢声笑语，喜气洋洋；路桥十里长街一片熙熙攘攘，生机盎然。地委书记兼黄岩县委书记张安邦，带着路桥镇委书记陆一真亲自前来考察。黄岩县三级干部现场会议在田王村召开，张安邦十分明确地表态："根据黄岩县人多地少、生活资源极度缺乏的情况，我们作为党与国家的工作人员，务必想尽一切办法，因地制宜，切实解决农村集体经济发展的问题，努力改善人民群众的生活水平。"

田文和首次利用他手中的人脉资源与权力，把金明一一家五口由寄居式村民正式变更为田王村村民。金云子出任市场管理员，金秀子出任花草苗木栽培技术员，金明一出任田王中学代课音乐教师，并在田王中学开办了一个音乐培训班，重点培养路桥农村涌现出来的有音乐天赋的学生。只是这个音乐班仅办了一个月，不知怎么就让黄岩教育局领导得知。初时，他们并不知金明一是何许人也，细一打听，全都傻眼了："什么，他就是三十年代红极一时的作曲家？还曾经是老新四军文工团干部、上海音专的副校长兼教育长？这样一位赫赫有名的大学教授怎么可以在田王中学代课、办班？这不是埋没人才嘛。不管怎么说，无产阶级也得有音乐家啊，五线谱这玩意儿，资产阶级可用，无产阶级也可用啊。《国际歌》不就是无产阶级作曲家创作的吗？去，你们快去把他请出山来，可别让黄岩这一枝独秀枯萎了。"时任黄岩教育局局长的牟正华这一决定，让情况刹那间出现根本性的大颠覆。

县教育局人事副局长与路桥中学校长毛志婵一起来到田家大院，见到了金明一，与他整整谈有一上午。谈完后，就将金明一带走。三天一过，金明一刚办的音乐培训班即宣布暂时停办，他再一次在路桥十里长街人的视线中出现。是时，他不再是田王村中学教唱歌曲的音乐老师，而是翻身成为黄岩教师进修学校音乐总教头。

黄岩县委集体做出决定，将黄岩从农村基层崛起的两个名中有"和"的年轻村干部一起送到杭州省委党校学习。临走前，张安邦亲自找到他俩谈话，叮嘱他们要好好学习。张安邦说："中国现在最大的问题就是农村的问题。县委之所以派你们俩去，其目的只有一个，以点带面，以榜样为力量，全面带动黄岩的农业生产，解决台州地区一直没有解决的死症。"这两个名中有"和"的农村青年干部齐声向地委书记张安邦保证："我们会好好学习，一定为全台州地区的农村干部做出表率。"

谢明心突然晕倒在地上。那天，偌大的田家大院空无一人，恰好王曾锦放学回家，一进大门，即见谢明心形如虾米一般歪倒在地，吓得他大喊大叫。这一叫，让刚从田家大院门外路过的两位社教工作队员听到了，两人听得叫声有异常，立刻扭身冲入田家大院，发现倒地的谢明心情况不对头，立即叫了一辆手拉车，一路将她送到路桥第一人民医院。一进急救室，白发老院长戴学经闻声赶来诊治。尽管那时的戴学经业已瘦得皮包骨头，人却十分精神。他给谢明心细查一遍后，得出的结论是轻度脑溢血。戴学经即令刚从部队医院调回地方工作的女儿戴雅琴去金谷寺将田兴业喊来。戴雅琴迅速赶到金谷寺，找到田兴业说了谢明心生病一事。在藏经楼里整理经卷的田兴业闻之脸色大变，忙放下手中东西，换上俗服，随戴雅琴一起来到路桥第一人民医院。田兴业一走到戴学经面前，戴学经就直言道："你是想叫她死呢，还是想叫她活呀？"田兴业着急地回答："你这话说的，我怎么能叫她死呢？""你可知道她为田家大院付出多大的努力？""我怎么会不知道？"戴学经叹口气，说："你知道就好，我希望你珍惜她一点。我们都这把年纪了，有今天没明天的，不能让自己在死之前留下一个挥之不去的痛。"田兴业听了，愧疚地问："她现在到底有没有危险？"戴学经说："从目前病灶看，生命没危险，只是左手要出现偏瘫。兴业，打从你走后，家里的活一半是文和做，一半是她做。王曾锦这孩子好高骛远，根本不是过日子的人。当下文和去杭州学习，所有的家务活全压在她一人身上，她怎么受得了？别说是一日三餐饭，就王曾锦每星期换下来的衣服也够她洗的。"田兴业说："好兄弟，你别再批评我了，我知道该怎么做了。"

田兴业走进谢明心病房，谢明心睁开眼看他一眼，即将头扭过。她是有话与田兴业说，可她又说不出口。他们俩全老了，想当初，她这位路桥女才子与王国器结婚时，那是何等风姿绰约啊。可现在，一切的一切，全如同一江东逝水，再也回归不到原来的那个点上了。田兴业轻轻地在她身边坐下来，紧握着她的手，动情地说："明心啊明心，你知不知，我与你是大樟树底下的两条夫妻蛇？"谢明心点点头。"明心啊明心，你知不知，上天有话，我与你活要一起活、死要一起死？"谢明心点点头。"明心啊明心，你知不知，我与你俗世孽缘未了，我不死，你就不能死？"谢明心再次点点头。田兴业的脸几乎贴着谢明心的脸，柔声说："你知不知，过去，我只爱你人，爱你那气质，爱你那容貌；现在，我爱你那心，爱你那一脸的沧桑。"一道泪水从谢明心多皱的眼角流下来，田兴业轻拭去她眼角上的泪水，轻声说："明心啊明心，我想过了，不能再让你如此劳作了，我想给文和娶个媳妇。"谢明心仍是点点头，叫田兴业舒开她的手，用食指在田兴业手心里写下"金二"两字。田兴业心领神会地说："好，好，金二就金二，我替文和前去求婚。"话音刚落，戴雅琴进来了，说道："叔，我爸说了，让您别与婶母多说话。"田兴业朝谢明心略一颔首，起身走出了医院。

田兴业走出医院，站在南官河岸边。看着那机船与木船一艘一艘地驶进桥洞，看着那南官河面上数之不清的漂浮物顺着河水向东走流，他的脑海里同时浮出了两个女孩：一个是金明一长女金云子，一个是金明一次女金秀子。别看她俩初中毕业后，迫于无奈做了村姑，但毕竟是百足之虫死而不僵啊！无论是从遗传基因，还是家学渊源上论，她俩皆是高素质的女孩。想当初，田兴业到金家村第一次与这对姐妹见面时，不知是何原因，令他在脑海里同时浮出两个女人，一个是他早就死去的妻子李雅香，一个是他现在的妻子谢明心。他总觉得，那个长女金云子一身是火，活似一只金凤凰，似李雅香再世；那次女金秀子，别看她脸上有块黑斑，却一身是水，清澄得与谢明心如出一辙。是时，田兴业的直觉告诉他，田家大院第三十代两个子孙的当家媳妇非她俩莫属。既然谢明心在他的手心里写上"金二"两字，意思明确，让他在金家两个女孩中选出一个，无论哪个均可。

田兴业回到庙中换了一身便衣，戴上一顶帽子，来到黄岩教师进修学校，在办公室里找到金明一。田兴业与金明一一见面，即开门见山地将为儿子求婚一事与他说。金明一表现出来的情绪十分激动，他对田兴业说："真的？好呀。谢明心看中的是哪一个？"田兴业答："她只是在手心里写上'金二'两个字，想必是让我在你们金家两个女儿中选一个。"金明一说："老大漂亮，老二身段可以，脸形也可以，就是脸上有黑斑；老大唱得好，跳得也好，老二读书好，字也写得好；老大小田文和两岁，老二小田文和五岁，与王曾锦同年，还没过十八，总不能老大没结婚，就让老二先成亲吧？再加上，田文和现在是黄岩县的头面人物，也不能让我那个脸上长有黑斑的老二嫁他吧？况且，老二没过十八，登不了记，也结不了婚。""那就定老大吧。""好，反正谢明心的意思是二选一，那就定老大。问题是田文和同意不同意，我与你总不能牛不喝水强按头。"田兴业答："我还没和他谈。"金明一说："你是不是先与文和打个招呼？""不，不，我儿子是什么心思我知道，关键一点是要看金云子本人同意不。""那我下班后回家问问云子，只要她同意，我即刻着手操办婚事。"

田兴业走后，金明一心中十分欢喜。田家是什么样人家？谢明心是什么样的女人？他怎能不知。别说他们金家现在落难到这步田地，就过去，像田家这样有身份的人家提出这桩婚事，也是喜事一件。吃过晚饭后，金明一偷着把金云子喊进琴房，遂将田兴业替儿子田文和前来求亲一事与金云子说。说完，金明一问女儿："你同意不同意？"金云子反问："爸，您同意不同意？"金明一说："我？我还有什么不同意的，田家可是好不错的人家哟。"金云子一脸绯红，拿起一本乐谱当扇子扇（其实一点也不热），害羞地说："当爸的都同意了，我这当女儿的还能说什么呀？"

金云子点头同意了，金明一大喜过望。次日一早，金明一来到田兴业处，将金云子的意见与他说了，田兴业听后，即至医院向谢明心通报。是时，谢明心的病情在戴学经精心医治下，略有好转，能坐起与田兴业说一两句话。田兴业把定下金云子一事一说，谢明心两眼顿时变成核桃，惊愕地说："我在你手心写上'金二'两个字，是叫你定老二，你怎么定了老大？"田兴业说："我以为你是告诉我金家二女均可，任我选其一，于是我就选了老大。""你有所不知嗳，这老大哪，平日里与王曾锦挺好的。""挺好又如何？""一家人同住在一个院子，我只怕这小子今后越格。"田兴业听了，不以为意："你想得多了，你想得多了啊。"谢明心叹息着说："王曾锦这小子，我知道，心野着呢。""他想的是金枝玉叶，想的是王公贵戚的大驸马，怎能看上比他年长三四岁的姐姐？"谢明心担忧地说："我只是担心日后生变。""他们家梯登似的四个女儿，年长三四岁的老大没成亲，却让老二与文和成亲，怎么说得过去？况且老二还没到法定结婚年龄啊，我们即使定下她，文和与她也结不了婚。若是今后金家真的与田家大院子孙有缘分，就让老二与王曾锦成亲好了。""问题是在这里，别看这两个女儿是一母所生，却性格迥异。老大热，老二冷；老大过于漂亮，过于热情，过于灵动。"田兴业说："自古姻缘天注定。有命的，不成也成；没命的，成也不成。既然天意让你的心思来个阴差阳错，那就让他阴差阳错吧。佛说，万事莫执着，拿得起，放得下。现在，我那话全对外放出去了，事已至此，就让它水到渠成，瓜熟蒂落吧。"谢明心默然，一种难以释怀的直觉告诉她，只要有这座田家大院在，老调还得重弹，老戏还得重演。什么叫命运？无法逃脱的事情就叫作命运。

田兴业立刻付之行动，别看他出家当上金谷寺主持，但在田王村他毕竟是资格最老的族长，村里村外一直有着很高的威望。田兴业把田、王两氏直系叔伯房族全部找来，将田文和的这桩婚事告知他们，并说眼下田家大院人手不够，需要他们帮忙。农村毕竟是农村，与大城市的生存概念完全不一样。大城市里的人们文化程度虽高，文明氛围虽浓，但它缺的是人情世故；农村里生活质量虽低，文化底蕴虽浅，但人与人之间却有着挥之不去的乡情。田兴业几句话说完，田、王两氏的亲属自然从他的言语中体会到了做父母的一片苦心与爱意，即开始分头行动。尽管那时，人力动员程度及财力投资程度与王国器、田兴业当初起事时无法相比，但迸发出来的浪花却也让人心情激荡。

田王村出现"全村总动员"。有七个本家女人来田家大院整理房间；有八个本家男人着手打家具；有九个本家男子动手砌灶杀猪；有十个本家姑娘护着金云子先回金家村（台州风俗如此，女方必须从老家发亲）；还有十一个金家村的本家小伙子着手准备八杠八担嫁妆，以及一艘从黄岩五洞桥到路桥十里长街的迎亲船。

一切准备工作就绪，正式成婚的日子敲定，田家大院出现浓浓的喜庆之光。这天，田兴业一大早来到路桥中学，找到校长毛志婵，将家中情况说与他听。毛志婵当然了解他们家现在的处境，即带着田兴业来到王曾锦的集体宿舍，喊起睡得正甜的王曾锦。王曾锦一边穿衣服，一边问："家里出什么事了，这么早就到学校来喊我？"田兴业说："明天是你哥大喜的日子，你现在就去一趟杭州，将你哥喊回来，参加结婚仪式。""爸，干吗这么突然呀？""傻孩子，不这么突然怎么办？是你能管这个家，还是他能管这个家？你们都这么大了，还让七十多岁的老娘服侍你们？""我哥恋爱都没谈着，他能同意吗？""我还活着哪，这件事我说了算。""爸啊，新娘是哪的？""不是你成亲，你管这么多做什么？"王曾锦嘀咕着说："不是我多管闲事，好赖是我嫂子嘛，总得问一下。"田兴业说："你嫂子是什么样，时候一到，她一进门，你不就知道了？""爸啊，我哥要是不回来，那怎么办哪？"田兴业从口袋里拿出一封早就写好的信与一张车票交给他，叮嘱他说："你到杭州后，只要把这封信交给你哥就可以了。"

王曾锦心里当然十分高兴，打从他的养母谢明心病倒，给他的生活带来极大的艰难。衣服自己动手洗不说，每个星期六回家，发冷的房子里，都没有一点人气，连饭都吃不到嘴。有时，他不得不硬着头皮去金明一家蹭一顿。如今他哥要娶嫂子了，别的姑且不说，起码一点，他的衣着与吃饭有人管了。再加上他长这么大还不曾去过杭州，闻名遐迩的西湖到底是什么样也不知道。今天他能借着这个光去看一下杭州西湖，有何不可？于是，他立即赶到路桥长途公共汽车站。

王曾锦上了去往杭州的长途汽车，路桥长途公共汽车一路摇摇晃晃地到达杭州武林门。他在一家小饭店里吃过饭后，一路看夜景，一路打听，终于来到位于杭州文二路的省委党校。王曾锦站在党校门口与门卫一说，门卫让他等一等，就往里面打电话，喊农一班的学员田文和出来。田文和一听说是家里人来杭州找他，不知家中出有何事，慌忙与艾家和一前一后地跑出来。田文和一见是王曾锦，大吃一惊，急问："阿弟，家里出什么事了？"王曾锦将母亲谢明心生病的经过与田文和、艾家和说了。田文和一听心里犯愁，说："我分身乏术，怎么办哪？"王曾锦笑说："阿爸要你讨老婆呀。"田文和瞟了他一眼，说："要我讨老婆？阿爸说得轻巧，哪那么容易？又不是上市场抓个小猪，看中哪头，你花几个钱抱回来就是。"艾家和听了，开玩笑地说："八成是你爸给你看好人了。"王曾锦狡黠地咧嘴一笑，将田兴业写的信拿出来给田文和。田文和打开一看，傻了。只见父亲在信上说：

文和吾儿如面：

接信后，速归。尔母由于年事已高，操劳过度，身体日衰，大不如前。近日因脑血栓晕倒在地，幸好让曾锦发觉，送至医院，经戴大夫抢救及时，性命尚且无忧，只是左手偏瘫，无法再事家务，再掌田家大院家业。父与尔母乃深秋之寒虫，冷风之残灯，不知期年还有几许。有道沉舟侧畔千帆过，病树前头万木春；长江后浪推前浪，世上新人接旧人。交班之事势在必行，长青、曾锦尚在读书，家中无女子替手，尔母所托何人？家困依长子，国难赖长君。为父三思，只可让儿娶妻，方可成全大局。为此，父不经儿允，特为儿精挑一伴侣，与儿完婚。日后，可由她来掌管家府权柄，一可尽人伦之孝悌，二可让老父佛门安心。

本月初九乃吾儿新婚之日。乡党业已告知，社教工作队管致用主任与伍立人部长我已邀请。万事具备，俟你到来。勿误，至嘱。

父字

田文和被父亲写来的这封信搞得一头雾水，迷惑不解地说："婚姻大事，我阿爸怎么不跟我打一声招呼？"王曾锦答："我不知道。"田文和说："我人没去，他怎么给我登记？"艾家和"扑哧"一笑，说："你爸爸是什么人哪？他可是黄岩县参事，手眼通天，还有办不到的事？加上你那个姐夫眼下又官复原职，当上什么军区司令员，官大一级压死人哪。"田文和听后想了想，转头问王曾锦："姑娘哪儿的？"王曾锦答："不知道，只听说是金家村的。"田文和埋怨他："你没回家打探一下消息就跑来了？"王曾锦委屈地说："我回家打探什么消息呀？阿爸跑到学校与毛校长一说，毛校长一同意，阿爸就一把将我拽了出来。什么请假啦，车票啦，全给我整好了。"艾家和说："就你母亲这个年龄、现在这种样子，你是家里的老大，当然应该成家。"田文和迟疑不决地说："关键是那个姑娘人品如何，长得好不好，我都不知道啊？"王曾锦多少带着点幸灾乐祸的味道，戏说："八成是个丑八怪，要不然，阿爸为什么搞突然袭击？"艾家和说："那也不一定，你爸可不是一般人物啊。阅人多矣，素养不高的，他也看不中。"王曾锦说："此一时彼一时喽。人老了，昏了，做出来的事，是好是坏都难说了。"听罢此言，田文和血涌脖颈，有点激动："别的事可由他，这件事关系到我终身幸福，可由不得他。"艾家和说："这是你爸定的，你如果不同意，让你爸怎么办？""我见机而行，若是丑得一塌糊涂，我就不要。一碗白米饭里扔进一只苍蝇，让人恶心不恶心？"艾家和提醒他："婚礼时间是在明天。""我知道，明天一早即走，力争傍晚五点前在船埠口挡住新娘。"此言一出，艾家和说："我得劝你一句了，你现在好歹是位村官，别胡来，让别人看了笑话。"田文和答："这点你老兄放心吧，别看我人长得不怎么样，学识也不高，处理这种事的能力还是有的。"

艾家和即领着王曾锦出去看杭州夜景。那夜，他们一边走一边说话，深感惬意。田文和去校长办公室请假，校长立即点头同意："去吧，你们县的县委书记把电话都打到我这里来了，要我放你七天假。"

第二天一大早，田文和领着王曾锦去武林门公共汽车站。他们上车时，天还没亮，半小时后，公共汽车即鸣着喇叭往路桥方向行进。田文和有生以来第一次出现心烦意乱，人虽在汽车上，心却早就飞回了家。他一路上都在考虑着如何妥贴地拦截住这位新娘，精心地对女方行程做推算。这个季节没有排路，只有陆路，如果金家送亲队伍早八点从宁溪山区金家村起身，他们中午时分可达五洞桥；在五洞桥吃过饭后再行船，下午五点，送亲船即可达路桥十里长街。按照惯例，送亲队伍须在糖桥重新整理队伍，再沿十里长街一路放鞭炮一路吹打……如此推算下来，晚六时半左右，新娘才可达田家大院。

别看田文和平日里见人常打哈哈，别看他读的书远没其父亲多，但那性格与他父亲年轻时一样，敢作敢为。他才不管是哪个村的女人，他才不管金家人曾在他五岁时救过他的那条小命。经过此番精心测算后，田文和做出决定，无论如何，他须抢先一步看上新娘一眼，人品、模样过得去，一了百了；过不去，对不起，天王老子也不买账。他之所以如此，有两点：一是给新娘留点面子；二是要好好搅一搅他父亲设的恶局。田文和满肚子的怨气，心想："你这一大把年纪的佛门中人，怎可以大包大揽地解决我个人婚姻问题？是我娶妻还是你娶妻？好赖我现在是个大队长，不是你手里的泥人，你想怎么捏我就可怎么捏我！"尽管田文和一肚子花花肠子算计得玲珑剔透，但人算不如天算啊，他与王曾锦坐的那辆车过麻狸岭时，却意想不到地出现了抛锚，不得不停在半山腰。司机气得一边嘴里骂娘，一边拿着工具趴在车子底下又敲又打，一直折腾了三个多小时，这辆车才修好。等长途车到黄岩县田王村路口停车时，天早已黑得伸手不见五指，田文和所有的算计全泡了汤。没法子了，实在是没法子了！

田文和只好硬着头皮往家里走，一进田家大院大门，发现好戏早已开锣。他看到田家大院内人山人海，田王村人打着人浪呜呼呐喊，三十多串百子炮打得大院硝烟蓬起。社教工作队队长管致用，农工部长伍立人，路桥镇团委书记钱子久，世交前辈戴学经、金明白、金明一及县委书记张安邦，全坐在贵宾席上，热烈交谈。田家大院前后两处大道上摆满了桌子，十几个帮厨一脸油光地挽着胳膊袖，端着大鱼大肉，一边吆喝一边往各张桌子上端。穿着一身红衣服的新娘子正往大门进，无数好事的小伙子拼命喊叫："左脚，左脚！生儿子，生儿子！""呵"的一声大喊，白果、花生满院子乱飞。他的老父亲已脱下法衣，光着个头正在与参加婚礼的客人们叙话。就在此时，田文和看到一位俊俏的小女孩扶着母亲谢明心往门口走。

谢明心一见田文和与王曾锦背着个大书包一脸灰垢地出现在大门口，喜出望外，忙走过来捏住田文和的手，颤抖着将田文和往屋里拽。谢明心激动地说："我的儿啊，你回来得正好，你回来得正好！快，赶紧进屋换衣服……"田文和倔强地说："我不换。"谢明心惊问："为什么哪？"田文和依然固执地说："我不要！个人的事情，得由我自己说了算！""你这孩子呀，你爸爸看的人，还会走盎？"田文和不屑地说："老母猪样的姑娘，谁稀罕？"谢明心疑惑地说："你这孩子怎么如此说话？这样的姑娘，你还嫌是老母猪？你想要什么样的姑娘，赵飞燕？西施？别看人家现在与你一样是个农民，可她也是个大家闺秀，才情、人品不比你差。"田文和没好气地答："一个山里角出来的女孩，能好到哪里去？"谢明心一听，心里有些明白了，也许这小子不知道与他结婚的姑娘是谁，笑着问："这么说，你还不知道新娘是谁？"田文和气鼓鼓地从牙缝里挤出一句话来，说道："是呀，全是我爸一手包办的，我上哪儿知道？"谢明心傻眼了，拉着田文和的手说："瞧你阿爸，真是老糊涂了，做的什么事呀，办大礼了，儿子还不知新娘是谁？好吧，我带你去看一下。"

谢明心正要带田文和过去瞧新娘，村里的姑娘、小子们吵着闹着扑过来，他们又喊又叫、又推又搡地将满是灰垢的田文和推搡到金云子面前。新娘一亮相，田文和的两只眼瞬间被焊死。田文和恍如梦境，细语呢喃："是你？"金云子灿然一笑，不语。田文和似突然醒悟过来一样，开心地叫起来："天哪，我老爸怎么把你整来给我做新娘？"金云子再次灿然一笑。这两个灿然一笑，将田文和笑得望乎所以，居然当着那么多亲朋好友的面，张开两臂一把将金云子抱起，转上三圈。转得金云子脸上一片春光灿烂，转得全场亲朋好友笑得前俯后仰，转得王曾锦两眼突然涌出泪水，悄然退场。热闹的婚礼开始，热闹的婚礼结束；热诚的客人们全部走散，热切的新郎新娘拥入洞房……

太阳终于开始拍击着这一对新人的面颊。一夜惬意的田文和终于心满意足地步出新房，来到老父亲的房间。是时，田兴业已穿上法衣盘坐在蒲团上念经。见儿子一身调泰地走了进来，田兴业慢声拉语地问："满意了？"田文和难为情地点点头，答："满意了。"田兴业又问："是不是猪八戒？"田兴业连声回答："不是，不是，是白蛇小娘子。"田兴业继续调侃儿子："你还退不退？"田兴业急忙作答："不退了，不退了，永结同心，白头到老。"田兴业念了一声"阿弥陀佛"，说道："平日里，我看你两只眼都不往女孩子身上瞟，我以为……"田文和连忙说："那是我没有遇上看得上眼的！"田兴业笑着说："色即是空，空即是色。也不知我生下个儿子会如此贪色！""爸，这是没有办法的，什么叫人，这就叫人。再说，谁叫你把我妈娶得那么漂亮？"田兴业叹口气，说："可惜你那两个母亲，都没这个命，没活到今天。"田文和答："我还有第三个母亲，知足。"

第五章　危险游戏

　　漫长的十年"文革"来临了。因为学校里的学生大都不再上课，许田长青不得不带着琴回到田家大院，由他的启蒙老师金明一给他重新授课。一心想闹"革命"的王曾锦，由于成分不好而未能如愿，也不得不卷铺盖从路桥中学回到田家大院。但狗终究改不了吃屎的本性，他后来还是和造反分子李丰收搞在一起，成为无耻的帮凶。田文和则在运动中坚持正义而受尽磨难、九死一生。田文和一手创办起来的市场与企业终于全部关闭。这一关闭，使原本就没有抗震能力的田王村村民生活再一次坠入困境。

　　那天夜里，金明一第一次以长者身份召集田家大院人开会。金明一说："月亮不可能天天圆，太阳不可能天天照。我的原则是，吃饭问题必须解决。"女儿金秀子说："是呀，留得青山在，不怕没柴烧。我就不相信国家会永远是这样子。"

　　金明一带着许田长青进山拉柴。那时，十里长街还没有煤气灶，家家用的全是锅灶、缸灶，木柴自然成为生活中不可或缺的东西。他俩一起进山收柴，一起拉着柴回来，一起沿街叫卖，尽管每天挣下的钱不多，却总比没一点收入强。

　　金秀子挑着个担子，走街串巷收购旧书、旧报纸。那时，因破旧立新，不知有多少好书、古书从大户人家及图书馆中流出。金秀子一家一户地叫喊，一家一户地收购。旧书、旧报纸收到后，第一个读者是金秀子，她将这些收来的书报放在道上拣挑。有价值的，她一本本存入大书房，只要有一点空，她就坐在田家大院的大书房里翻看学习，做笔记；没有价值的，再另行打捆，卖给出售炊皮、虾皮的小商小贩。

　　金明一还带着许田长青高街叫喊打炒米。那时，路桥十里长街最便宜、最好吃的零食就是爆米花。春节一到，无论你家有钱没钱，总得打上个十斤八斤，或是加桂花、加糖冲茶，或是经过自我加工做成一方一方的烤糖。师徒俩挑着一台爆花机，在居民区的大道地中一站，字正腔圆地喊上一句："打炒米啰，打炒米啰！"这一喊，立即将路桥十里长街的居民吸引出家门，生意一来，两人即开始忙碌。是时，人们全陶醉在他们俩的这种劳作之美中。在居民们眼里，这打炒米的一老一小不再是打炒米者，而是天然的舞蹈者。有时，师徒俩做得入神，情不自禁地来个男中音二重唱，悠扬的歌声即迷住来往不绝的行人，令行人们纷纷驻足聆听。这小小的道地场翻手成了个小舞台，人们说不清自己是来打炒米呢，还是来听他俩唱歌的。

白天的劳作结束，每每夜晚来临，金明一率许田长青、金秀子、金灵子、金叫子坐下来学习。金秀子好读书，将自己关入书房，一本接一本地读；许田长青与双胞胎姐妹拿起手中的小提琴投入地练着。人人面目入定，身子摇曳，心全被那优美且动情的旋律给挟走，似乎所有的灾难与痛苦都远离而去。拉着，拉着，许田长青哭了，金明一流泪了，金叫子与金灵子流泪了……

每当此时，田家大院的前楼就变成一处临时小舞台，有些过路人异常惊讶地看着这练琴的一老三少，惊叹他们的手指怎么会如此灵动，奏出如此美妙音乐？无论是邻里还是过路客人，皆会驻足站在田家大院木楼前的窗根下聆听，直到一曲终了，方觉自己身体如从氤氲云端缓缓飘下。尤其是那年七月七，他们四人刚拉完一支波尔卡圆舞曲，十几位听曲行人趁着他们演奏后的间歇，向金明一提出请求："金老师，你们拉的这些歌曲好听是好听，可我们听不懂，能不能给我们拉个熟悉的曲子？"金明一笑着答："可以呀，你们说想听什么？"行人说："七月七，牛郎织女相会日，能不能给我们拉一曲梁山伯与祝英台呀？"金明一问："你们想听这个？"大家异口同声地答："想听，想听，我们太想听了。"金明一愉快地说："好嘞，我们就给你们拉一曲《化蝶》！"金明一扬起一根小棍，在椅背上敲了这么两下，头一扬，手指一动，人们所熟悉的越剧腔调瞬间如涓涓流水，从振动的琴弦中泄出。随着那悲苦哀怨的调式，人们仿佛看到了这对甜蜜的情人在楼台相会，仿佛看到了这对苦命的爱人十里相送，仿佛看到了他们为自己的幸福与自由做最后的抗争，仿佛看到了那一对演变的大蝴蝶双双在花丛中翩翩起舞……

路桥在"文革"时期涌现出来的女歌唱演员茅玉珍，回到路桥十里长街家中探亲。就在这天夜里，她偶然间从田家大院门口经过，见田家大院木楼下聚有一帮子人，如痴如醉地听着楼上窗户里传出来的乐曲声，顿感惊讶，随之束着两手也立在木楼下听。只一听，茅玉珍浪漫的心即被一双看不见的手攫走了她的魂，她一下子就爱上了这个奏曲之人许田长青。茅玉珍，十里长街人，因演样板戏

《红灯记》中的李铁梅而出名，后被部队文工团导演看中，招去了文工团。她成年累月地出演李铁梅，自觉不自觉间将自己也演变成李铁梅了，敢作敢为。次日一早，茅玉珍来到田家大院，找到金明一，要金明一帮忙她与许田长青的婚事。金明一摇摇头，茅玉珍急忙说："你是不是想把你家的老二嫁给他？"金明一笑答："你这是说到哪里去了？姐姐嫁舅舅，妹妹嫁外甥，差辈了。""我是个现役军人，难道配不上他？"金明一委婉地回答："玉珍同志，这是他个人的私事，当由他个人来解决。我只不过是他的老师，怎么可以越俎代庖？"茅玉珍闻之，也觉此话有理，便自己前往直面许田长青。然而，令她接受不了的是，许田长青对她根本没感觉，她来他就走，她走了他就回来。按照台州既定的男女婚配普遍规则，男求女，远隔千山；女求男，薄如窗纸。意思是只要女方先开尊口，男方正面回绝的极少。尤其是这位茅玉珍，是解放军南京军区的文工团演员，十里长街又有几许人如是？不知有多少现任政府官员都对她垂涎三尺，而你许田长青居然如此孤僻，如此铁石心肠，如此坚守，这是为什么？茅玉珍怎么也不相信，就凭她的姿色与条件，你许田长青怎会不动心？是不是这家伙有心理障碍？当日，茅玉珍即上文化站找到她的启蒙老师易怀春，直问他："许田长青是不是您发现的？"易怀春答："是。""那您算不算是他的启蒙老师？""他没拜金明一为师前，我应当是他的指导老师。"茅玉珍央求他："既然我与他都是您一手培养起来的弟子，您为什么不替我去说一说？"易怀春想了想，回答她："我可以去试一试，不过成不成，难说。"

　　易怀春专程来到田家大院，一进门即发现许田长青与金明一正伏案搞创作，扔有一地的乐谱。这一老一少，着了魔似的摇头晃脑，嘴里还念念有词。易怀春低头一看，摊在地上的乐谱上写着个大题目：《海魂》。易怀春在他俩身后站有很长时间，师徒俩这才从疯狂的创作状态中苏醒过来。易怀春把他的来意说了，金明一默然无语，许田长青不断地摇头："不谈，不谈！"易怀春说："你也老大不小了，总不能一辈子就这么过吧？""易老师，不是学生惹您不高兴。您想啊，我现在有什么？一无所有，我娶妻做什么？""她有钱。"许田长青回答："她是她，我是我，一个经济不能独立的男人何以谈论婚姻？"易怀春继续劝导他："有个女人护着你，总比你自个儿单枪匹马好！万一有个头痛脑热的，也好有个照应。""易老师，明着与您说了吧，我呢早就结婚了。"易怀春惊问："你有妻子了？我怎就没听说？"许田长青笑着说："我那妻子不是别人，而是音乐。音乐是人，人是音乐，我不爱它，它能爱我？就这个女人，把我折腾得要死要活的，我还能让别的女人前来折磨我？免谈，免谈！"没有用了，根本没有用了，易怀春没法子，只可长叹一声，一摊两手，从田家大院里走了出来。

王保西失业了，他倒是痛快，企业正式关门那天，他信步来至谢明心房间，将自己被解职的消息告诉老祖宗。谢明心问他："他们为什么要解你职呀？"王保西答："他们说我是田文和的心腹、资产阶级小爬虫，不能再在革命队伍里待了。"谢明心忧虑地说："那你打算怎么办哪？"王保西看出了老祖宗的担心，乐观地说："伯婆，您放心，雷打大江边，不差沙蟹独条命。老天爷总不会对我们田家大院子孙如此刻薄吧，我做我的事去了。"三天后，王保西跟一位上海下放来的右派会计师学习会计。

王曾锦失业了，几乎一夜间变成一只无头苍蝇，他是田家大院所有子孙中最没归宿感的一个。他挑过担子、补过锅，结果是无有一项生意；他去给别人家当小工，结果是嫌当小工实在太累，干不到两天就歇工；他骑自行车给人送客，结果是嫌送客赚钱太少，干有三天就自行放弃；他又去写稿子赚钱，结果是写了十篇短稿发了十篇，然而报社寄来的不是王曾铎时代的稿费，而是十枚毛主席像章与十本毛主席语录。报社这举动可把王曾锦气坏了，破口骂道："我要那么多语录与像章做什么？是能让我当饭吃呢，还是能让我讨得上老婆？"人生什么难？无所事事难啊。你想，这么大的一个人了，总不能老是躺在家里睡大觉呀。就在这天吃早饭时，王曾锦跟金云子商量他应当从何业。金云子说："你呀你，听我一句话好不好，别这么瞎折腾了，还是与我一起去放鸭吧。"王曾锦头一甩说："不行，这活来钱太慢。""来钱快的活不是没有，就看你做不做？"王曾锦忙问："你说说看。""金家村祖传有一绝活，只要你肯放得下架子，我可以教你做。""是什么活？""做梨膏糖，过去金家村因山区土地资源少，生活难过，为了养家糊口，村里十个有九个干上这个。"王曾锦漫不经心地问："这能挣上钱吗？"金云子答："挣的不一定多，但总比在家里坐吃山空强吧。"王曾锦歪着头想了想，一时也确实找不到合适的事，就说："我可以试试。但你必须与我一起干。"金云子从王曾锦贪婪的眼光里隐约读出一点什么，她有些发慌，但很快镇定下来，回他："我还是叫金秀子教你吧，她也会。"王曾锦固执地说："不，我就要你教。""为什么？""金秀子身上的那股冷气，我实在受不了。"金云子随口说："你跟我就热啦？"王曾锦嬉皮笑脸地答："是呀，不光是热，还有味呢。"金云子心里再次出现颤抖，她明显感觉到了王曾锦的言语中，有着一种不可抗拒的挑逗。她想作脸，又觉不对，心一横："我可以与你一起干，但不许你再翻来覆去。"王曾锦诞脸笑着说："我的好嫂子啊，你放心就是了。"

于是他们着手准备，两天过后，金云子与王曾锦拉着一辆手推车进山收购山梨。回到家后，她与两个妹妹坐下来精心挑选，先把有虫的、个头不匀称的、口感不好的全部剔除，再洗净、晾干、打碎、过滤后，配上八味中药与白糖一起放入锅里煎熬。梨膏糖制成后，放在平板上切成四方小块，让王曾锦偷着往各家小摊、小店推销。此产品一开发，确实给那时的田家大院带来很大的经济收益。一因梨膏糖是黄岩南老牌产品，"文革"起始时，说不清因何种原因此类产品开始消失；二因金云子严把质量关，用的全是好梨、好糖；三因梨膏糖所用的配方，是南宋宫廷医官戴营专门给镇国大将军金颉成配制的具有养阴安神大功效的绝密配方。当初，金颉成权高位重，担心他们金氏一门地处山区，生活问题不好解决，曾问宫廷医官戴营："有没有什么好法子，让我们金氏一门脱贫致富？"戴营听后一笑，遂开出此方递与金颉成，说："中国自神农尝百草起，便药食同源。只要你们金氏一门莫欺诈，此品一出，当受欢迎。"因此，梨膏糖一经田家大院的家庭作坊悄然推出，即受到路桥十里长街市民普遍欢迎。有病者可治病，无病者可养生，购上一块含在嘴里，既可当糖吃，又可养人。眼看着前来订货的人越来越多，田家大院地下作坊规模也越开越大，金秀子不得不卖掉所有的鸭子，全力以赴。

原本一切是悄然有序，平平安安，偏偏王曾锦这条活锦鲤，天生小嘴特别能说，不管什么事，一经他嘴，即颠三倒四地将事情扩大化。明明这梨膏糖不过是戴营给黄岩宁溪金氏家族的祖传秘方，主要功效是止咳安神，但经他嘴一过滤，愣是被他说成是大道仙葛洪久经考验而出的皇家配方，并且一口气说出田家大院地下工厂产的梨膏糖，具有生津、止咳、清肺、平火、润肝、助消化、安神、排毒等十六种功效，仿佛包治百病。

那天，王曾锦见了鬼似的犯开大"浑"，居然一本正经地推销至路桥人民医院门口的一家小卖部。恰在这天，八十高龄的老院长戴学经拄着拐棍从家里出来散心，一时走累，就在小店门口的那条长凳上坐下来歇一歇。此时，正巧王曾锦一脸黏糊地缠着店主买他的梨膏糖。为将产品推销出去，王曾锦将梨膏糖的功效吹得神乎其神，仿佛只要吃了他的梨膏糖，医院都用不着再开门了。一因戴学经老眼昏花，不知这个推销人就是他用菜篮子提回田家大院的王曾锦；二因戴学经老脸早已走相，王曾锦一时也没认出此位老爷子即是他一生中的大恩人；三因田兴业出家后，戴学经也年老退休，一直在家写医学著作，好些年不曾去过田家大院，自然也就无法知道田家大院在田文和被捕入狱后出现的诸多变化；四因谢明心年事已高，行动诸多不便，无事不出门。是时，戴学经实在是听不下这小伙子的巧舌如簧，信口开河，拄着拐棍走过来，问道："小子，你说什么？你这梨膏糖是葛洪传下来的秘方？"王曾锦还不知遇到硬茬了，朗声答："是啊，是葛洪传下来的秘方。"戴学经又问："吃了能壮阳？"王曾锦依然响亮地回答："是啊，吃了能壮阳！尤其是您老人家，吃了我的梨膏糖能返老还童……"

戴学经一听此言，职业本能即令他一脸狂怒，寸长白眉一抖，敲着拐棍大嚷："你这浑小子，是从哪儿蹦出来的小骗子？梨膏糖明明是梨加冰糖、薄荷、冰片熬成的，怎么能与葛洪、壮阳扯在一起？就是金家村做得最好吃的梨膏糖，也没这种说法！"王曾锦一听蒙头了，糟糕，砸了，关公面前耍大刀，遇着个知根知底的人了，连忙问："老人家，您是谁？"戴学经气冲冲地答："我是谁？我叫戴学经！"王曾锦惊骇起来，天哪，这老人家竟是戴学经，我王曾锦不是瞎了狗眼？吓得他赶紧抱头鼠窜，落荒而逃……

戴学经的科学态度实在是够严谨的，他决不允许任何人在医道上欺世盗名。当日，戴学经即打了一个电话到镇革命委员会举报。这一举报，好，三天一过，路桥镇革命委员会打击投机倒把办公室顺藤摸瓜至田家大院，在后边石楼里将地下工厂逮个正着。金云子苦心经营、养家糊口的地下作坊被封掉了，什么祖传秘方、千年丸散全没有了。他们不仅没收了田家大院家庭作坊的全套家生，并下达了最后通牒："本次姑且饶恕你们，下一次若是再骗人开地下作坊，当心我们罚得你田家大院头破血流、倾家荡产。"

这些打击，对王曾锦来说，似乎都好说，一阵风似的刮过也就刮过了，日夜搅得他浑身不安则是个人的情欲问题，他开始现出强烈的性焦渴。第一位经受他猎杀的女性，是与他同届不同班的同学，名叫臧新我。这年，臧新我经亲戚介绍在路桥桐屿镇小学任代课老师。从容貌上论，她比金秀子差一大截子，但文学才能特好，才女一个，写的那些文章，独具一格。说她像废名，不像；像丰子恺，略有其味。

那时，路桥镇文化馆易怀春办有一份文艺小报，臧新我那种情趣特别的小作品，深得易怀春喜爱，频频令她写的文章见报。别看王曾锦东一榔头西一棒子地为生存不断努力，但仍是贼心不死，只要有一点时间，他最大的爱好即是给这家小报刊投稿。易怀春为了发展地方文化，常常爱将黄岩全县的业余创作者们聚集在文化馆，大家一起谈谈创作体会，交流写作经验。因此机缘，臧新我与王曾锦很快即在一次镇创作笔会上认识。

当时，臧新我经桐屿小学校长介绍，结识了一位在部队里当营长的军官，小学校长的用意极其明确，就是希望臧新我嫁给这位军人。别看臧新我年龄与王曾锦相仿，为人却极精明，她与那位军官见面后，只是泛泛而谈，不开口答应，也不说不答应，媚然一笑，娇声对军官说："我年龄还小，先处一两年看看吧。"正在此当口，王曾锦的大钢炮开始向她瞄准。三次创作会上见面过后，臧新我即被王曾锦发射的炮弹所击中，被他特有的风流倜傥深深迷惑。此时的臧新我正对小学校长介绍的这桩婚姻举棋不定：这位军官好是好，是位营长，嫁给他生活有保障，只是双方年龄差距实在太大，简直可以当爸。

正出于此因，臧新我那颗芳心不自觉地出现微妙改变。第四次创作会一结束，王曾锦与臧新我即坠入爱河，确立了关系。那天，他俩一起来到将军山脚下的那一座菩提庵后面，避开了寺里两位老尼姑的目光，偷着跪在千手观音面前点香起誓。臧新我动情地说："我非你王曾锦不嫁！"王曾锦深情地答："我爱你爱到海枯石烂！"这一次整体性跨越，让得手后的王曾锦大喜过望，认为他的妻子非臧新我莫属。他对她越是卖力，越是尽心，双方走动的次数便越是稠密。过不到一个月，他们俩的终极秘密终于让菩提寺的两个老尼姑窥得一清二楚，气得她们破口大骂："这两个小杂种是谁？居然敢在我佛门净地干这种勾当！""一个叫王曾锦，就是田家大院王国器与严芳生的那个儿子；另一个叫臧新我，我只知道她是桐屿镇小学的语文代课老师。""告诉田家大院去？""没有用，田家大院的人是什么样，你我还不清楚？上桐屿小学告去……"

次日一大早，这两位老尼姑第一次破了佛门清规中的八戒，跑到桐屿小学向校长报告。这一报告，还得了？如同往溪沌里掷下巨石，校长蒙了："此事当真？"老尼姑答："当真，出家人不打诳语。父亲是土匪，生下来的儿子也是土匪，我们只怕他糟蹋了这个女孩子，会坑她一世。"校长答："好，我谢谢你们，此事由我来管，只望你们出家人别再往外说。"老尼姑双手合十："阿弥陀佛，这就拜托你了，让我们佛门圣地图个清静。"至于佛门圣地是否真的清静，这个问题桐屿镇的大校长可不管，校长要管的是别让他的脸面挂不住啊。你想啊，一个堂堂校长所出之言，却得不到一个代课老师的尊重，这成了什么事情？尤其是她放着一个军人不嫁，却非要嫁一个国民党将军的后人，你这个姑娘还有没有一点阶级性及做人的原则性？

那天，学校一下课，校长立将臧新我叫来，问她："你爱上王曾锦了？"臧新我答："是的。"校长极为不满地说："共和国的军官你不爱？"臧新我犹豫了一下，回答："他？太老了一点，在我眼里简直可以当长辈。"臧新我此言一出，校长大光其火，心想："你这个丫头，我一校之长的话你不听，你想干什么？"就当时发生的情况看，校长并不想把事态闹大，只想唬一下她，令她回心转意，他做出来的决定是暂时解聘她。臧新我不知校长的良苦用心，只感委曲，解聘令一下，她立刻跑去找王曾锦说。王曾锦一听，他父亲身上特有的土匪情结再次如岩浆般并喷，暴跳如雷地叫嚣：“好哇，你这个狗校长，有什么了不起？还他妈的仗势欺人呢。”

那时候的王曾锦真是初生牛犊不怕虎，连想都不往深里想，拎起一把菜刀便冲进桐屿小学，往校长办公桌上用力一砍，吓得校长掉头便跑。既然人家跑了，你就让他跑了吧，你王曾锦赢了嘛，但王曾锦天生下作，一不做二不休，从村里叫了八个本家兄弟，挑了九担粪放在桐屿小学门口，再次冲进校长办公室。正赶上那一天，校长在办公室，两人一碰面，王曾锦即一把扯定他的胸襟，牵到大粪桶面前。校长颤声问道：“你想干什么？”王曾锦横眉怒目，恶狠狠地说：“你收回决定，什么都好说；你不收回决定，我今天就把这九担大粪，全倒在你学校门口。”校长惶恐地问：“你凭什么如此做？”王曾锦狂妄作答：“凭你干涉别人的婚姻自由。”校长面对着王家村八个虎视眈眈的大后生，再一看王曾锦的脸色，知道他碰着个新时代的土匪与烂头，吓得两腿发软，忙说：“别，别，你千万别这样，我收回决定行不行？”直到王曾锦认定对方已把话敲死，这才下令让八位兄弟把粪便担走。

王曾锦以为自己是个农民，死猪不怕开水烫嘛，大错误不犯，小错误不断，你能把我咋样？但他毕竟是太年轻了，哪里知道无产阶级专政的厉害？无论是谁，面对枪杆子，你不想低头都办不到。校长明着斗不过你，暗中与你斗行不行？王曾锦一走，校长立即向路桥镇革命委员会保卫组报告。这一报告，好，无产阶级专政重拳出击。王曾锦刚回到田家大院，路桥镇保卫组三个工作人员就来了。他们进田家大院后，二话不说，一把将王曾锦带走。桐屿小学校长指控王曾锦的罪名有两项：一是破坏军婚；二是威胁校长生命。然而，黄岩县主管政法的曹之杰却是十分讲究实际。他认为，臧新我与这位军官只见过一面，连个口头协议都没达成，谈不上破坏军婚；威胁校长生命，更是论不上，王曾锦手里的那把刀毕竟没有血，只能定他为扰乱社会秩序。于是，县革委会主任丁肖峰最后的批示是，将王曾锦送往黄岩长潭水库学习班，与郏国立、管致用、伍立人、钱子久及三十多位黄岩国民党将级军官们关在一起，夜里学习，白天劳动。

那时，来黄岩长潭水库工地学习班的人，全是“黑五类”，属阶级敌人。黄岩县革命委员会对他们实行半军事化管理，要求很严格。田兴业年事已高，王曾锦被抓前，他就大病一场，人虽然没有死，身体却大不如前，平日里只能在庙宇内缓缓地踯躅来踯躅去。当别人告诉他王曾锦的事情后，他只是将头一低，叹息了一声说：“天作恶尚可恕，自作孽不可活，让他自己作去吧。”金云子将王曾锦惹出大祸一事告诉了谢明心后，谢明心也没有别的法子，她十分勉强地从床上坐起，问道："他被抓走了？"金云子答："抓走了。""关在什么地方？""听说是关在黄岩长潭水库。"谢明心长叹一口气，说："我自己都管不了自己了，你能看就去看看他，不能看也就算了。此小子，不把王家给毁了、灭了，就算是大福分了。"

王曾锦这一改造，不是一天两天，而是一年。是好，是赖，毕竟是一家人哪，岂有不看之理？金云子托了不少人，这才与金秀子一起去看了他三次，送了些吃与穿。

一年过后，黄岩长潭水库最后修建工作基本完成。修建工作一完成，"黑五类"人员也彻底改造完毕，学习班正式宣布解散，另类人物可以回家了，王曾锦背着小包回到了田家大院。他回到田家大院后，连老母亲谢明心那边都不去看一下，绷着个脸便问金秀子："臧新我上这儿来过吗？"金秀子一听，心里暗骂：你这个家伙算是个什么东西？家里这么多人为你操心，你回家了，连问都不问一下，却问起那个踪影全无的女人来。当时气不打一处来，没好气地回答："我不认得她。"王曾锦急忙问："那有没有姑娘上田家大院来打听我？"金秀子出言不逊："你不撒泡尿照一下自己的影子。你想要她？吃你的空心汤圆去吧。"就这一声"吃你的空心汤圆"，令王曾锦扔下手里的东西，掉头就跑向臧新我家里去找她。臧新我家在路桥十里长街，她这个姓是十里长街七十七姓中最小的一姓，父亲是路桥通用机厂的翻砂工，家里的房子小得可怜，只有一间临河靠水的小木屋。王曾锦到她家一看，大为吃惊，没见着臧新我，唯见她的老父亲，便问道："臧新我呢？"臧新我父亲答："结婚了，跟丈夫上部队了。"王曾锦震惊地问："哪个丈夫？""就原先说的那个军官。"

王曾锦不听则已，一听则火冒三丈："你们知不知她早就答应嫁给我了？"臧新我父亲摇头答："我不知道。"王曾锦问："那你们知不知她的地址？"臧新我父亲茫然地说："她地址？她恨我们入骨，还有什么心思给我们写信？我只知道她与几个初中同学通着信，你去问一下他们吧。"

王曾锦天生有着一股祖上传承下来的狼性，凡到嘴的东西决不轻舍，岂能瞪着两眼令臧新我从自己眼皮子底下溜走？他决心追踪到底，便四处打听臧新我的地址。几经周折，王曾锦终于从一位女同学嘴里得知，臧新我真的与那位年长二十来岁的军官结婚了，现在的家就安在济南军区一家属大院子里，至于她现在做什么、干什么，她们全不知。"事至如今，我一不做、二不休，干脆去一趟济南好好看一看你，即使娶不了你，我也得让你的心头滴血。"王曾锦此念头一动，当下做出来的决定是去济南看这位初恋女友。路费钱何处出？从母亲那里拿，谢明心一准不给；冲金云子要，金云子决不会同意。他转念一想，还是找王保西借，因为他知道王保西口袋里还有几个钱。

这天下午三时，王曾锦终于找着了王保西，开口向他借钱。王保西倒是爽快，问王曾锦："借多少？"王曾锦答："一百五十块。"王保西又问他："够了吗？回来车费呢？"王曾锦邪恶地一笑，答："够了，她不是嫁了个有钱的军官吗？他娶得了她，还打发不了我回家？"王保西看王曾锦一脸的歹毒样，也不知他葫芦里装的什么药，不再多嘴，给了他一百五十块钱，让他走人。

次日一早，王曾锦什么人也没说，从床上一爬起，即往车站走。坐了汽车坐火车，三天四夜后，终于一头拱至济南。由于他是第一次出远门到济南，人生地不熟，这一寻一找令他吃尽了苦头。为了省下一分钱，王曾锦根本不敢住旅馆，天一黑，随便找了个地方蹲上一夜；肚子饿，随便买上一点吃的填一填肚子。一路走一路打听，好歹路在嘴边，转辗有十八处地方后，他终于寻到臧新我在济南一处野战部队团部家属院里。王曾锦一到她的住处后，即伸头往院里瞧。这一瞧不要紧，王曾锦那心当时就凉有一半，她与他之间所有的誓言早已变成山里的一股岚气，飘忽得不见了影踪——臧新我已有孩子了，她正一手抱着孩子，一手在精心修剪花草，还一边悠着声轻唱：

> 北京的金山上光芒照四方，
>
> 毛主席就是（那）金色的太阳……

若是换了别人，见此情景也许早就掉头走开，但王曾锦决非省心省事之辈，他只是往后退了三小步，随即停住了脚步，心想：她不让我痛快，我他娘的还能让她痛快了？干脆偷袭她一把，让她知道什么叫作真土匪！王曾锦牙根一咬，身子一甩，冲进院子，发出一声狮吼。就此一声狮吼，将臧新我吓了一跳，歌声戛然而止。谁？谁？好可怕、好熟悉的声音啊，她扬头四看，终于在参差的树丛中发现了王曾锦。瞬间，臧新我整个人一下子变成一根大木桩，钉死在院子中间。立于她面前的王曾锦两眼充血、脸如板酱，蛇嘶般发出一声喊叫："你就让我站在门外？"臧新我骇得魂飞魄散，忙抱着孩子将他迎进内屋。

王曾锦进屋后，扫视了一眼屋内，问："你丈夫呢？"臧新我颤声回答："出差了。""家里就你一人？""是。"王曾锦一听，立刻想要动手，臧新我吓得脸色如土，护定孩子说："我有了……"王曾锦一脸发恶地打断她："你大概忘了与我对天发的誓言吧？可我没忘！"臧新我觍着脸解释说："曾锦，你听我说，你听我说……"王曾锦一脸无赖地说："你想公了还是私了？""你这是什么话呀？"王曾锦恶声答："就这话！公了，好办，我现在就给你丈夫部队写信，直接告诉他，你他娘的臧新我早就是我的人了，是他下作抢了我的妻子。"臧新我惶恐地问："私了，怎么了？"王曾锦毫不心软："为了找你，我吃尽苦头。你答应我两点，拉倒。""哪两点？"王曾锦凶着狼眼说："一、我不能白来一趟，好赖得由着我一回；二、我是借人家钱上这里来，你必须还给我路费。"臧新我弱声回答："钱我可以给你，那事就不要了吧。你想，这是什么地方，这是军区大院！"王曾锦毫不知耻地伸出手，往自己两腿中间一戳，说道："你就忍心让我这样挺着往外走。我为什么来？这一年多的劳动改造我为谁？你不同意可以，反正我破罐破摔，关过一回了，我不怕关第二回。"遂摆出一副起身要走的样子，臧新我看到王曾锦眼睛里放出的那股蛊毒，真是死猪不怕开水烫啊！没有别的法子了，只得放下孩子以示同意。

王曾锦迅如风雷地对臧新我大动其手，待完事拿到路费后，他还赖着想住上一夜再走，直到臧新我哭着对他说："你在我这里再待下去，会把我的家给毁掉的。"王曾锦这才冷笑着咬着牙说："你放心吧，我说到做到，决不会赖在你家里不走。但我必须告诉你，大丈夫报仇三年不晚，有朝一日我王曾锦大翻身，我会叫你后悔一辈子。"说完，王曾锦一耸肩膀，头也不回地走出她的家门。

王曾锦回到了家里，这一次出门，可以说是旗开得胜。他不仅得了一次大便宜，还逛了一回大济南；不仅复了夺妻之仇，还让他捞回来一笔钱。然而，令他吃惊的事情也随着他的得手而出现异变。每夜不睡觉则罢，一睡觉躺在床，总发觉身上潜着一股毁灭性的力量，无时无刻不在向他发出挑战，让他浑身难忍，心头岩浆涌动。如果不赶紧想个法子找到一个出口得以发泄，一旦作将起来，就会将他活活烧成一堆白灰。

某天上午，王曾锦在大街上走着，恰好与一身靓丽的戴雅琴相遇。王曾锦说不清因何原因，他下腹那东西竟现出大高挺，高挺得如此凶恶与强悍，几乎要拱破裤裆出来亮相，骇得他忙顺南官河岸下蹲，一直蹲至蛇头平复，这才敢站起来继续往前走。此时，在王曾锦眼前一直晃来晃去的有四个女性，全是金氏姐妹。金叫子、金灵子，似乎还小，魅力四射的独有二人，一是他嫂子金云子，二是她妹子金秀子。再一端详，金秀子脸上有块黑地图令他心中不爽，唯有金云子活似一只火凤凰令他为之心仪。

但是，王曾锦毕竟是田家大院出来的子孙啊，从小所接受的基本道德与别人不一样，他知道什么可为，什么不可为。学汉之陈平盗嫂？不行，不行啊。一是他没有这个勇气；二是他内心有太多的恐惧。没勇气的是，金云子毕竟是他嫂子啊，哥哥的禁脔怎可轻盗？恐惧的是，此事一旦外泄，不仅全村人看不起他，养父母谢明心与田兴业这两个老祖宗还不联起手来把他杀了？他也曾想袭击金秀子（能有个女性让他发泄一下也好），细为一接触，发现金秀子完全与他的养母谢明心一个样，对他的那种内敛与防范不仅令他浑身难受，且无法近身。而现在家里的两个老人金明一与谢明心呢，简直像两只无处不在的老猫，时刻守卫着她们。从济南回来后的第八天，正临盛夏，天气特热，金秀子在院里晾衣服，由于她身上穿的衣服短小，一踮脚，上身一拱，一下子就将那一对小乳闪了出来，圆弧的轮廓让王曾锦瞅了个晶亮。王曾锦心下一动，正想动手，即在此时，谢明心恰站在他背后，冲他大喝："王曾锦哪，你站在院子里傻看什么？"王曾锦回眸与谢明心目光相碰撞，瞬间发现谢明心的两只老眼里喷射出一种让他无法忍受的目光，令他浑身毛骨悚然，便束手退了回来，一脸尴尬地回答："我在看房顶上的雀儿们哪……"就在这天，王曾锦终于恍然大悟："兔子吃不得窝边草"。

于是，王曾锦不得不将他的猎杀目光再次游到田家大院之外。也许是王曾锦命中注定要有这场色劫，正当他一身烈火汹涌之际，第二个被他狩猎的女孩出现在他面前。这个姑娘名李婉，细排辈分，她与他伯母李雅香同为一族。说此人之容貌，不可与当年的李雅香同日而语，但多少有一些可圈可点之处。人就是这种样子啊，三年不见女人面，老母猪即可当西施。是时的王曾锦对女人还有什么过多要求，只要能容着他纵其欲则行。王曾锦自从认识李婉那天起，就急不可耐地想要打开她那扇紧闭着的大门。但这个李婉可与臧新我完全不一样，她是个纯古典式的女孩，极为坚守。

某天，他们两人偷着在田家大院见面，王曾锦将她堵在后屋石楼，手都快插至她私密处了，李婉突然愤怒地扭身，站起来对他吼道："王曾锦，你这可不行。要想来这种事，必须与我正式结婚。"王曾锦说："那如果你家里不同意怎么办？"李婉很坚定地说："你没求婚怎么知道？"见李婉态度坚如铜墙铁壁，王曾锦没得法子了，只得亲自上李家求亲。这一去不得了，惹出大麻烦了。王曾锦满以为李家与田、王两家原本就是老亲，岂有不应之理？哪知今非昔比，李家与田家再也不能老调重弹，王曾锦只得老着脸央求文化馆老师易怀春去替他开金口。不看僧面看佛面啊，易怀春只好答应去李家。进李家后，易怀春刚一提头，立刻遭到李婉父母的拒绝，两老人说："易老师，对不起啊，不是我们李家要打你白脸，这事万不可行。"易怀春说："他俩相爱，为何不成全他们？"别看这两位老人没读过多少书，回答之言却非常巧妙且实在："易老师啊，爱情是虚的，婚姻是实的。每个人都有自己的生存底线，我们李家在子女婚姻问题上也有我们的底线啊。你想呀，我们李家是无产阶级，王曾锦是什么家庭出身，他的家庭又是什么样的人？他父亲可是国民党中将，是土匪，母亲是妓女、尼姑，这两人野合后生下来的儿子会是什么样的呢？就现在这个政策，如果他们成婚，后代子孙不是个土匪崽子，就是个国民党孙子。在这个讲成分的年代，他们俩结合后，这一生一世还能在社会上抬起头来？"这还不算，两位老人说出让易怀春更无从想象的三大顾忌：一是，他们顾忌龙生龙，凤生凤，老鼠生儿打地洞，王曾锦父母是土匪与妓女在山洞里野合后所得的儿子，他的后代子孙也不会有什么好果子吃。二是，顾忌田王村是农村户口，他们是居民户口，农村户口迁不上城市户口。国家政策是女从男，他们的女儿只要与王曾锦一登记，她的户口就得从城市迁入农村。现在，城市居民与农村户口差别这么大，让女儿因婚姻问题一下子变成农村户口，叫他们做父母的心里何安？尤其是革命委员会一道政令把田王村所有产业全部封了，一个二十来岁的大小伙，连自己的饭碗都捧不牢，怎么养家糊口？三是，顾忌田家大院不是过去的田家大院，好事早已让田、王两氏子孙们用尽，接下来他们势必是走背运、倒背时。最后，两位老人说："易老师，你睁眼看看，田文和被逮捕，田兴业做和尚，谢明心病得说不上哪天就走人，我们做父母的怎么忍心让自己的宝贝女儿入此人家？"此三条一摆出，易怀春还有什么话可说？他什么话都说不出来了，只得回来对王曾锦说："王曾锦哪，你就死了这条心吧……"尽管如是，王曾锦还是不死心，他想贼咬一口烂见骨头，追到底。但令人没想到的是，李家人担心夜长梦多，活似处理废品一般，毫不犹豫地将李婉嫁给路桥通用机械厂一位比她大九岁的技术工人，从两人相识那一天算起，只过有七天，即草草举行结婚典礼。

王曾锦的整个情绪开始出现大疯狂，连续两次求爱的打击，气得他不说是满嘴冒白沫，也差不到哪去。在李婉正式举行婚礼那天，王曾锦跑到他父母坟前，咬牙切齿地对天发重誓："老爹、老妈，你们听着，如果你们在天有灵，请帮你的儿子升官发财，出人头地。有朝一日，老天爷若是让我做得了人上人，我不让他们这些王八蛋死在我面前，我誓不为人！"这时的王曾锦与其说是人，莫不如说是一只吃人肉红了眼的狗头虎。那仇恨、那情欲，不仅让他全身化为焦土，也让他变成一个无恶不作的魔鬼。

王曾锦做出了一个令人完全没有想到的大举动，他要把所有国民党留在大陆的将校级子女组织起来，来他一个集体大逃亡，逃向台湾。为此，王曾锦不知从何处搞来一只收音机，成天躲在田家大院后边的石屋里，偷着听台湾对大陆的广播，连夜做完方案后，他立刻找到初中时的同班同学金鸢子。这金鸢子的父亲名叫金明成，是金家村人，解放前曾与王国器同朝为官，同样是国民党的中将军官。辽沈战役后，金明成投诚共产党，回到了老家，领着金家村人与诸葛门的诸葛定石合伙开办了丝织厂，并娶诸葛定石之女诸葛明英为妻。就在金鸢子出生那年，金明成因私放上海警备区司令宣成吾去往台湾，遂被人民政府逮捕入狱。后不知何原因，他与另一位国民党军统少将越狱成功，并逃至台湾。直到文化大革命开始，路桥十里长街人才知金明成不仅没有死，且在台湾当上大官，据说他现在的职务是国民党国防部次长。

是夜，王曾锦叫出了金鸢子，他们就着南官河的一处大水埠坐了下来，夜色正浓，两人的双眼都在闪闪发亮。金鸢子问："这么晚了，你找我有什么事？"王曾锦说："你想不想改变自己的命运？"金鸢子哪能不想改变自己的命运呢？疑惑地问："你有什么好办法改变吗？""你想改变，就能改变。""你说说看。"王曾锦即把他想好的集体大逃亡方案告诉金鸢子。金鸢子听完，头脑非常冷静："集体大逃亡，有多少人？""是国民党将校级军官子女全部集结。"金鸢子又问："那从哪儿出海？""我老家海王村。""你有大海船吗？往哪个方向开？如果遇到解放军的炮舰，你怎么办？""有船，金门马祖。如遇着解放军，我们就说是红卫兵小将大串连。"金鸢子仍有些担忧："怕是不等你把人集结起来，无产阶级专政的铁拳早就将你砸得粉身碎骨了。王曾锦啊王曾锦，你别将自己比成堂吉诃德好不好？"王曾锦说："我们总不能坐在这里等死吧。"金鸢子想了想，说："如果你我真想翻身，仅有一条路可去台湾。你只能纠集铁杆哥们三五人，对外打出的幌子是出海钓鱼，如此才有可能混得出去。这么大的一个集体行动，你不把自己作死，那才叫怪。"

那天，王曾锦与金鸢子两人做了一个明确分工后，悄然分开各自行动起来。不久，金鸢子家出了大事，他母亲被李丰收打得死去活来；不久，设在诸葛门的造反派司令部突然失火，好一场大火啊，让诸葛门这么好的一处大房子瞬间变成了一片灰烬不说，还活活烧死了三个红卫兵大头目；再不久，金鸢子、王曾锦、邢尚红等一行五人来到海王村，在海王村住了一夜，也忙了一夜，第二天一早，他们偷出一艘小渔船，借出海钓鱼为名，驾船顺风往金门马祖方向驶去。也许是王曾锦这小子命中注定不死，也许是王家祖先们的幽灵在冥空中保佑，这条小船刚驶到王居正沉船处，遇着了一场突如其来的龙卷风。王曾锦一不会驶舵，二不知海性，船一失控，船身即出横，龙卷风趁机劫掠，滔天大浪刹那间将他们的这一艘小船打了个底朝天，一行五人全都下了海饺。就此一举，金鸢子不见了，另外两个也不见了，只剩下王曾锦与邢尚红还活着。

正当两人被海水淹得半死不活时，被巡海的民兵发现。那时，现场指挥官，恰是郏国立的儿子郏东生。郏东生一声令下，将王曾锦与邢尚红从海水中打捞上来。待这两人安静下来后，郏东生问："你们从哪儿来？"王曾锦答："田王村。""来此做什么？""出海钓石斑鱼。""你们共几人？""五人。"郏东生又问："还有三人呢？"王曾锦答："我不知道。"

一因船底朝天，他们精心准备的东西让海水冲得影踪全无；二因海王村原本便直属田王村，村中两姓一直与田王村有往来，田王村人到海王村住上几天是常有的事情，见惯不怪；三因海边人坐小船出海口钓石斑鱼者很多，五个年轻小伙子驶条小海船出海口钓鱼不足为奇；四因王曾锦是名副其实的田王村人，邢尚红与王曾锦又是同班同学，海王村人一一认账，加之郏东生与巡海军警及地方派出所皆没把这五个后生往坏里想，便一个电话打到田王村，叫田王村村干部将王曾锦与邢尚红领回去。田王村村干部立刻来到海王村，将他们两人领了回去。

邢尚红回家了，王曾锦交至谢明心了。谢明心不知就里，只是满口唯唯地答应，对村干部千谢万谢。而当家嫂子金云子，她的目光与王曾锦的目光一焊接，立刻明白了王曾锦的真实企图。别看金云子一言不发，但她的眉梢眼角所现出来的全是难以言尽的哀怨。金云子似乎理解王曾锦为何如此，对他并无过多苛责，只是从房间里拿出一身田文和的衣服，一边令王曾锦换上，一边在他耳边柔声说："小阿弟哪，做人并不是全为自己活着的，你上半夜想想自己，后半夜得想想别人。天时、地利、人和三者皆不备，你如何能出得去？"王曾锦答："事在人为。"金云子摇头说："不对啊兄弟，你想得不对，有些事可遇而不可求。"金云子的话说得十分有理，时不我待，那是没有办法的，就你个王曾锦不管你如何蹦跳，就是跳不出如来佛的大手心。然而，仇恨早已深入骨髓的王曾锦，蕴藉在他血液里的海盗情结、土匪情结一旦拱出地面，便很难迂回侧击。

就在回来的那夜，王曾锦独自一人躺在床上烙开了大麦饼。他想起了秦朝大泽乡的陈胜、吴广扯旗造反；他想起了当过亭长又斩白蛇而起义的刘邦；他想起了出身和尚，后经浴血奋战登上皇帝宝座的朱元璋；他想起了父亲王国器当中将官时所现出来的那种风采……王曾锦终于得出一个结论，在中国这块土地上，你想要发迹，你想要起家，你想要做得人上人，你就得当土匪起事。是啊，父亲为什么能成为国民党中将，养父为什么能成为国民党高官，不就是因为他们手中有队伍吗？那我为什么不能与他们一样拉起一支队伍来呢？这个荒唐的野心家即在这个荒唐的夜里，从床上翻身爬起，点燃油灯，趴在桌上荒唐地写了一个拉人起义、上山打游击的方案来。写完后，他觉得自己完成了一件大事情，将本子一合，身子往床上一倒，头一闷便呼呼大睡了。

天亮了，南官河上船儿响了，村民们落田出海了，金明一与金秀子上山去了。至中午时分，王曾锦起来吃饭，吃过饭后，他两只手往口袋里一插，吹着口哨走出了田家大院。两小时后，王曾锦叫了郎高柱与十几名国民党将校级高官的子女，躲入回龙山脚下的山神庙里开会，首次对他们亮出这个破天荒的荒唐想法：组建一支黄岩游击队，把队伍拉到某一深山老林里去，占山为王。王曾锦说："我们要在那个地方建立一个新的共产主义制度，让所有人都能够有福同享，有难同当。"面对王曾锦的这个大胆提议，郎高柱第一个发出质疑，他说："我认为此事不妥。"王曾锦问："有何不妥？""你这是拿着个鸡蛋往石头上碰。""现在天下大乱，我们不干他一把，等待何时？"郎高柱不以为意地说："就我们这几个人，能干成什么事？""只要我们在这里举旗造反，台湾方面一定会起兵援助的。""王曾锦啊王曾锦，你是不是昏了头了？""此话怎讲？""你想啊，现在中国是乱，可这乱与过去的乱不一样啊。""有什么不一样？""你有所不知，现在的乱是有主子的乱；过去是什么乱呀，无主子的乱，只要你手中有枪，即可成为草头王。这两者不可类比哟，别的我不说，就说你爸与艾民起相比，同属土匪海盗，为何两人的结局不一样？""你说说，为什么不一样？""艾民起起兵失败，是因为国中有主；你父亲起兵成功，是因为国中无主。""你的意思是现在不能动？""当然不能动，一动必自取灭亡。"郎高柱此言一出，所有参会之人全都附和，会议不欢而散，王曾锦只得悻悻而归。

从这天起，王曾锦开始丢魂失魄似的东飘西荡。一天，许田长青至王曾锦的房间找他有事，发现王曾锦不在。偶然间朝书桌上一望，见桌上摊有一日记本，内夹有一纸。许田长青轻轻地瞄上一眼，见纸头上写有三个大字"建方案"。什么"建方案"？许田长青完全是出于一种好奇，将纸取出展开细看，见天头处显有"军事行动建议方案"八字。许田长青从头到尾读有一遍，当即吓得浑身发冷，心中一直藏匿的那个小鬼发出一声刺耳的尖叫：天哪，王曾锦啊王曾锦，你想干什么？这不是自己找死？许田长青魂也飞了，魄也散了，立刻拿着这张纸迫不及待地找到了金云子，把王曾锦写的这个方案给她看。金云子一看，一脸的红润吓成了一盆咸菜汁，急问："你这是从哪儿搞来的？"许田长青答："王曾锦的房间。""你知道什么叫作无产阶级专政吗？""知道。""知道就好，这件事一旦泄露出去，你知道会有什么后果吗？""知道。"金云子叮嘱他："此事到此结束，你千万千万不能告诉任何人。"许田长青问："你爸，我外公、外婆也不能告诉吗？"金云子斩钉截铁地说："不能，不能，千万不能。落在他们头顶上的灾难实在太多了，这么大的年龄，再也经不起任何打击了。""那万一王曾锦走出了这一步怎么办？""这事你不用管了，我来解决。"许田长青一听，小舅母把话说得如此死，当然不敢多言，掉转头就走了。

许田长青一走，金云子拿着这张纸犯愁了。别人总认为什么种子开什么花，一个土匪与妓女生下来的儿子，决不会安分守己，独有金云子知道王曾锦为什么如此仇恨政府、如此仇恨人类、如此想铤而走险。她心里前后三次对自己说："想要叫这小子不惹事、不出局，没有别的好办法，只有一招，那便是赶快给他娶个女人。"她明白，要想这匹野马老实听调，唯有女人之手才能套住他的笼头，唯有女人心中"海"出来的爱，才能融化他这颗结成冰的心。然而，摆在她面前的症结是，就眼下田家大院与王曾锦的这种样子，有哪个好姑娘能登上门来？经济基础决定上层建筑，男女婚姻也是上层建筑的一部分哪。金云子也曾考虑过将亲妹妹金秀子嫁给王曾锦（姐俩嫁哥俩，在台州地区不少见），但她多少有点拿不定主意，原因只一条，那便是父亲金明一与妹妹金秀子对王曾锦的看法非常不好。想来想去，别无他法，若不趁早解决，事情一旦朝恶性方向发展，即会将王曾锦给毁了。最后，金云子决定亲自找王曾锦谈一谈，田文和被捕入狱了，作为接替谢明心的当家女人，她不能让田家大院的男人再次遭难。

夜幕降临，晚饭吃过后，谢明心对金云子说，她心里对田文和一直放心不下，让金云子整上一点好吃的东西，去金华农场看一下田文和。然而令金秀子吃惊的是，她姐金云子当面一口答应，背后却板着脸跟金秀子说，最近她身体非常不舒服，这两天不想去。金云子这个阳奉阴违的决定，令金秀子既痛苦且迷茫，她不知姐夫遭逮捕后，她姐怎么会变得如此寡汤寡水。金秀子说："他可是你的丈夫哪，上劳改农场这么长时间，你怎么可以不去看看？"金云子答："我身体真的非常不舒服。""你哪里不舒服？""有些事我与你三言两语说不清楚。""你答应了又不去，那怎么办？"金云子央求金秀子，对她说："好妹子啊，你就替我去看一下他吧。让我把家里那些烂事处理完了、身体好一点了，再去也不迟。"金秀子为人厚道，见她姐脸色非常难看，信以为真。于是，她答应替姐姐去一趟金华看田文和。

第二天一大早，姐妹俩双双开始行动，金秀子准备吃的东西，金云子准备换的衣服。等到金秀子拿起东西刚起程，金云子即将王曾锦喊到自己的房间里来。是时，正是夏天，金云子身上穿着很少，少妇成熟后的特有丰韵处，全闪露在外，再加之女性身上散发出来的那股令人窒息的气息，令饥渴中的王曾锦浑身再次发雄。就在两人见面的一瞬间，铭入骨髓的遗传因子终于完全占领了战争的高地，他与她直面只是一对视，王曾锦的两眼立刻直扑目标，露出成熟男子难以形容的贪婪与焦渴。只要你是个女人，在情感问题上一向是十分敏感的，金云子立即就从王曾锦的目光中读出文本中的真实内容。

事已至此，金云子无法逃避王曾锦撒过来的这张大网，硬着头皮拿出这张纸来，询问王曾锦："这是不是你写的？"王曾锦毫不避讳地答："是。""你这不是自己寻死吗？""你以为我活着还有什么意思？"金云子忙关切地问："你这是怎么啦？""我现在什么都没有啊，我要女人，我要工作！"金云子摇着头说："不好啊，不好，你可别再如此犯傻了。""我怎么犯傻了？这有什么不好？"金云子说："田家大院失去了你哥哥，我不想再失去你！"就这一句"你不想再失去你"，瞬时令王曾锦两眼一亮，心下大喜，掉转大炮即向金云子发动猛攻："你想要我别走这条路，可以。但，你必须答应我一个条件。"金云子问："什么条件？"王曾锦两眼直盯着金云子，说："我要你。"金云子一听，全身发慌，嗔骂："你这个小浑蛋，我是你嫂子。""什么嫂子不嫂子，我不管。我只告诉你一句话，我王曾锦爱你……"金云子急忙打断他的话："胡说！"王曾锦答："我如果胡说，我不是人，你知道我为什么在外面穷作？""我不知道。"王曾锦恶邪地说："就因为你，就因为你日夜让我睡不着觉……"

金云子还想再说什么，然而不等她张口，王曾锦早张开两臂扑将过来，一下即把她的胴体紧紧抱死。金云子奋力挣扎，苦求说："王曾锦，你别这样，你妈会听见的。"王曾锦答："她耳朵聋。"金云子继续挣扎："长青要看见的。""他不在家。""我妹妹会听见的。"王曾锦喘着粗气回答："她也不在家。"金云子仍在扭曲抗拒，但她毕竟是有过男人的少妇啊，当男人身下那特有的东西一旦触及正位，金云子浑身电击般出现颤抖，她顺从了。

当王曾锦彻底放纵后的身子躺在她身边时，金云子说话了："你怎么会这样？"王曾锦一身慵懒地回答："我也不知道怎么会这样。"金云子问："你是不是有过女人？"王曾锦幸福得如团烂泥，呢喃着说："没有，没有啊。""那你为什么对此事如此之熟络？""这还用教？家里养的鸡、鸭与农田里的牛、猪，哪天不是这样在教你？"金云子翘起兰花指，戳了一下王曾锦的大鼻子，娇嗔地说："出了事，你我找死。""有了你，我死也值得。""你是什么时候爱上我的？""你与我哥结婚的那天夜里。"金云子再问："你会永远爱我吗？"王曾锦答："放心，要死我也与你一起死……"

从表面上看，王曾锦老实了，他不再想拉队伍上山当土匪，不再想驾船逃往台湾，女人的笼头确是将这匹狂奔的野马给套住了。但这个精力过人的家伙开始没完没了地缠着他的亲嫂子，不仅是夜里缠，连白天都要缠，一缠便发狂，一发狂便像蛇，又像狼。尽管谢明心两只眼什么也看不见，尽管许田长青、金明一、金秀子他们从不上金云子的房间，但天下没有不透风的墙啊，即使外人发现不了，自己也把自己给暴露了。三个月一过，金云子发现自己每月必来串一次门的小冤家开始杜绝出门。作为已婚少妇，她当然明白这预示着什么，她渴望着第四个月来临时，这个小冤家自己会走出门外。终于等到第四个月了，金云子傻眼了，发现她的小冤家一直在闭门思过，不想出来。金云子的心里恐惧起来，她比田王村任何人的心里都清楚，田文和被捕时，她金云子是个空心竹筒，如今这空心竹筒里有一满筒的豆子。那么这豆子是谁的，一切都不打自招啊，这可怎么办哪？金云子经过多次思想搏击，涌上来的念头是把妹妹金秀子嫁给王曾锦。一来可以给自己找个替身，二来即使是偶然间偷他一次情，也有一块挡箭牌可以挡一挡。金云子认定她的打算十分完美，决定强行向王曾锦推销自己的亲妹妹。

某天上午十时，田家大院前楼空无一人，王曾锦偷着潜进金云子房间，想与她缠绵。金云子一把将王曾锦推开，咬着牙根对他说："王曾锦哪王曾锦，你不能再如此与我玩了。"王曾锦耍无赖地说："怕什么哪？田家大院这么大，你不说，我不说，谁能知道？"金云子生气地说："问题是我的肚子要开口说话了。""肚子能说什么话？""我有了。""有什么了？""有你的孩子了。""这有什么可怕的，上医院打掉不就完了？""怎么打？你哥进监狱前我肚子里没有，现在有了，黄岩县哪个医生不知你哥？""那我没有你也受不了啊，怎么办？"金云子顿了顿，说："你应当找个女人成家，我毕竟是你嫂子，你再与我这么没完没了地纠缠下去，会把我和这个家全都毁掉的。"王曾锦回答："我找了那么多，一个都不成，你叫我怎么办？"金云子伸手往后院一戳，说："你往院子里看一下，她行不？"

王曾锦伸头往院里一看，恰是金秀子，她刚收了旧报纸回来，坐在树荫下，光露出雪白的肩臂在做花，一枚闪亮的小针在棚机上一上一下，把一块绷紧了的白布扯得嘭嘭直响。王曾锦一下子将他的头摇成了货郎担手里的卜浪鼓："不行，不行。"金云子说："为什么不行？""她不能与你相比，身段倒勉强可以，就是不能正面看。正面一看，酸倒牙。""你嫌弃她脸上有地图？"王曾锦答："是。"金云子一下子发起大火，一把将抱定她的王曾锦推开，骂道："你这个混账东西，你他娘的不撒泡尿照一下自己，就你这么一个土匪与妓女的儿子，还敢嫌弃我妹子，你给我滚！"金云子这一发作，把王曾锦给吓坏了。说实话，是时的王曾锦已无法离开这个给他带来快乐的女人，早已被金云子拿捏得骨头麻、肉也麻。他小心翼翼地问："我一定得娶她？"金云子语气坚决："对。""为什么？""这对你好，对我也好。对你好，我与你这事有个挡箭牌，省得你在我房间里进进出出引别人怀疑；对我好，有我妹妹做替身，好让我处理掉身上这块肉。不然，事情一败露，我先杀了你，再处理我自己。"王曾锦吓坏了，他没想到金云子的性格会如此刚烈，轻声说："我与你妹子结婚也可以，但必须有个前提，就是你以后还得让我上你这儿来。""那要看你我的戏演得漂亮不漂亮了。""若是漂亮呢？"金云子答："一概如往。""好。"王曾锦终于点头同意，两人即脱衣解带……

金云子穿好衣服，来到后院找她爸说了这事。一因金明一不知长女在背后演有那么多戏，二因他的确不知如何处理这门亲事。从金明一来到田家大院那天起，对王曾锦的看法就一直没有田文和好。在他眼里，田文和无论怎样，都是一位打着灯笼也找不着的好女婿，即使现在成不了气候，若干年后，天运地转，也自有他出头之日；而这个王曾锦呢，他怎么看心里怎么觉得不靠谱。说他坏吧，凭着一个音乐家的直觉，王曾锦才能过人，聪明超常，是个不可多得的干才，干什么能成什么，他眼下之所以如此，是因为上天不给他机会，让他龙搁浅滩受虾戏；说他好吧，总觉得王曾锦两眼射出来的光与田文和两眼射出来的光完全不同。眸子不能掩其恶，心正则眸子亮，心不正则眸子昏暗。田文和与王曾锦的眸子，正好是两个极端。一个正，一个邪；一个善，一个恶；一个清，一个贪；一个至诚，一个带兽性……

金云子呢，立刻从父亲的沉默中解读出了他的思想，说道："爸，我嫁给文和后，与王曾锦相处的时间较多，发现他与同龄人相比，有三个过人之处。"金明一问："他有哪三个过人之处，你说说？""一是有学问，文章写得好；二是聪明能干，做什么像什么；三是鼻子长得大、挺。"金明一好奇地问："鼻子大，能说明什么？""看男子会不会发，要看他的鼻子，鼻子好，其命必好。这话可不是我说的，而是我公公说的。我总想，别看他现在穷困潦倒样，但人不可貌相，海水不可斗量，说不定哪天时来运转，兴许他还能干出点什么名堂来呢！"金明一又问："你妹妹脸上有黑斑，一般人家为之大忌，他能同意？"金云子答："当然同意，如果他不同意，我也不敢说这话。"金明一想了一想，说道："囡儿啊，我老了，看人不准了。你们都已是成年人，自己的婚事自己做主。你去问问你妹妹，她若是同意，我这当爸的没有意见。"

是时的金明一再也不是过去的金明一了，打从经历了那么多的挫折与灾难，他是越来越相信命运了。一个国家有国运，一个家庭有家运，渺小的人类何以主宰自己？是横是直一切都是命中注定，就听从命运的抉择吧！

金云子开始向金秀子发动进攻，她来到金秀子面前，咬着她的耳朵把事情说了一遍，金秀子的脸顿时红成一大片，羞涩地问："是他要你来的？"金云子答："是，他说他爱你很长时间了，只是不敢开口。"金秀子说："姐，我觉得他做人心太野。""我的好妹子啊，男人心不野，何以成大业？""那他不嫌我脸上有地图？"金云子说："嫌什么，就他那个样，你能嫁他都是他的大福分呢。"金秀子思虑了一会儿，说道："婚姻之事，我也说不好。你问爸，爸同意我就同意。"说完，头一低，起身走了。金云子暗中一笑，一块大石终于从高处落至地面。

金云子即正式向老祖宗摊牌。谢明心问金云子："他真愿意娶金秀子？"金云子答："他说了，百分之百愿意。""他不嫌弃金秀子脸上有黑地图？""他说了，近地丑妻是家中宝，娶个妻子是过日子的，不是当花瓶摆设的。"谢明心似乎有点不相信："他真这么说了？"金云子撒娇着说："妈，他真这么说，您老人家怎么连我的话也不信了呢？""孩子呀，我别的不怕，就怕这个家伙好高骛远，喜新厌旧。"金云子说："妈，不会的。他对我起誓了，他不会。我之所以同意，只有一个目的，就是给他套个笼头，省得他在外面惹是生非。"

谢明心毕竟是上了年岁的老太太啊，哪能知金云子与王曾锦在情感上有这份纠葛？她误以为残酷的现实生活已把王曾锦那坚守的理想击得粉碎；她误以为王曾锦这小子终于在磨难之下开始脚踏实地；她误以为王曾锦身上的那股狼气被可怕的猎手们收拾拾顺；她误以为王曾锦变成了一块可以随意切割的高压板与圆滑的鹅卵石，不再有野性。金云子的话令谢明心内心非常感动，她第一次觉得金云子是上天赐予田家大院真正的当家女人。于是，她对金云子说："现在，田家大院是你当家，你决定吧。反正哥俩娶姐俩，这种婚姻在路桥十里长街不在少数。"金云子说："您可是田家大院的老祖宗啊，您这老祖宗不发话，老虎驾车——谁敢哪？"谢明心伸手抚一下金云子的头发，爱怜地说："就你会说话，文和有你这样的妻子，也是他的福分喽。"

谢明心终于发话了：田、王两氏子孙们集体出面，把王曾锦与金秀子的婚事给办了。两人正式结婚那天，谢明心央人去请田兴业回来主持婚礼，田兴业因身体欠佳没回来。人虽没回，田兴业却在此夜做了两个怪梦：第一个怪梦是在交子时，他梦见田文和与金秀子在一处新别墅里举行婚礼；第二个怪梦是在后子时，他梦见田家大院出现撼天动地的大爆炸，王曾锦与金云子抱着一新生儿，双双被埋入田家大院的那堆废墟里。田兴业醒后，伸手一摸，浑身上下全是黏黏的冷汗，交子时的梦倒好说，后子时的梦却不是一个好梦。他坐起身来，添亮小油灯，端详着屋里摆放的观音菩萨坐像。天哪，这是怎么回事？我怎么会做这个梦？莫非田家大院真要出什么大事？田兴业横下心一想，天道冥冥，不可预测，该死的就让他死，该活的就让他活，我一个出家之人，还多管俗世间的什么事呢？

金秀子来催金云子，要她去金华看看田文和，金云子再次拒绝。这次拒绝可与上一次大不一样啊，上一次拒绝，金云子因操心着王曾锦的事，抽不出身子去；这一次拒绝，金云子是打心眼里不愿去，原因是她正在为肚子里的这块异肉烦得要死。金云子没好气地回答金秀子："我的好妹子啊，我身子极其不舒服，还是你代我去一趟吧。"金云子的这个态度，令金秀子大为不解，问她："姐啊，他可是你丈夫，他想的是你，盼的是你，你怎么老是让我代你去？"金云子答："我的好妹子，你也是女人，就算我到了他那里，我能与他在一起吗？既然是望梅止渴，还不如不见。"金秀子结婚后有过男女间的生活，当然知道男人与女人在一起是怎么一回事了，心里暗想：是啊，是啊，横直他俩是不能一起，夫妻相见也许更加痛苦，既然如此，还是再让我替她去吧。

金秀子坐上车去往金华监狱，她前脚刚一走，王曾锦后脚便冲进金云子的房间，纠缠金云子。金云子不让，发恶地说："你这个小浑蛋，怎么还来死缠着我？"王曾锦说："姐姐，我的好姐姐，你就让我一回吧。"金云子嗔道："我这么一个好妹子，还不够你消受？"王曾锦苦着脸说："我都让你给踢登稀了。"金云子问："我怎么给你踢登稀了？""我心里全是你，她恶我，我也恶她。""她恶你什么？""我要动她，她不干，骂我下流！"金云子笑着说："我二妹就这个样，你凭什么恶她？""我一看到她脸上的那个地图，打心里就犯恶。"王曾锦的这种态度，令金云子非常吃惊，问他："这么说，你与她还没来这种事？"王曾锦垂头丧气地答："来是来了，只有一次，还是强行到手的。她说我什么地方不好动，专动她这个地方，下次若再这样，她就不与我一起睡觉。""你没说你是她丈夫？"王曾锦气愤地答："说了，说了，可她的一句话差点没把我噎死。""她是怎么说的？""她说，'谁知道你是我的真丈夫还是假丈夫'？"金云子心中生疑："她怎么说这种话，是不是发现了我与你的事情？"王曾锦说："不可能，绝对不可能。她要是知道我与你的事，就她那性格，还不得撵我出门？"金云子正在思索金秀子为什么会这样，王曾锦却两膝落地跪在她面前，两手环死金云子的腿肚子，哀求说："我的好姐姐呀，你妹子不是个人，她是块石头，我怎么能与一块石头相处哪，你就让我在你身上得到一点快乐吧！这世界上，除了你能给我快乐外，谁还拿我王曾锦当个人呢？"有道是男人膝下有黄金，怎可轻易下跪？尽管金云子打心眼里非常讨厌，却又无可奈何，只得恶狠狠地点了一下王曾锦的额头，说："冤家哪，我身上有你的这块肉，都不知怎么处理呢，你就积点德让我处理完了再说吧。"

金秀子从金华劳改农场看了田文和后回到家中，姐妹俩见面，金云子只是淡淡地问上一句："阿妹，你姐夫情况如何？"金秀子回答："还好。"然后，金秀子惊愕地发现，金云子居然惜言如金，再多一句也不问。这令金秀子大感不解，天哪，我姐怎么啦？姐夫才离家多长时间，她怎么就对姐夫如此冷漠？然而，她天生不是个好事之人，认为这么大的一个家，里里外外全让她姐一人操持，已是愁不胜愁，你一个做妹妹的还多说什么呢。

金云子终于做出最后决定，她要完全彻底地解决掉她的这个大难题。这天，金云子处理完家务事后，准备偷着去路桥第一人民医院。她刚走到田家大院门口，即与金秀子相遇。金秀子问她："姐，你上什么地方去呀？"金云子不敢面对金秀子，低着头答："我身体不舒服，去医院看一下。"金秀子也没往心里去，挺着腰板往院子里走。金云子快步朝着路桥第一人民医院方向走，三十分钟后，到了路桥第一人民医院，她回头瞅一下四围没熟人，一头扎进妇产科。

离婚两年多的戴雅琴见是金云子，忙叫她坐下，问她："身体不舒服了？"金云子答："姐，你给我好好看一看吧，我那东西好长时间不见来了。""多长时间？""说不清，怕四五个月了吧。"戴雅琴便让金云子躺下来检查，一检查，她那脸色顿时变了，问道："田文和的？"金云子羞愧地回答："不是。"戴雅琴又问："谁的？"金云子低着头没有回答，戴雅琴当然明白了内中有暧昧，怼了她一句："怪不得你不敢去金华看田文和，你是不敢与他直面了，是不是？"金云子哭着说："姐啊，你救我一把吧。如果你不救我，我只有死路一条了。""你必须老实与我说，这怎么回事。你与田文和结婚一年多没有，现在田文和入狱一年多，你就有了，而且已成形。"没有法子了，实在是没有法子了，不抖包袱不行了，金云子只得据实相告。戴雅琴大吃一惊："王曾锦？"金云子答："是。""既然如此，三四个月时你为什么不来找我，等到现在才来？""我以为与田文和这么长时间没有，与他也不会有，就没往心里去。"戴雅琴骂她："你真浑！"金云子恳求说："姐，我知道你有本事，你就帮我渡过此关吧。"

戴雅琴实在是不忍心，让如此一个业已成形的小生命做她的刀下冤鬼。这个世界，哪个成年人敢说自己没罪？大人们作下的罪孽与她肚子里的小生命有何干？天下哪有不犯错之人？天下又哪有人克服得了他本能的欲望？别人姑且不论，就她自己离婚后不也是一路不断地出格，只不过她做得比较妥帖，没有让外人知道而已。作为一名医生，她比任何一个女人都懂得，一个长年守活寡的女人对男人是一种什么样的渴望！能帮人处且帮人吧，既然她已走到了这一步，若是不帮一把，不等于是置她于死地吗？一朵盛开之花岂能不招蜂惹蝶？

　　戴雅琴坐在那里想有好久，终于想到一个法子。她对金云子说："路桥十里长街有户人家，结婚好多年一直没有孩子，他们很想要个孩子，说了如果有女人怀孕了不想要孩子，他们愿意出一笔费用，帮忙安排一个住的地方。只是你当下舍不舍得把肚里的孩子送给这家人？"金云子问："谁家？"戴雅琴答："你有你的道德底线，我也有我的道德底线，主顾是谁，我可不能告诉你。"无奈中，金云子只得点点头。戴雅琴长吐了一口气，说道："从今天起，你生活上的一切，须听从我的安排。"作为一个离婚女人，戴雅琴当然知道一个女人在她丈夫入狱一年后突然怀孕的消息一旦外泄意味着什么。于是，戴雅琴与她父亲过去的做法一样，决定来个三十六计中的一计——瞒天过海。一方面，她帮金云子安排一处鲜为人知的住所，可让金云子分娩前能安住；另一方面，她几经努力给金云子讨了个赤脚医生的指标，对外说她要出门培训。金云子上省里培训的消息在田王村公布，除了王曾锦外，田家大院人全信以为真。金云子走的那天，她特意回到家中，当众拿了不少随身的衣物。然后，告别老祖宗，大大方方地跟着戴雅琴走了。

　　四个月后，金云子顺利分娩，得一女婴。此女婴的模样长得极为俊俏，无论是面庞还是眉眼，百分之五十像她，百分之五十像王曾锦。金云子不敢多看女婴一眼，只是抱起这个半透明的小生命，吻了她的小脸颊一下，随后狠着心一咬牙将头扭过去，让戴雅琴迅速抱走。戴雅琴把婴儿刚一抱出门，金云子便伏倒在床上呜咽着大哭起来。一小时后，戴雅琴回来，她给金云子拿来两千元钱。一个月后，金云子终于名正言顺地到省卫校参加农村赤脚医生培训班。她在临去卫校学习的那天，因奶子肿胀得特别难受，不得不让戴雅琴给她打了一支缩奶针。戴雅琴一边给她打针，一边叹息着警告她："云子哪，你我都是女人，我与你一样在男女感情问题上出过格。从家庭论，我们两家是世交；从个人论，我与你都是难得的好友。我们都是过来人，有些话我不得不与你说，你与王曾锦可是一场危险的感情游戏，我劝你别再与他纠缠下去了，如果真的弄出个什么名堂来，你无法面对田、王两家的子孙啊！"金云子一脸泪水地回答："姐，你放心吧，我决不会在同一块石头上两次摔倒。"

第六章　明流？暗流？

　　金秀子第三次去看田文和。这一次去金华，金秀子不仅给田文和拿了不少衣服，还给他炸了很大一罐子咸带鱼。田文和一接过东西就问："我爸、妈好吗？"金秀子答："嗯，好着呢。""王曾锦呢？""挺好的。""你爸、许田长青、你两妹他们呢？""好，他们都挺好的，家里你不用担心。只是你一人在这里，要照顾好自己。"田文和停顿了一下，说："我入狱这么长时间，你姐为什么不来看我，都是让你来？""我姐上省卫校读书去了。""读什么书？""听说是县里给的名额，让她当村里的赤脚医生。"田文和听了后，低头思索了片刻，说道："那她离我这里更近了，也更方便来看我。可她为什么不来，是不是变心了？"金秀子连忙回答："姐夫，你别糟蹋我姐好不好？过去我送来的那些东西，哪一样不是她给你备下的？我姐之所以不来看你，怕是见到你后又走不到一起，会特别痛苦。"田文和为人厚道，一听也有理，说了句："但愿如此。"

　　两目炯然相对，金秀子无语，田文和无语。探视时间已到，农场管理人员催她走人，金秀子只得轻声说上一句："哥，上天不负吃亏人。妈要我告诉你，要你相信共产党，要你好好活着，好日子在后头呢。"金秀子说完退着身子走了出去，田文和一直看着她的背影，怎么看怎么觉得她像一个人。谁？一直等到金秀子走得没影了，田文和这才想起，金秀子长得特别像他养母谢明心，不说有百分之一百，但也得有九十九。田文和从心底里发出一声叹息，别看她脸上有地图，可是个金不换哪，只可惜她嫁的是王曾锦，可惜，可惜。既然她嫁给王曾锦可惜，那嫁给谁不可惜？田文和歪头细为一想，又想不出个所以然来。

　　田兴业终于做出最后的决定，他必须去一趟重庆，将第一个妻子李雅香的骨殖迁回路桥。如果不趁着现在他还能走动时，将李雅香的骨殖从重庆迁归，怕是他一死，后代子孙就不会有人去迁了。这天夜里，田兴业回到田家大院，他什么人也没叫，只是叫金秀子与他一起去。金秀子总觉得自己去大不妥当，她对田兴业说："爸，此事不当我去，得让我姐去。"田兴业语气坚决："我叫你去，你就去，别再与我说三道四。"老人家既然决心已定，金秀子当然是不好推辞，只可跟着田兴业坐了汽车再坐火车，坐了火车再坐轮船，一起去往重庆。到重庆后，他俩来到一处名叫云顶山的山脚下，田兴业先是站在那里看着一处风景发呆，后是在两棵合抱粗的大松树脚下，找到一个封起来的土堆。田兴业感叹不已，连声说道："是她，是她，没有错，确实没有错。"于是，田兴业亲自打开了坟茔的封土，俯身捡起了李雅香的骨头，他一边捡一边嘴里轻念着："李雅香啊李雅香，儿子被逮捕了，我今天只可与田家大院的当家媳妇金秀子前来请你回去了。"一直站在边上的金秀子不知她这位公公为何如此说，只是默不作声地从田兴业手中接过一块块骨殖，放入他们带来的一只小木箱中。捡完后，再重新封土，封毕，田兴业令金秀子背起骨殖箱子。于是，公媳两人沿着那一条九曲十八弯的山路往回走。田兴业每到拐弯处，总得轻喊上一句："李雅香，你跟我来。李雅香，你跟我来……"

六天过后，两人终于回到了路桥田王村。到田王村后，田兴业没有归家，直接让金秀子将李雅香的骨殖箱子背到田氏坟园，与蒋凤春的灵柩排在一起。排定后，田兴业携金秀子来到一个最不显眼处，就地画了个大圈，对金秀子说："生，我有益于人；死，我不害于人。孩子，你给我听着，我死后，什么地方也不埋，你就把我与你的母亲们一起埋在这里。"金秀子说："如果金谷寺要给你造塔呢？"田兴业摇了摇头答："不要，不要。人生于土者必还于土，何必劳此心力，花此不当之钱？"金秀子本想对田兴业说："爸啊，你的亲儿媳是我姐，这话你当与我姐说。"但她的目光与田兴业目光一焊接，总觉得老人家眼里有着难以说清的东西，便不敢多言，只可顺着田兴业的意思点了一下头。

1976年10月，"四人帮"被打倒，古老的中华民族即将进入一个崭新的时代。

田兴业的生命终于走至尽头。别看田兴业入了佛门，可他并不曾做到四大皆空。从田文和被逮捕的那天起，自肉自痛，他内心的痛苦，只有他一人知道。那种致命的打击，可以说是粉碎性的，田兴业几乎是在一夜间白了头。从表面看，他与平日无有不同，每天或是屏心息气地在佛像前打坐，或是步履缓慢地踱将出来，在甬道上散步，实质上他是五内俱焚。佛家言，放下，放下，全放下，然而人毕竟是人，只要他有口气在，做到真正放下谈何容易啊？田兴业知自己将不久于人世，他想将生命努力撑到儿子刑满释放回来，只是他最终发现，自己无论如何也撑不到儿子回来与他见面的那一天了。佛祖的召唤早已在他的灵魂深处，做出了某种提示：色是空，空是色，空空色色，色色空空，你田兴业若是真佛身，当放下世俗间的一切牵肠挂肚。那天，田兴业勉强撑起身子，坐在案桌前，提起笔写了点东西后，开始拒绝吃任何东西。接着，他不断地喝水，一杯接一杯地喝，似乎要用清水将体内那世俗的龌龊全部排空。至第七日，田兴业换上一件新袈裟，盘腿坐于大蒲团上，令一位小沙弥去趟田家大院。小沙弥问："师父，您让我叫谁呢？"田兴业答："叫谢明心与金云子，我有话要对她们俩说。"小沙弥又问："王曾锦不叫？"田兴业答："不叫，不叫，我不想看到他。"小沙弥感觉到师父的精气神有些回光返照，随之动身前往田家大院。

小沙弥刚到田家大院，恰逢金云子从省卫校学习回来，一身青春勃发。小沙弥将田兴业的嘱咐与金云子一说，金云子即放下背包入内室见谢明心，谢明心遂起身令金云子扶着她去。金云子扶着谢明心到田家大院门口叫了一辆手拉车，搀着谢明心坐上手拉车后，一起前往金谷寺。到了金谷寺门口，金云子再扶谢明心下车，婆媳两人相依着走向田兴业的禅房。她俩一入禅房，就见到闭目端坐的田兴业。金云子上前轻唤一声："爸，我与妈来了。"田兴业闭眼没作答，金云子以为他没听着，再叫，田兴业缓缓地睁开他的双眼。两道目光与金云子的目光一焊接，金云子深觉田兴业眼里射出来的目光，如两根鞭子般猛挞了她的脸一下，刹那间觉得心惊胆战，情不自禁地踉跄后退一步。田兴业颤抖着老手在袈纱上摸索半天，拿出一本书，递给金云子说："你将它交给田文和吧。"金云子接过一看，这是一本老书，正是田家先祖田金辅写的《人生警言》，正封面贴有田兴业写给田文和的一段题词，扉页上另粘一纸，上面写有令她不寒而栗的三句话：

一是不欺天、不欺地、不欺人、不欺心，有此四者才是真君子。

二是不知礼、不知敬、不知节、不知义，有此四不者是真小人。

三是莫见乎隐，莫显乎微，姑君子须慎其独。

金云子读罢一脸惨白，她怕自己失态，强打精神克制住自己。

是时的田兴业连正眼都不看金云子一眼，只是转过头去看谢明心，两颗苍老且又多难的心开始了对话："我的亲人哪，你可记得吗？从田王村村口那棵大樟树遭雷劈那一年的巳年巳月巳日巳时，我与你一同出生，人们都说我俩是樟树里的大白蛇变的，命中注定要结为夫妇。""我的亲人啊，你可记得，我父亲与你父亲拿着我与你的生辰请卜可仁合八字，当时的卜可仁是怎么说的吗？""我的亲人啊，我没忘，我没忘记啊。我知道，是夫非夫，是妻非妻，想当初，我父亲他们不相信，我也不相信，可现在，真的是夫非夫，是妻非妻啊。""我的亲人啊，过去，我对田家大院发生的这些事全不理解，现在我全理解，全都理解了，什么叫正邪共存、善恶相生，什么叫黑中有白，白中有黑。""我的亲人啊，你理解就好，你理解就好啊。这些年，人间世道灾难如此深重，先是自然猎杀、战争猎杀，后是政治猎杀、文化猎杀。这是人世间无法超越的劫难啊，这么大的一个家让你一人撑到现在，可苦了你啊。""我的亲人啊，你别如此说啊，人活着是什么，活着不就是个苦，不就是个熬吗？现在，我与你不都快熬出头了吗？你有所不知，人生极为艰难的是自我猎杀啊。田、王两氏打从我谢家出有皇后那年起，至今延续有七百多年、三十有一代，我担心的是田、王两氏命中注定要在自我猎杀中断送家族的命运哪……"

最后，田兴业轻轻地低哝了一句："能了非人生，人生皆不了。阿弥陀佛，莲花来了，我得走了，我的好明心哪，来世我与你再相见吧！"说完，两眼紧闭，头缓缓地垂下。

田兴业圆寂，台州地区一千三百名佛门子弟前来为他送行。田兴业的棺材遵着他的最后遗愿，移至田家坟园。

谢明心的身体开始出现病变，出现两个大症候：一是不明不白地咳嗽；二是连续不断地发低烧，浑身发软，手脚冷冻如铅。谢明心毕竟是历经三朝、阅尽人间春色的女人，她清楚地知道自己的生命如山中的那棵老树，业已走到人生尽头。她与田兴业一样努力挣扎着想等到田文和回来，但上天发给她的指令是，她等不到田文和回来，须先走上一步了。命中无者莫强求，既然是命中注定不可与田文和再见面，她决定最后一次为田文和准备些吃与穿的东西。待东西准备好后，金秀子问道："妈，这次是我送，还是我姐送？"金云子说："我来送吧。"谢明心说："前几次都是秀子送的，这次还是让秀子送吧。"金云子说："我是他妻子啊。"谢明心摇着头说："我怕是活不了多久，有家事要与你交接，还是让秀子去送吧。"金秀子问："我是不是把家里的情况告诉文和？"谢明心答："你不能讲，千万不能告诉他啊。文和为人至孝，得讯后必想回家，万一狱警不同意，他受不了，若是来一个越狱，那罪名可就加重了，如此岂不是让我这个没用的老太婆坑了他？"

金秀子再次去往金华劳改农场。这天夜里十时，谢明心从床上悄然爬起，她打算躲过家里人的目光做两件事情：一是与田家大院的当家媳妇金云子移交她一生中最大的秘密，即是将石楼里那间密室的钥匙交给金云子；二是必须将田兴业交给她保管的钻石戒指亲自交还许田长青。是时，整个田家大院沉浸于睡梦中，周围静得连一根针落地均可听见，只有南官河的流水如同果冻般在默默流淌，数条狗在街巷的深处发出一阵阵吠叫。谢明心估计劳作一天的王曾锦业已睡死，她扶着椅背挣扎着摸到老梳妆台旁，打开右边一只不为人知的小抽屉，拿出密室的那把钥匙，然后一步一哆嗦地顺着墙摸向田文和卧室。当谢明心贴着墙壁摸到田文和卧房前刚要开口喊时，她那早已重听多时的两只老耳突然间异常清晰起来，清楚地听到房内传出一阵男女发情时所呈现的那一种胡言浪语。天哪，这是怎么回事，难道田文和回来了？谢明心侧头一想，不，不对，这决不可能，若是此小子回来，岂有不去见她之理？是不是他多年没与妻子见面，所以先与妻子痛快一回再说？想过去王国器与她不也是如此。可是再侧耳细一聆听，发现此男子发出来的声音并非是田文和。那他是谁？细为一听，谢明心不由得倒吸了一口冷气，居然是王曾锦！天哪，他们叔嫂二人鬼鬼祟祟地孵在一起做什么？再一细听，两人呢哝的对话瞬时全部收入耳底。王曾锦问："我们的孩子呢？"金云子答："送人了。""送谁？""不知道，我也不想知道。""我的好宝贝啊，你这一走，可把我渴死了。""我与你的事，是不是让爸知道了，不然为什么他写下这样几句话？""一个死人，知道了又能如何？""我只怕……""你怕什么呀？只要另一个老不死的一死，这田家大院就是我们俩的天下，他们谁能奈何得了我们呢？"对话一结束，谢明心倍加清晰地听到这对男女在欢爱时发出的粗糙、急迫的喘息声与呻吟声……

谢明心贴着墙壁的身子开始发抖，她极力抓住窗格不让自己倒下，一阵无法遏制的悲凉感油然而生。她想起田兴业临死前与她似明非明的交代；她想起那一次她明明要的是"金二"，田兴业选的却是"金一"；她想起自己过去对王曾锦的那种评价……没想到啊没想到，过去一直担心的问题早已变成现实。难道这是田家大院无法逃脱的命运与劫难？谢明心再次贴着墙壁悄然无声地退了回来。

天大亮，沉睡一夜的十里长街终于复活。金云子与王曾锦有说有笑地走出家门，金明一带着两个女儿去文化馆，家里只剩下一个伏在桌上作曲的许田长青。谢明心隔着院子喊了许田长青，叫他到她房间里来。许田长青垂着两手来到谢明心房内，谢明心先递给他那枚他太公李文达留给他母亲的戒指，问他："你知道这枚戒指吗？"许田长青答："外婆，我不知道。"谢明心说："这可是你太公给你妈妈的结婚礼物。你爸打从抗美援朝后，一直没回来见你。不过只要他没死，早晚是要来见你的，这枚戒指即是个见证，你现在拿回去吧。"许田长青说："就放在您这儿吧，外婆。"谢明心缓缓地说："不行啊，孩子，你外婆实在是活得够长了，我自己都讨厌自己活这么久，当物归原主了。"许田长青只可接过这枚戒指。刚将戒指收好，谢明心即令许田长青将她搀至戴学经家去。许田长青说："外婆，我去叫他来不行吗？"谢明心答："不行，我有要事必须单独与戴学经谈。""好，那我扶着您去。"许田长青立刻扶着谢明心走出田家大院，刚上路，即遇着王保西拉辆空车。许田长青忙拦住王保西，说："你帮忙把我外婆拉到戴大夫家去吧。"王保西应了声"好"，两人合手扶着谢明心上车，然后一直推到戴学经家。

是时的戴学经，一位年高德劭的学术权威，正处于人生路径的最低潮。李丰收一口咬定戴学经过去曾与黄岩县土匪大王王国器有着说不清的联系，是个彻头彻尾的反革命分子。当红的新贵们自然把这位共产党的老解放军扫地出门，他与他那个一直单身的女儿戴雅琴不得不离开干部楼大院，住进父亲戴和生留下来的这两间木屋。初一看，坏事，后一看，好事。由于他们家的那一间老屋独立成章，戴学经既可"采菊东篱下，悠然见南山"，也可随心所欲地给人瞧病。一旦闲得无事，便自得其乐，或是把雄南瓜花蕊摘下，插入雌花花蕾，或是将菜园子里的小草一一薅尽。如果连这些活儿都没了，他也不在乎，拿根小钓竿，在临河水埠上一坐，眯起两只老眼钓鱼。自此，这位曾名震台州的老解放军、名医，似乎在人间悄然蒸发。

谢明心到戴学经家门口后，许田长青与王保西即搀着她走进戴学经家的小院子。正在看鸟的戴学经一见是谢明心，吓有一跳，忙佝着腰将她迎进内室。谢明心令许田长青与王保西回避一下，许田长青一脸狐疑地看了外婆一眼，不敢多言，起身走至院外，与王保西坐在水埠上看水、看船。

戴学经与谢明心一见面，即察觉她此行不同寻常。戴学经低声问："老妹子，有事？"谢明心答："有，有。""什么事？"谢明心谨慎地看了门外一眼："他们都出去了？""嗯，都出去了。""这里说话，他们听不见吧？""听不见，听不见。他们全在水埠上坐着呢。"谢明心遂将田家大院那间鲜为人知的密室钥匙掏出来，交给戴学经，随后将密室里所珍藏的东西告诉他。

戴学经听后大为惊愕，雪白的长眉开始抖动。俄顷，他问道："这个地方田家大院没有一人知道？"谢明心答："没有一人知道。当初知道这个密室的只有我与李雅香、田兴业三人。""老妹子哪，这么重要的钥匙，你为何不交给你那两个后人，却要让我转交田文和？"谢明心即更进一层，将昨夜打算去田文和房间交秘钥时所见所闻全说有一遍。戴学经说："男女私情，天下常有，这能说明什么呀？""学经兄弟啊，你是读书之人，你可知王家这些年出现那么多悲剧的最终结点是什么？"戴学经不语。谢明心继续说："土匪情结，土匪情结啊！"戴学经不解地问："一个是小叔，一个是嫂子，食色者乃性也，怎能与土匪情结相联接？""其兄入狱，他为之心不恸，乃是自私；其兄为他含辛茹苦，他却趁火打劫盗其嫂，则是不义。愚而好自用，贱而好自专，生乎今之世，反古之道，王家岂能不灭？田家大院唯田文和，在上位不凌下，在下位不援上，正己而不求于人，居易俟命，只有他方可救危势与狂澜，我不交与他交与谁？"

戴学经一听此言，作为一位横跨将近一个世纪的老人，也不禁为之大叹。从他开始抓第一副药让谢明心吃的那天起，他们从相识到相知，两人相处有半个多世纪啊。尽管戴学经现在年事已高，但学者的头脑毕竟不同寻常人，十分清醒，他终于明白了谢明心为什么要将密室的钥匙交给他，为什么要顶着病痛来与他说这些话。于是，戴学经一脸慨然地收下那把密钥，声音很轻，但极为坚定地说："老妹子，你放心吧，只要我戴学经不死，我一定给你办到。"

金秀子从金华回来，金云子问她："你姐夫对你都说些什么了？"金秀子答："我姐夫说他梦见自己在不断地搓白麻绳子。"金云子听后很惊诧："这是什么意思？""我不知道。"金云子掉头问王曾锦："你哥这个梦是什么意思？"王曾锦轻描淡写地说道："八成是老祖宗要死了。""你怎么这么说话呢？"王曾锦答："不是我这么说话，而是民间有这样的说法，只有孝子才梦见搓白麻绳，不是孝子谁能做这种梦？"金秀子顿时打了个冷战。

谢明心的病越来越重，七天后，她开始滴水不进。十天过后，谢明心的生命终于走至人生尽头。临走那天夜晚，王曾锦、许田长青、王保西、金云子、金秀子、金明一及他的两个女儿金灵子与金叫子，全站在她面前。谢明心那双布满白膜的双眼只是横扫了他们一遍，什么话也没说，即将她难以下咽的那口气咽下了，停止了呼吸。王曾锦转头问许田长青："我听别人说，我妈曾让你带出去一次？"许田长青答："是啊。""去哪儿了？""去戴学经家了。""空手去的？""嗯，空手去的。""她与戴学经说了些什么？""我与王保西一起坐在水埠上看风景，没听见。我想，他们是在做人生最后的告别吧！"王曾锦一时无语，直觉告诉他，谢明心生前笃定背着他有过什么安排。是什么安排呢？他又无从知晓。

谢明心的灵柩择日入土。这天，田王村田氏子孙问金秀子："你爸说的坟地在哪儿？"金秀子答："就在这里。"于是，一家人立刻付诸行动。他们将谢明心的坟排在田兴业左边，李雅香与蒋凤春的坟排在右边。王曾锦有些不解，问道："这样的排法不对吧？"田氏子孙们回答："这是你爸生前交代的。"尤其让金云子心惊胆战的是，她才是田兴业的儿媳妇，可公公为什么不让她去重庆背骨殖，却让金秀子去？为什么他择的坟地不告诉她，却要告诉她妹妹金秀子？难道……当人们开始培土砌砖时，金云子悄然拉过金秀子，问她："这两件大事，阿爸为什么不找我，却找你去？"金秀子答："你是大忙人，阿爸考虑你出不去，所以就交代给我了。"金云子无语。棺木入土后，所有前来给谢明心送行之人异常惊奇地看到，在坟茔地的绿草丛中现出了两条大白蛇，它们正并排着在草地里一明一暗地蜿蜒前行。田、王两氏的子孙们皆两眼睁得很大很大：怪了，实在是太怪了，这么多年没看见过的大白蛇又现身了，难道他俩真的是一公一母的两条大白蛇变的？

金云子终于正式当上田王村的赤脚医生，她开始配合路桥镇府，挨村走户地做着农村医疗工作。

中共中央召开十一届三中全会后，台州百姓一片欢欣。是啊，台州百姓怎能不欢欣呢？这块土地一夜间出现了魔幻式的变化，十里长街的小商小贩们可以安耽地动手做生意了，台州地区一百三十多个手艺村可以放心大胆地做各种家传手艺，搞长途贩销的经销商们再也不会被扣上投机倒把的罪名，搞家庭副业的村民们再也用不着盗贼样地东掖西藏……台州百姓们头顶上的所有金箍咒消失殆尽，管着他们的只有头顶上的星空与国家的法律，只要你一不惹天，二不惹地，三不惹法律，再也不会有人将你打入地狱，人们的身心都现出前所未有的痛快。黄岩县冤假错案终于全部得以平反，赵如岱重新出任省委书记，原台州地委书记兼黄岩县委书记张安邦正式复职，"文革"时期被造反派赶下台的老干部们一一重新上台。张安邦根据中央提出的领导干部知识化、年轻化、革命化指示后，几经考察，起调了三十三名年轻干部走向领导岗位，钱子久任黄岩县县委常委兼路桥镇镇委书记。

黄岩县委工作组重新进驻路桥镇，队长与指导员就是刚从地狱里解放出来的管致用与伍立人，他俩到达路桥镇的当天，即着手调查震动全台州地区的第一大案、要案、冤假错案——田文和的"反党、反革命"大案。那天夜里，地委书记张安邦听完工作组的详细报告后，情绪有点激动，拍着桌子大嚷："这不是地地道道的冤假错案又是什么？像田文和这样的人怎么可能成为反革命？"随即下令务必将此案的来龙去脉全部搞清楚。

黄岩县委工作队连夜突击提审了病得几乎只剩一口气的牟同升。在众目睽睽之下，牟同升一坐在管致用面前，便歇斯底里地号啕大哭。他一边坦白了自己犯罪的全过程，一边哽噎着对工作队领导说："报应，这一切都是报应。都怪我当时鬼迷心窍，帮着李丰收陷害了田文和。田文和的冤假错案，全是我与李丰收一手炮制出来的。"至此，田文和案真相大白，全部内情浮出水面。县委工作队即形成一份书面材料，当夜直接报告地委书记张安邦。张安邦立刻召集领导班子开会讨论，并正式向省委提请平反报告。省委书记赵如岱接张安邦报告后，下令调出全部原始档案。一看，上面居然写有曹之杰一段亲笔批语：田文和一案不对头，有强拉硬扯之嫌，本人保留个人意见，不同意做如此处理。赵如岱长叹一声，说道："真正的共产党人，还是有着共产党人底线的！"

浙江省委经郑重研究讨论后，做出两个决定：一、立刻给田文和予以平反；二、撤销李丰收全部职务并开除党籍。新一轮的涟漪，终于让历尽千年艰难的南官河面涤荡尽污浊后现出一片清波；新一轮的生机，终于让历尽千年苦难的台州土地现出严冬过后的一片嫩绿。

一辆黑色的高级轿车首次出现在路桥十里长街街头。是时，台州地区极少有轿车，偌大的一个黄岩县政府，也只有两辆吉普车。如此高档的轿车来到三水泾口，立刻引起路桥十里长街平头百姓们的高度关注。那一帮卖猪头肉、卖花生、卖熟荸荠、卖十四日孵黄蛋、卖猪口条、卖砂锅鸭等小商小贩，无不人人侧目。天哪，这是什么车哪？这叫红旗轿车，只有高级干部才可配坐。天哪，那坐轿车的人肯定是个大官喽……正当路桥十里长街人百般惊讶与猜测时，这辆高级轿车行驶到福星桥停稳。车门打开，先走出来的是一位打扮精干的小后生，跟着出来的是现任路桥镇委书记钱子久。精干后生下车后，恭敬有加地打开后车门，搀出一位戴有一副黑边大眼镜、气度不凡的官员，从他的年龄看，往少里说也有六十多岁了，个子瘦且高，颧骨高且耸，后背拱且佝。若不是他那双一直躲在眼镜后的两只眼在闪闪发亮，人们还以为是从坟墓里掘出来的骷髅。尽管这位老者显得极为憔悴且苍老，但他所行的步履却异常矫健与坚定。他们很快走到福星桥顶立定，老者目光炯然地顺着那南官河向东一直纵深。是时，清明刚至，农忙伊始，朦胧小雨刚筛过，平和的南官河水白如丝练，沿河的一排排木质老楼一片清新。他看到那田家大院与皇花楼活似一对相携的夫妻，在绿烟中沉浮，仿佛向人们诉说着男人与女人情感上的爱与恨，命运中的幸与不幸；他看到南官河两岸王国器与田兴业主政时种下的夹竹桃、马樱花、苦莲树、香樟，越长越崛壮，仿佛向人们诉说着生与死的轮回与沧桑；他看到延展在面前的是自己一生中最为熟悉的温黄大平原，仿佛也在向他诉说着成与败、兴与衰、得与失、是与不是，循环往复的历史进程。尤其让他沉醉的是那一方方橘田啊，笼葱的树冠上开满了米星般的橘花，清幽的香气顺着气流阵阵袭来，令人感到温馨与欣慰。钱子久问："老首长，您多少年没来了？"老首长感叹作答："二十八年啦，二十八年啦。我走的时候，你还是个穿开裆裤的小孩呢，现在你已是县委常委了。"钱子久说："老首长，我们可忘不了您带着兵进驻十里长街吃花鲜的日子哪。"这位被称之为"老首长"的老人略一停顿，问道："你爸好吗？""死了，他已经死啦。"老首长惊问："他是怎么死的呀？""他们说我父亲过去叛过党，他实在是受不了这种折磨，上吊自杀了。"老首长叹了口气，说道："中华民族每前进一步，都付出了极大的代价。郏国立还好吗？""他还活着，还活着，只是出不得门了。""那戴学经呢？"钱子久答："活着，活着，他老是念叨着您哪。"老首长情绪有些激动起来，连声说："走吧，走吧，我看了田家大院就去看他们。我想他们哪，我想他们哪……"

钱子久立刻引导这位老者下桥，来到田家大院门口。老者立在大门口，望着田家大院，不禁感慨万分。展现在他面前的再也不是他记忆中的那个田家大院了，而是满目疮痍的田家大院。田兴业亲笔题的匾额没有了；高立的旗杆让人砍掉了；两只威猛不可犯的石狮子不知到哪里去了；长方形的上马石被砸碎了；田兴业亲笔写在正大门与四边角门的对联也被铲得面目全非了……随之，老首长听到了田家大院木楼上正在演奏《海之魂》手提琴协奏曲，在钢琴的伴奏下，优美且强烈的主旋律从那敞开的窗门里水流样狂泻下来。他侧耳聆听，这是一首多么美的曲子啊，既像高天风起云涌，又像长江九曲回还；既像万马奔腾、排山倒海，又如宽阔大海、巨浪滔天；既像英雄纵马、血洒疆场，又似怨妇临窗、窃窃私语。老者不禁问道："这是谁拉的琴？"钱子久答："许田长青。""谁弹的钢琴？""原上海音乐学院教授、音乐家金明一。""什么曲子啊？如此让人动情？""《海之魂》手提琴协奏曲。""我可没听过。""这是他们自己创作的。"老者惊讶地问："谁创作的？"钱子久答："许田长青与金明一。""噢，上演过吗？""上演了，上演了，就在今年的台州新春晚会上张安邦书记亲自点的。""反响如何？""好极了，好极了，把台下所的观众全都听魔怔了！"钱子久把手拢成个喇叭形刚想喊，老者不让。三人一直等到此曲终了，金明一与金叫子、金灵子的说话声传出来，钱子久这才仰起脖子，对着木楼一声大喊："许田长青，许田长青，你快下来看，谁来了！"

木楼上的对话戛然而止，两扇窗门哗然开启，王曾锦伸出头来，金云子伸出头来。一阵尖叫声响起，杂乱的脚步声立刻变成潮水淹将过来，田家大院的子民们簇拥着身材高大的许田长青站在田家大院门口。父与子的目光穿越二十多年的时空隧道，终于第一次正式对接，两人先是神态发愣，后是表情定格。这位老者怎么也不敢相信，站着他面前白皮肤、方脸盘、连鬓胡子的青年男子是他的亲生儿子许田长青；许田长青呢，也不敢相信这位瘦高个的干巴老头子，即是他日夜思念的父亲，父亲现在的样子，与他身边一直带着的那一张照片不能重合啊？老者的声音发颤，问道："你是许田长青？"许田长青答："是，我是许田长青。""你母亲留给你的钻石戒指还在吗？""在啊，这是我母亲唯一的遗物，怎么会不在？"老者激动地说："你快拿出来与我看看。"许田长青忙从贴身衣口袋里掏出这只价值连城的钻石戒指。老者身子一摇，差点儿摔倒在地上。钱子久忙伸手将他搀住，老者失声地哽咽起来："我的儿子啊，我的好儿子，做梦也没想到我还能活着见到你。"许田长青还站在那里发傻，金明一捅了一下他后背说："傻小子，这就是你爸许行一，你还愣着做什么？"许田长青这才如大梦初醒般扑将过去，一把抱住许行一，一声二十多年不曾叫过的"爸"脱口而出，父子俩顿时泪下如雨。

田家大院一片人潮涌动，许行一第二次入住田家大院。田王村人来了，十里长街人来了，这夜真是极其不可思议的一夜。一拨人去了，另一拨人又来了；这一拨人流着眼泪走了，另一拨人笑着进来了。不知有多少村民在田家大院坐有一夜，说有一夜，叹有一夜，悲有一夜，兴奋有一夜，感叹有一夜。

许行一一行来到田兴业、谢明心、田如蕙、田文君的坟前。拜祭的东西摆好，许行一便点上香，拜有九拜后，在他们的坟茔前跪将下去，泪流满面地大哭。许行一边哭一边说："我对不起你们哪，我实在是对不起你们哪。分配到上海时，我娶了个刁女，令我不得安生，刚生下一个女儿，我又因政治问题被逮捕入狱，因此不得与你们相见。如今我平反了，官复原职了，女儿上大学了，郝明也死了，我本想告老还乡到田家大院与你们团聚，可是你们又离我而去，这让我心里何以得安哪。"他越哭越痛心，哭得衣襟全湿，一直哭有半个多小时，这才长叹着说："爸啊，妈啊，你们等着吧，你女婿也快了。等我死后，我还想与文君合坟呢。"

随后，许行一他们来到金家村那一大片新四军老战友的坟前行大祭奠。那天，他一直坐到天黑，这才起身拜别与他生死多年的老战友。

许行一带着礼物来看戴学经，两人就坐在戴家的老院子里，整整谈了一个大上午。他们之间谈的是什么内容，谁也不知。一直坐在外面的钱子久，只听到许行一说："过去我不相信天命，现在我相信天命哪。国有国运，家有家运，人有人运，我听老先生对我说过，只要五星连珠，中国就会成为第二个大唐。"钱子久一边吸烟，一边眯着两眼看着那大太阳，心想："人与国家真的有命运吗？五星连珠又是什么意思呢？"

许行一带着礼物去看郏国立。他与郏国立同样坐在房间里，面对面地谈有一整天。一直坐在外面的钱子久，也是在他们分手的时候才听到一段对话。郏国立说："我们这些老战友死的死了，活着的人也不多了。现在，在台上当红的只有你和赵如岱了。我那个儿子郏东生与钱河清的儿子钱子久，你可得关照一点。"许行一回答："您放心吧，打仗上阵得靠子弟兵。"钱子久听罢有点感动，他深吸了一口烟，先吐出个圈，再吐出第二个小圈，令小圈从大圈中穿过，然后看着这两个大小不同的烟圈，慢慢开裂……

许行一父子终于要告别百孔千疮的田家大院了。吃过饭后，许行一领着许田长青来到金明一、金云子、王曾锦、金秀子面前，父子两人对着他们深深地躬上一鞠。许田长青把房间里的钥匙交给金云子，说道："小舅妈，我走了，这些年，我把你们折腾苦了。"金明一站在一边悄悄流泪，王曾锦与金秀子也说不清泛出来的是一股什么样的滋味，他俩只是点一下头，算是一个作别。八点一过，许行一父子坐着那辆黑色豪华轿车走了。

金明一接到组织上的正式通知，请他回上海音乐学院工作，出任上海音乐学院作曲系主任兼副院长。发到他手中的红头文件上十分明确地写着，被占的房子一律退还，被销户的上海户籍全部恢复。由于金云子与金秀子已经结婚，金明一只得带着两个未成婚的女儿，以及老岳父韩春琦交给他的那只箱子回上海。定下回上海的日子后，金明一趁着还有点时间，打算带着孩子们回金家村看一下妻子与岳父的坟墓，正好戴学经也要去金家村看一看新四军的老指挥部，戴学经说他年事已高，业已成为风中灯、草上霜，若再不去看一下，怕是没有这个机会了。于是，他们决定结伴而行。

是时，去往黄岩长潭水库的公路刚开通，钱子久搞了一辆大面包车送他们一行人去金家村。那天，他们来到金家村的金牌楼下，再看一眼那座早已变成废墟的金牌楼；那天，他们来到设于金家祠堂的新四军浙东支队老指挥部，看了一下保存完好的浙东支队司令部旧址；最后，他们来到了长满蒿草的韩启英与韩春琦的坟头。金明一跪在坟前，想起了他与韩启英谈情说爱的日子；想起了20世纪30年代她主唱他所创作的歌曲时所呈现出的风韵；想起了他们一家子在韩家大院与老岳父一起生活时的那种幸福与甜腻。想着想着不禁放开调门大哭，哭得上气不接下气，哭得浑身发软，哭得他的四个女儿都跟着泪流满面。哭过后，金明一站起来说："你妈生前最爱唱的是那首《春江花月夜》，我们在她坟头唱一唱吧。"于是，他们一家五口全站在韩启英的坟头唱起来：

> 春江潮水连海平，
> 海上明月共潮生。
> 滟滟随波千万里，
> 何处春江无月明。
> ……

独有戴学经一人低头不语。他想啥呢？他想起了那个天才大画家田建国与天才小说家王曾铎。如果他们活到现在，田家大院又会如何？可惜了这样的天才啊，他们就这样被一个时代的杀手，活活猎杀了！死了的人也就死了，活着的人终于成为这个时代的幸运儿。

田文和终于走出了牢门。别看这么多年牢狱的折磨，可他还是过去的田文和，那天性还与过去一样诙谐、幽默，出口成章，喜欢民间歇后语。前来劳改农场接他的人皆大吃一惊，觉得他那身板比入狱前还胖有许多，纷纷问道："文和，你还与过去一样啊！""戴笠帽亲嘴，还差一大截呢。""我们以为你再也出不来了呢！""这是什么话？共产党员不相信共产党，那还叫什么共产党员？三十年河东，三十年河西，风水轮流转，我相信自己会等到这一天。""我们都打算请你重新坐桩呢。""那好啊，官票是有期限的，不当过期作废！""县委正式宣布，你被剥夺的党籍、职位全都还与你。"田文和哈哈一笑说："还我？本来就没从我手中拿走呀。""哥啊，你怎么与过去有点不一样了？"田文和笑着答："一个人哪，只要蹲上几年大狱，再上一次火葬场，你就知道什么是你的，什么不是你的……"

田文和终于踏进田家大院，一眼看到高悬在中堂的田兴业与谢明心的遗像，雷殛似的惊呆了："这是怎么回事？"迎他进门的金云子，遂把他入狱后两位老人相继去世的前后经过说有一遍。田文和听罢，一头跪倒在地号啕大哭，金秀子、王保西他们纷纷跟着垂泪。哭有半个多小时，金秀子这才上去把田文和搀起，对他说："姐夫，你别再哭了，人死不能复活别太难过了。"金秀子此言一出，令田文和对她刮目相看，第一次极其认真地往她那张长有黑斑的脸上看。田文和暗忖："这是怎么回事？这个女人说出来的话居然与我死去的母亲一样，难道田家大院还要出个谢明心？"田文和停住哭泣，站了起来，面对着家人，他心中生出了一个大垒块，有一事觉得极其难解："妻子金云子怎么啦？在被判刑的多年里，为什么每次去金华劳改农场看他的都是金秀子。"直觉告诉他，他与她之间隔着一层东西。隔着什么呢？田文和说不出。田文和问金云子："我爸临死前有没有找你说些什么？"金云子答："什么也没说，只有一本书要我交给你。""在哪儿？你拿来让我看看。""在房间里。"金云子说完，转身走进内室，拿出这本《人生警言》交给田文和。田文和打开来细看了一下，书面上写着他父亲的亲笔题签：

文和吾儿：

切记，恭可免辱；宽可得人；敏可知机；信可处世；惠可施众。人生不可为己，为己者必死于己；人生不可贪得，贪得者必为得亡。好好活到五星连珠那一年，将有一位伟人将中华民族带入好时代。

下签有"父亲绝笔"四字。打开内页，封二上似曾粘有一纸，现有被扯过的痕迹。田文和问金云子："这里应当有一页，怎么撕掉了？"金云子闪躲着田文和的目光，惊慌地答："我不知道，爸交到我手里时就这种样子。"田文和不说话了，他能说什么？田文和心中还有一事不明，父亲是坐着圆寂的，当时身边只有母亲与金云子，他怎么能没有话交代呢？是时，内心世界的直觉再次提醒他，他心爱的妻子业已出现变化。到底是什么样的变化？田文和说不出，唯一给他的感觉是，妻子的目光在他面前终于变成了一条游蛇，不断地回避着他的终极探询。

上级主管部门补发了金明一这么多年的工资，一下子拿来这么多钱，让他感到有点意外。金明一想来想去，觉得应当给他久住了这么多年的田家大院增添点什么。他想去南京路购两台电视机，托人捎回田家大院，让至今还在大院待着的两个女儿、女婿好好享受一下现代科技带给人的快乐。那天一大早，金明一与四女儿金叫子一起来到南京路第一百货公司。到百货公司时正好是上午九时，恰逢中央电视台直播交响乐团大型演奏会，首场演奏的曲目正是金明一与许田长青花了七年时间，精心创作的《海魂》手提琴协奏曲。金明一一开始东看西看地没注意，金叫子耳尖，瞬时捕捉到电视台播放出来的旋律极为熟悉，即朝电视屏幕上大搜索。这一搜索不得了，她立刻锐声高叫起来："嘿，嘿，爸，《海魂》，许田长青……"

金叫子这一声喊叫令金明一非常吃惊，甩过头去看那高悬着的电视屏幕。诚然如是，许田长青！诚然如是，《海魂》！千真万确，第一提琴手正是许田长青，那眉眼，那神气，是，完全是。唯一不同的是，他身上穿着的服装与在黄岩县人民大会堂演出时完全不一样。在黄岩人民大会堂演出时，他穿的是学生装；而现在，他穿的是国际流行的黑色英式燕尾服，那一身雪白的衬领上打着一个异常精致的小蝴蝶结。随着字幕的不断输出，金明一老泪纵横。字幕上清楚地向全国观众介绍："许田长青是原上海音乐学院教授金明一的关门弟子，此手提琴协奏曲《海魂》，是他们师徒俩整整花了七年时间，共同创作出来的艺术精品。"

中国美术界首次对田建国的画作做出评论。一位名叫苏林的教授，在《美术》复刊上虔诚地撰文："台州民间画家田建国，是中国出现的第一位梵高式人物，他的画作开创了现代中国画的一代新风。"

王曾锦的头生子出生。王曾锦看这个儿子，怎么看怎么觉得在他身上出现返祖，与他死去的父亲有着惊人的相似。当日夜九时，王曾锦几经考虑，决定将他的初生子定名为王保望，之所以起如此之名，自有他精心的考虑。"保"是王氏一族的辈分，"王"与"保望"一合，读起来极有王者气派。这么多年来，王曾锦一直是人不像人、鬼不像鬼地在社会上苟延残喘，他的灵魂深处一直拷问着一个问题："我这一代人让这可恶的政治斗争给毁得成不了王，我总得让我的后代成为中国的一名王者。直到现在，我总算是明白了，无论干哪一行，你要想成功、要想出人头地，只有翻云覆雨成为真正的'王'者，才有可能在中国社会里呼风唤雨。"

田文和与金云子一起来医院看金秀子。田文和发现金秀子脸上的黑斑变得越来越清晰，问她："你脸上的这块地图怎么越来越明了？"金秀子答："我也不知道。""要不要我给你找个医生来看看？""用不着，母亲活着的时候带我去问过戴大夫了，他说了不好治。""问题是这个大地图将你的容颜破坏掉了。"金秀子不以为意地答："破坏掉就让它破坏掉吧，我不在乎，女子在德不在容。"金秀子此言一出，令田文和再次发现，田、王两氏的时间与空间开始出现不断的重复。心想：天哪，这不是母亲谢明心的腔调吗，怎么同样出现在她身上？难道她真的是谢明心第二？

田文和开始重拳出击，重建田王村商品市场与村办企业。他这次的重拳出击与上一次完全不一样，既然中共中央三中全会定下来在全国实行改革开放，他就再没有必要大姑娘上轿似的扭扭捏捏，要改革就让它来个彻底到位。这天，田文和召开村委会，态度异常坚决地对全村八名干部说："你们让我当村官，可以，我当。我的要求有两条：一是为人处世，必行四字，恭、宽、信、惠；二是全村干部事事必须为村民的切身利益着想。要想把田王村一千多口人的基本生存状态改变，现有两条路可走，一是办市场，二是办企业。"田文和话刚一落地，八名村干部全部起立，举手表决坚决拥护。

田文和提出来的方案全面开始实施。原田王村小商品市场，正式更名为浙江第一小商品市场；原田王村果品厂，正式更名为浙江田王食品厂。

田王村首次召开民主选举大会，这次选举与过去的任何一次都不一样。过去是上级任命，底下摆个样子走过场；这一次不行，田文和坚决要求海选，近千名有选举权的村民必须全部参加。这天，从上午八时三十分开始，一直到上午十一时，操场上一片歌声嘹亮，所有十八岁以上的村民每人手中一票，实行自由投票。十二时三十分，选举结果公布：田文和以百分之九十八的高票当选为村委会主任兼浙江第一小商品市场总经理、田王食品厂厂长。

钱子久决定让王曾锦到路桥镇府工作，之所以做出这个决定，当然有他个人情感上的重要原因。一因他的提拔、重用与田家大院的女婿许行一分不开；二因躬身自问，他总觉得执政党亏欠田家大院子孙的实在太多了。在田、王两氏人脉中，他们为党、为人民做下许多工作，从建国初期至今，受到的待遇实在是太不公正，那种过了河即拆桥、卸了磨即杀驴的行为，实在是令人心中发酸。他作为现任的路桥镇最高领导人，一定要还这笔债。钱子久原本考虑的是将田文和调入路桥镇农办来工作，海选时他亲眼看到田王村村民对田文和的信任度，再考虑到田文和的工作能力，田王村的发展除他之外无人可取代。眼下可不是过去，一切是百废待兴，若是强行将田文和调走，谁来统帅田王村还是个问题。钱子久又考虑将田文和的妻子金云子调到路桥镇计划生育办工作，可几次与金云子接触后，总觉得金云子长得太像她母亲。别说她有沉鱼落雁之容，就那一双火辣辣的丹凤眼，也会让机关里的男性官员们难以忍受。威武不能屈，富贵不能淫，贫贱不能移，他倒是不怕什么"红颜祸水"，但他怕镇里的那些男性官员身上的荷尔蒙会让他们变得不安分。一旦将金云子上调，内外夹击，田文和这家伙又不是一个驾驭女人的高手，万一他们之间出现婚变，那他可就对不起田家人了。凡事预则立，不预则废，防一下总比不防好。钱子久在办公室里偶然间翻阅到文化馆易怀春送来的内部刊物，见王曾锦的名字不断在目录中跳动，略一查，这小子居然一口气发表有三十三篇大小不同的文章。细心潜读，发现王曾锦才华横溢，文笔相当可以，有不少篇章写得行文流畅，妙趣横生。钱子久想，田家大院的田、王两姓本是同体同根之家，何不把王曾锦提拔上来？尤其是眼前，路桥镇干部由于文化大革命的粉碎性骨折，导致人才一片凋零，正缺个会弄文舞墨的高手，调他来岂不是正好？当日，钱子久即给时任文化馆馆长的易怀春打了一个电话，让他来一下。三分钟后，易怀春来到钱子久办公室，刚一坐定，钱子久便问他："老易哪，你可是路桥镇的老文化人了，看人也准。你给我好好说说，王曾锦此人才品、人品如何？"易怀春伸出一只手指头，悬空一划："钱书记，实不相瞒，此人只有两字可概括。""何字？""人精。""这些东西全是他写的？""是。""他与那个王曾铎相比，哪个更好？"易怀春回答："不可类比。"钱子久想了一想，问："如果我让他从事文字工作呢？"易怀春毫不犹豫地回答："肯定是王曾铎第二。""他现在田王村做什么工作？""田文和让他跑供销。"钱子久说："如果我把他调过来，让他负责路桥镇的通讯报道工作，如何？"易怀春答："这当然是最好不过了，就当下来论，路桥镇几个通讯员的文笔，能超过他的人不多。"

钱子久召开党委会正式讨论人事问题，他说："现在我们镇里是不是缺个耍笔杆子的？"镇党委宣传委员答："是，打从李丰收与牟同升双双被处理、诸葛恩柱离开后，人选一直缺位。"钱子久说："我们可不可以把田王村的王曾锦调到镇里来工作？"钱子久的提议一出口，立刻引起全体党委成员的交头接耳："是不是田王村的那个王曾锦？""是啊，是啊。这小子行，我看过他写的不少文章，不比那个王曾铎差。""想当初，他写十篇文章报纸就给他登十篇。我听说后来是因报社不发稿费，只发毛主席语录与像章，他一赌气就不写了。""他现在哪儿？""在田王村村办厂里。"……

钱子久打断了大家七嘴八舌的议论，说道："我想先把他借调过来，在宣传部干一阵，考察一下，是不是可以？"是时，出任路桥镇长的不是别人，恰是经许行一打过招呼后，刚从部队副团长位置上转业回到地方工作的郏国立之子郏东生。撇开许行一对他的关照不提，就他本人从情感上论，他对田家大院出来的子弟一直有好感，总觉得田家大院子弟不出则已，一出则与众不同。不说死了的田建国、王曾铎，就现在活着的王保西、许田长青，全是石板下的春笋，没有一个能压住，一个成了会计师，一个当上音乐家。郏东生与王曾锦虽然接触不多，可对他的本事早有所闻。因此，钱子久话一落地，郏东生即表态同意。郏东生说："我同意调王曾锦。有一点错不了，田家大院的确出能人。别论田、王两氏父辈们的历史功勋，就看田家大院这些年吃的苦，也应当给他们一些补偿。"七个委员中，只有组织委员提出一点异议，说他听到王曾锦与金云子之间有绯闻。但此话刚出口，他随之后悔，马上解释说："此事只是风传，当不得真。"郏东生说："既然是当不得真，我们也没必要当真。哪有人前不说人，哪有人后不被人说？况且眼下改革之潮风起云涌，路桥镇要大力总结、大力报道，须整理的材料实在太多了，没个能人上来也不行。"最后，路桥镇全体党委成员表决一致通过，同意将王曾锦调至路桥镇宣传办公室工作。

王曾锦走马上任。说起来田家大院的子弟，多少有点怪异。有才之人，比什么人都有才；邪恶之人，又比什么人都邪恶。别看王曾锦只读过高中二年级，然而他确是一位五项全能高手，自上任后，写出来的文章确是让人读后耳目一新。王曾锦为人最大的特点是睿力合一、精锐骁勇，别人听不到的他能听到，别人捕捉不到的信息，他能妙笔生花，无洞取蟹。只要是新时代涌现出来的新生事物，他总能从镇委这一堆的工作中淘澄出一块闪闪发亮的金子来。即便是路桥镇大小官员们司空见惯之事，只要他东拉西扯地一划拉，即能说出个子午卯酉。

如田王村出现土地抛荒，钱子久调查后，当场给田文和出了个点子，由本村刚成立的种植公司承包，让村民们以土地入股来个计划重组。田文和见此法可行，立即付诸行动。王曾锦在吃饭时从田文和嘴里得知这个消息，当夜即着手写有一篇通讯报道，说这是改革开放后农村出现的新生事物，是农村今后的发展走向。结果此篇通讯刊上《人民日报》头条不说，编辑部还配有一篇评论，说这才是有中国特色的社会主义。

又如钱子久请路桥镇三十多位老村民开了个座谈会，让他们就新时期机关作风问题提出点建设性意见。这本是地方党委必须做的一个工作，王曾锦得知后，当天就写出一篇通讯报道，说这是新时代政府转变职能，从管理型变成服务型，急人民之所急、想人民之所想的亲民行动。一刊发，即再次登上《人民日报》头版头条。无论是过去还是现在，上《人民日报》容易吗？不容易！但王曾锦上任不到五个月，就给路桥镇写下五十多篇报道，且一篇比一篇有分量，还有两篇新闻破天荒地得到国家级新闻奖。其中有一篇新闻稿子发表后，立即引起省委书记赵如岱的高度关注，在那篇新闻稿子上批示：台州地区是改革开放的前沿阵地，此类新做法、新创造需要好好总结，可在全省范围内推广。省委书记批示一下，路桥镇顿时成为出新闻、出经验的好地方。

尤其难能可贵的是，王曾锦给政府官员所写的讲话材料皆达到前任秘书们所不能及的水平，不仅准确、有预见性，还能根据领导们的不同性格、不同文化素养，对不同材料做出不同的处理，写出来的材料与领导本人性格、口吻、内涵基本一致。凡给领导当过秘书的人心里都有一本账，作为领导的政治秘书，能做到这一点非常困难，若不是文坛高手你想都别想。可王曾锦呢，运用自如。如郑东生，他的生性有点似田文和，爱在报告中启用一些民间歇后语来加强亲和力，王曾锦即在他的工作报告中恰如其分地嵌入路桥人口语与歇后语，令他的报告拉近与人民之间的距离。如钱子久，他文化素质较高，讲话材料要求带有学者型气质，以示新时代政府官员的文化素养，于是王曾锦就模仿钱子久的口吻，在他的讲话稿中恰到好处地嵌入高深的理论。论及中华民族的，他在讲话中写上《道德经》与《论语》；想要来点西化的，他或是写上苏格拉底，或是写上罗素金句，都能画龙点睛地嵌上三四条。秘书是什么？说白了，就是政府官员们的高级轿夫。轿夫抬轿子，一旦抬出个真水平来，身在高位的官员们能不对他刮目相看？于是，王曾锦在机关里威信大增，人们都说他是田兴业第二。

张安邦正式调任省委常委组织部部长；钱子久正式调任黄岩县委副书记兼县长；郑东生正式调任县委常委路桥镇委书记。

田文和的儿子终于出生。那天，田文和得知金云子给他生了个儿子，心中非常快活。按照田、王两氏惯例，他们田氏一门从江西迁入路桥起，从不曾头胎生过男孩，田王村永远是王家多男、田家多女。而今，金云子头一胎就给田家生了个男孩，是不是预示着他们田家的命运轨迹要从第三十一代起走向新的轨道？田文和来到产房看金云子，他在金云子身边站定，调皮中略带一点淘气地伸手刮了一下金云子的希腊鼻，当着众人了亲她一口，随后来到育婴室，在戴雅琴的引导下，伸手抱起自己的初生儿。在田文和的感觉中，这哪里是个初生婴儿呀，活脱脱是一只山里的小蜥蜴。田文和两手抱着婴儿开心地摇了摇，嘴里轻声呼唤着："我的小宝贝，我的小宝贝啊，我们田家终于有后人啦。"并在那一张粉团似的小脸上深深地亲了一口。戴雅琴表情复杂地紧密捕捉着田文和的一举一动，问他："阿弟，你打算给你的头生子起什么名？"田文和答："你有所不知啊，从我们田家到路桥起，从不曾头胎生过儿子。她一怀孕，我就给肚子里的孩子起了一个男女皆可用的名字。""是什么名字？""田金成子。""这不是在父母姓之下加上一个'成子'吗？""是啊，是啊。""名是好名，只是听起来有一点日本名字的味道。"田文和笑答："改革开放么，老皇历呢也得改一改了。""我明白你的意思，你是希望你儿子长大后成为一个真正的君子。""是啊是啊，阿妹，你说得对极了。现在社会缺什么？缺的就是正人君子。"戴雅琴听了默然无语，她能说什么？什么也不能说啊。春花秋月何时了，往事知多少？问君能有几多愁，恰似南官河水向东流。

　　十里长街十分有名的算命先生卜无意终于离开人世。卜无意下葬后，他的儿子卜兆亭忽至田文和的办公室，送来一信。田文和问："是你爸让你送给我的？"卜兆亭答："是的。"田文和好奇地说："我与你爸没什么交往啊。"卜兆亭说："你与我爸没有，不等于你爸与我爸没有。""我爸生前去过你们家？""是，来过好几次。""我爸去你家做什么呀？"卜兆亭摇摇头回答："他们俩背着我说话，我不知道。"田文和即动手打开卜无意写给他的那封信，见那张方方正正的宣纸上用毛笔写有四个字："谨防乱肉。"看后，田文和浑身毛发皆竖，惊愕地问："谨防乱肉？这是什么意思？"卜兆亭答："我说不清，仿佛你爸与我爸说过什么话，我爸当时一直没吭声。直到他临死前，这才提笔写下此四字，用信封装好，要我在他死后再交付给你。"田文和听罢，当时即有着一种强烈的不安感，这种感觉如一条蛇带着它独有的滑腻与黏稠从他的脚腿肚子处蜿蜒上来。

　　田文和开始读祖上留下的《人生警言》，有一事让他极为费解，为何书的第九卷中有三张空白纸。这是怎么回事？是古人装订时出现误差呢，还是祖上有意为之？古人做事精细，若是误差，决不可能；如果不是误差，那祖上为何在书中装订有三张白纸？他拿起这三张发黄的空白纸，对着电灯光照了又照，发现上面什么也没有。田文和有些发怔，他实在想不明白祖上为什么会如是，难道此三张白纸中藏有什么秘密？

张安邦出任省委副书记，钱子久出任黄岩县委书记，任命正式下达后，钱子久心里十分激动。他想起三天前，省组织部找他谈话时不经意间向他透露，黄岩县委书记一职原本没有考虑你的，是在看到黄岩县新闻报道不断给你塑造出来的光辉形象后才决定的。就此简单一言，令钱子久对王曾锦心存感激。当日夜里，钱子久坐着车来到路桥镇与郏东生见面。两人一落座，钱子久开门见山地说："东生啊，田家大院子孙对你我的帮助不少啊。若不是有许行一，若不是有赵如岱、张安邦帮忙，你我也不能提升得这么快。"郏东生说："我们兄弟两人谁跟谁呀？你上不去，我也上不来。你说吧，你想要我做什么？""你能不能想个法子提王曾锦上来？""你想叫他任什么职位？""能否先让他入党，后任镇党政办主任？此人实在是太有才了，如果让他上来给我们做事，也许更出成绩。"郏东生一脸厚道地回答："老哥，你放下心吧，你的话我岂有不听之理？"

王曾锦正式入党，后出任路桥镇党政办主任。大凡在路桥镇工作过的人心里都有一本账：党政办主任一职，可不是常职啊，这可是七人之下万人之上的大职位。就全镇机关干部们来说，他是独一无二的大内总管，镇里一应事务须由他点头才可解决。那天，任命一下达，王曾锦心里说不出有多得意，他第一次觉得什么叫作时来运转、天生我材必有用，第一次感受到权力给他带来的成就感与荣誉感。你想想啊，王曾锦过去是什么人？充其量是个姥姥不疼、爷爷不爱，一块扔在地上连狗都不想啃的瘦骨头。现在呢，他王曾锦一眨眼即成为路桥镇不可小觑的小权贵。这不是天老爷对他另眼相看又是什么呢？按着一般人平安是福、知足常乐的生存原则，你王曾锦算是从糠囤子跳到了米囤子，应当知足，应当知道过犹不及，应当知道力行近乎仁、知耻近乎勇，应当老老实实做人、老老实实做事，别去学你的父辈，在同一块石头上摔倒。但一岁肖狗，百岁肖狗，他王曾锦能做到这一点，就不是王曾锦了。那种自我意识一出现膨胀，王曾锦即觉得路桥镇党政办这个小主任实在是官位卑微，他应当与他父亲一样，做个令人瞩目的大官，这才是他人生的终极追求。

决定王曾锦命运沉浮的第二位女性浮出水面。这个女性名叫何灵琪，是临海何家村人，她爷爷恰是若干年前曾想杀死王国器的何得志。十七岁时，她就读于临海高中。那年，临海中学正举行一场作文讲座，由于当时王曾锦在《人民日报》上接二连三地发表文章，不仅让他名闻遐迩，也让他成了台州第一笔。临海中学自然而然地请王曾锦来讲课，就在这次课堂上，王曾锦与何灵琪相识。是时的何灵琪正当二八妙龄，长得如带露玫瑰，在王曾锦的面前一出现，当时即勾走了王曾锦的两只眼球。这是一位多么靓丽且聪慧的姑娘啊，她脸上既没有金秀子式的黑斑，也没有金云子式的执着与妖冶；既没有臧新我式的庸俗与粗疏，也没有李婉式的懦弱与无能。她简直把王曾锦所经历过的四位女性身上的优点都集于一身，既有着金云子式的娇媚与诱惑，又有着金秀子式的恬静与安分；既有着臧新我式的才华与飘逸，又有着李婉式的小巧与灵珑。尤其令王曾锦心动的有四点，一是她的头发黑且长，只要在他面前轻为一甩，飘过来一阵体香，刹那间令他为之发晕；二是她的那一对眼睛，蓝盈得如同一口湖水，既没有那种女性的邪恶，也没有已婚女子的浑浊与疯狂；三是她那体态，美得着实令人赏心悦目，圆润得如南官河水面上漾起的一条水线；四是她那文才确实是高人一筹啊。那天，王曾锦讲完课后，按着惯例他要摆出大作家的样子，当众分析高中学生们送上来的习作。是时送上来须他点评的是八首诗歌，其中一篇名叫《有多少时光在风中遗忘》，是一首新流行的朦胧诗：

> 一片叶抚摸不到另一片叶，
> 从绿到黄。
> 生命中的缘，
> 为何渐行渐远？
>
> 一滴水难以溶入另一滴水，
> 这缠绵不断的阴雨天。
> 又是谁的泪，
> 在别处涌现？
>
> 一座山遥望另一座山，
> 任凭河川带走距离。
> 穿梭的风纷扬了岁月，
> 仰视中往事如浮云飘散。

王曾锦只是一读即拍案叫绝，再一看诗头署名是何灵琪，一瞬间从他的心中飘出了一缕淡淡的情丝。王曾锦问："谁叫何灵琪？"何灵琪站起身来，回答："我。""这首诗是你写的？"何灵琪嫣然作答："是，老师，是我写的。"王曾锦望着一身灵气的何灵琪，问她："你今年多大？""十七。"王曾锦说："你知道吗，这样的诗只有历经人间情感痛苦的人才能写出。你才十七岁，对人生的认识为什么如此深刻？"何灵琪只是对着王曾锦翩然一笑，然后一甩她的长发，没有回答。

她这翩然一笑，令王曾锦的心头烙出了一串深色的血疱。王曾锦第一次感到他的内心有着无法说清的痛楚与遗憾，为当初自己处理婚事的草率深感后悔与无奈。他在心里暗想，如果现在没有这位脸上带有黑斑的妻子那该多好啊；如果金秀子现在没给他生下一个儿子来那该有多好啊；如果他那时背脊后长有一双眼，能早知道他有今天那该有多好啊！然而，天下没有后悔药，人生只能从一岁活至六十岁，决不会从六十岁退至一岁。现在一切都木已成舟，他能说什么呢？什么也不能说了。一个人他不能同时蹚过两条河流，一个人他不可能凡事心想事成。晚了，晚了，一切都为时过晚了。

讲座会场散后，王曾锦回到了他的办公室。别看王曾锦肉体回来了，可他那心再也没有回来。往事不可谏，来日犹可追。王曾锦可不是个轻言放弃之人。当夜，他一屁股坐在办公室里，拿起毛笔（有意让何灵琪看一看他写的毛笔字有多漂亮）给何灵琪写有一信。当然，初次写信，情呀爱呀之类的语言不敢轻易着纸，他怕别人看到会引起非议。在这封信中，王曾锦以预言家的高度对何灵琪写的诗作给予充分肯定，他满腔热忱地写道："你是我所见到的台州女子中，唯一名副其实的大才女。我可以肯定地对你说，若干年后，你将成为中国文坛上林徽因式的杰出女诗人。"是人，都希望别人肯定自己，尤其是女人，更希望得到男人们对她的肯定。王曾锦此信一发，瞬时成为他们俩之间正式联结的纽带。那时的何灵琪，什么都没想，她只想上大学，希望自己能成为一个全国有名的女诗人，因此，在接到王曾锦的第一封来信后，何灵琪极为快活，当天就给王曾锦回有一信。自此，两人书信往返不断，他们在信中谈文学、谈人生、谈理想、谈创作、谈国家、谈民族……

何灵琪考上师范大学。上过大学与没上过大学的人完全不一样，何灵琪因经过系统性教育，加之本人灵性迸发，在大学三年中，收效特好，有十三组诗在全国级报刊上发表。王曾锦每每看到她发表的诗作，心中总一阵阵发凉，感觉这只长硬了翅膀的小鸟，再也不会落在他这根老树枝上。在他看来，他与她之间只能是"一座山遥望着另一座山，任凭河川带走距离……"

这天，大学刚毕业的何灵琪突然破门而入，大大方方地出现在王曾锦面前。是时的何灵琪，再也不是过去那带着晶莹水滴的小蓓蕾，而是一朵风韵十足盛开的大丽花，典雅且高贵的外表中，圆的更见其圆，浅的更见其浅。她那一头秀发显得更黑，她那两只眼睛显得更亮，她那杨柳细腰显得更软，她那步履显得更为轻盈，她那言语显得更有磁性。何灵琪如此闪亮地登场，当即令王曾锦的眼珠子鼓力冲出了眼眶，肆虐地在她身上乱亲。"是你？你怎么来了？"王曾锦兴奋且惊奇地问道。"对，是我。"何灵琪翩然一笑。"毕业了？""毕业了。"王曾锦又问："你怎么不打个招呼就来了啊？"何灵琪妩媚地一笑，回答："这叫想给你一个惊喜呀。"她没一点犹豫，一展秀发，轻盈地在王曾锦的身边坐下。这一坐，那一股女性身上特有的气息，不仅是搔得王曾锦浑身发热，且令他感到一阵窒息。若是他与她现在不是在单位办公室里，而是在田家大院后面石楼，王曾锦也许早就扑将上去，一把将她按倒在床。王曾锦费尽九牛二虎之力才遏制住内心的狂动，他蒙起两眼问："你可是无事不登三宝殿的，这次有事？"何灵琪不再是过去小家碧玉式的何灵琪了，四年的大学生活，四年里个人感情的跌荡，早让她变得更加精明。她比任何同年女性都更为清楚地知道，在什么样的前提下，一个女人才能利用自身的优势令这个男人身上的荷尔蒙大发作，令这个男人的智商化为零，令这个男人心甘情愿地为自己服务。

那天，何灵琪一面不失制约地在王曾锦面前吐露风韵，一面循序渐进地说出今日来找王曾锦的目的。她一直撩到王曾锦有些魂不守舍时，才开口对王曾锦说，对于她们这批师范生，中央与高教部有着明文规定，须分配到台州山区工作。何灵琪撒着娇似的对王曾锦说："你想想啊，就我这样的人，到山区任教怎么受得了啊？山区学校是我这种女子待的地方吗？十里长山岗走得人黄胖，你看我这腿（她有意把自己的大白腿亮到上半部），能走得了崎岖的山路吗？生活条件差，吃、住苦一点我倒是不在乎，就怕那蚊蠓一咬，我身上就发烂，就我这个皮肤（她再次有意将自己的白手臂亮出，眼神里说，你王曾锦舍得吗），一个夏天过去，我不就成了世界上最丑最丑的黄脸婆啦？"王曾锦不敢往深里看，半晌过后，这才开口问："你不想去山区任教，那你想做什么呀？"何灵琪答："我想当诗人。你不是早给我下定语了吗？说我能成为林徽因式的女诗人。""你在山区不是同样能做个好诗人吗？愤怒出诗人。""不，不，我仔细想过了，只有在你的身边，我才能当个好诗人啊。""此话怎么讲？""王大哥啊王大哥，你不知道吗，朝中无人莫做官哪。打从解放后，我们临海何家人，死的死、毙的毙，早就山穷水尽了。若不是我碰上改革开放不讲成分这个好机会，怕是我有再大的才能也不可能上师范大学。""这你得感谢政府，与我无关。""不，不，王大哥，我考大学那年，我家里人给我算过命，说我命中有贵人星。""还是与我无关呀，我不是你的贵人。""不，有关，你知道我什么时候的诗写得最好吗？""什么时候？""与你通信的时候呀，开始我也不知道怎么会如此，后来我明白啦，你王大哥就是我的贵人星啊。如果没有你王大哥在我的身边，我何灵琪永远成不了大诗人。"王曾锦牙痛似的说：

"将你上调，难度很大的。"何灵琪回答："这一点我知道，所以我才来找你。别看我们何家现在是个另类家庭，但我们何家也有我们何家的家规，就是有恩必报。你别看我何灵琪不过是个小女子，知恩图报这点道理我还是懂的。"

用不着表白了，再表白，也没有意义了。何灵琪那对深蓝色的大眼睛，早已令王曾锦读懂她所暗示的全部内容。她这个暧昧的态度当然令王曾锦浑身出痒，天下三十六计，什么计最难过？自然是美人计。纵观中国上下五千年历史，有多少立世君王与绝代英雄不是倒在女人红色的石榴裙下？加之王曾锦本身就是个好色之徒，岂能留下糖衣从而发还炮弹的？王曾锦思考了一下，问道："你想上哪儿？"何灵琪答："我什么地方也不想去，就想到路桥镇文化办。"王曾锦笑了笑，说："在这里，你就能写出好诗来了？"何灵琪娇声应答："是啊，你王大哥会赐给我灵感哪……"

何灵琪对着王曾锦轻盈一媚笑，这一媚笑再次令王曾锦懂得了什么叫作"芝麻开门"，心中窃然自喜。是时，因易怀春年过六十正式退休，路桥镇党委让王曾锦接管易怀春主办的《南官河》文艺杂志，正好缺一个编辑。人走时运马走膘，兔走时运枪子也打不着。王曾锦暗想，何不趁机将何灵琪调至我身边来，让她主编这个小杂志，这不是正好一举两得吗？此一想，令王曾锦春心一片荡漾，他正想伸嘴在何灵琪粉腮上亲一口，恰在此时，路桥镇农业办的一位同事一头撞进办公室来，找他有事。王曾锦不得不像煞有介事地正襟危坐，掉头与那位同事说话。同事一打发走，王曾锦的心开始降温了，脑子些许清醒了一点，他觉得现在可不是过去，别让一个还不曾摸透性情的女人轻易毁掉自己，党政办主任总得有个党政办主任的样子。于是，王曾锦一本正经地对何灵琪说："既然你如此想上我这儿来工作，我可以帮你办，不过能否办成，我人微位轻说了不算，要看机遇。但有两件事儿，你必须立刻办到。"何灵琪说："你尽管吩咐。"王曾锦说："一、把你这么多年在报刊上发表过的东西全都剪辑起来给我，让我送给镇领导看一看；二、你必须花点钱为一个人购一套好西装。"是时，西装刚在路桥镇风行，名牌价钱极昂贵。何灵琪问："给谁的？"王曾锦答："这，你不用问。""问题是他的尺寸我不知道呀。""你不知道，我知道。"王曾锦随手拿过笔，在纸上写下尺码。何灵琪心领神会地应了一声"好"，快活得如同一只小鸟，飞出了办公室。

何灵琪再次出现在王曾锦面前时，打扮得更为时髦与出挑。黑西装、白衬衣、红领带、高跟鞋、一头修长的黑发被红绸高绾，更彰显出她的肤色乳白、身材窈窕。王曾锦只一见何灵琪的样子，便觉得两眼发晕，下体蠢动。何灵琪来到王曾锦面前迷迷一笑，令他更加心猿意马。何灵琪将她剪辑好的作品集与一套"太阳鸟"名牌西装放在王曾锦面前，用眼神向他示意："我是在这里待一下呢，还是立刻就走？"王曾锦也用眼神回示她："走，你必须快走，万不可在我办公室里久留，此地人多嘴杂不好说话。"何灵琪心领神会，点了点头，甩了一下她的长发便翩然离去。

当日夜里，七点档的新闻联播一播完，王曾锦即提着西装来到郏东生家。进屋后，王曾锦摆出一副与郏东生不分里外的样子，将这套名牌西装放在郏东生面前。郏东生不解地问："你这是干什么？"王曾锦答："我给你买了一套好西装。"郏东生吓一跳忙推辞："不要，不要，我不要。""哎，我家与你家是世家之好，咱们谁跟谁呀？""我父亲家教挺严，老头子一旦得知，会骂我一个狗血喷头的。"王曾锦亮嗓大笑："我的书记大人啊，你就放心好了，这西装哪，是我王曾锦用稿费买来的。"郏东生问："你这是做什么呀？""你想啊，你现在是什么人物？黄岩县委常委兼镇党委书记，外事活动多如牛毛。你老是穿着从部队里带回来的那套老军装出门接待外宾，不是要让外国人看后笑了去？佛要金装，人要衣装，路桥镇的大书记总得有个大书记的样子啊。""我自己会买。"王曾锦笑答："行啦，你们家什么家庭情况我清楚。你要是有钱，这一家子这么多口人，为什么还要跟老头子住在一起？"

一因郏家与王家有渊源，二因郏东生确是喜欢王曾锦，既然这是王曾锦用稿费买来的，那也无所谓，收了就收了吧。郏东生一默许，王曾锦就让他穿起西装来试一试镜。郏东生便站起身，穿上试镜。这一试，郏东生再也脱不下来了，果真是人要衣装，佛要金装。这套西装诚然是起了画龙点睛的作用，原本郏东生的身材就有架式，西装一着身刹那间焕然一新，连郏东生自己都认不得自己了。郏东生一边看着镜子，一边问王曾锦："你怎么知道我的尺寸？"王曾锦答："我要不知你身材尺寸，要我这党政办主任做什么？"郏东生心里发甜，赞许道："天哪，怪不得十里长街人都说你是人精。"西装收下，任务完成，王曾锦回家。

隔天，郏东生与王曾锦一起下乡搞农村民营企业发展调研。那天，他们两人是同坐着一辆吉普车，沿着盘山公路往山区纵深方向行驶。王曾锦借着出去调研这个机会东一句西一句地与郏东生拉扯起镇委的工作来，看似有意无意地将话头一步步往路桥镇文化建设上引。三引两引后，郏东生在不知不觉中跌入王曾锦暗设的机关。王曾锦摆出一副忧心忡忡的样子，说道："眼下路桥镇文化站工作什么都好，就是缺一个高素质的文化员，好些群众性的文化普及工作抓不起来。"郏东生说："镇委不是决定让你兼文化办主任吗，那你为什么不物色个高手来呢？"王曾锦装作为难地答："我倒是物色了一个，怕有难度。""谁呀？""一个浙江师范大学中文系毕业的女大学生。只因地区教育局对师范生的安排发过话，我不敢放肆。""此人有何特长？""她是个诗人，全国有点小名气。""诗写得好吗？全国有点小名气，我怎么没听说？""你是政府官员，与我不一样啊，哪有什么时间关注文学呢。"郑东生问："她写的诗你有吗？"王曾锦一听，有戏，赶紧打开公文包，一边回答："有。"遂拿出一个剪辑本递给他。

郑东生打开剪辑本一看，嗬，好家伙，一个女孩子居然在全省各地的刊物上发表了那么多东西！再看到那刊物上印着的照片，脱口而出："她长得很好看哟，是不是你小子吃着碗里的瞧着锅里的，早就看上人家了？"王曾锦答："书记大人，你就别取笑我了。我王曾锦夹着尾巴做人，哪敢啊，我只是一心为了路桥镇的文化工作着想。"郑东生端详着何灵琪的玉照，说："美，是美。比你家那个脸上有地图的妻子强百倍。"将照片递还给王曾锦，想都没多想就一口答应了下来："好，既然是你看中的，必有你看中的道理。你调吧，是人才，我们总不能放她走。"你想啊，我们中国是什么形态的国家？以权为贵呀，从新中国成立起，一把手就是一个部门、一个单位的主心骨。既然镇党委书记都开口发话了，还有什么不好办的呢？况且王曾锦原本就是一条活锦鲤，是个无洞都能取出一只蟹的家伙。不久，何灵琪正式调到路桥镇文化办公室上班。

第七章　兄弟逼宫

　　艾家和的三和实业公司与田文和的田王实业公司同时成立。台州地区民营企业急剧地蓬勃发展，由原来的几十家一下子扩张成七万八千家，从生存发展的状态来看，大致可分三类：第一类是地道农民。他们之所以办企业，完全因生存所迫，不得不挖空心思，顺应时代潮流。因地制宜，所办企业规模不大，产品贴近百姓生活需要，靠着苦与累、勤与俭的日积月累，将企业渐渐做大做强。第二类是本地无业游民与地痞流氓及犯罪释放分子。因他们原本没有工作，生存一直处于爹不管、娘也不管的状态。横竖没人管，莫不如先赚上一把，一出手自然比他人先赚上第一桶金，在不经意间把企业渐渐滚大。第三类是那些多如牛毛的小商小贩。想当初，他们之所偷着做生意，其目的就是想捞一点钱贴补家用。政府让干，他明着干；政府不让干，他暗着干。从一开始，他们即是山里我行我素的山猫野兽，一旦遇着地壳松动，身上蕴藏着的能量瞬时爆发，形成了席卷山河的冲击波。由于民营企业的崛起、市场经济的实行，国有企业开始面临前所未有的尴尬。大批中小型国企因入不敷出、产品积压、管理机构重叠、人浮于事、质量不过关、成本运转过高、人心涣散，最后不得不自行停产与倒闭。大批工人因生活无着、子女上学困难，不得不去黄岩县委与路桥镇政府门口静坐。他们打出来的口号是"我们要工作""我们要吃饭"……

　　钱子久急得睡不着觉，作为黄岩的县委书记，改革开放出现这样的一种阵痛，令他始料未及。第一批出来闹事的有两个厂：一是路桥镇益民机械厂，一是路桥镇国营丝纺织厂。这两个厂都是台州地区有着百年历史与声誉的老厂，一个是谢东潮创办的，一个是艾宝杰创办的。仅此两个厂的工人即有两千八百多人，若是安置不好，即会直接影响黄岩县的社会安定。钱子久很想搞一个体制大改革，将这两个百年老厂来一个计划重组，但搜索来搜索去，只有两个村办企业才有这个实力与能力，一家是艾家和开创的三和公司，一家是田文和开创的田王实业公司。钱之久之所以有如是想法，当然是有着他的道理，台州丝纺织厂原本就是艾家和父亲艾宝杰所办；益民机械厂原本就是田文和老外公谢东潮所办。因产品对路、内中有渊源，只有让他们两人接管这两个国有企业，才可安全着陆。钱子久左思右想后，当夜就给艾家和与田文和打了电话。钱子久说："眼下我们国家正处于改革开放的阵痛期，各种矛盾相互交织，只要有一事稍有不慎，即会带来时局的动荡。你们两人身为共产党员，又是民营企业家，能否挺起你们的胸膛挑起重担，一解难局？"两人皆回答："能否给我们一点时间？"钱子久说："好，我给你们三天时间。"

随后田文和与艾家和互通了电话。田文和问艾家和："你是怎么考虑的，接还是不接呢？"艾家和回答："我考量过了，打算接。你呢？""我还在犹豫。""说个理由？"田文和答："从实际情况看，如果接下，对我们田王实业十分有利。一因眼下全国各地正兴起家用电器热，从某种意义上说，家用电器很可能成为时代发展主业的潮流。我可以断言，今后民众对家电的需求量必定走高，如果我们当下能抢上这个制高点，也就可以雄视全国的家电市场了。二因这个厂是我老外公一手办起来、有着百年历史的老厂，他们的技术力量十分强劲，大学生与工程师比例极高。眼下这个厂之所以年年亏损，关键原因是领导班子不给力，政策上吃大锅饭，全体员工没有积极性，上下拧不成一股绳。"艾家和说："既然如是，那你还犹豫什么？""关键是厂长人选的问题。""你接过来先管着，不就可以了？""这怎么能行呢？一个人的精力总是有限的，贪多嚼不烂。我现在管理一个商品市场、一个食品厂，就已经够我受的了，我怎么可以再接下一个工厂？我是人，不是机器人啊。"

艾家和一听，也觉得有理，便问道："王曾锦不是现放着的一块好料子吗，你何不让他回来？"田文和答："我那个弟弟你不是不知道，他那颗心野着呢，一心想当大官。""现在是什么时代了，现在可是中华民族历尽三百年劫难后的第一个新时代、好时代，八仙过海，各显其能！你那个弟弟挺有才的，干什么不好，非要当官从政？""人各有志，他不愿走的路，我这个当哥哥的怎可强求？我一直没有告诉你，他为这一次当选上副镇长，居然背着我卖掉了十字街坊我母亲留下来的那两间房子。""他卖了干什么呀？""送礼。""他疯了？你这个当哥的为什么不阻止？""我一是考虑到这房子所有权是他的，我不好阻止；二是他天生那一副禀性，不到黄河不死心，不见棺材不落泪。对他说教是没有用的，我想让他付出点代价，碰个头破血流再说。""那你是什么意思？"田文和说："尽管社会上对王曾锦的看法极为不好，有人说他是见人说人话、见鬼说鬼话，办事千篇一律；有人说他生性与其父相同，是个农村痞子、绿壳胚子，做事不计后果；有人说他生性恃才傲物、目中无人，一旦让他掌权即无法处理好团结关系；有人说他为人虚伪、缺乏诚信，是个风吹两面倒的政治投机分子。虽然社会上看好他的人并不多，但我不是这样想，我总觉得人无完人，金无足赤，只要你是个人，谁都有他一正一邪的两重性。我的观点呢，王曾锦绝不是一个从政高手，但他是一个办现代企业的能手。若是他使用得当，挖出他的潜能来，一定超过我百倍。"艾家和说："你的意思是让他碰得头破血流之后再说？"田文和答："是，正出于此，我才回答钱书记，让他给我七天时间，待路桥镇选举结束之后再回答他。如果他选上了，我另当别论；如果他选不上，你就帮着我劝说他掉头。"

路桥镇换届选举开始，王曾锦是路桥镇副镇长的候选人，他开始做上了白日梦，盼着这一次能当选为路桥镇副镇长。他心中十分清楚，自己能否走上从政之路，今天这一步极其关键。只要他这一步攀上去了，今后便可凭借着路桥镇这一方小小平台，一路青云直上。王曾锦误以为只要政治上有上线，当选副镇长便可大功告成。因此，为了确保这次选举大获全胜，他偷着卖掉了谢明心在十字街坊的那两间老屋，给三十三位他认为必不可少的代表们送了大礼，希望他们在各个方面多多给予关照，并许愿说我王曾锦不是那种忘恩负义之人。为了充分显现出自己过人的才华，就那一篇不足一千五百字的发言稿，他是改了写，写了改，前后改有一十八遍才定稿。

然而，上帝就是好如此耍弄人啊，王曾锦越是想得到的东西，他越是不给。是时路桥镇的人民代表有着很强的民主意识与主见，县委的提议名单一出台，人民代表心中那杆秤即开始掂量。

路桥镇人民代表投票结果终于公布。王曾锦得知自己所得票数后，当时就脸色大变！一百八十六票中只有三十五票投的是王曾锦，而且这三十五票恰是他送过礼的三十三人，加上自己与他哥的那两票。王曾锦立刻给钱子久打了个电话，气急败坏地问："这是怎么一回事儿？"钱子久呢，毕竟是县委书记，官场经验丰富，在电话中回道："王曾锦哪王曾锦，不是组织上不同意你，也不是我不帮忙，而是人民代表不相信你，你说我这个当县委书记的又有什么办法呢？我总不能破坏全国人大定下来的选举法吧。"钱子久说的话对不对？当然对！那你王曾锦还有什么话可说，自然什么话也没得说。

王曾锦终于拖着沉甸甸的两条腿回到家中。是时金秀子刚从苗圃回来，两人一见面，王曾锦便大发其火："都怨你，你这脸上的黑地图尽给我带来晦气！"金秀子当时即将脸往下一沉，毫不犹豫地还击："就你那种猢狲跳瓜棚的样子，我嫁了你都是我一生中的最大过错。你看人家田大哥，做什么事都一是一、二是二，清清白白。"王曾锦一听，气不打一处来："你干吗老拿我与田文和比？"金秀子说："人家是田家大院里的一个坐标，不拿你们哥俩比，我拿谁比？"王曾锦一腔怒火地答："那好啊，你既然如此看中田文和，为什么不与我离婚？"金秀子毫不犹豫地讽刺王曾锦一句："你以为我不愿意？"金秀子说完，一甩长发，夺步冲出家门。

艾家和与田文和终于开始为他们考虑多时的计划碰头。艾家和问："是让这只狮子躲在丛林里舔舔伤口呢，还是趁机逼宫？"田文和答："必须逼宫。如果不趁机拉他回来，这小子迟早会在政界送掉他那条小命。对我们村来说，他出事只是个损失，对他个人来说，则是人生大灾难。""若是他执迷不悟呢？""我们班子成员商量过了，那就接下这烂摊子再说，先安稳民心，再另物色人选。""我有点想不明白，你这个弟弟怎么会成为一个官迷呢？""这还不是叫权力给人带来的好处太多给闹的？"艾家和说："他知不知当官可是个高风险职业？""天下有多少人会这样认为呢？什么时候我们国家全面实行以法治国，我们中华民族的复兴即为期不远了。"

田文和与艾家和双双动身来到田家大院，两人一进大门，就遇着了一脸泪痕的金秀子。田文和问："小妹，曾锦呢？"金秀子没回答，只是往房间里一拱嘴，他们俩即双双往内屋进。王曾锦呢，正歪在床上长吁短叹。王曾锦理也不理，艾家和上前捅了他一把说："你看看你，还是个'台州王'、国民党中将的儿子呢。瞅你那没出息的样子，我见了心里都恶心。走，走，快起来！"艾家和一把将王曾锦从床上扯起往外拽，王曾锦扭着身子问："你们这是干什么哪？"艾家和说："别摆出一副活不起的样子，不就是一个小小路桥镇副镇长嘛，选不上就选不上，干吗要死不活一样？"艾家和可不是一般人物啊，艾氏一门在台州做出的贡献与业绩，远比王氏一门辉煌，他们家两代人中出有两位共产党将军、一位国民党将军、三位抗日英雄、一位民族资本家。想当年，路桥十里长街半条街的大商铺都是艾氏家族亲手建造的，尤其是这个艾家和，他可是台州新时代农民队伍中涌现出来的第一杆红旗，何人不望其项背？这样的一个大人物与他哥一起来，王曾锦自然无话可说，只得一步三拧搏地跟着他们走出了田家大院，至皇花楼。

是时，路桥十里长街的皇花楼再也不是过去的皇花楼。这一处抛弃多年的公产，已让郎高柱与邢尚红两人承包，开出一处名叫"平常人"的小茶馆。由于皇花楼所在的位置紧靠南官河，占尽"城中桃李愁风雨，春在溪头荠菜花"的水乡风情。他们进来一坐定，一位长相可人的女招待扭着腰身走过来，问道："三位先生要点什么？"艾家和随意点有三杯绿茶、一包花生、一包傻子瓜子、两包田王食品厂出的果品。

　　片时，茶点端上，三人一边看着南官河两岸的柳堤花，一边开聊。王曾锦说："你们俩是不是来安慰我的？"艾家和答："是啊，我知道你碰扁了鼻子，我们前来给你揉鼻子。"王曾锦愤然骂道："一帮子浑蛋，有眼不识金镶玉！"艾家和说："当心牢骚太盛断肚肠，无论是谁，要想他们认识你王曾锦，都得有个过程。就拿我们哥俩来说吧，从小就是玩伴，我知你有多少，你知我就有多少。人与人之间如果很容易了解透彻，那古人为何说知人知面难知心、画虎画皮难画骨？"田文和说："我早就跟你说过，无论是东方还是西方，一旦阶层新贵凝结成地壳，你这粒钻石想在太阳下闪闪发光都十分艰难。可你王曾锦哪，就想一步登天，这谈何容易？"王曾锦说："我怎么也想不通，为什么我父辈们能，我就不能？"艾家和说："曾锦，你开口说出这话，不怨当哥的说你，实在是太肤浅了一点。你想啊，时代不一样，政治格局不一样，父子两代境遇不同，何可类比？什么叫英雄，时代需要就是英雄。时代需要政治，政治家是英雄；时代需要发展经济，商人、企业家就是英雄；时代需要战争，军人是英雄；时代需要道德，雷锋就是英雄；时代需要文化与教育，作家、艺术家、教育家就是英雄。现在，时代不需要你父辈那种起兵造反的人，你怎么可以拿你的现在与父辈比？过去你父亲手里有枪，就可自封为王，现在能行吗？"田文和说："我早就对你说过，人在高处不胜寒，别把刺丛当凤巢，别让一个'官'字将你诱得鬼迷心窍。"艾家和说："兄弟，恕我直言，我一直对你想不明白，自改革开放后，中国社会环境、政治环境大变，可以说是条条大路通罗马，可你为何只认定一个死理，想当官？我和你哥与你相比，最大的不同就是这一点，你是爱官、喜官，我们只想做好企业。"田文和说："曾锦啊，你如果头脑还有点清醒的话，就听我们哥俩一言，你不是从政的料子，还是老老实实地回到田王实业公司，真正发挥出你所拥有的才华。"艾家和说："我家有两个姐姐与姐夫全在国外，国外情况我清楚。外国人看什么，行与不行，杀到猪看板油，就看你有没有经济实力。有经济实力，你可以当议员；没经济实力，你躲一边待着去。中国既然要与国外接轨，时代就需要我们这些搞经济的英雄。"田文和说："什么叫改革开放？改革，是改过去的官本位；开放，就是开掉中国的封建意识。我呢，早就看明白中国社会今后的走向，今后的中国将凭着经济实力与世界对话，在世界上赢得话语权。"艾家和说："君子喻于义，小人喻于利。老百姓看什么？就看你当头的能不能给他们带来实惠。我记得大作家流沙河曾说过这样的话：'无论一个人如何搔首弄姿，或是风华绝代，最后沉淀下来为人称道的只有两样，德行与成就。'就拿我这个村来说吧，我凭着三个大厂，让上千号村民有吃有住，哪个村民不是对我热烈地拥护？你如果有这个兴趣，我带你上我们村走走，我让你看看什么叫作真正的威望，什么叫作真正的权威。你好好看看我们村那一千三百多位村民，是听我的还是听你们县长的？"田文和说："中国人最可怕的什么？最可怕的就是那些挥之不去的做官情结。"艾家和说："我不反对当官，搞政治也是事业。我历来的观点是，能搞政治的你就去搞政治，能搞科学的你就去搞科学。问题是做人要自量，得看你是不是个当官的料子。就你这个样子，不是我打击你，你压根儿就不是从政的料。若是你不相信，我与你打赌，你若还在官场里混上一年半载，非身败名裂不可。"王曾锦问："你凭什么将我看得这么死？"田文和说："你能不能做到不好女人？你能不能做到不自我主张？你能不能做到韬光养晦？你能不能做到不信口开河？你能不能做到事事以中庸之道相处？你能不能做到遇事冷静处理？你能不能做到不恃才傲物？你能不能做到行忠善以损怨、不作威以防口？别的我不说，有两件事我就知道你不能从政。一是我入狱时，你做的那些事及搞的那些女人；二是你背着我偷偷卖掉十字街坊两间房子去给人民代表送礼。我当哥的心里明白，你王曾锦心太野、为人太聪明、心思太乱、自控能力太弱，在战争年代你可能是个好将军，但在和平年代，你一旦从政决不会有好下场。你以为我们今天来只是安慰你？不，不，我是看在我们兄弟的情分上前来救你。就因旁观者清、当局者迷，怕你一牛入陷阱、九牛拔不出。到了你坐班房时，后悔可就晚了。"艾家和说："王曾锦啊王曾锦，我当哥的不是在这里批评你，你最大的一个毛病，就是做官当老爷的意识太重。我再说一句你不爱听的话，路桥镇人民真正拥护的是你哥，而不是你。要不是钱子久梗着个脖子为你说话，你呀你，连个候选人都捞不着。听我的话吧，权不可常依，友不可常靠，你还是凭着自己的才能，在商海中辟出一条属于你的路来吧。"

田文和与艾家和的话句句击中王曾锦的要害，他当然是低着个头默然无语。艾家和说："机会对谁来说都十分重要。现在机会来临，你若是真的想改换门庭，我与你哥可以帮着你建一座大平台。你不是认为自己有经天纬地之才吗？好，那你就可以在这个平台上好好地亮亮相。你比我清楚，现在的田王村非昔日可比，你哥这几年的苦心经营早已让田王村连上了三四个台阶。现在要天时有天时，要地利有地利，天时、地利、人和三者全有，你们哥俩再努力个三两年，我这个艾家村也未必能赶上你们。"

尽管王曾锦此时的心有所松动，但他涛声依旧。艾家和要他说出心里话，王曾锦吞吐半天后，这才说出了他的心里话。他说自己现在的职务是路桥镇党政办主任，身份是国家公务员，一口金饭碗，别人想都想不到，他好不容易得到手了，如果让他下海，实在太可惜了。他说他也想下海一展身手，若是能有个两全其美之法，保住他公职身份，他就下海。艾家和与田文和四目一对视，即笑了起来。于是，两人随之将县委书记钱子久的想法与王曾锦说了。艾家和说："如果你王曾锦有这个勇气，趁此机会提出带职下海去益民精工机械厂当厂长，我保证你一请一个准。"

这两个十里长街的名人、能人确实是有水平啊，就在皇花楼这个小茶馆里，你一言我一语地把王曾锦冰死的心说得活泛起来。王曾锦身靠窗口，手握着茶杯，坐在那里沉思良久。他不得不承认，这两个哥哥看问题远比他有真知灼见，远比他清晰透明。是啊是啊，既然我们田家大院的后代子孙，天生有经天纬地之才，何不凭着自己的实力打出个新天地，让自己立地成王呢？有道是宁当鸡头也不当凤尾啊。王曾锦终于放下了手中的茶杯，说道："哥，让我再想一想，好不好？"田文和答："好，我给你三天时间。"

田文和与艾家和一起走出皇花楼。是时，南官河的夜色越来越浓，田文和两只眼一动不动地望着那果冻般静止的南官河，陷入沉思。艾家和问："他能下海吗？"田文和答："我说不清。他既然提出要考虑考虑，就让他考虑吧。""我算是看明白了，人哪，最难斗的不是别人，而是自己。"

路桥镇百年老厂益民精工机械厂厂长卷款潜逃。上千名职工闻讯前来路桥镇政府大院里大闹。你想想啊，中国资源如此之贫乏，人口如此之众多，哪个工人家里不是上有老下有小？尤其是田王村与艾家村，一东一西的两个村子崛起后，一个普通农民的收入比他们工人拿的工资还要多，他们原本高人一等的心如何受得了这份煎熬？原本只有一个心眼的工人弟兄，在生存的逼迫下那心眼也开始现出了支棱八叉。一夜间他们串联不息，一夜间他们抱成一团，一夜间他们有如火山喷发般大折腾起来。他们向什么人闹？儿子哭抱他娘，自然是向路桥镇人民政府闹。不冲他们闹，冲谁闹？谁叫他们是百姓父母官呢？当官不为民，不如回家卖红薯。我们不向人民政府要饭吃，向谁要去？这一闹，好戏开场了。这一边镇里的领导班子刚刚尘埃落定，那一边失去生活基本保障的工人们，成群结队地冲进路桥镇政府要吃饭、要生存。三百多名工人涌入古老的李家大院，刹那间古老的李家大院子闹了个鸡飞狗跳，大大小小的孙悟空们，把镇委书记郏东生折腾得昏头涨脑。这位团长出身的路桥镇委书记，曾经指挥过三百多名士兵，现在他却指挥不了这三百多位失业工人。

面对着无法控制的局面，郑东生气得太阳穴直跳，却也一筹莫展。你想啊，这些工人往死里冲他喊、冲他叫，他有什么办法收拾这烂摊子？他不是千手观音。现在是什么年代？是市场经济年代，中国特色社会主义时代！说了算的是市场，你们生产出来的产品老化、质量低下没人要，这怨谁？你们欠了银行那么多钱，破产还债，天经地义，这怨谁？社会主义是让你们人人有饭吃，可并没有叫你们躺倒在国家身上。尤其是那天，郑东生只是说重了一句："你们哪你们，没本事把企业办好，却有本事上我这里来胡闹！"此言一出口，即将全体工人惹恼了，居然蛮不讲理地当着他的面开始炸锅。他们冲进机关食堂（此地原是李家大膳房），把所有摆在那里的盆盆碗碗砸了个粉身碎骨，一边砸，一边喊："好，好，你们人民政府不叫我们吃饭，我们也不叫你们吃饭！"只一日，路桥镇机关大院再也见不到"明月松间照，清泉石上流"那种特有的雅致了。没有法子了，可怜的郑东生面对着工人的愤怒，只可背着两只手在办公室里来回地兜圈子。

王曾锦那一颗痛苦且破碎的心，终于在忧国忧民中第一次出现大松动。他主动给艾家和打了个电话，恳求与两个哥哥再见上一面，想与他们做最后一次敲定。艾家和放下电话后，即给田文和打了个电话。艾家和说："看样子，你那个弟弟是想下海了，我来还是不来？"田文和说："来。我这弟弟呢，才能我知道，确实比我能干，比我有鬼点子。田王村的经济想要更上一层楼，没有他做我的帮手不行。""这点我也知道，我就怕他的心太邪，怕你今后控制不了他，会惹出大麻烦。""对他的人品问题我考虑好久了，若是做企业，我想他除了好搞个女人外，总不至于走上犯罪道路吧？在官场上，他的那种心术，我可就真的害怕了。祸难相交权其轻，还不如让他从事企业，保险系数较大。"

艾家和与田文和双双来到老地方。三人一见面，艾家和便打趣着说："你这个家伙，平日里铁公鸡一毛不拔，今儿怎就豁然开朗了？是不是要我们哥俩给你拿主意？"王曾锦连声回答："是，是。"艾家和道："那你就开门见山吧。"王曾锦说："不，不，吃饭时再说吧。"随后，三人就着那张并不大的圆桌子坐下来，女招待将王曾锦所点的菜与酒上满，王曾锦率先起身敬了一杯，杯口"叮当"一碰响后，他立马一口将酒饮尽。放下酒杯后，王曾锦即将益民机械厂因破产、工人们发不出工资在镇里闹一事说了一遍。田文和问："你动心了？"王曾锦答："嗯，动心了。"艾家和说："看来你还是挺忧国忧民的。"王曾锦说："我听了你们两人的话后想了好几夜。你们说得对啊，就我这个人的性格，绝不是搞政治的料子，在政府部门工作充其量只不过是给他人抬轿子。男子汉大丈夫，既然来到人间做一回人，总不能空着手来空着手走，如此了其一生，莫不如趁早找块向阳之地安顿自己。今天，我请让两位哥哥来，只有一个目的，就想请你们给我开个好处方。"
艾家和问："你还有顾忌？"王曾锦答："有。"田文和说："这不奇怪，你一个一个
问，我们一个一个解。"王曾锦即开口说了他想有一整天的十个问题。

一是关于社会今后管理模式的问题。艾家和答："中国社会是个非常特殊的社
会，无任何管理模式可借鉴。人民之所以选择共产党，自然有其道理。当下，党
与政府都在摸着石头过河，探索着前行，任何一种形式都不存在可以与不可以。"

二是关于如何办实业的问题。艾家和答："关键点有三条，产品是否符合市场
需要，有无科技含量，质量是不是过关。"

三是关于田王公司经济发展定位的问题。田文和答："关键是三大块。第一块
是小商品市场，主要发展方向是标准化、国际化，带动十里八村那一批小商品生
产企业，以价廉物精，普及全国与国际。第二块是以田王食品企业为龙头，结合
农业现代化建设，整合田王村周边八村的农业资源与海王村的渔业资源，从事高
科技、高质量的绿色食品生产，包括正在生产的田王牌快速食品与田王牌葡萄酒。
民以食为天，只要质量过关，科技含量高，食品类产品日后必定大有市场。第三
块是借益民精工机械厂的厂房、设备、技术人员，做大做强现代化机械产品与家
用电器产品。我曾带着八个中层干部在全国各地做过调查，随着改革开放的不断
深入，农民工大量进城，今后农村的土地必须面临计划重组，先进农用机械产品
需求量将会越来越大。尤其是我们田王村周边有五村，皆是名副其实的手艺村，
光个体模具作坊便有一百三十多家。如果我们把这股力量联合起来，来个整体推
进，阵容就会显得非常强大。三和公司主打的是丝织、建筑、银行与家用汽车，
我们主打的是市场、食品、农机、家电，两个村形成东西两头一担挑，黄岩西部
山区的贫穷地带即可带起。"

四是关于高级人才缺乏的问题。田文和答："这一点呢，用不着你操心，我决
定正式聘请海王村的两个本家教授，一个名叫王保东，一个名叫王保南。前几天，
我到浙农大找到王保东，他正缺钱搞科研，而我们有钱养科研。他们夫妻俩一个
是农业专家，一个是食品专家。他俩也想搞个现代农业园区，只是一直找不到理
想的地方来实现心中的蓝图。我与他俩只一说，夫妻两人就对我表态，愿意打道
回府主管农业。王保南在复旦大学当教授，研究农业机械自动化，我去的那天，
他正带着一个课题小组研究山区农业自动化问题。我与他一说，他高兴得不得了，
说自己研究的东西一直找不着婆家，愿意回老家给田王实业当机械总工程师。"

五是关于这几个产品市场走势的问题。田文和答："目前，中国农业正找不到
一个良好的出路，所有的机械行业也处于低迷之态，家用电器、农业机械自动化

与绿色食品将是中国市场崛地而起的新产品。只要我们趁着现在青黄不接的好时机，占有市场上这两块高地，我们便可以登东山而小鲁、登泰山而小天下。商场如战场，一看实力，二看决策者是否有远见，是否科学地抢占制高点，是否想别人不敢想、做别人不敢做的事，这叫智慧造供给。"

六是关于终极目标的问题。田文和说："从集体论，以工业带农业，以点带面，以一村带八村，让所有村民老有所养，少有所教，壮有所为，家家奔小康。就我个人来讲，人人为我、我为人人。我总觉得做人须前半夜想自己，后半夜想一想别人。专门为自己活着，他是魔鬼；专门为他人活着，他是天神。我们做不了天神，只可上效法于天，下效法于地，帮了别人也帮自己，成全了他人也成全自己。"

七是关于王曾锦这一次下海得与失的问题。田文和说："当然是得多失少。现在，路桥镇正在闹头痛病，你趁机一上，起码有三点好处：是帮着政府卸下了包袱；二是帮着下岗工人解决了吃饭问题；三是政府会全力支持你，今后无论在资金与资源调配上，都会给你开上一扇方便之门。"艾家和说："你不是天天盼着当官吗？你若是真的干出样子了，黄岩县政协、人大、副主席之类的职位有可能会落到你头上。"田文和说："这是组织上的事，有就要，没有就不要。我历来主张做人要雪中送炭，不要锦上添花。雪中送炭，人们会记你一辈子；锦上添花，多一点不显，少一点必怨，我不为。"艾家和说："我的观点是，宁当鸡头也不做凤尾。在官场，你只不过是个牛尾，给别人提尿壶携马桶；若在企业里，你就是个鸡头，你可尽心拿出你的智慧与能力得到别人的承认，何乐而不为？"田文和说："政府要你，你就是个人才；你求政府，你就是人家三孙子。"

八是关于组织架构的问题。田文和说："我之所以看中益民精工机械厂，其原因有三个：一因他们有现成的好厂房；二因他们有现成的好设备；三因他们有现成的好技术工人。只要我们一进入，就对他们实行资产重组，成立真正的实业总公司。在人事按排上，成立最高决策机构，称之为董事局。我出任董事局主席，你王曾锦可以出任董事局副主席，下面各厂长、公司总经理可出任副主席。我出任总公司董事长兼小商品市场总裁，你可出任总公司首席执行官，兼农业自动机械公司总裁。王保西可出任财务总监，王保南可出任农业机械总工程师，王保东可出任总公司副执行官兼农业分公司总裁，王保东妻子方铁男可出任食品厂厂长。经济运作上统一管理，单独核算，董事长全面负责，各公司总裁各自行权。资金统一由总部调配。总公司设立财务总监，下属分公司各设立会计师，统一监管，账务公开。中层以下干部任用，由各公司总裁自行定夺。"

九是关于公司定名的问题。田文和、艾家和一启口即想到一块。艾家和的意见定名为"田王实业集团"，艾家和说："我以为你这名称比我那个'三和实业'要好，既响亮好听，还有文化内涵。田是什么？百姓王中之王，哪个人离得开良田提供的粮食？"田文和说："我之所以定此名，考虑的是中国文化。田者，地也，坤道是厚德载物，不争第一，谦退为守；王者，三横是天地人三才，中间一竖是以一贯之，王道成业，总比霸道者入世好。"

十是关于王曾锦与田文和联手之后成败的关键问题。艾家和答："三人同心，利可断金。据我办企业的经验，唯有两条不可：一怕成功之后自我膨胀，禁不住成功的诱惑，离心离德，背民背本；二怕内部不和，后院起火，兄弟阋墙。"王曾锦当即表态说："这一点，你们大可放心。我王曾锦一来没如此下死赖，二来我也不是白眼狼，除非我大哥嫌我、不要我。"田文和一本正经地说："如果你真的想来与我一起干，我当哥的只有一句话叮嘱你，上辈人走过的弯路，我们这一代人千万别走；上辈人失败的教训，我们这代人不要再犯。人生呢，就和下棋一样，只要有一个棋子走错，往往带来的是兵败如山倒。"艾家和说："台州一地乃是越国之乡，可以学勾践那股劲，不可学勾践那个心。可共患难而不可共富贵，往往是台州人干不成大事业，从胜利走向失败的根本原因。"

王曾锦完全被这两位黄岩县农民企业家缜密的思维与精辟到位的见解震撼了，他做梦也没想到，他这个哥哥平日里土土老老的不显山、不露水，心中却有如此经韬纬略。如果他现在还是路桥镇通讯报道员的话，这不就是打着灯笼也找不着的好典型吗？但他为人心敏，多少从田文和的话里觉察出一丝杀伐决断的狠劲，连忙说："这一点哪，请两位老哥放心，我王曾锦虽然是个野心家，但决不会做出伤天害理之事。若是今后，我变成这样，就让我与田家大院一起灭掉。"此言一出，田文和心里一阵发憷，忙阻断话头说："好了，好了，兄弟之间别说这种残忍话。说到底，你毕竟是我阿弟啊。我若不相信你，也不会对你说这话。我之所以让你下海来与我一起做，其目的就是取长补短。只要我们哥俩联手，不把田王实业搞成一流企业，我算是白活了这么多年。"

艾家和、田文和、王曾锦三人的头凑在一起，他们帮着王曾锦把每一步必走的路径全面做出分析，并给出相应的对策。是夜，对于他们三个人来说，确实是极为不平常的一夜，用什么历史现象来做评定？是诸葛亮与刘备的"隆中对"呢，还是董仲舒与汉武帝的"天人三策"？这三人就坐在这个小饭馆子里一直商量到晚上十二点，待一切都商量定当后，这才从皇花楼里走了出来。是时，摆在他们面前的南官河水，既孤独又宁静地在缓缓流淌，古老的十里长街了无人迹，只有那一盏盏路灯现出朦胧般的昏黄。

王曾锦回到了田家大院，他走进房间，金秀子与孩子全都睡熟了。王曾锦来到床前，下意识地看了一眼金秀子脸上现出来的那一块黑斑，感到有点恶心，于是他在另一张床上躺下了。躺下是躺下了，但王曾锦一直没有睡着，他的那颗心在不断地奔腾翻卷，从灵魂深处跳出来的那杆子火，烧得他身上的每个细胞全都在狂窜。他想，他上任后必须首先出台政策，稳定军心；必须率先成立产品开发研究中心，推出有市场效益的新产品；必须扫平内部一切阻碍他发展的障碍；必须想尽一切可想之法令厂内职工安心工作；必须打开国门让产品走向周边的国家；必须建立一座具有时代气息的新厂区，以彰显他们的经济实力；必须想方设法与金明白长子金龙子取得联系，引进海德公司的外资，将田王村的葡萄酒系列产品做成全国与世界级品牌。他还得找到一位可靠的上层领导做政治、经济发展上的支撑，使他在三年内真正成为台州企业乃至浙江企业的龙头老大。尽管在这一点上，他与艾家和、田文和的观点有着重大的分歧，但王曾锦还是坚持自己的观点。在中国这块土地上，无论是过去的晋商还是徽商，无论是胡雪岩还是沈万山，他们要想把自己的实业做大，没有官场人物修桥铺路，那永远是水中捞月、画饼充饥。王曾锦从政这么多年，得出来的结论是，要想将事业做大，必须政商合一。唯有政商合一，才可利用一切可利用的政治、经济资源将企业做大。必须利用一切可以利用的机会，让他跻身于人大代表与政协委员中，唯有他本人在政治领域里有一定的地位与影响力，才能更有效地保护自己、发展自己。王曾锦越想越睡不着，越想他的思维也越是彰显活跃，他几乎把今后的每一步全都想得完美无缺，才觉得有些发困。当他合上眼时，金秀子已悄然爬起，做她一天必须要做的家务事。

王曾锦不紧不慢地来到郏东生的办公室，是时，他的内心活似敲着一面鼓。郏东生正在为昨天工人们大闹镇政府的事情窝火，虽然他当场承诺，请全体工人代表们给他一点时间，让他想出一个两全其美的解决办法。但说到底，这只不过是应对之词，面对着这个企业的倒闭，他简直黔驴技穷。昔日的"先进工人阶级"与现在的"臭狗屎"确实是令他这个当家人灵魂出窍。郏东生面对着窗户，站在那里不断地吸烟，挖空心思在想着如何给益民精工机械厂解套。窗外树枝上有两朵黄色蜡梅花正在悄悄开放，两只不知名的小雀在枝条上跳来跳去，直到王曾锦叫一声："郏书记，你是不是为益民精工机械厂的事情闹心啊？"他这才发现，王曾锦早已立在他身后。郏东生叹息着说："是啊，是啊，这个厂长卷钱一跑，实在令我闹心。"王曾锦说："不过是个千把人的小厂，有什么可闹心的？""王曾锦啊王曾锦，你是不在其位不知其难啊。宣布破产吧，这么多工人，我往哪里安排？不宣布破产吧，欠银行那么多贷款不说，又有谁敢接这个烂摊子？""如果有人跳出来愿意接这个烂摊子呢？""若是有人来接管此厂，我真想给他下跪叫爹！""有个问题，你当镇委书记的必须与我说明白，如果有人决定下海挑这副担子，路桥镇党委有什么优惠政策？"郏东生丢下冒有一缕青烟的烟蒂说："只要他能让这个厂恢复生产，工人们安居乐业，什么样的条件我都能答应。"王曾锦问："镇里能不能保证他在机关工作时的原待遇？""这算是个什么条件哪，根本用不着讨论，必保无疑。""镇政府能否为这个企业向银行贷款继续做担保？""可以，不必考虑。""镇政府能不能从今天起，对益民精工机械厂什么也不管，放开手脚让他一个人来管理？""不必考虑，镇里的那些官员，哪个敢从中插手，我就敢扒他的皮！""如果今后企业办好了，要改制，他能否拥有百分之三十的原始股？"郏东生嗓门更大："这有什么？但政府也有最后底线，这要看他能为这个企业做出什么样的贡献。"

对话至此，晕了头的郏东生这才开始回味，他瞪着两只小眼，锁定王曾锦这张光生的奶油脸，问道："你为什么问这些？"王曾锦笑而不答，郏东生顿时清醒了，拔出一支烟噙在嘴里，点着，狠吸一口说："是不是你这个小老弟想帮一把老大哥，来解决这个大难题？"王曾锦答："是，我看你夜不能贴席，心里非常难受。别看人们总好拿有色眼镜看我，动不动就说我是国民党土匪与妓女生的儿子，说实话，我是人，我有知遇之恩。若没有邓小平主政搞改革开放，我王曾锦何能有今日？现在，百业待兴，社会重组，矛盾多元，政府正当用人之际。作为一名公务员，如果天天一杯清茶、一张报纸，待在办公室里从早混到黑，不为政府排忧解难，于德于心何安？"郏东生大为惊诧，他简直不敢相信自己的耳朵，惊愕地问："你，你，你真的打算放下本镇大内总管不当，去黄岩益民精工机械厂当厂长？"王曾锦笑着回答："是啊，你是不是怕我挑不起这副担子？"郏东生急说："不，不，我早就说过，你是一个不可多得的好料，只是社会上人的思维定式，我没得法子。""士为知己者死啊，你郏书记、钱书记待我如此之好，我王曾锦不为你们排难解忧，死也不得安宁。"此言一落，瞬时让郏东生浑身热血沸腾，他忙丢下香烟，搬开凳子，做出要给王曾锦下跪的样子。吓得王曾锦忙把他给拦住，说道："郏书记啊，你这是做什么哪？"郏东生激动地说："我做梦也想不到你会主动挑起这个担子，我动员了那么多人，没有一个人敢去吃这只螃蟹，气得我都打算辞职去当厂长了。如今，就你不计前嫌，敢吃这只螃蟹，我这个镇委书记不跪你，叫我跪谁？"王曾锦听后两眼一片湿润，感动不已："我的好书记哪，你别，别，千万别这样。我不能随便就去黄岩机械厂挑这副烂摊子，我也有几个条件。"

郑东生忙整理衣冠，让自己失去的风度重振，再拔出一支大红鹰牌香烟嗷在嘴里，点着，深吸，令自己颤抖的手恢复平稳。待一口白烟从郑东生嘴里完全喷出，他才开口说："小老弟，你说，你要什么条件，尽管开口。"王曾锦说："一是必须保留我的行政干部性质，如果没有这一点，今后万一有个三长两短，我就没有退路了。我是人，不是神，我有我的物质需求，我总不能在益民精工机械厂这棵树上吊死。二是我的奖金福利必须与厂里的效益全面挂钩，但基本工资须由镇里月月照发。万一厂里三年内发不出奖金来，我三年内的奖金须随路桥镇人民政府发。三是企业里的班子得由我来定，镇里管工业的镇长、副镇长，哪个婆婆也不能随便插手，坏我的纲纪。四是我必须在保证国有资产不再流失的前提下，在全厂实行股份制，我想给全体工人根据他们自身的技术含量与工龄长短配发终身股。只有把他们的个人利益与企业绩效彻底挂钩，才能最大效能地调动他们的积极性。五是我必须和田王村联手，利用他们的经济实力，利用他们的资源，这叫以弱傍强，不然我就无法救活这家企业。"

说实话，工人们的行为，差一点令郑东生丢了一条小命，在郑东生眼里，这哪里是一家国有企业？简直是食之无味、弃之可惜的鸡肋，饭碗一旦敲碎后的无产阶级与报纸宣传的完全不同，全成了无恶不作的海盗与"绿壳"。扔了吧，那么多的土地、房产，可惜；不扔吧，一千多个产业工人张着大嘴要饭吃。现在王曾锦居然放着路桥镇党政办主任不当，要去嚼那根鸡肋，上哪里找这么一个救民于水火中的大好人哪？别说你这五条，就是一百条他也答应。郑东生问："你真的去？""君子无戏言，我怎么不去？""好，好，好！"三个"好"字一说，郑东生再也说不出别的话来了。是啊，怎么能不好？黄岩益民精工机械厂终于找到出路，路桥镇人民政府再也用不着为工人的失业与闹事犯愁！

郑东生决定召开路桥镇党委会，会议议题一经提出，七个党委成员全都骇然失色，这太出乎他们的意料了。他们知道许行一现在当的是什么官，他们知道赵如岱与田家大院的那种关系，他们知道钱子久与王曾锦的那种情感，现在王曾锦居然放下这么有利的条件，要下海去益民精工机械厂当厂长。惊愕之余，他们也被王曾锦这种大义凛然的精神所感动。静默三分钟后，全场立刻现出一片歌功颂德的声音，至于讨论王曾锦提出来的那些条件反倒是成为一种多余。一个说："想不到啊，王曾锦年纪轻轻，却放着这么好的政治前程不要，去下海办厂。"一个说："想不到啊，王曾锦竟有如此之志，第一个敢吃螃蟹，挑起一个负债累累的国有企业。"一个说："益民精工机械厂是一个多年的老烂摊，我们想甩都甩不出手呢，他却在危难之际挺身而出。"一个说："这是一种什么样的精神境界哪，只有田家大院的子孙才能做得出来。"……

最后会议讨论了王曾锦提出来的这五个条件，党委会不仅一条没有驳回，还额外给王曾锦增加一条最大的优惠条件：只要你王曾锦能把这一千多名职工安顿下来，发得出工资，不闹事、不惹祸，你要什么，他们就给什么；无论是人力、物力，还是企业用地，路桥镇政府都将倾全力给予支持。

镇、村两级领导班子与益民精工机械厂原企业班子的人员开始紧急磋商，磋商会整整开了四天三夜，最后总算是敲定。"田王实业总公司"正式实行"一国两制"，实行"农村与城市联姻"，然后以它从不曾有过的新面目开始登陆于中国东海改革开放的前沿。

路桥镇机关召开全体干部大会，郑东生在会上郑重宣读镇政府的决定。县委书记钱子久登台发表热情洋溢的讲话，在他的讲话中，对王曾锦与田文和的这种做法给予高度评价。钱子久说："他们的这种行为，是改革开放的先锋，是了不起的现代弄潮儿，是我们黄岩县政府机关工作人员的好标杆，是农村民营实业家得以学习的好榜样，是时代的英雄。"

王曾锦一夜之间成为黄岩县的焦点、亮点，过去的一切陈旧观念，全让王曾锦这次真实的行动给颠覆了。五天前，他手中那支笔是为别人抬轿；五天后，轮到别人拿笔为他抬轿。王曾锦的先进事迹，终于第一次让记者写成长篇通讯报道登上《台州日报》的头条，通栏大标题，黑体寸字，极其醒目——"王曾锦不当主任当厂长"。版面左下角，配有一篇八百多字的小评论，文章将王曾锦的行为提到前所未有的高度，说他的这种做法，是中国政府机关改革的一个新走向，有着非常重大的历史意义，也是全区机关干部必须学习的好榜样。

田文和开始甩开膀子大干，他将田王村这么多年集体经济积累下来的一亿三千万元全部投入再生产。他下令将原小商品市场所有的商业经营场所统一盖成全国一流的规范化、科学化市场，目的是前一百年好用，后一百年也不过时。只要具有商品属性的，皆在田王小商品市场里登陆，摊位从八千个增至一万五千个，商品从零头碎脑的小商品步入精工仪器、服装、鞋帽、电子数码、装潢、食品、建材。由于管理与发展的需要，摊位费与管理费开始实行市场机制——投标。同时组建一个国际市场开拓部，打算将大批量的日用小商品向美国、南非、西欧、东欧、俄罗斯进军。

田文和与王曾锦对全集团五个子公司实行全方位的科学管理。为达定量生产，确保员工们在岗位上发挥最大效能，减少怠工，他们花了三整天时间，亲自把关。记录每一道工序所用的时间，再根据所测定的工作时间，依据中庸之道原则重新制定工人劳动定量限额。如此既不让工人过分劳累，又不让工人过分清闲，在有限的工作时间内，能准确准时地完成生产任务。为了调动工人的积极性，他们先在集团实行"晋商古法"，即在效益工资上增加四个额外工资，工龄工资、技术工资、节约工资、创新工资。尤其是创新工资，大大调动了科技人员的积极性，只要你开发的新工艺与新产品市场销量好，开发者可以在销售额的总利润中提成百分之二。

田文和与王曾锦在狠抓田王食品质量的同时，也狠抓产品包装。王曾锦上任后，曾前后三次对王保东说："我的大教授啊，你这种知识分子的心态是不可取的。在技术上，我不如你；在人心喜好上，你不如我。一个高尚的产品必须有高尚的包装，才可体现出它真正的价值。"为了能使田王食品系列体现出现代感、文化感和亲和力，王曾锦亲自着手抓产品包装，把一切可以调动的文化元素全部调动起来，让之变成产品的真正销售元素。

田文和与王曾锦首次在企业内部正式提出文学就是食品、食品即是文学的开发理念。王曾锦在班子会上公开说："文学作品越有地方性，便越有世界性；食品越有本土性，便越有开放性与社会性。为此他俩在台州当地挖出八位老美食家，让他们给企业当顾问，出谋划策。五个月之内便开发出三十八种本土系列，成为历史记忆食品，全方位投放市场。尤其是方铁男教授成功复制艾宝杰夫妇开创、埋没有三十多年的四个老牌产品：玉环蟹板甜酱、临海甜酒酿、天台糊汰拉、仙居三黄鸡，一投放市场，立刻风靡全国。一个月内，令田王实业挖到三千三百万元人民币，让王保东与方铁男这对老夫妇乐开了花。

田文和与王曾锦决心搞自主知识产权的产品开发。田文和前后三次在员工会上发表自己的观点：要想我们的产品占有市场，必须做到别人没有的我们有；别人有的，我们要比别人强。为正确了解世界性农业机械的需求与难点，他们派出三个调查组，从国内到国外，对农业机械产品的需求状况做全面深刻的调查。并不惜重金从南开大学请来三位专家，与王保南一起攻关小型家庭农业机械中一直不曾解决的自动化难题。

田文和与王曾锦为了搞清食品与社会时尚、社会需求、时代信息间的互存关系，派出八个研究小组在全国三十三个大城市做调查。然后根据市场需求，开发出八款带有知识性、娱乐性、教育性、安全性的儿童产品与九款情侣产品，并甩出三千万，让方铁男领衔与医科大学生物系合作，推出三款老年人系列保健食品和抗癌系列食品。当年投放市场，即占有全国百分之二十的销售份额。

田文和与王曾锦为了凝聚全体员工的人心，明文做出规定，每到节假日，总部高管与全体员工举行一次鸡尾酒会。一是和合人心，二是听取员工们的意见，三是加强管理层与员工间的亲和力，找出企业内部管理上的不足，并化解管理层与员工间的矛盾。同时下令在集团中全面推行高管慰问制，无论是员工生日，还是老年退休员工有病，董事局成员不管工作有多忙，必须抽出时间前往探视。为此，田文和前后三次在会上说："别看这种事花钱不多，而且碎头碎脑，但能把人心拢在我们麾下。你们要知道，一个没有团队精神的企业，是冲不上经济发展的制高点的。"

田文和与王曾锦共同决定成立田王实业政治思想工作委员会，并请刚从政府部门退下来的伍立人担任主任。他们对全体员工们说："金钱是必需的，但不是万能的。金钱本身没有罪恶，有罪恶的是我们对金钱的态度。别看政治思想工作可无可有，可它却能解决许多金钱无法解决的实际问题。无论是厂里员工，还是中层干部，只要他们的思想问题解决了，即使吃一点亏，他们也会觉得无所谓。这就好比一个生有慢性病之人，精神状态的好坏往往决定他的寿命长短。一个企业，就是一架现代化的大机器，只要其中有一枚螺丝出了问题，毁灭的可能便是这一座机器。"并在全区首创倾诉会，凡集团员工心中有不快活与委曲，尽可上伍立人的"倾诉会"倾诉。

田文和与王曾锦明确做出规定，全体员工每个星期一早上八点隆重举行升国旗仪式。田文和前后三次在会上讲："我们的行为准则是齐家、治国、平天下；我们的做人标准是爱国、爱家、爱他人。一个人如果对他的国家、对他的民族都不爱，何以爱妻子、爱子女、爱他人？"

田王食品的十八种产品分别被评为全国第一届食品博览会金奖、银奖。胜出名单公布那天，宁波丰泽园的老总怎么也想不明白，他这个百年名牌老厂，怎么会败给名不见经传的台州田王食品厂呢？那天，他特意将自己装扮成一位平常顾客，来到田王食品柜台前，购了一瓶杨梅酥糖，打开尝了一口。这位老总大为骇然，失声道："天哪，田王实业的酥糖是用什么东西做的啊？甜而不腻，香而纯口，令人百吃不厌。"

田王实业集团与法国海德公司皇家酒业终于共同做出决定——成立中国海德田王红酒实业公司。中法两方在商贸部的主持下签署了一份合作协议。那天上午九时，田文和带着法方总代表法朗士·德让前去参观金家村。面对着金家村村口高立着的那一座建于宋朝的金牌坊，面对着金家村"树老出墙根，野水合诸涧，桃花成一村"的景色，法朗士·德让大为感叹："天哪，这不是你们古书中记载的桃花源吗？"田文和微微一笑，答："是。"

田王实业集团的经济实力终于跳上一个新台阶，在全台州三万多家民营企业中，其排名仅次于艾家和的三和实业；田王村村民人均收入达一万三千元，也仅次于艾家村。

黄岩县人民政府召开一年一度的经济工作会，并在会上表彰优秀企业。王曾锦代表田王实业集团上台领奖，授奖的两位老领导是黄岩县革命老兵，一位是郏国立，一位是戴学经。郏国立老得话也说不出，只可上台做了个样子，即让县委工作人员将他扶下台来。戴学经呢，人虽老迈，然两眼如豆，精神抖擞，钱子久每介绍一个获奖企业老总，戴学经便上前与他们握一握手。待到王曾锦时，一老一少四目相对，却咪咪发笑，戴学经打趣说："虎小子，你要是再跑，我就叫警察了！"王曾锦立刻做出一个前清下半跪、请安的大礼，笑着说："您老可别这么做了，上一回您让打办的人缴了我家全部家生，搞得我差点出事；如今，您老人家若再折腾我一回，我王曾锦就得跳井自杀了。"钱子久与各位获奖代表及参会人员根本不知戴学经因梨糕糖一事与王曾锦曾有过结，也就不知这一老一小打的是什么哑谜。直到后来戴学经上台讲话时，把这个陈旧多年的"老包袱"抖出来，全场上千号人全部笑倒。

大年三十来临，田文和对田家大院的子孙们发话了："打从母亲谢明心去世后，田家大院子孙多年没集体吃过年夜饭，今年我们要好好吃一顿年夜饭；无论结婚的、没结婚的，有孩子的、没孩子的，只要你在田家大院住，全都得来。"那天，金云子、金秀子、王保东及妻子方铁男、王保南夫妻、王保西夫妻全都来了，在田家大院住的田、王两氏子孙也全部到齐，他们一齐动手，做了十八个菜，排下四张大圆桌。正要开宴时，田文和突然勾起一件心事，脸上乌云骤起，现出片时沉默。别看田文和平常言语不多，在田家大院他却是一个绝对权威，只要他板起脸不说话，一府之人谁都担忧。王曾锦问："哥，你怎么了？"王保东问："好好的，你又愁什么来着？"王保南问："是不是家中有什么事让你不顺心了？"王保西说："八成我们又有什么事做得不对了？"

田文和看了他们一眼，回答："你们知不知，老子《道德经》中有句话怎么说？"王保南说："'我有三宝，一曰慈、二曰俭、三曰不敢为天下先'，是这句吗？""嗯，田家老祖田金辅写的那本《人生警言》你们知道不，有没有看过？"王保东说："我们一直住在海王村，上哪儿看到这东西？""这本书是我父亲临死前交给我的，我现在一有空就看。你们如果有空闲，我劝你们也好好读读。此书里最令我思考的是'不求好事'与'火红成灰'。"顿了顿，田文和继续说："人有两种命运，一种是烟花式的，满天五色，最后是灰飞烟灭；一种是乌龟式的，慢长慢大，最后数它命长。你们知道吗？四十多年前，田家大院出现的情景与现在的情景可是一样的啊。那时，我父亲与国器伯伯都是国民党中将，家里人一下子步入辉煌，然物极必反，后田、王两氏迅速地走向失败与衰落。"

此话一经提起，田家大院子孙们全都陷入了沉默。田文和揉了一下双眼，举杯站起来，有感而发："我们田家大院那么多子孙，今天只有一个许田长青没回来。我借着全家聚会，对你们讲一句话，人类可怕的不是战争猎杀、自然猎杀、政治猎杀，而是自我猎杀。现在，我们田家大院名、利、权全有了，生活也日见其好，我只冀求你们生活上往下走，事业上往上升，知足常乐，好自为之，千万别让过去发生过的悲剧再次在我们田家大院重演，我们折腾不起啊！"金秀子督了王曾锦一眼，第一个立起，说道："对，大姐夫说得对。来，就为他这句话，我们共同干一杯！"大家全部起立，手举着酒杯相互碰撞了一下。就在这个时候，窗外两个第三十一代的男孙王保望与田金成子，在大道地里放出了一束礼花，那五颜六色的光焰，照得户外一片斑斓。接着，路桥十里长街的贺年鞭炮全都震天动地的响起来，南官河上空硝烟弥漫。

省委省政府召开全省农村经济工作会议，决定让艾家村与田王村两位主要领导人上台发言。田文和原本考虑让王曾锦去，但省委书记赵如岱与省委副书记张安邦两人没同意。张安邦在电话中明确下令，黄岩的两个"和"，一个也不能少。田文和没有法子了，只得去。原本会议定下来的时间是开三天，开至第二天时，因西部山区出现重大灾情，会议取消参观，全体与会人员立刻返家。按一般规矩，田文和每次返家，总是先给金云子打个电话，告知自己何时回来。不知那天见了什么鬼，田文和与艾家和两人的手机皆无端地出现故障，一个没电，一个接不进来也打不出去。两人一想，干脆上武林门乘大巴车回黄岩算了，随之到武林门购得票，坐大巴车回至黄岩。到黄岩后，两人分手，艾家和去了三和实业设在十里长街的总部，田文和回了田家大院。

田文和回到田家大院时正好是夜里十二点。是时，田家大院的前木楼与后石楼住满了田、王子孙。后石楼除原王曾铎住过的四间房子被封存外，其余的房子全让王保东、王保南占了；前木楼除田建国与谢明心住过的房子封存外，东头是田文和家，西头是王曾锦家。田文和悄然走进大门，由于夜阑人安，前后两楼一片寂静，长方形道地里金秀子种的梅花正发出一阵阵幽香。当田文和蹑着手脚上楼梯往自己家走时，蓦然发现他家的后窗帘全部下垂，帘缝中渗出一线灯光。田文和心中纳闷，这么晚了，金云子怎么还没睡？刚一走近，若干年前他母亲谢明心听到过的声音再次被田文和捕捉到了。

其实，关于金云子与王曾锦之间的私情，尽管所有知事之人皆挖空心思瞒着田文和，但随着时间的不断推移，他多少察觉出这两人间的关系不对榫。之前，社会上的风言风语或浓或淡、或隐或显地传入田文和的耳朵，虽不能给他以致命一击，多少如鞋底里藏着一粒砂子，硌得他的两只脚生疼。说实在的，从他出狱回来起，就陆续听到金云子与王曾锦之间的风言风语，当时田文和的内心世界十分复杂。说相信吧，他不敢信，这一对嫁之于田家大院的亲姐妹是什么人哪？她们可是金家村金家的子孙啊。别说她们那个外公韩春琦是个出身世代的书香门第，就她们的父亲与母亲，一个是20世纪30年代全国有名的歌唱家（至今她的唱片还在全世界华人区风行），一个是在职的上海音乐学院副院长。有如此文化内涵的家庭，怎么可能培养出如此下作的女儿？再加上经过他细心地观测，也不见两人有过半点表露。别的人姑且不论，就金秀子也从不曾与他说过，如果她姐与她丈夫有染，作为一个女人，她岂有不先知之理？说不相信吧，有道是无风不起浪，百姓传言总不会是捕风捉影，无洞取蟹。唯有小人与女子难养也，也许外人是看到田家大院子孙重新崛起而眼中出火，吃不到葡萄反倒说葡萄酸。正出于此因，田文和一直不拿这种风闻当盘菜。然而，今天这种极其特殊的声音，却让田文和手脚一阵阵发凉。

有道是眼见为实，耳听为虚，田文和决心要窥个水落石出。立着一动不敢动的田文和，见窗帘上有一道不曾遮严实的小缝，遂顺着那一道小缝往里一张望。这一张望，顿时即将他的肉体与灵魂彻底打入万丈深渊。

田文和确实不愿看到田家大院的悲剧再次重演，但人性的局限不得不让田家大院重蹈覆辙。是啊，是啊，上帝钦定下来的人性总让人有着无法克服的弱点与致命的缺陷。做人难，做富人更难。一个人如果手里有钱，能自我约束、自我损折，做个富人中的穷人，实在是太难太难了，实在是需要极大的勇气与智慧。是啊，是啊，一个接一个的苦难会让人百炼成钢，而一个接一个的荣誉却会让人一步步走向自我灭亡。什么叫上帝让其灭亡必先让他疯狂？这就是啊。是啊，是啊，无论是中国男子也好，外国男子也罢，哪一个人愿意亲眼目睹他心爱的女人红杏出墙？况且田文和自从出任田王村大队长的那年起，面对纷至沓来的女人，一直是守身如玉。如今，他岂能让自己的弟弟在他眼里钉上这根大梁木？田文和真是怒火中烧、浑身打战，他第一个涌上心头的想法是学武松来个血溅鸳鸯楼。

但是，田文和毕竟是田文和，他的为人有着与他父亲一样的冷峻与清醒。就在他准备破门而入的瞬间，脑海里瞬时想到，如果他今天这么一做，势必出现三个无法逃避的致命结点。一是家丑不可外扬。此事一旦经他本人动手掀开，田王村人知道后会引起什么样的效应？田王实业的全体员工一旦知道了，他们又会如何说？全路桥百姓们知道了，他们又会怎么想？二是一个男人为了这么个事连丧两条人命，后果会如何？若王曾锦与金云子两个大活人在你手下死了，你田文和还不得死？自己一旦出事，田家大院的孩子们靠谁，这不是让田家大院过去的悲剧再次重演？三是"田王实业"眼下正处于快速上升期，是好是坏、是进是退、是生是灭，关键就看这两年。一个年产值超九个亿大集团的一、二把手，为了一个女人自我分裂，互相残杀，最后导致的受害者是谁？是他自己吗？不，不，决不是他一人，而是关系到三千多名员工的实际生活！他想起与法国皇家酒业全权代表法朗士·德让一起工作时，他俩每一次单独见面，法朗士·德让总是提醒他："王曾锦人不可靠，花蛇子。若不是你田文和当董事长，我决不与他合作。"而每一次田文和都是劝法朗士·德让："你别这样骨头缝里挑刺了，人无完人，金无足赤，我们做的是生意，不是处个人朋友。"一旦此事被挑破，法朗士·德让心中生恶，来个釜底抽薪，不与他们合作了，那么损失的可是金家村一千多口人啊。如此一来，他怎么对得起曾救过自己小命的金明白？怎么对得起一直支持他的金家村村民？

田文和冷静下来后自己审问自己，他妻子走出这一步，究竟谁之过？前期是政治原因，那么后期呢？为了这个田王实业，自己日夜脚不沾地到处奔波，把一个如狼似虎的女子整天晾在家独守空房，难道不是你的残酷吗？是啊，是啊，天下哪有猫儿不贪腥？天下哪有男人不好色？要不然怎么孔子说食色性也。得了，得了，田文和啊田文和，得饶人处且饶人吧！想当初你母亲谢明心要的是老二金秀子，你爸偏没有领会，选的是金云子；你本人又好色，一见她长得如此楚楚动人，乐不思蜀，这怨谁呢？什么叫命？无法逃避的就是命；既然无法逃避了，你何不老老实实接受命运对田家大院最后的审判？田文和紧扒着窗棂的手，慢慢地松垂了下来，他做出一个决定：此事决不可张扬，即使你的牙齿被打落，也得自己和血吞下。冷却自己，必须彻底冷却的是自己的心……

田文和悄然潜出田家大院，往田王实业总部方向走去。他一走到福星桥，就与刚接待完外宾回来的王保东相遇。王保东见田文和一脸的沮丧与疲惫，好奇地问他："小叔啊（因为海王村与田王村同谱，故叫田文和为叔），半夜三更了，你怎么还往外走？"田文和硬着舌头答："总部有点要紧事，我得去一下办公室。"王保东也没往多里想，只是把外宾的要求与他简单汇报一下，就径自往田家大院走了。十分钟后，田文和到达总部，撞进办公室后，连灯也不开，就将自己一头砸倒在大沙发里。

田文和睡得着吗？睡不着啊，真的睡不着！没有法子，他只得坐起，一根接一根地抽着烟，一直抽到天放明，这才最后认证自己的决定没有错。田文和啊田文和，你还是这样处理吧，有道是眼不见为净，从今天起，你就不回家或是少回家了。既然他们已经瞒了你这么长时间，你还是把自己瞒到底吧，装作不知道。田文和啊田文和，尽管你的心头滴着血，可你要知道，你现在不是一个普通的农民，你是田王实业的当家人，万不可因个人情感上的得失，因小失大啊。

第八章 分道扬镳

清明节来临，田家大院举家上坟。就在这天下午，与田家大院关系最为密切的老一辈最后一位老人戴学经拄着一根拐棍，一路踉跄地摸到田文和办公室。正在处理事务的田文和，一见戴学经来吓了一跳，忙将他搀进办公室。坐下后，一老一少一对眼，田文和即发现戴学经眯成一道缝的两只老眼里藏有密语，便问道："老爷子啊，您有什么事吩咐一下不就得了，何必亲自跑到我这里来啊？"戴学经说："你有车子吗？"田文和答："有。"戴学经用不容争辩的语气说道："拉我去田家大院，带上手电筒。"田文和惊讶地问："有什么事啊？老爷子。"戴学经答："小子，你听着，我叫你拉我去你就拉着我去，别问太多。"一来戴学经是父母辈的密友；二来戴学经在田文和的心里享有极高的威望；三来田文和的确不知戴学经葫芦里卖的什么药。既然老人家如此下令，田文和不敢违拗，拿了手电筒，与戴学经一道坐着车子回到了田家大院。

是时，田家大院子孙们全都上班去了。金云子当时是田王医院副院长；金秀子是田王园艺公司主任；王保东、王保南夫妇一直是两个研究所的主事；王保西基本上不分白天黑夜，全在田王实业总部；一院子吵吵闹闹的孩子们，上小学的上小学，上幼儿园的上幼儿园，全都不在家。大院前楼后楼一片安谧，只有不少蜜蜂围着金秀子养在院子里的六十多盆花草嗡嗡直叫。戴学经极其熟络地将田文和领到后院金明一住过的那间石屋，转个弯来到石扶梯下。初一看，这是一道石砌的外墙皮，无有特别处，戴学经却从他的口袋里摸出一把钥匙，往中间一个小洞里一插，轻轻一转，外墙皮朗然自开，出现一条黑色小隧道。田文和伸头一探，隧道里一片墨黑，寒气逼人。田文和一脸惊诧地问："伯伯，我是田家大院子孙，怎么不知这里有一处秘密隧道？"戴学经眯着两只老眼说："小子，你不知道的事情还多着呢。"

　　戴学经令田文和打开手电筒往隧道里照，浮在眼前的是仅容一人上下的小道口。入小道下，有石梯，顺着石梯，再上走九步，至终点，墙皮上又设有小门。戴学经从口袋里再掏出另一把样式更为古怪的铜钥，交与田文和，示意他打开此门。在神秘气氛的左右下，田文和紧张得不敢喘息，戴学经让他怎么做他就怎么做。那道石门终于在怪钥的扭动下开启，又现出一间圆形的小密室，里面放有灯台，灯台上放着一盏小油灯，小油灯旁边放有一盒童车牌火柴。田文和拿起火柴，点着，上灯。灯光四下晕开，扑面而来的又是上走的三级台阶，其状活如墓室。戴学经说："你自己上去看一下吧，里面有什么东西？"田文和弯腰走上三级石阶，出现在他面前的是一个不大的圆形小厅，小厅正中间放有两只大箱子。戴学经说："你把它们搬下来吧。"这时，一种从不曾经历过的神秘感开始紧紧控制田文和的心，什么样的感觉都远离他而去，唯一听到自己的心在怦怦直跳。田文和弯着腰将这两只大箱拖下，放在地上看，发现一只是箱，一只是柜；上面还放有两块匾，一块是袁世凯亲笔题匾，一块是蒋介石亲笔题匾。

　　此四样东西因岁月之久，上面全落有大钱般厚的尘灰，田文和一靠近，即感到有股尘封已久的气味，令他窒息。他再细为一看，箱子倒是平常人家用的樟木箱子，无有他怪，怪的却是那只柜子，决非是世俗之物。田文和疑惑地问："这是什么？"戴学经答："圣柜。""就是传说中南宋谢皇后送给我们田、王两氏的圣柜？""是啊，这三样东西是你母亲临死前托付给我的，要我亲自转交给你，看，这上面有你母亲贴的封识。你母亲临死前，对我说了三条底线。一、这间密室只能告诉你与金秀子两人，不准田家大院其他的子孙知道。她说，因为你们有个共同点，就是得嘉赏而不喜，得挫折而不惧，时危有节，世乱有忠。日后田家大院还得靠你们两个。二、这些只能交给你们俩。如你先死了，王曾锦没死，我不可交金秀子；若是你死了，金秀子也不在了，我还活着，就让我全部上交国家。三、不让我提前移交，必须在我临死前交与你。现在呢，我知道自己的生命快要走至头了，你母亲交给我的东西也得与你正式交割。""这圣柜里头装的什么？""我不知道。""能打开吗？""打不开。你母亲与我说过，这圣柜可不是平常的圣柜，里面自有机关，时候不到它不开。另一只樟木箱子呢，我也不知里头装的是什么，你自己打开看吧。"田文和非常谨慎地动了一下那只圣柜，果然瓷实得浑然一体，无法打开。那只樟木箱子倒是省力，一动即开，里面装的是他表哥田建国的画与田家高祖田金辅遗存的最后两幅名画，一幅是《万里河山图》，一幅是《皇后出巡图》，正中间摆放着他母亲谢明心的亲笔遗书。戴学经说："你好好看一看你母亲的遗书吧。"田文和拿过母亲的遗书看，这一看，两眼结成冰点，遗书里说出他完全不知道的四件大事。

一是田金辅一共传世十幅画，由于当初为建台州革命自卫军，八幅卖给上海面粉大王韩春琦。而存留下来的两幅画，是十幅画中最好的两幅，价值连城，无论如何不可再卖，让它传之于后世。二是田建国是田家大院里一个风格独特的艺术家，他的画请田家人好好珍惜。田金辅在《人生警言》一书里，就曾有过交代：三十代子孙中有一外子其艺术成就决不在他之下。现在由于政治上的种种原因，田建国的画一直无人问津，但二十年后、三十年后，他的画定会闻名天下。希望田文和为田建国出一本大型画册，并扬之于世，再为他在田王村修个艺术纪念馆，余下之画可全部献于国家博物馆。三是这只圣柜内存有许多谢氏祖上流传下来的稀世珍宝，她父亲谢东潮似乎早已预知谢氏一脉的终极命运，预先把珍品放入圣柜，作为嫁妆移交于她。但此柜自有天命与设定机关，时候不到不肯开启。四是这两个匾额乃是袁、蒋二人亲笔所题。此两人毕竟当过国家元首，政治上的问题非我辈可评说，就文物一项也须存之，不可毁弃，因此我与你父一直把它藏之密室。由于你在狱中，我无法交付，这才决定将这些物品交与戴学经保管，再由他转交于你。

谢明心在信中还说了两点，是对田家大院两个子孙的看法。一是王曾锦，说他为人虽聪明绝顶，但匪气极重，心地歹毒，早晚会给田王村人带来灭顶之灾，她说："万望我儿在此柜开启之日，能承我志，将这些珍宝用于拯救百姓于水火中。"二是这些宝物到你手后，千万不要与金云子提起。此女虽貌美如花，其心淫如蛇蝎，务小心为上。信下面最后六字：母谢明心绝笔。田文和一看此六字，泪水双下，转过身子给戴学经跪下。戴学经一把将他扶起，语重心长地说："文和哪，将军头上跑得马，宰相肚里撑得船，你可要为田王村人好好活着哟。什么叫命，这就是命啊；是福你得要，是祸你也躲不过。"田文和当然明白戴学经此言之所指，当即泪下如帘，只差一个号啕大哭。

田文和重新锁好密室，送戴学经回家。这天夜里，田文和躺在公司办公室里的大沙发上，整个心都在云山雾罩中了。他想起了那个关于圣柜的古老传说；想起了父亲临死前写的那隐晦不清的话语；想起卜无意让他儿子卜兆亭给自己送来的"谨防乱肉"四个字……一种高深莫测的恐惧，瞬间抓死了他那颗简单的心。田文和思考着，难道田家大院命中注定还要有一场声势浩大的毁灭性灾难？难道养育他的这个母亲谢明心真的是前皇后谢道清的化身？难道历史在不断地重复，他们田、王两氏子孙过去的剧目还要重演？田文和拿起桌上儿子田金成子的照片，端详着渐渐长大的儿子容颜，他怎么看怎么类其母，只是那一双眼睛，说不出像谁，似有几分如他，又有几分如王曾锦。他在心里一遍一遍地问自己，难道这个儿子真就是他弟弟的产品？不，不可能啊，不可能。他想说，他想喊，他想把一切伪装的面具全部撕裂。但他一想到戴学经与他说的话，想到眼前轰轰烈烈、势态一片大好的田王实业，想到还有五千多名员工对他的期盼与信任，只有命令自己忍吧，忍吧。为了田王实业的发展，为了这五千多名员工与全体村民们的生存，就让自己的头顶上戴着这一顶绿帽子吧！

中法合资的田王皇家葡萄酒厂正式开工。开工仪式一结束，法朗士·德让突然问田文和："你、我姐夫金龙子及王曾锦，你们之间是什么关系哪？"田文和答："是兄弟关系。""他姓金，你姓田，王曾锦姓王，你们怎么会是兄弟关系？""我们是同族不同谱。""什么叫同族不同谱啊？"田文和一时无法把中国式的这种亲属关系与法朗士·德让说清楚，只得画了一张他与王曾锦、金龙子家族渊源的关系表给他看。法朗士·德让看了半天，才多少有点看明白，惊奇地说："中国哎，象形文字、儒家学说、家族血缘关系，都实在是太复杂了，复杂得我有一种在迷宫里行走的感觉。照着你们这种家谱的列法，华夏民族不全是一家人了？"田文和说："若不是如此，歌词里为什么会唱黑眼睛、黑头发全是一家人？"法朗士·德让赞叹道："怪不得你们这么重视人情关系。"

戴学经去世了，这位老新四军是名副其实的善终，他是在睡梦中死去的。就在戴学经死的那天夜里，他还帮着台州人民医院为一位疑难杂症病人做最后的诊断。诊断结束后，他脱了衣服即上床睡觉，一直到第二天早上，戴雅琴做好早点，进屋叫父亲起来吃饭，这才发现父亲已经毫无前兆地去往另一个世界了。

田王村人决定完全按着家族老祖宗的最高礼仪厚葬戴学经。那天，田文和率一百零三位乡亲，在回龙山上找到一棵两人合抱粗的大柏树伐下，抬至田家大院大道地，请八位木工做了一口厚三寸、一敲便当当直响的大棺材。

戴学经出殡，田王村人隆重动用了龙头杠，令九十九位田王村小伙子抬着，从东头的塘桥开始，顺着南官河，穿过十里长街至河西街出，一路上吹吹打打，炮铳震天。行至田家大院门口时，金云子、金秀子领着田家大院的子孙们，全都披麻戴孝跪接，行三拜九叩大礼。最后，棺木抬至回龙山戴学经妻子坟墓处停下。棺材一到，追悼会开始，黄岩县委书记钱子久亲自主持，省委书记赵如岱宣读悼词，由副书记张安邦护送入土。

国家形势第三次发生重大变化，台州地区不再是地区，水涨船高成为市；黄岩县不再叫黄岩县，而叫黄岩区；路桥不再是黄岩下属一个镇，而成县级区。人事变更再次浮出水面，省委书记赵如岱正式退休；张安邦出任省委书记；钱子久调至省政府任副省长；徐放出任省委常委兼台州市委书记；郑东生出任台州市委副书记代理市长；郭子达出任台州市委副书记兼纪委书记；金明白三儿子金龟子出任台州市委常委宣传部长。

田王实业终于将自己的实力固定在台州市第二位、浙江省第十八位，这可是一个了不起的跃进。凡办过企业的人心里都明白，搞经济可不是搞政治。搞政治有着许多变数与不经意的悬念；搞经济不行，它要的是刀刀见血。路桥十里长街的民营企业家们，无不是打心眼里佩服田、王二氏。就连过去那些看着王曾锦眼中出血的人大代表，也开始在不同场合替王曾锦说好话："看来王曾锦这小子并不是一个给太阳安开关、给黄河装栅栏吹牛皮的家伙，还真有两下子！"

市委书记徐放与田文和第一次见面。这次见面给徐放最大的感受是，田文和既是速溶咖啡，又是海边礁石。说他是速溶咖啡，为人祥和实在；说他是海边礁石，他有着他做人的根本原则与道德底线。那天，徐放至田文和办公室，田文和给他倒茶、拿烟后，两人面对面地坐下来聊天。徐放问什么，田文和就答什么，既不夸张也不粉饰，更不会藏着掖着，显着夸着。徐放问："你当初为什么办这个小商品市场？"田文和答："我们是让穷给逼的。""是你想出来的主意吗？""不，不，我哪有这种脑子啊，是艾家村大队长艾家和帮着我想出来的。""报纸上可说你是改革开放的先锋啊。""现在的报纸啊，我说了你也别不高兴，假、大、空，我看不惯。坏时，说得你脚底长疮，头上冒脓；好时，抹得你一脸上不见真容。台州市真正的改革先锋不是我，是艾家和。""我听别人说，你在公司呼风就是风、唤雨就是雨？""哪里的话呀，谈不上高也谈不上低，反对我的人也不少。""有人说你与金家村联手，纯粹是个人报恩观点，你如何解释？""有一点，但也不全对，我只能说是心中无私天地宽。""村民们都听你的吗？""是不是真听，难说。人不保心，木不保守。只因我现在是企业的头，他们生活靠的就是这个，不得不听从我。如果我手中无权，那可就难说了。""田王实业属下的五个子公司当下运行情况不错吧？""不，我现在最大的一个问题是盘子做得太大，蟹大壳空，中看不中吃，好在百足之虫死而不僵。""问题出在什么地方呢？""产品科技含量低，生产方式粗放，赚的是低成本。但这种情况久不了，若是不更新，我们迟早有一天会出现大跳水。""那你今后有什么打算哪？""徐书记啊，从我在国民党的监狱里出生那天起，我这一辈子经历了太多的曲折。如今，吃有了、穿有了、房有了，该有的我都有了，我还有什么个人打算呢？如果说打算，我只觉得自己思想意识老化，知识老化，跟不上时代大潮，想找个德才兼备的接班人。""这可不行啊，眼下你正当年。""徐书记啊徐书记，你有所不知，我的心太苦太累。""为什么？"

田文和沉默了。徐放再问，田文和便把话头往别处打。

徐放是个人精，从田文和暗淡的脸色中自然解读到点什么，便不再追问，只是与田文和谈了一些企业运转的情况，便起身与他告辞，走出了办公室。徐放出来后有一种什么样的感觉呢？他觉得田文和为人不错，重厚少文，靠得住。只是徐放从田文和不断闪烁的言词里，深品出田文和内心在犯痛，在犯愁。至于痛什么，愁什么？田文和不说，他也无从知晓，只是从那双忧患的眼神里读出恐惧与拷问。上帝啊上帝，你把人类造得如此精妙与完美，然而你又让人类心灵的某一处出现空缺；只有智者才能了解这处心灵的空缺显示着什么，也只有智者才为心灵上的这处空缺而现出焦虑与恐惧！

徐放与王曾锦见面，他一走进田王实业家电总部的豪华大客厅，第一个感觉是一切果如赵如岱所说，从田家大院走出来的这一对哥俩完全是不同的两路人。王曾锦接待他的规格高不说，连拿出来的茶具也与田文和不一样，极为精美，那茶叶也是价格不菲的碧螺春；此外，还有一位长得天姿国色的年轻女子在他面前不断周旋。徐放坐下来之后，跟与田文和见面一样，开门见山地提出几个他一直想着的问题。徐放问："你为什么放着路桥党政办主任不当，来做田王实业家电总部的总裁呢？"王曾锦答："这一边政府部门人浮于事，那一边产业工人无饭吃，我是个新时期涌现出来的党员，总得为党、为人民分忧吧。""我听说有不少机关干部对你的下海非常惊讶？""这并不奇怪，第一个吃螃蟹之人，人们总把他看成魔鬼。""你今后有什么打算呢？"王曾锦口出狂言："前三年超过艾家和的三和实业；中三年做成全省霸主；后三年做成全国龙头老大。前后九年，我要让田王村成为天下第一村。"徐放问："你为何如此自信？"王曾锦有些飘飘然："这一点，你可是对我不了解喽。我不是当着你徐书记的面自吹，我这个人哪，人中奇才。凭我的智商、学识与才能，就台州当下的那些浮头鱼，有一个算一个，他们别想与我抗衡。"徐放说："一个企业的成功，是由多方面因素决定的，凭着你一人的才干就能独攻青龙关？"王曾锦答："徐书记啊，你有所不知，政治路线确定之后，干部是决定因素。你想啊，一只兔子领着一群狮子，所有的狮子只能变成兔子；一只狮子领着一群兔子，所有的兔子全能变成狮子。"徐放听得愕然，觉得简直无法再往下对话，于是与王曾锦不着边际地扯有一个多小时后，起身要走。王曾锦硬要留徐放吃饭，他不肯，推说有上级领导要来，立刻离王曾锦而去。车子一开出厂区，徐放便问秘书闻修文："你看他如何？"秘书答："言过其实。"徐放说："你觉得他以后结局会如何？"闻修文答："行骄、言虚，必非长久之主。"徐放没说是，也没说不是，但他心中有些明白田文和为何忧虑的原因了。

　　张安邦与徐放陪同赵如岱、许行一、曹之杰三位离休老军人来到台州市。这三位老干部之所以约定故地重游，有着他们深层次的原因。一因他们业已交班，现在无官一身轻，无挂碍之忧，想出来走走；二因他们的人生历程也走到最后一处驿站，能出来一次就出来一次；三因想当初他们这一帮子人为了台州这块土地出生入死，有多少战友把他年轻的生命埋葬在这高山峻岭上。剪不断理还乱的是生离死别之愁啊，一旦此情涌入心间，别有滋味在心头！若不趁着还能走动时，再好好看一眼这血染的河山与死去的老战友们，待到两眼一闭时，他们能心安吗？

　　一行五人来到台州第一村艾家村，他们要好好看看新时代的艾家村，到底是不是与报纸上说的一个样；一行五人来到老革命根据地金家村，他们要好好看一看这个重新修好的金牌楼，是不是过去那个老样子；他们还要看一看田王实业在蛇山上新建起来的田王皇家葡萄酒厂与标准化葡萄园，并与法国皇家酒业中国总代表法朗士·德让交谈了两个多小时，合有一张影。

　　一行五人终于来到田家大院，面对着这座古老且充满神秘与传奇色彩的老建筑，这三位共产党老军人无不是感慨万分。他们默立在田家大院门前，想起了田文君；想起了王国鹏、王国器、田如梅、田兴业、严芳；想起了天柱峰脚下的那一场生死劫难；想起了他们初进路桥十里长街时的那次百家宴。是啊，是啊，这一切全都过去了吗？没有，没有啊，仿佛就发生在昨天。张安邦问："田兴业写在院门的四副对子呢？"许行一答："李丰收带着红卫兵们给铲掉了。"张安邦又问："那对很威风的石狮子呢？"许行一答："让红卫兵们用起重机吊起扔到南官河里去了。""门口那个蒋介石写的大匾呢？""我只知道让谢明心给藏起来了。""为什么不重挂啊？"许行一回答："文和来信与我说过，我没同意。"张安邦问："为什么呀？"许行一说："这是蒋介石题的词，我怕有异议。"赵如岱说："你呀你，怎么叫蛇咬了一口就怕草绳十年哪。历史总归是历史嘛，民族发展的历史哪能出现盲点？我的意见是恢复原样，共产党如果不讲究实事求是，那就不是共产党。"张安邦说："解放前，我与老许就在台州这一带活动。别说你许行一是田家大院的亲女婿，就田家大院出的那几条汉子，也得让人记住一辈子。田文君、田兴业、王国器、谢明心、严芳、田如梅，哪一个不是人中豪杰呀？"曹之杰说："我可有点对不起田文和哪。"徐放说："你这是什么话啊？这场文化猎杀能在中国兴起，谁敢说自己无罪？你知道吗，从理论上讲，这是一种集体无意识。"赵如岱说："历史发展有无奈，人性弱点有无奈，我也同样有过盲从啊。这不能怨你，我看过原件了，上面还有你批着的一行字'如果上面一定要判，我保留个人意见'。在那个非常时期，你能在文件上批下这一行字，也是需要极大的勇气啊。"许行一说："好了，好了，过去的一切就让他过去吧，我们得向前看，老是揪住过去的那些过失也不好。这么大的一个中国，要探索一条自己的路，谈何容易。什么叫成长中的代价？这就叫成长中的代价。我们不再提过去的事了，我们都老了，过去的事情就让它跟着我们一起老去吧。趁着现在我们还能走，到处看一看，怀怀旧，等过几年老到出不得门，你是想看也看不到了。"

一行五人来到回龙山公墓，他们先拜祭田兴业、谢明心，后拜祭田文君、钱河清、戴学经。走到田文君坟墓前面时，许行一一边给田文君献花，一边与田文君呢喃相告："我的爱人哪，你儿子现在是全国有名的作曲家了。八年前，他与南京军区文工团的歌唱演员茅玉珍结婚了，如今我们也有一个孙子了。我的任务快完成了，你等着吧，我也快来找你了。"

一行人步入田王村，他们一边走一边看田王村的别墅群，看田王村的种植园，看田王食品厂，看田王农家游乐园，看田王农作物试验田，看浙大——田王农业研究所，看复旦——田王农业机械研究中心，看中国田王小商品城……看完后，人人感叹不已。曹之杰说："天哪，几年不见，田王村简直变成旅游村了。"赵如岱说："是啊，变得就像做梦一样。想当年，我们一边打仗，一边想象着革命胜利后，中国农村会是个什么样子。当时只求有一个楼上楼下、电灯电话便心满意足。自从土地革命开始，到初级社、高级社、三面红旗、四清、社会主义教育，一直想达到这个目的，但没有一次是真正意义地踩出一条属于中国的光明大道。就这个改革开放，建设有中国特色的社会主义，便是一条阳关大道，中国农村就建成现在这样子了。"许行一说："只是这代价付出得实在大了一点。"赵如岱说："这就好比是一个身体壮如牛的人，一生病准是大病。中国就是病生得太多，才有如此强大的免疫力。"

一行五人终于回转至田家大院。田文和率金云子、金秀子及两个孩子王保望、田金成子在大门口迎候。田文和先是与他们一一握手，然后将家庭成员一一介绍给他们。赵如岱先与金云子握手，问道："你就是金云子？"金云子答："是。"赵如岱说："你和三十年代有名的女歌星韩启英长得很像。"田文和说："韩启英就是她妈妈。"赵如岱说："怪不得，怪不得啊。"赵如岱转向田金成子："你是田金成子？"田金成子仰起小脸，回答："赵爷爷，我就是田金成子。"赵如岱看着田文和说："一个男孩子怎么长得像个女孩子啊？你们可不能太娇宠了，富养女，穷养男，对男孩子过分宠爱，可没什么好处。"随后，赵如岱与金秀子握手，问她："你是叫金秀子？""是，我就是。""你与金云子是亲姐妹？""是的。""你脸上这块黑斑是什么时候有的？"金秀子答："下放金家村那年有的。"赵如岱说："你婆婆脸上那块黑记，我听说是让戴学经给治好的，你之前为何不叫他给治一治？"金秀子答："我婆婆活着的时候，带我去戴大夫家看过。戴大夫说，我这个黑记他的药治不了，再说我已无所谓了。""这个是你的儿子王保望？""是。""长得跟他爷爷一个样啊？"当王保望上前向赵如岱他们行礼时，赵如岱再次感慨万千，他想起王国器那不明不白的死，作为当时的军部参谋长，所有的行动方案全经他一手拟定，只是他没想到会出那样的一个意外，死了那么多人。赵如岱长叹了一口气，自责地说："当初，我怎么也没想到姓何与姓樊的那两个特务会潜藏在人群里，这个疏忽付出的代价实在是太大了啊。"许行一说："什么叫命，这就是命啊。"张安邦说："好了，各位老前辈，天地皆有数，莫将往事提，只要人不灭，自有公道在。过去的事情，我们就不再说了。走了一天，看了一天，我们的肚子也早就饿了，还是吃吃田文和他们一家做的农家饭吧。"

这真是一桌朴朴实实的农家菜啊，有芋头、番薯、茨菇、炒南瓜藤脑、绿豆面、三黄鸡、豆腐、青菜、鲫鱼豆酱、红烧猪肘，外加一盆金家村送来的九条山溪鱼，喝的也是家酿的糯米酒。这一顿农家宴啊，吃得这些老新四军个个额头闪闪发亮。酒足饭饱后，大家便坐在田家大院的大客厅里喝羊岩勾青。张安邦问田文和："我怎么听徐放说，你不想做董事长了？"田文和回答："是啊，岁月不饶人呀，我老喽。""眼下农村还没这个规定吧！""没有，是我在思想观念上有不少局限，跟不上新时代了。"张安邦说："你说说看。"田文和答："一是知识结构问题，现在知识面更新换代如此之快，我都赶不上趟。我这个企业如果不走智能化，必被快速发展的社会需求所淘汰。二是我不懂外语，与法朗士·德让手下的外国员工们打交道，没有翻译，我无法与他们直接对话。三是五十而知天命，我毕竟是到了知天命之年。有道是兵熊一个将熊一窝，现代化步伐走得如此之快，变数如此之大，我怕因自己的无知、无能给企业的发展带来损失。四是当着你们这些真人面，也不说假话，我想见好就收。"张安邦问："那你想叫谁当田王实业的董事长呢？"田文和答："王曾锦。"赵如岱问："他比你有优势吗？"田文和说："有。一是他年龄比我小四五岁；二是他高中二年级毕业，学识比我高；三是他在路桥镇政府当过官，处理问题比我能。"张安邦听罢一脸严肃，田文和看了一眼站在一边的金秀子，她也与张安邦一样一脸沉默。徐放立刻从田文和与金秀子的脸上捕捉到了一丝信息，赶紧岔开这个沉重的话题，当着金秀子的面对田文和说："关于谁当田王实业接班人的问题，我与张安邦交换过意见，你和艾家和都是台州一根扁担上挑着的东西两头，你们下与不下，什么人上与不上，都须慎重考虑。一个好的指挥员可以打胜一场大战役，一个孬的指挥员可以让全军覆没。重厚少文才可安国，这一点哪，你们必须考虑清楚。"田文和只是"嘿嘿"两声，没有正面回答。

一位省领导前来视察艾家村与田王村。未几他在省委汇报会上说："只有这样的企业，才能彻底解决中国农村的实质问题；只有这两家企业的这种做法，才可让我们的农村实现真正意义上的脱贫。我们想要国富民强，只有把农民的问题彻底解决，中华民族才能真正得以复兴。三和实业与田王实业所走的这一条城乡结合之路，一村带动多村的致富之路，不得不说是一个新时代的好样版。"

王曾锦终于成为中国经济界一颗耀眼的明星，国内媒体开始大力炒作，大江南北无人不知道田王村出了个名叫王曾锦的农民企业家，将真正的元老与大功臣田文和撂在了一边。徐放看了这些报道后极为不满，他放下报纸问金龟子："田王实业真正的当家人是田文和，你们部里与路桥区委是怎么商量的？"金龟子答："田文和那脾气你又不是不知道，他瞪着两眼就是不给你出头，你让我与路桥区委有什么办法？"徐放说："我认为，王曾锦是有才，但此人最大的弱点是打不得胜仗，容易自大；而田文和呢，不争名利，他是胜不骄，败不馁。"

王曾锦成为全国劳动模范。初时，台州市委经集体研究讨论后，上报的人选是三位。第一位是艾家和，第二位是田文和，第三位是王曾锦，但省里最后敲定的是王曾锦。省委的这个最后拍板令徐放大感不解，不知他们为何做如此安排。接到通知后，徐放即打电话问省委书记张安邦："为什么省委会做出这种安排？"张安邦答："原因有两点：一是集体讨论，少数服从多数，我这当省委书记的也不能凌驾于集体之上；二是我们处理问题也须考虑到大局影响。王曾锦现在是名人，省委必须考虑到他的正面影响力。"徐放说："身体健康之人往往会选择自杀，重病折磨之人倒能好好活着。我是担心，所有的荣誉全压在他一人身上，会把他毁掉的。"张安邦说："天若要毁，我们也没有别的办法。此一时彼一时，全国劳动模范自行毁灭的也并不是没有先例。"

不可避免的轮回再一次出现在田王村，一切都与王国器起事那年所呈现的情况一样。过去，路桥人只知田王村有王国器，不知田王村有田兴业；现在，路桥人只知田王村有王曾锦，不知田王村有田文和。

田王村村民们开始挑衅，就在全国媒体开足马力宣传王曾锦时，一天晚上七点钟，四十五位村民代表乱着脚码跑到田家大院，他们站在田文和面前发表不同政见。村民之一说："王曾锦这小子怎可贪功为己？这么多的大事大功，怎可全归于他呢？"村民之二说："王曾锦这小子，他想干什么？是想篡位夺权呢，还是想黄泥龟变成龙……"田文和一听，这些话全是一把把刀，如此闲皮屑石地乱砍，田王村还不来个大卸八块？对此言行，田文和所表现的态度十分强硬，他说："你们想干什么？""我们心中不服。""你们是想把田王实业搞垮呢，还是手头有了几个钱就想回炉？""十年动乱时他王曾锦在干什么？你劳动改造时，他在干什么？贪天功为己功，我们看不惯他这一套。""你们别胡来好不好？他现在是总裁，代表的是我们村，不是他个人。要想事业成，一要收敛，二要固守，三要服从原则，同时也得张扬个性、扩展自我。让王曾锦做田王村的一面锦旗宣传一下，又有什么不可？"村民们说："我们要的是实事求是，不能把所有的功劳全往他一个人身上擦！"田文和说："你们哪，就别再误会了，这一切全是我安排的。"村民们不相信，田文和继续说："是的，是的，如果我不同意，他敢这么说吗？"村民们说："既然是你如此安排的，总有你的道理。好，我们回家。"四十五位村民代表退出了田家大院，田文和发现自己出有一身冷汗。

王曾锦开始出现变化，他不再是十里长街的一名企业家，而变成了与他父亲一样的"台州王"，他的行事方式开始向政府部门靠拢。过去，他什么人都接待，只要你看得起他；现在不一样了，什么人接待，什么人不接待，什么级别的人让什么人接待，什么级别的人送到什么地方接待，都有着明文规定。田王村的平头百姓们再想与过去一样，在他面前撒个野那是万万不能的。工作方式也开始向高级官员靠拢。过去，他干什么事都自己动手；现在不是，他为自己配备有五个专职秘书，一个为他写文章，一个为他开车，一个为他做警卫，一个负责他的日常生活，一个负责他的身体健康。后来，他连打进来的电话都让女秘书代接。如果对方是位高官，是他巴结的大人物，他再接电话；如果对方是一般的小白丁，女秘书就代为回答，我们的王总不在，假如对方非要刨根问底，女秘书则毫不犹豫地一把挂掉电话。

王曾锦的生活方式开始向贵族化靠拢。过去，家里有什么他就吃什么，家里没什么，捧碗方便面吃它几口就算完事。现在不行，他嫌金秀子做的饭菜不好吃，一天到晚全在厂里吃小灶。早上，他要吃麦片、奶油面包、牛奶、煎蛋；中饭、晚饭，他要吃四菜一汤。偶尔回到家中吃饭，只是尝一小口，就说金秀子开始老化，那饭不合口味，拿起来便往垃圾桶里扣，气得金秀子再也不在家里给他做一顿饭。

王曾锦的性格脾气开始向老板靠拢。凡在他手下工作的员工，稍不顺眼便板起他的那张脸教训，有好几次把他手下的两位副职骂得狗血喷头。每次公司开会，他都要求手下中层干部拿出笔记本来记录，仿佛他每说出来的一句话都是金玉良言，你不记录下来就是对他最大的不忠。他说话的方式开始变得信口雌黄，有一次全市召开经济工作会议，让他上台发言，他居然把矛头直接对准田文和。他说："当前田王实业集团之所以进步不快，其主要原因是其内部高层的经营理念出现保守与僵化，阻碍了他本人的才华与智慧的正常发挥。"

王曾锦的派头开始向跨国公司的老总看齐。原本他已经有了一辆专用桑塔纳轿车，购来之后不多久便嫌不好，即给田文和打了三次报告，要求总部批准他换车。田文和说什么也不批，回复他，车子是为了工作用的，不是用来摆阔的；眼下我们企业正在发展阶段，资金周转缺口还很大，能省一点就省一点吧。王曾锦看完批复后极为恼火，破口大骂："听地蚕叫我还不种蕾莳了呢，我就去买了，看你能把我怎样？"他居然背着董事会，从他直管的厂里提出七十万，重金购下一辆宝马车。田文和得知后，在董事会上直面批评王曾锦失去本色，开始显摆。田文和说："那么多的村民还没有脱贫呢，你摆什么臭架子？"王曾锦当众顶撞田文和："就你这种小农意识，怎么能跟得上时代潮流？车子是什么？车子是身份的象征。你让我坐这种老破车去外面办事，不嫌丢人现眼？"

王曾锦的思维意识开始看重个人权威。他为树立自己在厂里的绝对权威，花一笔大钱雇一个文人写厂歌，那歌词里居然有一句是"王总是我们心目中的红太阳"。这首歌的初稿偶然间让田文和看到，田文和十分吃惊："这不是在搞个人崇拜吗？"他立刻拿起电话，叫来易怀春。田文和问易怀春："这是怎么回事？"易怀春答："原来不是这样的，是王曾锦本人要求这样写的。"田文和当时即倒吸了一口冷气："这是现代企业，不是封建王朝，他怎么可以在企业中搞个人崇拜？"遂一把拿过歌词稿给揉了。当夜，田文和与王曾锦第一次发生争吵，田文和说："我为什么废了厂歌歌词？你这是在搞个人崇拜。"王曾锦反唇相讥："你懂不懂什么叫个人崇拜？一个没有崇拜的企业，怎么会有权威？一个没有权威的企业，如何能叫员工们冲锋陷阵？百姓可由之，不可使知之，你知不知？""你哪像个现代企业家，纯粹是个好听阿谀之词的小人！"王曾锦毫不犹豫地回击："就你这种管理理念，怎么能让田王实业成为一方霸业，名扬中外？"

王曾锦的行为路线开始步步向政界靠拢。为了解决钱子久儿子去国外读书的问题，王曾锦背着田文和一出手便给钱子久送去了八十万元。送钱到钱家的那天夜，王曾锦信誓旦旦地对钱子久说："是您，让我找到人生的最佳位置；是您，让我从一个穷小子成为国家公务员。士为知己者死，从今往后，您老领导只要有用得着我的地方，我王曾锦就算是为您赴汤蹈火、粉身碎骨也愿意。"为了解决郑东生无钱购房的问题，王曾锦背着田文和在清水华亭购下一套五十万元的房子，送给郄东生。交钥匙那天，王曾锦一脸真诚地对郄东生说："我这个人哪，别的长处没有，有恩必报就是我王氏一门的家传。我王曾锦若是忘记了您郄市长对我的恩惠，那我还是不是人哪？"这些似乎倒还好说，人嘛，毕竟是个有感情的动物。想当初，路桥这两位主官对王曾锦确实是不错，况且中国与外国最大的不同是重人情，人与人之间情感到了浓处，来点物质上的东西也无可非议。然而，让人要了命的是王曾锦变得越来越爱干预当地政治。当地一些大小官员们，打从知道王曾锦与钱子久、郄东生的关系结成一块铁板后，为图各人仕途所进，脑袋削了个尖地往王曾锦家里钻。王曾锦家自觉不自觉的即变为路桥区的第二政治中心，田家大院他所住的那两间楼变得门庭若市。每临端午、春节，前来送礼的人差点儿没把田家大院的门槛踩平。天下没有不透风的墙啊，王曾锦的所作所为，田文和看在眼里、听在耳里、愁在心里。作为田家大院的当家人，作为亲兄弟，田文和实在是不愿意看到田家大院重蹈覆辙，实在不想看到王曾锦与他祖上一样坠入万丈深渊，他很想找王曾锦好好地谈上一次。做人哪，什么也不怕，就怕你竖起尾巴当旗杆，得意忘形；做人哪，你必须记住，上帝想要叫你灭亡，必先让你疯狂。

　　田文和来到田王精工机械厂找王曾锦，刚要进他办公室，透过门缝，他看到妻子金云子正跷着二郎腿坐在大沙发上与王曾锦有说有笑。那种甜腻且亲昵的样子，瞬时令田文和的脑袋放大一百倍，他很想一头拱将进去，拿把刀子让他俩脑袋开片。田文和费有好大劲，才没有让自己的情绪当众失控，他心里明白，一旦自己情绪失控带来的后果将是无法想象的，只得咬紧牙根，捏紧双拳，蹑脚退了出来。可怜的田文和啊，当他走出精工机械厂的大门时，发现自己的心头在滴滴拉拉地淌着血。那天，田文和背着他的两只手，漫无目的地沿着南官河岸往西走，不知不觉走到回龙山脚下，面对着馒头般的一片坟茔，他的思绪完全逼入了死角。王曾锦啊王曾锦，这才哪儿到哪儿啊，你怎么就变成了这副样子，到底是什么东西改变了你？名，利，权？是你人性中本有的魔鬼呢，还是人类特有的土匪情结与皇权情结？田文和的内心极度的痛苦与无助，看着田、王两家先人们重重叠叠的坟墓，他忍不住掉下一连串苦涩的眼泪来。

　　臧新我家出事了。那年三月，转业后的臧新我丈夫，身为济南市某区区长，因贿赂事发，羞愧难当，审查时上吊自杀。臧新我的家庭生活瞬时从高山跌入底谷，他们家除工薪外所得财产全部没收充公；加之她丈夫平日挥霍无度，背着妻子养小蜜，负债累累。她本人一直在济南某家皮鞋厂工作，因极度的痛苦与焦虑，丈夫躺倒后，她也跟着躺倒，先是浑身无力，后牙齿出血，去医院检查，发现自己得的是白血病晚期。她倒是无所谓，活有这么多年，耻辱也罢，荣耀也罢，全都经历过了，唯一放不下的是读高三的女儿秦我锦。大人们为了活着，何人敢拍着胸脯说自己无罪？但她这个如花朵般的女儿没有罪啊。秦我锦的就学问题、生活问题，无不涌上了臧新我的心头。就在臧新我躺倒在床上，一片绝望的日子里，她想起两人：一个是她人生中的第一个恋人王曾锦，一个是田家大院大当家田文和。她想给王曾锦写信，可一想起王曾锦那双恶毒且发邪的双眼，她提起笔的双手即开始颤抖。想来想去，她觉得还是田家大院大当家田文和为人心地善良，为人真诚，可依可托。于是，臧新我强挣扎起病体给田文和写有一封信，在信中详细地将自己现在的家庭情况及过去她与王曾锦谈情说爱的事情做了全面彻底的叙述。她在信中说："田先生啊，尽管我与现在的丈夫结婚这么多年，尽管我与他的情感生活有多么不幸，但有一点我必须老实对您说，我丈夫天生有病不能生育，他与那么多女人纠缠，一直无子即是一个明证。我现在的这个女儿，是当年我与王曾锦热恋时的结晶。现在，我已身患绝症，在世时间不多了。我从报纸上得知，你们田家大院子孙重新在路桥崛起。我一个弱女子死到临头，没有过多要求，只希望您看在这个孩子是你们田家大院子孙的分上，伸出手来帮她一把，让她有个归宿。"此信寄出五天后，到了田文和手中。田文和拆开来一看，大吃一惊。由于那时他正在狱中，对王曾锦与臧新我一事毫无所知。

田文和拿着此信来到王曾锦办公室，问他："你这是怎么回事？"哪知，王曾锦拿起臧新我写的信一看，说了一声"活该"，并将信撕碎。这一撕，令田文和大为光火，喝问："你给我说实话，这孩子到底是不是你的亲生女儿？"王曾锦冷着脸说："是又怎么样，不是又怎么样？"田文和说："男子汉做事要敢担当。是，你就得把她们接过来；不是，也得想个法子把她们母女从济南接回来，帮她们一把，人家眼下实在是过不去了才向我们求助的！"田文和满以为王曾锦能听他的话，哪知此时的王曾锦因功成名就而变得越来越骄横，越来越目中无人，不但不担当，反倒一脸狂怒地破口大骂："过去她为什么不说，到现在才说？她为什么不直接写信给我，偏要写给你？如此势利的老畜生，是不是看我现在好过了，想讹上我一把？没门……"田文和见王曾锦越说越不是人话，当即起身一言不发地走了。

两天过后，王曾锦依然不见动静，田文和终于下定决心着手处理这件事情了。那天，田文和带着金秀子坐飞机来到济南，照着信中的地址找到臧新我的家。田文和与金秀子哈着腰一走进臧新我的家门，即被她家如此窘迫的生活所惊愕。母女俩居然住在城乡接合部一处简易的工棚里，屋内仅可容膝，除一张床与吃饭器皿外一无所有。他们到时，唯臧新我一人歪倒在床，她女儿秦我锦不在家。田文和与金秀子在臧新我身边坐下来，臧新我如见亲人一般抱着金秀子号啕大哭起来。她一边哭，一边将丈夫如何出事之前后经过说有一遍。田文和与金秀子听得泪眼汪汪："你原先的房子呢？"臧新我答："卖了，还债了。""你发病多长时间了？""快半年了。""你为什么不治？""田大哥，你看我们家现在这种样子，还治得起吗？若不是因为孩子，我早就自杀了。""你女儿在哪儿？""她出去买菜了。""她没上学？""上什么学啊？就我这种样子，她怎么能上学呀？""那你眼前的经济收入怎么来？""就凭着我那么一点工资。"正说着，秦我锦提着一只菜篮子走进家门，臧新我忙让她叫伯伯、婶婶。田文和、金秀子的两眼与秦我锦一放对，那脸颊、那眉眼、那神态、那肤色，就连那略带着一点上翘的嘴角，都与王曾锦同出一范。金秀子立刻牙痛似的呻吟起来，失声叫道："天哪，这不是名副其实的王曾锦第二吗？"

这还用多说吗？什么都用不着说了，不管这孩子现在叫什么名，姓什么姓，不就是活脱脱的田家大院王氏子孙吗？田文和两眼当时即一片湿润，走出门外抽烟。金秀子随之跟出，问田文和："姐夫，你说怎么办？"田文和反问："你说呢？"金秀子答："臧新我的病必须治，秦我锦这孩子我必须带回。"田文和喷出一口烟后，说道："说一个理由。"金秀子说："姐夫，你想，现在这社会，百姓对贪官恨之入骨，哪个贪官的孩子有好果子吃？如果不将她们母女换个环境，后果不堪设想。"田文和说："问题是王曾锦……"金秀子毫不犹豫地说："他是他，我是我；他不接受，我接受。如果他再如此胡作非为，我已经想过了，我将与他彻底做个了断。"田文和心中十分感慨："天哪，心地如此善良之女人，为何偏偏嫁于王曾锦这个恶魔？"遂甩手一把丢下烟头，走进棚屋，直接问秦我锦："孩子，你想不想跟我一起回路桥？"秦我锦问："回去做什么？"田文和答："我想给你妈治病，让你继续上学。"秦我锦反问一句："那我爸为什么不来接我？"田文和答："你爸是总裁，有外宾要接待，他实在太忙，所以让我与你婶婶前来接你。""你是董事长，比我爸更忙，真正没时间走不出来的是你，不是我爸。伯伯，你与我说实话，是不是我爸不想认我？""孩子，你多虑了。你知道吗？田家大院从来没有把自己孩子扔在外面的道理，不管这孩子以何种方式出生。""这点，发生在您身上，我相信；发生在我爸身上，我不相信。"田文和劝说她："孩子，你别这样好不好？你妈妈的病可拖不起啊！"秦我锦停顿了片刻，说："为了我母亲，我可以回去。但我有个要求，我决不入住田家大院，什么时候我爸亲自来接我了，我再回。"田文和听后，浑身一阵颤抖，又是一个王曾锦啊，又是一个严芳啊。他还能说什么呢？只有点头答应的份儿了。

臧新我母女终于到达路桥，田文和与金秀子将她母女两人安顿好。王曾锦得知消息后，没等下班，就跑到田王实业总部办公室找田文和。他与田文和一见面，即拉下脸来："你把她带回来了？"田文和答："是。""你为什么背着我把她带回来？""因为她是田家大院子孙。""胡说，我只与臧新我就来那么几次，她怎么就会有了？"田文和不慌不忙地拿出秦我锦的照片往王曾锦面前一放，说："王曾锦，你睁开眼仔细看看，难道这不是你的种？"王曾锦拿起照片一看，脸色当时就变成了山里的一块石头。田文和问："是不是，还有疑问吗？"王曾锦的声音开始变得发轻："她在哪儿？""与她妈在一起。""什么，你把臧新我也带来了？""是啊，她妈妈病得这样重，我怎能只带孩子不带她的妈？""那她们住在何处？""住在医院，你难道不想见她？"田文和以为王曾锦会马上起身去医院见她们母女，然而出乎他意料的是，王曾锦现出一脸的为难。半晌后，王曾锦猛拿过秦我锦的照片往口袋里一揣，说道："哥呀，我有点为难哪，她的医疗费用由我来管，她本人还是不见吧。"说完，起身便走了。王曾锦这种反常之态，让田文和心中发惊：是王曾锦残忍与冷酷呢，还是他在外另有其他女人？

李婉之事浮出水面。1996年5月，路桥最后一个国有企业路桥通用机械厂正式宣布倒闭，她丈夫下岗。当初李婉为了逃避王曾锦的追逐，为了逃避上山下乡，匆匆嫁给了这位工人。如今她家开始走向背运，因孩子尚小，家里还有两个七八十岁的老人，生活状况开始走下坡。由于田、李两家是有史可载的亲属关系，李婉自然想起了当红的田文和，在丈夫下岗后的第十八天，李婉动员丈夫去找一下田文和。李婉说："你在厂里原先跑供销，闲在家里也就闲了，莫不如去田文和那里找个工作，增加一点收入，总得让这两个孩子高中毕业啊。"她丈夫一听，觉得有理，第二天一早即来到田王实业总部找到田文和。是亲三分向，田文和一直对李婉一家十分关照，她家每每遇有过不去的坎，他常出一点钱资助。是时，田文和连想都不曾想，拿起笔写了一张便条交给李婉丈夫，让他直接去找王曾锦。李婉丈夫一看便条，心中发愣，说道："他能接收我吗？过去我家李婉可是……"田文和根本没往心里去："你呀，别戴着有色眼镜看人，现在的王曾锦可不是过去的王曾锦了，他现在是全国劳动模范，怎么会计较年轻时的那点事情呢？"李婉丈夫一想也对，都过去这么多年了，谁还记着这种小事？何况现在，他王曾锦要什么有什么，怎能记小人过？

李婉丈夫拿起这张纸条即去找王曾锦，哪知他一走进王曾锦办公室，即碰了一鼻子灰。王曾锦拿着纸条看都不看一眼，随手将纸条扔在一边，现出一脸的不屑："你想在我厂里跑供销？"李婉丈夫一脸卑微地回答："是。"王曾锦趾高气扬地说："你来说可不行，得让你的妻子李婉来。"李婉丈夫一听什么都明白了，王曾锦不仅记着仇，还想往死里咬上一口，他垂头丧气地回到田王实业总部，将王曾锦的话说与田文和听了。田文和深感吃惊，他简直不敢相信王曾锦怎么会是这个样子。如果说你王曾锦好色，我田文和可宽容，食色性也，人之本能；若是欺负弱者，报复弱者，那可是做人的本质问题了。田文和不想对他再宽容，对李婉丈夫说："他王曾锦不要你，我要。"当日即将李婉丈夫安排在田王皇家葡萄酒业，负责东北片区葡萄酒的供销工作。

消息传至王曾锦的耳朵里，他坐着那辆宝马车直接来到总部。王曾锦走进田文和办公室里，与他面对面一坐，立刻要求田文和把李婉丈夫辞掉。田文和问："什么理由？"王曾锦愤愤不平地说："我与李婉过去的事，你知道不知道？我拒绝了他，你不知道？""知道。""知道，你为什么还同意？你当兄长的不维护我的威信，反倒娇受他、帮着外人，你叫别人看了怎么想？""你说别人怎么想？""你这是给我上眼药！"此言一出，令田文和内心极为不爽，他一下子想起了那天夜里亲眼看到的一幕，想起妻子与王曾锦的那种苟合。恶心，恶心哪，那种难以忍受的恶心令田文和脸上瞬时惨白，他强压着自己愤懑的情绪，咬牙切齿地对王曾锦说："王曾锦啊王曾锦，今天你给我听好了，真正给人上眼药的是你，而不是我。若不是为了这么多员工的就业，你能有今天吗？"王曾锦吃了一惊，他不知田文和为何脸色与声音突然大变，有些心虚了，结巴着说："我，我……什么地方给你上眼药了？"田文和厉声喝道："你想让我与你挑明说？"田文和这句话一说出口，立即将王曾锦所有的尊严与狂傲击得粉身碎骨，他终于明白他哥为什么如此了。是时的王曾锦立刻站起，一言不发地走出了田文和的办公室。

王曾锦睡不着觉了，这一层掩藏多年的窗户纸终于给捅破了。他再也不能直面田文和了，再也不可能取代田文和做田王实业的董事长了；他没有别的选择，只有一条路，就是与田文和分道扬镳。王曾锦向台州市人民政府发改委与田王实业总部正式提请他的报告。在这份报告里，他什么真实内容都没提，只说是田王家电职工代表大会共同做出决定——脱离田王实业集团，自立门户。

那天，这份报告的副本送至田文和手中，他看后多少有点激动。田文和从办公室里走出来，一直走到南官河边，一屁股坐在一块石头上拼命地吸着烟，任凭那顺着河面刮过来的冷风抽打着脸，他的心被这刺骨的冷风捏成粉末。面临着兄弟两人关系的惊天大逆转，田文和确实感到内心有着难以言尽的痛楚、兢战、担忧、害怕。他痛楚的是父亲的遗言将会变成现实；兢战的是卜无意"谨防乱肉"四字竟然成真；担忧的是王曾锦将要重蹈王家的覆辙；害怕的是自己历尽千辛万苦发展起来的田王实业会毁在王曾锦的手里。

那天，这份报告同样出现在路桥区委书记夏水清的办公桌上。夏水清只是看了一眼，便觉得心惊肉跳。他深知此事非同小可，牵一发动全身，便不敢声张，立刻向台州市长郑东生报告。郑东生听后惊得两眼发直，小心询问："是谁打的报告？"夏水清答："是王曾锦自己打的报告。""盖的是什么公章？""田王家电实业有限公司。""田文和知道吗？""他肯定接到了报告，上面明确写有报送田王实业总部。""这是为什么哪？""你当市长的都不知道，我一个小小区委书记怎么能知道哪？"

郑东生也觉此事不妙，他来到徐放办公室。徐放拿起报告一看，一头黑发立现钢性："天哪，他们俩出什么矛盾了？"郑东生答："我不知道啊。""是王曾锦想另立山头呢，还是田文和逼他走？""你当市委书记的说不清，我这个当市长的怎么说得清？"徐放不解地说："他俩可是生死与共的亲兄弟啊。""是啊是啊，我同样被王曾锦的这一份报告搞得一头雾水。我想，是不是因王曾锦当上全国劳模，田文和他心中有气啊？"徐放不假思索地回答："不可能。"郑东生又说："那是不是田文和看王曾锦在社会上威信太高，怕他取代于自己，而对王曾锦实施打压？""不可能，你不了解田文和，我可是了解他的。""这也不是，那也不是，到底是怎么回事呢？"徐放思考了一下，说道："没有调查研究，就没有发言权，让我去问一下吧。"说完，徐放拿起这份报告，径直驱车来到了王曾锦办公室。

王曾锦正黑着脸与班子成员商量着分家的事情，徐放一进门，立刻觉得气氛中散发着浓烈的火药味。中层干部一见市委书记徐放来，知内中有事，知趣地四下散开。徐放直视王曾锦，拿出这份报告在他面前一摊，问道："你这是怎么回事，为什么？"王曾锦闪烁其词："什么也不为，就是分家，名做各的。"徐放说："凡事总得有个因与果啊。"王曾锦逃避着徐放的眼光，支支吾吾地答："就因……集团军作战阵容太大，管理不方便，莫不如大化小，来得灵活机动。"徐放狐疑地问："真的如是？"王曾锦答："真的如此。"但徐放从王曾锦躲闪的目光中捕捉到他内心中的暧昧，心中大明，王曾锦是不会将真相告诉他的。

徐放离开王曾锦办公室后，立刻驱车来到田王实业总部。一进田文和办公室，即发现田文和正与法朗士·德让及班子干部成员正在商量分厂一事，气氛同样是乌云密布。班子成员们见徐放到来，同样悄然地离开会场。徐放下定决心要从田文和嘴里问出点东西来，若是什么也问不出他是决不收兵。徐放将此报告一放，同样直问田文和："这是怎么回事？"田文和答："就这回事。""是你逼他走的？""不是。"徐放着急地说："这也不是，那也不是，你们哥俩如此草率分家，总得有个起因吧。""没什么理由，就是他在我手下工作感到不痛快。""如果你再不给我一个理由，我只能说是你看他的声誉、地位比你高，你对他实施打压。"

　　此言一出，徐放清楚地看到田文和拿烟的手在不断颤抖，他知道田文和定有难言之隐，环顾一下四周没有旁人，凑上脸说："田文和同志，我不相信他，但我相信你。你若是有什么委屈，必须真实地告诉我，不然我决不会同意你们分家。"田文和终于控制不住了，那心碎后的泪水夺眶而出："徐书记啊徐书记，都是我的错啊。我努力控制了这么多年，就昨天我怎么也没控制住感情，将这点家丑当着他面给揭开了。"田文和张开大嘴无声地饮泣起来，泣得如此伤心凄惨，泣得他整个肩膀都在颤抖。徐放慌了，一把扑过抱着田文和的头说："田哥，田哥，你别哭，有话慢慢说，有老弟帮着你解决问题。"田文和更是失声地大哭道："徐老弟啊，这是我们家里的一个死结，你帮不了我的啊。"这是一个什么样的汉子啊，"文化大革命"游街斗他时，他没哭；革命委员会判他入狱时，也没哭。有道是男儿有泪不轻弹，只是未到伤心处，若不是他心中有大痛何以如此？

　　田文和饮泣了半个多小时，情绪才渐渐安定。田文和哽咽着说："徐书记，此事你必须保证不向任何人说。"徐放回答："你放心，别忘了，我是市委书记。"田文和重新点了一支烟，这才眼泪婆娑地将自己入狱后家里发生的这桩丑事从头到尾说了一遍。听完后，徐放问他："现在你这个孩子是谁的？"田文和答："我搞不清是谁的。""你为什么不去做一下 DNA？""我不能做，这样对孩子的身心伤害实在太大了。""从你发现他俩之间的事情后，你就一直没碰金云子？""我一看到她的那张脸就恶心，更别说是去碰她了。""那你为什么不离婚？""为了孩子吧。人活在这个世上，是仅仅为自己活着吗？"

　　听闻此言，徐放缓缓地点了点头，又问道："你同意分家？"田文和说："我同意，他要分就让他分。我已失言，想收也收不回来了，这是为我的失言必须付出的一个代价。"徐放说："说实话，你们俩在一起是天作之合。你让王曾锦独当一面怕是不行，他为人心躁，万一他深一脚浅一脚地把田王家电实业有限公司给毁了怎么办？"田文和答："事到如今，我也没有一点办法，说什么都没有用了，只可走一步看一步。"徐放担忧地问："如果他真的将这个企业搞砸了，你怎么办？""我想过了，如果真的走到这一步，只有我来收摊。"徐放试探着问："需要我去王曾锦那里再做一下思想工作吗？"田文和答："你不了解田家大院的人，自尊心特强，眼下他决不愿在我手下看我眉头。事已至此，能有什么办法？"徐放也想不出什么好办法了，只可瞪看两眼看着这列脱轨的火车往悬崖上撞了。

第九章 狂乱的巅峰

　　两家班子成员坐下来讨论分家方案，分家容易，无更多的麻烦。田王实业属下的五大子公司，一律不动，皇家田王酒厂及金家村种植园归"田王实业集团"，王曾锦只带走原黄岩益民精工机械厂的全部资产。关于员工问题，原在何处就在何处，不动；中层干部属自愿，想去哪个公司便上哪个公司。结果，中层中有两个人不愿去王曾锦公司。第一个是王保南，他说自己是研究农业机械的，业务不对口。第二个是王保西，命令还没下，他即跑到田文和办公室，对田文和说："叔啊，可别把我分到他那儿去，我只想在总部。"田文和沉思了一会儿，对王保西说："保西啊保西，你就听一次叔叔对你的安排吧。"王保西说："阿叔，不是我不愿，而是我跟了他没安全感。他一时一个景，一时一个影，万一兵败如山倒，我怎么办？""这一次，你不去也得去。"王保西不理解，疑惑地问："为什么？"田文和答："你不要问为什么，过去怎么干，现在还得怎么干。""阿叔，你有所不知哪，就他那个性子，脱离田王实业总部去单打独斗，早晚会栽跟斗。"田文和训斥他："你先别胡说八道，兴许人家干得比我更出彩。""比你出彩我也不去。"田文和拍着王保西的肩膀，劝说他："保西哪，你要读懂我的心啊，只有你在他那儿，我的心才能安耽。"就这句"我的心才能安耽"，顿时让王保西明白了田文和的一片良苦用心。王保西问："叔啊，你是不是想让我当克格勃呀？"田文和长叹一声，说："好赖他是我的兄弟、你的小叔啊。我与你一样，只怕他会随心所欲，毁了这么个大厂、好厂，让那么多员工再次遭难。"

　　王曾锦的公司名称终于敲定，叫"野王实业公司"。王曾锦问王保西："这个名字好不好？"王保西摇摇头说："不好。""为何不好？""野王是什么王？又不是真王。想当初，只有那些拉络子起队伍当绿壳的人才称自己为野王。"王曾锦笑答："你知道什么呀？当下社会要么酷，要么潮，我王曾锦要的就是当土匪的那个酷劲与潮劲。你可知中国上下五千年是什么样的历史？”王保西答：“不知。”王曾锦得意地说：“傻瓜，不学无术，是土匪的发展史，只有敢当土匪与地痞之人才能称王称霸。”

田金辅的画作《三千里运河图》首次在香港拍出一千万元的天价。和平时代搞收藏，这是现实社会中的守恒定律。是时，全国各地的收藏家们到处搜寻田金辅的画。

田建国的作品行情看涨。中国现代的美术评论家们，在田建国活着的时候，人人冷冰如霜；现在，田建国的骨头业已烂成淤泥了，他们却站出来替田建国说好话了。有人说他是中国式的梵高；有人说他的作品风格超越中国文人画的局限；有人说他的画作合写意与抽象于一体，是个天下奇才；也有人推崇田建国的画作超越了功利，超越了时代，是当下不可多得的作品。画如酒，酒如画；酒存放的时间越长，其味越醇，其价越高，画也一样。田氏家族中相隔了三十代的两个画家，终于随着时间的冲刷现出了金子般的光彩。

王曾锦决心甩手大干，他要用事实来证明，自己不仅可以独打天下，而且远比田文和干得漂亮，还更出彩。王曾锦通过钱子久的关系，在温岭市石棋镇余家村征下了一千三百亩土地，申报用途为创办食品厂；王曾锦通过郏东生搭线，与日本的大岛正夫合作，在黄岩江口村建造了台州第一家制药厂，生产当下极为畅销的保健性药与抗癌药品。

王曾锦瞒着田家大院所有人，偷着打开田文和十年前便已封存的三间石屋（就是王曾铎住过的地方），存入一批邢尚红从国外搞到的国家违禁化学原料。存放时整个田家大院没有一人知道，只是金秀子从园艺公司回来时，发现院内花草的芬芳中夹缠着一股异味，令她极为难受。金秀子问金云子：“院子里飘的是什么味哪，这么怪？”金云子也用力嗅了嗅，回答：“嗯，可这院子里除了你摆放的那些花草外，没看到什么呀？”金秀子说：“不对，那气味很怪。”金云子说：“现在私有企业越来越发达，生存环境越来越糟糕，也许那气味是从外面飘过来的吧。”金秀子听后也没有往深里多想，不再问了。

王曾锦终于以他个人名义注册“野王房地产公司”。公司成立那天，王曾锦大张旗鼓地刊登广告，宣传了三十三天，并且在广告上将新打造的楼盘起了个非常好听的名字——“明山锦绣”。

余家村人开始闹事。实事求是地说，王曾锦确是田家大院中极为罕见的经商天才，无论是他的投资方向及市场预测，皆慧眼独具。他那个在江口村与日本人合作的制药厂一投产，生产的两个产品便赚有百分之三百的利润；那个“明山锦秀"楼盘一启动,便被台州那些率先富起来的新贵们全部抢购。这一楼盘地处台州名列第一的天然大氧吧,王曾锦至少能在这楼盘上赚下一点五亿元。然而,天下聪明人不只是你王曾锦一人。你王曾锦会算账,别人同样也会算账。当余家村村民确切得知一个信息:"王曾锦所征之地并非用来打造食品基地,而是改头换面建造别墅群。"全村民众立刻开始起哄。那时,余家村村长正是若干年前太平食品大王余滋泉的亲孙子余志军,从细论,余、王两家多少还是数得着关系的亲属。初时,当余志军得知前来余家村搞开发的王曾锦不仅是他亲属,而且他还打算利用自己的资源重新树立余家的老品牌时,心里说不出有多高兴。镇里召开协调会时,余志军只问了王曾锦两句:"这是真的?"与他相对而坐的王曾锦一脸真诚地回答:"真的。"余志军问:"我们村的村民,全都可以在你厂里上班?"王曾锦毫不迟疑地回答:"是。"村民毕竟是村民,他们的天性就是纯朴,余志军想都没多想,拿起笔就签下了这一份征地一千余亩的大合同。眼看着工程启动了,村民们也兴高采烈地等着穿上厂服去上班了,骇人的消息突然传来:"王曾锦根本不是在余家村搞什么食品开发,而是与某官员的'海龟'大公子钱小川一起联手合搞房地产开发。"

村民们把这个不好的消息告诉了余志军,他一听两只眼立刻发昏了:"真的?""真的。""不可能。""为何不可能?""王曾锦是我亲表哥,他不会骗我的。""我的大村长啊,金钱面前能有好人吗?""就算没好人,野王实业公司与我签下的合同不是白纸黑字写在这里吗?"余志军根本不相信,他怎么会相信呢?合同上石棋镇人民政府(此地十年前,由民政部正式划归温岭市)所下的红头文件写得非常清楚:"一是所划这一千余亩土地为绿色食品生产基地,土地费用按工业用地支付;二是除部分劳动力根据联合办厂的要求搞集约生产外,剩余劳动力去野王实业公司工作。"余志军仍有些疑惑:"就算我余志军是个百分之百的土老冒,什么也不懂,他王曾锦总不能连哄带骗地让我上钩吧?"

余志军立刻在村部召开一次村委、村民代表会。此会一开,不得了,三个村委干部与八个村民代表一致说王曾锦不是办厂,是造富有人家的别墅区。其中有一位代表知道得更为详细,他对余志军说:"王曾锦之所以在这儿搞房地产开发,原因有三:一是此地处304国道,交通方便;二是此地风景宜人,空气清新;三是王曾锦请人看过风水,说此地一枝独秀,大吉大利。"余志军还是不信:"这怎么可能呢?他亲口与我说的,要与我联手开发余家百年老品牌。做人怎能不讲信用,无洞取蟹?"村民代表之一说:"余志军啊余志军,你还别不相信,杀倒猪看板油,我现在就带着你上现场看看。"余志军应声"好",即与一众人来到征地现场。果不其然啊，临山靠水的那片农田里打下来的房样不是厂房，而是别墅群。余志军即上前一把拉住那位管事的建筑工程师，问道："你们打算在这里建什么？""豪华别墅区。""原先与我们商定的是厂房啊，怎么一下子变成豪华别墅区了？""我是拿别人的钱，替别人做事。至于老板为何如此，非我职责范围，我不必过问。"余志军灵机一动，说："先生，你这个房屋的平面设计图能不能让我们复印一份？"工程师答："没关系，你要复印你就复印吧。"余志军当即令会计拿着这张平面图，上石棋镇复印了一份。图纸到手，余志军俯身细看，没一点错，确实是别墅群。余志军火冒三丈，他做梦也没想到，王曾锦会整如此一出欺骗自己。工业用地与商业用地的补偿费是不一样的，余家村一拱手让出一千多亩土地，他们的后代子孙吃什么？这么大的一个合同你王曾锦都能不遵守，以后能有什么信用可言？一旦生米做成熟饭，就是叫天天不应，叫地地不灵。村民的生活无着落，叫他们往后的日子怎么过？"农民手无土，行路不如狗"，他王曾锦这不是将自己与村民们往死路、绝路上逼吗？

余志军拿定主意，领着三村委、两支委、三村民代表到路桥十里长街野王实业公司总部找王曾锦。天哪，你这个王曾锦真不是个东西，你连你爸王国器一半都赶不上啊。用得着你的时候，亲如兄弟；用不着你的时候，卵也不打你的头。余志军好说歹说，门卫才放他入门。余志军走进王曾锦的会客室，王曾锦摆出来的那副脸面活似茅坑里的石头，冷冷地问："你们来这么多人干什么？"余志军答："找你有事？""什么事？"余志军即把他们来的目的与王曾锦摊牌。王曾锦嚣张地说："你知道我这个企业有多大吗？我吐口唾沫都能把你淹死，你不想想，我是全省数一数二的大企业，怎么会骗你？""你不骗我？那好，我想问一下你这位全国劳模，你到底建的是什么房？我们虽然是土老包，吃的饭没你吃的盐多，走的路没你走的桥多，但也能看明白你们打的房样不是厂房样板。"王曾锦仍然嘴硬："我就是建厂房，你呀你，懂什么呀？"余志军答："这就是你的标准厂房？就算我不懂，事实你总得承认吧。"他边说边摊开那张复印的楼盘平面标准图，让王曾锦自己看。

王曾锦只是一瞄，心里就叫了一声"苦"，他突然发现自己犯下一个天大的错误，就是低估了现代的农民，他们早已在三十多年的社会主义教育中变得异常精明。王曾锦蛇样地倒吸了一口冷气，接着依旧是一脸的虚伪与掩饰："你们知道什么呀，我这是先盖别墅，后盖厂房。要不，我手下那么多工程师住哪儿？"余志军说："王曾锦，你说得不对。如果是给工程师们住的，你也用不着在电视上大打广告啊。"王曾锦继续狡辩："这是我的经商策略，先起别墅旺人气，后再盖厂房搞生产。""想当初，你、我、石棋镇政府三方签合同时明确说明，以田王村为范，以土地入股。""眼下不是还没到这一步嘛。""合同上写得清清楚楚，只允许你盖标准厂房，不准另作他用。你怎可瞒天过海？"王曾锦有些恼羞成怒，气冲冲地回答："土地已经明确归我，我想做什么这是我的事；如何开发，这也是我的事，用不着你横挑鼻子竖挑眼！""不是我与你过不去，而是涉及全体村民的切身利益。我们给了你一千多亩地，其目的是为了确保余家村三百零六户村民的生活，为了解决余家村一千多号人的生计出路问题。现在，我们村里的土地让你一把拿走了，全村人都成为失地农民，这叫我们以后上何处找饭吃啊？""这一点，我请你们放心，我会有安排的。""不行，这么大的一件事你都能说谎，我保证不了你生米做成熟饭后会不会认账。"王曾锦没好气地问："你想怎么办？"余志军答："你什么时候解决我们村民吃饭的问题，我们什么时候让你开工。""土地是我征来的，使用权归我，你们无权在我面前指手画脚。""你不能放下讨饭棍子打大贫（讨饭人）。你也是农民出身，你清楚土地对农民意味着什么。这关系到余家村子孙后代的生存问题，不能让你轻而易举地拿走我们子孙的饭碗。"王曾锦气急败坏地说道："这事件，你有想法、有看法就去找政府。我的一切做法，都是镇政府同意的，与我王曾锦个人无关。"余志军答："好，冤有头，债有主，我去找镇政府！"

余志军带着村民代表们掉头来到石棋镇。石棋镇三位官员一同出场，村民代表们一哄而上把镇官们围住。村民代表之一说："村、厂、镇政府三家公章盖得红辣辣的，你们这些当官的为什么都看不见？"村民代表之二说："你们这不是与王曾锦联起手来欺骗我们吗？"村民代表之三说："既然我们村的土地不是盖厂房，而是让王曾锦拿去造商品房，那么给我们的补偿钱也不是这个数啊。"

石棋镇大小官员们呢，打从正式签下合同那天起，即感觉到内中有猫腻。只因他们心里都清楚，这么一块好土地之所以能到王曾锦的手，其背后还有一条更大的深海大鲨鱼，那便是省政府副秘书长钱子久及他的"海龟"大公子钱小川。你想啊，连上面的大头都怕他三分、躲他三分，这些小镇官员，连七品芝麻官都捞不上，何必如此较真？是时，他们的屁股没往弱势群体上坐帮着余家村村民说话，而是往强势群体上靠帮着王曾锦。镇长说："上面有上面的规矩，上面有上面的想法，你们别无理取闹，再这么胡搅蛮缠下去，对你们也没什么好处。"余志军一听，这哪里是共产党人说的话呀。余志军气愤地质问："你们镇政府不是勾结有钱人、拉络子当土匪强取豪夺吗？"镇长说："我不是屁股坐在王曾锦这一边，而是他的底牌太硬，我们得罪不起。这土地是县长下命令给的，你们找县长去吧。

我们呢，只是磨道里的驴听喝。"

这个余志军不是旁人，他本人就是余家村一只极其强悍的狮子。尽管那时他的社会地位远没有他爷爷余滋泉在世时的那种威望与势力，但他在余家村也是个一呼百应的人物。镇里不管，可以，我找县里。于是，余志军带着村民代表们集体上温岭县。到温岭县城后，更令余志军心中发冷，别说是见县长、见县委书记，就连县府大门，警卫都拦着他们不让进。这一拦，将余志军匪性的潜意识被唤醒，便带村民代表从县里回来，心里开始酝酿一个大行动。

第二天一大早，余志军率着十五位膀大腰圆的村民，第二次来到路桥十里长街，首当其冲地直闯王曾锦办公室，他们这一次来可没有上一次文质彬彬、温文尔雅了。余志军冲进野王实业总部后，两腿开叉来个战书明下："王曾锦，你听着，从今天起，我与你们王家所有情分一刀两断。你要我们余家村人死，我们余家村人也不想活，你看着办吧。"王曾锦仗着自己山势足，根本不拿他当盘菜，连句好言语都没有，下令叫他手下的八个警卫用武力将余志军赶走。八名警卫扑过来，满脸杀气地横在余志军面前。余志军明白，这里是人家的天下，八尺高汉子在别人家房檐底下也得矮半截，好汉不吃眼前亏，不由得仰天一声长叹："罢，罢，你王曾锦真的是吃了秤砣铁了心，我余志军可就对不起你了。"

余志军率着十五位村民回到村里，他脸一抹，翻身成为若干年前的王国器，跳上巨石振臂高喊："我们动手吧。"此令一下，全村集结起来的三十三位"牛头马面"与"八大金刚"立刻开始作妖。第一波行动的是三位村民，他们一不打，二不骂，只将挑来的三担大粪，倒在野王实业公司驻余家村指挥部的大门口。那黄亮且恶臭的玩意儿在大门口一铺开，所有前来工作的土木工程师与建筑工人全都望风而逃。第二波行动的是村里的三位电工，他们爬上电线杆，只一刀，立刻割断通往工业区的全部电线。第三波是村里的三十一个小孩，他们手里全部拿着大弹弓，谁动手、动土他们即一齐打谁，打得民工们鼻青脸肿。其中一位民工受不了弹弓射出来的石头弹，还了一下手，结果三十八位村民抢起扁担上前，打得他抱头鼠窜，落荒而逃。

工地总指挥逃出去向王曾锦报告，王曾锦不得不坐着他的宝马车前来处理。王曾锦到后，只是一看便倒吸了一口冷气："天哪，这些家伙到底想干什么？"整个村子在他面前变了模样，所有的进出口道路全被挖断，临时指挥部门窗上玻璃全被砸碎。王曾锦本以为自己是路桥十里长街的小老大、痞性十足的土匪头子，想不到余志军这家伙放下身段后的所作所为比他更狠、更烂。这令王曾锦始料不及，他站在那里左思右想，若是政府不出面弹压，他所有的算盘变成泡影不说，带来的麻烦会更大。

王曾锦当日即来到温岭县公安局，找县公安局官员说事。王曾锦是全国有名的农民实业家，温岭县公安局局长当然买他账，客客气气地接待了他。实际上呢，这位大局长对温岭县政府批给王曾锦一千余亩土地，建造高级别墅赚钱的行为极为反感。这种行径哪里是发展经济、为民造福啊？纯粹是权钱勾结，套取国家土地中饱私囊。尤其早在三年前，就有路桥十里长街人对这位大局长说过："王曾锦这家伙根本不是一块什么好饼，他哥哥田文和一手把他带大，一手将他提携起来，使他出人头地，可这家伙勾引哥哥妻子不说，还昧着做人的良心与田文和作对。"这种狗脸生毛之人岂可为人？别说是这位大局长，就他手下的那些警员无不是对王曾锦痛恨至极。一个连自己嫂子都勾引的人，他不是个白眼狼又是什么呢？因此，明面上这位大局长回答王曾锦的话非常客气："你说是余志军领头干的，可我们一直没有掌握他在场的证据。作为我们法律机关，如果没有确凿的证据，怎可随便抓人？况且，打人、骂人、挖断道路的全是村里的老百姓，我们总不能把全村人都抓起来吧？"

王曾锦一看他们推三搪四的，心中极为光火，但又能有什么办法？你王曾锦本事再大，也不能只手遮天啊。王曾锦决定搬出钱子久来，给公安局局长施压，他说："这个村在你们管辖区，你们若是不管，我只有上省里去找人了。"公安局长不卑不亢地回答："您愿意找谁就找谁去，我无权干涉。我只能对您说，宪法上有明文规定，村一级管理机构是村民自治组织。如果您真有这个能力，最好请人把宪法修改一下。"温岭县公安局局长这个不软不硬的钉子，顿时令王曾锦有口难言，不得不退回到家中。可他的心却无比沮丧，第一次感到他在人际关系处理上捉襟见肘，远不如田文和言行得体；第一次感到人人都是鬼精，当面一套背后一套。

王曾锦实在是没有办法了，只得跑到省里向钱子久诉说。钱子久听后，也觉得此事十分棘手。放手吧，内中有他儿子的份，两人可是一根绳子上拴着的蚂蚱，一荣俱荣，一辱俱辱；不放手吧，失地农民闹起来也挺麻烦的，况且他着手搞到的这块土地是见不得阳光的啊。但既然是利益共同体，钱子久不为王曾锦说话也不行，死逼无奈，他只得硬着头皮给温岭县委书记打了电话，请温岭县委书记出面做做余志军的思想工作，别把事情扩大化。温岭县委书记呢，表面上非常顺从，唯唯诺诺地连说八个"是"，只是电话一放下，根本不买账："你儿子得了好，想拿我来垫背呀，没门；不是县长拍你马屁将土地批给你的吗？那就让县长去处理好了。"

　　你想啊，这可是上不能上、下不能下的肠梗阻啊，怎能让王曾锦不着急、不尴尬。放弃？不行，他答应了与钱小川合作。双方有话在先，土地由钱子久出面运作，具体方案由王曾锦实施，所得利益与钱小川均分。现在人家把土地给你搞到手了，至于成与不成，就看你王曾锦有没有本事来办这件事。如果没这个能力，你海什么骰子。另择他地？也不行啊，所有的征地费用业已全部付出，所有别墅的预收款项业已拿到百分之三十，这些业主之所以如此踊跃，看中的也正是这处得天独厚的天然大氧吧呀！如果时间一到，别墅不能按时完工，交不出房，他就要退款，可是土地征用费又难以收回，他王曾锦怎经得起这种折腾呢？若是答应余家村人提出来的条件，田王食品的品牌现属他哥田文和，早已是一枝独秀，在全国占有百分之二十五的份额，如现在重起炉灶，岂不是自讨没趣？向他哥求援，岂不是自认其输，那自尊也容不得他如此。怎么办哪怎么办，就此拉倒？不，不，我王曾锦决不能咽下这口气。

　　王曾锦毕竟是人精啊，先是红道，一旦红道解决不了，则来白道；一旦白道无法解决，最后一招即是让位于黑道。他深知以毒攻毒的手段，深知"善良"二字在现实中只是一个"无能"的潜台词。在这种无路可走的情况下，王曾锦最后做出来的决定是以其人之道还治其人之身。

　　王曾锦回到野王实业公司总部，站在窗前默默看着南官河水悄然流淌。他忽然想起一人，此人即是若干年前曾与他一起进山，想学闯王起事的邢尚红。十年前，邢尚红得了一场大病，差一点死去，是王曾锦偷了谢明心三百块钱救下了他的一条命。八年前邢尚红被捕入狱，是王曾锦打通关系将他保释出狱。改革开放后，邢尚红与郎高柱联手起绺，纠有一帮生死不怕的游手好闲分子组成帮会，或是走私，或是搞运输，或经营饭店、夜店过日子。三年前，这两人因分赃不均，发生火拼。火拼后，他俩统率人马一分为二，以南官河为界，邢尚红辖西，郎高柱管东。平日里两伙人井水不犯河水，偶然间出现摩擦，均由王曾锦出面在"皇花楼"请客，替他俩讲和。就王曾锦办药厂时，所用的国家违禁原材料，还是通过邢尚红走私进来，再偷偷存入田家大院后楼的。王曾锦想："养兵千日，用兵一时，现在，到我须动用他们的时候了。"于是，他打开抽屉拿出一个极其隐秘的小本子，翻出邢尚红的手机号，立刻给他打了一电话。电话接通，王曾锦与邢尚红即开始对话。邢尚红问："老大，你是不是遇着大麻烦了？"王曾锦回答："是呀，我现在遇着难事了，你不出面，我怕是解决不了。""你现在名如红日中天，财如东海海水，媒体把你夸成了千手观音，怎会有难事？"王曾锦立刻将余家村发生的事情全部告诉了邢尚红。邢尚红听了后说："余志军可是你们王家的亲戚啊。"

王曾锦恶声道："这小子如此没人情味，我还与他讲什么人情呢？""既然如是，那明天晚上我带兄弟们前来，你在老地方准备酒菜吧。"

第二天，王曾锦来到皇花楼，订下一桌好酒菜，邢尚红率他手下八大金刚出场，那样子活像当年的万五魁。他们一入座，即开始大吃大喝。等到酒喝够了，菜也吃得差不多了，深知奥妙的王曾锦打开大包，拿出三万元放于桌上。王曾锦说："过去我与你是铁杆哥们，现在我与你还是铁杆哥们，兄弟们要用钱时，尽管开口。"邢尚红说："这事不好处理，只要一招不慎，我们这些兄弟就得蹲大牢。"王曾锦豪气作答："这一点哪，请你们放心，江湖上的规矩我懂。我王曾锦说到做到，决不会让你们白干。这三万元，只是给你们的活动经费。"邢尚红问："我只是不知老大这等产业到手，今后如何打点我们？"王曾锦笑着说："这个请你们放心，我王曾锦若是一毛不拔的铁公鸡，也当不上你们的老大。只要你与我同心同德，利市同发，就你手下这八大金刚，每人每月发他们两千五百元。"大金刚说："老大的意思是让我们给你长期当保安？"王曾锦说："不，不，虾有虾路，蟹有蟹路。你们吃多深水我不管，这两千五百元只是给你们做慰劳费。"二金刚问："只是不知老大能给我们多长时间？"王曾锦答："只要野王实业公司不倒，我保证年年给，月月给。"八大金刚耳朵全都立起来了，大金刚表态："这可是一件大好事呀，我们哪有不为老大服务之理？"大金刚一表态，其他七金刚全跟着答应了。

王曾锦亲自带着所有施工人员，以及邢尚红手下的一帮人马向余家村村民们宣战。王曾锦坐着车子到余家村，他站在工地前一挥手，所有民工立刻动手填沟、拆除障碍。十几个村民们一见"鬼子进村"，慌忙跑去找余志军。余志军听了大喊一声："反了，反了，王曾锦这王八蛋，真的要逼我造反了。"遂率着四十一位村民赶到了现场，一至现场，余志军全身立即像是让冰箱冻成的一根大冰棍。臭名昭著的路桥黑帮大头目邢尚红，居然带有一百多位光头帮兄弟横身站在他们面前，一百多颗大光头在阳光下油光发亮。别说是他们手里拿着的那一把把小斧头，就他们环抱的两臂上现出的豹头、虎头、蛇头，就令所有村民魂飞魄散。村民们的一双双大腿全炸成一根根大油条，打还是不打？不能打，一打，村民们非吃亏不可；那怎么办，我们的土地就这样让王曾锦霸占？不，决不。阵地战打不了，我们还不能打游击战、消耗战。余志军确有大局意识，他下令全体村民退回，另外的一个想法即涌上了他的心头："既然你们官匪相勾，我们斗不过你。但国有国法，家的家规，地方告不了你，我上省城；省里告不了你，我上中央。我就不相信了，一个小白丁就没个说话的地方。"

余志军决定上访，他背起包裹上省、上京去状告王曾锦与温岭县人民政府。然而，就在余志军起程的那天中午，途中吃饭时为一碗盒饭，他与一位光头小伙发生冲突。结果呢，不知从哪里跑出来八个戴着帽子、蒙着脸的小伙子将他按倒在地上，用一把尖刀将他的脚筋与手筋全挑掉。车上的旅客发现后，立即将余志军送到医院。然而一切为时过晚，一个活蹦乱跳的好村长，一瞬间沦为废人。四天过后，余家村又有三位村官在太平镇与八个后生莫名其妙地发生矛盾，被打得遍体鳞伤，也让路人叫了一辆救护车将他们送进医院。就从这天起，余家村村民们偃旗息鼓，不再公开出声了。

一个日本人来到十里长街。这个日本人名叫伍田村夫，这家伙仿佛是走火入魔，到处收购田建国的画。他不知从何种渠道得知原路桥小学老师夏天与田建国曾经是好朋友，他的妻子谢翠花手中存有田建国的一幅画，就找上门来。是时，谢翠花的生活处于极度穷困的境地。一因夏天死得过早；二因夏天的小女儿得了重肌无力症瘫倒在床；三因她本人业已下岗，仅有的那点生活补贴金，根本无法维持家里的基本生活。一个好端端的家，在她公公及丈夫相继去世后，一下子坠入了深渊。这个伍田村夫到她家后没有二话，千求万求，只求谢翠花将田建国画的那幅画拿出来让他看一下，哪怕是只看一眼也好。这么一个外国的大男子，在一个中国女人面前恳求，谢翠花心中着实过意不去，只可打开那只老柜子，将田建国送给丈夫的那幅画拿出来让他看。伍田村夫只一看，便拍案叫绝："这才是真正的中国艺术品哪！不管你出多少价钱，我也要买。"谢翠花摇摇头说："我不能卖。"伍田村夫问："为什么？"谢翠花答："这画可不是一般的画，是我丈夫的心爱之物。他活着时曾对我说过，此画有一代传一代，有一人传一人。如今我怎么能把它卖了呢？"谢翠花忙将田建国的画收起，卷好，插入木匣，放进柜子，上锁。尽管伍田村夫吃了闭门羹，但他一直贼心不死，现出来的样子比谢翠花还执着，干脆在她家正对门租下一间小房子住下来。他住下后，一边跟着卜兆亭学书法，一边一天三趟地跑到谢翠花家发动攻势。初时，谢翠花说什么也不松口，她对伍田村夫说："你别再来了，我谢翠花不想卖就不想卖。"

但女人毕竟是女人，一因她天性软善，二因她家确实需要用钱，三因她实在是挡不了伍田村夫的软磨硬泡，被他那种精诚所感动。九天一过，卜兆亭来到她家，以第三方的身份动员谢翠花出让此画。卜兆亭说："翠花啊，我们乡里乡亲的，你就听我一句劝吧。一是你不懂画；二是你女儿急需钱治病；三是我说句不该说的话，万一你这个女儿没钱救治，一挺身子走了，你再跟着一走，你手头这幅画让谁得都不知道。与其今后不明不白地落入他人手里，莫不如将它出让给知音。我想，你丈夫与田建国在九泉之下也会快活、也会高兴的。"卜兆亭此言一出，谢翠花那悲怆的心终于被打动。是啊，若是治不好女儿的病，将来这画归谁？与其叫白人拿走，莫不如现在给自己结利。谢翠花终于牙根松动，同意出让。她一同意，三方即坐下面谈。最后，卜兆亭一锤定音，以三百万日元成交。三百万日元，这可不是一个小数目啊！就着当时十里长街的物价指数，简直是个天文数字！

伍田村夫走了，谢翠花算是一个跟斗翻到玉皇大帝的金銮殿里了，有此钱垫底，吃有了、穿有了、住房有了，她那张多皱的老脸也变成一朵盛开的花。谢翠花逢人就说："想当初啊，田建国在我家就喝了三顿酒、吃了三顿饭，画了这么一幅画，做梦也想不到，居然会卖出这么个大价钱来！"

路桥十里长街人出现地震式的大震动。就在这天晚上七时，金云子吃过夜饭后壮着她的那个胆，来到田王实业总公司，走进田文和的办公室。她到办公室时，田文和正戴着一副老花眼镜看公司的报表。田文和斜着眼用眼角的余光瞟了她一下，只是轻微一掀，随之合拢。金云子多少感觉到田文和的目光中含着一种不可抗拒的轻蔑，犹豫了一下，还是硬着头皮在他办公桌前坐了下来。金云子问："你怎么老不回家？"田文和一脸寒霜："我还有家吗？"金云子觉嗓眼直发噎："你说话别如此阴一句、阳一句的好不好？我金云子没什么对不起你的地方。""对得起，只有你的心才知道。"金云子有些心虚地说："我今天来不是找你吵架的。"田文和问："那你找我干什么？""我只想问一下，婆婆活着时对田建国最好，田建国的画全在她手中。现在婆婆走有这么多年了，他的画都放在哪儿呢？""当时我在监狱，你在家里，你都不知道，我怎知道？""是不是婆婆给存放起来了？""不知道。""这可是好一笔大钱哪。"田文和的目光从眼镜后面往上翻开半瞥，轻声说："就算有，是你的吗？"金云子小声答："不是。""既然你知不是，那你就别管。"金云子听出田文和话里蓄有刀枪剑戟，她毕竟是做贼心虚，不敢往下多说，只得站起身走了。

王曾锦变得越来越强大，强大得让他忘记了上帝，忘记了自我，忘记了敬畏，再次下令让邢尚红带着他那一帮混混兄弟出兵镇压江口村村民。他在江口村村民面前夸下海口说："这天下是我王曾锦的天下，这地盘是我王曾锦的地盘。我可呼风也可唤雨，谁敢在药厂一事上令我不快活，我即令他不快活一辈子！"

王曾锦趾高气扬地在经济工作会议上当众宣布："明年，我的野王实业集团总产值将超过田王实业总公司；后年，我的野王实业集团将称雄于江南！"是啊，王曾锦没有理由不这样说啊，现在是什么时代？王曾锦时代。得意吧，王曾锦，你就尽情地得意吧！岂不知，上帝早就安排好利用你的强大来对付你自己的身家性命。

何灵琪终于下定决心到野王实业集团总公司上班。何灵琪打从调入路桥镇人民政府工作后，由于有王曾锦的鼎力支持，一时间似如鱼得水。是王曾锦亲自出马，让她编的那本刊物被省文化厅评为民间优秀刊物；是王曾锦花钱为她铺路，让她写的诗一首接一首地在全国各地刊物上发表；是王曾锦从公司里拿出一笔钱，为她出版了一本很厚的诗集，以显示她过人的才华，并为她做了一个大广告，让她成为一本杂志的封面人物。但金钱毕竟是金钱，它可以购到许多东西，却并非是万能。你王曾锦可以帮她出书，可以拿钱为她修桥铺路，可你王曾锦无法用金钱让读者对何灵琪写的诗做出高度评价，也无法令何灵琪得到她一直渴望的爱情。

何灵琪的从政仕途问题始终得不到解决。是年，路桥区文联换届，何灵琪渴望自己能当上路桥区文联常务副主席，但路桥区委书记夏水清一直没有正式表态，这令王曾锦心里非常受不住。某天，王曾锦拿了何灵琪出版的诗集，到市委宣传部办公室找到部长金龟子，向他推荐。王曾锦说："金部长啊，这个何灵琪可不比寻常啊，就整个路桥来说，她是一等一的女诗人。她在诗歌上的成就，远远超过王曾铎，超过孙之琳及我母亲谢明心，路桥区委是因何原因不让她出任区文联副主席呢？"王曾锦满以为金龟子看在他俩有亲属的情分上，会在暗中帮一把，哪知金龟子毫不客气地回答他："王曾锦啊王曾锦，你就好好干你的事业吧，别再参政了；你也别再在我面前言过其实，我读过她的诗集，她的才能怎可与孙之琳相比呢？"金龟子此言一出，即打得王曾锦丢盔弃甲，打得何灵琪永世不得翻身，只可待在路桥区文化站了。

何灵琪的婚姻问题同样出现肠梗阻。说不清因何原因，她看中的男人总是看不中她。初时，凡她所看中的男人，无不是在背后议论她。有人说，何灵琪只可做情人，不可为妻子。有人说，何灵琪太有才、太多情、太疯癫、太情绪，是浪不是山；妻子是山，男人才有安全感，妻子是浪，男人只能身不由主、终身漂泊。有人说，讨老婆就与人们去商店里购买皮鞋一样，并不在于你花钱认购下的那双鞋是否好看，关键看你认购下来的这双鞋是否合脚；如果你购买的那双鞋子穿起来让你没法走路，样子再好看也是白搭。所以，尽管与她谈过的俊男靓汉不少，但男子们最后得出的一个结论是：此朵名花非他所有，只是一笑而婉拒。而何灵琪看不中的那些男子呢，却与之完全相反，恰如她走路时不小心一脚踹在臭狗屎上，散出的臭味不断地与她萦萦相牵。有不少男子在她面前山盟海誓：只要你答应嫁给我，我愿意为你当牛做马。他们越是露下贱相、饥渴相，何灵琪越是看不上；她越是看不上，对方追求越加码；他们越加码，她越是害怕，越是没这个勇气委身于他。于是，一辆车与另一辆车在公路上相遇，双方只是出于某一种礼节，互相揿一下喇叭，随之错身而过。

就在何灵琪内心迷惘时，她突然惊讶地发现有个男人一直在她心头占有很重要的位置。谁？随着五彩缤纷的泡沫慢慢沉淀，一个梦幻般的美男子终于浮出水面。朦胧中何灵琪定睛分辨，几令她倒吸了一口冷气：这不是王曾锦吗？是的，是王曾锦。王曾锦身上发出来的那股气息，自始至终毒蛇样死缠着她。她曾努力地想将王曾锦的幻影从她的灵魂深处彻底驱逐，却发觉无法做到。她发现自己几乎是臣服式地爱上了王曾锦的才华，爱上了王曾锦的身段，爱上了王曾锦高耸的大鼻子，爱上了王曾锦那令人心醉的一举一动。情人眼里出西施，人与人之间相处的好恶，曾几何时有过科学标准？心生爱，爱生魔，魔生劫，有钱难买我愿意。我的上帝啊，情到底是为何物？为何让这么多英雄心甘情愿为它送命？我的上帝啊，情到底是为何物？为何令这么多优秀男女突不出重围？我的上帝啊，你是不是人世中最为狡猾的促侠鬼，你有意将一切全颠倒过来，最后令人乱了方寸。你想的，不一定属于你；你不想的，反倒是成为大漠跋涉时的最大渴望。尽管王曾锦这个爱的偶像成为何灵琪内心世界中最大的渴望，但摆在她面前的毕竟是一片难以穿越的戈壁，关键之节点是在她的面前横有一个脸上长有地图的女人与一个正在读书的孩子。这一边，台州土地上出现一片天翻地覆的变化；那一边，何灵琪的情感世界如毒日下的一片黄沙。她的同班同学差不多人人开花结果，结婚早一点的女生们孩子都业已满地颠跑了，唯有她"无言独上西楼，月如钩，寂寞梧桐深院锁清秋"。

何灵琪大学里的三位女友相携着来到她家。这三位女同学进她房间坐下后，一开口即劈波斩浪地与她说起个人婚事。"你怎么还不结婚？""你们不是瞧见了，我还没找到合适的人。""是不是你当上诗人，眼界太高了？""这哪里来的话呀。""我听说，追你的男人不少呀！""你这话说的，你以为是公猪配母猪，上市场随便抓上一个替代品即可解决问题？""那你看上谁了？""我看上的，他又不能与我结婚。""谁呀，如此神秘？""好了，好了，别说了。""说说嘛，让我们这些姐妹给你好好参谋参谋。""你们让我说真话还是说假话？""婚姻问题，是终身大事，岂可说假话？""我若是说出来，会吓你们一跳。""你也别把我们看得太没料作了，我们都是有过男人的，男人什么样子，我们心里有数……"

当何灵琪嘴唇轻碰，蹦出"王曾锦"三字时，三位女友大为吃惊。"是他？""对，是他。""什么时候爱上他的？""他把我调至路桥镇工作那天。""那你为何不早开口？""我有顾虑。""什么顾虑？""他只是一个孤本。""孤本？""我与他之间有个无法翻越的大裂谷啊。""什么大裂谷？"何灵琪说："你们想想啊，他那个妻子金秀子至今老佛爷般坐在田家大院，他那个儿子王保望都上了小学。说到底，他是个有妇之夫。"女友们七言八语地议论开来："他妻子是不是脸上有地图的那个？""她怎么能与你相比呀。你看你，有着多大优势啊，年轻、美丽又是大学生、诗人、国家公务员。她是什么？黄脸婆子。""我听说，她现在是田王园艺公司的总经理，成天往外批发花啦，木啦，草啦……"何灵琪说："你们的头脑想得实在太简单了，无论哪个女人，是美是丑，在婚姻上从来是自私残酷，她怎能让与半壁床笫？"女友答："现代人的婚姻观有现代人的做法，要与她发动海湾战争吗？"何灵琪摇摇头："这不成了侵略者吗？"女友们继续怂恿："你这是什么话？现在当官的抢官，做生意的抢财，作家、艺术家抢名，科学家抢成果，如此富裕的美利坚合众国还四面八方发动战争抢生存资源呢。我们的意见是，既然你爱上他了，那就破釜沉舟将他抢到手。"何灵琪惊道："别，别，你们别这样说，感情上的事情玩不得火。他那个脸上有地图的女人，父亲是上海音乐学院教授。"一女友说："你就别拉下大旗作虎皮了，我早听别人说，她那个父亲退了，早就退了，现在是与他小女儿住在一起。"何灵琪仍在犹豫："你们这种说法也太可怕了。做女人，也有做女人的道德底线。别的姑且不论，起码一点，我总不能吃别人的残羹剩饭吧？"女友笑答："国宴里的残羹剩饭，也比你路桥区大饭店里的正餐强。"何灵琪迟疑地问："照你们的意思，是让我发动海湾战争？""当然。你看看中央台里的动物世界，哪样动物不在争夺配偶？"何灵琪说："问题是我们是人，不是动物。"一女友戏说："不是动物，那夜里与男人亲热时，我们是什么？"另一女友大笑："该打！该打！越说越下道……"

整个房间荡起一片笑声，女友们还在七嘴八舌地议论，她们一直说笑有很长时间，这才离去。她们是走了，可何灵琪的心却让她们的话烙出一串大血疱了。别的话她没有听进去，女伴的最后两句话却在她心里打下桥墩。一是，哪样动物不争配偶？二是，国宴里的残羹剩菜，也要比路桥区大饭店的正餐强。

是啊，我哪一点不比那个脸上有地图的女人强？凭什么这么个好男人让她占有？何灵琪终于下定决心，她要学一下武媚娘，争夺台州野王正宫大皇后之位。即使她日后不能亲临皇帝宝座，起码也得来个垂帘听政。

何灵琪摆出一种姿态向王曾锦发动进攻。是时，何灵琪越来越爱往王曾锦办公室里走，越来越爱与王曾锦说话。王曾锦天生是位好色之徒，怎会不喜欢？当王曾锦得知何灵琪感情的真正走向后，令他处于极度痛苦与矛盾中，两个魔鬼一直在他的灵魂统治区出现械斗，是既希望她来，又不希望她来。希望她来，是因为她身上特有的温馨体香，只要一闻，就令自己全身发醉；不想让她来，是因为他知道何灵琪决非那种心甘情愿做他情妇之人，怕时间一长，就会引起不必要的麻烦。实话实说，王曾锦的内心世界与何灵琪一样，一直存有个大障碍。对他来说，家里脸上长有黑斑的那一位，他是无所谓的。即使与何灵琪的事案发，金秀子也不会对他咋样，若她真的因此与他提出离婚，他是求之不得。然令他头痛的却是那个金云子啊，别看她年长他三岁，不知从何而来的那种疯狂与心狠手辣，令王曾锦心生忌惮。一旦自己决定与金秀子离婚，让何灵琪出任王家新皇后，金秀子也许会选择不发一言，一走了之；可金云子呢，说不定即会使出撼天震地的恶手段。正出于此种考虑，王曾锦一直对何灵琪是有贼心无贼胆，不敢越出最后一步。

何灵琪突然飘忽着来到野王实业集团总公司，出现在王曾锦面前。王曾锦看着青春靓丽的何灵琪，惊奇地问她："你怎么来我这里了，有什么事？"何灵琪娇声回答："我想到你厂里来工作。"王曾锦诧异地问："你是国家公务员，怎么想走我这条路？""你不也是？""我与你不一样。""有什么不一样？""我是镇政府让我下海，镇政府现在又不是不要你，你为何如是？""不是他们要不要我的问题，而是我想不想要他们的问题。""这是为何？""我与他们一起工作，没有好感觉，只有恶心。开始时我一直不明白为何会这样，直到三天前，我才明白自己为何了。""这是为何？""因为我身边没有你。""你太高看我了。""不是我高看你，而是事实。我只有与你在一起工作，心才有活水源头来。""你要知道，你如果过来，对你个人的损失会很大，丢掉你已经得到的很多东西不说，还可能丢掉被提拔的机会。"何灵琪问："你看我还能成为大诗人吗？"王曾锦没回答。"你看我还能当上文化部门的主管吗？"王曾锦仍是没有回答，他沉默了一阵后，说道："我这里是企业啊。""我知道这里是企业。""你别看我外表辉煌，内里……"何灵琪打断他的话，毫不犹豫地说："我知道你现在最需要的就是一个能贴身的好帮手。"王曾锦仍是有所顾忌："你对我不了解啊，时间一长，我这会伤害你的。""不怕，我现在什么都不怕。你以为我还是大学刚毕业时的何灵琪吗？不是了，远远不是了。""我如果不同意你来呢？"何灵琪脱口而出："那好办，我死在你面前不就一下子全了结了？"王曾锦心下一惊，又是一条美女蛇，这如何是好？沉吟半晌后，问："我同意调你来，今后你不后悔？"何灵琪不假思索地答道："何悔之有？"

之前，王曾锦对何灵琪历来采取的是"偷饭鱼式"的态度，能占上一点便宜即占一点，占不上即拉倒；可如今何灵琪如此义无反顾地正式向他抛出缆绳，完全出乎王曾锦意料。实事求是地说，何灵琪的孤注一掷令王曾锦目瞪口呆，他怎么也没有想到这个女人会对他如此一片痴情，怎么也没有想到这个女人一直不嫁人就是因为他。尽管王曾锦之前有过许多女人，却没有一个女人对他来说是属于爱情，过去的臧新我与现在的金云子、金秀子，在他来说只有肉欲。而今，一生中的至爱突然降临，顿时令王曾锦六神无主。若是不接受她的红丝线，他将辜负她的一片痴情；若是接受，只怕会在更大程度上对她造成伤害。他有生以来第一次感受到，一个女人真正爱上了一个男人是何种滋味；他有生以来第一次体悟到，一个女人真正爱上一个男人会产生何种动力；他有生以来第一次真正意义上体察到，一个女人心里只要有了爱，什么样的东西即能舍割，且一条道走到黑。是时，王曾锦面对着一身纯素装扮的何灵琪，内心是既高兴又害怕。高兴的是他一直渴望的梦幻终于要变成现实了，对于一个男人来说，还有什么比找到一位红颜知己更令他心爽？害怕的是他毕竟年岁不小了啊，万一田家大院里两个一热一冷的女人同时折腾起来，还不得把他目前尚且无法舍弃的坛坛罐罐砸个粉碎？别看王曾锦在外面一片豪情壮语，实质上他是个多面人。身上既有着王国器的匪性，做事不计后果，又有着严芳的放荡、张扬与义无反顾；既有着动物性的创造力，又有着人类共有的贪婪与占有欲。

王曾锦终于做出抉择，这个抉择是接纳，而不是拒绝。他最后决定，天命如是，只可走一步看一步，并着手办理调动何灵琪。消息一经传出，路桥镇政府院内一片惊讶。但谁也没说上半句话。

何灵琪正式调入野王实业集团。王曾锦对外公布的说法是，企业越做越大，事业越来越兴旺，必须有个懂企业文化的高手。

何灵琪正式出任野王实业总部办公室主任。从这天起，王曾锦与何灵琪日日在同一屋檐下工作。尽管如是，王曾锦多少对她保持着警戒，工作是工作，公事是公事，不敢轻跨雷池一步。他怕那道高深莫测的鸿沟一旦被跨越，接下来的后果将不堪设想；他怕自己一步不慎坠入万丈深渊，出现万劫不复的灾难。

八月中秋来临，王曾锦坐在办公室里思考着来年家电产品销售计划与牛头山别墅群的整体开发。是时，总部大楼内一片安静，只有一个老警卫及一只绿着两眼的大狼狗在大门口守卫。办公室门被一双细白的手轻轻推开，王曾锦抬头看，何灵琪身穿一件既薄且亮的裙衫蝴蝶样地翔将进来。何灵琪的那一身打扮，实在是成功到家，怎么看怎么如童话世界里的花仙子，她身上每一个部位无不是在荧光下显得朦胧可爱，趣味横生。尤其是她身上散发出来的那股令人窒息的气息，几乎如一条绳子死死地勒住了王曾锦的脖子，令他无法透出那口气。平日里能言善道的王曾锦居然变得结巴来："你，这么晚了，来这里做什么？"何灵琪一脸坦然，出口之言更显嗲娇："我的好哥哥哟，你可知我已等你有多长时间了？"王曾锦两眼随之外突，脸肉表情定格，愕然地看着何灵琪。"今天，我小琪什么也不求，只求你能与我了却这桩心愿。"王曾锦还没想到用何话来作答呢，何灵琪软如膏油的身子已如胶水般粘将过来……

天色微明了，两人仍意犹未尽地相拥而坐，王曾锦那雾气蒸腾的头脑，这才开始慢慢廓清。王曾锦说："小妹啊，我是个有妇之夫，就眼下这种样子，我是不可能与妻子离婚的。你还没有出嫁，你这样做值得吗？"何灵琪说："好哥哥啊，现在不能，将来终有一天会能的。"王曾锦叹着气说："要是能走出这一步，我早就走了。"何灵琪答："没关系哪，我的好哥哥，我已等了你这么多年了，我会一直等下去的，一直到她死。"王曾锦听了感动不已，低声问道："如果她不死呢？"何灵琪甜甜一笑，柔声回答："那也不要紧啊，每星期你能给我一两天幸福，我就足够了。"何灵琪那话说得极为真诚，完全是一种心甘情愿的样子，一切不由得王曾锦不信。

秦我锦考上大学了。临走前，秦我锦在金秀子面前下了一跪，说道："阿姨，我不能陪我妈妈了，一切全拜托您了。"金秀子一把将她扶起，回答她："孩子，你放心吧，我会照顾好你妈妈的。"

臧新我终于去世了。在臧新我即将去世的那天夜里，秦我锦突然接到田文和的电话，要她立刻从之江大学赶回来看她母亲。她下车后赶到医院时，一走进母亲病房，即发现王曾锦坐在她母亲身边，拿着一方手帕正拭着她母亲的眼泪，秦我锦心中现出一丝感动。臧新我一见秦我锦进来，无力地抬起手指戳了一下王曾锦，虚弱地说："孩子，叫爸爸……"秦我锦没有法子，只得上前来轻声叫了一声"爸……"王曾锦听了浑身颤抖一下，他猛扑过去，一把紧紧抱住秦我锦，泪水顿时夺眶而出。

臧新我葬礼结束后，王曾锦终于将秦我锦带回了田家大院，将她交给了金秀子。金秀子笑着对秦我锦说："怎么样，我就说你爸爸会认你的。我正好缺个女儿，这下好了，我们家儿女双全了。"金秀子将王保望喊过来，说道："叫姐姐。"王保望疑惑地问："妈，我这个姐姐你是什么时候生的啊？"金秀子答："在你没出生的时候生的。"王保望笑了，秦我锦笑了，金秀子也笑了，王曾锦突然间觉得这个脸上有地图的女人十分伟大，伟大得有点像死去的母亲谢明心，不由得内心生出一丝羞愧。

王曾锦完全爱上了何灵琪，何灵琪也完全爱上了王曾锦，王曾锦发现自己再次沉在两难的抉择中。是啊，何灵琪实在是太年轻、太漂亮、太有才了，她的出现，不仅将王曾锦之前所有的女人全比下了，而且让他第一次知道了知识女性是一种什么样的情调。是她第一次让他尝到了年轻女性胴体的精妙与绝伦；是她第一次让他这条老牛吃到一口新鲜的嫩草；是她第一次让他知道了一个优秀女人喷发出来的激情，会让一个中年男子变得更加阳光。是时的王曾锦，是多么渴望立刻与何灵琪组建一个新家庭啊。然而，当他在脑海里浮现出"离婚"两字时，不得不再一次出现大犹豫。王曾锦啊王曾锦，你再也不是过去的王曾锦了。当年的你可以为爱去生、为爱去死、为爱去掠夺、为爱去诅咒、为爱去赴汤蹈火；现在，你身上有着太多的光环，太多的得失，只要一招不慎，你所得到的一切将全部化成一股云烟。怎么可以仅仅为了一个女人去冲锋陷阵呢？尤其当他发现自己每周三次与何灵琪的幽会，须靠药物加油才可大力启动时，他更加为之胆怯了，一旦与她正式结婚，自己还有多少动力来驱动这艘豪华的大邮轮？

　　最后一位天姿国色的小女子在王曾锦面前出现，这位小女子名叫李天慧，她父亲不是别人，就是当年下死力迫害田文和入狱的李丰收。在王曾锦拥有何灵琪之后不久，她即鬼使神差般出现在王曾锦面前。是时，王曾锦正坐在办公室里起草一份文件，李天慧主动上门来求职，他抬头看了一眼，见眼前这个女孩长得小巧玲珑、天生丽质，顿时心生好感。让她面对面坐下来后，王曾锦问："你叫什么名字？""李天慧。""本地人？""是，本地人。""文化程度？""高中。"王曾锦说："路桥企业这么多，你怎么想起到我这儿来求职啊？"李天慧答："路桥人都说你这个公司是全台州最优秀的公司，所以我来应聘。""你是高中毕业生，为什么不想法继续考上大学啊？"就此一言，勾起李天慧一脸悲情，先是噘嘴，后是噙泪，接着抖动两肩轻幽饮泣。这一饮泣令王曾锦大动恻隐之心，急忙说："别哭，别哭啊，有话慢慢说。"李天慧遂哽咽着向王曾锦细说由衷，她告诉王曾锦，她母亲下了岗，父亲一直生病，家中生活极为困难，由于家累太重，一直安不下心来好好读书，前后共三次考大学都没考上。现在呢，她什么都不想了，只想在野王实业公司找份工作，挣一点钱养家糊口，只要有工薪，做什么都可以。是时，野王实业正好缺一个负责接待客户的女性，对此位女性的文化程度高低不必太考虑，总体上有三大要求：一是美貌，二是年轻，三是伶牙利齿。王曾锦离开座位来到李天慧面前，叫她抬起头来。李天慧略带着一点忸怩地抬起头来让他细"观"，这一细"观"，王曾锦即被她身上所散发出来的一种特质深深吸引；再一观细部，更令王曾锦愕然，他差一点没失声叫起来：天哪，这女孩子怎么与他死去的母亲严芳长得这么像？尤其让他动心的是她那一对眼睛，渗透着平常女人身上所没有的东西，不又是金云子没有，就连他一生中最为重要的情人何灵琪身上也不曾有，更别说是他那个脸上有地图的妻子了。于是，他问道："你今年多大？""十八。""父亲是谁？""李丰收。"王曾锦更是愕然：李丰收？难道就是"文革"期间当过路桥镇革委会主任、曾让田文和入狱的那个李丰收。"你父亲是不是在"文革"期间当过路桥镇革委会主任？"李天慧答："是。""你父亲后来是不是给撤职，并被开除党籍了？"李天慧听了反问道："王总，你怎么对我父亲如此了解？"王曾锦不语，他能说什么呢？什么也不能说了。命运之神就这么捉弄于人啊！他想起了李丰收若干年前的那种威风，想起了李丰收若干年前的飞黄腾达。现在他上天堂了，也却入了地狱；他现在要什么有什么，他却是要什么没什么。上天啊上天，你为什么要设计如此程序，让人遭此大起大落？"你父亲现在好吗？""不好。""怎么个不好？""病得很重。""是什么病？""尿毒症，每月要做一次透析，家里的东西能卖的全都卖光了。""这么说来，你家里现在的生活非常困难？""是，团箕挡壁，一无所有，所以我母亲要我上您这儿来求职。""为什么呢？""我母亲说十里长街最好的企业有三家，一是三和实业，二是田王实业，三是野王实业。三和实业离我们家太远，我去那儿照顾不了父母，况且田王实业的老总田文和，我爸过去整过他，他恨我们家咬牙切齿，决不会伸手。唯有您王总心眼好，慷慨大度，有帮衬人之心，所以我妈叫我上您这儿来求职。"

天哪，原来如此，王曾锦心下发愫，叫李天慧将她家里的真实情况不做任何保留地全部告诉他。李天慧说："我父亲前后自杀过三次。""有病治病嘛，为什么想自杀？""他怕花钱三底，家里承受不起。""你家现在需要多少钱？""往少里说，也得十万八万。"王曾锦心内大恸，他面前呈现出一副李丰收那惨不忍睹、半死不活的髑髅相。他想起当年他起哄闹事时李丰收放他一马时的情景，一时热血灌顶，喊来了王保西，当着李天慧的面对王保西说："保西，你领她上财务，先支她八万块钱，让这个女孩子拿回家去给她父亲看病。"王保西问："钱从何处出？"王曾锦答："从我奖金里出。领钱后，你带她去客户部，让老王给她安排个工作，千万不要亏待她。"王保西应一声"好"，便带着李天慧离开了王曾锦的办公室。

秦我锦大学毕业了，来到她父亲面前。王曾锦一看，女儿秦我锦三年一过，其容其貌完全是从他这个模子里倒出来似的，心下大喜；再一看，她的成绩门门是优，当日在他的内心深处诞起了一个念头：想让秦我锦什么地方也不去，就在他手下工作。面对这一儿一女，王曾锦什么也不怕，就怕他那个儿子王保望不成器。如今毕竟是有了个已成气候的女儿，也不怕没人接他班了。王曾锦问秦我锦："宝贝，你想考公务员呢，还是留在老爸这里，跟着老爸干？"秦我锦答：

"我听爸的。"王曾锦高兴地说："好，那你从现在开始出任总裁助理，帮着你老爸工作。"

腊月二十七来临。路桥十里长街是台州市的商业重镇，是商业重镇便有着商业重镇一成不变的老规矩：二十四掸蓬茸（灰尘），二十七送长工。每到腊月二十七这个日子到来，各大店铺、作坊、厂家及业主，上至干部、大小股东、关系户，下至员工，都要坐在一起吃顿年夜饭，即正式宣告今年劳作圆满结束。这年的年休，是一年中时间最长的一次休假，从腊月二十七一直到正月十五，过完元霄节后这才上班。从表面上看，这不过是顿年夜饭，但意义非同小可，起码有四方面内容须当众表述：一是企业总裁要向全体干部与员工们在一年间的共同合作以示感谢；二是企业总裁须在此日召开员工大会，总结全年工作成果并提出来年奋斗的目标与工作任务；三是本企业来年人事变更须在此夜当众任命，令全体员工心中有颗定风珠；四是发放当年奖金，让全体员工们带着奖金回家过年。正因为如此，无论干部还是员工们，往往对企业的年夜饭极为看重。那天，王曾锦在总部会议上发言："今年成绩最大，要好好地吃顿年夜饭，犒劳一下全体员工。"野王实业总部与分部上千号人开始紧张而有序地忙碌起来：整理文件的整理文件，清理账目的清理账目，打扫卫生的打扫卫生，排练节目的排练节目；尤其是总部的那个大食堂，更是忙碌异常，一百三十名女员工洗菜的洗菜、洗碗的洗碗、做饭的做饭、抬桌子的抬桌子、砍肉的砍肉，还请了八位厨师，煎、炒、烹、炸，折腾得一片热闹。

吃年夜饭的时刻终于来临。三十六盏大红灯笼高悬于公司的大门口，那大红的地毯一直从宴会厅门口铺到外面的小广场。醉人的轻音乐响起来，王曾锦站在大门口迎接每位员工与关系单位的来宾，一一向他们表示谢意，同时将早已备好的大红包发放到他们手中。大宴会终于开始，王曾锦走上前台发表新春献辞，他一脸豪情地向全体员工与宾客们宣布："明年，野王实业总公司的业务，必定要超过田王实业。"他举起酒杯，衷心地感谢全体员工们对他的拥护与爱戴，激动地说："鱼儿离不开水，瓜儿离不开秧，我王曾锦若是没有你们的拥护，何以有今天？"

是时的王曾锦，浑身说不出有多高兴。他高兴，是因为他的企业所做出来的业绩就要赶上田王实业了，他心里明白，只要业绩盖过田文和，他离台州市龙头老大的地位就不会太远。他高兴，是因为现在全公司上下人等，都不称他为"老总"，而改称他为"老大"。你想啊，"老大"这个称呼，是那么容易得到的吗？就连艾家和也没人称他为"老大"啊。他高兴，是因为在他的生命旅程中，终于有了一生中唯一的红颜知己何灵琪，这个女人的出现，如久渴的禾苗一下子有了雨水，不仅让他浑身上下一片鲜亮，还令他恢复了"生命的青春"。他高兴，是因为他终于有了一个无论长相还是文才都与他相似的女儿秦我锦，使他的内心认定自己有了事业的接班人。他王曾锦现在缺什么呢？什么也不缺了。钱有了，名有了，女人有了，地位有了，无论白道、黑道、红道，他都能一一摆平。所有台州民营企业家谁有他的这种本事？如今，他一心想着、盼着的接班人也终于出现在他面前，他还有什么不欢喜的呢？于是，王曾锦不断地接受全体员工们的祝贺，不断地接过酒来一杯一杯地喝。毕竟现在的王曾锦不再是过去的王曾锦，好汉提不得当年勇了，一个年届五旬的男人，怎么能与那些阳光后生相比呢？王曾锦喝是喝了，可他喝得酩酊大醉，一片昏天黑地。

夜十一时，新年晚会正式结束，全体员工与来宾们跳完最后一曲舞后纷纷散场了，王曾锦踉跄着步履走出宴会厅。是时，野王实业总部正在扩建新楼，总部由原益民机械厂的老厂房改装而成，前幢是总部办公大楼，左右两边联接的是十三幢大厂房，后院那排房子，一半是单身职工们的宿舍，一半是仓库。由于公司工作太多太杂，王曾锦常常夜不归宿，因此他与何灵琪都在总部后院安排有一间临时宿舍。李天慧到厂后，因她离家较远，大管家王保西想都没想就把那间紧挨着王曾锦的房间拨出让她住。谁也不曾想到，就在王保西不经意中打下来的这一处伏笔，却在这样的一个夜晚发挥了作用。也许是潜意识的魔鬼一直在暗中提灯引路，醉得分不清东南西北的王曾锦，居然一头撞进了李天慧所宿房间。

王曾锦撞入房内后，一不开灯，二不招呼，习惯性地将衣服一脱，哼哼唧唧着就在李天慧身边躺下。这一躺下，好戏悄然开场。这个李天慧呢，别看她年少，却是个人间怪种。明知王曾锦是摸错门儿走进了她的房间，换个别人，也许早就大呼小叫起来，这个怪种不仅不喊不叫，而且没有任何拒绝。酒能乱性啊，要不然佛门中的八戒为何让人戒酒？王曾锦躺下后，本能地往右一伸手，即摸着身边躺着个女人。好个女人哪，身上散发出来的体香，让藏匿于男人身上的本能再次从冷藏室中得以复苏，王曾锦居然把李天慧当成至爱何灵琪。这夜，一个清楚得如山里的溪水，一个浑浊得如八月十五涨起的大海潮，两人就在这一片汪洋水渍中，成全人间一桩大好事。

直至腊月二十八早上，王曾锦一觉醒来，发现身边这个不断散发着香气的女子不像是何灵琪，这才起身开灯，发现一丝不挂躺在自己身边的女人是李天慧，顿时吓得他身子一抖，忙穿上衣服爬起，惊恐地问："我怎么会睡在这里？"李天慧无辜作答："我也不知道。"王曾锦责怪她："你这个孩子，怎么也不喊一声？"李天慧委屈地说："您是我们李家的救命恩人，我喊什么，让别人听了好听？"王曾锦说："你要知道，我今年快五十了，可你只有十八九岁哪。"李天慧答："十八九岁有什么关系？您老总要，我心甘情愿。"王曾锦骇然问道："我要你了？"李天慧坦然回答："是呀，您不仅是要了我，而且还要得挺凶的呢。""你胡说，我喝多了酒，不知天地的，怎么会有别的想法？""正因您喝多了酒，才会要了我；您头脑清醒，也许就不会要我了。"王曾锦当然是不相信，他怎么会相信呢？自己似乎什么也没做啊。李天慧什么话也不说，只是伸出她那一双白皙的小手，往身下白床单上一戳。王曾锦低头一看，他那颗心顿时变成一根拨弹着的琴弦，铁证如山啊，白色的被单上分明留有一摊血迹。

王曾锦是情场老手，当然明白床单上有血迹意味着什么，他浑身发软地在李天慧身边瘫将下来。王曾锦懊恼地埋怨她："你呀你，年纪轻得可以当我的女儿了啊，你让我怎么办哪？"尽管王曾锦乱得一塌糊涂，但李天慧却显得出奇地冷静，她将了一捋散乱的长发，轻轻地说："王总，过去您是可以将我当女儿看待，现在不是了。"王曾锦忧虑地说："外人一旦知道此事，还不得说我乱伦吗？"李天慧反倒一脸平静地回答："您别这样说，我与您之间只是个年龄差距的问题，女儿身却是一样的啊。""你这傻孩子，怎么就不明白我的话呢，我是不可能娶你的啊。""王总啊，您听我说，我也不想嫁给您，只要您能在我身上得到快活就行了。""此事一旦外传，我还有什么脸面活在世上？""您就放心吧，现在是自由社会，只要我愿意，谁也管不着。如果您王总想来，我随时伺候。"

王曾锦确实被李天慧那种少有的镇定、真诚给镇住了。自成年起，与他有过肉体接触的女人确实不算少，她们如同书本般翻过一页也就翻过去了。就拿眼前三个与他关系最为亲密的女人来说，哪一个也没有李天慧如此独特。金云子，从田文和入狱那天起，一直与他偷情，然而一旦他做不到位，金云子那眉那眼全是怨，恨不得一口将他吃掉；名义上的妻子金秀子，那体态、那素质虽堪称一流，然她脸上的那块黑斑与性格上的阴冷，让他味同嚼蜡；就那个真正他所爱恋着的情人何灵琪，虽然浪漫得可以，让他感觉特别新鲜，但横在他面前最大一个关键词是"索求不已"，他与她之间除了性的需求外，她似乎一直利用上帝赐与她的东西，令他押上所有的本钱；独有李天慧，不附加任何条件，只是感恩。天下能有几个这样的好女子呢？她这种无为且无求之态，顿时让王曾锦万分怜爱。王能锦感慨地说："你呀你，真是个天下找不着的好姑娘。"李天慧甜甜地回答："还是您王总人好啊，天下事情都是如此，你敬我一尺，我还你一丈。若您对我不好，我怎能对您好呢？"

太阳在东方即将冒红，王曾锦与李天慧坐在床上，最后终于敲定了一个相处方案。一、此事双方一律守口如瓶；二、从明天起，李天慧在外租房，别再住院子里，免得人多眼杂；三、从现在起，她只做王曾锦的秘密情人，王曾锦什么时候想来，只要在上班时对她使个眼色约定；四、如果她今后想要嫁人，王曾锦通过其他途径给她一笔钱做嫁妆，两人从此不再来往。

太阳高高升起，南官河一片鲜亮，天冷得如同一块冰铁。王曾锦悄然回到自己办公室，李天慧悄然拎着她的一个小包走向自己的家。就在这天，李天慧在前山头村深处租下一间小公寓，她隐瞒了自己的真实身份，说是一个外地打工者。两日后，李天慧出现在王曾锦面前，睒眼看一下办公室里只有王曾锦一人，随将一把钥匙放在他面前，嫣然一笑转身便走。王曾锦心领神会地接下这把钥匙，他心中明白，从今日起，只要自己心中有所求，即可变成一条小鱼潜至她房间，肆无忌惮地与她寻欢作乐。

市里开始了新一届政府领导人员的换届选举工作，有两个位置让王曾锦极度渴望，一个是市人大常委会兼职副主任，一个是市政协兼职副主席。但是，让王曾锦为之眼镜大跌的是市里最后拍板下来的人选并不是他，而是艾家和与田文和。艾家和出任市人大副主任候选人，田文和出任市政协副主席候选人。王曾锦心里明白，自己有两点无法达标：一是上级领导对他有偏见，二是他在人大代表中口碑不佳。别说那个郎高柱了，就是路桥十里长街的钢铁大王叶子成与化工大王范国雄，他王曾锦也比拼不了。打从王曾锦当上全国劳模那年起，省、市两级官员中与他称兄道弟的人多了去，每年他送出去的礼物也多。养兵千日用兵一时啊，到了这个节骨眼上，你们这些王八蛋总得替我说上一两句话吧，王曾锦开始四处钻探。

当日夜里，他便驱车去往省城。四个小时一过，王曾锦来到了钱子久的家，保姆一见是老熟人，便打开门将他引入了客厅。是时正赶上钱子久与海归回来的儿子钱小川面对面坐着商量事情，王曾锦进门只一瞧，即觉父子俩人脸色极为沉重。

钱子久见到王曾锦后，也没以前那样热忱，只是欠起身子让座。坐定后，钱子久问道："你现在可是大忙人哪，怎么有空闲上我这里来？"王曾锦也不慊，开门见山地说了自己此来的目的。钱子久说："你想要的这两个位置都有人了，我最多给你争了个全国劳动模范，还不够吗？""这不是政协委员的问题，这是对我是否肯定的一个政治身份问题啊。省里我捞不着，市里总得让我有一个呀。""你今天来就为这事？""是啊，我与你相识这么多年，在这人生的关键时刻，你总得给我围点打援吧。"钱子久停顿了一下，做出为难状，说："我实话与你说吧，现在这社会，金钱决定一切。"王曾锦思考片刻，问道："你的意思是你得找人为我说话？""这当然。""得多少钱？""没个五百万元，怕是拿不下来。"王曾锦迟疑片刻，回答："真得这么多吗？"钱子久说："当然啊，你想，现在是什么时代，市场济的时代。""如果我出这笔钱，你有几成把握？""这也不好说，我作为你的朋友，只可尽力而为。"

王曾锦哪里知道，这所有的一切，全是钱子久精心设计好了的陷阱，只等着他这只鬼迷了心窍的猴子去钻！王曾锦啊王曾锦，你别看钱子久眼看着就要从他的宝座上退将下来，可他远比你这个土匪和妓女生的儿子聪明、狠毒、工于心计。事实也正是如此，钱子久精心设下的这个套子，确实令王曾锦欲罢不能。放弃？王曾锦于心不甘。正在左右为难之际，钱子久恰如其分地对王曾锦下了一道逐客令："这样吧，我马上要到省委开会去，没有更多的时间陪你。这件事嘛，眼下还忙不着，你先回去想一想，最好是在三天内给我回个话。你如相信我，就让你手下最可靠的人给我送五百万元来，好让我暗中给你运作。你若是不信我，也没关系，我这个人一生为官清廉，无钱也为你操办，至于成与不成还是两说。"钱子久放下这个话口，起身摆出要出门开会的样子。王曾锦自然知趣，客套了一下，起身从他家走了出来。

王曾锦坐车回到了路桥。打从他彻底摆脱田文和的管束后，可以说是步步顺当，纵横驰骋，从没有过半点为难。而这夜，王曾锦却失眠了。为了能让自己好好地睡上一觉，他绞尽心机、费尽脑汁，以至一连吃下两粒伟哥，拼命调动生命潜力在李天慧身上发泄，想通过累乏的身子好好入睡。但是如此做带来的结果却是物极必反，他越来越亢奋。李天慧倒是累了，曲在他身边睡得呼呼直响，他却活似一条放在鏊盘里煎烤的鱼，焦躁难安，头脑是越来越清醒。王曾锦好难心好难心啊，他手头不是没有五百万元，公款不用说，就出售别墅群赚下的钱与钱之久对半劈了，他还赚下二千两百万元。他怕的是这钱出手后，一旦不成，就成了一把白"蟹籽"；就算成了，花上五百万元换来这么一个省政协委员至少是市政协常委的虚名，实在是太不合算。可不给吧，又怕过去在钱子久及他儿子身上那么多的投资全部打了水漂。

天亮了。

小鸟叫了。

河水动了。

李天慧翻了个身将手软软地搭在他脖子上，王曾锦闻到她头上发散出来的阳光气息，盯了一下李天慧那张与他生母有着惊人相似的脸容，主意随之下定。哪怕是这五百万元全部打了水漂，从政治投资、感情投资方面考虑，这五百万元的赌注也得下，就当在余家村那一组别墅群少赚了。

太阳冒红了，村野里的声音开始稠了，王曾锦便从李天慧房间里走了出来。是时，室外的空气非常清爽，他在附近一处不知名的小摊匆匆忙忙吃了点早餐，即装成连夜从省城赶回来的样子回到总部。他到总部办公室后，随之将何灵琪叫来，不得不把这次上钱子久家所发生的事情全部说与她听，所有的事情都是实的，只是回来之后住在什么地方是假的。何灵琪问："你是不是想动用在我手上的那笔钱？"王曾锦答："是啊。一因这笔钱的存折一直在你手中；二因存折的密码只有你知道；三因这件事，只能是你知我知，千万不能让王保西他们知道。一旦把此事漏将出去，那麻烦就会变得很大。"

王曾锦满以为何灵琪会理解他、支持他，痛痛快快地拿出这笔钱来。然而令他大为吃惊的是，从来言听计从的何灵琪，这次却来了个一票否决："我不同意，社会是由需要来决定人的存在价值。如果社会不需要，你的东西、你的人再好也没有用。就拿那些作家来说吧，过去为什么值钱，现在为什么不值钱？就因为现在这个社会有电视、有电脑，娱乐的方式多得是，用不着单一的文字阅读。办企业的人，是好是坏全凭着所做的产品，根本用不着政府官员来做保护。若是我们生产出来的产品，市场不需要，百姓不买账，就是让你当上这个委员、那个常委又能咋样？当下台州市之所以有这么多人捧你、颂你，是因为你有个像模像样的企业，老百姓图利，当官的图政绩。若是有朝一日，时运不济，企业一垮塌，富在深山有远亲，穷在路边无人问，他们还能这样捧你？再者，他一次性要的是五百万元，是真送人了还是假送人了，你一不能查账，二不能清算，这不是瞪着两眼让你拼死拼活挣来的钱变成虚账嘛。现在的社会人心叵测，变数如此之大，谁知道明天你会如何？我可是什么也没有了才来到你身边的，我手里的这点钱，是我与你晚年共同生活必不可少的资本。我们如果不趁着现在留一点后手，往后你是叫我去求你哥，还是让我去求别人？将来我与你有了孩子呢，你也得替他们想一想。"王曾锦听了后细为一想，觉得也有道理，便问道："那你说怎么办？""既然你有诸多为难，我也同意出钱，但我的意见是这钱得让总部明出。"王曾锦困惑地问："怎么出？"何灵琪答："你可以对高管们说，钱子久的儿子钱小川要在国外为我们推销产品，在国外成立野王公司代理处，这五百万元作为本金由总部投入。""如此一来，须通过高层决策、通过财务。""高层决策，还不是你的一句话？他们知道多少？财务上你可以把王保西支走，由我直接去省城办理。

我是办公室主任，什么事情我不可管？"何灵琪那话说得有理无理？非常有理，王曾锦立刻点头。

野王实业集团班子会议正式召开。始时，所有成员都表示不同意，说钱家那个大公子钱小川根本靠不住，怕这五百万元会打了水漂。王曾锦找了一百条可行的理由，最后才勉强通过了。随后，王曾锦立刻给钱子久打了电话，说是为了避嫌，自己就不去省城了，这五百万元由何灵琪带着银行存折上省城与他当面办理（那时，全国所有的银行还不曾办理通兑）。钱子久呢，在电话那头装成一本正经的样子回答："好，只要你信得过我就好。你放心，我钱子久头拱地也把你想要的这个东西搞过来，你就叫何灵琪来吧。"

事后有官场上的可靠朋友告诉王曾锦，其实得了钱子久啥也没做。自然，王曾锦热切盼望的头衔也就如大梦一场；而那五百万元的活动经费，不用说，都装进了钱子久的腰包，连渣渣都没剩下。

王曾锦气得肺都炸了，他反复思量，于是复仇计划开始出炉了。王曾锦急召邢尚红前来正式商谈此事。王曾锦毫不犹豫地说："我想让你出马，利用大楼建成大庆之际，对钱子久实施绑架，叫钱家把骗去的五百万元全部吐出来。"邢尚红问："你大楼落成庆功会什么时候开？"王曾锦答："9月9日。""如果成功了，你打算给我多少钱？"王曾锦说："一百万元。""好，一言为定。"邢尚红不假思索地一口答应，掐灭烟头起身走了。

王曾锦一往如故地给钱子久打电话，装成什么事情也没有发生过。他在电话里对钱子久说尽歌功颂德之辞，邀请他于1999年9月9日（此日是王曾锦请卜兆亭挑选的黄道吉日）前来路桥参加野王实业办公大楼正式落成典礼，并邀请他上台做重要讲话。钱子久不知道王曾锦正张开大嘴要吃掉他呢，几乎没有半点犹豫，钱子久便一口答应："好，好，我来，我一定来。电话放下后，王曾锦阴险地冷"哼"一声，骂道："老畜生，你就等着吃牢饭吧！"

大难即将来临，怪事一件接一件地发生。这天夜里九时半，田文和来到父亲生前的大书房，想再读一下父亲临死前交给他的那本《人生警言》。他只知这本书是祖上田金辅写的，只知这本书中对田、王两家的人事分析得很透彻，仔细地品读对田、王两家的后代子孙有着大好处。打从他出狱那年起，一因重新当上村官，百业待兴，二因他的心一直浮躁，难得静下心来读一读。正好今夜平安无事，田文和就在父亲过去坐过的那个位置上坐将下来，打开了抽屉，从内拿出这本线装书。他刚将书放到桌上，后窗突然刮入了一股阴风，裹着一团重重的浓雾，正好掀至这本书的第九卷那三页空白纸。那雾好大好大啊，半晌后，这雾气才缓缓地散开，田文和惊见第九卷的三张白纸上似乎现出了什么东西，赶紧俯下身去看。这一看，不要紧啊，令田文和刹那间浑身毛骨悚然。祖上留下的这本书第九卷中三页白纸，他不知看有多少遍一直无字，而今天在窗口卷入的浓雾作用下，这三张白纸居然显出字与画来。田文和第一眼即看到天头上写有这样一段话："田、王两家第三十代子孙必读。"他心中大为吃惊，暗想："天哪，我与王曾锦不是第三十代子孙吗？既然明说是第三十代子孙必读，那上面写的是什么呢？"待他低头看第二眼时，显印处更令田文和为之惊愕。上面共有六幅画，第一幅画了两个兄弟正闹分家。边上有一首小诗：

> 子系中山狼，
>
> 得志莫猖狂。
>
> 一旦成野王，
>
> 子孙莫安康。

第二幅画了一个男子与四个女子周旋，其中一女那样子很像金秀子，脸上有块黑影像地图；左四的一个女子体态小巧玲珑，样子极其年少。边上有一小诗：

> 天下至爱女中道，
>
> 几人好德能却妖？
>
> 一旦色入人骨髓，
>
> 自我焚毁把火烧。

第三幅画了几个衙役押着一个官员模样的人奔赴刑场，有不少人围看，并拍手欢笑。边上同样注有一首小诗：

> 一朝为官人仰望，
>
> 一旦失足万家笑。
>
> 做官若是此中样，
>
> 不如在家摘春桃。

第四幅画了一女子与一男子抱着一个襁褓中的婴儿往房间里冲，房间内却正燃着冲天大火。边上同样写有一小诗：

得意之时莫忘难，

成功之日莫忘天。

河中美食虽好吃，

只怕自己来上钓。

第五幅画了一男子与一个脸上有黑图的女子站在一起，围着他俩的有两个女孩和一个男孩。他们正看着一棵燃烧着大火的大樟树，他们的身后背景是山与圆拱石桥。右边同样写有一小诗：

成于机者死于机，

得于强者死于强。

我劝子孙求自立，

天地日月好久长。

在此诗下还注有一行小字：王家子孙之所以得其灭身之祸，只因其处世太强、太精明，忘了天外有天、人外有人，忘了螳螂在前、黄雀在后。前事乃是后事之师，前人乃是后人之戒。万望田、王两家后代子孙切莫步后尘。

第六幅画了太空中金木水火土五星，且五星连成一线。下面写有一首小诗：

五星连珠利中国，

中国将有伟人出。

田王两氏成君子，

山青水秀家国新。

田文和一看毕，惊讶得浑身起疙瘩。他心头暗忖，田家祖上所画之事说的是过去还是现在？所画之人指的是过去还是现在？如果指的是过去，为什么画中有一女子长得与金秀子如此相似，脸上也有一块黑影如地图？如果指的是现在，那么画中抱着婴儿往后屋躲的男子及女子是谁？如果指的是过去，这个被衙役绑赴刑场的人又是谁？就田、王两家的历史中，田家大院里真正坐过牢的只有两人，一个是他父亲，一个是他自己。他父亲只是被蒋介石软禁，并没有绑赴刑场；他被捕时，也没有人弹冠相庆，怎么看与整个画面都不符。尤其令田文和费解的是最后一幅画，在田家大院脸上有地图的只有两人，一个是他母亲谢明心，一个是金秀子。原先与王国器成婚的谢明心，最后成了他的母亲。若按此推断，难道现在与王曾锦结婚的金秀子，命中注定将来也要成为他的妻子？若不是如此，为什么会出现这样的一种画面？难道王曾锦命中注定要出事？难道田、王两氏中过去发生的事情，如今还要重演？难道田、王两氏家族的发展史，注定要再一次出现循环？"五星联珠利中国"，可五星联珠又是哪一年呢？自己是不是能赶上这种好时代？如果不是如此，为何那画面上明确注明第三十代子孙必读……

田文和自己也说不清怎么就趴在桌子上睡着了，刚一入睡，即做了一个大噩梦。他梦见脚下这块美丽的土地活堕成一处人间地狱；梦见十里长街到处都是流窜的老鼠与飞舞的苍蝇；梦见一马平川的田野上到处堆满了恶臭的淤泥与腐烂的尸体；梦见谢皇后赐予田、王两家的圣柜突然被一道雷电炸得粉碎；梦见田家大院的子孙一个接一个地死去；梦见许多和尚与道士在田家大院开阔的大道地里大做灵魂超度道场；梦见父亲端坐在金谷寺的经堂里闭目念佛；梦见一个人（此人似乎是王国器，似乎又是王曾锦）在黑暗狰狞的地狱里呼叫悲号，如来佛祖让一只小蜘蛛吐出丝来救他，结果那人为保住自己的性命，拔刀割断蛛丝，最后不得不重新坠入地狱……

田文和被这可怕的噩梦惊醒，坐起身来潜意识地摸了一下身子，发现自己全身尽是发腻的冷汗。他想起父亲曾前后三次对他说过："儿子呀，你要记住，世上之事从来是过犹不及啊，正因做事太过，所以王国器与他的两个儿子、三个兄弟及你的亲姑姑才会死于非命。"难道这便是人世间常言的世事轮回？难道这就是阳光底下无新事、千年山口无新路，过去的悲剧要再一次在田家大院重演？难道自己日后与父亲一样，要去某一寺庙落发为僧？

田文和因公出差去往法国。谢明心的坟围突然出现塌陷，田王村村民打电话将此事告知了田文和。一听田家大院的"公共母亲坟"出现倒塌，这还了得？田文和因业务上的事情正在法国巴黎与法朗士·德让洽谈，一时半会回不来，便急忙给王曾锦打电话，让他去处理一下。王曾锦接到电话后，说他有外商，根本没工夫管这种小事，塌了就让它塌吧，到清明节时再说。田文和一听他说的简直不是人话，气愤至极。中国人讲的是什么？孝道为先，母亲坟出现倒塌，当子女的不管，成何体统？田文和又给金云子打了电话，金云子回答出来的话与王曾锦如出一辙，说手头有两位重病患者，实在腾不出时间，她的意思也是到明年清明再说。明年清明？万一棺材破损，让野狗什么的跑进去，把遗骨拖出来怎么办？田文和没有他法，只可给金秀子打电话。金秀子接电话后，爽然回答："好，你在国外安心办你的事吧，家里有我，我马上去办。"

金秀子立刻付诸行动，从苗圃调来三位员工，携工具前往回龙山。她来到谢明心墓地一看，诚然如是，好好的一处坟围，不知怎么就塌出一个大洞，露出红辣辣的棺材帮子。细一看，无有盗坟痕迹，只是堆砌石墙倒塌令石头滚下山去。金秀子先是点香上阡张，后是跪下去拜了三拜。拜毕，她与三位员工垒石培土，走下山去搬一块滚到半山腰的大石头。正当她搬动大石时，突然发现石头下有两条白蛇正亲呢地扭结在一起。金秀子当即吓得魂不附体，心一慌，脚一滑，身打趔趄，连人带石顺着山坡滚下山去，一直滚至山脚，不省人事。三位员工一看，慌了神，忙丢下工具，将她背起送往路桥第一人民医院。是时，接收金秀子的医生正是戴雅琴，一看金秀子摔成这种样子，连忙给她做 CT。片子出来后，戴雅琴一看，头部问题不大，只是轻微脑震荡；问题出在胸椎上，骨头折断，好在没伤着神经，若是神经一伤，她即成残疾人。伤筋动骨一百天，这下好了，她这个田王园艺公司总经理什么也不能干了，不想住院也得住院。

戴雅琴将金秀子安顿好后，就去忙别的事情了，一小时过后，她又拐回来看金秀子。由于刚注射上镇痛药，金秀子睡着了，戴雅琴凭着一缕乳白色的节能灯，下意识地端详了一下金秀子。戴雅琴惊呆了，打从自己认识金秀子起，第一次发现若不是她脸上有这么一块黑斑，还真是个打着灯笼也找不着的美人胚子！当戴雅琴将她的目光完全停留在金秀子脸上时，她实在是有点想不明白，他们戴家祖传是专治女容的高手啊，怎么就解决不了金秀子脸上这个难题呢？戴雅琴也曾亲口听父亲说过，金秀子十三四岁时，谢明心曾带着她来家里找过父亲，而父亲呢就是没给金秀子治疗。这是怎么回事？凭着他们戴氏祖传医术，这点小病不可能治不好啊！戴雅琴越想越觉不是个味，越想越觉这里面一定有名堂。

下班后，戴雅琴回到家中，打从父亲过世后，她什么地方也不去，就住在父亲住过的老房子里。她下决心要将父亲留下的那一只箱子好好地看一下，那箱子可是他们家的百宝箱，里面装有戴家相传三十多代的医案及相关资料（父亲生前不止一次嘱咐过她，这些看家本领不得外传）。戴雅琴走进父亲的卧室，卧室一直保留着父亲生前的模样，她端过一条凳子跳将上去，踮起脚尖，一把将放在柜顶上的老箱子抱下来，放在写字台上，轻拂去覆在上面的灰尘。打开了箱盖，戴雅琴第一眼就看到了祖上戴营亲笔写下的《宫廷医案集成》，放在第一本的便是第九卷《女容》。拿起书还没翻呢，发现书页里夹有一张书签，顺着书签一打开，戴雅琴更加为之瞠目愕然，里面竟然夹有父亲生前专门写给她的一封亲笔信。她拿起信来看，内容大意是若干年前，谢明心带来金明一之女金秀子，年十四，脸上有一块黑斑。谢明心让戴学经下药治去此块黑黳，戴学经细观此女，其姿其色其态其质皆与谢明心同，高雅中透着难得之高贵。因那时此女的家庭出身极为糟糕，其父金明一是右派，一直承受着社会上的三重压迫。戴学经想到女儿戴雅琴是干部子女尚且麻烦不断，人性之恶令他心冷，怕一旦治好此女之后，即因她容貌过人，引起社会上得势小人与权贵们的贪婪，给她之终生带来痛苦与不幸。故戴学经假说此病乃本源所生不可治，只是想借此黑黳而存其质朴，使之幸存。"若是若干年后，政治开明，时代进步，社会风气宜人，金家目前这种生存状态得以改变，我女可按此方，只需三十副药便可使金秀子还其本质。"戴雅琴这才恍然大悟。

是时的戴雅琴心里说不出有着一股什么样的滋味，她知道因自己婚姻上的不幸，给父亲带来伤害。她被父亲的那片苦心所感动，又为金秀子而感到难过，尤其是她嫁的这个丈夫王曾锦，这两人明面上是一对夫妻，可戴雅琴知道其背后的真实情况。戴雅琴心里矛盾，想恨而恨不起，想爱又爱不了，从她个人的婚姻问题推及至金秀子，从王曾锦的行为想到她那个死不要脸的男人。戴雅琴下决心让金秀子还其本来面目，让她姐金云子与王曾锦好好瞧瞧。反正当下金秀子这个伤非得住三个月医院不可，戴雅琴即做出决定：一、什么真实情况也不告诉金秀子；二、按着父亲留下来的配方，让金秀子吃上三十服中药。

戴雅琴终于一挥笔开出了方子，她让住院部的护士抓三十服中药，煎成汤药后，让金秀子一天喝一服。金秀子只知自己的脊椎折断，这中药是给她疗伤的，便一五一十地吃起药来。在金秀子住院期间，金云子只来过一趟，王曾锦连看都没来看她一眼，倒是得知情况后的田文和急坏了，几乎一天一个电话打给戴雅琴，询问金秀子的情况。最后，连戴雅琴都有点不耐烦起来，顶了田文和一句："你这是怎么啦，一天一个电话？"田文和解释说："我只怕她今后会留下残疾。"戴雅琴说："我是医生，你不是医生。我都不怕，你怕什么？"田文和说："她毕竟是田家大院的当家女人，要是有个三长两短，我可怎么办哪？"戴雅琴半开玩笑地说："阿弟，你是不是喜欢上金秀子了？"田文和喝道："姐，你我都多大岁数了，还这等胡说。"戴雅琴说："该来问的不来，不该问的天天问，这世界真是奇了怪了。阿弟，你就放心吧，等你回国后，我还你一个全新的金秀子。"

打从这次电话过后，田文和再也不敢打电话了。二十八天一过，戴雅琴过来看已经能起能坐的金秀子，她并没点破，想把这个惊喜留给另一个人。四十四天过后，田文和终于与法朗士·德让从法国回来。一下飞机，田文和立刻坐上车子来到医院，走进了金秀子的病房。只是他一见到金秀子，脸上所有的表情瞬间凝固。金秀子一脸蒙地问他："姐夫，你干吗这么看着我？"田文和惊诧地问："你照没照过镜子？"金秀子答："没有啊。"田文和说："那好，你躺着别动，我找面镜子来让你照一照。"田文和转身跑出病房，只过有一小会儿，他从另一房间里拿来一面镜子。金秀子这一瞧不要紧哪，瞧得她自己的灵魂全都出窍了！这是她吗？不，这不是她。那么，不是她又是谁呢？那块一直在她脸上的黑斑不知何时已褪得一干二净，出现在镜子里的金秀子完全成了个"白素观音"，那种庄重、那种典雅、那种高贵，简直让她想都不敢去想。戴雅琴在门外看到他们两目相对的样子，咧开嘴轻轻一笑，蹑着手脚走开了。

十里长街惊动了，田王村惊动了，田王实业的员工们也惊动了。王曾锦来了，金云子也来了，他俩到底做何感想？两人谁也没说，但金云子的脸色，早已把她那种失落、那种尴尬、那种无奈泄露得淋漓尽致。至于王曾锦呢，更是不用提了，他做梦也想不到自己的妻子会摇身一变成这个样子，那种苦涩就不言而喻了。

十里长街上那些想做美容的女人纷纷前来找戴雅琴，那些过气了的女人，差点将她坐诊的房门给挤破了。

王曾锦的内心掀起一阵大波澜。尽管那时，王曾锦在情感上是春风化雨，从外表看，他在三个女人中间斡旋得相当不错。金云子，由于田文和的忍而不发，他俩的关系一直是藕断丝连，只是没有正式离婚。李天慧，她年龄最小、最有姿色，也最有本事。从她成为王曾锦的小情人后，她与她们最大的不同是一不显山，二不露水。正因为她的深藏不露，尽管野王实业集团窥眼多多，却无有一人知道王曾锦与她之间的真实关系。就这何灵琪，现在却成了一盏不省油的灯。从王曾锦开始重用女儿秦我锦当上总裁助理那天起，让她感到了一种前所未有的威胁，她决定要趁早抢班夺权，从后台正式跳上前台。是时，何灵琪不仅以第二总裁的身份开始管理野王实业集团的日常事务，还以总裁夫人的身份管理王曾锦的个人经济往来。王曾锦家里、家外及人际交往的全部开支，须征得她同意方可，若是无她的签字，无论是谁也别想从王曾锦的存款折里拿出一分钱。尽管王曾锦把他爱的溪水全部注入了何灵琪，但他毕竟是历尽人生磨难之人，知道什么事可为什么事不可为，知道他与她的情感深入到何种地步便须终止。

特别是看到金秀子大变脸后，王曾锦的内心世界大为后悔。他做梦也没想到，与他生活了这么多年的妻子，有朝一日会大变样。就在这天，王曾锦第一次拿金秀子与何灵琪做比对。这一比对，王曾锦惊愕地发觉，除了年龄上何灵琪占绝对优势外，其他任何一点她都远不如金秀子有魅力。由于金秀子的面容出现根本性的改变，由于王保望一天天长大，由于秦我锦的出类拔萃，王曾锦的思想第一次发生了根本改变。他不想与金秀子离婚，不再想与何灵琪结婚，只想与她保持这种不明不白的暧昧现状。为了不伤害四位女性中的任何一方，王曾锦面对四个不同调、不同质、不同位、不同文化背景的女性做出来的决定是，在金秀子正式出院后，将自己与她们相处的方式重新做调整。每天晚九时，他回田家大院归金秀子；每天中午十二时至下午二时，他去后院密室归何灵琪；每个月里抽出三天归李天慧（这小女子的床上功夫实在是太好，每一次都让他尝到人间至味）；至于金云子，必须与她慢慢切割，他确实太对不起他哥了。王曾锦以为他的这一套情感分配方案既奥妙又全面，既可以让他多层面地享受人间艳福，又可让她们自始至终地围着他打转。

王曾锦开始实行他的新方案。这个方案一实施，王曾锦一生中最小的情人李天慧没有跳出来。其实，王曾锦根本不了解这个小姑娘，她与若干年前的严芳一样，早就有着她的精心打算，她是不想跳也不能跳。何灵琪也没有跳，她之所以没跳，一是因她根本没发觉王曾锦内心有什么大变化；二是因他们原先说定的关系就是这样；三是因王曾锦为保证他俩幽会时的绝对安全，早已明确做出规定，在他午休期间任何员工不得打扰。为此，王曾锦关掉全部通信设备不说，还让他的好友邢尚红秘密派来一位后生做保镖。为了不暴露这种组合，每天时间一到，王曾锦总是先让何灵琪避开众人的目光，进入房间做好一切准备，待他吃过饭后，再当众装成瞌睡的样子往自己房间里走去。他满以为自己这样的精心安排可以瞒天过海，但百密而一疏，他怎么也没想到男女间的游戏规则中有着一条无法逃避的潜规则：一旦男女间有了隐秘，首先暴露出来的不是他人，而是自己。对王曾锦的所作所为第一个产生怀疑的人，并不是他妻子金秀子，而是金云子。

聪明反被聪明误，令王曾锦万万没有想到的是，与他周旋最久的金云子跳将出来了。打从王曾锦有了李天慧与何灵琪这两个年轻美貌的女子后，金云子发现弥漫在自己身上的那种温馨与亲昵开始缺失。是他工作太忙，还是应酬太多？是他上了年岁不胜劳作，还是好饭好菜吃得过多从而让他出现厌倦？是他怕暴露目标不敢放肆，还是因为她容颜老去而不再让他轻狂？金云子感觉王曾锦与她来往的时间越来越少。尤其是金秀子住院期间，田文和去了法国，这么大的一个田家大院只有她与两个孩子。若是过去，王曾锦早就跑来与她亲热了；可现在只能干瞪着两眼，他就是不回来与她见面。三十如狼，四十如虎啊，金云子实在受不了情欲对她的极度煎熬，不断给王曾锦打电话，最终发现王曾锦对她做出拒绝姿态。你看，他与别人通话一套接一套，一旦到了与她对话时，不是说自己现在忙得不可开交，就是出口之语全变成了文言文。这是怎么回事？这是想要抛弃她吗？如果王曾锦不是想抛弃她，这又是为什么呢？金云子啊金云子，你就老老实实收收你的心吧，这个王曾锦早已对你生厌烦了。金云子非常敏感，凭着她的直觉与对王曾锦的了解，判断他一定是背地里有着比自己强的女人了。当夜无事，第二天一大早，金云子主动出击。是时的金云子只想当面问一下王曾锦，为什么这么好的一个幽会时机你不回来？上午八时三十五分，金云子冲进王曾锦的办公室，一眼便看到一个年轻漂亮的女子摆出一副当家女人的样子，指挥着手下人干这干那，而秦我锦则噘着小嘴一脸不高兴。金云子立即将秦我锦叫到一边问话："她叫什么名字？""何灵琪。""干什么的？""办公室主任。""她从什么地方来的？""我只听说她原先是路桥镇的文化员。""就是那个会写诗的女诗人？""是……"

金云子经过与秦我锦的这一番对话，再一看何灵琪表现出来的那种霸道气，心里明白了，只有与王曾锦有特殊关系的女人，才敢在公司里如此肆无忌惮。就这次与何灵琪的见面，令金云子不再是一位漂亮温柔的女性："你这个小婊子也想鸠占鹊巢？没门。"当时，她什么话也没说，掉头来到了医院。

是时，金秀子还没完全康复，不能下地，半躺在床上办公，三位园艺师正与她商量着从韩国引进几品新花卉的事。金云子耐着性子等到他们商量完离开了医院后，这才在金秀子面前坐下来。"姐，你有事？""我只想问你一件事。""说。""王曾锦对你与过去一样吗？"金秀子明知她姐问的什么事，却不想点破，一笑道："姐，你这是怎么了，这种事有什么可管的？""我不是管，只是想问问他与你的感情是不是与过去一样？""姐，你想啊，他当这么大一家公司的总裁，手下有那么多人跟着他吃饭，实为不易，我还要求那么多做什么？"金秀子一脸的不在乎。你金秀子可以不在乎，但为王曾锦付出沉重代价的金云子却在乎，她的心在滴血。可怜的妹子啊，你知道我为王曾锦付出多大的代价吗？从田文和出事入狱那天起，我就一心一意地为他操劳，他却一点不顾忌地占有了我。我为了他还白白送掉了一个女儿，至今都不知她在哪里，是死还是活。这女儿也是我的心头肉啊，一个当母亲的岂没有切肤之痛？虽然现在有了一个至今也无法说清谁是亲生父亲的田金成子，让我的心里稍得安慰，可我毕竟为他付出的代价太大了啊！先不说你姐夫在情感上对我的冷落，就如今这家伙把我也变成小孩手中的玩具，想怎么丢弃就怎么丢弃。你知道他现在喜欢的女人是谁吗？是何灵琪。这个小婊子凭着她的靓丽、文凭、才华，就想取代我们金氏姐妹……金云子刚想启齿说事，戴雅琴来看望金秀子，她怕戴雅琴，不敢久坐，只可借故告辞。

金云子实在受不了这种感情上的折磨，再次疯狂地给王曾锦打电话，王曾锦就是不接。她气坏了，一直打到第三十九个电话，王曾锦终于接了，她气急败坏地问："你为什么不接我手机？"王曾锦简单直白地回答："我在开会。"金云子提出："你若是再不回来，我妹子一出院，我与你的见面会更不方便。"王曾锦想都不想，一口拒绝："这几天总部有客人，我没有那么多时间。"金云子咬牙切齿地说："你再不来，我就死给你看。"王曾锦这才露出少许哀求的语气说："行啦，我的好姐姐，你就别这样作了好不好？你怎么就不看看我们都多大岁数啦？我的工作如此繁忙，哪还有什么闲心与你玩这个呀？"尽管王曾锦那话说得至情入理，但已经看透了王曾锦的金云子压根儿不相信。她不相信王曾锦会忙到这种程度，她不相信他累得连女人都不想，如果他真累到连女人都不想要了，那这个男人离倒塌也就不会太远了，还雄心勃勃地当什么总裁呢？

金秀子准备出院了，她手头的事情多，不出院也不行。金云子开始着手调查王曾锦的私生活，那天上午八时，她偷着来到野王实业总部后院。是时，公司员工们刚上班，一位女仓管正坐在仓库的办公室前等待车队来取货。金云子站在窗外，冲女仓管招了一下手，要她过去。这位女仓管虽不知金云子与王曾锦是情人关系，但知道她是田文和的妻子，也知道她们金家姐妹是嫁给老总兄弟两人。面对这样强势的女人，自然是不敢怠慢地走了过来。两人走到一棵大树脚下，女仓管问道："你找我有事？"金云子回答："有事。""你说吧，什么事？""你可是野王实业集团的仓储部主任？""是啊，是啊。""你天天在后院，我想跟你打听一下，王曾锦中午在哪个房间睡觉？"女仓管有点心虚："你问这个做什么呀？"金云子说："他们兄弟两人老是过不去，我想找个时间与王曾锦谈谈。"女仓管信以为真，随之给她指了一下王曾锦午休时的房间，还特别叮嘱她说："我们老总有规定，午休时间任何人不得去打扰。"金云子随口一问："难道他睡觉时还有警卫？""是。""不就是个午睡吗，有什么了不起，何为如此兴师动众？""我说不上。""就他一人在这里睡？""是，我每天中午只看着他一个人进去。""会不会还有其他人呢？""你这话问的，我是什么人哪？我只不过是一个普通员工，老总的私生活我怎么能干涉呢？"

金云子一声不响地从野王实业集团总部大院走了出来。金云子是什么人哪？她可是上海面粉大王的外孙女、三十年代名歌唱家与名作曲家的长女，只因命运对她的编辑程序出有乱码，才让她与妹妹嫁给了两个农民企业家。她的智商哪点比别人低？就这位女仓管的几句话，让金云子头上一片乌云密布，藏在她心里的小鬼龇牙咧嘴地发出锐叫："好哇，好哇，王曾锦，你这个不知足的家伙，你他娘的想老牛吃嫩草，临阵换将；好哇，何灵琪，你想取代我们金家姐妹，独霸我们苦心经营出来的那一份家业。你可是想错了啊，我们金家姐妹不是那种无能鼠辈，你想怎么拿捏就怎么拿捏的。何灵琪，你这个小妖精，等着瞧吧，我让你不得好死，永世不得翻身。"金云子确是金氏家族中的人中鬼精，她第一把火烧的不是别人，而是她的亲妹妹金秀子。

十分钟后，金云子骑着辆电动车，直奔路桥第一人民医院。她刚到医院门口，正好遇着一脸光鲜的金秀子，提着个包打算回田家大院。金云子跳下电动车，喊她站住。金秀子见她姐脸色阴沉，不知发生何事，问道："出什么事了，脸色如此吓人？"金云子没有回答，板着脸问她："我再问你一句，你住院前与王曾锦的感情正常吗？""有什么不正常的？从结婚那年起，我与他就一直这样啊。""他夜里与你来这种事时与过去一样吗？"金秀子可不是金云子啊，她哪扛得住这种问话？金云子的话刚出口，她的脸上立刻一片绯红。金秀子觉得有点不可思议，她亲姐怎么啦，为何这两天老是盯着男女间这种事情不放？"姐，你这话是什么意思？"金秀子有些困惑地问道。"二妹，我现在是等你回话呢！"金云子似乎得不到答复誓不罢休。"一样，怎样？不一样，又怎样？""我的傻妹子啊，天下竟有你这样的傻女人。你想不想继续当王曾锦的老婆？你想不想王保望与秦我锦继承野王实业集团那十几个亿的家产？"金秀子仍是一头雾水，困惑地说："姐，你这是什么话呀？我当不当他老婆、王保望与秦我锦能不能继承那十几亿的家产，一是要看上帝给不给，二要看他们有没有这个命。上帝若是不给，他俩也没这个命，你想又什么用？"金云子急躁地说："大祸临头了，你这个木知木觉的女人还不知道！"

金秀子确实被她的亲姐姐闹得糊里糊涂的，金云子没有法子了，只得把她看到的、听到的原原本本地告诉了金秀子。"我的傻妹子啊，我们金家四姐妹中怎么有这样一个木讷的你？王曾锦与何灵琪好上啦，他俩双进双出，一块儿开会，一块儿出差，一块儿吃饭。我亲耳听别人在外面说，有一次，野王实业集团高层人员集体到新马泰旅游，有人亲眼看到何灵琪剥了一颗荔枝喂入王曾锦口中。""这能说明什么呀？""这还不能说明什么？""姐，你想啊，一个是总裁，一个是办公室主任，他们两个关系好也是正常的啊。若是他们老闹别扭，这么大的集团如何运作？""傻妹子啊，我的傻妹子，你可真是傻到家了。你知道吗？他们早就睡在一起啦。我听别人说，王曾锦正打算与你离婚呢，让她出任田家大院的新女主人。我被丈夫嫌弃，你也要让别人来取代，田家大院真的要换女主人了。"金秀子仍是不敢相信："不可能吧？"金云子心急如焚地低声吼道："那好，那我就直白地告诉你，今天吃过午饭后，你上集团总部后院的那个小房间看一看，这两人若不是睡在一起，你姐就不是人！"金秀子顿时脸色大变，出口的声音都有一点异样："姐，这是真的吗？""我还能骗你呀？""哪个房间？""总部大楼后边，过三号仓库，小楼往左数第三间。"

时间、地点、人证、物证全有了，这还能假到哪里去？素来沉稳的金秀子终于下决心要把此事搞个水落石出，若此事是假，一切别论；若此事是真，没说的，不管你王曾锦有多少家产，她即与他离婚，她才不愿与这种无情无义之人同床共枕呢！

金秀子回到田家大院后，先放下手中的东西，然后去田王总部食堂吃饭。他们家中午一般不做饭，因为王保望与田金成子在学校吃。时间一到，金秀子直奔野王实业集团总部后院，身子一闪躲入了树丛。半个小时过后，她亲眼看到王曾锦一摇三晃地走出食堂，至院中后，拧身拐弯，走入后楼午休时的小房间。十分钟一过，总部全体员工开始午休，金秀子一直在树丛里候着，院内一片悄静。金秀子正要进小房间，看见王曾锦的保镖正将两手插入口袋里在外面游荡，便悄然退至树丛。三分钟过后，保镖内急，去洗手间了，金秀子敏捷地从树丛内闪出，插入走廊，立刻找到了王曾锦苦心经营的那处伊甸园。金秀子认准位置后伸手推搡，门关；用力一顶，"哐当"一声大响，她破门而入。这一入不要紧啊，金秀子亲眼看到不堪入目的一幕，那个一身赤裸的女人不是别人，正是她姐所说的那个何灵琪。金秀子做梦也没想到，这么多年一起滚打摸爬的丈夫，居然在她好日子来临之际红杏出墙，爱上比她年轻、比她学历高的何灵琪。是时，所有支撑着她身心的四梁八柱全地震般出现大垮塌。天下还有什么好男人吗？没有，根本没有啊！一切都是鬼话，一切都是骗人的谎话！金秀子只觉得恶心，想吐。但是她的性格与气质，决定了她成不得破马张飞。她只是对着大床上这对白色的肉体，呸地啐了一口唾沫，掉头飞跑而去。

田家大院平静的生活被彻底地颠覆了。金云子走了，她走哪里去了？谁也不知道。金秀子呢，更是不用提了，她回来后，什么地方也不去，一闪身躲进后边石屋的那间敬祖堂，将门一关，再也不出门外一步。金秀子天生为人有节制，面对此事，她并没有大吵大闹，只是饮恨低泣。

王保望与田金成子这对小哥俩终于放学回来。小哥俩一进田家大院，全傻眼了。他们不知田家大院的两个三军女司令出了什么问题，好好的一个大家庭、两个小家一下子变得乌泥塘塌？由于没人收拾，狗啦鸡啦全都开始作妖，好好的厨房让这条看院子的大狼狗撞得一塌糊涂，连田、王两家养的小鸡也敢大模大样地往衣服堆里拉屎撒尿。两个孩子根本不知内中发生了何事，只得分头去找他们的父亲。田金成子上田王实业总部找到田文和，将家里发生的情况与父亲一说，田文和傻眼了，他知道这是田家大院的必然结果。田文和什么话也没说，只是用力拽住田金成子不让他回家。"你是不是没吃饭？""家里没人做饭，我上哪儿吃去？""走，我们下馆子去。"田金成子是个非常懂事的孩子，只是不解父亲现在的态度为什么如此冷漠，他纳闷地问道："爸，妈到底出什么事啦？"田文和答："傻孩子，我怎么知道？走，吃饭要紧。"田金成子心里挂念着妈妈，问道："那妈的饭怎么办？"田文和说："孩子，你放心吧，你妈饿不着。"于是，这对父子来到了紧靠南官河的一家小饭店，简单要了几样菜，开始吃晚饭。

王保望上野王实业集团找到王曾锦，他说妈丢了，家里全乱套了。王曾锦听了后再也坐不住了，立刻带着王保望坐车回到田家大院。一进田家大院，便四处寻找，他怎么找也没找到金秀子。王曾锦正想去南官河边，看看金秀子是不是坐在那里，路过那间堆放走私违禁化学原料的石楼时，见"敬祖堂"的大门虚掩。这"敬祖堂"可不是一般的堂屋啊，是田、王两家的祭祖堂，田、王两家死去人的牌位、照片及两家发展史的相关资料全存放在这里。平时，那房门上锁不开，只有在三月清明行家祭时才打开。"敬祖堂"的钥匙只有两把，一直由田、王两氏的两个当家女人保管。王曾锦断定金秀子躲在这里，伸出手推开了门，果然，金秀子一动不动地坐在一处暗角，正在悄然流泪。王曾锦想与金秀子做解释，但他发现自己根本说不出理由。那与她见面说什么？他想对金秀子说，我是个男人，喜好女人是天下男人的共性，你就别把我往极端里逼好不好？

王曾锦刚想开口，但金秀子没有给他解释的机会。金秀子发现王曾锦立在她身后，随即起身往外走。王曾锦紧抓她不放，直至前楼内室，金秀子拿起一个包要走，王曾锦伸手拦她：一个往左，一个便往右；一个扑向右，一个截向左。父母间这么多年第一次出现拧搐行为，把王保望吓得目惊口呆，他根本不知父母间到底发生了什么事。终于，双方沉默的拉锯战结束，王曾锦先开口说道："秀子，你别这样好不好，你听我说！""不想听，我什么也不想听。""你有所不知，她是为我们企业做出了大贡献的！""她有贡献，你可以用钱，可以用房子，为什么要拿我的东西送人？"王保望怎么也听不明白，他父亲把母亲的什么东西送人了？"你知道，她一直悄悄爱着我……""你还配说'爱'字？恶心！""一个大男人，总得……""总得什么？总得有个小妾是不是？你想找妾，你就找妾去吧，可别碰我！"王保望仍听不明白，什么叫作"小妾"。王曾锦见金秀子如此决绝，明白自己决没什么好果子吃，一咬牙说："你这个人怎么敬酒不吃吃罚酒呢，你想离婚是不是？"王曾锦此言一出，更是不得了，金秀子的心变得更加坚挺。从表面上看，她一脸的平静，但说出来的每一句话都重若千钧："离婚？可以。你以为我是离不开男人的女人，是不是？王曾锦，我告诉你，别看你现在要什么有什么，但你那人品让我唾弃！别看我的社会地位、文化程度没你高，工作能力没你强，可我比你自重。我敬告你王曾锦，从嫁给你的那天起，我就没指望借你的力道活着，我有金家村！这个十里长街，我待得了就待，待不了就带儿子走！"言罢，金秀子拿起桌子上的一只花瓶，朝正对面的大镜子砸去。"哐当"一声大响，大镜如瀑布般垂直而下，地下立现一片碎玻璃。

这可是以文静著称的金秀子从不曾有过暴力行为，王保望吓坏了，王曾锦也吓坏了。王曾锦怎么也没想到这个冷面女人不做事则罢，一做事竟会如此决绝。王曾锦天生死要面子，一看这样下去非闯大祸不可，万一此事外传，他那张老脸往哪搁？

不管是何种类型的男子，别看他在外气壮如虎，安如泰山一样，然而自有他的软肋。王曾锦怕什么？他最怕的是后院两个女人起火。惹不起了，还躲不起吗？他立刻提起公文包往他那辆宝马车里一钻。这种难以解套的情感纠纷，令王曾锦焦头烂额。逼于无奈之下，他只得给田文和发个信息，恳求他能不能看在兄弟的分上，出个头去趟家里做一下调解。

田文和与田金成子吃完饭后，带着他直接回到总部，让田金成子在他办公室里写作业。因田王实业与三和实业要在十里长街共同举办国际小商品博览会及国际农业机械博览会，田文和与艾家和两人坐在办公室里商量着操办方案。商量有半日，直到结束后田文和才看到王曾锦的信息。于是，他打电话问王曾锦："是不是家里出了什么事？"王曾锦没得选择，只好把他与何灵琪的事情完全、彻底地做了坦白。田文和一听心里大明，这便是自由与纵欲对王曾锦做出的最后惩罚。一个连兄弟妻子都敢勾引的人，岂能不死在石榴裙下？按着田文和的本性来处理这个问题，这种畜生死了才好呢！但田文和毕竟为人十分理智，心里非常清楚，这不仅是关乎王曾锦个人生活作风问题，他现在的个人成败直接影响到整个野王实业集团的生存与发展。说到底，王曾锦毕竟是野王实业集团的总裁，若是真的闹出点什么来，这么大的一个集团，谁能挑得起这副担子？尽管田文和打心眼里看不上王曾锦的人品，尽管王曾锦与自己妻子的关系让他心头滴血，尽管王曾锦因高傲、自私与他分道扬镳，但田文和从根本大业上去考虑，总不能让一个价值十几个亿的企业因女人搞得兵败如山倒啊。与此同时，田文和也开始批评自己："田文和啊田文和，你既然一直隐忍到现在，若是在此时因个人意气而落井下石、幸灾乐祸，那你就不是个人了。"于是，田文和佯装成什么事也没有发生过，平静地说："这是你自己在猎杀自己呀，你叫我怎么劝？"王曾锦哀求着说："哥，不看僧面看佛面，谁让你是她最信得过的人呢？你就替我说上一两句话吧。"手机放下，田文和无言。他能说什么呢？他什么也不能说，只有去金秀子那里试一试；至于成与不成，他自己也无法说清啊！

田文和终于挤出时间硬着头皮来到金秀子家中。金秀子一见田文和，终于控制不住自己的情绪，大哭起来。田文和一边抽着烟，一边问她："是谁告诉你这个消息的？"金秀子抽泣着回答："我姐。"田文和大为愕然，脱口而出："是她？""是。""她怎么知道？""我说不清。"田文和立刻回到自己家中，是时刚从外面回来的金云子正跷腿坐在沙发上，一边吃零食，一边看电视。田文和一脸平静地在她身边坐下来，和颜悦色地问道："是你把王曾锦与何灵琪一事告诉你妹妹的？"金云子点点头。田文和又问："你为什么要把此种事告诉她？"令田文和万万没有想到的是，金云子虽貌比天仙，却心如蛇蝎，现出来的脸色异常歹毒，她咬牙切齿地回答："我只有一个目的，让他与何灵琪没法过。"金云子的这个回答令田文和极为惊愕，说道："你这个女人咋变得这样了？这是人家的家事，与你何干？""与我有干，我爱他，你知道吗？我爱他……"金云子突然歇斯底里地对着田文和吼了起来。田文和一听，全身有如挨电击似的出现了大颤抖，手上夹着的香烟差点掉在地上。但是他拼命控制住自己的情绪，仍不动声色地问："我倒是想问一下你，你是什么时候爱上他的？""你让我老实说？""是啊，我让你老实说。""是在我与你结婚之后。""那你为什么不与我离婚而和他结婚？""因为有这个念头的时候，已经来不及了，他已与我妹妹结婚了。""那你认为，我是比不上我弟弟？""在我心里，你当然比不上。""哪一点？""他懂女人，你不懂女人。""如果他是个土匪头子呢？""那我就当他的压寨夫人。""如果他要死了呢？""你放心吧，我就跟着他去死。""这么说来，田金成子也不是我的儿子？""说不上，如果你不放心，可以去做医学测试……"

田文和终于全搞明白了，这个从来没有读懂过女人的男人，这一次彻底地把他身边的这个女人读懂了。面对金云子如此坦白，一方面田文和考虑到家丑不可外扬，另一方面也有着对无法扭转现实的那种遗憾，最主要的还是他必须仔细考虑田、王两氏的最后结局。于是，他不再说什么，站起身来，轻声对金云子说："云子，你听着，从今天起我不再多说你一句，我也放你一条生路，你什么时候想离开这个家，尽管开口。"金云子头也不回地回答："你等着吧，时候没到。时候一到，我会跟着他走的。"

田文和从房间里走出来，站在田家大院的大道地上。是时，天黑得瘆人，古老的田家大院在他眼里业已变成了一座魔宫。田文和怎么也想不明白，一个好好的妻子怎么会变成这样？他怎么也搞不明白，王曾锦到底有着什么样的魔力，能叫这样的女人为他赴汤蹈火。是命运，是生性，是情感，还是上帝的精心安排？没法子了，一切都没有法子了，田文和只可眼睁睁地看着这一辆脱了轨的火车，朝着那悬崖峭壁呼啸着一头撞去。那天夜里，田文和终于明白了田家迁到路桥的第一代高祖田幸均为什么临死前要说"最大阴数乘以最大阳数倍以十，便是田、王两家脱胎换骨时"。田、王两家若是不在这个世纪交替之时脱胎换骨，怕是要被时代的步伐所淘汰。他终于明白了，王居正为什么临死前在村口的大樟树下写上"云散慧灭锦成灰"七字谶语。说到底，田、王两家如不改换门庭，他们这个古老的家族就会像天上的云彩一样散尽，像旧了的锦帛一样化作灰尘。困扰了这么多年的田文和终于在此时此刻如醍醐灌顶，开始大彻大悟。他明白了王家为什么会有这样那样的遭遇；他明白了为什么过去演过的戏码，会一次又一次地在田王村陆续上演。因为这就是人性的悲剧，人类的宿命！王曾锦啊王曾锦，你给我听着，不管你是如何精明过人，不管你是否长有九九八十一个心眼，也不管你是否有孙悟空的七十二种变化，你给我记住，花儿不能久开，月儿不能常圆，谁也不能永远站在戏台上天天唱主角。旧的、恶的，终归要谢幕；新的、善的，终归要成为主流。现在正是田、王两家七百二十年的历史，你精心掩埋的地雷，最后终得把你炸得个七零八落！

王保望开始瞎折腾。打从王保望从他伯母金云子嘴里得知事情的全部真相后，这个小家伙摇身一变成为一只大山里的狗头虎。那天，这个小家伙两只眼红得像吃过人肉的狼，连书也不读了，挟着一把刀子一头拱进王曾锦的办公室。进门后，连"爸爸"也不叫，直呼王曾锦的名字，冲到他面前，臂一挥，将那把刀直接砍入办公桌，那样子就与他死去的爷爷王国器一样。王保望高声说："王曾锦，你听着，今天我就把话与你挑明说，你是个负心汉，根本不配做我爸。不管你如何对我花言巧语，我只跟你讲一点，你想要这个女人，我就不能叫你爸；想要我叫你爸，你就不能要这个女人。你想没想过，一个年龄比我大不了多少的女人，怎么有脸做我妈？"王曾锦一听，这还得了，这小子根本不说人话，忙叫了保镖将这个小崽子撵走。两个保镖接令后，冲上前去连哄带劝地将王保望搡出门外。王保望还声嘶力竭地冲着野王实业集团总部大楼大喊："姓王的，你听着，总有一天，我会叫你与那个小婊子付出代价！"

时间不动声色地移至 1999 年，步入新千年的最后一年。

艾家和的奶奶（十里长街第一女才子）孙之琳去世，田文和前往艾家村为她送行。

不久，郏国立去世。郏国立的突然离世，令田文和大吃一惊，他即打电话问戴雅琴："前两天我去看他时，他还是好好的，怎么说走就走了？"戴雅琴回答："郏国立临死前曾与他儿子郏东生出现大矛盾。""什么事情？""我说不清，只知郏国立临死前骂了郏东生一句'你非我郏家子孙，你是中华民族败类'。随后，他两脚出空，轮盘似的从他们家楼上栽下来，后脑触地。我见到他时，他已经走了。"

李丰收死亡。李丰收的死亡十分正常，他死于肾功能衰竭，给他送葬的只有他妻子与女儿李天慧。那天，母女俩既没有悲伤，也没有哭泣，只是捧着他的骨灰发呆。是啊，他活着的时候太折磨人了，折磨得已经没有了恩与爱，也没有了情与感。

李天慧突然失踪。她为什么失踪？简直是个谜，路桥十里长街议论纷纷。有人说，三天前，看到她在台州第一人民医院进进出出地看病；有人说，她跟着一个长相非常好看的年轻男子走了；有人说，李天慧让台州黑社会给绑架了，他们之所以绑架李天慧，是因王曾锦有钱，黑社会的人利用她向王曾锦索钱……这样那样的议论实在是太多了，你想听也听不过来，急得王曾锦与李天慧的母亲刁美兰到处寻找，但没有一个人知道实际情况。为此，王曾锦只得做出了一个决定，向台州市公安机关报警。

金明一猝死。那天，金明一正坐在家里吃饭，吃着吃着突然感觉头痛，接着出现了呕吐，将刚吃进去的东西全都呕吐出来。与他一起生活的金灵子一看不好，忙将老父亲送至医院。到医院后没过三个小时，金明一离世而去。紧急通知下到田家大院，当天夜里，田文和携金秀子、王保望、田金成子，王曾锦即携金云子，坐着两辆轿车来到上海。刚走进家门，发现许行一与许田长青夫妇、金灵子夫妇、金叫子夫妇都在等着他们。由于田文和是长婿，一切都得听从他的意见。田文和想把金明一的尸体运回黄岩宁溪山区入葬金家村，许行一摇摇手不同意。田文和问："为什么？"许行一答："这里是上海，不是台州。上海法律对死者有严格规定，须就地火化，你们要回金家村只能是捧着骨灰走。"既然上海法律如是，他们当然是来不得半点含糊，只可按法律要求办。

上海音乐学院在殡仪馆为金明一开了隆重的追悼大会，再由田文和领着全家子女将金明一送往火葬场，这位一代音乐名家在熊熊烈火中最后变成一堆白灰。当田文和捧着老岳父的骨灰准备回南官市时，许行一突然喊住田文和、王曾锦、金云子，对他们说："你爸临死前有两样东西，要我当面交给你们。"田文和问："什么东西？"许行一让许田长青打开后车厢，一行人上前细看。他们看见后车厢里放着一只长条形的樟木箱子，箱子上放有一封信，信封上写着：箱子交田文和，信交金云子。于是，他们将箱子搬出车厢，打开来看，只见里面装的全是田兴业起兵时因急须用钱卖给上海面粉大王韩春琦的画。画上放有韩春琦写给金明一的一封信，信中写道："此画乃是路桥田氏家族传家之宝。想当初，因救百姓于水火，故田兴业将画卖于我，为此让我心中日夜不安。人生在世当是匆匆过客，天下之物不可占有，当归之于田氏家族。因命中无常，怕是不能面交，今贤婿乃田氏之乡党，故托之，不可负吾此心也。"田文和问："这箱画一直在我爸手里？"许行一答："是，他生前曾对我说有三次，务必让我当面交还你。"田文和无言，他能说什么呢？一种难以言尽的东西一直在他眼睛里打转。金云子拆开父亲写给她的那封信看，发现父亲并不是写给她与田文和的，而是写给她与王曾锦的。那信上写着这样一行小字：

> 云子、曾锦，
> 当心上帝把你们的谜底变成谜面。

下面附有她似曾相识的一首小诗：

> 手拿青苗种福田，
> 低头能见水中天。
> 六根清静方为道，
> 退后原来是向前。

金云子看后大吃一惊，忙把信收了。田文和问："你父亲写的什么？"金云子回答："是写给我与曾锦的，用不着你看。"随手把信递给了王曾锦。王曾锦一看顿觉毛骨悚立，又把信递给田文和，但遭到他拒绝。田文和说："装睡者自睡，清醒者自醒，我不看。"

田家大院最后的悲剧在毫无预告的前提下发生了。那天，正是 1999 年 9 月 7 日，野王实业集团举行成立十周年暨新大楼落成大庆。为庆祝野王实业集团的大成功，王曾锦不仅请来三百多位贵宾，还请了路桥中心小学八百八十三名学生表演队，以增添热烈气氛。为了这个大庆典，王曾锦与何灵琪全方位做了精心准备，尤其是何灵琪，把自己打扮得活如一位登台接受加冕的皇后。正当何灵琪与王曾锦跑前跑后忙着接待贵宾时，王曾锦突然发现田金成子与王保望双双出现在庆典会场。王曾锦大惊，不敢与儿子王保望直面，一把抓住田金成子，将他领到一边，问道："孩子，你俩怎么来了？""阿婶要我给你送一封信。""你婶子真是活见鬼了，她又不是没手机，有什么话非要用信？""我不知道。"田金成子将信往王曾锦手里一交，转身即走。王曾锦打开信封一看，令他全身出一身冷汗，内装有一信与一张离婚协议书。

信，不是写给王曾锦的，而是写给何灵琪的。这金秀子真是一个令他俩无法想象的女人啊，她在信中居然大大方方地与何灵琪说："我已经老了，一个老了的女人，让位于一个年轻且有才能的女性，这是应该的。天下哪有几个成功的人不临阵换妻的，况且我与王曾锦的婚姻并不是他真心愿意，只是迫于他与我姐姐间的关系，为了掩藏他们之间的丑事才拿我做替罪羊。今天我与你实话实说，我与王曾锦只有肉体上的关系，从没有过心灵上的契合。既然我同他从不曾相爱，长相厮守在一起也就没有必要。离婚对于我与王曾锦来说，都是一件好事，一种解脱，一个最好的选择。如果我金秀子一味地不同意你们结合，无论对你、对我、对他都实在是太残忍。作为我这么一个人生如草木的平凡女子，也实在是不想看到你们如此痛苦，如此胆怯地躲藏于我的阴影之中。正是出于此种情理，我经郑重考虑，同意离婚。从今天起，我与王曾锦正式分开，至于财产问题，请你们放心，我金秀子清清白白来，清清白白去，决不会争夺什么。金钱的多少不过是个数字问题，我一概不要，我有两只手，有通过自己努力创造出来的田王园艺公司，我可以凭着自己的能力吃饭。我只有一个要求，便是带走我的亲生儿子王保望，我不想让他夹在你们中间，给你们今后的生活带来麻烦。"看完信，王曾锦的心强烈震颤了一下。这时，何灵琪走了过来，问他："这是谁的信？""金秀子。""她说什么了？""你自己看吧。"王曾锦即将信递给何灵琪。何灵琪看着看着，两眼突然间盈出了两道泪水，两只手不断地出现颤抖。

贵宾们陆续进场，王曾锦因接待来宾，不得不把那些痛苦、那些犹豫、那些沉沦、那些尴尬藏匿于心底，装成安之若素的样子与来宾们周旋。何灵琪出场了，秦我锦出场了，两个年轻靓丽的女性活似童话世界里的花仙子，轻盈地在人群中间穿梭。她们一会儿与贵宾们低低耳语，一会儿扬声大笑，来宾们也开始交头接耳。"她是谁？""你不知道？她叫何灵琪。""是王曾锦的情人？""瞅她那样子，八成是。""这家伙艳福不浅啦。""那一位是谁？""总裁助理。""她怎么长得那么像王曾锦？""你不知道？她就是王曾锦的女儿。""天哪，王曾锦的女儿都这么大了？""这有什么奇怪的，说不定他在外面还有子女哪……"

市长郑东生来了，王曾锦与何灵琪上前与他握手。郑东生眯着两眼只是一瞧，便看出点明堂了，一把拉过王曾锦说："王曾锦哪，你是在搞厂庆呢，还是在为你与她举行婚礼？"王曾锦笑着答："老领导哪，您可别这么说笑，我这是厂庆。""可我看，怎么有点像举行婚礼的味道？""哪里话呀。""那个小姑娘是谁？""秦我锦，我的女儿。""是不是你第一个恋人臧新我生的？""是。""瞧着她长的那个模样，特别是那双眼睛，与你真的很像啊。""我的好市长啊，今天你就别再给我上眼药了好不好？"郑东生笑着问："你是不是打算让她来接你的班啊？"王曾锦摇摇头说："是好是坏，八字还不见一撇呢。"

钱子久来了。是时的王曾锦与何灵琪装成什么事情也没发生过，只是一脸微笑地热情接待他，与他握手。然而，钱子久的目光与王曾锦只是一焊接，立刻感到他的双目中含着一股杀机。钱子久的脑海里顿时有个东西一闪，一个声音在尖叫："钱子久啊，你可得要当心一点，这是鸿门宴，百分之百的鸿门宴。"潜意识中跳出的这个念头，令钱子久想退走。但是，王曾锦一把捏住他的手，令他动弹不得："你好啊。"钱子久尴尬地笑笑，回答："好，好，你也好啊？""我自然好，托您的福啊。""你这是什么话，所有的业绩都是你自己创造的。""话怎么可以这么说呢，一个好汉三个帮，一个篱笆三个桩。没有你的相助，我王某人怎么可能有今天呢！"钱子久听出话里面有话，心下大明，脸色骤变。他想逃，但来不及了，只得硬着头皮与郑东生站在庆典大会主席台正中间。悠扬的乐曲戛然而止，庆典大会拉开序幕，台下一片寂静，王曾锦一脸平静地走上前台主持会议。是时的王曾锦显得如此镇定与潇洒，他走到台正中，从容自如地往台下扫有一眼，略一停顿，便朗起嗓门大声宣布："庆典大会正式开始。"

就在此节骨眼上，钱子久发现有三个人朝他走来，直至靠得很近时，走在最前面的那位中年男子冲他耳语道："我们是省纪委的，请跟我们走。"别看这个钱子久平日里大权在握，似乎神圣不可侵犯，一旦到了这种地步，早已蜕变成了一只大草包。他顿时感到脑海里一片云山雾罩，心脏停止跳动，身子一软，即要一头栽倒。纪委的工作人员夺步上前，一人一边夹起钱子久胳膊，提线木偶似的将他提将出去。

台上开始出现骚乱，王曾锦极力镇定住自己的情绪，继续启动下一个程序。然而，就在这个节骨眼上，一个不可阻挡的毁灭性灾难终于揭开了他的序幕。王曾锦亲眼看到他的亲生儿子王保望手拿一把尖刀，突然从台下一处不起眼的人堆里杀出，狼样地直奔向正在主席台上的何灵琪。何灵琪根本没防着王保望会有这么一手，站在一边负责接待工作的秦我锦却是看得一清二楚。秦我锦猛然跑出来拦阻王保望，大叫："阿弟，你想干什么？"红了眼的王保望早已发狂，哪把他姐放在眼里，还是猛扑。秦我锦一看不好，身子一横即来阻挡。这一阻一挡，王保望手里的利刃正好扎入了秦我锦的胸口，秦我锦"啊"的一声尖叫，一头栽倒在主席台上。此时，正站在台下吸烟的王保西负责会场的安全保卫工作，见王保望要杀人，那还了得？他随手将烟蒂往边上一扔，冲上台去扭王保望下台。

哪知王保西甩出去的烟头并没着地，却是高跳了起来，栽向会场正中摆放的三十六只大气球。只听得震天动地一声巨响，三十六只大气球同时爆炸，王保西与正扭在一起的王保望同时被震出数米远，重重地砸倒在水泥地上，伤势严重。然而随即引发的灾难更为剧烈，由于台上的电线被炸断，触发了电线短路，一时间火苗四起，越燃越烈，一百多名参加庆典仪式的少先队员顷刻被灼伤，一场喜事终于以悲剧结束。

王保西、王保望，终因流血过多，死在医院急救室里；秦我锦因伤势过重，不得不入住重症监护室。

既然发生了那么多的事，既然钱子久咎由自取，被纪委带走了，也用不着她和王曾锦再挖空心思地去报复他，何灵琪终于做出她一生中最艰难的抉择，偷着购下一张飞往广东的机票，她要离开王曾锦。王曾锦不知何灵琪会如此做，得知此消息是在她临走的这天早晨。当时，王曾锦正坐在食堂里吃早餐，一听此事，口里含着的那口汤即顺嘴喷出。他急忙放下碗筷，驱车速至台州飞机场，车子到时，正赶上去往广东的航班放人进站。王曾锦冲进大门，一眼就看到了何灵琪，连忙上前扯住她，一脸狂怒地低声质问："小琪，我什么地方对不起你了，令你突然决定弃我而去？"何灵琪两眼即现潮红，颤着嘴唇略带着哽咽说："曾锦哥，你就放我一马吧，我想过了，所有的罪孽全是因我造成的。自今天起，我与你就做个普通朋友吧！"王曾锦说："你与我即使做不得夫妻，如此过，不也是挺好的吗？"何灵琪忽一冷笑，这一回，她不再叫"曾锦哥"，而改叫成"王先生"了，她说："王先生，你不觉得你这种想法有点下作？你想想，我怎么能与你长期过着这种人不人、鬼不鬼的日子？我一不想做金云子，二不想做金秀子。我是个女人，有做女人的尊严，也有做女人的思想。我渴望的是有一个完整的家庭，我渴望的是有个心地善良的男人疼我爱我。"何灵琪狂怒地甩开了王曾锦这双汗手，提起她手上的那一只包，头也不回地跟着人流走向了入口。

飞机冲向一片明朗的天空，王曾锦一脸失色地站在那里。

回到总部后，王曾锦直奔至他与何灵琪曾一起缱绻过的密室。王曾锦看到房内一切摆设一往如前，唯见桌上放有一把钥匙，钥匙下压有何灵琪写给他的一封信。王曾锦拿起信来，上面写有一段话：

曾锦哥，我决定离开你了。也许因我是个诗人，也许因我生性太敏感，与狼为伍的人，她必须是狼才行；而我不是狼，说到底，我只不过是草原上奔驰的一只小兔。对不起，你放在我手里的一千万元没经你同意，我从中取出了五百万元带走。我认真考虑过了，我想去广东发展事业。如果你今后决定不再做狼，你可以来找我。

何灵琪留言

王曾锦打开抽屉，看到存折还在，何灵琪果真支走了五百万元。王曾锦几乎不敢相信自己的眼睛，他做梦也没想到，自己一心钟爱的女人，大难来临时各自飞，居然会如此趁火打劫地捞他一把，只感觉到整座雪山开始崩塌，要将他活活地压死。王曾锦拿起电话给工商银行行长打了一个电话，要他查一下何灵琪领走的这五百万元是怎么回事？三分钟一过，工商银行行长打电话来说，何灵琪是在昨天下午五时三十三分从银行里取出的。王曾锦问他："是转账还是提现？"行长回答："转账。""转到什么地方去了？""广东一个私人账号。""对方户头叫什么名字？""姓赵，叫赵德清。因密码什么的全对号，我们银行没有理由拒付。"

王曾锦这才恍然大悟，何灵琪也是个心机不浅的女人哪，其实她早已准备好自己的退路了。若不是如此，怎么会突然冒出来一个赵德清？这足以证明，他们之间的来往不是一天两天了。尽管王曾锦一直认为自己聪明绝顶，可他最终发现自己竟然让最信任的枕边人给恶狠狠地玩了一把！银行行长听出王曾锦出口言语有些不对劲，觉得他内部定是出有大事，便问道："这笔款子取走了，你不知情？"王曾锦答："我不知情。"行长说："要不要我报警？如果你想报警，现在还来得及；如果你不报警，对方钱一提走，再想要追回来，麻烦会很大。"王曾锦拿着电话的手在不断颤抖，两个声音在他的脑海里发出尖叫。一个声音说，这个女人实在太无情无义了，你待她这样好，她却在这个非常时期，丢下你就走了。另一个声音说，王曾锦哪王曾锦，这可是你的血汗钱哪！已经让钱子久父子给捞走了五百万元，这五百万元又叫她给捞走了，你牛头山的房地产投资八字不见一撇，往后你还想不想持续发展了？

此事若是发生在过去，别说是工商银行报警了，就他们不报警，王曾锦也会让好友邢尚红出马。但是时的王曾锦不想这样做，他知道自己大势已去，知道自己屋漏偏逢连夜雨，知道自己是世界上最蹩脚的拳击手，让对方一记勾拳即击倒在地。况且，自己与何灵琪好得蜜里调油时，也曾亲口答应过这五百万元归于她名下，人家也是来去明白呀。王曾锦啊王曾锦，你现在除了牙齿打掉往肚子里咽之外，你还想干什么？王曾锦这颗支离破碎的心，终于第一次出现了胆怯，第一次出现了宽容。于是，他满眼含泪地对工商银行行长说："天要下雨，娘要嫁人，由她去吧！"

市法院三位检察官来到野王实业集团总部。他们到后，一直坐在会客厅里等候王曾锦，直至王曾锦从车间回到办公室，即来到他面前。是时的王曾锦只觉得浑身发冷，误以为检察官要以气球爆炸伤人事件逮捕他。待坐下来后，对方一摊牌，王曾锦悬着的这颗心才往下放。原来他在江口村与日本人合资所办的野王药厂，是日本国内早已淘汰的污染大户。别看他们生产的是抗癌药，由于这个厂的存在，令当地一百三十五位村民得了肝癌。愤怒的村民们大骂王曾锦是卖国贼，集体上书将他告至法庭。台州检察官是来做取证的，打算对野王实业集团如何与日本人合作事项做一个准确调查后，对野王药厂的污染事件做出处理。

余家村一百多位村民再次集结直奔台州市。村民们在不断的挫折中变聪明了，他们不再动手与王曾锦发生正面武装冲突，而是知道如何用法律来捍卫村民们的利益。大队人马浩浩荡荡地开至台州市人民法院，集体坐在法院门口上告。他们状告王曾锦是一个与黑社会有紧密联系的小老大，还把王曾锦曾经想学他父亲王国器起义拉队伍反对政府一事全都抖搂出来。面对接待他们的法官、检察官，村民们提出两点质疑、一个要求。两点质疑是：一、他们怀疑王曾锦与路桥十里长街黑社会邢尚红有勾结；二、他们怀疑殴打村官一事是王曾锦在幕后操纵，须立案调查余志军脚筋手筋被挑及三位村官平白无故被打致残的恶性事件。一个要求是：强烈要求王曾锦对非法征集的土地款项做出彻底赔偿，并对王曾锦私自变更土地使用权限提出诉讼。村民们集体声明，如果法院再不将王曾锦绳之以法，他们将动手驱赶所有购买别墅的业主。

台州市长郏东生自杀。随着郏东生自杀的消息传开，互联网上也开始出现了一条非常可怕的消息：王曾锦这个全国劳动模范，是他出资五百万元买下来的。当然，郏东生所收的贿赂不止是王曾锦一家。就这一下，路桥十里长街从南到北，不管是公园还是大街小巷，到处人声鼎沸，一天到晚都有人给王曾锦打电话询问。一天深夜，从不给王曾锦打电话的许田长青，也突然从北京打来了电话。王曾锦接到许田长青电话时吓了一跳，问道："这么晚了，你急吼吼地给我来什么电话？"许田长青回答："刚才我妻子从互相网上看到，路桥一家私人网站上发出一个消息，说你被公安机关给逮捕了。我似信非信，所以打电话前来确认，现在听到你的声音，我就放心了。"电话放下后，王曾锦的全身再一次发麻。

什么叫人言可畏？这便是人言可畏！什么叫唾沫星子能淹死人？这就是唾沫

星子能淹死人！王曾锦的内心有如一只车轮在高速转动，一把看不见的刀，正将他身上的肉剐成无数碎片。他实在是受不了这种折磨了，再次想起他的哥哥田文和，遂拿起电话向田文和求援："哥啊，我大难来临了，现在喝口凉水都塞牙。你快给我拿拿主意吧，眼下我该怎么办哪？"

尽管王曾锦与自己妻子通奸多年，所作所为令田文和心头滴血；尽管王曾锦在得意时从不把他放在眼里，做事不择手段、不计后果，可他毕竟是父亲与母亲谢明心共同带养大的异姓同宗兄弟啊。田文和的心再次发软，他想起王曾锦四岁时，小尾巴样地跟着自己东走西转；五六岁时，天天盼着自己回来的那种模样；八岁时，王曾锦上学，班里有男生欺负他，他跑到他那里寻求保护……这一切的一切，无不历历在目。田文和即对王曾锦说："福之祸所倚，祸之福所伏。过去我与你说了那么多话，你说什么也不听。如今事情发展到这一步，你想让我怎么办？"王曾锦流着眼泪说："哥啊，我过去有什么对不起你的地方，请看在母亲的分上宽恕我吧，我毕竟是你的兄弟哪。现在，十里长街一片风声鹤唳，你就给我拿个主意吧。"就在这时，田文和突然出现心跳过速，一个极其熟悉的声音从空中传下来："田文和哪田文和，野王实业集团濒临破产了，你赶紧把藏在密室及圣柜里的所有东西，还有田建国的画全部拿出来卖了，救一下老百姓吧。这么多人的饭碗一旦砸掉，人间悲剧还不得来一次重演吗？"田文和很想搞清楚传递给他这个声音的人是谁，是父亲田兴业，还是母亲谢明心？似乎是，似乎又不是。难道是我父母的在天之灵早就知道田家大院会有今天？田文和即在电话里回答王曾锦："好吧，明天一早，我到你总部来。"

时间终于流至1999年9月10日上午9时，又一件意料中的事情发生，百多名受害学生的家长联手来到野王实业集团总部。是时，这些学生家长所呈现出来的疯狂，几乎到无法遏制的程度。他们集体向路桥区人民政府下达最后通牒，提出两点要求：一是必须将罪魁祸首王曾锦绳之以法；二是必须让野王实业集团对受伤害的孩子做出经济赔偿。尽管法院与检察院的工作人员一而再、再而三地告诉他们：这一次气球爆炸事件并不是王曾锦一手造成的，是一次偶然事件；你们的所有要求我们会逐步落实，希望你们保持冷静，给司法部门一定时间。但由于群情激愤，多数学生家长的情绪一时难以平息。

一百多位患癌的江口村村民们来了，三百多位余家村的村民们来了，他们聚集的力量变得更为强大，更为可怕。他们这一汇聚，集结成三个大方阵，拉出上百幅黑色大横幅，前呼后拥地出现在野王实业集团大楼的正门口。他们提出来的价码非常吓人，一个烧伤的孩子赔五十万，一个得癌症的患者赔五十万；余家村发放所有商业用地款不说，村民们必须给安排工作，不然他们即要出手将王曾锦所办的野王实业集团彻底地砸烂。你们想啊，一骗、二花、三拐，野王实业集团这么多年间积攒下来的钱来一蓬烟、去一蓬烟，已给折腾得差不多了，你叫王曾锦一下子掏出那么多钱来，这不是要了他的命？况且，市人民法院对所有发生的事情还没有做出一审判决，王曾锦怎么与他们相见？若是相见，愤怒得失去理智的乡亲们把他撕成碎片怎么办？

可王曾锦越是躲着不敢见，乡亲们越是愤怒，狂躁的人流终于演变成了巨浪，开始凶猛地冲击着野王实业集团大楼。"王曾锦，你滚出来，你赔我儿子！""王曾锦，你不得好死！""王曾锦，你还我们土地！""王曾锦，你还我健康！""王曾锦，快将野王药厂从我们江口村搬开！""王曾锦，还我们幸福，还我们生命！""王曾锦，血债要用血来还"……时任路桥区委书记夏水清正在召开紧急会议，商量如何解决野王实业集团发生的事件，得知此消息后，冒着一身白烟地赶至野王实业集团公司办公大楼。他到后，纵身跳上高台，舞着手向所有前来的民众做出承诺："乡亲们，请你们冷静，请你们相信路桥区人民政府，我们一定会尽力把此事处理妥当。现在请你们行为不要过激，给我们一点时间！"然而，一切为时过晚，这些红了眼的人早已失去了耐性。一瞬间，村民们全都翻脸变成绿壳土匪。说得着，他们可把心窝子掏出来与你吃；说不着，人人横草不过。终于村民们搡倒门口排着的五个警卫，一头拱进野王实业集团大楼，堵死办公室，揪出了王曾锦。王曾锦紫着脸打着战说："各位，我求你们了……你们别这么急好不好？我们等市人民法院把情况调查清楚做出判决后，该我王曾锦死我就死，该我王曾锦赔我就赔……"

王曾锦那话说得错不错？没有错啊。然而，面对这些心痛得发蒙的学生家长与村民们，还有什么道理可讲呢？他们早七嘴八舌地炸开锅了。"什么，你这个王八蛋，你说什么？叫我们等结论？""你们都里外串通好了，来糊弄我们老百姓是不是！"更有十几个男人冲到王曾锦面前，舞着两手狂叫起来："王曾锦，你他妈的立起耳朵听着，你有钱拍钱子久的马屁，有钱养小蜜，你为什么就没钱赔我们？"不知余家村哪个村民学起了陈胜、吴广，举臂大呼："还与这个狗杂种说什么？砸！"就这一声"砸"字落地，剧情迅速推向高潮。有十分之一人拿起家生把大楼的玻璃全部砸成碎片；有十分之一人扑到王曾锦的坐骑面前，一声发喊，将这辆价值七十万的宝马轿车推翻。王保南正好来到这里，一看如此闹将下去，野王实业集团还有个好？出于一种本能对公众说了一句："中国社会是法治社会，天塌下来还有地擎着呢，你们别这么胡来好不好？"哪知此话一出口，更令村民们发大癫，六十多号人"轰"的一声扑将上来，不是拳打就是脚踹，打得王保南杀猪样号叫。多亏十几名警察冲将进去，又是抢又是夺地将他扯出，若是再晚上一步，王保南怕是让人踩成一块棉籽饼了。

王曾锦左看右看没一点办法，不向这些人求饶是不能解决问题了。这天十时十三分，王曾锦这两只从不曾跪过人的膝盖终于一软，"扑通"一声跪在平台上，额头贴地向受难民众们谢罪。

田文和来了，徐放来了，艾家和来了。三位台州政界、企业界的巨头一出现，由于他们的人格品质不同，收到的效果也完全不同。徐放是台州市罡风搬不动的一把手，老百姓谁都知他既干实事又干净；艾家和是台州市有名的实力派，一个三和实业就接收三家国企解决上万名工人的吃饭问题，令他们的生活水平三年内翻有三番；田文和更是不必提，他所领导的田王实业底气十足，那人品也是村民们心里的一根标杆，尤其是他当了这么多年的村官，言必行，行必果，做人做事从来是一步一个脚印。面对着他们信得过的三个人物，狂乱的人群总算出现片时安静。徐放跳上台，一脸从容地对全体民众说："我是市委书记徐放。你们呢，有什么事可以派出代表来与我商榷。你们现在的这种过激行为，无助于解决问题，只能把事态推向纵深！尽管野王实业集团当下出现这样那样的问题，但是请你们相信我，我不会昧着良心做事。我是人民的儿子，人民的儿子是做什么的？为人民服务。"徐放刚一说完，田文和跳上台，他平静地横扫了众乡亲们一眼，说道："乡亲们，我请你们放心，野王实业集团出现的所有问题，全由我田王实业承担。你们提出来的要求，由我田文和来完成。"这两个铁腕人物上台一表态，夏水清趁机向闹事队伍提出建议，让他们将代表推选出来，把所有的问题全部摆上桌面，这更有利于将一项一项问题迅速解决。

不祥的躁动开始平复，三方代表浮出水面。夏水清一边让厂办工作人员购些吃与喝的东西，让外面的群众安心稳心，一边请代们到野王实业集团总部会议室谈判。徐放、艾家和、田文和、夏水清轮流在会议室里来一个"华山论剑"，说得三方人马两眼冒火，口干舌燥，一直谈到上午十二时。终于，他们共同做出两项决定：一是以法律为准绳，所有赔款事项，以法院判决为准；二是所有学生赔偿问题、农民工安排问题、田地补偿费问题，由田文和作保在法院判决下达三天后一次性兑现。最后，由田文和签字、艾家和画押，此项协议总算在艰难中勉强达成。

三方代表正式宣布结果后，一千多人陆续散去。徐放、艾家和、田文和步出野王实业集团总部会议室，他们这才发现可怜的王曾锦业已跪在地上三个多小时了。徐放与田文和走上前去，一把将王曾锦扶起。王曾锦两条腿由于抽搐而无法站立，田文和几乎是将王曾锦抱进大厅边上的那间办公室里，让他坐在沙发上。王曾锦先是大哭，接着浑身深感难受，一阵无法压抑的腥味从他心口处直往外涌，嘴一张，一口黏血即从嘴中直喷而出。就在这时，一身素衣的金秀子带着田王村的三个女人而来。金秀子走到王曾锦面前说："东方不亮西方亮，天下没有过不去的坎。"遂挥一下手，三个女人上前，三两把将王曾锦架起，往停在公司门外的一辆三轮车上驮。王曾锦终于嘴一张，涕泪交加地对金秀子说："秀子哪，我对不起你啊，我王曾锦罪该万死！"

　　田文和拿着一只手电筒，独自一人走进田家大院这间鲜为人知的密室。就在他来到这只圣柜面前时，怪事随之发生。田文和清楚地听到柜内机关发出"咔嗒"三声脆响，一直密封的柜盖自动启开。就在圣柜自动启开的瞬间，田文和如醍醐灌顶，他终于读懂了圣柜内所蕴含的全部内容。他终于明白了，为什么箱面上画的凤无眼、龙无角？原来，凤无眼者是鸡，龙无角者是蜥蜴。为什么圣柜要长七尺二寸？原来是王家后代子孙行至七百二十年的时间长河里，一直不曾脱开兽性，失去龙的品格与凤的高贵，最后他们都在无尽的贪婪中猎杀了自己。为什么柜宽三尺？原来指的是富不过三代，穷不过三代，循环往复是大自然不可悖离的法则。作为一个人，谁也别想永远占有，谁也别想世代不变，你、我、他全不过是人世间的匆匆过客。为什么柜的四只柜角中，三角是方，一角是圆？原来指的是做人唯内方外圆，才可保全人类在生存法则与竞争中的良心底线及道德底线，只有保住了底线，才可让人类突破自我猎杀的樊篱，延续发展。为什么柜高不合体制地出现三尺？原来是一生二、二生三、三生万物，三乃社会生活中的超稳定结构。人类社会唯有男人、女人、子女三者为基础，生命的种族才会繁衍；若是人类硬是破开这种自然法则，最后必然导致生态失衡，自己给自己挖掘坟墓。为什么柜子里满装了那么多的金银元宝，过去怎么开也开不了，现在它便能自我开启？原来，上天示物皆为民所用，取之于民者须还之于民，谁想独占社会上的公共财富，最后毁灭的必然是他自己。上天之所以如此，其目的只有一个：财唯有用来救人，才叫作财；若是不施不舍，就不叫财。

　　是时，田文和终于读懂了田、王两家子孙们这么多年来，一直不曾读懂的那首怪诗，也终于明白了王居正临死前写的那句谶语，其内涵并不是自己过去猜想的那个语意，而是他们王家祖先对后人命运做出的预示。"遇心则活"，此"心"指的是母亲谢明心，只有她才能拯救田家大院。事实也真是如此，若是田家大院没有谢明心这个好母亲维系艰难的日子，田家大院的子孙何以会有今天的好日子？怎么会有这么多金银珠宝来解决这天下第一难？"有和则成"，此"和"指的是他本人田文和，谢皇后亲笔书写的圣旨中明确嘱咐，要他出马前来收拾王曾锦留下的这盘残局，让野王实业集团所属的全部子公司重新步入新的轨道。"见钱必败"，这"钱"当然有双重含义：一指两戈为金，由于人性对金钱的贪婪，必然导致争斗，走向毁灭；二指钱子久之类的贪官，如果没有钱子久，王曾锦如何能如此之惨？只是正中间那一句"见慧必死"四字，却令田文和极为费解，他实在是想不出那个"慧"是指人的智慧呢，还是指人名？若是指智慧，尚且可解，有机械必有机心，有机心必可毁人，说得通；然而从全诗实指来看，应当是人，那么名中有"慧"者是谁呢？在田王实业与野王实业集团万余名员工中，名中真正有"慧"者，唯有那个失踪多时的接待办主任李天慧。她可是李丰收的女儿哪，一个微不足道又没有掌握企业经济命脉的小女子，何以有这么大的能量让野王实业集团这么大的一个企业说死就死呢？

也正在此时此刻，田文和突然想起一事让他浑身起鸡皮疙瘩：难道田家大院发生的这一切，都是冥冥中不可出逃的劫数？难道母亲的祖上早就知道田、王两家的最后结局？尤其是当他看到田金辅画的那幅《皇后出巡图》时，那种感觉更加强烈。他惊愕地发现，图中的谢皇后与母亲谢明心及金秀子那容貌有着惊人的相似。谢皇后名叫"谢道清"，母亲名叫"谢明心"，还有"金秀子"，如果将这三个女人的名字一连，便现出"道清明心秀子"一句。这不是明明白白告诉他，只有"道行清，心地明，才可秀立子女"一义吗？这是怎么回事，难道金秀子就是谢皇后与谢明心的化身？更让他为之心惊肉跳的是，圣柜内还有一组令他毛骨悚然的数字：壹玖玖玖玖壹叁。这仅仅是一组无用的数字吗？不，肯定不是。那是不是特指着一个非常特别的日子？田文和再往细中深入一想，那颗破碎的心即出现极其恶痛的抽搐。他倒吸了一口冷气，天哪，现在不正好是1999年9月10日吗？难道这个年份的9月13日田家大院的子孙会出什么不可思议的大凶之事？不，不，不，决不可能

田文和关了箱子，主总部打了个电话，让看门的三个警卫开来一辆车子。是时，天上乌云密布，远处一阵阵沉雷在滚动。车子一到，田文和命警卫将这两只箱子连同匾额及祖上的画全部搬往总部。夜风越起越大，南官河两岸连片的树木开始出现倒伏；风越刮越狂，雷声有如坦克群在头上滚过，雨点也越下越大了。车到了总部，田文和让三个警卫将所有的东西全搬到了他办公室。此时窗外风声、雷声大作，暴雨铺天盖地，田文和顾不得许多了，从田建国所有的作品中挑出他认为最好的两幅，与田金辅的两幅名画一起放入身后的那个保险箱，再搬出韩春

琦归还的所有名画，随后给王保东打了个电话，令他速至办公室。三分钟后，王保东上气不接下气地跑来了。

此刻，豆大的雨点从敞开的窗户外猛击进来，电光把沉夜撕得一片惨白。田文和问王保东："野王实业集团是不是没钱了？""还有什么钱哪，叫他们这么踢蹬来踢蹬去的，早就变成一只空壳蟹了。"田文和指着面前的这只圣柜与另一只樟木箱子，说："你看看这里面的东西，变成钱，够不够替他还债？""这是什么呀？""你打开看看不就知道了？"王保东打开一看，顿时呆若木鸡，失声大叫起来："这么多的名画及金银元宝，哪里来的？"窗外一个巨雷炸下，让回龙山震颤了一下。田文和答："这是我娘临死前交给我的。学生与村民的损失，我们须通过法律程序解决。田王实业也好，野王实业集团也罢，我们同出一家，必须理赔。"王保东惊讶地说："叔啊，这是你个人财产啊，怎么能与集体的等同？"这时，第二个巨雷即在附近落地，整个脚下的土地摇了一下。田文和坦然回答："是的，野王实业集团是集体企业。可我不想让它在王曾锦手里倒掉，我不想让这么多的员工没饭吃，更不想让全体员工在背后骂我们是土匪、强盗、绿壳。我祖上谢皇后与我母亲谢明心在临死前就留有遗嘱，这些东西不归任何人，只能用于救万民之急。""可是这个企业是王曾锦一手搞垮的，应当由他负责。""弟债兄还，也是天经地义。我想，你这两天什么事也别管，立即出门，不论是去上海，还是坐飞机去北京，想个法子把这些东西全部拍卖掉，赶紧把资金回笼，让野王实业集团起死回生。"王保东感动地说："叔啊，您真是个厚道人哪，我二叔要是能像您这样，我们野王实业集团哪能会有今天啊！"王保东刚把所有的东西从圣柜里倒腾出来，不可思议的怪事随之发生，两人看到一道闪电从敞开的窗口劈进，正好击中这只圣柜。顿时，这只圣柜发出一声巨响，化成一堆白灰，吓得王保东脸色惨白，一屁股坐于地上。田文和笑了一笑，一把将他拉起："你怕什么怕？这是苍天在搞回收。"

1999年9月11日，田文和正式接收野王实业集团公司。他第一次在南官市电视台上亮相，郑重地向公众宣布：王曾锦的野王实业集团还原于田王实业，所有债务、事务，一律由田王实业公司全面负责处理。

1999年9月12日，田文和忙着为王曾锦擦屁股，他不得不重新调整集团领导班子。王曾锦一直在家休息，至下午三时，金秀子突然跑来找田文和。"姐夫，我姐与曾锦是怎么回事？"田文和问："咋的啦？"金秀子不安地说："我看他俩神色有点不对头，好像在密谋着什么事情。"田文和头一扭，不想回答。金秀子眉梢眼角都是怨，忸怩着说："姐夫，你说话呀，这到底是怎么回事？"田文和不悦地回答：“他俩的事你不全知道了？让他们密谋去吧，生死有命，他们想干什么，我们还能挡得住？”

1999 年 9 月 13 日，李天慧终于让海王村的人用轿车送到了路桥人民医院，她是去医院生孩子。这个不长脑子的姑娘啊，鬼才知道她那个时候中的是什么邪，居然在思维上完全、彻底地出现大乱码。她不知从何处书本上得知，拿破仑之所以成为拿破仑，托尔斯泰之所以成为托尔斯泰，就因他们父母的年纪差距太大。她想，只要自己把肚子里的这个孩子留下来，若干年后一定成为重量级人物。她还不知从何方神圣的语言中得知，王曾锦的长子王保望命中注定是个不会成大器的家伙，所以她生下这个孩子长大成人后，将会继承王家的巨额遗产。这两个信息一旦灌入，便让李天慧这颗发邪的心更加坚定不移。从表面上看，她失踪了，其实她根本没走远，而是闷声不响地跑到王家第一代高祖王居正与王婉瑛共同开辟的海王村，就在当年王家子孙沉船的港湾正对岸，向一位王姓本家租了一间房，面对着那一望无垠的大海住了下来。自父亲李丰收去世后，李天慧的生活条件明显宽裕，开始有滋有味地过起那种小资生活。直到肚里的孩子伸出手足开始踢蹬她的肚皮，并愤怒地发出“我要出来、我要出来”的喊叫时，李天慧这才央王家人讨了一辆车子把她送到了路桥第一人民医院妇产科，向路桥第一人民医院院长戴雅琴报到。

戴雅琴伸手仔细一触，直觉加经验便告诉她：肚子里的这个婴儿有点问题。究竟是什么问题？一时间她说不出。戴雅琴带着李天慧上楼做 B 超检查，发现这个孩子的形状完全与人样背道而驰，疑惑地问她：“你之前没有检查过吗？”“没有。”“那你为什么不来好好检查一下呢？”李天慧没吭声。戴雅琴再仔细检查，发现时机早已成熟，不做剖宫产不行了，于是当场决定行剖宫产手术。两个小时过去，手术顺利进行，戴雅琴从李天慧的肚子里取出了这个她精心养护的孩子。只一看，戴雅琴的头便开始发晕，良久，她才让自己身上的血液安静下来。戴雅琴只往纵深里这么一想，立刻明白这是怎么一回事了，问李天慧：“你母亲叫什么名字？”“刁美琪。”“你父亲呢？”“李丰收。”“你家里有电话吗？”“有。”李天慧告诉了戴雅琴她家里的电话号码。

戴雅琴安顿好李天慧后，马上给她家里打电话。接电话的正是刁美琪，戴雅琴没有多说什么，只是要她立刻上医院来。刁美琪疑惑地问道：“做什么呀？”“你女儿在我这里，”戴雅琴继续说：“她生孩子了……”刁美琪听了十分吃惊：“她不是失踪多时了吗？一个没结婚的女孩子，怎么会跑到医院去生孩子，您是不是搞错了？”戴雅琴回答：“是不是我搞错了，你自己上医院来看一下不就明白了。"刁美琪心里有些发慌，忙放下手中的东西便颠来医院。戴雅琴立刻带她来到特别护理室，刁美琪一看到这刚生下来的婴儿，便吓了一大跳。这是什么东西啊？你说他不是人吧，有腿，有手，有个与他身躯完全不成比例的大生殖器；你说他是人吧，这完全是一只带有毛的猴子，尤其让她心惊胆战的是那手、那脚趾完全是猴爪，那皮肤上长满了黑灰色的毛。这与其说是个人，莫不如说是个山林里的猴子，刁美琪当时全身便开始抽搐，颤抖着问："这真的是她生下来的？"戴雅琴回答："今天没别人。""怎么会这样？""只有一种解释，那便是近亲繁殖。"刁美琪急了："这怎么可能呢，她一直没有对象啊！"戴雅琴非常冷静地说："你好好问一下你女儿，不就什么都清楚了。"

刁美琪转身跑到她女儿的产房。李天慧正闭目养神，一见她母亲走进来，忙把身子支起来。刁美琪怒问李天慧："你这个孩子的父亲是谁？"李天慧还不知怎么回事，坦然回答："是王总。""哪个王总？""王曾锦啊，野王实业集团还有哪个是王总？""你是怎么和他搭上的？"李天慧便把那夜的事情老老实实地说了一遍。刁美琪听完后心急如焚，气急败坏地说："你怎么可以这么！"李天慧仍单纯地说："妈，做人总得讲一点良心吧。你想想，是谁给我爸拿了那么多钱？我们家有什么东西回报他呀？""那你为什么不早一点把这个孩子打掉？""妈，我想过了，王总家里的那个儿子王保望是管不了他这个企业的。我看过一本书，那上面说父亲年长，母亲年少，生下的孩子更聪明。所以我想把这个孩子留下来，抚养成人，以后好接他的班呀！"刁美琪不听则已，一听则昏倒在地上。戴雅琴立刻把她扶起，揉搓了半天后，刁美琪这才慢慢地苏醒过来。随之，她嘶哑着嗓子喊："天哪，我的女儿啊，你知王曾锦是谁吗？他可是你的亲爹哪……"

田文和终于做出决定，要把他与金云子之间的事做一个最后的了断。午后时分，田文和回到田家大院，他刚一走进院子，便见院子里一片阴雾沉沉。透过迷漫的团团阴雾，田文和看到一个从来不曾见到过的崭新的景象出现在田家大院。那田家大院里一片勃勃生机，到处长满五彩缤纷的花草，种满参天的古柏老树。走进大门口，一眼便看到开阔的道地里张灯结彩，他无法判定这是在给什么人举行婚礼，还是在给什么人举行告别仪式？田家大院里走来走去的全是田、王两家过世的亲人。田文和看到他的两个老外公李文达与谢东潮身穿长袍马褂正在祭祖，在香烟缭绕中，他看到祭台上摆放着谢皇后送给田、王两家的那只样子很怪的圣柜；他看到大圆桌上按八卦方位摆着八样供品；他看到身穿国民党将军服、腰佩中正剑的四伯王国器，以及大伯王国瑞、二伯王国立、三伯王国成、堂兄王曾铣，他们站在一边似乎在轻轻地交谈着什么话题；他看到身穿国民党校官服的王曾鑫、王曾钊、王曾钫、王曾镇在院子中间的那棵石榴树下有说有笑；他看到伯母余雪珍、刘桂英正在厢房间低头做着家务；他看到身穿国民党将军服的大姑田如梅、大姑父蒋福海、二姑田如蕙与亲姐姐田文君正走来走去；他看到大母亲李雅香、亲生母亲蒋凤春与身穿旗袍的王曾锦生母严芳在交谈；他看到亲表哥田建国与混血儿王曾铎正在看画吟诗……

田文和心中正在犯疑：天哪，与田家大院有关的人员全聚在这里了，怎么就没看到自己一生中最为重要的两位亲人——父亲田兴业与母亲谢明心呢？正在疑惑间，只见两个老外公走上前台，李文达轻挥一下手，田家大院的子孙们开始无声定格。随着田文和小时在金谷寺曾亲耳听过的那种梵乐缓缓响起，汹涌的东海浪花开始变得安静，奔腾着的南官河开始变得清澄。这是多么精妙的天国之声啊！它让人安详，让人严肃，让人的灵魂再一次得到升华。田文和的心自然而然地就与这精妙无比的梵音融合在一起，正当他沉醉在梵乐中时，音乐戛然而止。石屋正中间的敬祖堂慢慢打开，父亲田兴业与头戴珍珠皇冠的母亲谢明心双双步出门外，来到祭台的正前方。父亲虔诚地站在圣柜前向天高举起双臂，高声吟唱道：

> 心平何劳持戒，
> 行直何须修惮。
> 恩则素养父母，
> 义则上下相怜。
> 让则尊卑和睦，
> 忍则从恶无喧。
> 若能钻木取火，
> 淤泥定生红莲。
> 苦口就是良药，
> 逆耳必是忠言。
> 改过必生智慧，
> 护短内心非贤。
> 日用常行饶益，
> 成道非由施财。
> 菩提只向心觅，
> 何劳向外求玄。

　　田文和发现自己一下子回转到了孩提时代，他舞着双手朝父亲扑过去。然而，就在这刹那间，眼前所呈现出来的幻象全部消失。他还是他，他还是站在那一片森然的田家大院大门口。天哪，这是梦？是幻？打从田文和知道妻子与王曾锦的全部内幕后，突然间他有着一种从不曾有过的释然感。尽管他明白，所有的人生图纸设计都是无法施工的一纸空文；尽管他明白，由于人欲横流，田家大院的子孙一直在人与兽之间争战；尽管他明白，田家大院子孙们身上所出现的匪气与官气让他感到窒息。我这是做什么呢？该过去的全让他们过去，该复位的就让他们复位吧！他忽然感到自己前来与金云子做了断的念头是多么卑鄙与无聊。人生如梦，梦如人生，我何以在梦中至今不醒呢？别再在这种说之不清、道之不明的男女情感上纠缠下去吧，就按着上天早就设计好的图纸来建造自己的王府吧！

　　至于王曾锦，田文和想得比他本人更多：他毕竟是个不可多得的人精啊，人生五十始，只要他放下屠刀立地成佛，就让他从头开始吧；况且眼下正是世纪之交，中华民族进入千年复兴之时，没好命的人还活不到这个好日子呢，能救人处还得救一救。田文和想到这里，面对着田家大院这个长方形的道地，长吐了一口浊气。是时，他闻到从后面石楼中传来一股怪味，什么味？他说不出，转身便走进了王曾锦家。诚然如是啊，田文和看到王曾锦正慵懒地躺在床上，妻子金云子与儿子田金成子都站在他面前，金秀子却不知在何处。金云子不敢看他，只是把头扭向外面，田金成子脸上还有泪痕，王曾锦根本不敢正视田文和，反倒把他的脸对准墙壁。

　　田文和坐下来，刚想说点什么，李丰收的女人刁美琪抱着一个孩子来到他们面前。刁美琪现出来的脸相十分可怕，红红的两眼活似一头吃人的狼。她进来后，二话没说，便喝田金成子出去。田金成子吓一跳，拔腿便往外跑，刁美琪立刻把这个襁褓放在王曾锦面前。王曾锦不知发生什么事，只得支肘坐起，一脸泪光地看着她。双方目光一接榫，刁美琪便毒蛇样地嘶叫起来："你和李天慧是什么关系？"王曾锦一脸蒙："同事关系，咋的啦？"刁美琪猛地扑了过去，一把扯起王曾锦，歇斯底里地狂叫："你这个畜生，你这个畜生，你起来看看你创造出来的杰作！"王曾锦下了床，打开襁褓，一看到这个平躺在襁褓里的怪物，他什么都明白了。突然间，他说出了一句让在场所有人为之心惊肉跳的话："是的，是的，你说对了，我是个畜生，我是个真正的畜生！"

　　于是，王曾锦不动声色地站起来，一把抱起这个襁褓中的怪物，转身便往田家大院深处走去。他走到门口，回头对在场的所有人说："你们放心吧，台州人自有台州人处置自己的办法。这叫善有善报，恶有恶报。"田文和立刻从他射出来的眼神中解读出了他真正的决心与意图。金云子同时站起，跟着王曾锦往内屋走。站在外面的田金成子也想跟着进去，田文和怒喝道："浑蛋，你给我站住，你小小年纪从中搅和什么？所有猎杀别人的刀子最后必定猎杀的是他自己！"

田文和命令刁美琪与田金成子跟着他往外走，刁美琪大为吃惊，她不知田文和的脸色为什么变得如此难看。他们一行三人一直走到田家大院的大门口，站在门外的开阔地上。田文和一动不动地站在那里，任凭着冷冷的风顺着南官河吹过来，拂着他的一头短发。他环视着这一处将江南所有建筑艺术风彩集于一身的院落，看着那假山、那凉亭、那小桥流水、那花园、那楼台，那绣房、那书房、那膳厅、那客厅，还有那各种各样的奇花异草和怪里怪气的古树怪木；看着那刚重新摆放不久的一对石狮子和那雕有云头兽吞的青色上马石；看着那高耸入云的石旗杆；看着那挂起来不久的田兴业亲笔题写的"田家大院"三个嵌金大字的复制匾额；看着那刚复原的父亲田兴业亲笔题写的那副对联：

> 尧舜生，汤武末，桓文净丑，古今来多少角色；
> 日月灯，江海油，风笛雷鼓，天地间一大戏场。

田文和瞬时全明白了，他进来时看到的那一切并非幻觉，而是田、王两家的先人们向这幢田家大院举行最后的告别仪式。是啊，一个时代就这样结束了。新的时代必须要有新的样子，该保留的必须保留，该淘汰的必须淘汰，过去所有的一切，都会随着这古老的田家大院在这个新时代、新世界里消失。田文和带着刁美琪、田金成子刚走出去不久，只听得惊天动地一声巨响，脚下的土地强烈地哆嗦了一下，大火冲天而起。若干年前，王曾锦父亲王国器出现过的景象，再一次重新在这里上演，只不过王国器发生的地点是在将军山的一个山洞，而他的亲生儿子却发生在田家大院。田金成子一脸恐慌地看着，他那目光里有着狼性的惊疑，也有着狗性的错愕；有着人性的善良，也有着人类动物性的邪恶。闻声从别墅群里赶过来的金秀子、王保南、方铁男，他们看此情景全都慌了，想扑进去救人。但是，全被田文和噙着眼泪挡在门外："你们别徒劳了，这种做法，也许是他们的最好选择。"

是时正值九月初秋，罡风正烈。那近百年的老屋早已朽败，况且造此屋的木头全是带有油性的松木、柏木，它们互相咬合。起炸的是前排木屋，前排木屋一起炸，顷刻如火烧连营，形成了一条巨火龙。风助火势，疯狂百倍，火龙旋着、卷着，变成大火球；大火球随风跳跃，越过南官河，越过130米长空，掷至村口那棵活有 720 年的大樟树。只听得又一声"轰隆"的巨响，大樟树变成一棵大火伞。着了火的大樟树突然间蹿出两条火蛇，那样子很像若干年前传说中的两条白蛇，一前一后地越过南官河，越过 300 米长空，一东一西拱入后排石屋。

田文和也说不清王曾锦在后排石屋里放了什么化学药品，一与火触，接二连三地出现震天动地的大爆炸，吓得整个回龙山都在那里浑身打战。半个钟点都不到，后排石屋连同那间无人知晓的密室，全部崩裂。就在这时，一个说不清、道不明的东西从空中坠落下来，坠到田文和身上。田文和拾起那东西一看，大为吃惊，发现此物正是海蒂当年送给儿子王曾铎的黄金小佛像。天哪，这东西打从王曾铎死后，父亲就把它放入后楼王曾铎的小房间里了，父亲一死，早就把它忘得一干二净，怎么反倒让这场大火给返了回来，恰好又落在自己身上？难道上天又有什么暗示？田文和一看，黄金小佛像上刻有八个小字"五星连珠，天佑中华"，他百思而不得其解，咋又一次出现"五星连珠"了呢？

此时，路桥区八辆消防车同时赶到，他们想救火，却发现为时过晚。昔日如此辉煌的田家大院，连同村口那生有两条大白蛇、叫天雷劈死过一次又活过来、有着 720 年历史的大樟树，早已变成一堆焦炭。倪季平与管宗泽这两位十里长街名匠精心打造的田家大院，终于在跨入新千年的 9 月 13 日，从南官河的版图上抹得一干二净。也在这时，田文和看到闻声赶来的市委书记徐放，以及刚从职务上退下来的管致用与伍立人；看到坐在车上的戴雅琴、李天慧与秦我锦；看到正在总部开会、闻声赶来的艾家和，所有与田家大院曾有过种种关联的人全都跑来了，他们在门口的开阔地上默然而立，相对良久……

徐放长叹了一口气说："可惜了这幢好房子啊，市政府正想申报文化遗产呢。"田文和呢，他的目光从田金成子的脸上巡逡到秦我锦与李天慧身上，最后落在金秀子那一张无邪且高贵的脸上，心想，老的田家大院毁掉了，可新的田家大院还会出现吗？

十里长街正灿烂异常。

2023 年 5 月最后一次订正，时双目一片模糊